NORA ROBERTS

Histórias noturnas

Editado por Harlequin Ibérica.
Uma divisão de HarperCollins Ibérica, S.A.
Núñez de Balboa, 56
28001 Madrid

No. 7 - 1.11.15

Turno da Noite
Título original: Night Shift

A sombra da noite
Título original: Night Shadow

Um grito na noite
Título original: Nightshade

Fumo na noite
Título original: Night Smoke
Publicados originalmente por Silhouette® Books
Estes títulos foram publicados originalmente em português em 2007

I.S.B.N.: 978-84-687-7187-8
Impresso: LIBERDÚPLEX
08791 Sant Llorenç d'Hortons (Barcelona)

Distribuidor exclusivo para Portugal: Urbanos Press
Rua 1º de Maio, Centro Empresarial da Granja – Junqueira
2625 – 717 Vialonga - Portugal

HISTÓRIAS NOTURNAS

Turno da Noite 7

A sombra da noite 183

Um grito da noite.. 367

Fumo na noite.. 545

TURNO DA NOITE

Para Kay, de Denver.
E com a minha gratidão ao pessoal da WQCM.

N. R.

CAPÍTULO 1

– Muito bem, mochos noturnos, aproxima-se a meia-noite e estão a ouvir a KHIP. Preparem-se para cinco sucessos seguidos. Aqui fala Cilla O'Roarke e, queridos, esta é para vocês.

A sua voz era como uísque quente, suave e forte. Rouca, com um leve sotaque sulista, poderia ter sido criada para as ondas radiofónicas. Qualquer homem de Denver que estivesse sintonizado na sua frequência acharia que falava só para ele.

Pôs a primeira das cinco canções prometidas aos seus ouvintes. Poderia tirar os auscultadores para ter três minutos e vinte e dois segundos de silêncio, mas preferia o som. O seu gosto pela música era um dos motivos do seu sucesso na rádio.

A sua voz era um atributo natural. Tinha conseguido o seu primeiro emprego numa emissora pequena na zona rural da Georgia, sem ter experiência, nem currículo e recém-saída do liceu. E era perfeitamente consciente de que tinha conseguido o lugar pela sua voz, para além de pela sua disposição para trabalhar praticamente de graça a preparar café e a substituir a rececionista da emissora. Dez anos mais tarde, a voz não era a única habilidade que possuía. Embora desequilibrasse com frequência a balança.

Nunca tinha arranjado tempo para tirar o curso de Ciências da Comunicação que ainda desejava fazer. Mas poderia, e tinha-o feito, ocupar o lugar de um engenheiro, de um locutor, de um entrevistador e de um diretor de programas. Possuía uma memória enciclopédica para as músicas e os artistas. A rádio tinha sido o seu lar durante uma década e adorava-a.

A sua personalidade plácida e sedutora no ar chocava com frequência com a mulher intensa, organizada e ambiciosa que raramente dormia mais de seis horas e que, regra geral, comia a correr.

A imagem pública de Cilla O'Roarke era a de uma princesa sexy da rádio que lidava com celebridades e tinha um trabalho cheio de encanto e diversão. Mas a verdade era que passava uma média de dez horas por dia na emissora, estava firmemente decidida a que a sua irmã mais nova acabasse a universidade e há dois anos que não tinha um encontro ao sábado à noite.

E também não queria.

Pousou os auscultadores e voltou a verificar a programação para o bloco seguinte de quinze minutos. A cabina permaneceu em silêncio. Só estavam ali Cilla, as luzes e os comandos da mesa de controlo. Era como mais gostava.

Quando, seis meses antes, aceitara o emprego na KHIP de Denver, tinha lutado pelo horário das dez da noite às duas horas da manhã, habitualmente reservado aos DJ novatos. Com um sucesso crescente e dez anos de experiência, poderia ter conseguido um horário diurno, quando a audiência era máxima. Preferia a noite e, nos últimos cinco anos, fora ganhando nome nessas horas solitárias.

Gostava de estar sozinha e de transmitir a sua voz e música às outras pessoas que viviam de noite.

Sem desviar o olhar do relógio, colocou os auscultadores. Entre o fim do quarto sucesso e a introdução do quinto, murmurou o nome da emissora e a sua frequência. Depois de um intervalo rápido em que passaria as notícias gravadas, começaria a parte favorita do seu programa. Os pedidos dos ouvintes.

Adorava ver como as linhas telefónicas se acendiam e gostava de ouvir as vozes. Durante cinquenta minutos, todas as noites, aquilo tirava-a da sua cabina e mostrava-lhe que havia pessoas reais com vidas reais que a ouviam.

Acendeu um cigarro e recostou-se na poltrona giratória. Aquele seria o seu último momento de tranquilidade nos próximos sessenta minutos.

Não parecia ser uma mulher sedentária. Nem dava a impressão de ser uma mulher fatal, apesar da sua voz. Havia demasiada energia no seu rosto e no seu corpo inquieto para ser uma dessas coisas. Não pintava as unhas, nem os lábios. Quase nunca encontrava tempo na sua agenda para isso. Tinha os olhos castanhos quase fechados, enquanto deixava que o corpo relaxasse. As pestanas eram compridas, herança do seu pai sonhador. Em contraste com as pestanas sedosas e a tez pálida, as suas feições eram fortes e angulosas. Tinha sido abençoada com um cabelo preto ondulado que costumava usar apanhado.

Olhou outra vez para o relógio, apagou o cigarro e bebeu um pouco de água, e depois ligou o microfone. O néon «No Ar» estava verde.

– Isto foi para todos os amantes, sem importar que tenham a quem se abraçar esta noite ou que desejem ter. Não se vão embora. Aqui fala Cilla O'Roarke, em Denver. Estão a ouvir a KHIP. Voltaremos com os pedidos.

Ao colocar uma publicidade no ar, levantou o olhar.

– Eh, Nick, como estão as coisas?

Nick Peters, o estudante universitário que ocupava o lugar de estagiário na emissora, compôs os óculos de aros escuros e sorriu.

– Tive vinte no exame de Literatura.

– Ótimo! – agradecida, aceitou a chávena de café fumegante que lhe ofereceu. – Continua a nevar?

– Parou há mais ou menos uma hora.

Ela assentiu e relaxou um pouco. Estivera preocupada com Deborah, a sua irmã mais nova.

– Suponho que as ruas estejam más.

– Não estão assim tão más. Queres alguma coisa para acompanhar o café?

Sorriu-lhe, com a mente demasiado ocupada para reparar na adoração que havia nos olhos dele.

– Não, obrigada. Antes de te ires embora, come alguns daqueles dónutes duros – ligou um interruptor e voltou a falar ao microfone.

Enquanto lia os anúncios da emissora, ele observou-a. Sabia que era inútil, inclusive uma estupidez, mas estava loucamente apaixonado por Cilla. Para Nick, era a mulher mais bonita do mundo e, em comparação, fazia com que as raparigas da universidade parecessem sombras desajeitadas do que deveria ser uma mulher a sério. Era forte e sexy, e tinha sucesso. E mal tinha consciência da sua existência. Quando reparava nele, fazia-o com um sorriso distraidamente amistoso.

Durante mais de três meses, tentara reunir coragem para a convidar para sair e fantasiara como seria ter a atenção dela concentrada nele, só nele, durante uma noite inteira.

Ela não tinha reparado. Se conhecesse os pensamentos de Nick, Cilla ter-se-ia sentido mais divertida do que lisonjeada. Ele tinha apenas vinte e um anos, era sete anos mais novo do que ela em termos cronológicos. E décadas mais jovem em todos os outros sentidos. Cilla gostava dele. Era discreto e eficiente, e não receava trabalhar.

Nos últimos meses, começara a contar com o café que lhe trazia antes de sair. E gostava de saber que estaria completamente sozinha enquanto o bebia.

– Até amanhã – disse ele, olhando para o relógio.

– Hum? Oh, claro! Boa noite, Nick – assim que atravessou a porta, esqueceu a sua existência. Carregou numa das teclas acesas do telefone. – KHIP. Estás no ar.

– Cilla?

– A própria. Quem é?

– Sou Kate.

– De onde estás a telefonar, Kate?

– Da minha casa... em Lakewood. O meu marido é taxista. Tem o turno da noite. Ambos ouvimos o teu programa todas as noites. Podes pôr *Peaceful, easy feeling*, para Kate e Ray?

– Tê-la-ás, Kate. Não nos deixes – carregou na tecla seguinte. – KHIP. Estás no ar.

O programa correu muito bem. Cilla atendia as chamadas e anotava as canções e as dedicatórias. O pequeno estúdio estava rodeado de estantes cheias de vinis e CD, todos catalogados para conseguir um acesso fácil. Depois de algumas chamadas, passava anúncios para ter tempo para preparar o primeiro bloco de canções.

Algumas das pessoas que telefonavam eram repetentes, de modo que conversava alguns segundos com elas. Outras, eram solitárias, que telefonavam para ouvir o som de outra voz. Entre elas aparecia algum louco com quem brincaria ou desligaria a chamada. Em todos os seus anos a atender chamadas em direto, não recordava nem um minuto de aborrecimento.

Na segurança da cabina, era capaz, como nunca tinha sido cara a cara, de relaxar e desenvolver uma relação fácil com os desconhecidos. Ninguém que ouvisse a sua voz suspeitaria que era tímida ou insegura.

– KHIP. Estás no ar.

– Cilla.

– Sim. Tens de falar, amigo. Como te chamas?

– Isso não importa.

– Está bem, senhor X – secou as palmas, de repente húmidas, nas calças de ganga. O instinto indicou-lhe que aquela chamada lhe daria problemas. – Tens algum pedido?

– Quero que pagues, ordinária. Vou fazer-te pagar. Quando acabar, pedir-me-ás que te mate. Jamais me esquecerás.

Ficou paralisada, recriminou-se pela reação e desligou a chamada a meio de uma enxurrada de obscenidades. Graças a um controlo severo conseguiu que a voz não lhe tremesse.

– Ena! Parece que há alguém um pouco zangado hoje. Se era o agente Marks, vou pagar as multas de estacionamento, prometo. Esta canção é para Joyce e Larry.

Pôs o último sucesso de Springsteen, depois, recostou-se e, com mãos trémulas, tirou os auscultadores.

«Estúpida!» Levantou-se para ir procurar o pedido seguinte. Depois de tantos anos, deveria ter interrompido muito antes a chamada daquele louco. Raro era o dia em que não recebia, pelo menos, uma. Tinha aprendido a lidar com estranhos, furiosos, propostas e ameaças com a mesma habilidade com que usava os comandos da mesa de controlo.

«Faz parte do trabalho», recordou a si mesma. Fazia parte de ser uma personalidade, em especial no turno da noite, quando os estranhos eram sempre mais estranhos.

Mas descobriu-se a olhar por cima do ombro, através do vidro escuro da cabina, para o corredor mal iluminado. Só havia sombras e silêncio. Por baixo da camisola grossa, sentia suor frio. Estava completamente sozinha.

«E a emissora está fechada», disse a si mesma ao passar a canção seguinte. «E o alarme está ligado.» Se disparasse, a polícia de Denver apareceria em poucos minutos. Estava tão segura como estaria no cofre de um banco.

Mas desceu o olhar para as luzes que piscavam no telefone e sentiu medo.

A neve tinha parado, mas o seu cheiro permanecia no ar frio de março. Enquanto conduzia, Cilla tinha a janela descida e o rádio no máximo.

Não a surpreendeu descobrir que Deborah a esperava. Estacionou o carro diante da casa que tinha comprado apenas seis meses antes e reparou, com irritação e alívio, que todas as luzes estavam acesas.

Irritava-a porque significava que Deborah estava acordada e preocupada. E aliviava-a porque a rua tranquila daquela zona residencial parecia muito abandonada, fazendo com que se sentisse vulnerável. Desligou o motor e o rádio. Assim que reinou o silêncio absoluto, sentiu um aperto no coração.

Soltou um palavrão, fechou a porta com força e, enrolada no seu casaco, avançou até à casa. Deborah saiu ao seu encontro.

– Eh, não tens aulas amanhã, às nove horas? – tirou o casaco e pendurou-o no armário da entrada. Sentiu o cheiro a chocolate quente e do produto para limpar os móveis. Suspirou. Quando estava tensa, Deborah começava a limpar a casa. – O que fazes acordada a esta hora?

– Ouvi-o. Cilla, aquele homem...

– Vá lá, querida... – virou-se e abraçou a sua irmã. De roupão, ainda lhe parecia que Deborah tinha doze anos. Era a pessoa que mais amava no mundo. – Era só outro maluco inofensivo.

– Não parecia inofensivo, Cilla – embora muitos centímetros mais baixa, Deborah imobilizou-a. Tinham a boca parecida, ambas eram carnudas, sensuais e obstinadas. Mas as feições de Deborah eram mais suaves e menos angulosas. Os seus olhos eram de um azul brilhante. Naquele momento, irradiavam preocupação. – Acho que devias chamar a polícia.

– A polícia? – como essa opção não lhe tinha passado pela cabeça, pôde rir-se. – Uma chamada obscena e queres que chame a polícia. Porque tipo de mulher dos anos noventa me tomas?

– Não é uma brincadeira – Deborah enfiou as mãos nos bolsos do roupão de banho.

– Muito bem, não se trata de uma brincadeira. Deb, ambas sabemos o pouco que a polícia poderia fazer a respeito de uma chamada desagradável para uma emissora de rádio, a meio da noite.

– Parecia cruel – com um suspiro impaciente, virou-se. – Assustou-me.

– A mim também.

– Tu nunca te assustas – a gargalhada de Deborah foi rápida e um pouco tensa.

«Eu assusto-me sempre», pensou Cilla, mas sorriu.

– Desta vez, sim. Mas não voltou a telefonar, o que demonstra que foi uma coisa isolada. Vai para a cama – passou a mão pelo cabelo escuro e denso da sua irmã. – Nunca chegarás a ser a melhor advogada do Colorado se passares toda a noite às voltas.

– Deitar-me-ei se também o fizeres.

– Combinado – disse, embora soubesse que passariam horas antes que a sua mente e o seu corpo se tranquilizassem. Rodeou os ombros da sua irmã com um braço.

Ele mantinha o quarto às escuras, salvo pela luz de algumas velas acesas. Gostava do seu resplendor místico e espiritual, e do cheiro sonhador e religioso que emanavam. O quarto era pequeno, mas estava cheio de lembranças. Troféus do seu passado. Cartas, fotografias, alguns animais em porcelana, fitas descoloridas pelo tempo. Sobre os seus joelhos repousava uma faca de caça, que brilhava tenuemente sob a luz das velas, e, junto do seu cotovelo, sobre um toalha de mesa feita à mão e engomada, havia uma 45 bem oleada.

Na mão, segurava uma fotografia emoldurada em pau-rosa. Contemplou-a, falou-lhe, derramou lágrimas amargas sobre ela. Fora a única pessoa que amara e a única coisa que lhe restava era uma fotografia.

John. O inocente e crédulo John. Enganado por uma mulher. Usado por uma mulher. Traído por uma mulher.

O amor e o ódio fundiram-se. Ela ia pagar. Pagaria o preço final. Mas, primeiro, sofreria.

Recebeu a chamada, uma única e desagradável chamada, todas as noites. No fim de semana, Cilla tinha os nervos à flor da pele. Não era capaz de brincar sobre isso, nem em privado, nem no ar. Só agradecia por ter aprendido a reconhecer a voz, aquela voz tensa e dura. Desligava assim que ouvia algumas palavras.

Então, ficava sentada e aterrorizada, sabendo que voltaria a telefonar, que estava ali, do outro lado das luzes que piscavam, à espera para a atormentar.

O que teria feito?

Às duas horas da manhã, depois de pôr as notícias e os anúncios gravados, apoiou os cotovelos na mesa e apoiou a cabeça nas mãos. Raramente dormia muito ou profundamente e, na última semana, mal tinha conseguido dormir alguma coisa. Sabia que começava a notar-se nos seus nervos, na sua concentração.

O que teria feito?

Essa pergunta perseguia-a. O que teria feito para que alguém a odiasse? Tinha reconhecido o ódio enraizado na voz. Sabia que, às vezes, podia ser brusca e impaciente com as pessoas. Havia vezes em que era insensível. Mas nunca tinha ofendido ninguém de propósito. O que teria feito para ter de pagar por isso? Que crime, real ou imaginado, teria cometido para que aquela pessoa se concentrasse nela em busca de vingança?

Viu um movimento pelo canto do olho. Uma sombra entre as sombras do corredor. O pânico apoderou-se dela e levantou-se de um salto, batendo com a anca na mesa. A voz que desligara dez minutos antes ecoava na sua cabeça. Rígida pelo medo, observou como a maçaneta da porta da cabina girava.

Não havia escapatória. Com a boca seca, preparou-se para a luta.

– Cilla?

– Mark – com o coração a palpitar com força, deixou-se cair na poltrona.

– Desculpa, assustei-te.

– Só de morte – com esforço, sorriu ao diretor da emissora. Tinha trinta e muitos anos e era muito atraente. Usava o cabelo escuro penteado com estilo e um pouco comprido, o que acrescentava juventude à sua cara suave e bronzeada. Como de costume, a sua roupa estava cuidadosamente na moda. – O que fazes aqui a estas horas?

– Está na altura de fazer mais do que falar sobre aquelas chamadas.

– Tivemos uma reunião há alguns dias. Disse-te...

– Disseste-me – concordou. – Tens o hábito de me dizer o que tenho de fazer e também aos outros.

– Não vou tirar férias – virou-se na poltrona para o encarar. – Não tenho para onde ir.

– Toda a gente tem um sítio para onde ir – levantou uma

mão antes que ela pudesse interrompê-lo. – Não vou discutir mais sobre isto. Sei que te é difícil de compreender, mas eu sou o chefe.

– O que vais fazer? – puxou a beira da camisola. – Vais despedir-me?

Ele não sabia que Cilla contivera a respiração depois de apresentar o desafio. Embora trabalhasse com ela há meses, não tinha aprofundado muito além da fachada para entender como a sua autoestima era precária. Se a tivesse ameaçado naquele momento, ela teria cedido. Mas a única coisa que Mark sabia era que o seu programa dera nova vida à emissora. Os índices de audiência tinham disparado.

– Isso não beneficiaria nenhum de nós – apoiou uma mão no ombro dela. – Olha, estou preocupado, Cilla. Todos estamos preocupados.

Comoveu-a e, como de costume, surpreendeu-a.

– Só fala – «por enquanto.» Aproximou-se da mesa e preparou a canção seguinte.

– Não vou ficar de braços cruzados enquanto uma das minhas locutoras é perseguida. Telefonei para a polícia.

– Bolas, Mark! – endireitou-se de um salto. – Eu disse-te...

– Disseste-me – sorriu. – Não voltemos para esse caminho. És um ativo da emissora. E eu gostaria de pensar que somos amigos.

Voltou a sentar-se e esticou os pés.

– Claro! Espera um segundo – tentou concentrar-se, anunciou a canção seguinte e pô-la. Assinalou o relógio. – Dispões de três minutos e quinze segundos para me convenceres.

– É muito simples, Cilla. O que aquele tipo está a fazer é contra a lei. Nunca deveria ter deixado que me persuadisses a deixar que se prolongasse tanto.

– Se não fizermos caso, fartar-se-á.

– O teu sistema não está a resultar – voltou a apoiar a mão no seu ombro. – Portanto, agora vamos tentar com o meu. Falarás com a polícia ou tirarás férias não programadas.

Derrotada, levantou o olhar e conseguiu sorrir.

– Impões-te à tua mulher desta maneira?

– Constantemente – sorriu e inclinou-se para lhe dar um beijo na testa. – Ela adora.

– Com licença.

Cilla afastou-se, com o que soube que poderia ser encarado como um gesto de culpa. As duas pessoas que estavam à porta da cabina observaram-na com o que reconheceu como distanciamento profissional.

A mulher parecia uma modelo, com um cabelo vermelho que lhe caía sobre os ombros e umas safiras pequenas e elegantes nas orelhas. A sua tez tinha o tom delicado de porcelana das ruivas verdadeiras. O seu corpo era pequeno e firme, e usava um fato em tons azuis e verdes.

O homem que estava ao seu lado dava a impressão de ter passado um mês no campo a tratar de gado. O cabelo loiro estava aclarado pelo sol e caía sobre o colarinho de uma camisa de ganga. Usava umas calças de ganga gastas e cintura descida sobre umas pernas que lhe pareceram intermináveis. Apoiava-se na ombreira da porta com ar desajeitado, enquanto a mulher se mantinha firme. Tinha as botas gastas, mas usava um casaco clássico de *tweed* sobre a camisa.

Não sorria. Cilla estudou a sua cara mais tempo do que o necessário. Era magra e no queixo tinha uma covinha. A pele bronzeada era suave e a boca, que continuava sem sorrir, era grande e firme. Os olhos, cravados nela com tanta intensidade que desejava encolher-se, eram verde-garrafa.

– Senhor Harrison – disse a mulher. Cilla achou que notava um brilho de diversão nos seus olhos quando se adiantou. – Espero que lhe tenhamos dado tempo suficiente.

Cilla olhou para Mark, com expressão assassina.

– Disseste que lhes tinhas telefonado. Não que esperavam lá fora.

– Agora, já sabes – manteve uma mão no seu ombro, mas, desta vez, mais para a conter do que para a tranquilizar. – Apresento-vos a menina O'Roarke.

– Eu sou a detetive Grayson. Este é o meu colega, o detetive Fletcher.

– Obrigado mais uma vez por esperarem – Mark indicou-lhes que entrassem. O homem afastou-se com preguiça da porta.

– O detetive Fletcher e eu já estamos habituados. Dar-nos-ia jeito mais alguma informação.

– Como já sabem, a menina O'Roarke tem recebido algumas chamadas perturbadoras.

– Simples loucuras – manifestou Cilla, irritada por se sentir ignorada. – Mark não devia ter-se incomodado.

– Ele paga-nos para isso – Boyd Fletcher apoiou a anca estreita na mesa. – Portanto, trabalha aqui?

Havia insolência suficiente nos seus olhos para a crispar.

– Aposto que é um detetive extraordinário.

– Cilla – farto de desejar estar em casa com a sua mulher, Mark olhou para ela, com o sobrolho franzido. – Colabora – voltou a concentrar-se nos detetives. – As chamadas começaram durante o programa da terça-feira passada. Nenhum de nós lhes prestou muita atenção, mas continuaram. A última foi esta noite, à uma menos vinte e cinco.

– Têm-nas gravadas? – Althea Grayson já tinha pegado no seu bloco de notas.

– Comecei a gravá-las depois da terceira chamada – ao ver o olhar surpreendido de Cilla, Mark encolheu os ombros. – Uma precaução. Tenho as cassetes no meu escritório.

– Vão buscá-las – Boyd assentiu em direção a Althea. – Pedirei à menina O'Roarke que preste declarações.

– Colabora – insistiu Mark e levou a detetive com ele.

No silêncio que se seguiu, Cilla tirou um cigarro do maço quase vazio e acendeu-o com movimentos rápidos e bruscos. Boyd sentiu o cheiro, com saudade. Deixara de fumar há seis semanas, três dias e doze horas.

– Uma morte lenta – comentou.

– Queria uma declaração – Cilla observou-o através da nuvem de fumo.

– Sim – curioso, estendeu a mão para brincar com um interruptor. Automaticamente, ela afastou-lhe os dedos.

– Tire as mãos daí.

Boyd sorriu. Teve a clara sensação de que se referia tanto a ela como ao equipamento.

Antes de dar início a um sucesso consagrado, ligou o microfone e acrescentou os dados da canção que estava a acabar: título, artista, o nome da emissora e o seu.

– Que seja rápido – informou. – Eu não gosto de ter companhia durante o meu programa.

– Você não é exatamente o que eu esperava.

– Desculpe?

«Claro que não», pensou. Era muito mais do que tinha esperado.

– Ouvi o seu programa algumas vezes – comentou, relaxado. De facto, muitas vezes. Tinha perdido várias horas de sono a ouvir aquela voz. Sexo líquido. – Tinha criado uma imagem. Um metro e setenta – observou-a da cabeça aos pés. – Acho que estou perto. Mas imaginei-a loira, com o cabelo até à cintura, olhos azuis, muita... personalidade – voltou a sorrir, gostando da irritação que via nos seus olhos. Grandes e castanhos. Chegou à conclusão de que era muito mais atraente do que a fantasia.

– Lamento tê-lo dececionado.

– Não disse que o fez.

Ela deu um bafo ao cigarro e libertou de propósito o fumo na sua direção. Se havia algo que sabia fazer era desanimar um homem desagradável.

– Quer ou não uma declaração?

– Foi para isso que vim – tirou um bloco e um lápis curto do bolso do casaco. – Fale.

Com termos concisos e desapaixonados, contou cada chamada, as horas a que tinham sido feitas, as frases utilizadas. Enquanto falava, não parou de trabalhar, passando fitas gravadas de anúncios, pondo um CD, trocando um vinil por outro.

Boyd arqueou um sobrolho enquanto escrevia. Ouviria as cassetes, certamente, mas tinha a impressão de que estava a dar-lhe uma transcrição, palavra por palavra. No seu trabalho, respeitava a boa memória.

– Há quanto tempo está na cidade? Há seis meses?

– Mais ou menos.

– Fez inimigos?

– Um vendedor de enciclopédias. Fechei-lhe a porta na cara.

Olhou para ela. Tentava mostrar ligeireza, mas tinha apagado o cigarro e, naquele momento, roía a unha do polegar.

– Deixou algum namorado?

– Não.

– Tem namorado?

– Você é que é o detetive – disse, com os olhos brilhantes. – Descubra.

– Fá-lo-ia... se fosse uma coisa pessoal – voltou a olhá-la tão fixamente que as palmas das mãos de Cilla começaram a suar. – Neste momento, estou a fazer o meu trabalho. Os ciúmes e a rejeição são motivos fortes. Segundo a sua declaração, a maioria dos comentários que fez tinham a ver com os seus hábitos sexuais.

Falar sem rodeios era a sua principal virtude, mas não estava disposta a contar-lhe que o seu único hábito sexual era a abstinência.

– Neste momento, não saio com ninguém – respondeu.

– Muito bem – anotou alguma coisa. – Isso foi uma observação pessoal.

– Ouça, detetive...

– Calma, O'Roarke – interrompeu, com suavidade. – Foi uma observação, não uma proposta – observou-a atentamente. – Estou de serviço. Precisarei de uma lista com os nomes dos homens com quem manteve contacto a nível pessoal. Por enquanto, só nos últimos seis meses. Pode deixar de fora o vendedor de enciclopédias.

– Não saio com ninguém – fechou as mãos ao levantar-se. – Não saí com ninguém. Não tenho vontade de sair com alguém.

– Ninguém disse que o desejo era unilateral – embora, naquele momento, estivesse convencido de que o seu era.

De repente, ela sentiu-se muito cansada. Passou uma mão pelo cabelo e tentou ter paciência.

– Qualquer um conseguiria ver que aquele tipo está obcecado por uma voz da rádio. Nem sequer me conhece. O mais provável é que nunca me tenha visto. Sou só uma imagem – asseverou. – Neste negócio, é algo que acontece constantemente. Não fiz nada.

– Não disse que fez.

Na voz dele já não havia nenhum tom de brincadeira. A gentileza súbita que mostrou fez com que as lágrimas ameaçassem cair-lhe. «É por causa do excesso de trabalho e tensão», pensou. Virou-lhe as costas e tentou recuperar o controlo.

Boyd pensou que era uma mulher dura. O modo como fechara as mãos enquanto lidava com as suas emoções era muito mais atraente e sexy do que suspiros ou gestos de impotência.

Gostaria de se aproximar, sussurrar-lhe palavras de consolo, alisar-lhe o cabelo. Mas, sem dúvida, arrancar-lhe-ia a mão à dentada.

– Quero que pense nos últimos meses, que tente recordar alguma coisa que possa ter levado a isto, mesmo que pareça insignificante e carente de importância – o seu tom tinha voltado a mudar. Naquele momento, era enérgico e desapaixonado. – Não podemos interrogar todos os homens da zona metropolitana de Denver. Não funciona dessa maneira.

– Sei como trabalha a polícia.

A amargura que ouviu na sua voz fez com que Boyd franzisse o sobrolho. Havia alguma coisa ali, mas não era a altura certa para a aprofundar.

– Reconheceria a voz se a ouvisse outra vez?

– Sim.

– Tem alguma coisa familiar?

– Nada.

– Acha que estava disfarçada?

Encolheu os ombros, mas, quando se virou para ele, mostrava controlo.

– Mantém-na contida e baixa. É como... como um gemido.

– Alguma objeção a que permaneça aqui durante o programa de amanhã?

– Muitas – observou-o.

– Falarei com o seu chefe.

Aborrecida, ela estendeu a mão para o maço de cigarros. Ele fechou uma mão dura sobre a sua. Cilla contemplou os dedos entrelaçados, aturdida ao dar-se conta de que o pulso lhe tinha disparado.

– Deixa-me fazer o meu trabalho, Cilla. Seria muito mais simples se permitisses que a detetive Grayson e eu nos encarregássemos de tudo.

– Ninguém se encarrega da minha vida – afastou a mão e enfiou-a no bolso.

– Então, só desta pequena parte – antes que ela pudesse impedi-lo, estendeu os dedos e colocou-lhe uma madeixa de cabelo atrás da orelha. – Vai para casa dormir. Pareces exausta.

– Obrigada – recuou e obrigou-se a sorrir. – Já me sinto muito melhor.

Embora se opusesse, não conseguiu evitar que ele esperasse até ao fim do programa. Nem a sua falta de entusiasmo o desanimou a acompanhá-la ao carro, recordando-lhe que trancasse a porta e esperando até que se fosse embora. Afetada pela maneira como tinha olhado para ela, observou-o pelo retrovisor até o perder de vista.

– Justamente o que precisava – murmurou em voz alta. – Um polícia cobói.

Momentos mais tarde, Althea juntou-se a Boyd no estacionamento. Trazia as cassetes na mala, juntamente com a declaração de Mark.

– Bom, Fletcher... – apoiou uma mão no seu ombro –... qual é o veredito?

– É dura, teimosa e com mais picos do que o arame farpado – com as mãos nos bolsos, apoiou-se nos saltos das botas. – Suponho que deva ser amor.

C A P Í T U L O 2

«É boa», pensou Boyd, enquanto bebia o café sem açúcar e a via a trabalhar. Cilla usava os comandos da mesa de controlo de forma automática, o que denotava muita experiência. A sincronização entre a música, os anúncios e a sua voz era perfeita e relaxada. E as suas unhas estavam todas roídas.

Estava cheia de nervos e hostilidade. Tentava disfarçar os nervos. Mas não se incomodava com a hostilidade. Nas duas horas que tinham passado juntos na cabina, mal lhe dirigira a palavra. Uma proeza naquele espaço reduzido.

Não lhe importava. Como polícia, estava habituado a estar onde não o queriam. E, ainda por cima, gostava dela.

Gostava do seu trabalho. A irritação, a animosidade e a beligerância não o atingiam. Era muito mais fácil lidar com emoções negativas do que com uma bala. Já tinha sido atingido por ambas.

Tinha o hábito de analisar tudo até o esmiuçar.

Era suficientemente inteligente para saber que o crime levava a sua avante com frequência. A satisfação radicava em desempenhar um papel para impedir que acontecesse muitas vezes. Era um homem paciente. Se precisasse de seis horas ou de seis meses para apanhar um criminoso, os resultados continuariam a ser os mesmos. Os bons ganhariam.

Esticou as pernas e continuou a ler o livro que tinha trazido, enquanto a voz de Cilla o envolvia. Aquela voz fazia com que pensasse em redes no alpendre, em noites quentes de verão e no som lento das águas de um rio. Em contraste com a tensão e a energia inquieta que vibrava através dela.

A sua presença ali estava a enlouquecê-la. Cilla introduziu

uma publicidade, verificou a lista de canções e ignorou-o de propósito. Ou tentou. Não gostava de ter companhia na cabina. Não importava que, quando desanimara com frieza a conversa, ele se tivesse sentado a ler um livro... Não o livro de cobóis ou de aventura que tinha esperado, mas um exemplar de bolso de *A Leste do Paraíso*, de Steinbeck. Também não importava que tivesse permanecido pacientemente silencioso durante quase duas horas.

Estava ali. E isso bastava.

Não podia fingir que as chamadas tinham parado, que não significavam nada, que a sua vida voltara à normalidade. Não com aquele cobói a ler num canto da cabina, fazendo com que praticamente tivesse de lhe trepar pelo corpo para tirar os álbuns guardados na parede atrás. Punha-lhe os nervos em franja.

Irritava-a por isso, pela sua intrusão e pelo simples facto de ser polícia.

«Mas isso é uma coisa pessoal», recordou. Tinha de desempenhar um trabalho.

– Os INXS acabam de nos levar até à meia-noite. É um novo dia, Denver. Vinte e oito de março. À meia-noite e dois minutos, estamos abaixo de zero, portanto, continuem a ouvir-nos e aqueçam-se. Ouçam a KHIP, onde passam mais sucessos por hora. De seguida, as notícias e depois, a hora dos pedidos. Telefonem, vamos dançar.

Boyd esperou até pôr as notícias para marcar a folha do livro e levantar-se. Pôde sentir que a tensão aumentava ao sentar-se na cadeira que havia junto dela.

– Não quero que o interrompas.

– Os meus ouvintes não me ouvem para esse tipo de programa – ficou rígida e tentou manter o tom sarcástico.

– Mantém-no em linha, nos altifalantes do estúdio, sem o colocar no ar, está bem?

– Sim, mas não quero que...

– Põe publicidade ou música – indicou, com suavidade, – mas mantém-no em linha. Talvez tenhamos sorte e localizemos a chamada. E, se puderes, mantém a linha de pedidos aberta até ao fim do programa, para lhe dar tempo suficiente para agir.

Fechou as mãos com força sobre o colo, enquanto observava as luzes que já piscavam. Ele tinha razão. Sabia-o. E odiava-o.

– É demasiado trabalho para um tipo a quem falta um parafuso.

– Não te preocupes – sorriu um pouco. – Pagam-me o mesmo por lhes faltar um parafuso ou ter todos.

Cilla olhou para o relógio, pigarreou e ligou o microfone.

– Olá, Denver, aqui fala Cilla O'Roarke, na KHIP. Estão a ouvir a emissora mais quente das Montanhas Rochosas. Agora, têm oportunidade de fazer com que seja ainda mais quente. As linhas estão abertas. Porei o que desejarem ouvir, portanto, telefonem-me para o 555KHIP, ou seja, para o 555 5447 – o dedo tremeu-lhe um pouco ao carregar na primeira tecla iluminada. – Cilla O'Roarke. Estás no ar.

– Olá, Cilla, sou Bob, de Englewood.

Fechou os olhos, aliviada. Era um ouvinte habitual.

– Eh, Bob! Como estás?

– Muito bem. Esta noite, a minha mulher e eu celebramos o nosso décimo quinto aniversário.

– E diziam que não duraria. Que canção gostarias de ouvir, Bob?

– *Cherish*, para Nancy, de Bob.

– Boa escolha. Que façam mais quinze anos, Bob.

Com a caneta numa mão, aceitou a segunda chamada e depois, a terceira. Boyd viu-a a ficar tensa depois de cada uma. Cilla conversava e brincava. E ficava cada vez mais pálida. No primeiro intervalo, tirou um cigarro do maço e lutou com um fósforo. Em silêncio, ele tirou-lho dos dedos e acendeu-lho.

– Fá-lo muito bem.

Ela deu um bafo profundo. Paciente, ele esperou que respondesse.

– Tens de olhar para mim?

– Não – então, sorriu com um ar lânguido, que provocou a mesma reação nela. – Um homem tem direito a desfrutar de benefícios colaterais.

– Se é o melhor que sabes fazer, devias arranjar outro emprego.

– Eu gosto do meu – cruzou um tornozelo sobre um joelho. – Muito.

Cilla decidiu que era mais fácil falar com ele do que observar as luzes acesas e preocupar-se.

– És polícia há muito tempo?

– Quase dez anos.

Ela voltou a observá-lo e tentou relaxar, concentrando-se na sua cara. «Tem uns olhos serenos», pensou. «Escuros e serenos. Olhos que viram muito e aprenderam a viver com isso.» Havia neles uma espécie de força calma, daquela que atraía as mulheres... Pelo menos, algumas. Boyd protegeria e defenderia. Não iniciaria uma luta. Mas acabá-la-ia.

Irritada consigo mesma, desviou o olhar e ocupou-se com as suas notas. Não precisava que a protegessem, nem defendessem. Sob nenhum pretexto precisava que alguém lutasse por ela. Sempre tinha cuidado de si mesma. E sempre o faria.

– É um trabalho horrível – comentou. – Ser polícia.

– Quase sempre – mexeu-se e roçou-lhe a coxa com o joelho.

Instintivamente, ela afastou-se alguns centímetros.

– Custa-me a imaginar porque alguém aguentaria dez anos num trabalho horrível.

– Imagino que goste da rotina – sorriu.

Ela encolheu os ombros e virou-se para o microfone.

– Esta canção foi para Bill e Maxine. As nossas linhas continuam abertas. 555 5447 – depois de respirar fundo, carregou num botão. – KHIP. Estás no ar.

Estava a correr tudo tão bem que começou a relaxar. Atendeu uma chamada atrás da outra e conseguiu entrar no seu ritmo de sempre. A pouco e pouco, começou a apreciar outra vez a música, a fluir com ela. As luzes que piscavam no telefone já não lhe pareciam ameaçadoras. Às duas menos um quarto da manhã, tinha a certeza de que não haveria nenhum incidente.

«Só uma noite», pensou. «Se não telefonar hoje, acabou-se.» Olhou para o relógio e observou a passagem dos segundos. Faltavam oito minutos de programa para passar o testemunho a Jackson. Iria para casa, tomaria um banho quente e dormiria como uma pedra.

– KHIP. Estás no ar.

– Cilla.

O sussurro foi como uma injeção de gelo nas suas veias. De forma instintiva, estendeu a mão para cortar a ligação, mas Boyd agarrou-lhe o pulso e abanou a cabeça. Durante um instante, ela debateu-se com o pânico. Ele não a largou e os olhos dele transmitiram-lhe calma e firmeza.

– Sim – replicou, depois de pôr uma cassete com anúncios gravados. – Fala Cilla. O que quer?

– Justiça. Só quero justiça.

– Porquê?

– Quero que penses nisso. Quero que penses, duvides e sues até eu ir atrás de ti.

– Porquê? – fletiu a mão debaixo da de Boyd. Num gesto instintivo para a tranquilizar, ele entrelaçou os dedos com os seus. – Quem é você?

– Quem sou eu? – uma gargalhada fê-la arrepiar-se. – Sou a tua sombra, a tua consciência. O teu executor. Tens de morrer. Quando entenderes, só então, acabarei contigo. Mas não será rápido. Nem fácil. Vais pagar pelo que fizeste.

– O que é que eu fiz? – gritou. – Pelo amor de Deus, o que é que eu fiz?

Descarregou algumas obscenidades que a deixaram confusa e enojada antes de desligar. Sem lhe largar a mão, Boyd marcou um número no telefone.

– Localizaste-o? – perguntou e depois conteve um palavrão. – Sim. Está bem – aborrecido, desligou. – Não falou tempo suficiente – levantou a mão para tocar na face pálida de Cilla. – Estás bem?

Ela mal conseguiu ouvi-lo devido ao zumbido que tinha nos ouvidos, mas assentiu. Com gesto mecânico, virou-se para o microfone à espera que acabasse a publicidade.

– Assim, acaba esta noite. Faltam três minutos para as duas horas. Tina Turner acompanhar-vos-á até ao fim do programa. Em seguida, virá Jackson, para ficar com todos os insones até às seis da manhã. Sou Cilla O'Roarke, pela KHIP. Lembrem-se, quando sonharem comigo, que seja um bom sonho.

Enjoada, afastou-se da mesa. «Só tenho de me levantar», pensou. «De ir até ao carro e conduzir até casa.» Era muito simples. Fazia-o todas as noites. Mas permaneceu sentada, com medo de que as pernas não a aguentassem.

Jackson abriu a porta e ficou quieto, hesitante. Usava um boné de basebol para cobrir o transplante capilar que acabava de fazer e que ainda estava em fase de cura.

– Olá, Cilla – olhou para Boyd e depois, para ela. – Noite difícil, hã?

Cilla obrigou-se a esboçar um sorriso despreocupado.

– Já tive melhores – com todos os músculos tensos, levantou-se. – Deixo-te os ouvintes vivos, Jackson.

– Vai com calma, miúda.

– Claro – o zumbido nos ouvidos tornou-se mais forte ao sair da cabina para ir buscar o casaco ao bengaleiro. Os corredores estavam às escuras e apenas recebiam a luz procedente do hall. Desorientada, pestanejou. Nem sequer reparou quando Boyd lhe agarrou o braço e a conduziu até à rua. O ar frio ajudou. Respirou fundo e reparou como a sua respiração se transformava num bafo. – O meu carro está ali – indicou, quando ele começou a conduzi-la para o outro lado do estacionamento.

– Não estás em condições de conduzir.

– Estou bem.

– Ótimo! Então, vamos dançar.

– Ouça...

– Não, ouve tu – estava furioso. Não se tinha dado conta até àquele momento. Ela tremia e, apesar do vento frio, tinha as faces pálidas. Ouvir as cassetes não tinha sido o mesmo que estar presente quando recebera a chamada e ver como o sangue abandonava a sua cara e os olhos se enchiam de terror. Sem poder fazer alguma coisa para o evitar. – Estás arrasada, O'Roarke, e não vou deixar que te sentes ao volante – parou junto do seu carro e abriu a porta. – Entra. Eu levo-te a casa.

– Servir e proteger, hã? – com um gesto da cabeça, afastou o cabelo dos olhos.

– Exatamente. Agora, entra no carro, antes que te prenda por vadiagem.

Cedeu porque os joelhos não a seguravam. Queria estar a dormir, sozinha, num quarto pequeno e tranquilo. Queria gritar. Pior ainda, queria chorar. Mas, assim que se sentou, olhou para ele.

– Sabe o que odeio mais do que aos polícias?

– Suponho que vás dizer-me – ligou o carro.

– Os homens que dão ordens às mulheres só porque são homens. Mais do que um problema cultural, considero-o uma estupidez. São duas coisas que tem contra si, detetive.

Ele inclinou-se para a frente e encurralou-a contra o banco. Obteve um momento de intensa satisfação ao ver que os olhos dela se abriam muito pela surpresa e que os lábios continham um protesto. Sabia que a satisfação teria sido maior se tivesse seguido o impulso de cobrir aquela boca obstinada e insolente com a sua. Estava convencido de que o sabor seria como o caráter: ardente, sexy e perigoso.

Mas pôs-lhe o cinto de segurança.

Quando Boyd voltou a agarrar o volante, ela libertou o ar contido. Recordou que tinha sido uma noite difícil, tensa e perturbadora. Caso contrário, jamais teria ficado sentada como uma tola e permitido que um cobói moderno a intimidasse.

As mãos voltavam a tremer-lhe. O motivo não parecia importar, só a fraqueza.

– Acho que não gosto do seu estilo, detetive.

– Não tens de gostar – ao sair do estacionamento, compreendeu que começava a entranhar-se-lhe na pele. Isso era sempre um erro. – Faz o que te digo e dar-nos-emos bem.

– Eu não faço o que me dizem! – exclamou. – E não preciso que um polícia de segunda, com complexo de John Wayne, me dê ordens. Foi Mark quem vos telefonou, não fui eu. Não preciso, nem o quero ao meu lado.

– Que pena! – travou num semáforo.

– Se pensa que me irei abaixo porque um louco me insulta e me ameaça, engana-se.

– Não creio que te vás abaixo, O'Roarke, nem que penses que vou apanhar os bocados, se o fizeres.

– Ainda bem. Ótimo! Eu consigo lidar sozinha com aquele maluco e se o excita ouvir aquela porcaria... – calou-se, consternada. Levantou as mãos, tapou a cara com elas e respirou fundo três vezes. – Peço desculpa.

– Por?

– Por descarregar em cima de si – desceu as mãos para o colo e olhou para elas. – Pode parar um pouco? – sem dizer uma palavra, ele conduziu o carro para a berma e travou. – Quero acalmar-me antes de chegar a casa – com um esforço deliberado para relaxar, inclinou a cabeça para trás e fechou os olhos. – Não quero inquietar a minha irmã.

Custava-lhe a manter a fúria e o ressentimento quando a mulher que tinha ao lado deixara de ser arame eletrificado para se transformar em vidro frágil. Mas, se o seu instinto sobre Cilla estivesse correto, demasiada simpatia voltaria a encrespá-la.

– Queres um café?

– Não, obrigada – curvou um instante os cantos dos lábios para cima. – Já bebi demasiado – suspirou. O enjoo tinha desaparecido e com ele a sensação de irrealidade. – Peço desculpa, detetive. Só está a fazer o seu trabalho.

– É verdade.

Abriu os olhos, analisou a sua cara alguns segundos, mexeu na mala e tirou um cigarro.

– Estou assustada – odiou o facto da admissão parecer trémula, da mão lhe tremer ao acender o fósforo.

– É normal.

– Não, estou realmente assustada – libertou o fumo devagar. – Quer matar-me. Só acreditei esta noite – sentiu um calafrio.

– É melhor que estejas assustada – ligou o aquecimento.

– Porquê?

– Assim, colaborarás.

Cilla sorriu. Foi um sorriso pleno que esteve a ponto de parar o coração de Boyd.

– Não, não o farei. Isto é momentâneo. Assim que recuperar, voltarei a ser difícil.

– Tentarei não me habituar – mas teve de reconhecer que seria fácil habituar-se ao modo como os seus olhos se tornavam quentes quando sorria. – Sentes-te melhor?

– Muito melhor. Obrigada – apagou o cigarro quando ele voltou a arrancar. – Presumo que saiba onde vivo.

– É por isso que sou detetive.

– É um trabalho ingrato – afastou o cabelo da testa. Decidiu que só falariam, então, não teria de pensar. – Porque não está a reunir ou a marcar cabeças de gado? Tem todo o ar disso.

– Não tenho a certeza de que seja um elogio – replicou.

– Responde com rapidez, detetive.

– Boyd – disse. – Não seria mau se me chamasses pelo meu nome – quando ela encolheu os ombros, olhou-a com curiosidade. – Cilla. É diminutivo de Priscilla, não é?

– Ninguém me chama Priscilla mais de uma vez.

– Porquê?

– Porque lhe corto a língua – replicou, com o seu sorriso mais doce.

– Queres contar-me porque não gostas de polícias?

– Não – virou a cara para olhar pela janela. – Eu gosto da noite – disse, quase para si mesma. – Às três horas da manhã, pode fazer-se e dizer-se coisas impossíveis de se dizer ou fazer às três horas da tarde. Já nem sequer consigo imaginar como é trabalhar de dia, quando há gente em todo o lado.

– Não gostas muito de pessoas, pois não?

– De algumas pessoas – não queria falar de si mesma, do que gostava ou lhe desagradava, dos seus sucessos ou fracassos. Queria falar dele, satisfazer a sua curiosidade e aliviar os seus nervos tensos. – Então, há quanto tempo está no turno da noite, Fletcher?

– Uns nove meses – observou-a. – Conhece-se... gente interessante.

– É, não é? – riu-se, surpreendida por conseguir fazê-lo. – É de Denver?

– Sim.

– Eu gosto de Denver – indicou, voltando a surpreender-se. Não tinha pensado muito nisso. Simplesmente, era um lugar que oferecia uma boa universidade a Deborah e uma boa oportunidade para ela. No entanto, deu-se conta de que em seis meses começara a criar raízes. Superficiais, mas raízes.

– Isso significa que pensas ficar? – entrou numa rua tranquila. – Investiguei um pouco. Parece que dois anos num lugar é o teu limite.

– Eu gosto de mudar – respondeu, fechando as linhas de comunicação. Não gostava que mexessem no seu passado e na sua vida íntima. Ao parar diante da sua casa, já começara a tirar o cinto de segurança. – Obrigada pelo passeio, detetive – antes que pudesse chegar à porta, ele estava ao seu lado.

– Vou precisar das tuas chaves.

– Porquê? – já as tinha na mão e agarrava-as com gesto possessivo.

– Para que possam trazer-te o carro amanhã de manhã.

Agitou-as, com o sobrolho franzido, debaixo da luz do alpendre. Boyd questionou-se como seria acompanhá-la até à porta depois de um encontro. Com ironia, chegou à conclusão de que não manteria as mãos nos bolsos. E, certamente, aliviaria a ansiedade, beijando-a à entrada.

«À entrada, o tanas!», pensou. Entraria com ela. E haveria mais para acabar a noite do que um beijo de despedida.

Mas não se tratava de um encontro. E qualquer parvo poderia ver que não aconteceria nada remotamente normal entre eles. Garantiu a si mesmo que aconteceria alguma coisa, mas nada remotamente parecido ao normal.

– As chaves? – repetiu.

Depois de ponderar as suas opções, Cilla decidiu que a dele era a melhor. Com cuidado, tirou uma chave do porta-chaves em forma de nota musical.

– Obrigada.

– Espera – apoiou a palma da mão na porta quando ela a abriu. – Não vais oferecer-me uma chávena de café?

– Não – replicou, virando apenas a cabeça.

Boyd pensou que cheirava como a noite: escura, profunda, inquietante.

– É um gesto decididamente pouco amistoso.

– Eu sei – voltou a surgir aquele brilho de humor. – Vemo-nos por aí, detetive.

– Costumas almoçar? – desceu a mão sobre a dela na maçaneta e agarrou-a com firmeza. O humor desvaneceu-se, o que não o surpreendeu. O que o surpreendeu foi o que o substituiu. Confusão. E poderia ter jurado que timidez. Embora Cilla se tivesse recomposto com tanta rapidez que teve a certeza de que o tinha imaginado.

– Uma ou duas vezes por semana.

– Amanhã – não afastou a mão. Não soube muito bem o que lhe pareceu ver nos olhos dela, mas soube que o pulso lhe tinha acelerado sob os dedos.

– Talvez almoce amanhã.

– Comigo.

Cilla ficou espantada. Há anos que não experimentava aquela reação desconcertante com um homem. E esses anos tinham sido tranquilos. Recusar um encontro era tão simples como dizer que não. Pelo menos, tinha sido sempre assim. Naquele momento, descobriu que desejava sorrir e perguntar-lhe a que horas devia estar pronta. Estava prestes a dizer as palavras quando se conteve.

– É um convite ótimo, detetive, mas terei do rejeitar.

– Porquê?

– Não saio com polícias.

Antes que a sua resolução pudesse debilitar-se, entrou e fechou-lhe a porta na cara.

Boyd brincou com os papéis que tinha na mesa e franziu o sobrolho. O caso O'Roarke não era o único que tinha, mas não conseguia tirá-lo da cabeça. De facto, não conseguia tirar O'Roarke da cabeça. Naquele momento, desejava fumar um cigarro.

O polícia veterano sentado a meio metro dele fumava como uma chaminé enquanto falava com um bufo. Boyd respirou fundo, desejando poder aprender a odiar o cheiro do tabaco como os outros não fumadores.

Mas continuou com a tortura e inalou o cheiro sedutor. As distrações em que raramente reparava no trabalho afetavam a sua concentração naquela noite. Os cheiros, o som dos teclados, os telefones, os pés que se arrastavam sobre o linóleo, as luzes do teto que falhavam de vez em quando.

Não o ajudava que, durante os últimos três dias Priscilla Alice O'Roarke, lhe tivesse ficado cravada como um espinho na mente. Nenhum esforço conseguia afastá-la. Talvez se devesse ao facto de tanto a sua colega como ele terem passado horas na companhia dela durante o programa radiofónico. Ou talvez ao facto de a ter visto com as defesas em baixo. Ou talvez porque, durante um instante fugaz, tinha sentido a resposta dela.

«Talvez», pensou, aborrecido. «Embora, talvez não.»

Não era um homem cujo ego se ressentisse por uma recusa. Gostava de pensar que tinha confiança suficiente em si mesmo para entender que não agradava a todas as mulheres. O facto de ter atraído uma quantidade saudável durante os seus trinta e três anos de vida bastava para o satisfazer.

O problema era que estava cativado por aquela mulher. E ela mostrava-se indiferente.

Conseguiria aguentar.

O facto era que, naquele momento, tinha de fazer o seu trabalho. Não estava convencido de que Cilla estivesse em perigo imediato. Mas era perseguida de forma sistemática e minuciosa. Tanto Althea como ele tinham interrogado homens com antecedentes que encaixavam no *modus operandi* e tinham investigado a vida pessoal e profissional de Cilla desde a sua chegada a Denver, e os seus colegas de trabalho.

Até àquele momento, não tinham descoberto nada.

Decidiu que já estava na hora de investigar mais a fundo. Tinha o currículo de Cilla na mão. Era interessante. Tal como a mulher a quem pertencia. Mostrava que tinha passado de uma emissora local na Georgia, o que explicava o leve e fascinante sotaque sulista que tinha, para uma mais importante em Atlanta, depois, para Richmond, St. Louis, Chicago e Dallas, antes de aterrar na KHIP de Denver.

– Gosta de se mexer – murmurou. Ou precisaria de fugir? Pretendia obter a resposta diretamente dela.

Havia uma coisa de que podia ter a certeza: Cilla tinha subido o caminho do sucesso com um certificado do ensino secundário e muita coragem. Não poderia ter sido fácil para uma mulher, na verdade, uma jovem de dezoito anos, entrar num mundo principalmente dominado pelos homens.

– Leitura interessante? – Althea sentou-se num canto da mesa. Ninguém no posto de polícia se teria atrevido a elogiar aquelas pernas. Mas muitos olhavam.

– Cilla O'Roarke – pousou o currículo. – Alguma impressão?

– Uma mulher dura – sorriu ao dizê-lo. Tinha dedicado muito tempo a gozar com Boyd devido ao seu fascínio pela voz rouca da rádio. – Gosta de fazer as coisas à sua maneira. Inteligente e profissional.

– Acho que já o tinha deduzido – tirou um punhado de amêndoas caramelizadas de uma caixa e levou-as à boca.

– Então, deduz isto – Althea aproximou a caixa de amêndoas e tirou uma. – Está completamente assustada. E tem um complexo de inferioridade de um quilómetro de comprimento.

– Complexo de inferioridade – Boyd soprou e inclinou a cadeira para trás. – Impossível.

– Esconde-o por trás de uma barreira de aço, mas está lá – com o mesmo cuidado de antes, escolheu outra amêndoa. Depois, apoiou uma mão na bota dele. – Intuição feminina,

Fletcher. É por isso que tens tanta sorte ao teres-me como colega.

Boyd puxou a caixa, sabia que Althea, com o seu estilo metódico, devoraria até à última amêndoa.

– Se aquela mulher for insegura, eu comerei o meu chapéu.

– Não tens nenhum.

– Comprá-lo-ei e comê-lo-ei – assinalou a pasta. – Como o nosso homem não aparece aqui, teremos do procurar noutro lugar.

– A mulher não é muito aberta em relação ao seu passado.

– Insistiremos.

– Queres apostar? – perguntou, depois de pensar alguns segundos e cruzar as pernas com elegância. – Porque o mais provável é que não ceda.

– Conto com isso – sorriu.

– Esta noite é a tua vez de ficar com ela na cabina.

– Então, começa por Chicago – entregou-lhe a pasta. – Temos o diretor da emissora e o senhorio – a sua intenção era ir muito mais longe do que os dados que tinha impressos, mas começaria pelos factos. – Usa a tua voz doce e persuasiva. Contar-te-ão tudo.

– Milhares fizeram-no – desviou o olhar quando um colega empurrou um suspeito vociferador com o nariz a sangrar para uma cadeira próxima. – Meu Deus, eu adoro este sítio!

– Sim, não há nada como a nossa casa – bebeu o que restava do café, antes que a sua colega pudesse acabar-lho. – Eu encarregar-me-ei do outro lado, a primeira emissora onde Cilla trabalhou. Thea, se não descobrirmos alguma coisa depressa, o capitão vai dar-nos uma descompostura.

– Então, teremos de encontrar alguma coisa – levantou-se.

Boyd assentiu. Antes que pudesse levantar o telefone para fazer uma chamada, ele tocou.

– Fletcher.

– Detetive.

– Cilla? Do que se trata?

– Recebi uma chamada – conseguiu rir-se. – Suponho que não represente nada de novo. Mas agora estou em casa e... Bolas, até as sombras me assustam!

– Tranca as portas e não te mexas. Vou para aí. Cilla – repetiu ao não obter resposta, – vou para aí.

– Obrigada. Se transgredir algumas regras de trânsito para chegar aqui, agradeço-lhe.

– Dez minutos – desligou. – Thea – chamou-a antes que pudesse acabar a primeira chamada. – Vamos!

CAPÍTULO 3

Já tinha recuperado o controlo quando eles chegaram. Acima de tudo, sentia-se tola por ter recorrido à polícia, a ele, por causa de uma simples chamada.

«São apenas chamadas», garantira a si mesma enquanto ia até à janela e voltava para o meio da sala. Depois de uma semana a recebê-las, achava que deveria aguentar melhor a situação. Se fosse capaz de serenar a sua reação, de convencer quem a ameaçava de que as palavras não a afetavam, pararia.

O seu pai tinha-lhe ensinado que era a maneira correta de lidar com os valentões. Embora a solução da sua mãe tivesse sido um murro no queixo. Vendo o lado positivo de ambos os pontos de vista, considerou que, naquelas circunstâncias, seria expectável que resultasse melhor a postura passiva.

Teve de reconhecer que tinha perdido as estribeiras com a última chamada. Algures durante a diatribe do interlocutor, estivera próxima da histeria, gritando, suplicando, ameaçando. Agradecia por Deborah não estar em casa para a ouvir.

Tentando acalmar-se, sentou-se no braço de uma poltrona, com o corpo muito direito. Depois da chamada, tinha desligado o rádio, trancado as portas e fechado as cortinas. Naquele momento, sob a luz do candeeiro, permaneceu sentada, atenta a qualquer som, enquanto olhava para a sala. Eram as paredes que Deborah e ela tinham pintado, os móveis que tinham escolhido. Coisas familiares, que ofereciam serenidade.

Depois de apenas seis meses, já havia muita quinquilharia, coisas que não tinham podido permitir-se antes. E, desta vez, a casa e os móveis não eram arrendados. Eram delas.

Embora nunca tivessem falado disso, talvez fosse o motivo pelo qual tinham começado a enchê-la de coisas pequenas e inúteis. O gato de porcelana que se aninhava num sono permanente sobre a estante. A tigela pintada à mão, excessivamente cara e lustrosa. A rã de fraque e cartola.

Compreendeu que estavam a criar um lar. Pela primeira vez desde que tinham ficado sozinhas, formavam um lar. Não permitiria que uma voz cruel e sem cara o estragasse.

O que ia fazer? Como estava sozinha, permitiu-se um momento de desespero e afundou a cara nas mãos. Deveria lutar? No entanto, como podia opor-se a alguém que não conseguia ver, nem entender? Deveria fingir indiferença? Quanto tempo conseguiria manter essa fachada, especialmente, se continuasse a invadir o seu mundo privado, para além do público?

E quando se fartasse de falar e a procurasse?

A pancada firme na porta sobressaltou-a e obrigou-a a levar a mão ao peito para conter os batimentos frenéticos do coração.

«Sou o teu executor. Vou fazer-te sofrer. Vou fazer-te pagar.»

– Cilla. É Boyd. Abre a porta.

Precisou de um instante para tapar a cara e respirar fundo. Mais serena, atravessou a sala e abriu a porta.

– Olá! Chegaram depressa – assentiu em direção a Althea. – Detetive Grayson – indicou-lhes que entrassem e depois apoiou-se contra a porta fechada. – Sinto-me estúpida por vos ter chamado.

– Faz parte do trabalho – replicou Althea. – Importa-se que nos sentemos?

– Não. Peço desculpa – passou uma mão pelo cabelo. Pensou que não transmitia uma boa imagem, algo de que sempre se orgulhara. – Posso preparar um pouco de café.

– Não te preocupes – Boyd sentou-se num sofá. – Conta-nos o que aconteceu.

– Escrevi-o – os nervos que sentia refletiram-se nos seus movimentos enquanto ia buscar o bloco de notas que havia junto do telefone. – É um hábito adquirido na rádio – explicou. – Assim que o telefone toca, ponho-me a escrever – não estava disposta a admitir que não queria repetir a conversa em voz alta.

Ele tirou-lhe o bloco. Sentiu uma mistura de fúria e repulsa. Tranquilo por fora, entregou as notas à sua colega.

Cilla não conseguia sentar-se. Permaneceu no meio da sala, a torcer os dedos e a puxar a camisola que usava.

– É bastante explícito no que pensa a respeito de mim e do que vai fazer a esse respeito.

– Foi a primeira chamada que recebeste na tua casa? – inquiriu Boyd.

– Sim. Não sei como conseguiu o número. Eu... Não constamos da lista telefónica.

Althea pousou o bloco e pegou no seu.

– Quem tem o seu número?

– A emissora – refletiu alguns segundos. Era algo que conseguia aceitar. Perguntas simples, respostas simples. – A universidade. O meu advogado, Carl Donnely. Há dois rapazes com quem Deb saiu: Josh Holden e Darren McKinley. Algumas amigas – enunciou a breve lista. – São todos. O que realmente me preocupa... – virou-se quando a porta se abriu atrás de si. – Deb – o alívio e a irritação percorreram-na. – Pensei que tinhas aulas à noite.

– Tinha – concentrou os seus olhos grandes em Boyd e Althea. – São da polícia?

– Deborah – disse Cilla, – sabes que não deves faltar às aulas. Tinhas um exame...

– Para de me tratar como uma menina – pôs o jornal que trazia na mão da sua irmã. – Esperas que continue a agir como se não se passasse nada? Bolas, Cilla, disseste-me que estava tudo sob controlo!

«Leu a primeira página da secção B», pensou Cilla, com cansaço. «Princesa da rádio noturna perseguida.» Tentou conter uma dor de cabeça crescente e esfregou as têmporas.

– Está sob controlo. O que se passa é que estas coisas vendem.

– Não, não é só isso.

– Chamei a polícia – disse ao largar o jornal. – O que mais queres?

Boyd reparou que existia uma parecença entre ambas. A forma da boca e dos olhos. Enquanto Cilla era suficientemente tentadora e sexy para que um homem virasse a cabeça, a sua irmã era linda. Jovem. «Dezoito anos», deduziu.

Também reparou nos contrastes. Deborah usava o cabelo curto e arranjado, o de Cilla era comprido e indómito. A irmã mais nova usava uma camisola carmesim e umas calças enfiadas numas botas elegantes pelo meio da canela. A camisola de Cilla era larga e colorida. Usava umas calças verdes e umas meias amarelas.

«Os seus gostos podem chocar», pensou, «mas os seus temperamentos parecem sintonizados».

E quando as irmãs O'Roarke discutiam, era um espetáculo.

Althea mexeu-se um pouco e sussurrou-lhe ao ouvido:

– É evidente que já passaram por isto.

Boyd sorriu. Se tivesse pipocas e uma cerveja, adoraria ficar calado durante os dez assaltos.

– Em quem apostas?

– Em Cilla – murmurou, cruzando uma perna. – Mas a irmã tem garra.

Aparentemente farta de bater com a cabeça contra uma parede, Deborah virou-se.

– Muito bem – assinalou Boyd com um dedo. – Conte-me o que está a acontecer.

– Ah...

– Esqueça – concentrou-se em Althea. – Você.

A detetive assentiu e conteve um sorriso.

– Somos os agentes responsáveis pela investigação do caso da sua irmã, menina O'Roarke.

– De modo que há um caso!

Sem prestar atenção ao olhar furioso de Cilla, Althea assentiu outra vez.

– Sim. Com a colaboração da emissora, pusemos um localizador na linha da cabina. O detetive Fletcher e eu já interrogámos uma série de suspeitos com antecedentes de perseguição obscena pelo telefone. Mas, com o que acaba de acontecer, colocaremos a vossa linha privada sob escuta.

– Com o que acaba de acontecer... – Deborah só precisou de um segundo. – Oh, Cilla, aqui, não! Telefonou-te para aqui – esquecido o mau humor, abraçou a sua irmã. – Desculpa.

– Não é nada com o qual devas preocupar-te – quando Deborah ficou rígida, Cilla afastou-se. – Falo a sério, Deb. Não é nada com o qual nenhuma das duas deva preocupar-se. Há profissionais que o fazem por nós.

– É verdade – Althea levantou-se. – Juntos, o detetive Fletcher e eu temos quinze anos de experiência. Vamos cuidar muito bem da sua irmã. Há algum telefone que possa usar?

– Na cozinha – indicou Deborah, antes que Cilla pudesse falar. Queria uma reunião em privado com a detetive. – Eu mostro-lhe – sorriu a Boyd. – Quer um café, detetive?

– Obrigado – observou-a enquanto saía da sala.

– Que nem lhe passe pela cabeça... – murmurou Cilla.

– Desculpa? – mas sorriu. Não era preciso ser detetive para reconhecer o instinto de proteção. – A tua irmã é muito bonita.

– É demasiado velho para ela.

– Ai!

Tirou um cigarro do maço e obrigou-se a voltar a sentar-se no braço da poltrona.

– De qualquer forma, a detetive Grayson e você parecem fazer um bom par.

– Thea? – teve de sorrir outra vez. Esquecia quase sempre que a sua colega era mulher. – Sim, sou um tipo sortudo.

Cilla apertou os dentes. Odiava pensar que outra mulher podia intimidá-la. Althea Grayson era bastante agradável e profissional. Inclusive, conseguia suportar que fosse deslumbrante. Mas era tão equânime...

Boyd levantou-se para lhe tirar o cigarro por acender dos dedos.

– Com ciúmes?

– Deve estar a sonhar!

– Falaremos depois dos meus sonhos – levantou-lhe o queixo com o indicador. – Como estás?

– Estou bem – quis mexer-se, mas teve a sensação de que, se se levantasse, não teria espaço. E, se o fizesse, não lhe custaria nada apoiar a cabeça no seu ombro e ir-se abaixo. Tinha responsabilidades e obrigações. E orgulho. – Não quero que Deb se envolva nisto. Enquanto eu trabalho, ela está sozinha aqui.

– Pedirei que um carro-patrulha a vigie.

Ela assentiu, agradecida.

– Odiaria pensar que cometi algum erro que pudesse pô-la em perigo. Não merece.

– Nem tu – incapaz de resistir, estendeu os dedos para os apoiar na face dela.

Há muito tempo que ninguém lhe tocava, nem que Cilla o permitia, nem sequer de forma tão casual. Conseguiu encolher os ombros.

– Ainda não o tenho assim tão claro – suspirou e desejou poder fechar os olhos e apoiar a cara naqueles dedos fortes. – Tenho de me arranjar para ir para a emissora.

– Que tal não ires esta noite?

– E deixar que pense que me assustou? – endireitou-se. – Nem em sonhos!

– Até a Mulher-Maravilha tira uma noite livre.

Cilla abanou a cabeça. Não se tinha enganado ao pensar que não se afastaria para lhe dar espaço. Tinha as saídas bloqueadas por uma cadeira e pelo corpo dele. O orgulho impediu-a que desviasse o olhar. Boyd estava à espera, bolas! E, a menos que fosse cego ou estúpido, veria que aquele contacto, aquela ligação, a deixava exausta.

– Estás a pressionar-me, Fletcher.

Se tivesse passado mais um minuto, Boyd teria cedido ao impulso de a colar a ele. Teria confirmado como a sua fantasia estava próxima da realidade.

– Ainda não comecei a fazê-lo, O'Roarke.

– Já tive ameaças suficientes por um dia, obrigada.

Quis estrangulá-la por aquele comentário. Sem desviar os olhos dela, enfiou os polegares nos bolsos.

– Não é uma ameaça, querida. É a constatação de um facto.

Deborah decidiu que já tinha ouvido o suficiente às escondidas e pigarreou.

– Café, detetive Fletcher – entregou-lhe uma chávena fumegante. – Thea disse que era simples, com dois torrões de açúcar.

– Obrigado.

– Vou ficar – afirmou e desafiou a sua irmã com o olhar a opor-se. – Mais ou menos dentro de uma hora, virão colocar o telefone sob escuta – apoiou as mãos nos ombros de Cilla e deu-lhe um beijo em cada face. – Este semestre, não perdi nenhuma aula, Simon.

– Simon? – perguntou Boyd.

– Legree – rindo-se, Deborah voltou a dar um beijo à sua irmã. – A mulher é uma esclavagista.

– Não sei do que falas – Cilla afastou-se para pegar na mala. – Devias estudar para Ciências Políticas. E não te faria mal estudar Psicologia – tirou o casaco do armário. – E, entretanto, é preciso lavar o chão da cozinha. Estou convencida de que temos uma escova de dentes velha para isso. E gostava que cortasses lenha.

– Vai-te embora – Deborah riu-se.

Cilla sorriu ao estender a mão para a maçaneta. A sua mão fechou-se sobre a de Boyd. Afastou-a de repente, antes que pudesse conter-se.

– O que estás a fazer?

– Vou contigo – piscou o olho a Deborah, enquanto conduzia Cilla para o exterior.

– Isto é ridículo – asseverou ela ao entrar na emissora.

– O quê?

– Não sei porque tenho de ter um polícia na cabina, noite após noite – enquanto caminhava, tirou o casaco. Com o sobrolho franzido, ia abrir a porta do armazém, soltou um grito e tropeçou no corpo de Boyd quando a porta se abriu. – Meu Deus, Billy, pregaste-me um susto de morte!

– Peço desculpa – o responsável pela manutenção tinha o cabelo grisalho, braços finos e um sorriso de desculpa. – Fiquei sem limpa-vidros – levantou a embalagem.

– Está bem, estou um pouco nervosa.

– Já ouvi dizer – prendeu a embalagem no cinto e agarrou na esfregona e no balde. – Não te preocupes, Cilla. Hoje estarei na emissora até à meia-noite.

– Obrigada. Vais ouvir o programa?

– Não duvides – afastou-se a coxear da perna direita.

Cilla entrou na sala e encontrou uma embalagem nova para limpar agulhas de gira-discos. Tirou uma nota de cinco dólares da mala e colocou-a entre os panos do pó.

– Porquê?

– Esteve no Vietname – replicou, com simplicidade, fechando a porta.

Boyd não disse nada, sabendo que a incomodava que o tivesse visto. Apontou-o na crescente lista de contradições.

Antes de entrar no ar, dirigiu-se para uma sala pequena para rever a programação daquela noite, acrescentando e apagando à vontade. Há meses que o diretor do programa deixara de se queixar daquele hábito. Outro dos motivos pelos quais preferia o turno da noite era a liberdade que lhe proporcionava.

– Esta nova banda...– murmurou.

– O quê? – Boyd escolheu um dónute.

– Os Studs – tamborilou com a caneta na mesa. – Não terão mais do que um sucesso. Quase nem vale a pena passá-los.

– Então, porque os passas?

– Para ser justa – concentrada no que fazia, deu uma dentada distraída ao dónute que Boyd lhe aproximou dos lábios. – Dentro de seis meses, ninguém recordará o seu nome.

– O *rock and roll* é assim.

– Não. Os Beatles, Buddy Holly, Chuck Berry, Springsteen, Elvis... Isso é *rock and roll.*

– Nunca ouves outra coisa? – perguntou, observando-a.

Ela sorriu e limpou com a língua o açúcar do lábio superior.

– Estás a perguntar se existe outra coisa?

– Foi a única coisa de que sempre gostaste?

– Sim – tirou um elástico do bolso e apanhou o cabelo. – De que tipo de música gostas?

– Beatles, Buddy Holly, Chuck...

– Bom, ainda não está tudo perdido – interrompeu-o.

– Mozart, Lena Horne, Beaujolais, Joan Jett, Ella Fitzgerald, B. B. King...

– De modo que és eclético – arqueou os sobrolhos.

– De mente aberta.

– Surpreendes-me, Fletcher – recostou-se na cadeira. – Tinha-te catalogado como conservador.

– Na música ou na personalidade?

– Em ambas – olhou para o relógio. – Está na hora do espetáculo.

Wild Bob Williams, que tinha o horário das seis às dez horas da noite, despedia-se no seu programa. Era um homem baixo, barrigudo e de meia-idade, com a voz de um garanhão de vinte anos. Cumprimentou Cilla com um gesto, enquanto ela começava a mexer nos álbuns.

– Hum, acaba de entrar a senhora das pernas compridas... Preparem-se os que estão na terra da KHIP, a vossa estrela da meia-noite está a chegar. Deixo-vos com esta explosão do passado – deu início à música. – *Honky tonk women* – virou-se na poltrona e esticou as pernas. – Querida, estás bem?

– Claro – pôs o primeiro vinil no gira-discos e preparou a agulha.

– Li o jornal.

– Não é importante, Bob.

– Aqui, formamos uma família – apertou-lhe o ombro. – Conta com o apoio de todos.

– Obrigada.

– É polícia? – perguntou a Boyd.

– Sim.

– Apanhem depressa aquele tipo. Estamos todos com o coração apertado – apertou outra vez o ombro a Cilla. – Diz-me se precisares de alguma coisa.

– Fá-lo-ei. Obrigada.

Não queria, nem podia permitir-se pensar nisso, já que só faltavam trinta segundos para que estivesse no ar. Sentou-se, ajustou o microfone, respirou fundo várias vezes, contou até três para confirmar o volume e ligou-o.

– Muito bem, Denver, fala Cilla O'Roarke, na KHIP. Têm-me das dez horas da noite até às duas horas da manhã. Vamos começar por oferecer cento e nove dólares. Tenho o disco misterioso. Se me disserem o título, o artista e o ano, ganharão o dinheiro. O número é o 555 5447. Não se vão embora, porque vamos começar a dançar.

A música tocou, alegrando-a. Voltava a ter o controlo.

– Elton John – disse Boyd atrás de si. – *Honky cat.* Mil novecentos e setenta e... dois.

Ela virou-se para ele. Pensou que irradiava um ar muito satisfeito. Um meio sorriso na cara, as mãos nos bolsos. «É uma pena que sejas tão atraente, uma pena!»

– Ena, ena, surpreende-me, detetive! Lembre-me de lhe oferecer uma t-shirt.

– Preferia um jantar.

– E eu preferia um Porsche. Mas terás de te contentar... Eh! – exclamou, quando lhe agarrou a mão.

– Estiveste a roer as unhas – passou-lhe o polegar pelos nós dos dedos e viu como o seu olhar mudava. – Outro mau hábito.

– Tenho muitos mais.

– Ótimo! – em vez de voltar a sentar-se no canto, ocupou uma cadeira ao seu lado. – Não tive tempo de trazer um livro – explicou. – Porque não te vejo a trabalhar?

– Porque não...? – soltou um palavrão e carregou numa tecla do telefone. Estivera prestes a fazer com que entrasse com atraso. – KHIP. Sabe qual é o disco misterioso?

Foram necessárias cinco chamadas para ter um vencedor. Enquanto tentava não pensar em Boyd, pôs outro disco e apontou o nome e a morada da pessoa que tinha acertado.

«Como se não tivesse coisas suficientes na cabeça!», pensou. Como se supunha que ia concentrar-se no programa, se o tinha praticamente sentado em cima dela? Suficientemente perto para sentir a fragrância dele. Não usava perfume, só sabonete... O que fazia com que pensasse em montanhas e em noites tranquilas e íntimas.

Recordou a si mesma que nenhuma dessas coisas lhe interessava. A única coisa que queria era superar aquela crise e voltar a endireitar o rumo da sua vida. Sabia que os homens atraentes iam e vinham, mas o sucesso permanecia... desde que se estivesse disposta a suar por ele.

Esticou-se para escolher outro disco. As suas coxas roçaram-se. A de Boyd era comprida e dura. Decidida a não fugir, virou a cabeça para o olhar nos olhos. Estavam a poucos centímetros de distância, desafiando-se. Viu que o olhar dele descia para a sua boca. A música ecoava nos ouvidos de Cilla através dos auriculares que mantinha com obstinação para não ter de lhe falar. A letra falava de noites ardentes e necessidades abrasadoras.

Com extremo cuidado, afastou-se. Quando falou outra vez ao microfone, a voz soou-lhe ainda mais rouca.

Boyd decidiu que levantar-se era a sua única defesa. A sua intenção tinha sido irritá-la, distraí-la da chamada inevitável que receberia antes que a noite acabasse. Não negaria que desejava que pensasse nele.

Cilla cheirava a meia-noite. Secreta e pecaminosa. Soava o sexo. Ardente e convidativa. Mas, ao olhar nos seus olhos, olhar a sério, só se via inocência. Não tinha nascido ou já estava morto o homem a quem aquela combinação não enlouquecesse.

«Um pouco de distância», pensou Boyd ao sair em silêncio

da cabina. «Muita objetividade.» Não ajudaria nenhum dos dois deixar que as suas emoções se complicassem com uma mulher que se supunha que devia proteger.

Ao ficar sozinha, Cilla fez um esforço consciente para relaxar, músculo a músculo. Consolava-a pensar que se devia a estar nervosa. A sua reação a Boyd era simplesmente um eco da tensão com que tinha vivido durante mais de uma semana. E, além disso, ele tentava provocá-la.

Soprou para afastar o cabelo dos olhos e ofereceu dois sucessos seguidos aos seus ouvintes. E, assim, ganhou mais tempo para se acalmar.

Ainda não tinha acabado de o catalogar. Lia Steinbeck e reconhecia Elton John. Falava de forma pausada e pensava a toda a velocidade. Usava botas velhas e casacos de trezentos dólares.

«O que importa?», questionou-se, enquanto preparava os vinte minutos seguintes do programa. Não estava interessada em homens. E jamais lhe passaria pela cabeça relacionar-se com um polícia. E qualquer um conseguia ver que tinha uma relação profunda, inclusive íntima, com a beldade da sua colega. Jamais tivera tendência para pescar na propriedade de outra pessoa.

Três coisas que o descartavam.

Fechou os olhos e deixou que a música fluísse através dela. Ajudou-a a levantar o ânimo, como sempre, e a recordar-lhe como era sortuda. Não era perspicaz e estudiosa como Deborah. Não era uma pessoa dedicada, como tinham sido os seus pais. Frequentara pouco mais do que o ensino obrigatório por lei e, no entanto, ali estava, onde queria e a fazer o que gostava.

A vida tinha-lhe ensinado uma lição vital. Nada durava para sempre. Os momentos bons ou maus acabavam por passar. Aquele pesadelo, sem importar quão horrível fosse naquele momento, acabaria por desaparecer. Só tinha de aguentar, um dia de cada vez.

– Joan Jett acompanhou-nos à medida que nos aproximamos das onze e meia. Temos um pequeno bloco de notícias e depois uma dose dupla de Steve Winwood e Phill Collins, para que nos acompanhem na próxima meia hora. Estão a ouvir a KHIP e a Wildwood Records oferece-vos as notícias.

Pôs a fita gravada, depois confirmou a folha de anúncios publicitários que ia ler. Quando Boyd regressou, já começara o bloco seguinte de música e estava de pé, a esticar os músculos.

Ele parou e tentou não gemer quando a viu com os braços levantados e a rodar as ancas. Ao ritmo da música, inclinou-se para a frente, agarrou os tornozelos e começou devagar a fletir e a endireitar os joelhos.

Já a tinha visto a fazer aquela rotina. Era uma coisa que fazia uma ou duas vezes durante as quatro horas de programa. Mas, naquele momento, pensava que estava sozinha e fazia-o com mais vigor. Enquanto a observava, compreendeu que o intervalo de dez minutos que fizera não tinha bastado.

Cilla voltou a sentar-se. Pendurou os auscultadores ao pescoço e aumentou um pouco o volume para o seu próprio prazer. Vibrou ao ouvir a música.

Quando Boyd apoiou uma mão no seu ombro, ela levantou-se de um salto.

– Calma, O'Roarke. Trouxe-te um pouco de chá.

O coração de Cilla estava descontrolado. Enquanto se acalmava, sentou-se na mesa.

– O quê?

– Chá – repetiu, oferecendo-lhe uma chávena. – Trouxe-te chá. Bebes demasiado café. É de ervas. De jasmim ou algo do género.

– Não bebo coisas de ervas – replicou, com uma careta de desagrado.

– Prova-o. Da próxima vez que alguém te tocar, talvez não dês um salto até ao teto – bebeu um gole de refrigerante de uma garrafa.

– Preferia o que estás a beber.

Ele bebeu outro gole e passou-lhe a garrafa.

– Já está quase na hora.

Tal como Boyd, Cilla olhou para o relógio. Aproximava-se a meia-noite. Até então tinha sido a sua parte preferida do programa. Mas, nesse momento, as suas mãos começaram a suar.

– Talvez não telefone esta noite, já que o fez para a minha casa.

– Talvez – sentou-se ao seu lado.

– Mas não acreditas nisso.

– Acho que devemos ir passo a passo – apoiou uma mão na sua nuca para a tranquilizar. – Quero que tentes manter-te calma, que consigas que fale mais. Faz-lhe perguntas. Não importa o que ele diga, não pares de lhas fazer. É possível que responda a alguma e que nos dê alguma pista.

Ela assentiu e concentrou-se no programa durante os dez minutos seguintes.

– Eu gostava de te fazer uma pergunta – disse, por fim.

– Fá-la.

Não olhou para ele e bebeu o último gole do refrigerante.

– Durante quanto tempo terei uma ama?

– Não precisas de te preocupar com isso.

– Digamos que sei alguma coisa sobre o funcionamento do departamento de polícia – a sua voz voltou a refletir aquele laivo de amargura e dor. – Algumas chamadas desagradáveis não conseguem que lhe prestem muita atenção.

– A tua vida foi ameaçada – replicou ele. – Ajuda que sejas uma celebridade e que a imprensa te tenha dedicado alguns artigos. Ficarei ao teu lado durante algum tempo.

– É uma bênção – murmurou e depois abriu a linha de pedidos.

Tal como sabia que aconteceria, recebeu a chamada. Reconheceu a voz, lutou contra o desejo de gritar e pôs música. Sem se dar conta, procurou a mão de Boyd.

– És persistente, não és?

– Quero-te morta. Já estou quase pronto.

– Eu conheço-te? Eu gostaria de pensar que conheço todos os que querem matar-me.

Fez uma careta perante as coisas que lhe chamou e tentou concentrar-se na pressão dos dedos de Boyd na sua nuca.

– Ena, irrito-te realmente! Sabes, amigo, se não gostas do programa, devias desligar o rádio.

– Seduziste-o – ouviu-se o som de um choro misturado com fúria. – Seduziste-o, tentaste-o, fizeste-lhe promessas. Depois, mataste-o.

– Eu... – estava aturdida com aquela revelação. – A quem? Não sei do que falas. Por favor, a quem...?

A linha caiu.

Enquanto permanecia sentada, confusa e em silêncio, Boyd levantou o auscultador.

– Alguma sorte? Bolas! – levantou-se, enfiou as mãos nos bolsos e começou a caminhar. – Mais dez segundos. Tê-lo-íamos localizado dentro de dez segundos. Deve saber que estamos a tentar localizá-lo – virou a cabeça quando Nick Peters entrou com café. – O que foi?

– Eu... Eu... Eu... – engoliu em seco. – Mark disse que podia ficar – voltou a engolir em seco. – Pensei que talvez Cilla quisesse café.

Boyd assinalou a mesa com o polegar.

– Já te dizemos. Podes ajudá-la a acabar o programa?

– Não preciso de ajuda – a voz de Cilla continha uma calma fria. – Estou bem, Nick. Não te preocupes – apoiou uma mão firme no microfone. – Esta canção foi para Chuck, de Laurie, com todo o seu amor – olhou para Boyd antes de carregar na tecla do telefone. – KHIP, estás no ar.

Tinha conseguido. Era a única coisa que importava. E não pensava ir-se abaixo como fizera na noite anterior. Agradeceu por isso. A única coisa que precisava era de pensar.

Não tinha colocado objeção alguma quando Boyd a levara ao seu carro. Ceder o direito de conduzir era a última das suas preocupações.

– Vou entrar – disse ele, depois de estacionar. Ela encolheu os ombros e dirigiu-se para a porta.

Com lentidão premeditada, pendurou o casaco e tirou os sapatos. Sem falar, sentou-se e acendeu um cigarro. Ver o carro-patrulha no exterior tinha-a aliviado. Deborah estava a salvo e a dormir.

– Olha – começou Cilla, depois de organizar os seus pensamentos, – acho que é inútil continuar com isto. Parece-me que já percebi.

– Sim? – ele não se sentou. A calma gélida de Cilla inquietava-o mais do que a histeria ou a raiva. – Explica-me.

– É evidente que cometeu um erro. Confundiu-me com outra pessoa. Só tenho de o convencer disso.

– Só tens de o convencer – repetiu Boyd. – E como pensas fazê-lo?

– Da próxima vez que telefonar, farei com que me ouça – começou a esfregar um ombro. – Pelo amor de Deus, Fletcher, eu não matei ninguém!

– De modo que lhe dirás isso, ele mostrar-se-á perfeitamente razoável e desculpar-se-á por te ter incomodado.

– Conseguirei que compreenda – a sua calma controlada começava a falhar.

– Estás a tentar convencer-te de que é um tipo racional, Cilla. E não é.

– O que se supõe que devo fazer? – perguntou, partindo o cigarro ao meio enquanto o apagava. – Seja racional ou não, tenho do fazer ver que cometeu um erro. Nunca matei ninguém – riu-se, tensa, enquanto tirava o elástico do cabelo. – Nunca seduzi ninguém.

– Não brinques comigo.

A raiva impulsionou-a a levantar-se.

– Como me vês, como uma espécie de viúva negra que anda por aí a tentar os homens, para acabar com eles uma vez saciada? Vê se entendes, Fletcher. Sou uma voz e muito boa. Mas acaba aí.

– És muito mais do que uma voz, Cilla. Ambos sabemos disso – calou-se, à espera que voltasse a olhar para ele. – E ele também.

Alguma coisa tremeu no interior dela, uma mistura de medo e desejo. Não queria saber nada de nenhuma das duas coisas.

– Seja o que for, não sou uma sedutora. É uma representação, um espetáculo e não tem nada a ver com a realidade. O meu ex-marido seria o primeiro a dizer que nem sequer tenho impulso sexual.

– Nunca mencionaste que tinhas sido casada – semicerrou os olhos.

«E também não era a minha intenção», pensou, enquanto passava uma mão pelo cabelo, com ar cansado.

– Foi há um milhão de anos. O que importa?

– Tudo importa. Quero o seu nome e a sua morada.

– Não sei qual é a sua morada. Não durámos sequer um ano. Pelo amor de Deus, eu tinha vinte e um anos! – esfregou a testa.

– O seu nome, Cilla.

– Paul. Paul Lomax. Há oito anos que não o vejo... Desde que se divorciou de mim – virou-se para a janela e depois para ele. – A questão é que o tipo que telefona está enganado. Meteu na cabeça... que empreguei artimanhas para seduzir alguém, o que não encaixa.

– Aparentemente, ele acha que sim.

– Bom, engana-se. Nem sequer fui capaz de manter um homem feliz, de modo que é uma piada que pense que posso seduzir legiões.

– É um comentário estúpido, inclusive para ti.

– Achas que gosto de reconhecer que sou só uma fachada, que sou horrível na cama? – perguntou, enquanto andava de um lado para o outro. – O último homem com quem saí disse-me que tinha gelo nas veias. Mas não o matei – acalmou-se um pouco, divertida. – Embora me tenha passado pela cabeça.

– Acho que está na hora de levares este assunto a sério. E também de te levares a sério.

– Eu levo-me muito a sério.

– Profissionalmente – concordou. – Sabes exatamente o que fazer e como fazê-lo. Pessoalmente... és a primeira mulher que conheço que está disposta a reconhecer que não conseguiria fazer um homem dançar ao ritmo que quisesse.

– Sou realista.

– Acho que és covarde.

– Vai para o inferno! – levantou o queixo.

Ele não pensava calar-se.

– Acho que tens medo de ter intimidade com um homem, tens medo de descobrir o que tens dentro de ti. Talvez descobrisses que era uma coisa que não conseguias controlar.

– Não é isso que preciso de ti. Encarrega-te de me livrar daquele homem – ia passar ao seu lado, mas ele parou-a, agarrando-a pelo braço.

– O que te parece de fazermos uma experiência?

– Uma experiência?

– Porque não tentas, O'Roarke... comigo? Seria seguro, já que mal me suportas. Seria um teste – agarrou-lhe o outro braço. – Sem risco – podia sentir a fúria que vibrava nela. Por motivos que nem tinha analisado, ele sentia-se igualmente furioso. – Aposto cinco para um em como não sentiria nada – aproximou-a dele. – Queres provar que estou enganado?

CAPÍTULO 4

Estavam muito perto. Ela tinha levantado a mão num gesto defensivo inconsciente e tinha os dedos estendidos sobre o peito dele. Podia sentir os batimentos, lentos e regulares. Concentrou o ressentimento naquele ritmo, enquanto o seu coração disparava.

– Não tenho de te provar nada.

Boyd assentiu. Era mais fácil lidar com a fúria nos olhos dela do que com o medo.

– A ti mesma, então – sorriu para a provocar. – O que se passa, O'Roarke? Assusto-te? – ambos sabiam que tinha acertado em cheio. Não lhe importava que o que a fizesse agir fosse o mau humor. O importante era que reagisse.

Ela inclinou a cabeça para trás e subiu lentamente a mão pelo peito de Boyd, até ao ombro. Procurava uma reação. Mas ele só arqueou um sobrolho e, com um leve sorriso, observou-a.

«Portanto, queres brincar», pensou Cilla. Bom, brincariam. Afastou a sensatez e colou os lábios aos dele.

Sentiu-os firmes, frescos e quietos. De olhos abertos, viu que a expressão de Boyd era paciente e odiosamente divertida. Fechou o punho sobre o seu ombro e afastou-se.

– Satisfeito?

– Absolutamente – estava treinado para manter a calma, mas, se ela se incomodasse em sentir naquele momento os batimentos do seu coração, senti-los-ia erráticos. – Não estás a tentar, O'Roarke – desceu uma mão até à anca de Cilla, desequilibrando-a o suficiente para que se apoiasse contra ele. – Queres que credite que é o melhor que sabes fazer?

Sentiu-se atravessada por uma humilhação furiosa. Amaldiçoou-o, fê-lo descer a boca e entregou-se àquele beijo.

Os lábios de Boyd continuavam firmes, mas já não estavam frescos. Nem indiferentes. Durante um instante, sentiu o impulso de se afastar. Mas, então, necessidades quase esquecidas apoderaram-se dela. Uma corrente de desejos, uma tempestade de desejos. Colou-se a ele e deixou que o poder e o calor dele a atingissem, recordando-lhe o que se sentia ao experimentar outra vez a paixão.

Os outros pensamentos desvaneceram-se. Pôde sentir o corpo duro de Boyd colado ao dela, as carícias lentas das mãos dele ao subirem pelas suas costas e afundarem-se no seu cabelo. A boca, já impaciente, possuiu a de Cilla, até que sentiu o sangue a palpitar na cabeça.

Ele tinha achado que estaria preparado. Desde que a conhecia, tinha fantasiado dúzias de vezes prová-la daquela maneira. Tinha imaginado o que sentiria ao tê-la contra o seu corpo, ao ouvi-la a suspirar, ao sentir-lhe a fragrância febril.

Mas a realidade era muito mais potente do que qualquer sonho.

Era explosiva, turbulenta e potencialmente letal. A corrente de eletricidade crepitou, passando dela para ele, deixando-o sem fôlego, aturdido e excitado. Ao gemer, sentiu que Cilla se afastava e recuperava o controlo.

Ela tremeu e emitiu um som, por um lado, de protesto e por outro, de confusão, ao tentar afastar-se.

Ele tinha o cabelo dela na mão. Só teria de o puxar com suavidade para que aproximasse outra vez a cabeça. Demorou o seu tempo e deixou que o seu olhar memorizasse o rosto dela. Queria ver nos olhos de Cilla o que ele próprio tinha sentido. O brilho estava ali, um desejo elementar. Sorriu outra vez quando ela abriu os lábios, trémula e com a respiração entrecortada.

– Ainda não acabei – disse-lhe e voltou a colá-la ao seu corpo.

Cilla precisava de pensar, mas os pensamentos não eram capazes de encontrar o caminho através das sensações que lhe toldavam a razão. Antes que o pânico pudesse dominá-la, agarrou-se a Boyd, abrindo-se a ele, exigindo-lhe a mesma entrega.

Ele soube que poderia ter um festim e que jamais se sentiria satisfeito. Não quando a boca dela estava ardente, húmida e madura para ser saboreada. Sabia que podia reter, mas jamais controlar. Não quando o corpo de Cilla vibrava devido à explosão que tinham provocado juntos. A promessa que lhe tinha ouvido na voz, que lhe tinha visto nos olhos, estava ao alcance da sua mão.

Incapaz de resistir, deslizou as mãos por debaixo da camisola para encontrar uma pele quente e acetinada. Tomou, possuiu, explodiu, até que o desejo que se estendeu pelo seu corpo se transformou em dor.

«Demasiado depressa», advertiu a si mesmo. «Demasiado cedo.» Para ambos. Segurou-a, levantou a cabeça e esperou.

Cilla abriu os olhos e só viu a cara dele. Respirou fundo e só sentiu o sabor dele. Enjoada, levou uma mão à têmpora e depois deixou-a cair.

– Que... Quero sentar-me.

– Já somos dois – conduziu-a até ao sofá e sentou-se ao seu lado.

Ela concentrou-se em estabilizar a respiração, concentrada na janela escura do outro lado da sala. Talvez com tempo suficiente, com distância suficiente, conseguisse convencer-se de que o que acontecera não afetara toda a sua vida.

– Foi uma estupidez.

– Foi muitas coisas – assinalou Boyd. – Mas nunca o qualificaria dessa maneira.

– Zangaste-me – respirou fundo.

– Não é muito difícil fazê-lo.

– Escuta, Boyd...

– De modo que consegues dizê-lo – antes que ela pudesse pará-lo, acariciou-lhe o cabelo num gesto casual e íntimo que voltou a acelerar o pulso de Cilla. – Significa que só usas o nome de um homem depois de o beijares?

– Não significa nada – levantou-se, com a esperança de recuperar com mais rapidez a força nas pernas se se pusesse a andar. – É evidente que nos desviámos do caminho.

– Há mais do que um – recostou-se, para a observar com prazer. Havia algo fantástico em observar o movimento de umas pernas compridas femininas.

– Para mim, só há um – olhou para ele por cima do ombro. – É melhor que o entendas.

– Está bem, seguiremos por esse durante um instante – podia esperar, já que tinha toda a intenção de mudar de rumo e muito em breve. – Parece que tens a ideia estranha de que a única coisa que atrai os homens em ti é a tua voz. Acho que acabámos de demonstrar que não é assim.

– O que acaba de acontecer não demonstrou nada – ainda tinha de descobrir se havia alguma coisa que conseguisse enfurecê-la mais do que o seu sorriso lânguido e paciente. – De qualquer forma, não tem nada a ver com o homem que me telefona.

– És uma mulher inteligente, Cilla. Usa a cabeça. Está obcecado por ti, mas não por ele. Quer fazer-te pagar por algo que fizeste a outro homem. Alguém que conheceu – continuou, quando ela parou para tirar um cigarro do maço. – Alguém relacionado contigo.

– Já te disse que não há ninguém.

– Agora.

– Nem agora, nem antes, nem há anos.

Depois de experimentar a primeira onda da sua paixão, era-lhe mais difícil acreditar nisso. No entanto, assentiu.

– Não deve ter significado grande coisa para ti. Talvez aí radique o problema.

– Pelo amor de Deus, Fletcher, nem sequer saio com homens! Não tenho tempo, nem inclinação.

– Depois falaremos das tuas inclinações.

Cansada, virou-se para olhar pela janela.

– Bolas, Boyd, sai da minha vida!

– Estamos a falar da tua vida – o tom que ela captou na sua voz fez com que contivesse a resposta que estivera prestes a dar-lhe. – Se não houve ninguém em Denver, começaremos a procurar para trás. Mas quero que penses e que te concentres muito. Quem mostrou interesse por ti? Alguém que telefone mais para a emissora do que é normal. Alguém que peça para te conhecer, que te faça perguntas pessoais. Alguém que se tenha aproximado de ti, que talvez te tenha convidado para sair.

– Tu – riu-se, sem humor.

– Lembra-me de me investigar a mim próprio – disse, com voz enganadoramente suave, embora ela tivesse notado a irritação e a frustração. – Quem mais, Cilla?

– Ninguém, ninguém que tenha insistido – tapou os olhos com as mãos em busca de um momento de paz. – Recebo chamadas. Essa é a ideia. Alguns convidam-me para sair, outros, inclusive enviam-me presentes. Tu sabes, bombons e flores. Não há nada de sinistro num ramo de rosas.

– Há muitas coisas sinistras numa ameaça de morte.

– Não recordo ninguém que me tenha telefonado e tentado seduzir em direto. Os tipos que rejeito permanecem rejeitados.

Ele só pôde abanar a cabeça. Maravilhava-o que uma mulher tão perspicaz pudesse ser tão ingénua em algumas ocasiões.

– Está bem, vamos tentar de outra forma. Na emissora, são quase todos homens.

– Somos profissionais! – exclamou e começou a roer as unhas. – Mark é bem casado. Bob também. Jim é um amigo...

– Esqueceste-te de Nick.

– Nick Peters? O que tem?

– Está louco por ti.

– O quê? – surpreendeu-se o suficiente para se virar. – É ridículo. Trata-se de uma criança.

– Não reparaste, pois não? – suspirou, após uma pausa.

– Não há nada em que reparar – mais perturbada do que queria reconhecer, virou-se outra vez. – Olha, assim não vamos a lado nenhum e eu estou... – calou-se e levou a mão ao pescoço.

– E tu, o quê?

– Há um homem do outro lado da rua. Está a olhar para aqui.

– Afasta-te da janela.

– O quê?

– Mantém-te longe da janela e tranca a porta – levantou-se e afastou-a. – Não voltes a abri-la até que eu volte.

Assentiu e acompanhou-o até à porta. Tinha os lábios apertados, enquanto observava como pegava na arma. Aquele gesto devolveu-a à realidade. Tinha sido um movimento suave. Era agente da polícia há dez anos. Já tinha disparado.

– Vou dar uma olhadela. Tranca a porta quando eu sair – ordenou, sem rasto algum do homem que a tinha abraçado e beijado. – Se não voltar dentro de dez minutos, chama a polícia, entendido?

– Sim – cedeu à necessidade de lhe tocar no braço. – Sim – repetiu.

Boyd não abotoou o casaco e o vento penetrante da noite atravessou o tecido da camisa. A arma encaixava na perfeição na sua mão. Olhou para a direita, para a esquerda e viu que a rua estava deserta e escura, salvo a luz projetada pelos candeeiros em intervalos regulares. Era apenas um bairro residencial tranquilo, a dormir nas horas que antecediam o amanhecer. O vento sussurrava entre as árvores.

Não duvidava de Cilla... Nem o teria feito mesmo que não tivesse visto de relance pela janela uma figura solitária na calçada em frente.

Quem quer que fosse, já não estava ali.

Ouviu-se o som de um motor a dois quarteirões de distância. Praguejou, mas não se incomodou em persegui-lo. Com tanta vantagem, seria uma perda de tempo. Em vez disso, percorreu metade do quarteirão em cada direção e depois contornou a casa, com cautela.

Cilla tinha a mão no telefone quando bateu à porta.

– Está tudo bem. Sou eu.

– Viste-o? – quis saber, assim que Boyd entrou.

– Não.

– Estava ali. Juro.

– Eu sei – voltou a trancar a porta. – Tenta relaxar. Já se foi embora.

– Relaxar? – nos últimos dez minutos, tinha disposto de tempo suficiente para passar de inquieta a frenética. – Sabe onde trabalho e onde vivo. Como se supõe que voltarei a relaxar? Se tu não estivesses aqui, poderia ter... – passou as mãos pelo cabelo. Não queria pensar no que poderia ter acontecido. Não se atrevia.

Durante alguns segundos, Boyd não falou. Observou-a enquanto recuperava, lenta e dolorosamente, o controlo.

– Porquê não tiras alguns dias e ficas em casa? Mandarei que um carro-patrulha percorra o bairro.

Ela deixou-se cair numa poltrona.

– Que diferença fará que esteja aqui ou na emissora? – abanou a cabeça antes que ele pudesse responder. – E, se ficasse em casa, ficaria louca a pensar e a preocupar-me. Pelo menos, no trabalho, tenho outras coisas na cabeça.

– Falaremos disso mais tarde – não tinha esperado que aceitasse. – Agora, estás cansada. Porque não vais para a cama? Eu dormirei no sofá.

Queria ser suficientemente forte para lhe dizer que não era

necessário. Que não precisava que a protegesse. Mas a onda de gratidão que sentiu debilitou-a.

– Vou buscar-te uma manta.

Quase tinha amanhecido quando chegou a casa. Tinha conduzido muito tempo, de um bairro para outro, até chegar ao centro da cidade, sumido numa calma fantasmagórica, tudo para não deixar rasto. O pânico atacara-o durante a primeira hora, mas dominara-o e obrigara-se a conduzir devagar, com cuidado. Que um carro-patrulha o parasse poderia estragar todos os seus planos.

Suava sob o cachecol e o boné. Tinha os pés gelados. Mas estava demasiado habituado ao desconforto para reparar nele.

Foi até à casa de banho, sem acender a luz. Evitou com facilidade os seus alarmes caseiros. O cabo fino que ia do braço da poltrona até ao braço do sofá descolorido. A torre de latas à entrada do seu quarto. Possuía uma visão noturna excelente. Era algo de que sempre se orgulhara.

Tomou banho às escuras, deixando que a água quente lhe percorresse o corpo tenso. Ao começar a relaxar, permitiu-se apreciar o aroma do sabonete... O seu cheiro favorito. Utilizou uma escova para esfregar com violência cada centímetro de pele.

Enquanto se lavava, a escuridão começou a diminuir com a primeira luz do amanhecer.

Sobre o coração tinha uma tatuagem complexa de duas facas cruzadas. Acariciou-a com os dedos. Recordava que a tinha mostrado a John. Ele tinha ficado fascinado e impressionado.

Evocou a imagem com clareza. Os olhos escuros e entusiasmados de John. A sua voz, a sua maneira rápida de falar, quase atropelada. Por vezes, tinham ficado sentados na escuridão a falar durante horas, fazendo planos e promessas. Iriam viajar juntos, fazer grandes coisas juntos.

Mas, então, o mundo tinha interferido. A vida tinha interferido. A mulher tinha interferido.

Saiu do duche. A toalha estava no lugar onde a deixara. Ninguém entrava na sua casa para perturbar a sua paz cuidadosamente ordenada. Assim que se secou, vestiu um pijama velho. Recordava-lhe a infância que lhe tinham arrebatado.

Quando o sol nasceu, preparou uma sandes enorme e comeu-a de pé na cozinha, inclinado sobre o lava-loiça para que as migalhas não caíssem para o chão.

Sentia-se forte outra vez. Limpo e alimentado. O seu engenho superava a polícia. Adorava isso. Estava a assustar a mulher, aterrorizando cada dia da vida dela. Isso excitava-o. Quando chegasse a altura, far-lhe-ia tudo o que lhe tinha prometido.

E, mesmo assim, não seria suficiente.

Foi para o quarto, fechou a porta, desceu as persianas e pegou no telefone.

Deborah saiu do seu quarto, com uma camisa de dormir branca e um robe azul que lhe chegava pelo meio das coxas. Tinha as unhas dos pés pintadas de cor-de-rosa. Tinha-as pintado na noite anterior para se divertir enquanto estudava.

Revia as perguntas que achava que fariam no exame que tinha às nove horas da manhã. No entanto, as respostas pareciam perder-se num cruzamento entre o consciente e o inconsciente. Esperava encontrá-las com uma dose rápida de café.

Bocejando, tropeçou numa bota, caiu sobre o sofá e soltou um grito abafado quando a sua mão sentiu pele quente.

Boyd endireitou-se e soltou o braço em busca da arma. Com as caras perto, olhou para Deborah, para a pele branca, os olhos azuis enormes, o cabelo escuro, e relaxou.

– Bom dia.

– Eu... Detetive Fletcher?

– Acho que sim – passou uma mão pelos olhos.

– Desculpe. Não sabia que estava aqui – pigarreou e fechou o robe. Olhou na direção das escadas e baixou a voz. A sua irmã não tinha um sono profundo nem nas melhores circunstâncias. – O que faz aqui?

Ele mexeu um ombro que estava rígido devido ao sofá.

– Disse-te que ia cuidar de Cilla.

– Sim, fê-lo – semicerrou os olhos ao observá-lo. – Leva o trabalho a sério.

– Sim.

– Ainda bem – satisfeita, sorriu. Na agitação e confusão dos seus dezanove anos, tinha aprendido a avaliar os carateres com rapidez. – Ia preparar café. Tenho uma aula cedo. Sirvo-lhe uma chávena?

– Claro! Obrigado – se fosse como a sua irmã, não conseguiria dormir mais enquanto não lhe respondesse às perguntas que tinha na cabeça.

– Imagino que também queira tomar um duche. Mede quinze centímetros a mais para que a sua noite no sofá tenha sido confortável.

– Vinte – esfregou a nuca rígida. – Acho que são uns vinte centímetros.

– Vá tomar banho. Eu tratarei do café – ao virar-se para ir para a cozinha, o telefone tocou. Embora soubesse que Cilla o atenderia antes que tocasse uma segunda vez, dirigiu-se automaticamente para o aparelho.

Boyd abanou a cabeça. Estendeu a mão, levantou o auricular e ouviu.

Com as mãos fechadas sobre as lapelas do robe, Deborah observou-o. O rosto dele permaneceu impassível, mas notou um brilho de raiva nos seus olhos. Embora breve, foi suficientemente intenso para lhe indicar quem estava do outro lado da linha.

Boyd carregou na tecla para desligar a chamada e depois marcou uma série de números.

– Alguma coisa? – praguejou ao receber uma negativa. – Está bem – depois de desligar, olhou para Deborah. Estava junto do sofá, com as mãos apertadas e o rosto pálido. – Vou para cima – disse. – O café fica para depois.

– A minha irmã deve estar agitada. Quero falar com ela.

Ele afastou a manta e levantou-se, só usava as calças de ganga.

– Agradecia-te que me deixasses lidar com a situação desta vez.

Ela quis discutir, mas alguma coisa nos seus olhos a fez desistir. Assentiu.

– Está bem, mas faça um bom trabalho. Não é tão dura como gosta que se pense.

– Eu sei.

Subiu as escadas até ao primeiro andar e passou diante de uma porta aberta que dava para um quarto com a cama feita. Decidiu que era a de Deborah. Parou na porta seguinte, bateu e entrou sem aguardar resposta.

Cilla estava sentada no meio da cama, com os joelhos encostados ao peito e a cabeça apoiada neles. Os lençóis e as mantas estavam enrolados, testemunho das poucas horas de sono inquieto que tivera.

No seu quarto não havia rendas, nem cores suaves. Preferia linhas direitas e simplicidade. As cores eram fortes e tudo menos serenas. No meio dos tons azuis e verdes vibrantes, parecia ainda mais vulnerável.

Ela só levantou o olhar quando Boyd se sentou na beira da cama e lhe tocou no cabelo. Levantou devagar a cabeça. Ele viu que não havia lágrimas. Em vez do receio que tinha esperado, exibia um cansaço insuportável que era ainda mais perturbador.

– Ele telefonou – disse.

– Eu sei. Ouvi lá em baixo.

– Ontem à noite, era ele – virou a cara para a janela, onde viu que o sol tentava afastar as nuvens baixas. – Disse que me viu, que nos viu. Fez com que parecesse asqueroso.

– Cilla...

– Esteve a espiar-nos! – gritou. – Nada que diga, nada que faça o parará. E se se aproximar de mim, far-me-á tudo o que prometeu.

– Não se aproximará de ti.

– Quanto tempo? – quis saber. Fechou e abriu os dedos sobre os lençóis, enquanto o atravessava com o olhar. – Durante quanto tempo poderás vigiar-me? Ele esperará. Esperará e continuará a telefonar-me, a observar-me – pegou no telefone que havia na mesa de cabeceira e atirou-o para o outro lado do quarto. Bateu contra a parede antes de cair ao chão. – Não conseguirás impedi-lo. Tu ouviste-o. Disse que nada o deteria.

– É por isso que te persegue – agarrou-a pelos braços e abanou-a com suavidade. – Quer que te vás abaixo. Quer saber que conseguiu fazê-lo. Se o fizeres, só estarás a ajudá-lo.

– Não sei o que fazer – conseguiu dizer. – Não sei o que fazer.

– Tens de confiar em mim. Olha para mim, Cilla – com a respiração entrecortada, olhou para ele nos olhos. – Quero que confies em mim – murmurou. – E que acredites quando digo que não deixarei que te aconteça alguma coisa.

– Não poderás estar sempre ao meu lado.

– Claro que sim! – esboçou um leve sorriso e começou a esfregar-lhe os braços.

– Quero... – fechou os olhos. Odiava pedir. Precisar.

– O quê?

Tremeram-lhe os lábios quando tentou manter o controlo.

– Preciso de me agarrar a alguma coisa – suspirou, com lábios trémulos. – Por favor.

Ele não disse nada, mas aproximou-a dele e apoiou-lhe a cabeça no seu ombro. Agarrou-se a ele. Tremia e tentava conter as lágrimas.

– Desabafa – murmurou Boyd.

– Não posso – não abriu os olhos e não o largou. Era sólido, quente, forte. Confiável. – Tenho medo de que, assim que o faça, não consiga parar.

– Muito bem, vamos tentar com isto – levantou-lhe a cabeça e deu-lhe um beijo suave nos lábios. – Pensa em mim. Aqui – voltou a roçar-lhe os lábios. – Agora – com paciência, acariciou-lhe as costas rígidas. – Só em mim.

Havia compaixão. Nunca tinha imaginado que o beijo de um homem pudesse contê-la. Foi mais do que gentil e terno, mitigou-lhe os receios, acalmou os seus medos, afastou o seu desespero. Relaxou as mãos fechadas. Não houve exigências enquanto os lábios dele lhe percorriam a cara. Só compreensão.

Foi fácil fazer o que Boyd lhe pedia. Só pensou nele.

Com hesitação, levantou uma mão e deixou que os dedos lhe percorressem a face com a barba de um dia. O palpitar na sua cabeça acalmou. Murmurou o nome dele.

Tinha de ter cuidado. Muito cuidado. A entrega total de Cilla fez com que as suas necessidades começassem a palpitar. Não lhes prestou atenção. Naquele momento, ela requeria consolo, não paixão. Não importava que tivesse os sentidos despertos e percebesse a entrega suave do corpo dela, o sabor especial da boca.

Sabia que bastaria deitá-la na cama. Não resistiria. Talvez inclusive desse as boas-vindas ao calor e à distração. Àquele descanso momentâneo. Mas tinha intenção de ser muito mais para ela.

Colou os lábios à sua testa e apoiou a face no seu cabelo.

– Estás melhor?

Ela assentiu, com a respiração entrecortada. Não tinha a certeza de ser capaz de falar. Como poderia dizer-lhe que apenas desejava permanecer daquela maneira, com os braços à volta do seu corpo, com o coração a bater ao ritmo do dele? Considerá-la-ia tola.

– Eu, hum... Não sabia que podias ser um tipo tão agradável, Fletcher.

– Tenho os meus momentos – sorriu.

– Sim. Bom, isto vai além do dever.

Talvez, só talvez, não tentasse provocá-lo. Afastou-se e apoiou uma mão sob o seu queixo.

– Não estou de serviço. Quando te beijo, não tem nada a ver com o meu trabalho, entendido?

A intenção de Cilla fora agradecer-lhe, não irritá-lo.

– Claro.

– Claro – repetiu e levantou-se, aborrecido, para enfiar as mãos nos bolsos.

Pela primeira vez, ela reparou que só usava as calças de ganga, desabotoadas e descaídas na cintura. O nó que sentiu no estômago não teve nada a ver com o medo e deixou-a momentaneamente muda.

Desejava-o. Não só para o abraçar, para receber beijos quentes. E, certamente, não para que a consolasse. Desejava-o na cama, de um modo que não recordava ter desejado outro homem. Observava-o, a linha esbelta do seu peito, as ancas estreitas, o movimento dos músculos nos braços enquanto fechava os punhos e imaginava como seria tocar-lhe e ser tocada por ele, rodarem na cama, dominados pela paixão. Possuí-lo e ser possuída.

– O que raio se passa agora?

– O quê?

Com os olhos semicerrados, apoiou-se nos calcanhares enquanto ela pestanejava.

– Eu, hum... – sentiu a boca seca. O que diria ele se lhe contasse onde a sua mente acabara de a levar? Fechou os olhos. – Meu Deus – murmurou, – acho que preciso de um café – «e de um mergulho num lago frio».

– A tua irmã ia fazer – franziu o sobrolho ao observá-la. Pensou em Deborah por um instante, em como estivera prestes a cair sobre ele, usando pouco mais do que uma camisa de dormir de renda. Tinha apreciado o seu corpo esbelto. Que homem não o faria? Mas não o afetara. E ali estava Cilla, com uma t-shirt enorme. O algodão alaranjado não era sedutor. No entanto, se ficasse mais tempo ali, cairia de joelhos a suplicar-lhe misericórdia. – O que te parece de tomarmos o pequeno-almoço? – perguntou, com brusquidão.

– Nunca o faço – o tom dele ajudou-a a organizar os pensamentos.

– Hoje, sim. Dez minutos.

– Ouça, detetive...

– Faz alguma coisa ao teu cabelo – disse ao abandonar o quarto. – Pareces vinda do inferno.

Encontrou Deborah na cozinha, completamente vestida e a beber café. Era óbvio que estivesse à espera dele. Assim que entrou na cozinha, ela levantou-se.

– Está bem – disse. – Vou preparar-lhe o pequeno-almoço.

– Porque não se senta? – perguntou, apesar de arquear um sobrolho ao receber aquela informação. – Eu prepará-lo-ei para os dois.

– Pensava que tinhas uma aula cedo.

– Vou faltar.

– Então, a tua irmã zangar-se-á com os dois – dirigiu-se para a cafeteira.

– Já a conhece bastante bem – sorriu e abriu uma gaveta para lhe dar uma colher.

– Não o suficiente – bebeu metade da chávena e sentiu-se quase humano. Tinha de pensar em Cilla. E seria melhor que mantivesse os pensamentos no aspeto profissional. – Quanto tempo tens?

– Cinco minutos – replicou ao olhar para o relógio.

– Fala-me do seu ex-marido.

– Paul? – houve surpresa na sua voz e nos seus olhos. – Porquê? – abanou a cabeça antes que ele pudesse responder. – Acha que ele tem alguma coisa a ver com isto?

– Quero pensar em todas as hipóteses. O divórcio... foi amigável?

– Alguma vez são?

– Diz-me tu – era jovem, mas perspicaz.

– Bom, neste caso, eu diria que foi amigável... Ou tão aprazível como poderia ser – hesitou, indecisa. Se se tratasse de ser leal a Cilla ou de a proteger, devia escolher a proteção. – Eu tinha uns doze anos e Cilla nunca se mostrou muito aberta a esse respeito, mas a minha impressão sempre foi que ele o desejava.

– Porquê? – apoiou-se na bancada.

– Apaixonou-se por outra – incomodada, rodou os ombros. Rezou para que a sua irmã não o considerasse uma traição. – Era bastante claro que já tinham começado a ter problemas antes de eu ter ido viver com eles. Logo a seguir aos meus pais terem morrido. Cilla estava casada apenas há alguns meses, mas... Bom, digamos que a lua de mel já acabara. Estava a ter sucesso em Atlanta e Paul... era muito conservador. Tinha decidido concorrer a vereador e a imagem de Cilla não encaixava no seu estilo de vida.

– Parece-me o contrário.

Ela esboçou um sorriso e encheu-lhe a chávena.

– Lembro-me como Cilla se esforçava para manter o trabalho e a sua vida familiar. Era um momento terrível para nós. Também não ajudou que, de repente, lhes caísse em cima a responsabilidade de uma menina de doze anos. A tensão acrescentada... Bom, imagino que possa dizer-se que acelerou o inevitável. Alguns meses depois de ter ido viver com eles, ele saiu de casa e pediu o divórcio. Ela não se opôs.

Boyd tentou imaginar como teria sido. Com vinte anos, perdera os seus pais, aceitara cuidar de uma menina e vira o seu casamento a desmoronar-se.

– Dá-me a impressão de que lhe fez bem livrar-se dele.

– Suponho que não piore muito as coisas dizer que nunca gostei dele. Era inofensivo. E chato.

– Porque se casou com ele?

– Acho que seria mais apropriado que mo perguntasses a mim – disse Cilla, à porta.

CAPÍTULO 5

Apanhara o cabelo numa trança. Deixava o seu rosto a descoberto, de maneira que a fúria que brilhava nos seus olhos era muito mais fácil de ler. Para além da t-shirt com que tinha dormido, vestira umas calças amarelas. Tinha as mãos enfiadas nos bolsos, enquanto canalizava o seu ressentimento para Boyd.

– Cilla – Deborah adiantou-se. – Estávamos...

– Sim, eu ouvi – olhou para a sua irmã. O mau humor suavizou-se. – Não te preocupes. A culpa não é tua.

– Não é uma questão de culpa – murmurou Deborah. – Importa-nos o que se passa contigo.

– Não vai acontecer nada. É melhor que te vás embora, Deb, ou chegarás atrasada. E parece que o detetive Fletcher e eu temos coisas para falar.

Deborah levantou as mãos e deixou-as cair. Lançou um olhar de simpatia a Boyd e depois beijou a sua irmã na face.

– Está bem. Além disso, jamais conseguirás ser razoável a estas horas.

– Tira uma boa nota – disse Cilla.

– É o que pretendo. Irei ao cinema e comer um hambúrguer com Josh, mas chegarei a casa antes de ti.

– Diverte-te – esperou, sem se mexer, até que ouviu que a porta da entrada se fechava. – Tens muita lata, Fletcher!

Ele virou-se e tirou uma chávena do armário.

– Queres café?

– Eu não gosto que interrogues a minha irmã – ele encheu a chávena e pousou-a. – Vamos esclarecer uma coisa – dirigiu-se para Boyd, com as mãos nos bolsos. Estava convencida de que lhe bateria se as tirasse dos bolsos. – Se tiveres alguma pergunta sobre mim, fala comigo. Deborah não está envolvida em nada disto.

– É muito mais aberta do que a sua irmã. Há ovos? – perguntou ao abrir o frigorífico.

Cilla conseguiu conter o desejo de lho fechar na cara.

– Sabes? Por um instante, enganaste-me lá em cima. Cheguei a pensar que tinhas coração, compaixão.

Encontrou meia dúzia de ovos, um pouco de queijo e algumas fatias de bacon.

– Porque não te sentas, O'Roarke, e bebes o café?

Insultou-o. Alguma coisa brilhou nos olhos dele, alguma coisa perigosa, mas a sua reação foi pegar num garfo e começar a fritar o bacon.

– Terás de te esforçar mais – indicou, passado um instante. – Depois de dez anos na polícia, há poucas coisas originais que possas dizer-me.

– Não tinhas o direito – a voz de Cilla acalmou, mas a emoção aumentou. – Nenhum direito. Era apenas uma menina desolada e assustada. Aquele ano foi um inferno para ela e não precisa que lho recordes.

– Reagiu muito bem – partiu um ovo para uma tigela e depois esmagou a casca na mão. – Dá-me a impressão de que és tu quem reage mal.

– Não te metas na minha vida!

Segurou-lhe o braço com tanta rapidez que ela não teve hipótese de escapar. Boyd falou com voz enganadoramente suave.

– Nem sonhes...

– O que aconteceu então não tem nada a ver com o que está a acontecer agora e o que se passa agora é a única coisa que te diz respeito.

– Sou eu quem tem de determinar isso – conteve-se, com esforço. Não recordava ninguém que o tivesse levado ao limite da sua paciência com tanta frequência. – Se quiseres que pare, então, conta-me. Os ex-cônjuges são os suspeitos favoritos.

– Foi há oito anos – soltou-se e, como precisava de fazer alguma coisa com as mãos, pegou na chávena. Entornou um pouco de café na bancada.

– Conta-me tu ou fá-lo-á outra pessoa, mas o resultado final será o mesmo.

– Queres que te conte? Queres que te revele tudo? Ótimo! Já pouco importa. Tinha vinte anos, era estúpida. Ele era bonito, encantador e inteligente... Todas as coisas que as raparigas estúpidas de vinte anos procuram – bebeu um gole de café, depois estendeu o braço para pegar num pano e limpar a bancada. – Conhecíamo-nos há alguns meses. Ele era muito persuasivo, muito romântico. Aceitei casar-me porque queria uma coisa estável e real na minha vida. E pensava que me amava.

Estava mais sossegada. Não se tinha dado conta de que a raiva desaparecera. Suspirou, virou-se e, com gesto mecânico, tirou pratos e talheres dos armários.

– Não resultou... quase desde o primeiro dia. Dececionei-o fisicamente e ficou desiludido ao descobrir que considerava o meu trabalho tão importante como o seu. Tinha esperado convencer-me a mudar de emprego. Não era que quisesse que o deixasse, que fosse contra que tivesse uma carreira, inclusive na rádio... desde que não interferisse com os seus planos.

– E quais eram? – perguntou Boyd, enquanto deixava que o bacon secasse um pouco.

– Política. Na verdade, conhecemo-nos numa gala de solidariedade que a emissora tinha organizado. Ele estava a tentar conquistar votos. Eu estava a promover a emissora. Era aqui que radicava o principal problema – murmurou. – Conhecíamos a faceta pública um do outro.

– O que aconteceu?

– Casámo-nos... demasiado depressa. E as coisas correram mal... demasiado depressa. Inclusive, começara a pensar na sua ideia de passar para o marketing ou para as vendas. Tinha chegado à conclusão de que, pelo menos, devia tentar. Mas, então, os meus pais... Perdi-os e levei Deborah para casa – calou-se. Não conseguia falar daquela época, nem sequer era capaz de pensar nos receios e na dor, no ressentimento.

– Deve ter sido difícil.

– A questão é que não fui capaz de aguentar – encolheu os ombros. – Precisava de trabalhar. A tensão destruiu os alicerces frágeis que tínhamos. Ele encontrou alguém que o fez mais feliz e deixou-me – encheu a chávena de café. – Fim da história.

Boyd questionou-se o que devia dizer. «Um fim difícil? Todos cometemos erros? Estás melhor sem esse imbecil? Nenhum comentário pessoal», decidiu. Ambos já estavam bastante nervosos.

– Alguma vez te ameaçou?

– Não.

– Forçou-te?

– Não, não – emitiu uma gargalhada. – Estás a tentar transformá-lo no mau da fita, Boyd, e não é assim. Fomos simplesmente duas pessoas que cometemos um erro, porque nos casámos antes de sabermos o que queríamos.

– Às vezes, as pessoas guardam rancor, sem terem consciência disso – começou a servir os ovos nos pratos. – E, um dia, o rancor liberta-se.

– Ele não me guardava rancor – sentou-se e escolheu uma fatia de bacon. Observou-a enquanto a cortava ao meio. – Nunca lhe importei o suficiente para isso. É a triste verdade – sorriu, mas nos seus olhos não havia sinal de humor. – Sabes, pensava que eu era como a mulher que ouvia na rádio... Sedutora, sofisticada, sexy. Queria esse tipo de mulher na cama. E, fora dela, queria uma mulher educada, arranjada e submissa que cuidasse do seu lar. Eu não era nenhuma dessas coisas – encolheu os ombros e voltou a deixar o bacon no prato. – Como ele não era o homem prestável, confiável e compreensivo que tinha pensado, ambos nos desiludimos. Tivemos um divórcio muito tranquilo e civilizado, apertámos a mão e seguimos os nossos respetivos caminhos.

– Se não houve mais nada, porque é que ainda te dói?

– Nunca foste casado, pois não? – levantou uns olhos sombrios para ele.

– Não.

– Então, não poderia explicar-te. Se quiseres investigar Paul, fá-lo, mas será uma perda de tempo. Posso garantir-te que não pensou uma única vez em mim desde que saí de Atlanta.

Ele duvidou que algum homem que tivesse tido intimidade com Cilla conseguisse tirá-la por completo da cabeça.

– Os ovos estão a arrefecer.

– Disse-te que nunca tomo o pequeno-almoço.

– Faz-me esse favor – estendeu a mão, encheu o garfo de ovos e aproximou-o dos seus lábios.

– És incansável – disse, depois de engolir. – Não tens de contactar o posto de polícia ou alguma coisa do género?

– Já o fiz... Ontem à noite, depois de teres ido para a cama.

Ela brincou com a comida no prato, levando uma ou duas garfadas à boca para evitar que a chateasse. «Ficou aqui», recordou, «muito depois de ter acabado o seu turno». Estava em dívida com ele por isso. E pagava sempre as suas dívidas.

– Olha, agradeço-te por teres ficado e sei que faz parte do teu trabalho fazer todo o tipo de perguntas pessoais. Mas, a sério, quero que deixes Deb fora disto.

– Farei o que puder.

– Aproxima-se a primavera. Vou tentar convencê-la a ir à praia.

– Boa sorte – bebeu café e observou-a por cima do rebordo da chávena. – Talvez consigas, se fores com ela.

– Não vou fugir – afastou o prato e apoiou os cotovelos na mesa. – Depois da chamada desta manhã, estive prestes a fazê-lo. Pensei nisso... e depois dei-me conta de que não acabará enquanto não descobrirmos quem é. Quero recuperar a minha vida e só acontecerá quando soubermos quem é e porque anda atrás de mim.

– O meu trabalho é encontrá-lo.

– Eu sei. Foi por isso que decidi colaborar.

– Sim? – deixou a chávena na mesa.

– Sim. A partir de agora, a minha vida será um livro aberto. Pergunta e eu responderei.

– E farás exatamente o que te disser?

– Não – sorriu. – Mas fá-lo-ei se me parecer razoável – surpreendeu ambos ao tocar-lhe na mão. – Pareces cansado. Foi uma noite má?

– Já tive melhores – entrelaçou os dedos com os dela antes que pudesse retirá-los. – Pareces muito bem esta manhã, Cilla.

Voltou a sentir o formigueiro que começava no peito e descia até ao estômago.

– Há pouco, disseste que estava horrível.

– Mudei de ideias. E agora quero falar sobre o acontecido ontem à noite. Sobre mim e ti.

– Não é boa ideia.

– Não, não é – não lhe largou a mão. – Sou polícia e tu és o meu caso. Não podemos evitá-lo – ela soltou um suspiro antes que Boyd continuasse. – Não mais do que o facto de te desejar tanto que me dói.

Ficou muito quieta e achou ouvir o som dos seus batimentos cardíacos na cabeça. Muito devagar, olhou para ele. Pensou que os olhos dele já não estavam tão serenos. Havia fogo neles. Era excitante, aterradoramente excitante.

– Um *timing* terrível – prosseguiu, quando Cilla guardou silêncio. – Mas suponho que nem sempre se possa escolher o momento e o lugar certos. Vou fazer o meu trabalho, mas parece-me que deves saber que me custa ser objetivo. Se quiseres que te atribuam outro detetive, é melhor que o digas agora.

– Não – respondeu, muito depressa. – Não creio que me apeteça ter outro detetive. Não me seduz nada a ideia de ter um, mas já quase me habituei a ti – reparou que estava a roer a unha do polegar e desceu a mão para o colo. – Quanto ao resto, não somos crianças. Conseguiremos... lidar com isso.

Ele sabia que não devia esperar que Cilla reconhecesse que o desejo não era unilateral. Decidiu que esperaria mais tempo. Quando se levantou, ela imitou-o com tanta rapidez que lhe provocou uma gargalhada.

– Vou lavar os pratos, O'Roarke, não vou atirar-me a ti.

– Eu faço-o – teve vontade de dar um pontapé a si mesma. – Um cozinha, o outro lava. São regras O'Roarke.

– Ótimo! Tens uma promoção ao meio-dia, não tens?

– Como sabias?

– Vi a tua agenda. Dá tempo suficiente para que passe pela minha casa para tomar banho e mudar de roupa.

– Vou estar num centro comercial, com dúzias de pessoas – começou. – Não acho...

– Eu acho – afirmou e deixou-a sozinha.

Boyd estava no sofá, com o jornal e uma última chávena de café, quando Cilla desceu. Levantou o olhar e o comentário que ia fazer sobre a rapidez com que mudara de roupa morreu antes de chegar à sua língua. Agradeceu por estar sentado.

Estava vestida de vermelho. De um vermelho intenso, capaz de parar o trânsito. A saia curta de pele colava-se às ancas e acabava a meio das coxas. As calças de ganga que costumava usar não lhe tinham dado uma ideia exata de como as suas pernas eram compridas e bonitas. O casaco a condizer fechava-se com uma fivela na cintura. Fez com que se perguntasse o que teria por baixo.

Fizera alguma coisa ao cabelo. Continuava revolto, mas com mais arte e sedução. E, ao levantar-se, reparou que também se maquilhara, o suficiente para realçar as maçãs do rosto, os olhos e os lábios.

– Que estupidez... – murmurou Cilla, enquanto lutava com um brinco. – Não sei porque se considera atraente pendurar uma coisa nas orelhas – suspirou e desceu o olhar para os brincos de ouro que tinha na mão. – Ou são defeituosos ou sou eu. Como se põem estas coisas? – aproximou-se, com a mão estendida.

– Que coisas? – o seu perfume cativava-o.

– Os brincos. Uso-os só de vez em quando, de modo que nunca adquiri prática. Podes ajudar-me?

– Queres que tos ponha? – estava concentrado em respirar devagar.

– Que perspicaz! – revirou os olhos, deu-lhe os brincos e puxou o cabelo para trás. – Introduz a parte fina no orifício e depois fecha-a. Essa é a parte que me custa.

Ele murmurou qualquer coisa e depois inclinou-se. Sentia um aperto no peito. Sabia que jamais tiraria aquele perfume da cabeça. Esforçou-se para unir as peças com as pontas dos dedos.

– É um sistema estúpido.

– Sim – Cilla mal conseguia falar. Assim que lhe tocou, soube que tinha cometido um grande erro. Invadiram-na descargas de sensações e imagens. A única coisa que podia fazer era ficar quieta e rezar para que se despachasse.

A mão de Boyd roçava-lhe o queixo. As pontas dos dedos dele tocavam-lhe na zona sensível que tinha atrás da orelha. A respiração dele era quente contra a sua pele... até que teve de conter um gemido. Levantou uma mão, insegura.

– Escuta, porque não esquecemos isto?

– Está bem – respirou fundo e recuou um centímetro. Estava nervoso. Mas parte da tensão mitigou quando olhou para ela e descobriu que também ela distava muito de estar impassível. Conseguiu sorrir e abanou os brincos na mão. – Temos de voltar a tentar... quando tivermos mais tempo.

Como nenhuma das respostas que lhe ocorria parecia segura,

guardou silêncio. Tirou o seu casaco e o dele do armário. Esperou enquanto Boyd guardava a arma. Observar como verificava rapidamente a arma provocou-lhe lembranças que queria evitar, de modo que desviou o olhar. Deu-lhe o casaco, abriu a porta, saiu e deixou que a seguisse quando estivesse pronto.

Não fez nenhum comentário quando se juntou a ela.

– Importas-te que sintonize a emissora? – inquiriu Cilla, quando entraram no carro dele.

– Está memorizada no número três.

Satisfeita, sintonizou-a. Os locutores da manhã conversavam e realçavam as brincadeiras com efeitos sonoros. Anunciaram que ofereceriam bilhetes para um concerto iminente e convidaram os ouvintes a irem ao centro comercial para conhecerem Cilla O'Roarke pessoalmente.

– Oferecerá CD, t-shirts e bilhetes para o concerto – anunciou Fred.

– Vá lá, Fred... – interrompeu-o o seu colega. – Sabes que os rapazes não se interessam pelas t-shirts. Querem... – emitiu alguns sons ofegantes – ... ver Cilla – houve um coro de assobios, sussurros e gemidos.

– Fantástico... – murmurou Boyd, mas Cilla riu-se entredentes.

– Supõe-se que têm de ser desagradáveis – assinalou. – As pessoas gostam do absurdo de manhã, quando se arrastam para fora da cama ou estão no meio do trânsito. Os últimos índices de audiência indicaram que tinham vinte e quatro por cento do público. Vá lá, detetive, é só uma atuação!

Ele conteve-se. Estava a fazer figura de parvo. A sua própria investigação tinha verificado que os dois locutores da manhã eram homens casados, com casas bonitas em zonas residenciais. Os dois estavam na KHIP há quase três anos e não tinha encontrado nenhuma ligação entre os seus passados e o de Cilla.

Ela relaxou quando a música começou e olhou pela janela. O dia prometia ser ensolarado e quente. Talvez fosse o primeiro indício da primavera. A sua primeira primavera no Colorado. Aquela estação era a sua preferida, já que gostava de observar como as folhas cresciam e as flores se abriam.

No entanto, na primavera, pensaria sempre na Georgia. Nas magnólias e nas camélias, naqueles cheiros embriagadores.

Recordava uma primavera em que devia ter cinco ou seis anos. Estava a plantar peónias com o seu pai numa manhã quente de sábado, enquanto a rádio anunciava a lista dos quarenta sucessos da semana. Ouvia os pássaros, sentia a terra húmida sob as mãos. O seu pai tinha-lhe dito que floresceriam todas as Primaveras e que poderia vê-las da sua janela.

Questionou-se se ainda continuariam lá... Se quem vivia naquela casa cuidaria delas.

– Cilla?

– O que foi? – perguntou, com brusquidão

– Estás bem?

– Claro, estou bem – concentrou-se no exterior. Havia árvores grandes que dariam sombra no verão, sebes bem cuidadas que protegiam a privacidade das pessoas. Uma subida conduzia a uma casa de dois andares de pedra e madeira. Dúzias de janelas altas e estreitas refulgiam ao sol. – Onde estamos?

– Na minha casa. Tenho de mudar de roupa, lembras-te?

– Na tua casa? – repetiu.

– Exato. Toda a gente tem de viver em algum lado.

«É verdade», pensou ela ao abrir a porta do carro. Mas nenhum dos polícias que conhecera vivia tão bem. Uma olhadela à sua volta mostrou-lhe que o bairro era antigo e rico.

Desconcertada, seguiu-o pelo caminho de pedra até uma porta em arco emoldurada por vitrais.

No interior, o hall era amplo, o chão era de um tom de cereja reluzente, os tetos eram abobadados. Nas paredes havia quadros de artistas importantes do século XX. Uma escada larga curvava-se até ao primeiro andar.

– Ena, e eu que pensava que eras um polícia honesto! – comentou.

– Sou – tirou-lhe o casaco dos ombros e deixou-o sobre o corrimão da escada.

Não tinha nenhuma dúvida da sua honestidade, mas a casa e tudo o que representava punha-a nervosa.

– Imagino que a tenhas herdado de um tio rico.

– Da minha avó – agarrou-lhe o braço e conduziu-a até um arco enorme. A sala era dominada por uma lareira de pedra coroada por um suporte esculpido. Mas a decoração era simples, com um trio de janelas em cada parede.

Havia algumas antiguidades e peças de escultura moderna. Pôde ver o que considerou a sala de jantar através de outro arco.

– Que avó!

– Era uma personagem. Dirigiu as Indústrias Fletcher até aos setenta anos.

– E o que são as Indústrias Fletcher?

– O negócio familiar – encolheu os ombros. – Imobiliária, gado, minas.

– Minas – suspirou. – De ouro?

– Entre outras coisas.

Juntou as mãos para não roer as unhas.

– Então, porque não estás a contar o teu ouro em vez de seres polícia?

– Eu gosto de ser polícia – agarrou-lhe uma mão. – É mau?

– Não. É melhor mudares de roupa. Tenho de chegar cedo.

– Não demorarei.

Esperou até se ir embora para se deixar cair num dos sofás. «Indústrias Fletcher», pensou. Parecia importante. Depois de tirar um cigarro da mala, voltou a observar a sala.

Elegante, com gosto, de uma riqueza simples. E completamente fora da sua vida.

Já tinha sido suficientemente difícil quando pensara que estavam em termo de igualdade. Não gostava de o reconhecer, mas no fundo da sua mente vibrara o pensamento de que talvez, só talvez, pudesse existir uma relação entre eles. Não, uma amizade. Jamais poderia envolver-se a sério com um agente da lei.

Mas já não era polícia. Tinha passado a ser um polícia rico. Regra geral, quem vivia em casas como aquela tinha números romanos a seguir ao nome.

Boyd Fletcher III.

Ela era simplesmente Priscilla Alice O'Roarke, de uma vila perdida da Georgia, que nem sequer constava no mapa. Criara um nome a trabalhar. Mas nunca se conseguia deixar as origens.

Levantou-se e foi até à lareira, para atirar o cigarro.

Desejou que Boyd se despachasse. Queria sair daquela casa, regressar ao trabalho. Queria esquecer o caos em que a sua vida estava sumida de repente.

Tinha de pensar em si mesma. Para onde se dirigia. Como ia

aguentar os dias longos e as noites ainda mais longas, até que a sua vida voltasse à normalidade. Não tinha tempo, não podia permitir-se explorar os seus sentimentos por Boyd. Fosse o que fosse que sentira, ou achara sentir, era melhor não tocar nisso.

Nunca tinha havido duas pessoas tão diferentes. Talvez ele tivesse tocado em alguma coisa no seu interior, em alguma coisa que ela pensara que nunca mais poderia ser tocada. Não significava nada. Só demonstrava que estava viva, que ainda funcionava como ser humano. Como mulher.

Começaria e acabaria ali.

Assim que apanhasse quem quer que estivesse a ameaçá-la, seguiriam os seus respetivos caminhos, voltariam para as suas respetivas vidas. A proximidade que pudessem ter naquele momento tinha nascido da necessidade. Quando esta passasse, afastar-se-iam. «Nada dura para sempre», recordou.

Ao descer, viu-a junto da janela. O cabelo e a cara dela tinham luz. Jamais a tinha imaginado na sua casa, mas, de algum modo, ao olhar para ela soube que a quisera ali.

Deixou-o aturdido, desejando ver como encaixava bem no seu lar. Na sua vida. Nos seus sonhos.

Soube que ela o negaria, que se oporia e fugiria se lhe desse oportunidade. Sorriu ao aproximar-se dela. Não pensava dar-lha.

– Cilla.

Sobressaltada, virou-se.

– Oh, não te ouvi... Estava...

As palavras foram abafadas por um suspiro quando ele a colou ao corpo dele e a beijou.

«Terramotos, inundações, furacões», pensou ela. Como poderia saber que um beijo poderia conter aquelas catástrofes naturais? Não queria isso. Queria-o mais do que respirar. Tinha de o afastar. Mas puxou-o mais. Era errado, era uma loucura. Era correto, era uma loucura bonita.

Ao colar-se a ele, quando a sua boca respondeu a cada exigência febril, soube que tudo aquilo de que tinha tentado convencer-se momentos antes era mentira. Que necessidade tinha de explorar os seus sentimentos quando estavam à superfície?

Precisava dele. Sem importar como isso pudesse aterrá-la, o conhecimento e a aceitação fluíram através dela. Dava a impressão de que tinha esperado a vida inteira para precisar daquela maneira. Para sentir daquela maneira. Trémula e forte, com o olhar impreciso e claro, relaxada e tensa.

As mãos de Boyd deslizaram pelo couro enquanto a moldavam ao seu corpo. Cilla não veria a perfeição com que encaixavam? Queria ouvi-la a dizê-lo, a gemer que o desejava com tanto desespero como ele a ela.

Ela gemeu ao inclinar a cabeça para trás para deixar que os lábios de Boyd lhe percorressem o pescoço. Ele gemeu quando sentiu o perfume dela, impulsionando-o a abrir-lhe o casaco. Por baixo só encontrou Cilla.

Arqueou-se para trás e conteve a respiração quando lhe agarrou os seios. Quando os joelhos lhe falharam, agarrou-se aos ombros dele e tremeu no instante em que os polegares de Boyd tocaram nos seus mamilos.

Alheia a tudo, lançou-se num beijo profundo e íntimo que fez com que os dois cambaleassem. Cilla puxou-lhe o casaco, desesperada por lhe tocar da mesma forma. A mão deslizou pelo couro do suporte da arma e sentiu-a.

Foi como uma bofetada, como um balde de água fria. Como se a queimasse, afastou a mão e recuou. Insegura, apoiou a palma da mão numa mesa e abanou a cabeça.

– Isto é um erro – pronunciou as palavras devagar. – Não quero envolver-me.

– Demasiado tarde – Boyd sentia-se como se tivesse embatido contra uma parede.

– Não – com lentidão deliberada, voltou a fechar o casaco. – Não é. Tenho muitas coisas na cabeça. E tu também.

Ele tentou mostrar a paciência que sempre fizera parte da sua natureza. Pela primeira vez em dias, desejou um cigarro.

– E?

– E nada. Acho que devíamos ir-nos embora.

Ele não se mexeu, nem para se afastar, nem para se aproximar, só levantou uma mão.

– Antes de irmos, vais dizer-me que não sentes nada?

– Seria uma estupidez fingir que não me sinto atraída por ti – obrigou-se a olhar para ele. – Sabes que me afetas.

– Esta noite, quero trazer-te de volta para aqui.

– Não posso – abanou a cabeça. Não podia permitir-se sequer por um instante imaginar como seria estar com ele. – Há motivos para isso.

– Já me disseste que não há mais ninguém – avançou para ela, mas não lhe tocou. – E se houvesse, não me importaria.

– Não tem nada a ver com outros homens. Mas comigo.

– Exato! Porque não me contas o que te dá medo?

– Tenho medo de atender o telefone – era verdade, mas não o principal. – Tenho medo de ir dormir e de acordar.

Boyd apoiou a ponta de um dedo na sua face.

– Sei pelo que estás a passar, e acredita, faria tudo para que desaparecesse. Mas ambos sabemos que essa não é a causa pela qual me evitas.

– Tenho outras.

– Diz-me uma.

– És polícia – disse, irritada, indo buscar a mala.

– E?

– A minha mãe também era – levantou o queixo. Antes que ele pudesse dizer alguma coisa, regressou ao hall para ir buscar o casaco.

– Cilla...

– Afasta-te de mim, Boyd. Falo a sério – vestiu o casaco. – Não posso permitir-me agitar-me desta maneira antes de uma apresentação. Pelo amor de Deus, a minha vida já está suficientemente complicada sem isto! Se não conseguires esquecer isto, telefonarei ao teu capitão e dir-lhe-ei que quero que me atribua outro detetive. Agora, podes levar-me ao centro comercial ou posso apanhar um táxi.

«Mais um empurrão e cairá pelo precipício», pensou ele. Não era o momento certo.

– Eu levo-te. E afastar-me-ei. Por enquanto.

CAPÍTULO 6

Cilla decidiu que era um homem de palavra. Durante o resto daquele dia e no dia seguinte, não falaram de nada que não estivesse relacionado diretamente com o caso.

Não se mostrou distante, nem pouco mais ou menos. Ficou ao seu lado durante a apresentação no centro comercial, observando com subtileza as pessoas que se aproximavam para falar com ela ou pedir-lhe um autógrafo.

Inclusive, deu-lhe a impressão de que se divertia. Comprou um CD de música clássica, pop e jazz, conversou com o engenheiro de som sobre basebol e nunca permitiu que lhe faltasse um refrigerante.

Mas não falou com ela como Cilla já se habituara. Tiveram conversas corretas e impessoais. E nem uma única vez, nem sequer por acaso, lhe tocou. Em resumo, tratou-a como ela pensara que queria ser tratada. Como um caso, mais nada.

Nunca tinha passado uma tarde tão triste.

Foi Althea quem permaneceu com ela na cabina nos dois dias seguintes e quem fiscalizou as chamadas. Não saberia dizer porque é que o silêncio e a ausência de Boyd lhe dificultavam a concentração.

Enquanto trabalhava, chegou à conclusão de que o mais provável era que se tratasse de uma estratégia nova. Ignorava-a para que se fosse abaixo e desse o primeiro passo. Pois, não pensava fazê-lo. Colocou o último sucesso de Bob Seger e começou a pensar.

Ela quisera que a sua relação fosse estritamente profissional. Mas ele não precisava de fazer com que parecesse tão fácil.

Sem dúvida, o que acontecera entre eles, ou o que estivera prestes a acontecer, não significara grande coisa para Boyd. Era melhor assim. Superá-lo-ia. A última coisa que precisava na sua vida era de um polícia com um sorriso lânguido, procedente de uma família rica.

Rezou a Deus para conseguir estar cinco minutos sem pensar nele.

Enquanto Cilla trabalhava, Althea fazia palavras cruzadas. Nunca lhe custara permanecer horas em silêncio, desde que pudesse exercitar a mente. Pensou que com Cilla O'Roarke se passava o contrário. A mulher não tinha dominado a arte delicada da descontração. Enquanto preenchia os quadrados, pensou que Boyd era o homem ideal para a ensinar a fazê-lo.

Naquele momento, parecia prestes a rebentar de vontade de falar. Não lhe passara ao lado a desilusão que o rosto de Cilla mostrara ao ver que não era Boyd quem aparecia na emissora.

«Está desejosa de me perguntar onde está e o que está a fazer», deduziu. «Mas não quer que pense que lhe importa.»

Foi-lhe impossível não sorrir para si mesma. Ultimamente, o seu colega andava muito calado. Althea sabia que tinha investigado mais detalhadamente o passado de Cilla e que tinha encontrado respostas que o perturbavam pessoalmente. Fosse o que fosse que tivesse descoberto, não tinha nada a ver com o caso, caso contrário, sabia que o teria partilhado com ela.

Mas, sem importar a sua amizade, respeitavam escrupulosamente a privacidade um do outro. Não lhe fazia perguntas pessoais. Quando tivesse vontade de o partilhar, lá estaria para o ouvir. Tal como Boyd faria com ela.

Pensou que era uma pena que, ao surgir tensão sexual, os homens e as mulheres perdessem a camaradagem cordial.

De repente, Cilla afastou-se da mesa.

– Vou buscar café. Quer?

– Nick não costuma trazer-lho?

– Está de folga.

– Eu posso ir lá.

– Não – a inquietação vibrou nela. – Tenho quase sete minutos até acabar a cassete. Quero esticar as pernas.

– Está bem.

Cilla dirigiu-se para a sala de estar. Reparou que Billy já estivera ali. O chão resplandecia e as chávenas de café estavam lavadas e guardadas. O ar cheirava a pinho.

Serviu duas chávenas e, antes de sair, guardou alguns biscoitos no bolso.

Com uma chávena em cada mão, virou-se. Viu a sombra de um homem à porta. E o brilho de uma faca. Lançou um grito e largou as chávenas.

– Menina O'Roarke? – Billy deu um passo hesitante para a luz.

– Oh, meu Deus! – levou uma mão ao peito. – Billy. Pensei que já te tinhas ido embora.

– Eu... – chocou contra a porta quando Althea chegou a correr, com a arma em punho. Automaticamente, ele levantou as mãos. – Não dispare. Não fiz nada.

– A culpa foi minha – apressou-se a explicar Cilla. Adiantou-se para apoiar uma mão tranquilizadora no braço de Billy. – Desconhecia que houvesse alguém aqui e quando me virei... – tapou a cara com as mãos. – Peço desculpa – conseguiu balbuciar, baixando as mãos. – Excedi-me. Não sabia que Billy continuava na emissora.

– O senhor Harrison teve um almoço no seu escritório – explicou ele, olhando para as duas. – Ia limpá-lo – engoliu em seco, de forma audível. – Ficaram muitas... muitas facas e garfos.

Cilla observou os talheres que segurava e sentiu-se tola.

– Desculpa, Billy. Devo ter-te dado um susto de morte. E sujei o chão.

– Não faz mal – sorriu, relaxando quando Althea guardou a arma. – Limpá-lo-ei agora mesmo. Que tenha um bom programa, menina O'Roarke – assinalou os auscultadores que pendurara ao pescoço. – Vai pôr música dos anos cinquenta? Sabe que é da que mais gosto.

– Claro – lutou contra as náuseas e obrigou-se a sorrir. – Escolherei qualquer coisa para ti.

– Mencionará o meu nome?

– Podes apostar. Tenho de voltar.

Regressou à cabina, agradecida por Althea lhe dar alguns segundos para estar sozinha. As coisas começavam a ficar muito más quando se sobressaltava diante de um homem de meia-idade que segurava talheres.

Pensou que o melhor modo de aguentar aquilo seria trabalhando. Com movimentos precisos, começou a preparar-se para a «hora energética», entre as onze e a meia-noite.

Quando Althea regressou com café, Cilla convidava os seus ouvintes a permanecerem com ela para ouvirem mais música.

– Em seguida, teremos dez sucessos sem interrupção. Este é para o meu amigo Billy. Remonta a 1958. Não é Dennis Quaid, mas o verdadeiro, o original, o fantástico Jerry Lee Lewis, com *Great balls of fire* – depois de tirar os auscultadores, sorriu fracamente a Althea. – Peço desculpa.

– No seu lugar, provavelmente teria dado um salto até ao teto – ofereceu-lhe uma chávena. – Foram duas semanas terríveis, não foram?

– Horríveis.

– Vamos apanhá-lo, Cilla.

– Conto com isso – escolheu outro disco e demorou o seu tempo a pô-lo. – O que te impulsionou a tornares-te polícia?

– Imagino que quisesse ser boa em alguma coisa.

– Tens marido?

– Não – Althea não sabia onde queria chegar com as perguntas. – Muitos homens incomodam-se ao ver uma mulher armada – hesitou e depois decidiu lançar-se. – Talvez te tenha dado a impressão de que há alguma coisa entre mim e Boyd.

– Custa não o pensar – levantou a mão para lhe pedir silêncio e depois ligou o microfone para a canção seguinte. – Parecem fazer um bom par.

– Ena, não te teria considerado o tipo de mulher que pensa que, se um homem e uma mulher trabalharem juntos, devem dormir juntos! – bebeu um gole de café.

– E não sou – indignada, só lhe faltou levantar-se da cadeira. Ao ver o sorriso de Althea, rendeu-se. – Fui – reconheceu. Depois, também ela sorriu. – Mais ou menos. Imagino que devas ouvi-lo com bastante frequência.

– Não mais do que tu, suponho – assinalou a cabina com as mãos. – Uma mulher atraente no que alguns consideram um trabalho de homem.

Inclusive aquele ponto em comum ajudou-a a relaxar.

– Havia um DJ em Richmond que, supostamente, desejava... girar-me no seu gira-discos.

– E como lidaste com isso?

– Durante o meu programa, anunciei que estava louco por ter encontros e que qualquer interessada devia telefonar para a emissora durante o seu programa – sorriu ao recordá-lo. – Isso arrefeceu-o – virou-se para o microfone para anunciar as horas e a introdução da música seguinte. Depois, tirou outra vez os auscultadores. – Imagino que Boyd não desanime com tanta facilidade.

– Nem sonhes! É obstinado. Gosta de lhe chamar «paciência», mas é simples teimosia. Consegue parecer um bulldog.

– Eu reparei.

– É um bom homem, Cilla, um dos melhores. Se realmente não te interessar, deves deixar-lho claro. É obstinado, mas não é desagradável.

– Não quero estar interessada – murmurou. – Há uma diferença.

– Como da noite para o dia. Ouve, se a pergunta for demasiado pessoal, manda-me calar.

– Não precisas de o repetir – sorriu.

– Está bem. Porque não queres estar interessada?

Cilla escolheu um CD e dois singles.

– É polícia.

– De modo que, se fosse vendedor de seguros, quererias estar interessada?

– Sim. Não – soprou. Às vezes, era melhor ser-se sincero. – Seria mais fácil. Depois, há o facto de ter estragado a única relação séria que tive.

– Sozinha?

– Principalmente – colocou o CD. – Estou mais cómoda concentrada na minha vida e na de Deborah. No meu trabalho e no seu futuro.

– Não és o tipo de pessoa que se sentirá feliz durante muito tempo com a comodidade.

– Talvez não – olhou para o telefone. – Mas, neste momento, contentar-me-ia com isso.

«Está assustada», pensou Althea, enquanto a observava a trabalhar. «E quem não estaria?» Devia ser aterrador ser perseguida por um homem sem cara e sem nome. No entanto, aguentava-o melhor do que a Boyd e aos sentimentos que lhe inspirava.

E tinha muitos. O problema era que, aparentemente, não sabia o que fazer com eles.

Althea guardou silêncio quando começaram a chegar as chamadas. Cilla tinha medo do telefone, receava o que pudesse haver do outro lado. Mas atendeu uma chamada atrás da outra. Se Althea não estivesse no estúdio a ver como a tensão contraía o rosto de Cilla, jamais teria acreditado.

Ofereceu música e um pouco do seu tempo aos ouvintes. Se a sua mão estava insegura, o seu dedo não hesitava em carregar na tecla iluminada.

Boyd tinha entrado na sua vida para a proteger, não para a ameaçar. No entanto, inspirava-lhe medo. A detetive suspirou e questionou-se porque é que a vida de uma mulher podia ficar de pernas para o ar com a presença de um homem.

Se alguma vez se apaixonasse, o que até ao momento tivera o bom senso de evitar, encontraria um modo de ser ela a mandar.

O tom de voz de Cilla devolveu-a imediatamente à sua missão. Ao reconhecer o receio, levantou-se para lhe dar uma massagem nos ombros rígidos.

– Faz com que fale – sussurrou. – O máximo que conseguires.

Cilla bloqueou o que ouvia. Tinha descoberto que a ajudava a manter a prudência ignorar as ameaças ferozes, as promessas terríveis. Manteve o olhar cravado no relógio que indicava o tempo decorrido, sombriamente satisfeita ao ver que tinha passado um minuto e que ainda continuava em linha.

Interrogou-o, obrigando-se a manter a voz serena. Sabia que o que mais gostava era que perdesse o controlo. Ameaçá-la-ia até que começasse a suplicar e então desligaria, satisfeito por ter voltado a abalá-la.

Naquela noite, tentou não ouvir e só observar a passagem dos segundos.

– Não te fiz mal – disse ela. – Sabes que não te fiz nada.

– Fizeste a ele! – gritou. – Morreu por tua causa.

– Quem? Se me dissesses o seu nome, eu...

– Quero que recordes. Quero que pronuncies o seu nome antes de te matar.

Cilla fechou os olhos e tentou encher a cabeça com música, enquanto o homem lhe descrevia exatamente o que ia fazer-lhe.

– Devia ser muito importante para ti. Devias amá-lo muito.

– Era tudo para mim. Tudo o que tinha. Era tão jovem... Tinha a vida pela frente. Mas tu magoaste-o. Traíste-o. Olho por olho, dente por dente. A tua vida pela sua. Em breve. Muito em breve.

Quando desligou, virou-se com rapidez para pôr o disco seguinte. Sem prestar atenção às outras luzes que piscavam, tirou um cigarro do maço.

– Localizaram-no – Althea desligou e aproximou-se para apoiar uma mão no ombro dela. – Encontraram-no. Esta noite, fizeste um trabalho fantástico, Cilla.

– Sim – fechou os olhos. Só faltava aguentar uma hora e dez minutos. – Apanhá-lo-ão?

– Encontrá-lo-emos em breve. Esta é a primeira pista que conseguimos. Aguenta.

Queria sentir-se aliviada. Recostou-se no banco enquanto Althea a levava a casa e se perguntava porque não conseguia aceitar aquele passo como um progresso. Tinham localizado a chamada. Não significava isso que descobririam onde vivia quem a ameaçava? Teriam um nome ao qual acrescentariam um rosto, uma pessoa.

Iria vê-lo. Obrigar-se-ia a fazê-lo. Olharia para aquele rosto, para os seus olhos, e tentaria encontrar um vínculo entre aquele homem e o que quer que lhe tivesse feito no passado para incitar aquele tipo de ódio.

Depois, tentaria viver com isso.

Viu o carro de Boyd estacionado à frente da sua casa. Ele estava na calçada, com o casaco desabotoado. Embora o calendário afirmasse que estavam na primavera, a noite era suficientemente fria para que a respiração condensasse.

Cilla abriu a porta. Boyd não se mexeu enquanto ela se aproximava.

– Vamos para dentro – disse ele.

– Quero saber – naquele momento, viu os seus olhos e entendeu. – Não o apanharam.

– Não – olhou para a sua colega. Althea reparou que controlava a frustração que o dominava.

– O que aconteceu?

– Era uma cabina telefónica a alguns quilómetros da emissora. Não há impressões digitais.

– De modo que não estamos mais perto – comentou Cilla, tentando manter a equanimidade.

– Sim, estamos – agarrou-lhe a mão. – Cometeu o seu primeiro erro. Cometerá outro.

Cansada, olhou por cima do ombro. Os seus nervos estavam à flor da pele ou aquele homem estaria entre as sombras, suficientemente perto para ver e ouvir?

– Vamos para dentro. Tens frio.

– Estou bem – não podia deixar que entrasse com ela. Precisava de desabafar e, para isso, devia estar sozinha. – Esta noite, não quero falar. Só quero ir para a cama. Althea, obrigada por me trazeres e por tudo o resto – dirigiu-se com rapidez para a porta e entrou em casa.

– Só precisa de o assimilar – indicou Althea, apoiando uma mão no braço de Boyd.

Ele teve vontade de praguejar, de partir alguma coisa. Cravou o olhar na porta fechada.

– Não quer deixar que a ajude.

– Não – viu que a luz se acendia no andar de cima. – Queres que chame um carro-patrulha para que vigie a casa?

– Não, ficarei aqui.

– Não estás de serviço, Fletcher.

– Exato. Podemos considerá-lo uma coisa pessoal.

– Queres companhia?

– Não. Precisas de dormir um pouco.

Althea hesitou e depois suspirou.

– Tu encarregar-te-ás do primeiro turno. De qualquer modo, durmo melhor num carro do que numa cama.

Havia geada no jardim. Cilla observou-a através da janela do quarto. Na Georgia, as azáleas estariam a florescer. Há anos que não tinha saudades do seu lar. Naquela manhã fria do Colorado, questionou-se se teria cometido um erro ao atravessar metade do país para deixar para trás todos aqueles lugares, todas aquelas lembranças.

Largou a cortina e afastou-se. Tinha demasiadas coisas na cabeça para reparar numa geada de abril. Também tinha visto o carro de Boyd estacionado na rua.

Enquanto pensava nele, demorou mais tempo e teve mais cuidado do que o habitual a vestir-se. Não tinha mudado de ideias sobre a sua decisão de não ter uma relação com ele. Mas, aparentemente, tratava-se de um erro que já tinha cometido. A capacidade de enfrentar os seus erros era algo que tinha aprendido há muito tempo.

Alisou a camisola de caxemira cor de ameixa. Tinha sido um presente de Natal de Deborah e usava-a mais do que a maioria da roupa que ela mesma escolhia. Usava-a sobre umas calças justas pretas e, seguindo um impulso, colocou uns brincos de prata em forma de estrela.

Ele estava sentado comodamente no sofá, com o jornal aberto e uma chávena de café fumegante na mão. Tinha a camisa desabotoada até meio do peito e amarrotada por a ter usado toda a noite. O casaco estava apoiado nas costas do sofá, mas não tirara o suporte da arma.

Nunca conhecera ninguém que conseguisse integrar-se com tanta facilidade no seu ambiente. Naquele momento, dava a impressão de que passava todas as manhãs onde estava, a folhear a secção de desporto, enquanto bebia uma segunda chávena de café.

Boyd levantou o olhar. Embora não sorrisse, a sua descontração era contagiante.

– Bom dia – disse.

– Bom dia – incomodada, aproximou-se dele. Não sabia se devia começar com uma desculpa ou com uma explicação.

– Deborah deixou-me entrar.

Cilla assentiu e desejou ter vestido umas calças com bolsos. Não havia nada que pudesse fazer com as mãos, salvo uni-las.

– Estiveste aqui toda a noite.

– Faz parte do trabalho.

– Dormiste no teu carro.

Boyd inclinou a cabeça ao ouvir um tom quase acusatório.

– Não foi a primeira vez.

– Desculpa – suspirou e sentou-se na mesa de apoio à frente dele. Os seus joelhos tocaram-se. Para Boyd, foi um gesto amistoso, um dos mais amáveis que lhe tinha dedicado. – Devia ter-te deixado entrar. Devia ter imaginado que ficarias. Suponho que estivesse...

– Inquieta – passou-lhe a chávena de café. – Tinhas o direito de te sentires dessa maneira, Cilla.

– Sim – bebeu um gole e fez uma careta ao sentir como estava doce. – Imagino que me tivesse habituado à ideia de que iam apanhá-lo ontem à noite. Inclusive... É estranho, mas inclusive fiquei nervosa ao pensar que finalmente ia vê-lo, que ia conhecer toda a história. Mas, quando cheguei e me disseste... Não consegui falar sobre isso. Não consegui.

– Não faz mal.

– Tens de ser tão agradável comigo? – riu-se, com uma leve tensão.

– Provavelmente, não – estendeu a mão e tocou-lhe na face. – Sentir-te-ias melhor se gritasse contigo?

– Talvez – incapaz de resistir, agarrou-lhe a mão. – Sou melhor a discutir do que a mostrar-me razoável.

– Já reparei. Já pensaste em tirar um dia para relaxar?

– Não.

– O que te parece hoje?

– Ia pôr em dia a papelada atrasada. E tenho de chamar um canalizador. Temos uma fuga debaixo do lava-loiça – deixou que a mão lhe caísse sobre os joelhos, onde a mexeu, agitada. – É a minha vez de lavar a roupa. Esta noite, tenho de pôr música numa reunião de ex-alunos na cidade. Bill e Jim vão repartir-se no meu horário.

– Já sabia.

– Aquelas reuniões... podem debandar – sentia-se parva. Ele tinha-lhe tirado a chávena vazia e agarrara-lhe as mãos. – Embora também possam ser muito divertidas. Talvez gostasses de ir... e de ficar por lá.

– Estás a pedir-me que vá... e que fique por lá, como num encontro?

– Estarei a trabalhar – começou, mas parou ao ver que se engasgava. – Sim. Mais ou menos.

– Está bem. Posso vir buscar-te?

– Às sete horas. Tenho de chegar a tempo de preparar o equipamento.

– Às seis horas, então. Primeiro, podemos jantar alguma coisa.

– Eu... – sentiu que se afundava cada vez mais. – Está bem. Boyd, tenho de te dizer uma coisa.

– Estou a ouvir-te.

– Continuo sem querer comprometer-me. Não a sério.

– Hum... Hum...

– Não és o homem ideal para mim.

– Mais uma coisa em que não concordamos – imobilizou-a quando começou a levantar-se. – Não te ponhas a andar, Cilla. Respira fundo.

– Acho que é importante que compreendamos desde o início até onde podemos ir e as limitações que existem.

– Vamos ter um romance, Cilla, ou um acordo de negócios? – sorriu. Ela franziu o sobrolho.

– Não devíamos chamar-lhe «romance».

– Porquê?

– Porque... Porque um romance tem implicações.

Ele conteve-se para não voltar a sorrir. Sabia que Cilla não gostaria de ver que o divertia.

– Que tipo de implicações? – devagar, sem deixar de olhar para ela, levou-lhe a mão aos lábios.

– Simplesmente... – a boca dele roçou-lhe os nós dos dedos e, quando os seus dedos ficaram lassos, virou-lhe a mão para lhe beijar a palma.

– Simplesmente? – insistiu.

– Implicações. Boyd... – tremeu ao sentir os dentes no pulso.

– Era só isso que querias dizer-me?

– Não. Podes parar?

– Sim, desde que me concentre.

– Então, concentra-te – descobriu que também ela sorria. – Não consigo pensar.

– Palavras perigosas – mas parou de a mordiscar.

– Estou a tentar mostrar-me séria.

– Eu também – voltou a impedir que se levantasse. – Tenta respirar fundo.

– Sim – fê-lo e depois continuou: – Ontem à noite, enquanto estava deitada às escuras, tinha medo. Não deixava de o ouvir, de ouvir aquela voz, tudo o que me dissera. Várias vezes.

Sabia que não podia pensar naquilo. Se o fizesse, ficaria louca. De modo que pensei em ti – fez uma pausa, à espera de sentir coragem para prosseguir. – E isso bloqueou tudo o resto. E não tinha medo.

Ele fechou os dedos à volta dos de Cilla. Viu que os lábios lhe tremeram antes de lhos apertar. Apercebeu-se de que esperava para ver o que ele faria, o que diria. Era impossível que Cilla soubesse que naquele instante caíra da beira do precipício e se apaixonara por ela.

E, se lho contasse, jamais acreditaria. Algumas mulheres tinham de ser convencidas, era necessário mostrar-lhes para além de dizer. Cilla era uma delas.

Levantou-se devagar e puxou-a consigo. Abraçou-a e apoiou a cabeça dela no seu ombro. Sentiu-a a tremer de alívio.

Cilla questionou-se como era possível que parecesse saber sempre do que precisava. Apenas que a abraçasse, sem palavras, sem promessas. Sentir o calor do seu corpo, a firmeza das suas mãos, o batimento regular do seu coração.

– Boyd?

– Sim – deu-lhe um beijo no cabelo.

– Talvez não me importe que sejas agradável comigo.

– Vamos tentar.

– E talvez tenha sentido a tua falta.

Foi a vez dele de respirar fundo e acalmar-se.

– Escuta – subiu as mãos até aos seus ombros. – Tenho de fazer algumas chamadas. Depois, o que achas de eu ver a fuga de água?

– Isso, eu consigo fazê-lo – sorriu. – O que preciso é que a arranjem.

– Traz-me uma chave-inglesa – e mordeu o lábio inferior.

Duas horas mais tarde, Cilla tinha a contabilidade do mês sobre a secretária de carvalho, no quarto que usava como escritório. Algures no livro de cheques tinha dois dólares e cinquenta e três cêntimos perdidos, quantia que estava decidida a encontrar antes de pagar a pilha de contas à sua direita.

A organização fora algo que ensinara a si mesma, algo a que se agarrara nos anos difíceis, infelizes e tempestuosos. Se fosse capaz de manter aquela pequena ilha de normalidade em qualquer crise, achava-se capaz de sobreviver.

– Ah! – encontrou o erro, corrigiu-o e confirmou as quantias. Satisfeita, guardou o extrato bancário e começou a preencher cheques, começando pela mensalidade da casa.

Não era uma renda. Estava a pagar uma coisa sua.

Nunca tinha sido pobre, mas, ao crescer numa família onde os rendimentos eram o salário de uma agente da polícia e os escassos honorários de um promotor público, tinha aprendido a contar o dinheiro com cuidado. Tinha crescido numa casa arrendada e nunca conhecera o luxo de andar num carro novo. A universidade não teria sido impossível, mas, devido à tensão que teria provocado nas finanças familiares, Cilla tinha decidido trocar a sua educação por um emprego.

Não o lamentava com frequência. Só um pouco em ocasiões específicas. Mas a sua capacidade de pagar os estudos de Deborah fazia com que relembrasse o momento em que tinha tomado a decisão. Tinha sido a correta.

A casa não só representava uma aquisição, como uma declaração. De família, de lar, de raízes. Todos os meses, quando pagava a mensalidade, agradecia por ter a oportunidade de o fazer.

– Cilla?

– O que foi? Oh! – viu Boyd à porta. Ainda segurava a chave-inglesa que lhe tinha dado. Tinha o cabelo despenteado e húmido. Tanto a camisa como as calças estavam molhadas em alguns sítios. Arregaçara as mangas da camisa. A água brilhava nos seus antebraços. – Oh! – repetiu e conteve uma gargalhada.

– Já está arranjada – semicerrou os olhos ao ver como lhe custava a manter a seriedade. – Há algum problema?

– Não. Nada – pigarreou. – De modo que a arranjaste.

– Foi o que disse.

– Foi o que disseste – teve de morder o lábio. Reconhecia um orgulho ferido ao vê-lo. – E como acabaste de me poupar dinheiro, o mínimo que posso fazer é preparar-te o almoço. O que te parece uma sandes de manteiga de amendoim e doce?

– É comida de plástico com uma fotografia do Spiderman.

– Pois, devo dizer-te que é a única coisa que sei fazer – esqueceu as contas e levantou-se. – Isso ou uma lata de atum – com gesto hesitante, passou um dedo pela camisa dele. – Sabias que estás todo molhado?

Levantou uma mão suja, pensou e seguiu o impulso de lha passar pela cara.

– Sim.

Cilla riu-se, surpreendendo-o. Seduzindo-o. Boyd já tinha ouvido aquela gargalhada na rádio, mas nunca pessoalmente desde que a conhecera. Era baixa, forte e excitante.

– Vamos pôr essa camisa a lavar enquanto comes uma sandes.

– Já vamos – manteve a mão no seu queixo e aproximou-a com uma pressão subtil.

Quando as suas bocas se encontraram, ela ainda sorria. Daquela vez, não ficou rígida, não protestou. Com um suspiro de aceitação, abriu-se a ele, permitindo-se absorver o sabor da sua boca, a dança tentadora da sua língua.

Existia ali um calor que ela já tinha esquecido. O calor de estar com alguém que a compreendia. «E a quem importo», pensou, enquanto sentia como os seus dedos lhe acariciavam a face. «Apesar de todos os meus defeitos.»

– Suponho que tenhas razão – murmurou.

– Certamente. No quê?

– É demasiado tarde – afastou-lhe o cabelo da testa.

– Cilla – apoiou outra vez as mãos nos seus ombros e lutou contra o desejo que o consumia. – Sobe comigo. Quero estar contigo – as palavras acenderam outra vez a paixão. Pôde ver o fogo a arder nos olhos dela antes de os fechar e abanar a cabeça.

– Dá-me tempo. Não é um jogo para mim, Boyd, mas o terreno é pouco firme e preciso de pensar – respirou fundo, abriu os olhos e esteve prestes a sorrir. – É tudo aquilo no qual jurei não voltar a cair.

– Conta-me – agarrou-lhe as mãos.

– Agora, não – mas entrelaçou os dedos com os dele, um sinal de união raro nela. – Não estou preparada para falar disso agora. Eu gostava que passássemos algumas horas aqui como duas pessoas a sério. Se o telefone tocar, não o atenderei. Se alguém tocar à campainha, esperarei até que se vá embora. A única coisa que quero é preparar-te uma sandes e lavar a tua camisa. Está bem?

– Claro – beijou-lhe a testa. – Foi a melhor oferta que me fizeram em anos.

CAPÍTULO 7

Havia barulho: a guitarra rítmica, o baixo, o uivo do solo da guitarra principal. Havia luzes que giravam, corpos que balançavam, bater de pés. Ela estabeleceu o ritmo com a sua voz quente e afastou-se para apreciar o resultado. A sala estava viva com o som de gargalhadas, música, vozes. Não conhecia nenhuma das caras, mas a festa era sua.

Boyd bebia um refrigerante e, com cortesia, evitou um convite não muito subtil de uma loira de um metro e oitenta, de vestido azul. Não considerava estar ali um teste à sua paciência. Tinha dedicado grande parte da sua carreira a observar as pessoas e nunca se aborrecera.

Era uma festa ótima e não lhe teria incomodado dançar. Mas preferia vigiar Cilla. Havia maneiras piores de passar a noite.

Ela presidia a festa de uma mesa grande num canto da sala, rodeada dos seus discos e da sua aparelhagem. Resplandecia. Usava um casaco prateado de lantejoulas e umas calças pretas, o cabelo solto e, quando virava a cabeça, as estrelas de prata nas suas orelhas cintilavam.

Já tinha conseguido que dúzias de casais dançassem. Outros estavam à volta da pista em grupos ou junto das mesas, a conversar e a beber.

A música estava alta e era divertida. Pelo que Boyd podia ver, os alunos de 1975 estavam a divertir-se. E, aparentemente, Cilla também.

Brincava com alguns ex-alunos, na maior parte, homens. Alguns não tinham mostrado contenção na hora de beber. Mas reparou que ela lidava com a situação na perfeição.

No entanto, não gostou quando um homem com ar de jogador de râguebi lhe passou um braço pelos ombros. Mas Cilla abanou a cabeça. Fosse o que fosse que lhe tivesse dito, o tipo foi-se embora com um sorriso na cara.

– Há mais músicas como esta, malta. Voltemos à noite do baile de finalistas de 1975 – pôs *One of these nights*, dos Eagles, e depois procurou Boyd entre a multidão.

Ao avistá-lo, sorriu. Inclusive com as pessoas que os separavam, ele pôde ver que os olhos dela brilhavam. Questionou-se se conseguiria que o olhasse daquela maneira quando não estivessem com quinhentas pessoas. Teve de sorrir quando Cilla levou a mão à garganta e lhe indicou que morria de sede.

«Meu Deus, é magnífico!», pensou ela ao ver que se dirigia para o bar. Era-lhe estranho que um homem com um casaco cinzento não lhe parecesse conservador para o seu gosto. No entanto, ficava fantástico a Boyd. «Tanto», verificou com um sorriso, «que o contingente feminino não lhe tira os olhos de cima. Azar, senhoras. É meu. Pelo menos, esta noite».

Um pouco surpreendida com o rumo dos seus pensamentos, regressou ao presente e escolheu uma música de entre todos os pedidos de músicas. «Uma banda nostálgica», pensou, enquanto punha outro sucesso de quinze anos antes.

Gostava de trabalhar em festas, de ver as pessoas a dançar e a seduzir. A pista de dança cintilava sob a bola de espelhos pendurada no teto. Quando a atmosfera o requeresse, ligaria as luzes estroboscópicas e dar-lhes-ia um pouco do ambiente psicadélico dos anos setenta.

Misturado com os perfumes, sentia-se o cheiro das flores frescas que enfeitavam as mesas.

– Isto é para Rick e Sue, os namorados de liceu que estão casados há doze anos. E pensar que diziam que era só um amor juvenil! *Rockin' all over the world*.

– Muito bonito – comentou Boyd.

– Obrigada – virou a cabeça e sorriu.

– No próximo ano, tenho a reunião do meu ano. Estarás livre? – passou-lhe um copo com um refrigerante fresco.

– Tenho de ver na minha agenda.

– Porque não pões uma música para mim?

– Claro! Qual? – ele procurou entre os discos, selecionou um e deu-lho. – Excelente gosto! – ligou o microfone. – Esta noite, temos uma banda selvagem. Estão a divertir-se? – os gritos de confirmação que recebeu percorreram toda a pista. – Estaremos aqui até à meia-noite a pôr música para vocês. Temos um pedido de Springsteen, *Hungry heart.*

Mais pessoas foram para a pista. Cilla virou-se para falar com Boyd e viu-se colada a ele.

– Queres dançar? – murmurou.

Já estavam a fazê-lo. Com os corpos unidos, dançavam com uma lentidão erótica.

– Estou a trabalhar.

– Para cinco minutos – desceu a cabeça para apanhar o seu queixo com os dentes. – Até fazermos amor, isto é o melhor que há.

Ia objetar. Tinha a certeza. Mas viu que se mexia com ele. Rodeou-lhe o pescoço com os braços. Com os rostos próximos, Boyd sorriu. Devagar, com firmeza, passou-lhe as mãos pelas ancas, pelas costelas e voltou a descê-las.

Cilla sentiu-se como se tivesse recebido uma descarga elétrica.

– Tem... Hum... Movimentos muitos hábeis, detetive.

– Obrigado – quando os seus lábios estavam apenas a alguns milímetros de distância, ele passou para o pescoço, deixando-a faminta. – Cheiras a pecado, Cilla. É uma das coisas que anda a enlouquecer-me há dias.

Queria que a beijasse. Ansiava-o. Gemeu quando lhe acariciou o cabelo e lhe inclinou a cabeça para trás. Fechou os olhos, expetante, mas ele apenas lhe roçou a face com aqueles lábios tentadores.

Sem fôlego, agarrou-se a Boyd, tentando sair da bruma de desejo que a envolvia. Havia centenas de pessoas à sua volta, todas elas mexendo-se ao ritmo erótico da música. Recordou que estava a trabalhar. Era, e sempre tinha sido, uma mulher sensata.

– Se continuares assim, não serei capaz de pôr outro disco.

Ele sentiu o bater do seu coração contra o peito. Não bastou para o satisfazer. Mas deu-lhe esperanças.

– Então, suponho que tenhamos de acabar a dança mais tarde.

Quando a largou, Cilla virou-se com rapidez e escolheu um disco à sorte. Os presentes aclamaram ao ouvirem a música. Ela levantou o cabelo para se refrescar. A pressão dos corpos ou, melhor dizendo, a de um só tinha-lhe aumentado a temperatura. Nunca tinha reparado como dançar podia ser perigoso.

– Queres outro refrigerante? – perguntou Boyd ao ver que bebia o que lhe tinha trazido.

– Não. Estou bem – apoiou-se na mesa e estendeu a mão para a lista de pedidos. – É um bom grupo – comentou ao olhar para a sala. – Agradam-me estas reuniões. A continuidade que representam. Eu gosto de ver toda esta gente que partilhou a mesma experiência, o mesmo período de tempo. 1975 – murmurou. – Não foi o melhor ano para a música, com o aparecimento terrível da música disco, mas houve alguns sucessos. Os Doobie Brothers continuavam juntos. E os Eagles também.

– Avalias sempre o tempo de acordo com o *rock and roll*?

– É um defeito profissional – teve de se rir. – De qualquer modo, é um bom barómetro – puxou o cabelo para trás e sorriu. – O primeiro disco que pus como profissional foi o *Emotional Rescue* dos Stones. O ano em que Reagan foi eleito presidente pela primeira vez, o ano em que assassinaram John Lennon... e o ano em que o Império contra-atacou.

– Não foi mau, O'Roarke.

– Nada mau – observou-o. – Aposto que recordas o que estava a dar na rádio da primeira vez que convenceste uma rapariga a ir para o banco traseiro do teu carro.

– *Dueling banjos.*

– Estás a gozar...

– Foste tu que perguntaste.

Cilla ria-se entredentes ao abrir o papel dobrado com um pedido. A sua gargalhada morreu. Por um instante, pensou que o coração lhe tinha parado. Devagar, fechou os olhos. Mas, ao abri-los outra vez, as palavras continuavam ali: «Quero que grites quando te matar».

– Cilla?

Abanou a cabeça e passou o bilhete a Boyd.

«Está aqui», pensou, dominada pelo pânico, enquanto observava a sala. Algures entre aquela multidão de casais que se riam e conversavam, vigiava-a. E esperava.

Aproximara-se o suficiente para pôr aquele papel de aspeto inocente na mesa. O suficiente para a olhar nos olhos, talvez para sorrir. Talvez inclusive lhe tivesse falado. E ela não soubera. Não o tinha reconhecido. Não tinha entendido.

– Cilla.

Sobressaltou-se quando Boyd apoiou uma mão no seu ombro e teria cambaleado se ele não a tivesse segurado.

– Meu Deus... Pensei que esta noite, só uma noite, me deixasse em paz.

– Faz um intervalo.

– Não posso – aturdida, juntou as mãos e olhou para a sala. – Tenho de...

– Tenho de fazer uma chamada – disse ele. – Quero ter-te onde possa ver-te.

«É possível que ainda esteja aqui», pensou Cilla. «Terá uma faca? A faca comprida que me descreveu com tanto detalhe? Esperará até que a música esteja suficientemente alta para me atacar?»

– Vamos.

– Espera. Espera um minuto – com as unhas cravadas nas palmas das mãos, inclinou-se sobre o microfone. – Vamos fazer um pequeno intervalo, mas não arrefeçam, voltarei já para vos animar – com gestos mecânicos, desligou o equipamento. – Não te afastes muito, está bem? – sussurrou.

Com um braço à volta da sua cintura, começou a conduzi-la entre a multidão. Quando um homem abriu caminho entre a multidão e lhe agarrou as mãos, esteve prestes a gritar.

– Cilla O'Roarke – tinha um rosto afável e suado depois de ter dançado. Sorria-lhe com expressão radiante, enquanto Cilla permanecia quieta como uma estátua e Boyd ficava tenso ao seu lado. – Tom Collins. Sou o presidente do comité da reunião. Lembras-te?

– Oh... – obrigou-se a sorrir. – Sim, claro.

– Só queria dizer-te como estamos entusiasmados por te termos aqui. Há muitos fãs teus aqui – largou-lhe uma mão para estender o braço. – Eu sou o maior deles. Não passa uma noite sem que ouça, pelo menos, parte do teu programa. Perdi a minha mulher no ano passado.

– Eu... – pigarreou – lamento.

– Não, quero dizer que a perdi. Cheguei uma noite a casa e ela e os móveis tinham desaparecido. Nunca a encontrei... Nem ao sofá – riu-se cordialmente, enquanto Cilla pensava no que dizer. – A verdade é que o teu programa me ajudou a passar as noites solitárias. Só queria agradecer-te e dizer-te que estás a fazer um trabalho magnífico – pôs-lhe um cartão na mão. – Trabalho com eletrodomésticos. Telefona-me quando precisares de um frigorífico novo – piscou-lhe um olho. – Far-te-ei um bom desconto.

– Obrigada – pensou que depois lhe pareceria engraçado. – Foi um prazer conhecer-te, Tom.

– O prazer foi meu – observou-a a afastar-se, com um sorriso nos lábios.

– Espera – disse Boyd, depois de a tirar da sala e aproximar-se de uma cabina telefónica. – Estás bem?

Ela assentiu e inclusive conseguiu sorrir em direção a duas mulheres que iam para a casa de banho.

– Já estou melhor. Vou sentar-me ali – assinalou um conjunto de poltronas. Deixou Boyd à procura de moedas e afundou-se numa poltrona.

Era um pesadelo. Desejou que fosse tão simples como um pesadelo, para poder acordar com o sol a bater-lhe na cara. Estivera quase um dia inteiro sem pensar nele.

Com mãos trémulas, tirou um cigarro do maço.

Talvez tivesse sido uma tolice permitir-se acreditar que lhe daria um dia de paz. Mas que aparecesse ali... Eram escassas as probabilidades de que fosse um ex-aluno. No entanto, tinha entrado.

Recostada, observou as pessoas a entrar e a sair da sala. Poderia ser qualquer uma. Reconhecê-lo-ia se o visse ou seria um desconhecido?

Poderia ser alguém que estivesse atrás dela no supermercado, alguém numa bomba de gasolina. Talvez o homem que estivesse diante dela no banco ou o empregado da lavandaria.

«Qualquer uma», repetiu, fechando os olhos. Qualquer uma das pessoas sem cara e sem nome com que se cruzava ao longo do dia.

No entanto, ele sabia o seu nome. Conhecia a sua cara. Tinha-lhe arrebatado a sua paz mental, a sua liberdade. Não estaria satisfeito enquanto não lhe tirasse a vida.

Viu Boyd a desligar e esperou até que chegasse ao seu lado.

– Então?

– Thea virá buscar o papel. Enviá-lo-emos para o laboratório – a mão dele encontrou um músculo tenso na curva do seu pescoço e relaxou-o. – Não acredita que consigamos impressões digitais.

– Não – agradeceu pelo facto de não lhe dar nenhuma falsa esperança. – Achas que continua aqui?

– Não sei – era o que o frustrava. – É um homem engenhoso, Cilla. E, para cúmulo, esta reunião carece de segurança. Não seria muito eficaz tentar fechar a sala para interrogar toda a gente. Se quiseres ir-te embora, podemos alegar uma indisposição.

– Não, não quero fazer isso – deu um bafo profundo no cigarro. – A única satisfação que tenho é acabar o trabalho. Demonstrar-lhe que não conseguiu intimidar-me. Em particular, se continuar aqui.

– Está bem. Lembra-te de que, durante a próxima hora, nunca estarei a mais de um metro de ti.

– Boyd, ele mudou a sua tática ao escrever o bilhete – apoiou uma mão na dele ao levantar-se. – O que achas que significa?

– Poderá significar muitas coisas.

– Quais?

– Que era a maneira mais conveniente de entrar em contacto contigo esta noite. Ou que começa a relaxar.

– Ou a impacientar-se – acrescentou, virando-se para ele, à porta. – Sê sincero comigo.

– Ou a impacientar-se – emoldurou-lhe a cara com as mãos. – Cilla, primeiro terá de passar por cima de mim. E posso garantir-te que não lhe será fácil.

– Os polícias gostam de pensar que são duros – sorriu.

– Não – deu-lhe um beijo leve. – Os polícias têm de ser duros. Vamos. Talvez tenhas *Dueling banjos* entre os teus discos. Podias pô-la em nome dos velhos tempos.

– Nem sonhes!

Aguentou. Boyd nunca duvidara de que o faria. No entanto, o modo como aguentou espantou-o e impressionou-o. Nunca se fora abaixo, nem hesitara. Mas não lhe escapou o modo como observava a multidão.

Não parava de mexer as mãos, acompanhando o ritmo, procurando canções, brincando com os fechos da roupa.

«Nunca estará serena», pensou. «Avançará pela vida impulsionada pelos nervos e pela ambição. Será uma companheira exigente e inquieta.»

Não o que ele tinha em mente nas raras vezes em que tinha pensado no casamento e na família. «Nem se aproxima», pensou, com um leve sorriso. Mas era exatamente o que queria e o que pretendia conseguir.

Protegê-la-ia com a vida. Era o seu dever. Cuidaria dela a vida inteira. Isso era amor. Se os planos que fizera corressem bem, Cilla não demoraria a compreender a diferença.

Também ele observava a multidão, os rostos, atento a qualquer sinal, qualquer movimento que despertasse o seu instinto. Mas a música continuava e as pessoas riam-se.

Viu Althea a entrar. E pensou que também a maioria dos homens na sala. Riu-se entredentes ao reparar que uma mulher dava uma cotovelada ao marido, enquanto olhava, boquiaberto, para a ruiva que contornava a pista de dança.

– As tuas entradas são espetaculares, Thea.

Ela encolheu os ombros. Usava um vestido preto.

– Tenho de te agradecer por me teres salvado de uma noite chata. O meu par tinha uma escova de dentes no bolso e uma noite de sexo desenfreado em mente.

– Animal...

– Não são todos? – olhou para Cilla. O humor desvaneceu-se do seu rosto e foi substituído por preocupação. – Como está ela?

– É fantástica.

– Parceiro – arqueou um sobrolho, – as minhas habilidades perspicazes de detetive levam-me a achar que estás seriamente interessado no nosso caso.

– Já deixei o interesse para trás. Estou apaixonado.

Os lábios de Thea formaram uma expressão pensativa.

– Com «A» maiúsculo ou minúsculo?

– Com todas as letras maiúsculas – desviou o olhar de Cilla e concentrou-se em Thea. Partilharia os seus pensamentos com poucas pessoas. – Estou a pensar em casamento, Thea. Queres ser a minha madrinha?

– Conta comigo – mas apoiou uma mão no seu braço. – Não quero ser chata, Boyd, mas não percas a perspetiva. Ela está em apuros.

– Consigo ser polícia e homem – conteve a irritação. Como não era algo de que quisesse falar em profundidade, enfiou a mão no bolso. – Aqui tens o bilhete.

Ela leu-o e depois guardou-o na mala.

– Veremos o que o pessoal do laboratório descobrirá.

– O ex-marido parece limpo – o que representava uma desilusão. – Acabei do investigar esta noite. O senador Lomax está casado há sete anos e tem um filho, e outro a caminho. Há três meses que não sai de Atlanta.

– Eu falei com o diretor da emissora de Chicago. Só tinha palavras boas sobre Cilla. Verifiquei a sua história de que estivera em Rochester na semana passada, a visitar a sua filha. Bate certo. Tem uma filha. Enviou-me por fax os ficheiros do pessoal da emissora quando Cilla trabalhava lá. Até agora, nada.

– Quando for ao posto de polícia na segunda-feira, dar-lhes-emos uma olhadela.

– Pensava lê-los este fim de semana. Tu não te afastes da nossa rapariga.

– Devo-te uma, Thea.

– Deves-me mais do que uma, mas quem está a contar? – ao sair, teve de parar duas vezes para rejeitar convites para dançar e depois para declinar uma oferta mais íntima.

Devido a uma festa ser mais apreciada quando acabava com frenesi, Cilla escolheu as últimas três canções mais pelo ritmo do que pelo sentimento. Os casacos desapareceram, as gravatas foram afrouxadas e os penteados caíram. Ao acabar a última música, a pista estava cheia.

– Obrigada, alunos de 75, foram fantásticos. Quero voltar a ver-vos a todos quando celebrarem os vinte anos.

– Bom trabalho – disse-lhe Boyd.

Cilla começou a guardar os discos, enquanto as pessoas se dividiam em grupos. Trocariam números de telefone e moradas. Algumas despedidas seriam tristes.

– Ainda não acabou.

Trabalhar ajudá-la-ia. Tinha de desmontar o equipamento e, com a colaboração do pessoal do hotel, carregá-lo-ia no carro de Boyd. Depois, iriam à emissora, para o descarregarem lá. Depois, talvez se permitisse voltar a pensar.

– Foi um bom trabalho.

– Mark? – levantou o olhar, surpreendida. – O que fazes aqui?

– Poderia dizer-se que queria ver como estava um dos meus

empregados – levantou um single e riu-se. – Meu Deus, não me digas que chegaste a pô-lo!

– Tinha muito sucesso em 1975 – perspicaz, tirou-lho. – E agora, porque não me contas o que fazes realmente aqui?

Sentindo-se nostálgico, olhou à sua volta. A sua mulher e ele tinham-se conhecido no liceu.

– Vim buscar o meu equipamento.

– Desde quando o diretor da emissora faz esse trabalho?

– Sou o chefe – recordou-lhe. – Posso fazer o que quiser. E a partir deste momento... – olhou para o relógio. – Estás de baixa por doença.

– Não estou doente – de repente, foi-lhe muito claro. Olhou para Boyd, com expressão acusadora.

– Se eu o digo é porque estás – replicou Mark. – Se te vir na emissora antes do teu turno de segunda-feira à noite, estás despedida.

– Bolas, Mark!

– Ou aceitas ou não – para suavizar o golpe, apoiou as mãos nos seus ombros. – É pelo negócio, Cilla. Já vi DJ a irem-se abaixo com muito menos pressão. Quero-te muito tempo na emissora. E também é pessoal. Há muita gente preocupada contigo.

– Estou bem.

– Então, não te custará aguentar alguns dias livres. E agora, vai-te embora.

– Mas, quem...?

– Ouviste-o – Boyd agarrou-a pelo braço.

– Detesto que mandem em mim – murmurou, enquanto ele a levava.

– É uma pena. Imagino que penses que a KHIP se irá abaixo sem ti no fim de semana.

– A questão não é essa – lançou-lhe um olhar assassino.

– Não, a questão é que precisas de descansar e vais fazê-lo.

Cilla pegou no casaco antes que ele pudesse ajudá-la a vesti-lo.

– E o que raios se supõe que vou fazer?

– Alguma coisa nos ocorrerá.

Furiosa, saiu para o estacionamento. Havia alguns convidados da festa junto dos seus respetivos carros. Sentou-se no interior do veículo de Boyd e franziu o sobrolho.

– Desde quando é uma questão nossa?

– Desde que, por uma estranha coincidência, eu também tenho o fim de semana livre.

– Cheira-me a conspiração – observou-o com os olhos semicerrados, enquanto lhe punha o cinto de segurança.

– Ainda não viste nada – colocou uma cassete de música clássica antes de sair do estacionamento.

– Mozart? – soprou ela.

– Bach. É para limpar o paladar.

Com um suspiro, tirou um cigarro do maço. Não queria que se preocupassem com ela, não queria reconhecer que estava cansada. Nem pensava admitir que se sentia aliviada.

– Esta música adormece-me sempre.

– Não te faria mal o descanso.

– Não gostei que tivesses ido a correr falar com Mark – acendeu o cigarro, com os dentes apertados.

– Não fui a correr. Simplesmente, telefonei-lhe e sugeri-lhe que te faria bem um descanso.

– Posso cuidar de mim mesma.

– Os teus impostos servem para que eu cuide de ti.

– Mencionei ultimamente como os polícias me desagradam?

– Não nas últimas vinte e quatro horas.

Aparentemente, não ia morder o anzol e permitir-lhe que desabafasse com uma discussão. Decidiu que, afinal de contas, talvez fosse o melhor. Podia empregar o tempo a pôr a leitura em dia. Os últimos dois números da Radio & Records esperavam pela sua atenção. Também queria dar uma olhadela a uma revista de jardinagem que tinha recebido pelo correio. Seria agradável plantar flores estivais à volta da casa.

A ideia fê-la sorrir. Compraria vasos de barro para as janelas e talvez um para pendurar. Talvez tivesse sido por isso que só se apercebeu vinte minutos depois de que iam na direção errada.

– Onde estamos? – endireitou-se.

– Na 70, em direção a oeste.

– Na autoestrada 70? E o que raios fazemos aqui?

– Vamos para as montanhas.

– Para as montanhas – aturdida, afastou o cabelo. – Que montanhas?

– Acho que se chamam Rochosas – replicou. – Talvez já tenhas ouvido falar delas.

– Não te armes em esperto! Supunha-se que devias levar-me a casa.

– E estou a fazê-lo... de certa forma. Estou a levar-te para a minha casa.

– Já vi a tua casa – apontou para trás com o polegar. – Fica na outra direção.

– Essa é a minha casa de Denver. Esta é a que tenho nas montanhas. É uma cabana muito cómoda. Com uma vista bonita. Passaremos lá o fim de semana.

– Não vamos a lado nenhum – mexeu-se para olhar para ele, com olhos cintilantes. – Vou passar o fim de semana na minha casa.

– Fá-lo-emos no próximo fim de semana – explicou, com tom razoável.

– Olha, Fletcher, como polícia, devias saber que levar alguém contra a sua vontade é crime.

– Podes apresentar queixa quando voltarmos.

– Muito bem, isto já foi demasiado longe – recordou a si mesma que não serviria de nada perder as estribeiras. Ele era imune. – Talvez penses que o fazes para o meu próprio bem, mas há outras pessoas envolvidas. Nem sonhes que vou deixar Deborah sozinha em casa enquanto aquele maníaco anda atrás de mim.

– Muito bem – virou para uma saída da autoestrada e ela começou a relaxar. – É por isso que vai passar alguns dias com Althea.

– Eu...

– Pediu-me que te dissesse que te divertisses. Ah! – continuou, enquanto ela emitia sons incoerentes, – guardou-te roupa numa mala. Está no porta-bagagem.

– Quando planeaste isto tudo?

Boyd decidiu que aquela voz fabulosa soava demasiado serena. Preparou-se para a tempestade.

– Hoje, tive algum tempo livre. Gostarás da cabana. É tranquila, não muito isolada e, como já disse, tem uma vista magnífica.

– Desde que fique perto de um penhasco de onde possa atirar-me...

– Também – abrandou a velocidade para continuar por um caminho sinuoso.

– Sabia que eras descarado, Fletcher, mas isto ultrapassa-o. O que raio te fez pensar que podias meter-me num carro, organizar a vida da minha irmã e trazer-me para uma cabana?

– Deve ter sido uma ideia súbita.

– Sem dúvida, não és bom da cabeça. Percebe uma coisa: eu não gosto do campo, não gosto do rústico. Não gosto de acampar e não irei.

– Já estás a ir.

– Se não me levares de volta agora mesmo, vou... – como podia manter-se tão calmo?

– O quê?

– Terás de dormir – apertou os dentes e sentiu-se dominada pela fúria. – Se esta é a tua maneira de conseguires meter-me na tua cama, pensaste mal. Preferia ficar sentada no carro a congelar.

– A cabana tem mais do que um quarto – explicou, com tranquilidade. – És bem-vinda a partilhar o meu ou a escolher qualquer um dos outros. Depende de ti.

Atónita, recostou-se no banco.

CAPÍTULO 8

Não tinha intenção de lhe dar um ar romântico. Os sequestros ficavam bem nos livros sobre damas nobres e corsários intrépidos. Mas não encaixavam na cidade de Denver do século XX.

Não pensava mudar de atitude. Se a única vingança que tinha ao alcance era manter uma distância gélida, fá-lo-ia. Não obteria dela nenhum sorriso, nenhuma palavra amável, até acabar aquele fim de semana ridículo.

«Então, porque é uma pena que a minha primeira olhadela à casa seja ao luar?»

Chamava «cabana» àquilo? Cilla agradeceu pela música abafar o seu suspiro de surpresa. A ideia que ela tinha de uma cabana era uma estrutura de troncos no meio do nada, sem nenhuma das vantagens da civilização. O tipo de lugar para onde os homens iam para deixar crescer a barba, beber cerveja e queixar-se das mulheres.

Aquela era de madeira, mas distava muito de ser pequena. Com vários andares, erguia-se, majestosa, entre os pinheiros cobertos de neve. Vários terraços, alguns cobertos e outros não, prometiam uma vista espetacular de qualquer direção. O telhado de zinco brilhava, fazendo com que se perguntasse como seria estar lá dentro, a ouvir a chuva a cair.

Mas conteve todas as palavras de elogio e saiu do carro. A neve chegava-lhe até meio da barriga das pernas.

– Fantástico... – murmurou. Avançou para o alpendre, deixando que ele se encarregasse da bagagem.

Pensou que, embora fosse bonita, não fazia diferença nenhuma. Continuava sem querer estar ali. Mas, como já não havia remédio e não era possível chamar um táxi, manteria a boca fechada, escolheria o quarto mais afastado do de Boyd e meter-se-ia na cama. Talvez não saísse de lá durante quarenta e oito horas.

Cumpriu a primeira metade do juramento quando ele se juntou a ela no alpendre. Os únicos sons foram produzidos pelas tábuas de madeira do chão e pelo som de alguma criatura selvagem no bosque. Depois de pousar as malas, Boyd abriu a porta e indicou-lhe que entrasse.

O interior estava às escuras e gelado. De algum modo, isso fez com que se sentisse melhor. Quanto mais incómoda fosse, mais justificado seria o seu mau humor. Assim que ele acendeu as luzes, ficou boquiaberta.

A sala da cabana era enorme, uma estrutura ampla com vigas de madeira e uma bonita lareira de granito. À sua volta havia móveis cómodos. No cimo, um varandim percorria a sala. As paredes eram brancas, com estantes, portas e janelas envidraçadas.

Não se parecia em nada com os arcos e as curvas da sua casa de Denver. A cabana era de linhas retas e simples. O chão de madeira estava despido. Dois degraus lustrosos conduziam à sala. Junto da lareira havia um baú de madeira cheio de lenha.

– Aquece com bastante rapidez – explicou Boyd, deduzindo que começaria a falar quando se sentisse preparada. Ligou o aquecimento antes de tirar o casaco e pendurá-lo num bengaleiro com espelho atrás da porta. Dirigiu-se para a lareira e começou a prepará-la. – A cozinha é por aí – assinalou, enquanto aproximava um fósforo de um jornal amachucado. – A despensa está cheia, caso tenhas fome.

Tinha, mas preferia morrer a reconhecê-lo. De mau humor, observou como as chamas começavam a lamber os troncos. «Até isto faz bem», pensou, desagradada.

Quando Cilla não respondeu, Boyd levantou-se e sacudiu as mãos.

– Se preferires ir para a cama, há quatro quartos lá em cima.

Com o queixo rígido, pegou na mala e subiu as escadas.

Custou-lhe a adivinhar qual seria o quarto de Boyd. Todos tinham uma decoração linda. Escolheu o mais pequeno. Embora odiasse reconhecê-lo, era lindo, com o teto trabalhado, a casa de banho pequena e as portas de correr. Pôs a mala sobre a cama estreita e abriu-a para ver o que a sua irmã lhe tinha guardado.

A camisola e as calças grossas receberam a sua aprovação, tal como as botas robustas e as meias quentes. O *nécessaire* continha o necessário, embora duvidasse que fosse usar alguma máscara ou perfume. Em vez da t-shirt e do robe de flanela, havia uma peça de seda preta. Viu um bilhete preso.

Feliz aniversário com algumas semanas de antecedência. Vemo-nos na segunda-feira.
Beijos, Deborah.

Suspirou. «A minha própria irmã», pensou. Com cuidado, levantou a peça. No que estava a pensar Deborah para lhe pôr algo parecido na mala? Talvez fosse melhor não saber a resposta. Decidiu que dormiria com a camisola, embora não conseguisse resistir à tentação de passar os dedos pela seda.

Era fantástica. Raramente se dava ao luxo de algo tão pouco prático. Uma pequena secção do seu guarda-roupa era dedicada a fatos parecidos com o que usara na reunião de ex-alunos. Considerava-os mais uma máscara do que roupa. O resto era composto de peças práticas e cómodas.

Pensou que a sua irmã não devia ter sido tão extravagante. Embora fosse típico dela. Suspirou e deixou que a seda deslizasse pelas suas mãos. Talvez não fizesse mal experimentá-la. Afinal de contas, fora um presente. E ninguém ia vê-la.

O calor começava a sair das condutas do aquecimento. Agradecida, tirou o casaco e os sapatos. Tomaria um banho quente e depois deitar-se-ia debaixo daquela colcha tão bonita.

Mas a água quente seduziu-a. Os sais de banho que Deborah tinha metido na mala pareceram-lhe irresistíveis. A sua fragrância envolveu-a. Esteve prestes a adormecer na água, sonhando com a espuma sobre a sua pele.

E, ainda por cima, a claraboia do teto deixava entrar a luz das estrelas. Suspirou e afundou-se mais na banheira. Pensou que era de um romantismo quase pecaminoso.

Sem dúvida, tinha sido uma tolice acender as duas velas que havia no parapeito da janela. Mas não tinha conseguido resistir à tentação. E, enquanto sonhava, a sua fragrância envolveu-a.

Ao levantar-se com preguiça da água, decidiu aproveitar o melhor de uma situação má. Soltou o cabelo, deixou que caísse sobre os seus ombros e vestiu a peça que Deborah lhe oferecera.

Quase não tinha costas, apenas uma tira de tecido que quase não a tapava. Subia até à parte da frente em duas alças que se cruzavam e acabavam num laço no meio, debaixo dos seios. Embora lhos tapasse com muita dificuldade, algum segredo estrutural inteligente levantava-os e fazia com que parecessem mais cheios.

Apesar das suas melhores intenções, passou a ponta de um dedo pelas alças, perguntando-se como seria se Boyd lhas tirasse. Imaginou que sentia os dedos dele na sua pele. Iria devagar ou simplesmente arrancar-lhas-ia e...?

Meu Deus!

Recriminou-se, empurrou a porta e saiu da casa de banho.

Recordou a si mesma que era ridículo ter aquelas fantasias. Nunca tinha sido uma sonhadora. Sempre soubera qual era a sua meta e como chegar até lá. Desde a infância que não perdia tempo com fantasias que não tinham relação alguma com a ambição ou o sucesso.

Além disso, não ganhava nada ao fantasiar com um homem com quem não poderia alcançar uma realidade confortável, sem importar como a atraísse.

Iria para a cama. Fecharia a mente a qualquer estímulo. E rezaria também para ser capaz de conter aquelas necessidades que a consumiam. Antes que pudesse colocar a mala debaixo da cama, viu o copo em cima da mesa de cabeceira.

Era um copo de pé alto, cheio de um líquido dourado. Ao prová-lo, fechou os olhos. Vinho. Maravilhosamente suave. Provavelmente, francês. Virou-se e viu-se refletida no espelho do canto.

Tinha os olhos escuros e a pele avermelhada. Parecia branda, aberta, dócil. Questionou-se o que Boyd estaria a fazer-lhe e porque é que resultava.

Antes que pudesse mudar de ideias, passou o robe fino pelos ombros e foi procurá-lo.

Estava a ler a mesma página há uma hora. A pensar nela. A amaldiçoá-la. A desejá-la. Tinha necessitado de todo o seu autocontrolo para deixar o copo de vinho junto da cama de Cilla e sair do quarto ao ouvi-la na banheira.

Aborrecido, chegou à conclusão de que não era unilateral. Sabia quando uma mulher estava interessada. E também não era apenas físico. Amava-a, bolas! E se Cilla fosse parva ao ponto de não ver, teria de lho meter à força na cabeça.

Deixou o livro no colo, ouviu a eloquência de Billie Holiday e contemplou o lume. As chamas tinham banido o frio do seu quarto. Irritava-o ter fantasiado com ela enquanto a acendia.

Tinha-a imaginado a aproximar-se dele, com uma peça de roupa sedutora. Tinha-lhe sorrido e estendido as mãos. Fundira-se com o seu corpo. Quando lhe pegara ao colo, levara-a para a cama...

«Continua a sonhar», disse a si mesmo. O dia em que Cilla O'Roarke se aproximasse de livre vontade, com um sorriso e a mão estendida, seria o dia em que haveria porcos com asas.

Estava convencido de que sentia alguma coisa por ele. Muito. E, se não fosse tão teimosa, se não estivesse tão decidida a encerrar toda a sua paixão incrível, não dedicaria tanto tempo a roer as unhas e a fumar cigarros.

Ressentida, contida e reprimida, assim era Priscilla Alice O'Roarke. Pegou no copo de vinho para fazer um brinde na brincadeira. Esteve a ponto de cair-lhe da mão quando a viu à porta.

– Quero falar contigo – tinha perdido quase toda a coragem no breve trajeto pelo corredor, embora tivesse conseguido entrar no quarto. Não ia permitir que o facto de Boyd estar apenas de calças de pijama, sentado diante da lareira, a intimidasse.

Depois de beber um gole de vinho, ele conseguiu assentir. Estava quase disposto a acreditar que voltava a sonhar... Mas ela não sorria.

– Sim?

Cilla teve de recordar a si mesma que tinha vindo falar, dizer o que bulia na sua mente e limpar a atmosfera. Mas, primeiro, precisava de um gole do seu próprio vinho.

– Compreendo que os teus motivos para me trazeres para aqui fossem basicamente bem-intencionados, dadas as circunstâncias das últimas semanas. Mas os teus métodos foram incrivelmente arrogantes – questionou-se se lhe teria parecido tão parva como parecia aos seus próprios ouvidos. Aguardou por uma resposta, mas ele não deixava de olhar para ela. – Boyd?

– O que foi? – abanou a cabeça.

– Não tens nada a dizer?

– Sobre o quê?

Ela emitiu um som baixo de frustração e aproximou-se. Pousou o copo na mesa e o resto do vinho agitou-se.

– O mínimo que podes fazer depois de me arrastares até aqui é ouvires-me quando me queixo.

Ele quase não conseguia respirar, quanto mais ouvir. Para ganhar tempo, bebeu outro gole.

– Se tivesses pernas... cérebro – corrigiu, com os dentes apertados, – saberias que alguns dias longe de tudo seriam bons para ti – nos olhos dela cintilou a raiva, o que lhe deu um ar ainda mais excitante. Atrás de si, as chamas ardiam e a luz atravessava a peça de seda que usava.

– De modo que tomaste a liberdade de decidir por mim.

– É verdade – com um movimento brusco, pousou o copo para não o partir com os dedos. – Se te tivesse pedido que viesses passar alguns dias aqui, terias arranjado uma dúzia de desculpas.

– Jamais saberemos o que teria feito – replicou, – porque não me deste a opção de tomar a minha própria decisão.

– Estou a esforçar-me para ta dar agora – murmurou ele.

– Sobre o quê?

Boyd soltou um palavrão e levantou-se, virando-lhe as costas. Com as mãos apoiadas na parede, começou a bater com a testa. Cilla observou-o, com uma mistura de confusão e fúria.

– O que estás a fazer? – perguntou.

– Estou a bater com a cabeça contra a parede. O que te parece que estou a fazer? – parou, com a testa apoiada na parede.

Ela pensou que, aparentemente, não era a única submetida a muita tensão. Pigarreou.

– Boyd, porque estás a magoar-te dessa maneira?

Ele riu-se, esfregou a cara e virou-se.

– Não faço ideia. Foi uma coisa que me senti impulsionado a fazer desde que te conheci – viu-a um pouco nervosa, passando os dedos inquietos pelas lapelas de seda. Não lhe foi fácil, mas, depois de respirar fundo, sentiu algum controlo. – Porque não vais para a cama, Cilla? Amanhã de manhã, poderás acabar com o que restar de mim.

– Não te percebo! – exclamou e depois começou a andar de um lado para o outro.

Boyd abriu a boca, mas não conseguiu articular palavra ao ver a extensão das suas costas despidas e o menear das suas ancas.

– Pelo amor de Deus, para de andar! – pensou que o coração lhe saltaria do peito. – Estás a tentar matar-me?

– Eu costumo andar quando estou furiosa! – respondeu. – Como pretendes que me deite depois de como me puseste?

– De como te pus? – repetiu. Estendeu as mãos para a agarrar pelos braços. – De como te pus? Isso é fantástico, O'Roarke. Diz-me, vestiste isso para me fazeres sofrer?

– Eu... – desceu o olhar para si e depois mexeu-se, incomodada. – Deborah meteu-ma na mala. É a única coisa que tenho.

– Independentemente de quem quer que ta tenha guardado, és tu que estás aí dentro. E estás a deixar-me louco.

– Pensei que pudéssemos esclarecer isto – ia começar a gaguejar a qualquer momento. – Falar como adultos.

– Neste instante, penso como um adulto. Se quiseres falar, tenho um baú cheio de mantas. Podias passar uma pelos ombros.

Não precisava de uma manta. De facto, tinha calor. Se continuasse a esfregar-lhe os braços, a fricção faria com que rebentasse.

– Talvez quisesse fazer-te sofrer um pouco.

– Resultou – os seus dedos brincavam com o robe. – Cilla, não vou facilitar-te as coisas e arrastar-te para a cama. Não digo que a ideia não me atraia muito. Mas, se fizermos amor, terás de acordar na manhã seguinte, sabendo que a escolha foi tua.

Não viera à procura dele por isso, com a esperança de que lhe tirasse o peso das circunstâncias? Isso tornava-a uma covarde e, de um modo miserável, uma farsante.

– Não é fácil.

– Devia ser – desceu as mãos até agarrar as suas. – Se estiveres preparada.

Ela levantou a cabeça e viu que Boyd esperava, igualmente nervoso, mas esperava.

– Imagino que esteja pronta desde que te conheci.

– Diz que sim – um calafrio percorreu-o.

Cilla pensou que não bastava dizê-lo. Quando algo era importante, precisava-se de mais do que uma simples palavra.

– Larga-me as mãos, por favor.

Ele continuou a agarrar-lhas, observando o seu rosto, e depois relaxou os dedos e afastou-os. Antes que pudesse afastar-se, ela rodeou-lhe o pescoço com os braços.

– Desejo-te, Boyd. Quero ficar contigo esta noite – aproximou os lábios da sua boca. Já tinha pronunciado palavras suficientes. Quente e disposta, colou-se a ele.

Durante um instante, Boyd não foi capaz de respirar. O ataque aos seus sentidos era demasiado arrebatador. O sabor, o cheiro, a textura da seda sobre a pele macia de Cilla... Recordou o dia em que levara um coice de um dos cavalos valiosos do seu pai. O beijo deixou-o igualmente fraco. Queria saborear, perder-se. Mas, inclusive enquanto lhe descia o robe pelos braços, ela conduzia-o para a cama.

As suas mãos eram como um redemoinho que o percorriam, seguidas da sua boca. A pressão aumentava demasiado depressa, mas, quando estendeu as mãos para ela, Cilla tirou a roupa e correu ao encontro dele.

Não queria que lamentasse tê-la desejado. Não conseguiria suportá-lo. Se ia esquecer a cautela naquela única noite, precisava de saber que importaria. Que Boyd a recordaria.

Ele tinha a pele húmida. Desejou poder deleitar-se com o seu sabor, com a sensação que lhe produzia sob os dedos, mas achava que os homens preferiam velocidade e poder.

Ouviu-o a gemer. Adorou. Quando lhe tirou as calças do pijama, as mãos dele fecharam-se sobre o seu cabelo. Murmurava alguma coisa... O seu nome e algo mais... mas não percebeu. Cilla pensou que entendia a urgência, o modo como a colava a ele. Quando se colocou em cima dela, ela sussurrou-lhe a sua aceitação e introduziu-o no seu interior.

Boyd ficou rígido. Praguejou, tentando conter-se e afastar-se. Mas ela arqueou as ancas e mexeu-se, sem deixar outra hipótese ao seu corpo.

Os lábios de Cilla estavam curvados quando ele afundou a cabeça no seu cabelo, com a respiração ainda entrecortada. «Não vai arrepender-se», pensou, acariciando-lhe o ombro. Nem ela. Fora mais do que alguma vez tinha vivido, mais do que tinha esperado. Quando Boyd a preenchera, tinha sentido calor e uma satisfação serena ao notar como se perdia no seu interior. Pensou que seria agradável fechar os olhos e adormecer com o corpo dele ainda quente sobre o seu.

Boyd não deixava de se recriminar. Estava furioso pela sua falta de controlo e desconcertado pelo modo como Cilla levara os dois de um beijo à culminação. Mal lhe tinha tocado. Embora ela tivesse estabelecido o ritmo acelerado, sabia que nem se aproximara do orgasmo.

Tentando acalmar-se, deitou-se de costas e contemplou o teto. Cilla tinha ativado uma bomba no seu interior e, embora tivesse explodido, nenhum dos dois tinha partilhado o prazer.

– Porque é que o fizeste? – perguntou.

– Não entendo – parou a mão a meio caminho de lhe acariciar o cabelo. – Pensei que querias fazer amor comigo.

– E queria – sentou-se e alisou o cabelo. – Pensava que tu também querias.

– Mas pensava que os homens gostavam... – fechou os olhos. – Disse-te que não era muito boa nisto – ele soltou um palavrão que a sobressaltou. Com movimentos rápidos, levantou-se da cama e tentou vestir o robe.

– Onde vais?

– Para a cama – baixou a voz para que não se notasse o nó que sentia na garganta. – Podemos somar isto a outro erro de cálculo – de repente, ouviu que a porta se fechava, virou a cabeça e viu que Boyd girava a chave na fechadura. – Não quero ficar aqui contigo.

– É uma pena. Já fizeste a tua escolha.

Fechou os punhos e levou-os ao peito. Ele estava zangado. E, daquela vez, a sério. Não seria a primeira discussão que teria por causa da sua falta de jeito na cama. As velhas feridas e dúvidas obrigaram-na a permanecer rígida.

– Olha, fi-lo o melhor que sabia. Se não chegou, azar. Deixa-me ir embora.

– Não chegou – repetiu. Ao avançar, ela recuou e bateu contra o pé da cama. – Alguém devia meter-te alguma sensatez na cabeça. Há duas pessoas na cama, Cilla, e o que acontece supõe-se que tem de ser mútuo. Não pretendia uma maldita especialista – ela empalideceu, até que os seus olhos se encheram de lágrimas. Boyd levou as mãos aos olhos e praguejou. Não quisera magoá-la, apenas demonstrar-lhe que pretendia uma companheira. – Tu não sentiste nada.

– Sim, senti – furiosa, secou as faces. Ninguém a fazia chorar. Ninguém.

– Pois, foi um milagre. Cilla, mal deixaste que te tocasse. Não te culpo – deu outro passo, mas ela afastou-se. Paciente, ficou onde estava. – Eu também não te rejeitei. Pensei... Digamos que, quando compreendi, já era demasiado tarde para fazer alguma coisa a esse respeito. Gostaria de te compensar por isso.

– Não há nada para compensar – voltava a sentir-se controlada, com os olhos secos e a voz firme. Queria morrer. – Vamos esquecê-lo. Quero que abras a porta – Boyd suspirou e depois encolheu os ombros. Ao virar-se para a porta, seguiu-o. Mas ele só apagou a luz. – O que estás a fazer?

– Fizemo-lo à tua maneira – sob a luz da lua, atravessou o quarto e acendeu algumas velas. Pôs música. O som trémulo de um saxofone encheu o quarto. – Agora, vamos fazê-lo à minha.

Cilla começara a tremer.

– Disse que queria ir para a cama.

– Sim – pegou-a ao colo. – Eu também.

– Já tive humilhações suficientes por uma noite – disse, com os dentes apertados.

– Desculpa – murmurou, com um brilho obscuro nos olhos. – Nunca quis magoar-te – embora continuasse rígida, deixou-a com delicadeza na cama. Sem desviar os olhos dos dela, estendeu-lhe o cabelo. – Imaginei-te aqui, à luz das velas, com o cabelo sobre a minha almofada – deu-lhe um beijo fugaz nos lábios. – A luz da lua e a das chamas sobre a tua pele. Só tu e eu.

Comovida, virou a cabeça. Não permitiria que a seduzisse com palavras para voltar a fazer figura de parva. Ele sorriu e pousou os lábios no seu pescoço.

– Eu adoro um desafio. Vou fazer amor contigo, Cilla – desceu-lhe a alça de seda do ombro e percorreu-lho com a boca. – Vou levar-te a sítios com que nunca sonhaste – agarrou-lhe a mão, satisfeito ao descobrir que lhe tinha acelerado o pulso. – Não devias ter medo de desfrutar.

– Não tenho.

– Tens medo de relaxar, de te deixares levar, de permitir que alguém se aproxime o suficiente para descobrir o que há no teu interior.

– Já fizemos sexo – tentou afastar-se, mas os braços dele imobilizaram-na.

– Sim – beijou-lhe um canto da boca e depois o outro. – Agora, vamos fazer amor.

Emoldurou-lhe a cara entre as mãos e, quando voltou a aproximar a boca dos seus lábios, disparou-lhe o coração. Foi um beijo delicado e tentador. Boyd acariciou-lhe a cara com as pontas dos dedos e ela suspirou. Mergulhou nos seus lábios entreabertos para a provocar com a língua.

– Não quero... – gemeu, enquanto lhe mordiscava o lábio inferior.

– Diz-me o que queres.

– Não sei – já se sentia aturdida. Levantou uma mão para o afastar, mas só conseguiu apoiá-la no ombro dele.

– Então, faremos com que seja escolha múltipla – encheu-lhe o pescoço de beijos. – Quando tiver acabado, poderás dizer-me do que gostaste mais.

Pronunciou palavras sussurradas, suaves, sonhadoras que flutuaram na cabeça de Cilla. Depois, embriagou-a com um beijo prolongado e lânguido. Embora o seu corpo tivesse começado a tremer, mal lhe tocava... Apenas as pontas dos dedos sobre os ombros, a cara, o cabelo.

Deslizou a língua sobre os seus seios, por cima da seda preta. Enquanto percorria o vale dos seus seios, pensou que a sua pele parecia mel. Demorando o seu tempo, desceu a seda com os dentes. Ela arqueou-se, oferecendo-se, com os dedos tensos sobre os dele. Boyd só murmurava e, deixando um rasto húmido, desceu a outra alça.

A respiração dele era rápida e entrecortada, mas conteve o impulso de a possuir. Com beijos arrebatadores, passou a língua quente sobre o mamilo duro, até que ela tremeu e soluçou o nome dele. Com um gemido de prazer, concentrou-se em sugar-lho.

Cilla sentiu pressão no seu interior, fechando-se e abrindo-se ao ritmo daquela boca hábil. Aumentando, até que pensou que ia morrer.

Custava-lhe a respirar enquanto se contorcia debaixo de

Boyd. Cravou-lhe as unhas nas mãos e ouviu o seu próprio grito, o suspiro de alívio e de tortura.

Quando todos os músculos do seu corpo ficaram lassos e ele cobriu-lhe a boca com um beijo.

– Meu Deus... És maravilhosa.

– Não posso – levou uma mão à têmpora. – Não consigo pensar.

– Não o faças. Sente.

Sentou-se sobre ela. Cilla estava pronta para que a possuísse. Já lhe tinha dado mais do que alguma vez tinha recebido. Tinha-lhe mostrado mais do que tinha imaginado.

Começou a desfazer-lhe o laço, com paciência, sem deixar de olhar para ela. Adorava ver tudo o que refletia, cada sensação nova, cada emoção. Ouviu o som da seda sobre a sua pele enquanto a descia. Sentiu a vibração da paixão em Cilla enquanto pousava os lábios sobre a sua barriga lisa.

Acariciou-lhe o cabelo. Estava no céu. Era um sítio muito mais exigente, excitante e erótico do que qualquer paraíso com que tivesse sonhado. Sentiu os lençóis, ardentes devido ao calor do seu próprio corpo, enrolados debaixo dela. E o toque da seda à medida que Boyd lhe tirava a camisa com lentidão. Ao suspirar e abrir os lábios, ainda conseguia sentir o sabor dele, forte e viril. Havia tanto para assimilar, tanto para experimentar...

Ele sabia que Cilla era a sua naquele momento. Muito mais do que quando a tinha penetrado. Quando lhe tocava, ela pronunciava o seu nome, só o seu. Com as unhas cravadas nos ombros, incitava-o a continuar.

Desceu pelas suas pernas, sem deixar de puxar a seda e de a mordiscar. A fragrância da sua pele era uma tortura deliciosa. Passou um dedo pela sua coxa, pela pele sensível, aproximando-se cada vez mais do centro do calor. Quando a penetrou com o dedo, encontrou-a húmida e à espera.

Primeiro, ela emitiu um gemido ofegante e depois a magia das mãos de Boyd catapultou-a para o topo. Aturdida, arqueou-se para ele, sem deixar de tremer. Agarrada aos ombros dele, continuou a enlouquecê-la com a boca, com os dedos implacáveis, até que passou do prazer ao delírio.

Então, rodeou-o com os braços e começaram a rodar pela

cama. O tempo da paciência acabara. Tinha chegado o momento da cobiça.

Boyd tentou respirar enquanto as mãos de Cilla o percorriam. Tal como da primeira vez, arrebatou-lhe o controlo. Mas, naquele momento, estava com ele. Viu que os seus olhos se velavam pela paixão, insondáveis pelo desejo, enquanto a sua pele húmida brilhava sob a luz ténue.

Beijou-a uma última vez para conter o seu grito espantado enquanto a penetrava. Com um soluço, Cilla rodeou-o com os braços e as pernas, com força, para que pudessem atingir o auge juntos.

Estava exausto e fraco. E era pesado. Com a pouca força que lhe restava, rodou, levando Cilla consigo, de forma que as suas posições ficassem invertidas. Satisfeito, agarrou-lhe a cara e chegou à conclusão de que gostava muito da sensação de ter o corpo dela sobre o seu. Reparou que sentia um calafrio e acariciou-a.

– Tens frio? – ela mexeu a cabeça. Preguiçoso, percorreu-lhe as costas com as mãos. – Talvez dentro de uma hora tenha força necessária para ir buscar as mantas.

– Estou bem.

Mas a sua voz era insegura. Com o sobrolho franzido, Boyd levantou-lhe o queixo. Pôde ver uma lágrima a brilhar nas suas pestanas.

– O que se passa?

– Não estou a chorar – afirmou, com paixão.

– Está bem. O que estás a fazer? – ela tentou afastar a cabeça, mas ele não permitiu.

– Pensarás que sou estúpida.

– Provavelmente, o único momento em que não conseguiria pensar que és estúpida é depois de me ter virado ao contrário – deu-lhe um beijo. – Fala, O'Roarke.

– Eu... – soltou um suspiro impaciente. – Nunca pensei que fosse assim.

– Como? – sorriu. Começava a recuperar as forças. Talvez se devesse ao modo como o olhava. Aturdida. Envergonhada. Bonita. – Foi bom? – desceu as mãos para lhe acariciar o rabo. – Ou muito bom? Talvez magnífico. Ou espantoso.

– Estás a gozar comigo.

– Hum, esperava receber um elogio... Mas não queres dar-mo. Suponho que sejas demasiado obstinada para reconheceres que a minha maneira foi melhor do que a tua. Mas não faz mal. Imagino que possa manter-te aqui fechada até que o faças.

– Bolas, Boyd, não é fácil explicar-me!

– Não tens de o fazer – o tom de brincadeira desvaneceu-se. A expressão dos seus olhos derreteu-a outra vez.

– Queria dizer-te que nunca... ninguém me fizera... – rendeu-se. – Foi magnífico.

– Sim – apoiou a mão na sua nuca e baixou-lhe a cabeça para a beijar. – Agora, vamos procurar o «espantoso».

CAPÍTULO 9

Cilla cruzou os braços para conter o frio e contemplou os pinheiros e as rochas. Boyd tinha razão. A vista era fantástica.

Conseguia ver os cumes cobertos de neve das montanhas circundantes. Mais perto, mas ainda longe, reparou numa coluna de fumo de uma chaminé. Chegava-lhe o sussurro de um rio estreito.

As sombras eram longas ao fim da tarde e projetavam uma luz azul na neve.

Encontrava-se sozinha e já tinha esquecido o que era estar tão em paz. Questionou-se se alguma vez tinha sabido. Pelo menos, não desde a infância, quando ainda acreditava em contos de fadas e em finais felizes. Com quase trinta anos, já era demasiado tarde para renovar essa crença.

No entanto, duvidava que as coisas voltassem a ser iguais.

Ele tinha cumprido a sua promessa. Tinha-a levado a lugares com que jamais tinha sonhado. Numa noite deliciosa e longa, tinha-lhe mostrado que o amor significava que se podia aceitar e oferecer. Na cama de Boyd tinha aprendido muito mais do que o poder do ato sexual. Conhecera o poder da intimidade, a sua serenidade e glória. Pela primeira vez em anos, tinha dormido profundamente e sem sonhos.

Ao acordar com ele naquela manhã, não se tinha sentido incomodada, mas calma. Maravilhosamente calma. Era quase impossível acreditar que existisse outro mundo para além daquela cabana. Um mundo de dor, perigo e medo.

Mas existia. Era um mundo ao qual muito em breve teria de regressar. Não podia esconder-se ali... Não de um homem que a queria morta, nem das suas próprias e infelizes lembranças. No entanto, não teria direito a mais um pouco de tempo para fingir que nada mais importava?

Não era justo. Suspirou e levantou o rosto para o sol fraco. Sem importar como se sentisse, ou talvez porque os seus sentimentos eram muito profundos, devia ser sincera consigo mesma e com Boyd. Não permitiria que o que começara entre eles fosse mais longe. «Não posso», pensou, fechando os olhos com força. Era melhor que o seu coração se partisse um pouco naquele momento a que fosse esmagado mais adiante.

Ele era um bom homem. Honesto e carinhoso. Paciente, inteligente e dedicado. E era polícia.

Tremeu e encolheu-se mais.

Tinha uma cicatriz abaixo do ombro direito. À frente e atrás. De uma bala, o perigo que todos os agentes da lei corriam. Não lhe fizera nenhuma pergunta sobre como e quando tinha acontecido, nem como estivera perto da morte, nem faria.

Mas também não podia evitar o facto de as cicatrizes que ela tinha serem tão reais como as de Boyd.

Simplesmente, não podia enganar nenhum dos dois ao acreditar que havia um futuro para eles. Jamais teria permitido que a sua relação avançasse como fizera. Mas tinha acontecido. Eram amantes. E, embora soubesse que se tratava de um erro, estaria sempre agradecida pelo tempo que tinha partilhado com ele.

O mais lógico seria expor os limites da sua relação. Sem compromissos, nem obrigações. Sem dúvida, ele apreciaria esse pragmatismo. Se os sentimentos de Cilla tinham aumentado demasiado em muito pouco tempo, não teria outro remédio senão controlá-los.

Simplesmente, teria de se convencer a desapaixonar-se.

Boyd encontrou-a apoiada no corrimão, como se quisesse voar por cima dos pinheiros e dos cumes cobertos de neve. Com frustração, reparou que começava a parecer nervosa. Questionou-se se saberia como estivera relaxada naquela manhã, quando se espreguiçara e se virara para ele para que fizessem amor devagar.

Ao tocar-lhe no cabelo, sobressaltou-se, antes de se apoiar contra a sua mão.

– Gosto do seu refúgio, detetive.

– Fico contente – tinha toda a intenção de regressar com ela, ano após ano.

– Não te perguntei se construíste a cabana ou se mandaste construí-la – passou os dedos pelo corrimão e depois enfiou as mãos nos bolsos.

– Mandei construí-la. Mas, cheguei a pregar alguns pregos.

– És um homem de muitos talentos. É quase uma pena dispor de um lugar assim só para os fins de semana.

– De vez em quando, ocupo-a mais tempo. E os meus pais também vêm às vezes.

– Oh! Vivem em Denver?

– Em Colorado Springs – começou a massajar-lhe os músculos tensos dos ombros. – Mas viajam muito. São muito irrequietos.

– Imagino que o teu pai se tenha sentido dececionado quando não entraste no negócio familiar.

– Não. É a minha irmã quem se encarrega da tradição.

– Irmã? – olhou por cima do ombro. – Não sabia que tinhas uma.

– Há muita coisa que não sabes – deu-lhe um beijo nos lábios quando ela fez uma careta. – É muito empreendedora. Uma mulher de negócios dura. E muito melhor do que eu teria sido no seu lugar.

– Mas não os inquieta que sejas polícia?

– Não penso que seja uma preocupação diária. Começa a ficar frio – disse. – Vamos para dentro, para junto da lareira.

Desceram pelos degraus das traseiras em direção à cozinha.

– Hum... A que cheira?

– Estou a fazer chili – aproximou-se da ilha central da cozinha, por cima da qual estavam penduradas panelas de cobre. Levantou a tampa de uma e cheirou. – Estará pronto dentro de uma hora.

– Ter-te-ia ajudado.

– Não faz mal – selecionou uma garrafa da garrafeira. – Da próxima vez, podes cozinhar tu.

– Gostaste da minha sandes especial de manteiga de amendoim e doce – tentou sorrir.

– São como as que a minha mãe costumava preparar-me.

Duvidou que a sua mãe alguma vez tivesse feito uma sandes na vida. Quem tinha aquele dinheiro também dispunha de empregados. Enquanto se sentia tola, ele deixou a garrafa aberta sobre a bancada para que respirasse.

– Não vais tirar o casaco?

– Claro – pendurou-o atrás da porta. – Queres que faça alguma coisa?

– Sim. Que relaxes.

– Estou relaxada.

– Estavas – tirou dois copos do armário. – Não sei muito bem o que voltou a deixar-te tensa, Cilla, mas, desta vez, vamos analisá-lo. Porque não vais sentar-te à frente da lareira? Eu levo o vinho.

«Se me lê com tanta facilidade passadas algumas semanas, o que perceberá dentro de um ano?», questionou-se, enquanto ia para a sala. Acomodou-se sobre uma almofada, diante da lareira. Não devia pensar num ano, nem sequer num mês. Quando Boyd apareceu com o vinho, ofereceu-lhe um sorriso mais luminoso e aceitou o copo que lhe estendeu.

– Obrigada. Ainda bem que não vim aqui antes de comprar a minha casa. Jamais me teria contentado com uma sem lareira.

– Olha para mim – sentou-se ao seu lado. – Preocupa-te voltar para o trabalho?

– Não – depois, suspirou. – Um pouco. Confio em Thea e em ti, e sei que fazem o que podem, mas estou assustada.

– Confias em mim?

– Disse-te que sim – mas não olhou para ele nos olhos.

– Não só como polícia? – com um dedo na face, obrigou-a a olhá-lo outra vez.

– Sim, não só como polícia – fez uma careta e desviou o olhar.

– Esse é o problema – murmurou ele. – O facto de ser polícia.

– Não te diz respeito.

– Ambos sabemos que não é assim.

– Não me agrada – concordou, por fim. – Mas não espero que entendas.

– Acho que entendo – encostou-se à poltrona e observou-a enquanto bebia vinho. – Fiz algumas pesquisas, Cilla... necessárias para a investigação. Mas não fingirei que foi o único motivo pelo qual as fiz.

– A que te referes?

– Investiguei o teu passado porque preciso de te proteger. E de te compreender. Disseste-me que a tua mãe era polícia. Não foi difícil descobrir o que aconteceu.

Ela agarrou o copo com ambas as mãos e cravou o olhar em frente, nas chamas. Depois de tantos anos, a dor era igualmente intensa.

– De modo que descobriste que a minha mãe foi assassinada. A cumprir o seu dever. Assim o disseram. A cumprir o seu dever – repetiu. – Como se fizesse parte da descrição do trabalho.

– Faz – murmurou Boyd.

– Sim. Claro – olhou para ele alguns instantes com receio e depois voltou a desviar o olhar. – Fazia parte do seu trabalho que lhe dessem um tiro naquele dia. Mas foi uma pena o que aconteceu ao meu pai. Estava no lugar errado, à hora errada. O típico espetador inocente.

– Cilla, nada é tão preto e branco como isso. Nem tão simples.

– Simples? – riu-se e afastou o cabelo da cara. – Não, a palavra é «irónico». A agente de polícia e o promotor público, que, por acaso, eram casados e trabalhavam juntos num caso. Nunca estavam de acordo. Não recordo uma única vez que vissem alguma coisa da mesma forma. Quando aconteceu, já tinham começado a falar sobre se separarem... Outra vez. Só para experimentar, tinham dito – franziu o sobrolho, pensativa, e observou o copo. – Parece que fiquei sem vinho.

Em silêncio, ele encheu-lhe o copo.

– Imagino que tenhas lido o relatório oficial – agitou levemente o copo e bebeu um gole. – Tinham levado a interrogar um criminoso de pouca monta. Um falhado que tinha sido preso por assalto à mão armada e por vender droga. Queria que o seu advogado estivesse presente. Falou sobre um acordo, embora soubesse que não o aceitariam. Tinham-no apanhado e iria apanhar uma pena longa. Na sua cabeça, a culpa era de duas pessoas. Do seu advogado e da agente da polícia que o tinha prendido – era tão doloroso recordar, tentar imaginar uma coisa que não tinha visto e que tinha mudado tão drasticamente a sua vida... – Apanharam o tipo que conseguiu entregar-lhe a arma – murmurou. – Ainda está preso – bebeu outro gole de vinho.

– Ali estavam, sentados frente a frente, separados pela mesa, como poderiam ter estado na sua própria cozinha. O filho da mãe pegou na arma e deu um tiro a cada um – cravou o olhar no copo. – Muita gente perdeu o seu emprego por causa daquele incidente. Os meus pais perderam a vida.

– Não vou dizer-te que os polícias não morrem por engano, desnecessariamente, inclusive inutilmente.

– Ainda bem – olhou para ele, com expressão eloquente. – E também não quero ouvir aquela treta de que devemos sentir-nos orgulhosos dos nossos agentes valentes. Bolas, era a minha mãe!

Boyd não só tinha lido os relatórios, como os tinha analisado. Os meios de comunicação tinham-no catalogado como uma desgraça e uma tragédia. A investigação tinha durado mais de seis meses e, ao acabar, oito funcionários tinham-se demitido ou sido despedidos.

Mas, além dos factos, recordava uma fotografia. De Cilla, com o rosto embargado pela dor, de pé, junto das duas campas, com Deborah pela mão.

– Foi uma maneira horrível de os perder – manifestou.

– Sim – abanou a cabeça. – Mas já tinha perdido a minha mãe em quase todos os sentidos no dia em que se alistou na Polícia.

– Tinha um currículo impressionante – comentou ele, com cuidado. – Naquela época, não era fácil para uma mulher. E é sempre difícil para a família.

– Como sabes? – exigiu. – Não és tu quem fica em casa a sofrer. Desde que tive idade suficiente para o entender, esperava pelo dia em que o capitão apareceria lá em casa para nos comunicar que tinha morrido.

– Cilla, não podes viver a vida à espera do pior.

– Vivi-a à espera de uma mãe. Mas o trabalho estava sempre em primeiro lugar. À frente do meu pai, de mim, de Deb. Nunca esteve presente quando precisava dela – afastou a mão antes que ele pudesse agarrar-lha. – Não me importava que não fizesse biscoitos ou que não me dobrasse as meias. Só queria tê-la quando precisava dela. Mas a sua família nunca foi tão importante como a gente que jurou proteger e servir.

– Talvez se tivesse concentrado demasiado na sua carreira – começou Boyd.

– Não me compares com ela.

– Não pretendia fazê-lo – arqueou os sobrolhos. Agarrou-lhe a mão, apesar da resistência dela. – Parece que tu é que o fazes.

– Tive de me concentrar. Ela tinha pessoas que a amavam, que precisavam dela, mas nunca reparou nisso. Costumava dizer que os polícias não tinham horários normais. Nem vidas normais.

– Não a conheci e não posso comentar nada sobre as escolhas que fez, mas não achas que está na hora de deixares isso para trás e seguires em frente com a tua vida?

– Fi-lo. Fiz o que tinha e queria fazer.

– E tens um medo de morte do que sentes por mim devido ao meu trabalho.

– Não é só um trabalho – comentou, com desespero. – Ambos sabemos disso.

– Muito bem – assentiu. – É o que faço e o que sou. Vamos ter de encontrar um modo de o resolver.

– É a tua vida – indicou, com cuidado. – Não te peço que mudes. Não planeava relacionar-me contigo, mas não o lamento.

– Obrigado – murmurou e bebeu o que restava no seu copo.

– O que tento dizer é que, se nos mostrarmos razoáveis, poderemos evitar que se complique.

– Não – pousou o copo.

– Não, o quê?

– Não quero ser razoável e já se complicou – olhou para ela, com expressão quase sombria. – Estou apaixonado por ti – viu a surpresa de Cilla um instante antes de ela se afastar, totalmente pálida. – Vejo que é uma coisa que te entusiasma muito – levantou-se, acrescentou um tronco ao lume e praguejou enquanto saltavam faíscas.

Cilla considerou que era melhor não se mexer.

– «Amor» é uma palavra demasiado forte, Boyd. Conhecemo-nos há algumas semanas e não nas circunstâncias mais ideais. Acho...

– Estou farto do que achas – virou-se para ela. – Diz-me apenas o que sentes.

– Não sei – era uma mentira pela qual se odiaria. Estava aterrada. E feliz. Dominava-a o pesar e o desejo. – Boyd, aconteceu tudo muito depressa. É como se não tivesse tido nenhum controlo, o que me incomoda. Não queria relacionar-me contigo, mas fi-lo. Não queria gostar de ti, mas gosto.

– Bom, pelo menos, consegui arrancar-te isso.

– Não vou para a cama com um homem só porque me excita.

– Muito bem – sorriu ao levantar-lhe a mão para lhe beijar os dedos. – Excito-te e gostas de mim. Casa-te comigo.

– Não é altura para brincadeiras – tentou libertar a mão.

– Não estou a brincar – de repente, os seus olhos mostraram uma grande intensidade. – Estou a pedir-te que te cases comigo.

Cilla ouviu um tronco a mexer-se na lareira. Viu o brilho de uma chama projetado na cara dele. A sua mão era quente e firme, paciente. O esforço para respirar enjoou-o.

– Boyd...

– Estou apaixonado por ti, Cilla – devagar, sem lhe tirar os olhos de cima, aproximou-a e beijou-a com suavidade. – Só quero ter cinquenta ou sessenta anos para to demonstrar – desceu os lábios até ao seu pescoço e deitou-a no tapete. – É pedir muito?

– Não... Sim – levou uma mão ao peito e tentou esclarecer as ideias. – Boyd, não vou casar-me com ninguém.

– Claro que sim! – mordiscou-lhe os lábios, enquanto a acariciava para a relaxar. – Só tens de te habituar ao facto de que será comigo – aprofundou o beijo, até que eliminou toda a resistência. – Estou disposto a dar-te tempo – sorriu ao sentir o seu protesto murmurado nos lábios. – Um ou dois dias. Talvez uma semana.

– Já cometi um erro – abanou a cabeça. – Não vou repeti-lo.

Agarrou-lhe o queixo com um movimento tão rápido que ela abriu os olhos e viu uma fúria tão estranha nele que lhe pareceu perigosa.

– Nunca me compares com o teu ex-marido – ela quis falar, mas os dedos de Boyd silenciaram-na. – Nunca compares o que sinto por ti com o que outro alguma vez sentiu.

– Não estava a comparar – tinha o coração acelerado. – É por mim. O erro foi meu, só meu. E não o repetirei.

– São necessárias duas pessoas, bolas! – colérico, colocou-se em cima dela e agarrou-lhe as mãos. – Se queres brincar assim, ótimo. Mas faz uma pergunta a ti mesma, Cilla. Mais alguém te fez sentir assim?

Desceu a boca para tomar a dela com um beijo ardente e rude que fez com que Cilla se arqueasse contra ele. Em protesto? De prazer? Nem sequer ela sabia. As sensações percorreram-na.

«Não!», gritou mentalmente. «Ninguém. Nunca.» Só ele lhe tinha provocado aquele desejo e necessidade. Ao colar o corpo ao dele, tentou recordar que não bastava querer. Que nem sempre bastava ter.

Açoitado pela fúria e pela frustração, beijou-a várias vezes. Demonstrar-lhe-ia que o que tinham era único. Não pensaria em ninguém, não recordaria nada.

A reação dela espantou-o. O gemido necessitado que soltou atravessou-o. O ato gentil de amor que tinham iniciado durante a noite viu-se substituído por uma fome selvagem e urgente, que não deixava espaço para as palavras ternas e as carícias suaves.

Mas Cilla não as queria. Vivia uma tempestade de necessidades frenéticas que exigiam velocidade e poder. «Despacha-te», afastou as mãos das de Boyd para lhe tirar a camisa. «Toca-me.» Os seus gemidos misturaram-se enquanto as suas peles se uniam. «Mais.» Com ímpeto, colocou-se em cima dele para o beijar na boca e depois pelo corpo. E continuou sem bastar.

Com a respiração entrecortada, Boyd tirou-lhe a roupa, sem lhe importar o que rasgava. Uma única necessidade se impunha. Possuir. As mãos agarraram. Os dedos pressionaram. As bocas devoraram.

Ágil e elétrica, Cilla mexeu-se em cima dele. O seu rosto brilhava, porcelana frágil à luz do fogo. O corpo arqueado, magnífico, cintilava de paixão, tremendo, fortalecido.

Durante um momento glorioso, endireitou-se sobre Boyd, com a cabeça inclinada para trás ao perder-se naquela maravilha. O seu corpo experimentou tremores, uma, duas vezes, à medida que explosões contrárias rebentavam dentro dela. Inclusive ao ofegar, agarrou-o pelas ancas e fê-lo penetrá-la.

Preencheu-a e não só fisicamente. Mesmo através do prazer arrasador, Cilla entendeu. Ele, só ele, tinha encontrado a chave que abria todas as suas partes. Ele, só ele, tinha encontrado o caminho para o seu coração, para a sua mente. E, de algum modo, sem sequer tentar, tinha-lhe acontecido o mesmo.

Não queria amá-lo. Agarrou-lhe as mãos e apertou-lhas com força. Não queria precisar dele. Abriu os olhos e olhou para ele. Boyd tinha os olhos obscuros e cravados nela. Soube, embora não tivesse sido necessário dizê-lo, que ele entendia tudo o que passava pela sua cabeça. Com um suspiro que era uma mistura de desespero e deleite, inclinou-se para o beijar.

Ele pôde provar as suas necessidades e receios. Estava decidido a explodir as primeiras e a afastar os segundos. Penetrando-a, endireitou-se para poder abraçá-la. Cilla cravou-lhe as unhas nas costas. O seu grito de libertação foi abafado pelo de Boyd.

Com um robe grande e umas meias grossas nos pés, Cilla provou o chili. Gostava de estar sentada sob a luz dourada da cozinha enquanto contemplava o manto de neve no exterior e ouvia o uivar do vento entre os pinheiros. O que a surpreendia, e que ainda não estava disposta a analisar, era a sensação de pesar pelo fim de semana já estar quase a acabar.

– Então?

Ao ouvir a pergunta de Boyd, desviou o olhar da janela. Ele estava sentado à sua frente, com o cabelo ainda despenteado. Tal como ela, só usava um robe e umas meias. Embora não tivesse sentido, a refeição parecia-lhe tão íntima como fazerem amor diante da lareira.

– Então, o quê?

– Como está o chili?

– O... Oh! – levou outra colherada à boca, sem saber se se sentia aliviada ou desiludida. – Fantástico – nervosa outra vez, estendeu a mão para o copo de vinho. – Pensei que alguém da tua posição tivesse cozinheira e não soubesse sequer estrelar um ovo.

– Da minha posição?

– Se eu pudesse contratar uma cozinheira, não me incomodaria em preparar sequer uma sandes.

Divertia-o que o seu dinheiro fizesse com que se sentisse incomodada.

– Depois de nos casarmos, se quiseres, podemos ter uma.

– Não vou casar-me contigo – com cuidado, pousou a colher.

– Queres apostar? – sorriu.

– Não se trata de um jogo.

– Claro que sim! O mais importante.

Ela emitiu um suspiro de frustração. Voltou a pegar na colher e começou a bater com ela na mesa.

– É uma atitude tão tipicamente masculina! Tudo é um jogo. Tu, Tarzan, eu estúpida – a sua gargalhada só serviu para a enfurecer mais. – Porque é que os homens acham que as mulheres não conseguem resistir-lhes: pelo sexo, pela companhia ou por decidirem os detalhes da vida? «Oh, Cilla, precisas de mim! Oh, Cilla, quero cuidar de ti! Quero mostrar-te o que é a vida!»

– Não recordo ter dito nenhuma dessas coisas – comentou, após pensar alguns segundos. – Acho que o que te disse foi que tc amava c quc qucria casar-mc contigo.

– É a mesma coisa.

– Nem sequer se aproxima – continuou a comer, impassível.

– Bom, eu não quero casar-me contigo, mas tenho a certeza de que isso não mudará nada. Nunca muda.

– Adverti-te que não me comparasses com ele – olhou-a fixamente. – Falava a sério.

– Não falo só de Paul. Nem sequer estava a pensar nele – afastou o prato e levantou-se para acender um cigarro. – Há anos que não penso nele – expeliu o fumo. – E, se quiser comparar-te com outros homens, fá-lo-ei.

– Quantos homens te pediram que te casasses com eles?

– Dúzias – tratava-se de um exagero, mas não lhe importava. – No entanto, encontrei forças para resistir.

– Não estavas apaixonada por eles – assinalou, com calma.

– Não estou apaixonada por ti – afirmou, com um laivo de desespero, e teve a sensação horrível de que ambos sabiam que mentia.

Ele sabia, mas, ainda assim, doía-lhe.

– Estás louca por mim, O'Roarke. O que se passa é que és demasiado teimosa para o admitires.

– Teimosa? – conteve um grito e apagou o cigarro. – Espanta-me que tenhas o descaramento de me dizer isso. Não fizeste caso de nenhuma das minhas recusas desde o dia em que te conheci.

– Tens razão – percorreu-a com o olhar. – E vê o que consegui.

– Não sejas vaidoso. Não vou casar-me contigo, porque não quero casar-me, porque és polícia e porque és rico.

– Vais casar-te comigo – contradisse-a, – porque ambos sabemos que serias infeliz sem mim.

– A tua arrogância é intolerável. E patética.

– Prefiro ser convencido – decidiu.

– Sabes, não és o primeiro chato que tenho de afastar – pegou no copo de vinho, antes de começar a andar de um lado para o outro. – No meu trabalho, acaba-se por adquirir prática nisso – virou-se e apontou-lhe um dedo. – És quase tão chato como aquele rapaz com quem tive de lidar em Chicago. Até agora, era ele que ocupava o primeiro lugar em arrogância. Mas nem sequer ele aguentou sentado, com um sorriso estúpido na cara. Com ele, eram flores e poesia. No entanto, era igualmente pertinaz. Também estava apaixonada por ele, mas recusava-me a reconhecê-lo. Precisava que cuidasse de mim, que me protegesse e completasse a minha vida. Que descaramento! Antes de apareceres, pensei que ninguém o superaria. Seguia-me até à emissora – murmurou. – Aparecia no meu apartamento. Enviou-me um anel de noivado.

– Comprou-te um anel?

– Não tenha ideias, detetive!

– Disseste que te comprou um anel – insistiu, com voz serena. – Com um diamante?

– Não sei – passou uma mão pelo cabelo. – Não pedi que o avaliassem. Devolvi-lho.

– Como se chamava?

– Nem sei porque puxei o assunto – agitou uma mão. – O que tento dizer-te...

– Perguntei-te como se chamava – levantou-se.

– Eu... – recuou, desconcertada. Já não era Boyd, mas o polícia. – John qualquer coisa. McGill... Não, McGillis. Olha, era um chato. Só o mencionei porque...

– Não trabalhaste com nenhum John McGillis em Chicago.

– Não – irritada consigo mesma, sentou-se. – Estamos a afastar-nos do assunto, Boyd.

– Pedi-te que mencionasses todas as pessoas com quem tivesses estado envolvida.

– Não estive envolvida com ele. Era apenas um rapaz embevecido ou algo do género. Ouvia o programa e ficou encantado comigo. Cometi o erro de me mostrar agradável e ele interpretou-me mal. Com o tempo, esclareci-lho e acabou aí.

– Quanto tempo? – inquiriu Boyd. – Durante quanto tempo te incomodou?

Cilla sentia-se tola. Mal recordava a cara do rapaz.

– Três ou quatro meses, talvez.

– Três ou quatro meses – repetiu. Agarrou-a pelos ombros. – Insistiu durante três ou quatro meses e não me contaste?

– Nunca pensei nisso.

Mal conseguia resistir à tentação de a abanar.

– Quero que me contes tudo o que recordares sobre ele. Tudo o que disse e fez.

– Não me lembro.

– É melhor que o faças – largou-a e recuou. – Senta-te.

– Está bem – obedeceu. – Trabalhava num mercado à noite e ouvia o programa. Telefonava quando fazia um intervalo e falávamos um pouco. Eu punha os discos que ele pedia. Um dia, fui a uma apresentação, não recordo onde, e ele apareceu. Parecia um rapaz agradável. Vinte e três ou vinte e quatro anos, imagino – recordou. – Tinha um encanto infantil, inofensivo. Dei-lhe um autógrafo. Depois, começou a escrever-me para a emissora. Enviava-me poemas. Coisas doces e românticas. Nenhuma insinuação.

– Continua.

– Boyd, a sério...

– Continua.

Murmurou um palavrão.

– Ao dar-me conta da insistência, afastei-me. Convidou-me para sair e disse-lhe que não – morta de calor, suspirou. – Por duas vezes, esperou-me no estacionamento quando acabou o meu turno. Nunca me tocou. Não me inspirava medo. Era tão patético que me dava pena e esse foi outro erro, já que voltou a interpretar-me mal. Imagino que me tenha seguido até casa, porque começou a aparecer no apartamento. Deixava-me flores e bilhetes à porta.

– Alguma vez tentou entrar?

– Nunca. Disse-te que era inofensivo.

– Conta-me mais.

– Suplicou-me – passou as mãos pela cara. – Disse que me amava, que sempre me amaria e que estávamos destinados um ao outro. E que também sabia que eu o amava. Foi o pior. Quando telefonava, começava a chorar. Falava sobre suicidar-se se não me casasse com ele. Enviou-me o anel e devolvi-lho com uma carta. Fui cruel. Senti que tinha de ser. Já tinha aceitado o emprego aqui em Denver. Mudámo-nos algumas semanas depois do incidente do anel.

– Alguma vez entrou em contacto contigo desde que estás em Denver?

– Não. E não é ele quem telefona. Sei que reconheceria a sua voz. Além disso, nunca me ameaçou. Nunca. Estava obcecado, mas não era violento.

– Vou investigá-lo – levantou-se e estendeu uma mão. – É melhor que durmamos um pouco. Partiremos cedo.

Ela não dormiu. Nem ele. Permaneceram na escuridão, em silêncio.

Outra pessoa também se manteve de vigília durante a noite. Acendeu as velas. Velas novas que tinha comprado naquela tarde. As suas mechas eram tão brancas como a lua. Escureceram e acenderam-se quando aproximou o fósforo. Deitou-se na escuridão, com a fotografia em cima do seu peito nu... sobre as lâminas cruzadas das facas tatuadas.

Embora fosse tarde, estava desperto. A raiva alimentava-o. A raiva e o ódio. O rádio estava ao seu lado, mas não era a voz de Cilla que ouvia.

Ela tinha-se ido embora. Sabia que estava com aquele homem e que se teria entregado a ele. Não tinha o direito de partir. Pertencia a John. A John e a ele.

Era bonita, tal como John a tinha descrito. Tinha uns olhos enganadoramente amáveis. Mas não o enganava. Era cruel. Malvada. E merecia morrer. Quase com carinho, desceu uma mão até à faca que tinha ao seu lado.

Poderia matá-la como lhe tinham ensinado. Com celeridade

e limpeza. Mas, dessa maneira, obteria pouca satisfação, sabia-o. Queria que sofresse. Queria que suplicasse. Tal como John tinha suplicado.

Quando estivesse morta, reunir-se-ia a John. E o seu irmão descansaria finalmente. E ele também.

CAPÍTULO 10

O aquecimento era excessivo no posto de polícia. Enquanto o responsável pela manutenção mexia na caldeira defeituosa, Boyd lia algumas pastas. Não usava o casaco. O suporte da arma rodeava-lhe o peito, sobre uma t-shirt com o logótipo do departamento. Tinha aberto uma janela da sala de reuniões, para que a brisa do exterior combatesse o calor que saía das condutas.

Dois dos casos que tinha, estavam praticamente resolvidos e acabava de encontrar uma pista para o caso de extorsão em que Althea e ele trabalhavam há algum tempo. No fim da semana, tinha de ir testemunhar em tribunal e devia redigir relatórios e fazer chamadas, embora a sua atenção estivesse concentrada em O'Roarke, Priscilla A.

Sem prestar atenção ao suor que lhe caía pelas costas, leu a ficha de Jim Jackson, o homem que tinha o programa noturno na KHIP. Interessava-o e irritava-o.

Cilla não se incomodara em mencionar que já tinha trabalhado com Jackson, em Richmond. Nem que o tinham despedido por beber na emissora. Não só divagara ao microfone, como começara a dormitar e a deixar os ouvintes com o que era proibido na rádio: silêncio.

Em Richmond, tinha perdido a sua mulher, a sua casa e o seu emprego como locutor no melhor horário da manhã.

Então, tinha sido substituído por Cilla. Passados seis meses, o programa alcançara o primeiro lugar nas audiências. E Jackson tinha sido despedido por ser alcoólico e problemático.

Quando Althea entrou na sala com duas latas de refrigerantes, Boyd empurrou-lhe a pasta de Jackson pela mesa. Sem dizer nada, entregou-lhe uma lata, abriu a sua e deu uma olhadela à pasta.

– Está limpo, salvo algumas zangas – comentou Thea.

– A vingança ocupa um lugar importante para estas pessoas. É possível que se sinta ofendido porque Cilla o substituiu em Richmond e ultrapassou os seus níveis de audiência? – bebeu um gole. – Só está há três meses no seu programa noturno em Denver. O diretor da emissora de Richmond afirmou que Jackson se encolerizou quando o despediram. Fez algumas ameaças e acusou Cilla de lhe roubar o lugar. Além disso, acrescente-se, tem um problema grave com a bebida.

– Queres interrogá-lo?

– Sim.

– Está bem. Porque não matamos dois coelhos de uma só cajadada? – pegou na pasta de Nick Peters. – Este tipo parece inofensivo... mas já saí com homens de aspeto inofensivo e sei que podem ser enganadores. Não anda a sair com ninguém – tirou o casaco e pô-lo nas costas de uma cadeira. – Deborah tem aulas com ele. Durante o fim de semana, mencionou que está sempre a fazer-lhe perguntas sobre Cilla. Coisas pessoais. Como as flores de que gosta, a sua cor favorita e se anda a sair com alguém.

Tirou um saco de rebuçados do bolso da saia. Depois de pensar, escolheu um amarelo.

– Aparentemente, incomodou-se quando Deborah mencionou que Cilla já tinha sido casada. Deborah não lhe deu muita importância na altura, atribuiu-o ao facto de ser um pouco estranho. Mas estava suficientemente preocupada para mo mencionar no fim de semana. É uma boa rapariga – comentou. – Muito inteligente. E absolutamente dedicada à sua irmã – hesitou. – Falou-me dos seus pais.

– Já investigámos essa parte.

– Eu sei – Althea pegou numa caneta, brincou com ela e voltou a pousá-la. – Deborah acha que és bom para a sua irmã – esperou até Boyd levantar o olhar. – Pergunto-me se a sua irmã será boa para ti.

– Sei cuidar de mim mesmo, parceira.

– Estás demasiado envolvido, Boyd. Se o capitão soubesse que te envolveste pessoalmente num caso, tirar-te-ia dele. E com razão.

Observou o rosto de Althea, um rosto que conhecia tão bem como o seu próprio. Controlou a sua fúria.

– Ainda consigo fazer o meu trabalho, Thea. Se tivesse alguma dúvida a esse respeito, eu mesmo me afastaria.

– A sério?

– Sim – semicerrou os olhos. – A minha prioridade é a sua segurança. Se quiseres ir falar com o capitão, estás no teu direito. Mas vou cuidar de Cilla, de um modo ou de outro.

– És tu quem vai sair magoado – murmurou. – De um modo ou de outro.

– É a minha vida. O problema é meu.

A raiva que ela tinha esperado controlar emergiu.

– Bolas, Boyd! Uma coisa era quando estavas cativado pela sua voz. Nem sequer o considerei um problema quando a conheceste e saltaram algumas faíscas. Mas, agora que começas a falar de uma coisa importante como o casamento, sei que é a sério. Tens problemas. Boyd, ela representa problemas.

– Destacaram-nos para nos encarregarmos dos problemas que tem. Quanto ao resto, só a mim diz respeito, Thea, portanto, guarda os teus conselhos.

– Fantástico! – irritada, abriu outra pasta. – Bob Williams, Wild Bob, está tão limpo que reluz. Não consegui descobrir nenhuma ligação com Cilla, para além da profissional. Tem um bom casamento, vai à missa e tudo.

– Também não apareceu nada sobre os locutores do turno da manhã – bebeu outro gole de refrigerante e desejou que fosse uma cerveja gelada.

– Na KHIP, são uma família grande e feliz.

– Assim parece. Harrison dá a impressão de estar limpo, mas continuo a investigá-lo. Foi quem a contratou e foi atrás dela de forma muito ativa, oferecendo-lhe um aumento substancial e benefícios para a convencer a mudar-se para a KHIP.

– O que descobriste sobre o tal McGillis? – escolheu outro rebuçado, com meticulosidade.

– Espero uma chamada de Chicago – abriu outra pasta. – Falta o responsável pela manutenção. Billy Lomus. Veterano de guerra. Recebeu o Coração Púrpura e a Estrela de Prata no Vietname. Fez duas missões antes de o ferirem na perna. Parece um solitário. Nunca fica mais de um ano num sítio. Há alguns anos, esteve em Chicago. Não tem família, nem amigos íntimos. Estabeleceu-se em Denver há uns quatro anos. Em criança, esteve em lares adotivos.

– Uma vida difícil – não levantou o olhar.

– Sim – Boyd observou a sua cabeça inclinada. Poucos sabiam que a menina Althea tinha passado de um lar adotivo para outro. – Não parece que tenhamos muita sorte dentro da emissora.

– Não. Talvez corra melhor com McGillis – levantou o olhar, tinha o rosto sereno, a voz normal. Só alguém que a conhecesse bem saberia que continuava zangada. – Queres começar por Jackson ou por Peters?

– Por Jackson.

– Está bem. Primeiro, verificaremos o mais fácil. Telefonar-lhe-ei e pedir-lhe-ei que venha até aqui.

– Obrigado. Thea – acrescentou, antes que ela pudesse endireitar-se, – tens de o experimentar antes de conseguires entendê-lo. Não posso desligar os meus sentimentos, nem virar as costas ao que me treinaram para fazer.

– Tem cuidado por onde andas, parceiro – suspirou.

Era o que pretendia fazer. E, enquanto isso, vigiaria por onde Cilla andava. Tinha a certeza de que não gostaria, já que, desde que lhe dissera que a amava, ela tinha tentado afastar-se.

Não tinha medo dele, mas de si mesma. Quanto mais profundos eram os seus sentimentos, mais a assustava reconhecê-los. Não tinha pensado que chegasse a precisar das palavras. Mas assim era. Precisava que olhasse para ele e lhe dissesse que o amava.

Um sorriso, um contacto, um gemido na escuridão... Isso não bastava. Não com Cilla. Precisava do vínculo e da promessa, daquela ligação verbal. Uma simples frase que saía frequentemente com facilidade era capaz de mudar a vida de duas pessoas.

Se alguma vez conseguisse dizê-las, apesar das dúvidas, das barreiras defensivas, do receio de ser magoada, di-las-ia com todo o coração. «É tudo o que preciso», decidiu. E jamais permitiria que as retirasse.

No entanto, naquele momento tinha de afastar os seus próprios desejos e necessidades, e de ser um polícia. Para a manter a salvo, teria de fazer o que ela mais receava. Para o bem de Cilla, não podia permitir-se pensar no rumo que as suas vidas seguiriam assim que fechasse as pastas.

– Boyd? – Althea espreitou. – Jackson está a caminho daqui.

– Poderemos falar com Peters antes que tenha de entrar na emissora. Quero que... – calou-se quando o telefone ao seu lado tocou. – Fletcher – com um gesto, indicou a Althea que entrasse. – Sim. Agradeço que o tenham confirmado – tapou o auscultador. – Polícia de Chicago. Exato – continuou. – John McGillis – começou a tomar notas. A meio de uma palavra, parou e apertou os dedos. – Quando? – soltou um palavrão. – Algum familiar? Deixou um bilhete? Pode enviar-mo por fax? Sim – no bloco de notas escreveu: «Suicídio». Althea sentou-se em silêncio na mesa. – De certeza que não tinha um irmão? Não. Muito obrigado, sargento – desligou e tamborilou com a caneta. – Filho da mãe!

– Tens a certeza que se trata do mesmo McGillis? – inquiriu Althea.

– Sim. Cilla deu-me a informação que tinha dele, para além da sua descrição física. É o mesmo tipo. Suicidou-se há cinco meses – suspirou. – Cortou os pulsos com uma faca de caça.

– Encaixa, Boyd – Althea inclinou-se para ler as suas notas. – Disseste que McGillis estava obcecado por Cilla, que tinha ameaçado matar-se se ela não correspondesse. O tipo ao telefone culpa-a pela morte do seu irmão.

– McGillis não tinha irmãos. Era filho único e a sua mãe ainda é viva.

– «Irmão» poderia aludir a um termo emocional. Melhor amigo.

– Talvez – sabia que encaixava. O que o preocupava era como Cilla ia reagir. – A polícia de Chicago está a colaborar. Vai enviar-nos a informação que possui. Mas talvez valha a pena fazer uma viagem a este. Talvez a sua mãe nos dê uma pista.

– Vais contar a Cilla? – inquiriu Thea.

– Sim. Primeiro, falaremos com Jackson e Peters, para ver se conseguimos estabelecer uma ligação com McGillis.

Do outro lado da cidade, Cilla saiu do duche para atender o telefone. Queria que fosse Boyd, que lhe dissesse que tinha descoberto que John McGillis levava uma vida feliz em Chicago. Com o cabelo molhado, levantou o auscultador.

– Sim?

– Foste para cama com ele? Deixaste que te tocasse?

As mãos húmidas tremeram-lhe ao segurar o telefone.

– O que queres?

– Fizeste-lhe promessas, como fizeste ao meu irmão? Sabe que és uma prostituta e uma assassina?

– Não. Não sou. Não sei porque...

– Ele também terá de morrer.

Gelou-lhe o sangue.

– Não! Boyd não tem nada a ver com isto. É... É entre nós, como sempre disseste.

– Já se envolveu. Ele fez a sua escolha, como tu ao matares o meu irmão. Quando tiver acabado com ele, irei buscar-te. Lembras-te do que vou fazer-te? Lembras-te?

– Não tens de magoar Boyd. Por favor. Por favor, farei o que quiseres.

– Sim, farás – emitiu uma gargalhada espetral. – Farás o que for preciso.

– Por favor. Não lhe faças mal! – continuou a gritar até muito depois de a chamada cair. Com um soluço que lhe rasgou a garganta, desligou o telefone e correu para o quarto para se vestir.

Tinha de falar com Boyd. Certificar-se de que estava ileso. E adverti-lo. Não podia perder alguém que amava.

Com o cabelo ainda húmido, desceu as escadas a correr e abriu a porta. Esteve a ponto de chocar com Nick Peters.

– Oh, meu Deus! – levou as mãos ao peito. – Nick.

– Desculpa – com mãos nervosas, compôs os óculos. – Não queria assustar-te.

– Tenho de ir – mexeu na mala, à procura das chaves. – Telefonou. Tenho de falar com Boyd. Tenho de lhe contar.

– Espera – apanhou as chaves que ela deixara cair. – Não estás em condições de conduzir.

– Tenho de ver Boyd – disse, com desespero, agarrando-se ao casaco de Nick. – Disse que ia matá-lo.

– Estás obcecada por aquele polícia – Nick apertou os lábios. – Dá a impressão de que sabe cuidar de si mesmo.

– Não entendes – começou.

– Claro que entendo. Entendo muito bem. Foste com ele.

O tom de acusação que notou surpreendeu-a e pô-la suficientemente nervosa para olhar em direção ao carro-patrulha que havia à frente da sua casa. Mas compreendeu que era uma tolice ter medo de Nick.

– Nick, desculpa, mas, neste momento, não tenho tempo para falar. Podemos falar mais tarde, na emissora?

– Demiti-me! – exclamou. – Esta manhã.

– Oh, porquê? Fazia-lo muito bem. Tinhas futuro na KHIP.

– Tu nem sequer sabes – murmurou, com amargura. – Nem te importa.

– Enganas-te – ao estender a mão para lhe tocar no braço, ele afastou-se. – Deixaste que fizesse figura de parvo por tua causa.

– Nick, não – abanou a cabeça. Esperava que a mesma história não se repetisse.

– Nem sequer deixavas que me aproximasse e então ele apareceu. Agora, querem que vá ao posto de polícia. Querem interrogar-me – tremeram-lhe os lábios. – Acreditam que fui eu quem andou a telefonar-te.

– Tem de haver um engano...

– Como pudeste? – gritou. – Como pudeste pensar que queria fazer-te mal? – devolveu-lhe as chaves. – Só vim dizer-te que já não trabalho na emissora, que não tens de te preocupar que volte a incomodar-te.

– Nick, por favor. Espera – mas já ia para o seu carro. Nunca olhou para trás.

Sentiu as pernas fracas e sentou-se no primeiro degrau do alpendre. Precisava de relaxar antes de se sentar ao volante.

«Como pude ser tão estúpida e cega para não ver que o orgulho e o ego de Nick estavam em jogo?» Tinha-o magoado com a sua indiferença. De algum modo, tinha de resolver o caos em que a sua vida se transformara. Depois, compensaria tudo o resto.

Mais serena, levantou-se, trancou a porta e foi para o carro.

Odiava esquadras. Caminhou pelo corredor e ouviu os telefones a tocarem e o som incessante de vozes. Parou diante de uma porta e observou a sala.

Era diferente da sala onde a sua mãe tinha trabalhado e morrido. Ali, havia mais espaço, menos sujidade e viam-se vários computadores. O som das teclas era um ritmo constante.

Havia homens e mulheres, sem casacos, com as camisas suadas, embora fizesse frio na rua.

Num banco próximo, uma mulher embalava um bebé, enquanto um agente tentava distraí-lo, agitando as algemas. Do outro lado da sala, uma adolescente dava informações a uma agente. As lágrimas caíam pelo rosto da jovem.

E Cilla recordou.

Recordou estar sentada num canto de uma sala mais pequena, e mais quente e suja do que aquela. Tinha cinco ou seis anos e a ama tinha telefonado a dizer que não podia ir devido a uma indisposição. A sua mãe tinha-a levado para o trabalho, pois tinha de redigir um relatório que não podia esperar. De modo que Cilla se sentara num canto com uma boneca, ouvindo os telefones e as vozes. E à espera que a sua mãe a levasse para casa.

Recordava um dispensador de água. E uma ventoinha no teto. Durante horas, tinha observado as bolhas da água e o movimento das pás. A sua mãe tinha-se esquecido dela. Até que, dominada pelo mesmo vírus que a sua ama, Cilla tinha vomitado o pequeno-almoço no chão.

Passou uma mão trémula pela testa. «Não passa de uma lembrança antiga», disse a si mesma. E incompleta. Depois de vomitar, a sua mãe limpara-a, abraçara-a, levara-a para casa e cuidara dela o resto do dia. Não era justo que recordasse apenas o lado negativo.

Mas, ali de pé, sentiu com muita clareza as náuseas, o suor frio e a angústia de estar sozinha e esquecida.

Então, viu-o a sair de outra sala. Tinha a parte de frente da t-shirt molhada pelo suor. Jackson ia atrás dele, com o rosto suado e nervoso. Althea ladeava-o.

Jackson viu-a primeiro. Avançou um passo hesitante para ela, depois, parou e encolheu os ombros. Cilla não hesitou. Dirigiu-se para ele para lhe agarrar as mãos.

– Estás bem?

– Claro – voltou a encolher os ombros, mas apertou-lhe as mãos. – Só tivemos de esclarecer algumas coisas. Nada sério.

– Lamento. Se precisares de falar, espera por mim.

– Não, estou bem. A sério – levantou uma mão para compor

o boné. – Suponho que, quem se chateia uma vez, paga sempre por isso.

– Oh, Jim...

– Eh, estou bem! – sorriu. – Vemo-nos esta noite.

– Certamente.

– Agradecemos pela sua cooperação, senhor Jackson – disse Althea.

– Já disse, farei tudo o que puder para ajudar Cilla. Estou em dívida contigo – disse a Cilla, interrompendo-a antes que pudesse abanar a cabeça. – Estou em dívida contigo – repetiu e depois caminhou para o corredor.

– Poderia ter-vos dito que estavam a perder tempo com ele – afirmou Cilla.

– Poderias ter-nos dito muitas coisas – Boyd assentiu.

– Talvez – olhou para ele. – Preciso de falar com vocês os dois.

– Muito bem – indicou-lhe a sala de interrogatórios. – Ali dentro é um pouco mais tranquilo.

– Queres beber alguma coisa? – perguntou Althea, antes que se sentassem. – Acho que já arranjaram o ar condicionado, embora ainda esteja um forno aqui.

– Não, obrigada. Não demorarei muito – sentou-se. Althea ocupou uma cadeira à frente dela e Boyd, a cabeceira da mesa. Queria escolher as palavras com muito cuidado. – Posso perguntar porque trouxeram Jackson?

– Trabalharam juntos em Richmond – Boyd afastou uma pasta. – Teve um problema com o álcool que fez com que o despedissem e tu ocupaste o seu lugar. Não se mostrou muito contente na época.

– Não, não.

– Porque não nos falaste disso, Cilla?

– Não pensei nisso – levantou uma mão. – A sério que não pensei nisso. Foi há muito tempo e Jackson deixou tudo para trás. De certeza que vos contou que frequenta os Alcoólicos Anónimos há três anos. Foi ver-me a Chicago. Queria comunicar-me que não me culpava pelo acontecido. Desde então, esteve a refazer a sua vida.

– Tu arranjaste-lhe emprego na KHIP – acrescentou Boyd.

– Falei bem dele – disse. – Não sou eu quem contrata. Era

um amigo e precisava de uma oportunidade. Sóbrio, Jackson é um dos melhores. E é incapaz de fazer mal a uma mosca.

– E, quando está ébrio, destrói bares, ameaça mulheres e bate com o seu carro contra postes telefónicos.

– Isso foi há muito tempo – tentou manter-se serena. – E a questão é que agora está sempre sóbrio. Há coisas que têm de se esquecer e perdoar.

– Sim – observou-a fixamente. – Há.

Cilla pensou outra vez na sua mãe e naquela lembrança dolorosa no posto de polícia.

– Na verdade, não vim para falar de Jackson. Recebi outra chamada em casa.

– Nós sabemos – interveio Althea, com tom profissional. – Transmitiram-nos a informação.

– Então, sabem o que disse – ao ver que o olhar frio de Althea não mostrava simpatia, virou-se para Boyd. – Agora, quer fazer-te mal a ti. Sabe que estás relacionado comigo e alterou os seus planos.

– Seguiram a chamada até outra cabina, a alguns quarteirões da tua casa – começou Boyd.

– Não me ouviste? – esmurrou a mesa. As canetas saltaram. – Também vai tentar matar-te.

Não lhe agarrou a mão para a tranquilizar. Naquele momento, precisava mais dele profissionalmente do que pessoalmente.

– Como sou eu quem te protege, teria sempre tentado. Nada mudou.

– Mudou tudo! – explodiu. – Não lhe importa que sejas polícia ou não, apenas que estás comigo. Quero-te fora do caso. Não te quero perto de mim até que tenha acabado.

– Não sejas ridícula.

– Não sou. Sou prática – olhou para Althea, com expressão de súplica. – Fala com ele. Ouvir-te-á.

– Lamento – replicou. – Estou de acordo com ele. Ambos temos um trabalho a fazer e, neste momento, és tu.

– Falarei com o vosso capitão – desesperada, voltou a concentrar-se em Boyd.

– Já está a par da chamada.

– Dir-lhe-ei que ando a dormir contigo – levantou-se de um salto.

– Senta-te, Cilla.

– Insistirei para que te tire do caso.

– Senta-te – repetiu Boyd, com voz suave, mas, desta vez, ela obedeceu. – Podes ir ver o capitão e solicitar que te atribuam outro detetive. Podes exigi-lo. Não fará nenhuma diferença. Se me tirares do caso, entregar-lhe-ei o meu distintivo.

– Não acredito.

– Desafia-me.

Cilla compreendeu que estava muito sereno. E demasiado decidido. «Como uma parede», pensou, desesperada. Era inútil enfrentá-lo daquela maneira.

– Boyd, não compreendes que não suportaria que te acontecesse alguma coisa?

– Sim – disse. – Acho que sim. Mas devias compreender que sou igualmente vulnerável no que diz respeito a ti.

– Esse é o problema – agarrou-lhe as mãos. – És vulnerável. Ouve-me – consternada, levou uma mão dele à face. – Durante oito anos, perguntei-me se a minha mãe estaria mais atenta e concentrada se houvesse outra pessoa naquela sala com ela, outra pessoa que não fosse o meu pai. Não me obrigues a fazer a mesma pergunta sobre ti para o resto da minha vida.

– A tua mãe não estava preparada. Eu estou.

– Nada do que diga te fará mudar de ideias.

– Não. Amo-te, Cilla. Um dia, terás de aprender a aceitá-lo. Entretanto, deves confiar em mim.

– Então, não há mais nada a dizer – afastou as mãos e deixou-as cair no colo.

– Há uma coisa – aproximou uma pasta. – John McGillis.

– O que tem? – levou as mãos aos olhos, começava a doer-lhe a cabeça.

– Está morto.

– Morto? – devagar, desceu as mãos. – Mas era apenas um rapaz. Tens a certeza de que se trata da mesma pessoa?

– Sim – o homem desejou poder poupá-la àquilo. O polícia sabia que era impossível. – Suicidou-se há cinco meses – durante um instante, ela olhou para ele. Ficou pálida.

– Oh, meu Deus... Ele... ameaçou fazê-lo, mas não acreditei...

– Era uma pessoa instável, Cilla. Desde os catorze anos que

fizera terapia de forma intermitente. Problemas com a sua mãe, na escola, com os seus colegas. Já tinha tentado suicidar-se duas vezes.

– Mas era tão tranquilo... Esforçou-se tanto para fazer com que eu... – calou-se e fechou os olhos. – Matou-se depois de eu ter saído de Chicago. Tal como disse que faria.

– Estava perturbado – murmurou Althea, com gentileza. – Muito perturbado. Um ano antes de entrar em contacto contigo, teve uma relação com uma rapariga. Quando ela a acabou, tomou barbitúricos. Ficou numa clínica durante algum tempo. Só tinha saído há algumas semanas quando começou a ouvir-te.

– Fui cruel com ele – começou a mexer na mala. – Muito cruel. Na altura, considerei que era a melhor maneira de agir. Pensei que se sentiria magoado, que talvez me odiasse durante algum tempo, mas que depois encontraria uma rapariga agradável e... Mas não foi assim.

– Não vou dizer-te que a culpa não foi tua, porque és suficientemente inteligente para o saberes – a voz de Boyd era carente de simpatia. – McGillis fê-lo a si mesmo. Tu foste uma desculpa.

– Não é assim tão fácil para mim – sentiu um calafrio. – Eu não lido com a morte como tu.

– Nunca é fácil para ninguém – abriu uma pasta. – Mas há prioridades e a minha é estabelecer a relação entre McGillis e o homem que perseguimos.

– Achas que John é o motivo pelo qual recebo as ameaças?

– É a única coisa que encaixa. Agora, quero que nos contes tudo o que recordares dele.

Pousou a mala e uniu as mãos sobre a mesa. Com a máxima clareza que lhe foi possível, repetiu tudo o que já lhe tinha contado.

– Alguma vez o viste com alguém? – inquiriu Boyd. – Falou-te dos seus amigos, da sua família?

– Estava sempre sozinho. Como já te disse, costumava telefonar para a emissora. Demorei semanas a conhecê-lo pessoalmente. Depois, só falava do que sentia por mim, de como desejava que estivéssemos juntos – torceu os dedos. – Costumava enviar-me bilhetes e flores. Pequenos presentes. Não é assim tão estranho que um fã desenvolva uma espécie de relação fantasiosa com uma locutora. Mas então comecei a ver que não era... – pigarreou –... O tipo normal de fã.

– Continua – pediu, depois de escrever algumas palavras no bloco.

– Os bilhetes tornaram-se mais pessoais. Não sexuais, mas emocionais. Uma vez, mostrou-me a sua tatuagem. Tinha umas facas tatuadas no peito. Pareciam tão deslocadas nele, que a minha resposta foi comentar que era uma loucura que marcasse o corpo daquela maneira. Estávamos no estacionamento. Estava cansada e irritada, e ele abriu a camisa para me mostrar uma tatuagem estúpida. Incomodou-o que eu não gostasse. Na verdade, zangou-se. Foi a única vez que o vi irado. Disse que, se servia para o seu irmão, servia para ele.

– Para o seu irmão? – repetiu Boyd.

– Sim.

– Não tinha nenhum irmão.

– Sim – deixou de torcer os dedos. – Mencionou-o algumas vezes.

– Pelo seu nome?

– Não – tentou recordar. – Não – confirmou. – Só mencionou que o seu irmão vivia na Califórnia. Há alguns meses que não o via. Queria que o conhecesse. Coisas do género.

– Não tinha nenhum irmão. Era filho único – informou Althea.

– Tê-lo-á inventado – Cilla abanou a cabeça.

– Não – Boyd recostou-se na cadeira. – Não creio que o homem que perseguimos seja uma invenção da imaginação de John McGillis.

CAPÍTULO 11

A cabeça palpitava-lhe de forma constante e os ouvidos zuniam-lhe. Era demasiado para assimilar de uma só vez. A chamada, a visita de Nick, os avisos na emissora. O suicídio de John McGillis.

Pela primeira vez na sua vida, Cilla sentiu-se tentada a fechar-se no seu quarto e a tomar comprimidos para dormir. Queria paz, algumas horas de paz, sem culpa, sem sonhos, sem receios.

Mais do que isso, queria recuperar o controlo da sua vida. No passado, fora algo que considerara garantido, mas jamais voltaria a cair nesse erro.

Não lhe ocorreu nada para dizer a Boyd quando a acompanhou até ao interior da sua casa. Estava demasiado cansada para discutir, ainda mais sabendo que seria inútil. Ele não ia deixar o caso. Não quisera acreditar nela quando lhe dissera que não tinham nenhum futuro juntos. Recusava-se a entender que só queria o melhor para ele.

Foi até à cozinha e tirou um frasco de aspirinas do armário que havia sobre o lava-loiça. Tirou duas.

Boyd observou-a a encher um copo com água e a tomá-las. Os movimentos dela eram automáticos e um pouco bruscos. Enquanto lavava o copo, olhou para as flores do pátio traseiro pela janela.

– Almoçaste? – perguntou-lhe.

– Não me lembro – cruzou os braços e desviou o olhar para as árvores. Questionou-se quanto tempo precisariam para recuperar a sua frondosidade. – Mas não tenho fome. Se quiseres, provavelmente encontrarás alguma coisa para comer no frigorífico.

– O que achas de te deitares um pouco? – apoiou as mãos nos seus ombros e deu-lhe uma leve massagem.

– Ainda não conseguiria deitar-me – suspirou e levantou uma mão para a apoiar na de Boyd. – Dentro de algumas semanas, terei de cortar a relva. Acho que gostarei. Nunca tive um jardim.

– Poderei vir ver-te?

Cilla sorriu, como ele queria que fizesse.

– Eu adoro este lugar – murmurou. – Não só a casa, mas tudo. Não me senti cómoda desde que saí da Georgia. Nem sequer o sabia até ter vindo para aqui e me ter sentido em casa.

– Às vezes, encontra-se o que se quer sem o procurar.

Cilla sabia que falava de amor. Mas dava-lhe medo entrar naquela conversa.

– Às vezes, o céu é tão azul que magoa os olhos. E consegue-se ver as montanhas, inclusive do centro da cidade. Quero pertencer a este lugar.

– Já pertences – virou-se.

– Nunca pensei que as coisas pudessem durar. Mas começava a acontecer... antes disto. Não tenho a certeza de que possa pertencer a este sítio ou a qualquer outro enquanto sentir medo. Boyd – emoldurou-lhe a cara com as mãos e observou-o com olhar intenso, como se quisesse memorizar cada traço, – não falo apenas de pertencer a um lugar, mas a uma pessoa. Importas-me mais do que qualquer pessoa no mundo, salvo Deborah. E sei que isso não basta.

– Enganas-te – deu-lhe um beijo nos lábios. – Chega.

Ela abanou a cabeça, com expressão frustrada.

– O que se passa é que não queres ouvir.

– Voltas a enganar-te. Eu ouço, Cilla, embora nem sempre concorde com o que dizes.

– Não tens de concordar, simplesmente tens de o aceitar.

– Quando isto acabar, teremos uma longa conversa sobre o que ambos temos de aceitar.

– Quando isto acabar, existe a possibilidade de que estejas morto – num impulso, agarrou-o com mais força. – A sério que queres casar-te comigo?

– Sabes que sim.

– Se aceitasse casar-me contigo, deixarias o caso? Deixarias que outra pessoa se ocupasse dele e irias para a tua cabana até que estivesse concluído?

– Devias saber que não se deve subornar um funcionário público – conteve uma fúria amarga.

– Não estou a brincar.

– Não – a sua expressão endureceu. – Mas eu gostaria que estivesses a brincar.

– Casar-me-ei contigo e tentarei que sejas feliz se o fizeres por mim.

– Não, O'Roarke – largou-a e recuou.

– Bolas, Boyd!

– Achas que se trata de uma troca? – rebentou, enfiando as mãos nos bolsos. – O que tu queres pelo que eu quero? Estamos a falar de casamento. É um compromisso emocional e um contrato legal, não um instrumento de troca. E depois? – exigiu. – Deixo o meu trabalho e tu aceitas dar-me um filho?

A surpresa e a vergonha deixaram-na muda. Levantou as mãos, com as palmas para fora.

– Desculpa – conseguiu dizer. – Não queria que soasse dessa maneira. Não paro de pensar no que me disseste hoje, em como o disseste. E consigo imaginar como seria se tu não estivesses presente – fechou os olhos. – Seria pior do que morrer.

– Estou aqui – voltou a aproximá-la. – E vou ficar aqui. Não vai acontecer nada a nenhum dos dois.

Ela abraçou-o e afundou a cara no seu pescoço.

– Não te zangues. Neste momento, seria incapaz de dar luta.

– Então, deixamo-lo para depois – cedeu, acariciando-lhe o cabelo.

– Vamos para cima – não queria que Boyd pensasse no futuro, só no presente. – Faz amor comigo.

De mão dada, atravessaram a casa vazia e subiram as escadas. No quarto, Cilla fechou a porta. O gesto simbolizou a sua necessidade de excluir tudo menos ele daquele momento.

O sol entrava pelas janelas, mas não sentiu necessidade de tapar a luz. Não haveria segredos entre eles. Sem desviar o olhar da sua cara, começou a desabotoar-lhe a camisa.

Pensou que, alguns dias antes, teria receado o que estava a fazer. Recearia dar um passo errado, dizer uma palavra errada, oferecer demasiado ou pouco. Já lhe tinha ensinado que só tinha de estender a mão e estar disposta a partilhar.

Despiram-se em silêncio, sem se tocarem. Questionou-se se Boyd perceberia o seu estado de espírito. A única coisa que sabia era que queria olhar para ele.

«Saberá como fica excitante ali de pé, no meio do quarto, com a roupa aos seus pés, a pele corada e os olhos velados?», questionou-se ele.

Esperou. Embora desejasse tanto tocar-lhe que os dedos lhe ardiam, esperou.

Ela aproximou-se, com os braços levantados e os lábios entreabertos. Esbelta, suave, sedutora, agarrou-se a Boyd. Mas ele continuou à espera. Ouviu o seu nome como um suspiro quando Cilla o beijou.

«Casa.» O pensamento agitou-se dentro dela, um desejo trémulo. Boyd representava «casa». A força dos seus braços, a ternura das suas mãos, a absoluta generosidade do seu coração. As lágrimas arderam-lhe nos olhos ao perder-se no beijo.

Ele sentiu a mudança, a entrega lenta e subtil. Excitou-o de forma insuportável. Forte, Cilla era como uma chama, cheia de vida e paixão. Na sua entrega, era como uma droga.

Tentado e perdido pela sua total submissão, deitou-a na cama. O seu corpo pertencia-lhe. E, pela primeira vez, sentiu que também a sua mente e o seu coração. Teve o cuidado de os tratar com gentileza.

«É tão doce, tão terno», pensou ela, como num sonho. A carícia dos seus dedos e o toque dos seus lábios deixaram a tarde clara e deram lugar aos segredos da noite. Sabendo já onde podia levá-la, desejava ainda mais empreender a viagem.

Nada de pensamentos obscuros. Nada de medos insistentes. Cilla queria celebrar a vida, a simplicidade de estar viva e de ser capaz de amar.

Excitava-a de forma absoluta. A resposta das suas carícias e beijos igualaram a generosidade dele. O que lhe murmurou não foram exigências, mas promessas que queria cumprir.

Ajoelharam-se juntos no meio da cama, tocando-se, os corpos sincronizados de modo quase doloroso. O cabelo dela fluiu através dos dedos de Boyd. A pele dele tremeu sob as carícias de Cilla.

Gemidos abafados.

Voltaram a deitar-se, com os corações e as bocas unidos. Ambos tinham os olhos abertos. Unidos, abraçaram-se e absorveram um tumulto de sensações. Ao mexerem-se, fizeram-no ao mesmo ritmo, ambos maravilhados.

A cabina parecia outro mundo. Cilla estava sentada à mesa, observando os comandos que tão bem conhecia. O controlo que tinha sentido com Boyd naquela tarde desvanecera-se. Só queria que a noite acabasse.

Tinha-lhe dito que no dia seguinte iria a Chicago. A sua intenção era incitá-lo a fazer a viagem. Se não conseguia convencê-lo a deixar o caso, pelo menos, teria a satisfação de saber que estaria a quilómetros de distância durante um ou dois dias. Longe dela e a salvo.

Quem quer que fosse que a ameaçava, aproximava-se. Podia senti-lo. Quando chegasse, desejava que Boyd se encontrasse bem longe.

Se aquele homem estava decidido a castigá-la pelo que acontecera a John McGillis, enfrentá-lo-ia. Boyd tinha razão, até certo ponto. Não se culpava pelo suicídio de John. Mas partilhava a responsabilidade. E não podia evitar lamentar a perda de uma vida jovem e desperdiçada.

Enquanto punha a música seguinte, pensou que a polícia a protegeria. E ela também se protegeria. O novo receio que a invadia surgia do facto de não saber como proteger Boyd.

– Estás a dormir à mesa – comentou ele.

– Não, estou só a descansar entre as músicas – olhou para o relógio. Era quase meia-noite. Aproximava-se a parte das chamadas dos ouvintes. Mais uma vez, a emissora estava fechada. Só estavam ali eles os dois.

– Porque não vais esta noite para a minha casa? Podíamos ouvir os meus discos de Muddy Waters.

– Quem? – decidiu fazer-se de parva, porque sabia que o divertia.

– Vá lá, O'Roarke...

Ajudava muito ver como sorria. Fazia com que tudo fosse quase normal.

– Está bem, ouvirei os discos de Muddy...

– Waters.

– Isso... Se responderes a três perguntas sobre música.

– Fá-las.

– Espera – pôs a música seguinte e fez uma introdução rápida. Procurou entre os seus papéis. – Muito bem. Primeira pergunta: qual foi a primeira banda britânica que atuou nos Estados Unidos?

– Ah, uma pergunta com rasteira! The Dave Clark Five. Os Beatles foram os segundos.

– Não estás mal para um amador. A segunda: quem foi o último a atuar em Woodstock?

– Jimi Hendrix. Terás de fazer melhor, O'Roarke.

– Só te induzo a relaxar. Terceira e esta é boa, Fletcher: em que ano se editou o sucesso de Buddy Holly & The Crickets, *That'll be the day*?

– É antigo.

– Responda, detetive.

– Em cinquenta e seis.

– Referes-te a 1956?

– Sim.

– Que pena! Foi em cinquenta e sete. Perdeste.

– Vou verificar.

– Fá-lo. Agora, terás de ir para a minha casa ouvir uma retrospetiva dos Rolling Stones – bocejou.

– Se aguentares tanto tempo acordada – gostou que tivesse relaxado um pouco. – Queres um café?

– Tanto como respirar – olhou para ele, agradecida.

– Vou buscá-lo.

Desde que o amor-próprio de Nick Peters sofrera aquele golpe, não o tinham substituído por ninguém e a emissora estava vazia. Também ele olhou para o relógio. Queria regressar antes que recebesse a primeira chamada.

«De passagem, levo-lhe um dónute», decidiu, enquanto inspecionava o corredor. Um pouco de açúcar ajudá-la-ia a aguentar a noite.

Antes de se dirigir para a sala, foi até à entrada do edifício verificar as portas. Estavam trancadas e o alarme estava ligado. O único carro que se via no estacionamento era o seu. Satisfeito, foi até às traseiras para fazer o mesmo, antes de preparar o café.

Sabia que a situação não se prolongaria por muito mais tempo. Com a pista de McGillis, estava convencido de que, numa questão de dias, conseguiria ligar alguém às ameaças. Seria ótimo ver Cilla sem receio nos olhos.

Acrescentou uma colher extra de café à cafeteira e ouviu a voz dela pelo altifalante, enquanto apresentava a música seguinte.

«Aquela voz é mágica», pensou. Da primeira vez que a ouvira, não tinha ideia de que se apaixonaria pela mulher a quem pertencia.

Ouviu-se *I love rock and roll*, de Joan Jett. Embora o altifalante da sala transmitisse apenas um murmúrio, percebeu a letra. Chegou à conclusão de que devia ser a música preferida de Cilla. No entanto, nos dois dias que tinham passado na cabana, tinha descoberto que Patsy Cline e Ella Fitzgerald podiam fasciná-la com igual facilidade.

Decidiu que precisavam de duas semanas nas montanhas. Sem a interferência de nenhuma tensão exterior.

Sentiu o cheiro do café e esperou poder ir a Chicago, encontrar as respostas de que precisava e regressar com a máxima celeridade.

Virou-se, inquieto por um leve som procedente do corredor. Um rangido no chão. Levou a mão à pistola. Empunhou-a, virou-se e avançou três passos até à porta.

«Começo a ficar nervoso», pensou ao ver apenas o resplendor ténue das luzes de presença. Mas o instinto fez com que não guardasse a arma. Tinha dado o passo seguinte quando as luzes se apagaram.

Praguejou em voz baixa e mexeu-se com rapidez. Embora apontasse a pistola para cima, estava preparado para a usar. Viu as luzes da cabina. Ela continuava a pôr música. Com as costas encostadas à parede, olhou para ambos os lados do corredor às escuras e avançou para Cilla.

Ao contornar a última curva que conduzia à cabina, ouviu qualquer coisa atrás dele. Viu que a porta do armazém se abria no instante em que se virava. Mas não viu a faca.

– Acabam de ouvir Joan Jett & The Blackhearts. São onze e cinquenta, Denver – franziu o sobrolho ao olhar para o relógio e questionou-se porque é que Boyd demorava tanto. – Lembro-vos que amanhã podem ver Wild Bob no Brown Palace Hotel, na rua 17. E, se nunca estiveram lá, é um lugar muito elegante. Ainda há bilhetes para a gala a favor das crianças maltratadas. Peguem nas carteiras. São só vinte dólares, quarenta, se levarem o vosso par. A gala começa às sete horas e Wild Bob porá as músicas de que tanto gostam – preparou a música seguinte. – Preparem-se para duas músicas que vos levarão até à meia-noite. Sou Cilla O'Roarke. Primeiro, virão as notícias e depois, os pedidos.

Desligou o microfone. Mexeu os ombros para aliviar a tensão e tirou os auscultadores. Cantarolando, afastou-se da mesa para preparar as notícias gravadas.

Foi nesse momento que viu que o corredor, do outro lado da porta de vidro, estava às escuras. Ao princípio, ficou desconcertada. Depois, sentiu-se agitada. Se as luzes de presença se tinham apagado, talvez o alarme estivesse desligado.

«Está aqui!» Agarrou-se às costas da poltrona e sentiu a testa perlada de suor. Naquela noite, não haveria nenhuma chamada, porque estava ali. Tinha vindo atrás dela.

Sentiu pânico.

Boyd. Também tinha vindo atrás de Boyd.

Impulsionada pelo receio, correu para a porta.

– Boyd! – gritou, cambaleando na escuridão. Parou ao ver a sombra que se dirigia para ela. Embora fosse apenas uma silhueta, soube. Com as mãos atrás das costas, recuou. – Onde está Boyd? O que lhe fizeste? – deu outro passo atrás. As luzes da cabina diminuíam a escuridão. Quando ia suplicar, esteve prestes a desmaiar de alívio. – Oh, meu Deus, és tu! Não sabia que estavas aqui. Pensava que já tinham saído todos.

– E é verdade – respondeu, colocando-se sob a luz. Sorriu e o alívio de Cilla gelou. Segurava uma faca de caça, comprida e já suja de sangue.

– Boyd – repetiu ela.

– Não pode ajudar-te. Ninguém pode. Estamos sozinhos. Esperei muito tempo para que estivéssemos sozinhos.

– Porquê? – estava aterrada. A faca estava suja com o sangue de Boyd e a dor não permitia que sentisse receio. – Porquê, Billy?

– Mataste o meu irmão.

– Não, não, não o fiz – recuou para a cabina. – Eu não matei John. Mal o conhecia.

– Ele amava-te – avançou a coxear, com a faca na mão. Estava descalço. Usava umas calças de camuflagem e uns collants pretos cobriam-lhe o cabelo e a testa. Embora tivesse pintado a cara, o peito e os braços de preto, Cilla pôde ver a tatuagem em cima do coração. Idêntica à de John McGillis. – Ias casar-te com ele. John contou-me.

– Interpretou-me mal – soltou um gemido quando lhe apontou a faca. A poltrona caiu com estrépito ao bater contra a mesa.

– Não me mintas, ordinária! Ele contou-me tudo, como lhe disseste que o amavas e desejavas – baixou a voz, usando o tom que tinha empregado ao telefone, gelando-lhe o sangue. – Como o seduziste. Era tão jovem... Não entendia a natureza das mulheres como tu. Mas eu entendo. Eu tê-lo-ia protegido. Protegia-o sempre. Ele era bom – secou os olhos com a mão que segurava a faca e depois extraiu uma pistola do bolso. – Demasiado bom para ti – disparou contra a mesa de controlo. Cilla levou as duas mãos à boca para conter um grito. – Contou-me como lhe mentiste, como o enganaste, como te gabaste.

– Nunca quis magoar John – tinha de manter a calma. Boyd não estava morto. Não acreditava que estivesse morto. Mas estava ferido. De algum modo, tinha de o ajudar. Apoiou-se na mesa e ligou o microfone, sem desviar os olhos da cara dele. – Juro-te, Billy, nunca quis magoar o teu irmão.

– Mentirosa! – gritou, levando a faca ao pescoço dela. Cilla inclinou-se para trás e tentou conter os tremores. – Ele não te importa nada. Nunca te importou. Simplesmente, usaste-o. As mulheres como tu adoram usar as pessoas.

– Gostava dele – conteve a respiração quando o aço lhe roçou o pescoço e sentiu que o sangue pingava da sua pele. – Era um rapaz agradável. Ele... adorava-te.

– E eu adorava-o – a faca tremeu-lhe na mão, mas afastou-a alguns centímetros. Cilla respirou fundo. – Foi a única pessoa que amei, que me amava. Cuidava dele.

– Eu sei – humedeceu os lábios. Sem dúvida, apareceria alguém. Alguém estaria a ouvir. Não se atrevia a desviar o olhar para o telefone, onde as luzes piscavam de forma frenética.

– Ele tinha apenas cinco anos quando me mandaram para aquela casa. Tê-la-ia odiado, como tinha odiado os outros lugares para onde me tinham mandado. Mas John vivia lá. Eu importava-lhe. Precisava de mim. De modo que fiquei até aos dezoito anos. Foi só um ano e meio, mas éramos como irmãos.

– Sim.

– Alistei-me no Exército. Quando estava de licença, escapulia-se para ir ver-me. A rameira da sua mãe não queria que se desse comigo, porque já me tinha metido em algumas confusões – voltou a disparar à sorte e acertou no vidro da parte superior da porta. – Mas eu gostava do Exército e John gostava da minha farda – os seus olhos humedeceram um pouco ao recordá-lo. – Mandaram-me para o Vietname. Destruíram a minha perna. Destruíram a minha vida. Quando voltámos, as pessoas queriam odiar-nos. Mas John, não. Ele estava orgulhoso de mim. Nunca ninguém se tinha orgulhado de mim.

– Eu sei.

– Tentaram levá-lo duas vezes – voltou a apertar o gatilho. Uma bala cravou-se no gravador, a quinze centímetros da cabeça de Cilla. – Não entendiam. Fui para a Califórnia. Ia arranjar lá um sítio agradável onde viver. Só precisava de encontrar um emprego. John ia escrever poesia. E, então, conheceu-te – a humidade nos seus olhos desapareceu. – Já não queria ir para a Califórnia. Não queria deixar-te. Escreveu-me cartas sobre ti. Uma vez, telefonou-me. Não devia ter gastado o seu dinheiro daquela maneira, mas telefonou-me para a Califórnia para me dizer que ia casar-se. Tu querias casar-te no Natal, de maneira que ele ia esperar. Eu ia regressar, porque queria ter-me presente.

Cilla só pôde abanar a cabeça.

– Nunca aceitei casar-me com ele. Matares-me não vai mudar isso – disse, quando lhe apontou a pistola. – Tens razão, ele não me entendeu. E suponho que eu também não o tenha entendido. Ele era jovem. Imaginou que eu era uma coisa que não era, Billy. Lamento, a sério, mas eu não provoquei a sua morte.

– Tu mataste-o – passou a lâmina da faca pela face dela. – E vais pagar por isso.

– Não posso impedir-te. Nem sequer tentarei. Mas, por favor, diz-me o que fizeste a Boyd.

– Matei-o – exibiu um sorriso doce e vazio, que fez com que as armas que tinha parecessem incongruentes.

– Não acredito.

– Está morto – sem deixar de sorrir, levantou a faca. – Foi fácil. Mais do que pensava. E rápido – afirmou. – Queria-o morto, mas não me importava se não sofresse. Não como tu. Vais sofrer. Disse-te isso, lembras-te? Disse-te o que ia fazer-te.

– Se mataste Boyd – sussurrou, – já me mataste.

– Quero que supliques – apoiou outra vez a faca contra o seu pescoço. – Quero que supliques como John suplicou.

– Não me importa o que me faças – não conseguia sentir a faca sobre a pele. Não conseguia sentir nada. Ao longe, ouviu sirenes. Ouviu-as sem emoção, sem esperança. Chegavam demasiado tarde. Olhou para ele nos olhos. Compreendeu que entendia aquele tipo de dor. Surge quando nos arrebatam a pessoa que mais nos importa. – Desculpa – disse, pronta para morrer. – Eu não o amava.

Com um resmungo de fúria, bateu-lhe na têmpora com o punho da faca. Tinha planeado e esperado durante semanas. Não a mataria com rapidez e piedade. Não. Queria-a de joelhos, a chorar e a gritar pela sua vida.

Caiu ao chão, dominada pela dor explosiva. Teria chorado naquele momento, com as mãos a taparem-lhe a cara. Não por ela, mas pelo que tinha perdido.

Os dois viraram-se de repente. Boyd estava à porta.

Foram apenas alguns segundos. O seu coração esteve prestes a rebentar. Estava vivo. Vivo!

O soluço de alívio transformou-se num grito de terror ao ver Billy a levantar a pistola. Então, levantou-se e lutou com ele. Os discos caíram ao chão quando bateram contra uma estante. Os olhos dele cravaram-se com intensidade nos seus. Cilla suplicou, sem deixar de lutar.

Boyd caiu de joelhos. A pistola esteve prestes a cair-lhe dos dedos. Podia vê-los através de uma neblina vermelha. Tentou gritar, mas não conseguiu que a voz lhe saísse. Só pôde rezar, enquanto se agarrava à consciência e à arma. Viu a faca a levantar-se e iniciar a sua descida terrível. Disparou.

Ela não ouviu o vidro a partir-se, nem o barulho de passos. Nem sequer ouviu o tiro que tinha acertado no alvo. Mas sentiu o estremecimento do corpo de Billy enquanto a faca lhe caía da mão e ele batia contra a mesa.

Virou-se. Viu Boyd de joelhos, a segurar a pistola com ambas as mãos. Atrás dele estava Althea, com a arma ainda apontada à figura estendida no chão. Com um grito, Cilla correu ao mesmo tempo que Boyd caía.

– Não – chorava ao afastar-lhe o cabelo dos olhos, ao passar-lhe a mão pelas costas e sentir o sangue. – Por favor, não – cobriu o corpo dele com o seu.

– Tens de te afastar – Althea controlou o pânico, enquanto afastava Cilla.

– Está a sangrar.

– Eu sei – «e muito», pensou. – Vem aí uma ambulância.

Cilla tirou a blusa para a usar para estancar o sangue. Ajoelhada só de saia, inclinou-se sobre Boyd.

– Não vou deixar que morra.

– Já somos duas – Althea olhou-a nos olhos.

CAPÍTULO 12

Tinha visto muitas caras. Pareciam nadar na sua cabeça enquanto andava de um lado para o outro da sala de espera do hospital. Reinava o silêncio. No entanto, na sua mente ainda conseguia ouvir o caos de sirenes, vozes, os ruídos dos rádios dos carros-patrulha.

Quando a ambulância chegara, umas mãos tinham-na afastado de Boyd, para a tirarem da cabina até ao ar fresco da noite.

Recordou que fora Mark quem a contivera ao passar da histeria ao choque. Jackson estava lá, firme, pondo-lhe uma chávena com um líquido quente na mão. E Nick, pálido, murmurando palavras de tranquilidade e desculpa.

Também tinha visto dúzias de desconhecidos, que tinham ouvido o confronto pela rádio.

Depois, Deborah, que corria pelo estacionamento, com lágrimas nos olhos, afastando os polícias, os repórteres, os curiosos, para chegar junto da irmã. Fora Deborah quem tinha descoberto que parte do sangue que havia em Cilla era dela própria.

Olhou para a mão ligada. Não tinha sentido o corte da faca durante os segundos frenéticos que tinha lutado com Billy. O corte no pescoço era mais doloroso. Mas eram feridas pouco profundas. Não eram nada comparadas com a ferida no seu coração.

Ainda conseguia ver o aspeto de Boyd quando o tinham tirado da ambulância. Durante um instante terrível, receara que tivesse morrido.

Mas Althea tinha-lhe dito que estava vivo. Tinha perdido muito sangue, mas estava vivo.

Naquele momento, estava na sala de operações e Cilla só podia esperar.

Althea observava-a. Ela preferia permanecer sentada e manter-se firme. Tinha as suas próprias visões: a surpresa quando a voz de Cilla tinha interrompido a música, a corrida do posto de polícia até à emissora, o seu colega de joelhos no chão, tentando segurar a arma. Tinha disparado um instante antes dela.

Althea tinha chegado demasiado tarde. Teria de viver com isso.

Naquele momento, o seu colega, o seu amigo, a sua família, estava numa mesa de operações. E ela não podia fazer nada para o ajudar.

Deborah levantou-se e atravessou a sala para passar um braço pelos ombros da sua irmã. Cilla deixou de andar o tempo suficiente para olhar pela janela.

– Porque não descansas? – sugeriu Deborah.

– Não conseguiria.

– Não tens de dormir. Basta que te deites naquele sofá.

– Passam tantas imagens pela minha mente... – abanou a cabeça. – O modo como ficava sentado e sorria depois de me enfurecer. Como se instalava num canto da cabina, com um livro na mão. A forma serena com que me dava ordens. Dediquei o tempo quase todo a afastá-lo de mim, mas não com convicção suficiente. E, agora, está...

– Não podes culpar-te pelo acontecido.

– Não sei a quem atribuir a culpa – olhou para o relógio. Não sabia que os minutos podiam passar tão devagar. – Agora, não consigo pensar nisso. A causa não é tão importante como o efeito.

– Ele não quereria que assumisses esse fardo, Cilla.

– Não tenho o hábito de fazer o que ele quer – esteve prestes a sorrir. – Salvou-me a vida, Deb. Como poderei suportá-lo se o preço for a vida dele?

– Se não queres deitar-te – sabia que não podia consolá-la muito, – o que te parece um café?

– Sim. Obrigada.

Dirigiu-se para uma cafeteira que havia num canto. Quando Althea se juntou a ela, Deborah serviu uma segunda chávena.

– Como está ela? – perguntou.

– Está desolada – esfregou os olhos, antes de olhar para a detetive. – Culpa-se – observou Althea, antes de lhe oferecer a chávena. – Também a culpas?

Thea hesitou e bebeu um gole de café. Olhou para a mulher que estava junto da janela. Cilla usava umas calças de ganga largas e o casaco de Mark Harrison. Apercebeu-se de que queria culpá-la. Queria culpá-la por se envolver com Boyd além do razoável. Por ser o catalisador de um homem já perturbado ter tomado o caminho da vingança.

Mas não podia. Nem como polícia, nem como mulher.

– Não – suspirou. – Não a culpo. É outra das vítimas deste caso.

– Talvez pudesses dizer-lho – entregou-lhe a segunda chávena. – Talvez seja o que precisa de ouvir.

Não era fácil aproximar-se de Cilla. Não tinham falado desde que tinham chegado à sala de espera. De um modo estranho, compreendeu que eram rivais. As duas amavam o mesmo homem. Talvez de forma diferente, mas ambas tinham emoções profundas. Pensou que, se Cilla não nutrisse nenhum sentimento, não se teria sentido ressentida. Se tivesse continuado a ser apenas um caso, Althea não teria sentido a necessidade de projetar a culpa.

Aparentemente, Boyd não tinha sido o único a perder a objetividade.

Parou junto dela e contemplou a mesma vista da cidade às escuras.

– Café?

– Obrigada – aceitou a chávena, mas não bebeu. – Estão a demorar muito.

– Já deve faltar pouco.

– Viste a ferida – respirou fundo. – Achas que sobreviverá?

«Não sei», esteve prestes a dizer.

– Conto com isso.

– Uma vez, disseste-me que era um bom homem. Tinhas razão. Durante muito tempo, tive medo de o ver, mas tinhas razão – virou-se para ela. – Não espero que acredites, mas teria feito tudo para evitar que fosse ferido.

– Acredito. Fizeste o que podias – antes que pudesse virar-se, apoiou uma mão no seu braço. – Talvez lhe tenha salvado a vida teres ligado o microfone. Quero que penses nisso. Com um ferimento tão grave como o de Boyd, cada segundo contava. Ao entrares no ar, deste-nos uma visão da situação, de modo que a ambulância conseguiu chegar quase connosco. Se sobreviver, em parte dever-se-á à tua serenidade mental. Quero que penses nisso.

– Billy atacou-o por minha causa. Também tenho de pensar nisso.

– Estás a tentar dar lógica a uma situação irracional. Não resultará – a simpatia desvaneceu-se da sua voz. – Se queres começar a atribuir culpas, o que te parece John McGillis? Foi a sua fantasia que provocou isto. O que te parece o sistema que permitiu que alguém como Billy Lomus passasse de um lar adotivo para outro, nunca sabendo o que era sentir-se amado por alguém, salvo por um jovem perturbado? Podias culpar Mark, por não ter verificado com rigor suficiente as referências de Billy. Ou a Boyd e a mim, por não termos feito antes a ligação. Podes atribuir muitas culpas, Cilla. Todos teremos de viver com a que nos corresponde.

– Na verdade, pouco importa, não é? Não importa de quem é a culpa, a vida de Boyd continua em perigo.

– Detetive Grayson?

Althea desviou a sua atenção. O médico que entrou continuava com a bata verde da sala de operações, com a parte da frente encharcada em suor. Tentou analisar primeiro os seus olhos. Eram claros e não lhe revelaram nada.

– Sou eu.

O médico arqueou levemente os sobrolhos. Não se conhecia com frequência uma detetive que parecesse saída da capa da Vogue.

– Sou o doutor Winthrop, chefe de cirurgia.

– Foi o doutor que operou Boyd Fletcher?

– É verdade. É o seu colega?

– Sim – sem serem conscientes do gesto, Althea e Cilla deram a mão. – Pode dizer-nos como está?

– Posso dizer-vos que é um homem sortudo – indicou Winthrop. – Se a faca se tivesse desviado alguns centímetros para qualquer lado, não teria tido nenhuma hipótese. Está em estado crítico, mas o prognóstico é bom.

– Está vivo – conseguiu murmurar Cilla.

– Sim – Winthrop virou-se para ela. – Desculpe, é seu parente?

– Não, eu... Não.

– A menina O'Roarke é a primeira pessoa que Boyd quererá ver quando acordar – apertou a mão de Cilla. – A sua família já foi notificada, mas estava na Europa e demorará algumas horas a chegar.

– Compreendo. Ficará um pouco no Recobro e depois mudá-lo-emos para a UCI. O'Roarke – disse, de repente. – Claro, o meu filho é um grande admirador seu – levantou-lhe a mão ligada, com suavidade. – Conheço a história. Se fosse minha paciente, estaria sedada e de cama.

– Sinto-me bem.

Com o sobrolho franzido, o médico observou-lhe as pupilas.

– Para o dizer de forma pouco profissional, não – observou o corte no pescoço. – Sofreu um trauma forte, menina O'Roarke. Há alguém que possa levá-la a casa?

– Só irei quando vir Boyd.

– Cinco minutos, assim que o tenham levado para a UCI. Só cinco minutos. Posso garantir que só acordará, pelo menos, dentro de oito horas.

– Obrigada – se pensava que ia contentar-se com cinco minutos, enganava-se.

– Alguém virá avisá-la quando puder ir vê-lo – foi-se embora, esfregando a zona lombar e pensando numa refeição quente.

– Tenho de telefonar ao capitão – irritava Althea que estivesse à beira das lágrimas. – Agradecia-te que viesses chamar-me depois de o teres visto. Eu gostaria de ter alguns segundos com ele.

– Sim, certamente. Thea – deixou que as suas emoções a dominassem e abraçou-a. As lágrimas não pareceram importar. Nem o orgulho. Abraçaram-se e agarraram-se à esperança. Não disseram nada, também não era necessário. Quando se afastaram, Althea foi fazer a chamada e Cilla concentrou-se na janela.

– Vai ficar bem – murmurou Deborah ao seu lado.

– Eu sei – fechou os olhos. Sabia-o. O medo tinha desaparecido. – Só preciso de o ver, Deb. Preciso de o ver.

– Já lhe disseste que o amas? – Cilla abanou a cabeça. – Esta poderia ser uma boa altura.

– Receava não ter a oportunidade, e agora... Não sei.

– Só uma néscia viraria as costas a uma coisa tão especial.

– Ou uma covarde – levou os dedos aos lábios. – Esta noite, quase perdi a razão ao pensar que podia morrer. No cumprimento do dever – olhou para a sua irmã. – No cumprimento do dever, Deborah. Se me deixar levar, se não lhe virar as costas, quantas mais vezes me perguntarei se viverá ou se morrerá?

– Cilla...

– Ou esperar pelo dia em que, ao abrir a porta, o seu capitão me diga que já não está entre nós, como fez o da mamã, naquele dia.

– Não podes viver à espera do pior, Cilla. Deves fazê-lo esperando o melhor.

– Não sei se consigo – cansada, passou uma mão pelo cabelo. – Neste momento, não tenho a certeza de nada, salvo de que viverá.

– Menina O'Roarke? – as duas viraram-se para uma enfermeira. – O doutor Winthrop pediu-me que a acompanhasse à UCI.

– Obrigada.

O seu coração batia com força enquanto seguia a enfermeira. Tinha a boca seca e as palmas das mãos húmidas. Tentou não prestar atenção aos aparelhos e aos monitores enquanto atravessavam as portas duplas para entrarem na Unidade de Cuidados Intensivos. Queria concentrar-se em Boyd.

Continuava muito pálido. As máquinas ligadas a ele emitiam sons de vez em quando. Tentou pensar que era bom. Significava que estava vivo. Que só descansava.

Com gesto inseguro, estendeu a mão para lhe acariciar o cabelo. Quente e suave como a sua pele, quando lhe passou os nós dos dedos pela cara.

– Já acabou – murmurou. – A única coisa que tens de fazer agora é descansar e recuperar – desesperada por estabelecer contacto, agarrou a sua mão frouxa e levou-a aos lábios. – Vou ficar o mais perto de ti que me deixarem. Prometo – pousou os lábios no seu cabelo, na face, na boca. – Estarei aqui quando acordares.

Cumpriu a sua palavra. Apesar da oposição de Deborah, passou a noite no sofá da sala de espera. De hora a hora, permitiam-lhe estar cinco minutos com ele.

Boyd não se mexeu.

Pela janela entrou a luz pálida e rosácea do amanhecer. Os turnos mudaram. Cilla bebeu café e observou o pessoal da noite a ir-se embora. Começaram sons novos. Os carrinhos com o pequeno-almoço. As vozes da manhã substituíram as vozes abafadas da noite. Olhou para o relógio, pousou a chávena de café e foi sentar-se num banco próximo da UCI. Já estava quase na hora da sua visita.

Enquanto aguardava que a autorizassem a entrar, um grupo de três pessoas avançou pelo corredor. O homem era alto, de cabelo cinzento e cara magra, quase cadavérica. Ao seu lado estava uma mulher esbelta, com o cabelo loiro despenteado e o fato amarrotado. Andavam de mão dada. Com eles caminhava outra mulher. «A filha», pensou Cilla, cansada. Tinha a compleição do pai e o rosto da mãe.

Havia pânico nos seus olhos. Pôde reconhecê-lo inclusive por trás da fadiga. Eram uns olhos bonitos, verde-escuros... como os de Boyd.

– Boyd Fletcher – disse a mulher à enfermeira. – Somos a sua família. Disseram-nos que podíamos vê-lo.

– Eu levo-vos – anunciou a enfermeira ao confirmar na sua lista. – Só dois de cada vez, por favor.

– Vão vocês – a irmã de Boyd virou-se para os seus pais. – Esperarei aqui.

Cilla quis falar, mas, como a mulher se sentou no outro lado do banco, permaneceu com as mãos unidas.

«O que poderia dizer-lhe?» Enquanto procurava as palavras, a irmã de Boyd recostou-se na parede e fechou os olhos.

Dez minutos mais tarde, os Fletcher saíram. À volta dos olhos da sua mãe havia rugas de tensão, mas estavam secos. Não tinha largado a mão do marido.

– Natalie – tocou no ombro da sua filha. – Está acordado. Aturdido, mas acordado. Reconheceu-nos – sorriu ao seu marido. – Queria saber o que raio fazíamos aqui, quando se supunha que devíamos estar em Paris – nesse momento, os seus olhos encheram-se de lágrimas e procurou um lenço na mala, com impaciência. – O médico está a examiná-lo agora, mas poderás vê-lo dentro de alguns minutos.

Natalie deslizou um braço pela cintura da sua mãe e depois pela do seu pai.

– Porque nos preocupámos?

– Continuo a querer saber o que aconteceu exatamente – o pai de Boyd lançou um olhar sombrio às portas duplas. – O seu capitão terá de nos dar uma explicação.

– Já saberemos toda a história – acalmou-o a sua mulher. – Devemos agradecer por não ter sido pior – voltou a guardar o lenço na mala. – Ao acordar, perguntou por alguém chamado Cilla. Não é o nome da sua colega. Acho que não conhecemos nenhuma Cilla.

Embora os joelhos lhe tremessem, Cilla levantou-se.

– Sou eu – três pares de olhos cravaram-se nela. – Lamento – conseguiu dizer. – Boyd estava... Foi ferido porque... estava a proteger-me. Lamento – repetiu.

– Com licença – a enfermeira apareceu diante das portas duplas. – O detetive Fletcher insiste em vê-la, menina O'Roarke. Começa a agitar-se.

– Vou consigo – Natalie conduziu Cilla pelas portas.

Boyd tinha os olhos fechados, mas não estava a dormir. Concentrava-se em recuperar a força que tinha perdido ao discutir com o médico. Mas soube o momento exato em que ela entrou, inclusive antes de apoiar a mão na sua. Abriu os olhos e olhou para ela.

– Olá, detetive – obrigou-se a sorrir. – Como estás?

– Estás bem – a última lembrança que tinha era de Billy a segurar a faca e Cilla a debater-se com ele.

– Estou bem – escondeu a mão ligada atrás das costas. Natalie reparou no gesto, com o sobrolho franzido. – És tu que estás ligado às máquinas – acariciou-lhe a face, com ternura. – Já te vi com melhor aspeto, Fletcher.

– Já me senti melhor – entrelaçou os dedos com os dela.

– Salvaste-me a vida. Estou em dívida contigo.

– Não te enganas – queria tocar-lhe, mas sentia os braços pesados. – Quando vais pagar-me?

– Falaremos disso depois. A tua irmã está aqui – olhou por cima da cama para Natalie.

Ela inclinou-se e deu-lhe um beijo na testa.

– Idiota...

– Eu também gosto de te ver.

– Não podias ser um tubarão dos negócios, mandão e com uma vida simples, pois não?

– Não – sorriu. – Mas tu és muito boa nisso. Tenta que não se preocupem.

Natalie suspirou ao pensar nos seus pais.

– Não pedes muito.

– Estou bem. Já conheceste Cilla?

– Sim, já nos conhecemos – observou-a. – Agora mesmo.

– Faz com que saia daqui.

Natalie observou surpreendida a dor nos olhos de Cilla e viu que fechava os dedos sobre a grade da cama.

– Não tens de me expulsar – com o seu último vestígio de orgulho, levantou o queixo. – Se não me quiseres perto de ti...

– Não sejas estúpida – interrompeu-a Boyd, com um tom de voz levemente irritado que fez com que ela quisesse chorar. Voltou a olhar para a sua irmã. – Está morta de cansaço. A noite passada foi difícil. É demasiado teimosa para o reconhecer, mas precisa de ir para casa e descansar um pouco.

– Ingrato... – murmurou Cilla. – Achas que podes dar-me ordens, mesmo estando convalescente?

– Sim. Dá-me um beijo.

– Se não me inspirasses pena, obrigar-te-ia a suplicar – inclinou-se para lhe roçar os lábios. No momento do contacto compreendeu com pânico que se iria abaixo. – Como queres que me vá embora, fá-lo-ei. Tenho de preparar um programa.

– Eh, O'Roarke!

– Sim?

– Volta depressa.

– Ena... – murmurou Natalie, quando Cilla se foi embora.

– Ena... – repetiu o seu irmão. Não lhe era possível manter os olhos abertos. – É linda, não é?

– Suponho que deva ser.

– Assim que conseguir manter-me acordado uma hora, vou casar-me com ela.

– Compreendo. Talvez tenhas de esperar até que consigas manter-te de pé uma hora.

– Vou pensar nisso, Nat – agarrou a sua mão. – É bom ver-te.

– Podes ter a certeza – disse, enquanto Boyd adormecia.

Cilla quase corria ao chegar às portas duplas. Não parou, nem sequer quando os pais de Boyd se levantaram do banco. Com respiração entrecortada e olhos chorosos, seguiu pelo corredor e entrou na casa de banho das senhoras.

Natalie encontrou-a dez minutos mais tarde, aninhada num canto, a chorar desconsoladamente. Sem dizer nada, tirou um punhado de toalhas de papel. Humedeceu algumas e agachou-se à frente de Cilla.

– Aqui tens.

– Detesto fazer isto – disse, entre soluços.

– Eu também – Natalie secou os olhos e então, sem pensar no seu fato de setecentos dólares, sentou-se no chão. – O médico disse que o mais provável é que amanhã o mudem para um quarto. Esperam que o seu estado passe de crítico a grave esta tarde.

– É ótimo – tapou o rosto com a toalha húmida e fresca. – Não lhe digas que chorei.

– Está bem.

Reinou o silêncio enquanto cada uma tentava controlar-se.

– Suponho que queiras saber o que aconteceu – comentou Cilla.

– Sim, mas pode esperar. Acho que Boyd tinha razão quando disse que devias ir dormir.

– É possível.

– Eu levo-te.

– Não, obrigada. Apanharei um táxi.

– Eu levo-te – repetiu Natalie, levantando-se.

Cilla olhou para ela.

– Pareces-te muito com ele, não?

– É o que dizem – ofereceu-lhe uma mão para a ajudar a levantar-se. – Boyd disse-me que vão casar-se.

– É o que ele diz.

Pela primeira vez em horas, Natalie riu-se.

– É evidente que temos de falar.

Praticamente, ficou a viver no hospital durante os sete dias seguintes. Boyd raramente estava sozinho, embora o frustrasse de vez em quando não dispor de um momento em privado com Cilla.

O seu quarto estava sempre cheio de amigos, familiares, colegas. À medida que os dias passavam e o seu estado melhorava, ela espaçou mais as visitas.

Ambos precisavam da distância. Foi assim que Cilla decidiu. Precisavam de tempo para pensar com clareza. Se quisesse deixar o passado para trás, precisava de estar a sós.

Foi Thea quem a pôs a par do historial de Billy Lomus. Na sua infância problemática, a sua única lembrança de felicidade tinha sido John McGillis. Mas o destino quisera que cada um se alimentasse das suas respetivas fraquezas. A primeira tentativa de suicídio de John tinha acontecido depois de Billy ter ido para o Vietname. Naquela época, tinha apenas dez anos.

Quando Billy regressara, ferido e amargurado, John tinha fugido para se juntar a ele. Embora as autoridades os tivessem separado, sempre tinham conseguido voltar a encontrar-se. A morte de John levara Billy à loucura.

– Síndrome adiada de stress – disse Althea, quando estavam no estacionamento do hospital. – Psicose paranoica. Amor obsessivo. Realmente não importa que rótulo lhe ponham.

– Ao longo destas últimas semanas, perguntei-me dúzias de vezes se havia alguma coisa que pudesse ter feito de forma diferente com John McGillis – respirou fundo. – E não havia. Não sabes o alívio que me dá poder ter a certeza disso.

– Já podes deixá-lo para trás.

– Sim. Não é algo que vá esquecer, mas poderei arrumá-lo. Antes de o fazer, gostaria de te agradecer por tudo o que fizeste e por tudo o que tentaste fazer.

– Era o meu trabalho – replicou Althea, com simplicidade. – Então, não éramos amigas. Acho que é possível que agora quase sejamos.

– Quase – Cilla riu-se.

– Então, como alguém que é quase tua amiga, há uma coisa que gostaria de te perguntar.

– Está bem.

– Desde o início que vos observei, a ti e a Boyd. Ainda não decidi se és boa para Boyd. Não me diz respeito, mas gostaria de ter uma opinião.

– Thea, não me dizes nada que não soubesse.

– A questão é que Boyd acha que és boa para ele. Isso basta-me. Suponho que agora tenha de decidir se ele é bom para ti.

– Boyd acha que sim – murmurou.

– Eu reparei – numa mudança brusca de estado de espírito, Althea olhou para o hospital. – Ouvi dizer que vão dar-lhe alta dentro de dois dias.

– É o rumor que corre.

– Já foste ao seu quarto?

– Há alguns minutos. A sua irmã e alguns polícias estão lá. Ofereceram-lhe um centro de flores em forma de ferradura. O cartão dizia: «Um descanso difícil, sortudo». Tentaram convencê-lo de que o tinham confiscado no funeral de um *gangster*.

– Não me surpreenderia. O engraçado sobre os polícias é que, às vezes, têm um sentido de humor igual ao das pessoas normais – sorriu a Cilla. – Vou subir. Digo-lhe que me encontrei contigo e que vais regressar mais tarde?

– Não. Desta vez, não. Diz-lhe que me ouça na rádio. Verei se consigo encontrar *Dueling banjos*.

– *Dueling banjos*?

– Sim. Até logo, Thea.

– Claro – observou-a a ir para o seu carro e não pela primeira vez agradeceu por não estar apaixonada.

Embora as duas primeiras noites na cabina depois do tiroteio tivessem sido difíceis, Cilla tinha acabado por recuperar a sua velha rotina. Já não via imagens de Boyd a sangrar de joelhos, junto da porta, nem de Billy a apontar uma faca ao seu pescoço.

Tinha começado a gostar outra vez da secção de pedidos. O piscar das luzes já não a afetava. Agradecia por Boyd estar a recuperar e mergulhou no seu trabalho com um entusiasmo que tinha perdido há algum tempo.

– Cilla.

Não se sobressaltou ao ouvir o seu nome. Virou-se com naturalidade e sorriu a Nick.

– Olá!

– Eu... Hum... Decidi voltar.

– Já tinha ouvido dizer – não perdeu o sorriso enquanto aceitava a chávena de café que lhe oferecia.

– Mark foi muito generoso.

– Fico contente por teres mudado de ideias.

– Sim, bom... – calou-se enquanto observava a cicatriz que havia na palma da mão dela. Os pontos tinham caído há alguns dias. – Fico contente por estares bem.

– Eu também. Podes passar-me a publicidade do Rocco's Piza?

Ele quase deu um salto para a agarrar e entregar-lha. Cilla introduziu a cassete.

– Queria desculpar-me – disse Nick.

– Não é necessário.

– Sinto-me idiota e ainda mais depois de ter ouvido... Bom, toda a história sobre Billy e aquele tipo de Chicago.

– Não te pareces absolutamente com John, Nick. E lisonjeia-me que te sentisses atraído por mim... Ainda mais depois de saber que partilhas uma aula com a minha irmã.

– Deborah é fantástica. Mas demasiado inteligente.

Cilla soltou a primeira gargalhada desde há muito tempo.

– Muito obrigada! Em que situação é que isso me deixa?

– Não queria... – calou-se, envergonhado. – Só pretendia...

– Calma – sorriu e virou-se para o microfone. – Denver, os próximos quinze minutos serão de música. São onze e quarenta e cinco de quinta-feira à noite e estamos apenas a começar – ofereceu uma música de Guns N' Roses aos seus ouvintes. – Isto é *rock and roll* – desligou o microfone e acrescentou: – Eh, Nick, porque não...? – interrompeu-se ao ver a mãe de Boyd à porta. – Senhora Fletcher – levantou-se e esteve prestes a sufocar com os auscultadores.

– Espero não incomodar – sorriu a Cilla e assentiu em direção a Nick.

– Não, não, claro que não. Hum... Nick, porque não trazes uma chávena de café para a senhora Fletcher?

– Não, obrigada, querida. Só posso ficar um minuto.

Nick desculpou-se e deixou-as sozinhas.

– Portanto, trabalhas aqui – comentou a senhora Fletcher, depois de uma olhadela rápida à cabina.

– Sim. Eu... mostrar-lhe-ia a emissora, mas tenho de...

– É claro – as rugas provocadas pela tensão já não circundavam os seus olhos. Era uma mulher esbelta, atraente e perfeitamente penteada. E intimidava Cilla. – Não deixes que te interrompa.

– Não, estou... habituada a trabalhar com gente.

– Nos últimos dias, sentimos a tua falta no hospital, portanto, pensei em vir aqui para me despedir.

– Vai-se embora?

– Como Boyd está a recuperar bem, vamos voltar para Paris. É uma viagem tanto de negócios como de lazer.

Cilla emitiu um som ambíguo e pôs a música seguinte.

– Sei que deve sentir-se aliviada por Boyd... Bom, por estar bem. Tenho a certeza de que foi terrível para si.

– Para todos. Boyd explicou-nos. Passaste por uma situação inimaginável.

– Já acabou.

– Sim – levantou a mão de Cilla e contemplou a ferida em fase de cura. – As experiências deixam marcas. Algumas mais profundas do que outras – largou-lhe a mão e percorreu a pequena cabina. – Boyd contou-me que vão casar-se.

– Eu... – pigarreou. – Dê-me um minuto – virou-se para a mesa e introduziu a música seguinte, e depois ligou um interruptor. – Está na hora da nossa música misteriosa – explicou. – Depois de a ouvirem, telefonem. A primeira pessoa que conseguir dizer-me o nome da música, o artista que a canta e o ano de gravação, ganhará dois bilhetes para um concerto. No fim do mês, Madonna atuará aqui.

– Fascinante... – a senhora Fletcher esboçou um sorriso idêntico ao de Boyd. – Como estava a dizer, Boyd contou-me que vão casar-se. Perguntava-me se quererias ajuda com os preparativos.

– Não. Quer dizer, eu não hei... Desculpe – carregou numa tecla que piscava. – KHIP. Não, lamento, resposta errada. Volta a tentar – tentou manter-se calma enquanto atendia as chamadas. A voz do quarto ouvinte era-lhe muito familiar.

– Eh, O'Roarke!

– Boyd – lançou um olhar de impotência à mãe dele. – Estou a trabalhar.

– E eu estou a telefonar. Já tens um vencedor?

– Não, mas...

– Pois, já tens. *Electric avenue*, Eddy Grant, 1983.

– É muito perspicaz, detetive – teve de sorrir. – Parece que ganhaste dois bilhetes para o concerto. Espera – ligou o microfone. – Temos um vencedor.

Paciente, a senhora Fletcher observou-a a trabalhar, sorrindo ao ouvir a voz do seu filho pelos altifalantes.

– Parabéns – disse Cilla, depois de pôr outra música.

– Não vais ao concerto comigo?

– Se tiveres sorte... Tenho de desligar.

– Eh! – gritou antes que pudesse desligar. – Ainda não ouvi *Dueling banjos*.

– Continua a ouvir – depois de respirar fundo, virou-se para a mãe dele. – Peço desculpa.

– Não faz mal. Estávamos a falar sobre o casamento?

– Não sei se vai haver um. Quer dizer, não há nenhum casamento – passou uma mão pelo cabelo. – Não creio.

– Ah, bom... – nos seus lábios surgiu um leve sorriso. – Tenho a certeza de que Boyd ou tu nos avisarão. Ele ama-te muito, sabias?

– Sim. Pelo menos, acho que sim.

– Contou-me o que aconteceu aos teus pais. Espero que não te incomode.

– Não – voltou a sentar-se. – Senhora Fletcher...

– Liz, por favor.

– Liz, espero que não penses que estou a brincar com Boyd. Nunca lhe pediria que mudasse e não sei se conseguiria viver com o que faz.

– Porque te assusta que seja polícia? Dá-te medo que possa morrer e deixar-te, como os teus pais?

– Suponho que se resuma a isso – desceu o olhar e estendeu os dedos.

– Entendo. Ele preocupa-me – explicou a mãe. – Também entendo que faz o que deve fazer.

– Sim, é o que deve fazer. Pensei muito desde que foi ferido – levantou o olhar, com expressão intensa. – Como aguentas?

– Adoro-o – agarrou a mão inquieta de Cilla.

– E isso basta?

– Tem de bastar. É sempre difícil perder alguém que se ama.

O modo como perdeste os teus pais foi trágico... e, segundo Boyd, desnecessário. A minha mãe morreu quando eu tinha seis anos. Amava-a muito, apesar de ter tido pouco tempo com ela.

– Lamento.

– Um dia, cortou-se no jardim. Um corte leve ao qual não prestou atenção. Algumas semanas mais tarde, faleceu de septicemia. Tudo por causa de um corte no polegar com uma tesoura de jardim enferrujada. Trágico e desnecessário. Não sabemos como e quando nos será arrebatado um ente querido. Seria muito triste não nos permitirmos amar por receio de perder – apoiou uma mão na face de Cilla. – Espero ver-te em breve.

– Senhora Fletcher... Liz – disse ao parar à porta. – Obrigada por teres vindo.

– Foi um prazer – observou o póster de uma estrela de rock, com o peito nu e o cabelo até aos ombros. – Embora prefira Cole Porter.

Cilla sorriu ao pôr outra música. Depois da publicidade, deu aos seus ouvintes quinze minutos ininterruptos de música e tempo a si mesma para pensar.

Quando as luzes da linha de pedidos voltaram a piscar, estava nervosa, mas decidida.

– Sou Cilla O'Roarke, da KHIP. Passam cinco minutos da meia-noite e as nossas linhas estão abertas. Antes de receber uma chamada, tenho um pedido próprio. É para Boyd. Não, não se trata de *Dueling banjos*, detetive. É uma canção antiga de The Platters, *Only you*. Espero que estejas a ouvir, porque quero que saibas... – Pela primeira vez na sua carreira, não soube o que dizer. – Ena, isto custa! Suponho que queira dizer que finalmente compreendi que só existes tu. Amo-te e, se a oferta continuar de pé, está combinado.

Tentando manter a serenidade, atendeu todas as chamadas. Houve brincadeiras e perguntas a respeito de Boyd, mas nenhuma foi dele. Estava convencida de que telefonaria.

Talvez nem sequer a tivesse ouvido. Esse pensamento fez com que apoiasse a cabeça nas mãos. Quando finalmente tinha reunido a coragem para lho dizer, ele não estava a ouvir.

«Foi uma estupidez», pensou, depois de aguentar as duas horas seguintes. «É uma estupidez anunciar pela rádio que se ama alguém.»

Quanto mais pensava nisso, mais se zangava. Tinha-lhe pedido que a ouvisse, bolas! Não seria capaz de fazer nada que lhe pedisse? Tinha-lhe dito que se fosse embora e ele tinha ficado. Tinha-lhe dito que não ia casar-se com ele e tinha contado a toda a gente que se casariam. Tinha-lhe dito que a ouvisse e tinha desligado o rádio. Tinha despido a sua alma em público para nada.

– Foi um verdadeiro pedido – comentou Jackson, quando entrou na cabina, mesmo antes das duas horas.

– Cala-te!

– Bom, bom, bom – cantarolou, enquanto confirmava as horas para a mudança de turno. – As audiências vão disparar.

– Se quisesse alguém contente, teria trazido o Rato Mickey.

– Lamento – imperturbável, continuou a cantarolar.

Crispada, Cilla ligou o microfone.

– É tudo por esta noite, Denver. São duas horas menos dois minutos. Deixo-vos com o grande Jackson. Estará com vocês até às seis horas da manhã. Divirtam-se. E lembrem-se, quando sonharem comigo, que seja um bom sonho – empurrou a cadeira. – E se fores inteligente – disse a Jackson, – não dirás nem uma palavra.

– Os meus lábios estão selados.

Abandonou a cabina e, a caminho da saída, agarrou no casaco e nas chaves. Ia para casa. E se Deborah tivesse estado a ouvir e estivesse à espera dela, ainda melhor, já que teria quem matar.

Com a cabeça curvada e as mãos nos bolsos, foi para o carro. Prestes a abrir a porta, viu Boyd apoiado no capô.

– Que linda noite!

– O que... O que raios fazes aqui? – esquecida a raiva, contornou o veículo. – Devias estar no hospital. Ainda não te deram alta.

– Fugi. Anda cá.

– Idiota! Estares aqui a meio da noite... Há duas semanas, estiveste prestes a morrer e...

– Nunca me senti tão bem na vida – agarrou-a pelo casaco e puxou-a para ele, para lhe dar um beijo. – Nem tu.

– O quê?

– Nunca estiveste melhor na minha vida.

Cilla abanou a cabeça e recuou um passo.

– Mete-te no carro. Vou levar-te de volta ao hospital.

– O tanas! – rindo-se, voltou a puxá-la e devorou-lhe a boca.

Ela sentiu-se enjoada e com calor. Suspirou e agarrou-se a Boyd, deixando que as suas mãos lhe acariciassem a cara e o cabelo. Bastava-lhe tocar-lhe e saber que estava a recuperar, a salvo e que era dela.

– Meu Deus, sabes quanto tempo passou desde a última vez que me beijaste dessa maneira? – abraçou-a, enquanto esperava que lhe acalmasse o coração. – Aqueles beijos castos no hospital não eram suficientes.

– Nunca estavas sozinho.

– Nunca ficavas tempo suficiente – deu-lhe um beijo na cabeça. – Eu gostei da canção.

– Que canção? Oh! – voltou a recuar. – Estavas a ouvir...

– Eu gostei muito – agarrou-lhe a mão e deu-lhe um beijo na cicatriz. – Mas gostei ainda mais do que disseste antes de a pores. O que te parece de mo dizeres agora?

– Eu... – respirou fundo.

– Vá lá, O'Roarke... – paciente, agarrou-lhe a cara e sorriu. – Di-lo.

– Amo-te – disse-o com tanta celeridade e alívio, que ele riu-se outra vez. – Bolas, não é engraçado! Amo-te a sério e é culpa tua que me seja impossível fazer outra coisa.

– Lembra-me de depois dar uma palmadinha a mim mesmo nas costas. Tens uma voz fantástica, Cilla – abraçou-a. – E nunca soaste tão bem como esta noite.

– Estava assustada.

– Eu sei.

– Acho que já não estou – apoiou a cabeça no seu ombro. – É agradável.

– Sim. A oferta continua de pé. Casa-te comigo.

Ela demorou o seu tempo, não porque tivesse medo, mas porque queria saboreá-lo. Queria recordar cada segundo. Havia lua cheia e todas as estrelas eram visíveis. Chegava-lhe um leve cheiro a flores.

– Primeiro, tenho de te fazer uma pergunta.

– Está bem.

– A sério que podemos contratar uma cozinheira?

– Certamente! – riu-se e beijou-a.

– Então, está combinado.

A sombra da noite

Com gratidão a Isabel e a Dan.

N. R.

CAPÍTULO 1

Percorria a noite. Sozinho. Inquieto. Vestido de preto, disfarçado, era uma sombra entre as sombras, um sussurro entre os murmúrios da escuridão.

Estava sempre atento àqueles que atacavam os fracos e vulneráveis. Desconhecido, invisível, indesejado, perseguia os caçadores na selva que era a cidade. Mexia-se como peixe na água pelos espaços escuros, pelos becos sem saída e pelas ruas violentas. Como o fumo, deslizava pelos telhados altos e as caves húmidas.

Quando precisavam dele, era como um trovão: puro som e fúria. Depois, restava o resplendor do relâmpago após atingir a cidade.

Chamavam-lhe Némesis e estava em toda a parte.

Percorria a noite, ignorando as gargalhadas, o estrépito jubiloso das celebrações. E era convocado pelos gemidos e pelas lágrimas dos solitários e pelas súplicas necessitadas das vítimas. Noite após noite vestia-se de preto, cobria o rosto e entrava nas ruas selvagens e escuras. Não pela lei. Essa era facilmente manipulada por aqueles que a desdenhavam. Com frequência, era deturpada por aqueles que afirmavam defendê-la. Ele sabia-o. E não podia esquecê-lo.

Quando caminhava pelas ruas, fazia-o pela justiça, a de olhos vendados, que não discriminava.

Com a justiça, só podia haver castigo justo e equilíbrio da balança.

Como uma sombra, observou a cidade.

Deborah O'Roarke andou com celeridade. Tinha sempre pressa em atingir as suas ambições. Os seus sapatos ecoavam com rapidez nas calçadas de East End, em Urbana. Não era o medo que a impulsionava a regressar a toda a velocidade ao seu carro, embora East End fosse um lugar perigoso para uma mulher sozinha e atraente, em particular, à noite. Era pelo júbilo do sucesso. Como assistente do promotor público distrital, acabava de fazer uma entrevista a uma testemunha de um dos tiroteios que começavam a ser uma praga em Urbana.

Tinha a mente absolutamente concentrada na necessidade de voltar para o seu escritório para redigir o relatório, para que as engrenagens da justiça pudessem pôr-se em marcha. Acreditava na justiça, em todas as suas fases tenazes, pacientes e sistemáticas. Os assassinos do jovem Rico Méndez pagariam pelo seu crime. E, com um pouco de sorte, seria ela a fazer a acusação.

No exterior do edifício em ruínas onde acabava de passar uma hora a pressionar dois jovens assustados para lhes arrancar informação, a rua estava escura. Só dois dos candeeiros que se alinhavam na calçada trabalhavam. A lua só contribuía com um brilho caprichoso. Sabia que as sombras que havia nas portas estreitas eram bêbedos, chulos ou prostitutas. Mais de uma vez, recordara que ela mesma poderia ter acabado num daqueles edifícios tristes, se não fosse a firme determinação da sua irmã em dar-lhe um bom lar, uma boa educação e uma boa vida.

Cada vez que Deborah levava um caso a tribunal, sentia que pagava parte dessa dívida.

Uma das sombras gritou-lhe algumas palavras obscenas de forma impessoal. Seguiu-se uma gargalhada feminina áspera. Deborah só estava em Urbana há dezoito meses, mas sabia que não devia parar nem dar a entender que o tinha ouvido.

Com passos longos e decididos, dirigiu-se para o seu carro. Alguém a agarrou por trás.

– Querida, sim, és um doce...

O homem, quinze centímetros mais alto do que ela e magro, cheirava mal. Mas não a álcool. Na fração de segundo que demorou a ler os seus olhos semicerrados, entendeu que não estava cheio de uísque, mas de químicos que lhe davam uma grande rapidez, em vez de o desorientarem. Com ambas as mãos, bateu com a mala contra o estômago do tipo. Ele resmungou e afrouxou as mãos. Deborah soltou-se e correu, procurando as chaves com frenesim.

Quando a sua mão se fechava sobre elas no bolso, o homem

agarrou-a e cravou os dedos na gola do seu casaco. Ouviu como o algodão se rasgava e virou-se para o enfrentar. Então, viu a navalha, cujo aço brilhou uma vez antes de a encostar à pele suave do seu pescoço.

– Já te agarrei – soltou um risinho.

Ficou quieta, quase sem se atrever a respirar. Nos seus olhos viu um brilho de prazer perverso que jamais ouviria súplicas ou lógica. No entanto, manteve a voz baixa e serena.

– Só tenho vinte e cinco dólares.

Encostando-lhe a ponta da navalha à pele, aproximou-se, com gesto íntimo.

– Eh, querida, tens muito mais do que vinte e cinco dólares... – fechou a mão à volta do seu cabelo e puxou-lho uma vez com força. Quando Deborah gritou, começou a arrastá-la para o fundo de um beco. – Vá, grita... – riu-se entredentes, junto do seu ouvido. – Eu gosto quando gritam. Vá... – provocou-lhe um corte ínfimo com a navalha. – Grita...

Fê-lo e o som desceu pela rua às escuras, ecoando entre os edifícios. Quem estava na rua animava o seu atacante. Atrás das janelas na penumbra, as pessoas mantinham as luzes apagadas e fingiam não ouvir nada.

Quando a empurrou contra a parede húmida do beco, Deborah estava dominada por um terror gélido. A sua mente, sempre penetrante e alerta, bloqueara.

– Por favor – disse, sabendo que não serviria de nada, – não o faça.

– Vais gostar – sorriu. Com a ponta da navalha, cortou-lhe o botão superior da blusa. – Vais adorar.

Como qualquer sentimento forte, o medo apurou-lhe os sentidos. Pôde sentir as suas próprias lágrimas, quentes sobre as faces, sentir o fôlego fétido do seu atacante e o lixo de dias que enchia o beco.

«Serei mais uma para as estatísticas», pensou. Mais uma entre a crescente quantidade de vítimas.

Devagar, depois com mais força, a raiva começou a queimar o escudo de gelo do medo. Não se encolheria, nem gemeria. Não se renderia sem lutar. Foi nesse momento que sentiu a pressão afiada das chaves. Continuavam na sua mão, fechadas no punho rígido. Concentrada, usou o polegar para colocar as pontas entre os dedos rígidos. Respirou fundo, tentando canalizar toda a sua força para o braço.

Ao levantá-lo, o seu atacante pareceu elevar-se no ar, voar agitando os braços e aterrar sobre alguns baldes de metal cheios de lixo.

Deborah ordenou às suas pernas que corressem. Da forma como lhe palpitava o coração, tinha a certeza de que conseguiria chegar ao seu carro, trancar as portas e arrancar num abrir e fechar de olhos. Mas, então, viu-o.

Vestia-se todo de preto, uma sombra comprida e magra entre as sombras. Erguia-se sobre o homem da faca, com as pernas afastadas e o corpo tenso.

– Fica onde estás! – ordenou, quando ela deu um passo automático em frente. A voz era uma mistura de murmúrio e gemido.

– Acho...

– Não aches! – respondeu, sem se incomodar em olhar para ela.

O toxicodependente levantou-se de um salto, gritando e brandindo a navalha num arco mortal. Diante dos seus olhos aturdidos e fascinados, Deborah notou um movimento e ouviu um grito de dor e o ruído da navalha a deslizar pelo cimento.

Em menos de um segundo, o homem de preto recuperou a mesma posição de antes. O toxicodependente estava de joelhos, a gemer e com as mãos sobre o estômago.

– Isso foi... – procurou uma palavra no redemoinho do seu cérebro – impressionante. Ia... Ia sugerir que chamássemos a polícia.

Ele continuou sem lhe prestar atenção, enquanto tirava algumas tiras de plástico do bolso e atava as mãos e os tornozelos do homem, que não deixava de gemer. Apanhou a navalha e carregou num botão. A lâmina desapareceu. Só nesse momento se virou para ela.

Reparou que as lágrimas já secavam nas faces da mulher. E, embora a sua respiração fosse entrecortada, não dava a impressão de que fosse desmaiar ou ser dominada pela histeria. De facto, viu-se obrigado a admirar a sua serenidade.

Com equanimidade, observou que era de uma beleza extraordinária. A sua pele era pálida como o marfim sob uma cabeleira preta despenteada. As suas feições eram suaves, delicadas, quase frágeis. Até que olhou para os seus olhos. Irradiavam uma dureza e uma determinação que contradiziam o facto de o seu corpo esbelto tremer.

Tinha o casaco rasgado e a blusa aberta, revelando a renda e a seda azuis de uma combinação. Um contraste interessante com o fato severo e quase viril.

Avaliou-a não como homem, mas como tinha feito com outras vítimas. O estremecimento inesperado e muito básico que experimentou inquietou-o. Aquelas coisas eram mais perigosas do que qualquer navalha.

– Estás ferida? – perguntou em voz baixa e carente de emoção, sem sair da escuridão.

– Não. Não – teria algumas nódoas negras, tanto na pele como nas emoções, mas preocupar-se-ia com isso depois. – Só estou abalada. Quero agradecer-te por... – ao falar, tinha avançado para ele. Sob a luz ténue de uma luz próxima, viu que tinha o rosto tapado. Abriu muito os seus olhos azuis, brilhantes e elétricos. – Némesis – murmurou. – Pensava que eras produto da imaginação de alguém.

– Sou tão real como ele – com a cabeça, indicou a figura que choramingava entre o lixo. Viu que pelo pescoço dela caía um fio de sangue. Por motivos que não compreendia, isso encolerizou-o. – Que tipo de parva és?

– Desculpa?

– Isto é a sarjeta da cidade. Não pertences aqui. Ninguém com dois dedos de testa vem aqui, a menos que não tenha escolha.

Deborah sentiu que o seu temperamento bulia, mas controlou-se. Afinal de contas, tinha-a ajudado.

– Tinha de tratar de um assunto.

– Não – corrigiu-a. – Aqui não se trata de nada, a menos que se queira ser violado e morto num beco.

– Não desejava nada semelhante – à medida que o seu estado de espírito obscurecia, o leve sotaque da Georgia manifestou-se na sua voz. – Sei cuidar de mim mesma.

Ele desceu o olhar para a blusa aberta e voltou a olhar-lhe para a cara.

– É óbvio.

Deborah não conseguiu distinguir a cor dos seus olhos. Eram escuros, muito escuros. Sob a luz leve, pareciam pretos. Mas viu a arrogância que emitiam.

– Já te agradeci por me ajudares, embora não precisasse de nenhuma ajuda. Eu mesma estava prestes a encarregar-me desse canalha.

– A sério?

– É verdade. Ia arrancar-lhe os olhos – levantou as chaves, que saíam entre os seus dedos. – Com isto.

– Sim – observou-a e assentiu devagar, – creio que conseguirias fazê-lo.

– Não duvides.

– Então, acho que perdi o meu tempo – tirou um pano preto do bolso. Depois de guardar a faca nele, ofereceu-lho. – Querê-la-ás como prova.

Assim que a segurou, Deborah recordou o momento de terror e impotência. Com um palavrão abafado, controlou o seu temperamento. Quem quer que fosse, tinha arriscado a vida para a ajudar.

– Estou-te agradecida.

– Não procuro gratidão.

– Então, porque o fazes? – perguntou, com o queixo levantado.

Ele olhou para ela. Algo surgiu e desapareceu dos seus olhos, que fez com que Deborah se arrepiasse ao ouvir a sua resposta.

– Por justiça.

– Esta não é a forma – começou ela.

– É a minha. Não ias chamar a polícia?

– Sim – levou a mão à têmpora. Compreendeu que se sentia um pouco enjoada e que tinha o estômago revolto. Não era o lugar nem o momento certos para falar sobre moralidade ou lei com um homem mascarado e beligerante.

– Tenho um telefone no meu carro.

– Então, sugiro-te que o uses.

– Está bem – estava demasiado cansada para discutir. Com um ligeiro tremor, desceu pelo beco. Ao chegar à entrada, viu a sua mala. Apanhou-a com alívio e guardou a navalha no seu interior.

Cinco minutos mais tarde, depois de chamar a polícia, regressou ao beco.

– Vão mandar um carro-patrulha – cansada, afastou o cabelo da cara. Viu o toxicodependente aninhado no cimento. Tinha os olhos muito abertos.

Némesis tinha-o deixado com a promessa do que lhe aconteceria se alguma vez voltasse a surpreendê-lo a tentar violar alguém. Inclusive através da neblina das drogas, as palavras tinham parecido sinceras.

– Onde estás? – com o sobrolho franzido pela surpresa, olhou para ambos os lados do beco. Fora-se embora. – Bolas, para onde terá ido? – apoiou-se contra a parede fria. Frustrada, pensou que ainda não tinha acabado com ele.

Estava suficientemente perto para lhe tocar. Mas ela não conseguia vê-lo. Essa era a bênção e a maldição, o pagamento pelos dias perdidos.

Não estendeu a mão e sentiu curiosidade de saber porque tinha desejado fazê-lo. Só a observou, gravando na memória o formato do seu rosto, a textura da sua pele, a cor e o brilho do seu cabelo enquanto se curvava com gentileza por baixo do seu queixo.

Se fosse um romântico, poderia ter pensado em termos poéticos ou musicais. Mas disse a si mesmo que apenas esperava e vigiava, para se certificar de que estivesse a salvo.

Quando as sirenes atravessaram a noite, pôde ver que ela adotava uma expressão confiante. Respirou fundo várias vezes, enquanto abotoava o casaco rasgado sobre a blusa cortada. Por fim, agarrou a mala com força, levantou o queixo e avançou com passos seguros para a entrada do beco.

Novamente a sós no seu mundo entre a realidade e a ilusão, pôde sentir a sensualidade subtil do perfume dela.

Pela primeira vez em quatro anos, experimentou a doce e serena dor da saudade.

Deborah não se sentia como se estivesse numa festa. Na sua imaginação, não usava um vestido vermelho resplandecente sem alças, com umas armações de plástico que se cravavam nas suas costelas. Não usava uns saltos de dez centímetros. Não sorria até lhe doer a cara.

Na sua imaginação, devorava um livro de mistério e biscoitos de chocolate, enquanto tomava um banho de espuma para mitigar as nódoas negras que ainda lhe doíam um pouco, três dias depois da sua aventura desagradável no beco de East End.

Infelizmente, a sua imaginação não era suficientemente boa para evitar que lhe doessem os pés.

De acordo com o padrão social, era uma festa magnífica. Talvez a música estivesse um pouco alta, embora não a incomodasse. Depois de passar a vida com a sua irmã, fanática por rock and roll, estava habituada ao mundo da música estridente. Os canapés de salmão fumado e espinafres não eram biscoitos de chocolate, mas eram saborosos. O champanhe que bebia com cuidado era de primeira.

Abundava o brilho e o glamour. Afinal de contas, a festa era oferecida por Arlo Stuart, um magnata da hotelaria, como parte da campanha a favor de Tucker Fields, o presidente da câmara de Urbana. Era a esperança de Stuart, e da administração vigente, que a campanha concluísse em novembro, com a reeleição do presidente da câmara.

Deborah ainda estava indecisa sobre o seu voto, não sabia se devia dá-lo a Tucker Fields ou ao seu jovem adversário, Bill Tarrington. O champanhe e os canapés não a influenciariam. A sua escolha basear-se-ia no modo de encarar os assuntos importantes da cidade, não nas filiações partidárias. Naquela noite, assistia à festa por dois motivos. O primeiro, porque era amiga do secretário do presidente da câmara, Jerry Bower. O segundo, porque o seu chefe tinha empregado a mistura correta de pressão e diplomacia para que conseguisse atravessar as portas douradas do Palácio Stuart.

– Meu Deus, estás fantástica! – o amigável e bronzeado Jerry Bower, impecável e atraente com o seu smoking, parou junto dela para lhe dar um beijo rápido na face. – Lamento não ter tido tempo para conversar. Tive de cumprimentar muitas pessoas.

– O braço direito do chefe está sempre ocupado – sorriu. – Que espetáculo!

– Stuart esmerou-se – observou a multidão. A mistura de ricos, famosos e pessoas influentes satisfazia-o. Certamente, a campanha também tinha outros aspetos. Ser visto, falar com comerciantes e trabalhadores, as conferências de imprensa, os discursos, os programas. Mas Jerry supunha que, se conseguisse dedicar uma pequena parte de um dia de dezoito horas de trabalho a mover-se entre a nata da sociedade e a comer canapés, o rentabilizaria ao máximo.

– Estou adequadamente deslumbrada – garantiu Deborah.

– Ah, mas o que queremos é o teu voto!

– Talvez o tenham.

– Como te sentes? – aproveitou a oportunidade e começou a encher um prato com canapés.

– Bem – desceu o olhar para o hematoma decrescente do seu antebraço. Havia outras marcas mais acentuadas, escondidas sob o vestido vermelho.

– A sério?

– A sério – voltou a sorrir. – É uma experiência que não quero repetir, mas fez-me ver com clareza que há muito trabalho a fazer até se conseguir que as ruas de Urbana sejam seguras.

– Não devias ter estado lá – murmurou ele.

Foi como se lhe tivesse posto uma casca de banana sob os pés. Os olhos de Deborah brilharam, as faces aqueceram e levantou o rosto.

– Porquê? Porque tem de haver um sítio na cidade, qualquer sítio, onde uma pessoa não possa estar a salvo? Supõe-se que devemos aceitar o facto de que há zonas de Urbana que estão vedadas às pessoas de bem? Nesse caso...

– Espera, espera – levantou uma mão em gesto de rendição. – A única pessoa a quem alguém envolvido na política não consegue ganhar uma discussão é a um advogado. Estou de acordo contigo, está bem? – tirou um copo de champanhe da bandeja de um empregado que passava por perto e recordou que talvez fosse o único que pudesse beber durante a longa noite. – Estava a expor um facto. Pode não parecer justo, mas é verdade.

– Não devia ser assim – os seus olhos obscureceram pela irritação e a frustração.

– O presidente da câmara promove uma campanha forte contra o crime – recordou-lhe Jerry, sorrindo aos eleitores mais próximos. – Ninguém nesta cidade conhece as estatísticas melhor do que eu. São feias, sem dúvida, e vamos reduzi-las. Só é preciso tempo.

– Sim – suspirou e retirou-se da discussão que tinha tido com Jerry mais vezes do que conseguia contar. – Mas está a levar demasiado tempo.

– Não me digas que vais pôr-te do lado daquele Némesis! – deu uma dentada a uma tira de cenoura. – Se a lei não se encarregar disso com rapidez suficiente, fá-lo-ei eu?

– Não – era firme nisso. A lei devia dar justiça de forma apropriada. Acreditava na lei, inclusive naquele momento, quando estava quase enterrada sob o peso dos crimes. – Não acredito em cruzadas. Aproximam-se demasiado da vigilância civil. Embora tenha de reconhecer que me sinto agradecida por ele estar no beco naquela noite.

– Eu também – tocou-lhe levemente no ombro. – Quando penso no que poderia ter acontecido...

– Não aconteceu – o medo pela impotência que sentira estava demasiado próximo da superfície para se permitir pensar muito nele. – E, apesar da publicidade romântica que recebeu, é rude e brusco – bebeu outro gole de champanhe. – Estou em dívida com ele, mas não tenho de gostar dele.

– Ninguém entende melhor esse sentimento do que um político.

– Muito bem – relaxou e riu-se, – chega de falar de negócios. Conta-me quem veio e quem devo conhecer ou não.

Jerry distraiu-a. Fazia-o sempre. Durante os minutos seguintes, devorou canapés e deu nomes às caras que lotavam a sala de baile de Royal Stuart. Os seus comentários inteligentes e certeiros faziam-na rir. Quando começaram a mexer-se entre os convidados, passou o braço pelo seu. Foi uma questão de sorte que virasse a cabeça e naquele mar de gente se concentrasse numa única cara.

Encontrava-se num grupo de cinco ou seis pessoas, com duas mulheres bonitas praticamente agarradas a ele. Pensou que era atraente. Mas a sala estava cheia de homens atraentes. O cabelo denso e escuro emoldurava um rosto longo e magro. Tinha ossos proeminentes, olhos profundos, castanhos escuros e intensos. Naquele momento, pareciam entediados. Exibia uma boca de lábios cheios, de aspeto poético, que esboçava um sorriso quase impercetível.

Usava o smoking como se tivesse nascido com ele. Com descontração e indiferença. Afastou com um dedo um caracol de cabelo da face da ruiva quando ela se aproximou dele. Ampliou o sorriso perante o que ouviu.

Então, sem se virar, alterou a direção do seu olhar e observou Deborah.

– E comprou uma televisão de ecrã plano para os pequenos monstros.

– O quê? – pestanejou e, embora compreendesse que era absurdo, sentiu-se como se tivesse quebrado um feitiço. – O quê?

– Estava a falar dos cães de água da senhora Forth-Wright.

– Jerry, quem é aquele homem, que está com uma ruiva de um lado e uma loira do outro?

Olhando naquela direção, Jerry fez uma careta e encolheu os ombros.

– Surpreende-me que não tenha uma morena aos ombros. As mulheres tendem a colar-se a ele como se, em vez de um smoking, usasse papel mata-moscas.

– Quem é? – repetiu. Não precisava que lhe dissesse o que podia ver com os seus próprios olhos.

– Guthrie. Gage Guthrie.

– Porque me soa familiar? – franziu os lábios.

– Aparece quase diariamente na secção de sociedade do World.

– Não leio a secção de sociedade – consciente de que era uma grosseria, não deixou de olhar fixamente para o homem que havia do outro lado da sala. – Conheço-o – murmurou. – Mas não consigo identificá-lo.

– Provavelmente, terás ouvido a sua história. Era polícia.

– Polícia – arqueou os sobrolhos, surpreendida. Parecia demasiado confortável com os ricos e privilegiados para ser um polícia.

– E, aparentemente, um bom polícia, aqui, em Urbana. Há alguns anos, o seu colega e ele meteram-se em confusões. Confusões grandes. O seu colega foi assassinado e Guthrie, dado como morto.

– Já me lembro. Acompanhei a sua história. Meu Deus, esteve em coma...

– Nove ou dez meses – disse Jerry. – Tinha respiração assistida e, justamente quando estavam prestes a render-se, abriu os olhos e voltou. Já não podia estar na rua e rejeitou um cargo à secretária no departamento de polícia. Durante a sua estadia no purgatório, tinha recebido uma herança substancial, portanto, imagino que possa dizer-se que pegou no dinheiro e desapareceu.

«Não pode ter sido suficiente», pensou ela. Nenhuma quantia de dinheiro teria sido suficiente.

– Deve ter sido horrível. Perdeu quase um ano da sua vida.

Jerry escolheu um canapé dos poucos que restavam no seu prato.

– Compensou a perda de tempo. Aparentemente, as mulheres consideram-no irresistível. Claro está que poderia dever-se a ter transformado uma herança de três milhões de dólares em trinta... A aumentar todos os dias – trincou uma gamba e observou como Gage se afastava do grupo e se dirigia para eles. – Ena... – murmurou. – Parece que o interesse é mútuo.

Gage tinha reparado na sua presença assim que entrara na sala. Pacientemente, vira-a a misturar-se com os convidados. Enquanto não deixava de ter conversas triviais, fora incomodamente consciente de cada um dos movimentos dela. Tinha-a visto a sorrir a Jerry, vira como o outro homem lhe dava um beijo na face e lhe roçava um ombro com um gesto íntimo.

Tinha de descobrir que tipo de relação tinham.

Embora não importasse. «Não pode importar», corrigiu-se. Não tinha tempo para morenas sensuais com olhos inteligentes. Mas não deixou de avançar para ela.

– Jerry – Gage sorriu. – É bom voltar a ver-te.

– É sempre um prazer, senhor Guthrie. Está a apreciar a noite?

– Certamente – olhou para Deborah. – Olá...

Por algum motivo ridículo, não conseguiu responder.

– Deborah, gostaria de te apresentar Gage Guthrie. Senhor Guthrie, apresento-lhe a assistente do promotor público distrital, Deborah O'Roarke.

– Uma promotora pública distrital... – Gage sorriu de forma cativante. – Reconforta-me saber que a justiça se encontra em mãos tão bonitas.

– Competentes – disse ela. – Prefiro competentes.

– É claro! – embora ela não lha tivesse oferecido, agarrou-lhe a mão durante alguns segundos.

«Cuidado!», a advertência ecoou na mente de Deborah assim que as suas palmas se tocaram.

– Dão-me licença? – Jerry voltou a apoiar uma mão no ombro de Deborah. – O presidente da câmara chama-me.

– Claro – conseguiu dedicar-lhe um sorriso, embora a envergonhasse reconhecer que o tinha esquecido por completo.

– Não estás há muito tempo em Urbana – comentou ele.

Apesar do seu desconforto, Deborah olhou para ele nos olhos.

– Aproximadamente um ano e meio. Porquê?

– Porque, caso contrário, eu saberia.

– A sério? Acompanha com interesse todos os promotores públicos distritais?

– Não – passou um dedo pela pérola que enfeitava o lóbulo da orelha dela. – Só as bonitas – adorou notar a perspicácia imediata que ela refletiu. – Queres dançar?

– Não – suspirou. – Não, obrigada. Na verdade, não posso ficar mais tempo. Tenho de trabalhar.

– Já passa das dez horas – disse, olhando para o relógio.

– A lei não tem um horário fixo, senhor Guthrie.

– Gage. Eu levo-te.

– Não – um pânico irracional subiu pelo seu peito. – Não, não é necessário.

– Se não é necessário, então, será um prazer.

«É sedutor», pensou, «demasiado sedutor para um homem que acaba de se livrar de uma ruiva e de uma loira». Não lhe interessava pensar que era a morena que completava o trio.

– Não queria afastá-lo da festa.

– Nunca fico muito tempo nestes eventos.

– Gage – a ruiva, com os lábios franzidos, aproximou-se dele para voltar a agarrar-se ao seu braço. – Querido, não dançaste comigo. Nem uma vez.

Deborah aproveitou a oportunidade para se dirigir para a saída. Reconheceu que era uma estupidez, mas sentira um aperto no estômago perante a ideia de estar a sós num carro com ele. «Puro instinto», supôs, já que Gage Guthrie era um homem encantador e atraente à superfície. Mas sentia alguma coisa. Correntes subterrâneas, escuras e perigosas. Já tinha muitas coisas com que se preocupar e não precisava de acrescentar mais uma à sua lista.

Saiu para a noite quente de verão.

– Chamo-lhe um táxi, menina? – perguntou o porteiro.

– Não – Gage pôs uma mão firme sob o cotovelo dela. – Obrigado.

– Senhor Guthrie... – começou Deborah.

– Gage. Tenho o carro aqui mesmo, menina O'Roarke – assinalou uma limusina preta estilizada e reluzente.

– É lindo – comentou, com os dentes apertados, – mas um táxi resolverá perfeitamente as minhas necessidades.

– Mas não as minhas – fez sinal ao homem alto que saiu do lugar do motorista para que abrisse a porta traseira. – As ruas são perigosas à noite. Simplesmente, gostaria de saber que chegou a salvo onde quer ir.

Ela recuou e observou-o, como poderia ter feito com um suspeito. Com aquele pequeno sorriso que flutuava no seu rosto, já não parecia tão perigoso. De facto, parecia um pouco triste. Um pouco solitário.

Virou-se para a limusina. Sem querer abrandar demasiado, olhou por cima do ombro.

– Já alguma vez lhe disseram que é insistente, senhor Guthrie?

– Com frequência, menina O'Roarke – sentou-se ao seu lado e ofereceu-lhe uma rosa vermelha.

– Vem preparado – murmurou Deborah. Questionou-se se a flor estaria à espera da ruiva ou da loira.

– Tento. Para onde gostaria de ir?

– Para o Palácio da Justiça. Fica...

– Sei onde fica – Gage carregou num botão e o vidro que os separava do motorista desceu em silêncio. – Para o Palácio da Justiça, Frank.

– Sim, senhor – o vidro voltou a subir, isolando-os.

– Costumávamos trabalhar do mesmo lado – comentou ela.

– E que lado é esse?

– O da lei.

Virou-se para Deborah, com olhos obscuros, quase hipnóticos. Fez com que ela se perguntasse o que teriam visto durante aqueles meses, perdido naquele mundo estranho entre a vida e a morte.

– É uma defensora da lei?

– Gosto de acreditar nisso.

– No entanto, não é renitente a fazer acordos e a retirar queixas.

– O sistema está sobrecarregado – disse à defesa.

– Oh, sim, o sistema... – com um leve encolher de ombros, pareceu descartar o assunto. – De onde é?

– De Denver.

– Não, Denver não deu esse tom de ciprestes e magnólias à sua voz.

– Nasci na Georgia, mas a minha irmã e eu mudámo-nos muito. Vivi em Denver até vir para Urbana.

«A sua irmã», pensou. Não o seu pai, nem a sua família, só a sua irmã. Não insistiu.

– Porque se decidiu por esta cidade?

– Porque era um desafio. Queria dar bom uso a todos os anos que estudei na universidade. Eu gosto de acreditar que posso marcar a diferença – pensou no caso Méndez e nos quatro membros do bando que tinham sido presos e que aguardavam julgamento. – Marquei a diferença.

– É uma idealista.

– Talvez. O que tem de mal?

– Os idealistas, às vezes, sofrem uma desilusão trágica – guardou silêncio um instante, observando-a. A luz das luzes e dos semáforos entrava no carro e voltava a desvanecer-se. Era bonita tanto à luz como na sombra. Mais do que beleza, nos seus olhos havia uma espécie de poder. Daquele que surgia com a fusão da inteligência e da determinação. – Eu gostaria de a ver no tribunal – comentou.

Ela sorriu e acrescentou mais um elemento ao poder e à beleza. Ambição. Era uma combinação formidável.

– Sou implacável.

– Aposto que é.

Queria tocar-lhe, apenas o contacto das pontas dos dedos sobre aqueles ombros brancos adoráveis. Questionou-se se seria suficiente. Como receava que não fosse, resistiu. Com alívio e frustração, reparou que a limusina parava.

Deborah virou-se para observar o Palácio da Justiça pela janela.

– Foi rápido – murmurou, desconcertada com a sua própria desilusão. – Obrigada pela boleia – o motorista abriu-lhe a porta.

– Voltaremos a ver-nos.

– Talvez – pela segunda vez, olhou por cima do ombro. – Boa noite.

Gage permaneceu quieto alguns segundos, invadido pela fragrância que ela tinha deixado para trás.

– Para casa? – perguntou o motorista.

– Não – respirou fundo. – Fica aqui e leva-a a casa quando tiver acabado. Preciso de andar.

CAPÍTULO 2

Como um pugilista aturdido por muitos golpes, Gage abriu caminho entre o pesadelo. Veio à superfície, sem fôlego e encharcado em suor. Ao desaparecer o enjoo, permaneceu deitado e contemplou o teto do seu quarto.

Havia quinhentas e vinte e três rosetas esculpidas no estuque. Tinha-as contado um dia após o outro durante a sua lenta e entediante recuperação. Começou a contá-las, esperando que lhe acalmasse a pulsação.

Os lençóis de algodão irlandês estavam enrolados e húmidos à sua volta, mas permaneceu absolutamente quieto, sem parar de contar. Vinte e cinco, vinte e seis, vinte e sete... No quarto flutuava uma leve e aromática fragrância a cravos. Uma das empregadas tinha-os deixado na secretária antiga, próximo da janela. Enquanto continuava a contar, tentou adivinhar que jarra teria utilizado. Waterford, Dresde, Wedgwood... Concentrou-se nisso e na contagem monótona, até que sentiu que começava a relaxar.

Nunca sabia quando podia reaparecer o sonho. Supunha que devesse estar agradecido por já não surgir todas as noites, mas nas suas visitas caprichosas havia uma coisa ainda mais horrível.

Mais calmo, carregou no botão que havia junto da cama. As cortinas da janela abriram-se e deixaram entrar a luz. Com cuidado, mexeu os músculos, certificando-se de que ainda possuía o controlo.

Tal como um homem atrás dos seus próprios fantasmas, relembrou o sonho. Como sempre, recordou-o com absoluta nitidez.

Trabalhavam sob disfarce. Gage e o seu colega, Jack McDowell. Depois de cinco anos, eram mais do que colegas. Eram irmãos. Cada um tinha arriscado a vida para salvar o outro. E cada um voltaria a fazê-lo sem hesitar. Trabalhavam juntos, bebiam juntos, iam ao futebol, discutiam política.

Durante mais de um ano, tinham respondido pelos nomes de Demerez e Gates, fazendo-se passar por dois traficantes importantes de cocaína e crack. Com paciência e astúcia, tinham-se infiltrado num dos cartéis mais importantes da Costa Este. Urbana era o seu centro.

Poderiam ter realizado dúzias de detenções, mas tanto eles como o departamento tinham acordado que o objetivo era o chefe supremo.

O seu nome e rosto continuavam a ser um mistério.

Mas, naquela noite, iam conhecê-lo. Depois de muitos esforços, tinham conseguido fazer um negócio. Demerez e Gates levavam cinco milhões em dinheiro numa mala reforçada a aço. Trocá-los-iam por cocaína pura. E só fariam o negócio com o chefe.

Tinham ido para o porto no Maserati do qual Jack estava tão orgulhoso. Com o apoio de duas dúzias de homens e das suas identidades falsas intactas, estavam de bom humor.

Jack era um polícia veterano, duro e de mente rápida, dedicado à família. Tinha uma mulher bonita e carinhosa, e um bebé traquina. Com o cabelo castanho penteado para trás, as mãos cheias de anéis e o fato impecável, dava a imagem perfeita do traficante rico e carente de consciência.

Havia muitos contrastes entre os dois colegas. Jack descendia de uma linhagem de polícias e a sua mãe divorciada tinha-o criado num apartamento no terceiro andar, em East End. O seu pai, um homem que recorrera tanto ao álcool como à arma, tinha-lhe feito visitas esporádicas. Jack tinha entrado para a Polícia ao acabar o liceu.

Gage procedia de uma família de empresários com sucesso, que iam de férias para Palm Beach e jogavam golfe no clube de campo. Os seus pais tinham estado mais perto da classe trabalhadora, segundo os padrões da família, preferindo investir o dinheiro, o tempo e os sonhos num pequeno e elegante restaurante francês na zona alta do lado este. Em última instância, esse sonho tinha-os matado.

Depois de fecharem o restaurante numa noite de outono, tinham-nos assaltado e assassinado brutalmente a menos de três metros da porta.

Órfão antes dos dois anos, Gage fora criado com comodidade por uns tios carinhosos. Tinha jogado ténis em vez de jogar à bola na rua e tinham-no incitado a seguir os passos do irmão do seu falecido pai, como presidente do império Guthrie.

Mas nunca tinha esquecido a crueldade nem a injustiça do assassinato dos seus pais. Fora por isso que decidira ingressar na Polícia ao acabar a universidade.

Apesar dos contrastes existentes entre eles, tinham uma coisa em comum: ambos acreditavam na lei.

– Esta noite, pendurá-lo-emos pelo rabo – dissera Jack, dando um bafo no cigarro.

– Já estava na hora – murmurara Gage.

– Seis meses de preparativos e dezoito meses sob disfarce. Dois anos não são muito para apanhar aquele canalha – olhara para Gage e piscara-lhe o olho. – Como é claro, podíamos sempre pegar nos cinco milhões e fugir. O que dizes, rapaz?

Embora Jack só fosse cinco anos mais velho do que ele, sempre lhe tinha chamado rapaz.

– Eu gostaria de conhecer o Rio de Janeiro.

– Sim, eu também – atirou o cigarro pela janela. – Podíamos comprar uma *villa* e levar uma vida muito boa. Muitas mulheres, muito rum e muito sol. Gostarias?

– Jenny talvez não gostasse.

Jack rira-se entredentes ao ouvir o nome da sua mulher.

– Sim, provavelmente irritá-la-ia. Far-me-ia dormir na sala durante dez meses. Acho que é melhor dar um pontapé no rabo daquele tipo – pegara num pequeno transmissor. – Aqui Branca de Neve, ouvem-me?

– Afirmativo, Branca de Neve. Aqui Resmungão.

– Vamos entrar no cais dezassete. Não nos percam de vista. Isso serve para o resto dos miúdos.

Gage travara nas sombras do cais e desligara o motor. Podia sentir o cheiro da água, dos peixes e do lixo. Seguindo as instruções que tinham recebido, acendera os faróis duas vezes, parara e repetira-o.

– Como o James Bond – comentara Jack, com um sorriso. – Pronto, rapaz?

– Pronto.

– Então, vamos – acendera outro cigarro.

Avançavam com cautela. Jack levava a mala com as notas marcadas e o micro-transmissor. Os dois tinham armas regulamentares de calibre 38. Gage tinha uma segunda pistola de calibre 25 presa à barriga da perna.

Chegava-lhes o som da água sobre a madeira, as patas escorregadias das ratazanas sobre o cimento. A luz ténue de uma lua encoberta pelas nuvens. O cheiro do cigarro de Jack. O suor entre as omoplatas de Gage.

– Há qualquer coisa que não encaixa – sussurrara.

– Deixa-te de pressentimentos, rapaz. Esta noite, vamos apanhá-lo.

Com um gesto de assentimento, Gage contivera a inquietação. Mas levara a mão à arma quando um homem pequeno saíra das sombras. Com um sorriso, o homem levantara as mãos com as palmas para fora.

– Estou sozinho – anunciara. – Tal como acordámos. Sou Montega, o vosso escolta.

Tinha o cabelo preto e um bigode denso. Quando sorrira, Gage vira o brilho de uns dentes de ouro. Tal como eles, usava um fato caro, daqueles feitos para esconderem o vulto de uma arma automática. Montega descera uma mão com cautela e tirara um charuto do bolso.

– É uma noite bonita para um passeio de barco, não é?

– Sim – assentira Jack. – Importas-te que te revistemos? Sentir-nos-emos melhor se formos os únicos com artilharia até chegarmos para onde vamos.

– É compreensível – acendera o charuto com um isqueiro de ouro. Sem deixar de sorrir, apertara o charuto entre os dentes.

Gage vira que voltava a guardar o isqueiro no bolso, com um gesto casual. Depois, produzira-se uma explosão, o som familiar de um tiro. Havia um buraco fumegante no bolso do fato de mil e quinhentos dólares. Jack caíra para trás.

Inclusive naquele momento, quatro anos depois, reviveu-o como em câmara lenta. A expressão aturdida, morta, nos olhos do seu amigo ao ser projetado para trás pela força do impacto do tiro. As cambalhotas pausadas da mala ao rodar no ar. Os gritos dos homens de apoio ao correrem. Os seus próprios movimentos, de uma lentidão impossível, ao levar a mão à arma.

O sorriso cada vez mais amplo, com o seu brilho do ouro, à medida que Montega se virava para ele.

– Polícias pestilentos – dissera, antes de disparar.

Inclusive naquele momento, Gage conseguia sentir o calor que rebentara no seu peito, insuportável. Viu-se a ser projetado para trás, sem parar, até se perder na escuridão.

E tinha estado morto.

Sabia que estava morto. Conseguia ver-se. Tinha descido o olhar para ver o seu corpo estendido no cais ensanguentado. Os polícias estavam sobre ele, vendando-lhe a ferida, praguejando e mexendo-se como formigas. Observara tudo sem paixão, nem dor.

Então, chegara a ambulância e, de algum modo, conseguira devolvê-lo à dor. Tinha-lhe faltado força para se opor e ir para o sítio para onde queria ir.

A sala de operações. Paredes azuis, luzes fortes, o brilho dos instrumentos de aço. O som dos monitores. O sussurro do respirador artificial. Por duas vezes, tinha saído com facilidade do seu corpo, como o ar, sereno e invisível, para observar a equipa médica a lutar pela sua vida. Quisera dizer-lhes que parassem, que não queria regressar. Sentir outra vez.

Mas tinham-se mostrado hábeis e decididos, e tinham-no arrastado de volta ao seu corpo ferido. E, durante algum tempo, Gage regressara à escuridão.

Mas isso tinha mudado. Lembrava-se de ter flutuado num mundo de um líquido cinzento que lhe tinha provocado lembranças primitivas do útero. Ali, estava a salvo. Reinava a tranquilidade. De vez em quando, ouvia alguém que pronunciava o seu nome em voz alta, com insistência. Mas ele escolhia não lhe prestar atenção. Uma mulher chorava... A sua tia. O som emocionado e de súplica da voz do seu tio.

Havia luz, na verdade, uma intrusão, embora não conseguisse sentir, notava que alguém lhe levantava as pálpebras e acendia uma luz sobre as suas pupilas.

Era um mundo fascinante. Podia ouvir as suas próprias palpitações. Podia sentir o cheiro a flores, embora só esporadicamente, já que a fragrância era abafada pelo cheiro antissético do hospital. E ouvia música, suave, tranquila. Beethoven, Mozart, Chopin.

Depois, descobrira que uma das enfermeiras tinha ficado suficientemente comovida para levar um pequeno leitor de CD para o seu quarto. Com frequência, aparecia com ramos de flores descartados e sentava-se a falar com ele em voz baixa e maternal.

Às vezes, tomava-a pela sua própria mãe e sentia uma tristeza insuportável.

Quando as brumas do mundo cinzento tinham começado a abrir-se, opusera-se. Queria ficar. Mas, sem importar a profundidade a que mergulhasse, flutuava cada vez mais perto da superfície.

Até que, por fim, abrira os olhos.

Naquele momento, teve de reconhecer que aquela fora a pior parte do pesadelo. Abrir os olhos e dar-se conta de que estava vivo.

Cansado, levantou-se da cama. Tinha deixado para trás o desejo de morte que o tinha perseguido naquelas primeiras semanas. Mas, de manhã, sentia-se tentado a amaldiçoar a habilidade e a dedicação da equipa médica que o salvara.

Mas não tinham salvado Jack. Não tinham salvado os seus pais, que tinham morrido antes de chegar a conhecê-los. Não tinham tido habilidade suficiente para salvar os seus tios, que o tinham criado com um amor ilimitado e que tinham morrido algumas semanas antes de sair do coma.

No entanto, tinham-no salvado a ele. Gage entendia a razão.

Devia-se ao dom, à maldição de um dom que tinha recebido durante aqueles nove meses em que a sua alma se gerara no mundo cinzento e líquido. E, ao terem-no salvado, não tinha outra opção senão levar a cabo o que estava destinado a fazer.

Com um sentimento de aceitação, apoiou a mão direita na parede verde-clara do seu quarto. Concentrou-se. Ouviu o zumbido dentro do cérebro, o zumbido que mais ninguém conseguia ouvir. Então, a sua mão desapareceu.

Continuava a existir, certamente. Podia senti-la. No entanto, nem sequer ele era capaz de a ver. Não havia perfil, nenhuma silhueta dos nós dos dedos. Do pulso para cima, a mão tinha desaparecido. Só tinha de se concentrar para que acontecesse o mesmo a todo o seu corpo.

Ainda conseguia recordar a primeira vez que acontecera. Como o tinha espantado. E fascinado. Fez com que a mão reaparecesse e observou-a. Era a mesma. Com uma palma larga, os dedos compridos, um pouco áspera devido aos calos. A mão normal de um homem que já não era normal.

«Um truque útil», pensou, «para um homem que percorre as ruas à noite em busca de respostas».

Fechou-a num punho e depois entrou na casa de banho contígua para tomar um duche.

Ao meio-dia menos um quarto, Deborah esperava na esquadra vinte e cinco. Não estranhava muito que a tivessem chamado. Os quatro membros do bando que tinham atirado contra Rico Méndez estavam presos em celas separadas. Desse modo, poderiam assimilar sozinhos as acusações de assassinato em primeiro grau, cumplicidade em assassinato, posse ilegal de armas, posse de substâncias proibidas e outras acusações que apareciam na folha de detenção. Sem a oportunidade de corroborarem as histórias dos seus companheiros.

Às nove horas em ponto, telefonara-lhe o defensor público de Sly Parino. Seria a terceira reunião que teriam. Em cada uma das anteriores, mantivera-se firme na sua recusa em fazer um acordo. O advogado de defesa pedia o mundo e o próprio Parino mostrava-se agressivo, desagradável e arrogante. Mas, cada vez que tinham partilhado a sala de interrogatórios, tinha reparado que Parino suava com mais profusão.

O instinto dizia-lhe que tinha alguma coisa para dar em troca, mas que estava dominado pelo medo.

Por estratégia própria, Deborah tinha aceitado a reunião, embora tivesse demorado algumas horas. Dava a impressão de que Parino estava pronto para ceder e, como o pressionara graças à posse da arma do crime e a duas testemunhas presenciais, era melhor que lhe oferecesse alguma coisa valiosa.

Empregou o tempo de espera enquanto o tiravam da cela para reler as notas sobre o caso. Como conseguia recitá-las de cor, a sua mente vagou até ao acontecido na noite anterior.

Questionou-se que tipo de homem seria Gage Guthrie. O tipo que levava uma mulher relutante até à sua limusina, depois de a conhecer há cinco minutos, e deixava o veículo à disposição dela durante duas horas e meia. Recordou a surpresa ao sair do Palácio da Justiça à uma hora da manhã e ver a limusina preta com o seu motorista taciturno, que a esperava com paciência para a levar a casa.

Por ordem do senhor Guthrie.

Embora não o tivesse visto em lado nenhum, tinha sentido a sua presença durante todo o trajeto do centro da cidade até ao seu apartamento de West End.

«É um homem poderoso», pensou, naquele momento. «No seu aspeto, na sua personalidade e no seu encanto masculino.» Olhou à sua volta e tentou imaginar o homem elegante, com a leve aura de homem duro, de smoking, a trabalhar naquele lugar.

A esquadra vinte e cinco estava situada numa das zonas mais conflituosas da cidade. O lugar onde, descobriu quando quis saciar a sua curiosidade, tinha trabalhado o detetive Gage Guthrie durante quase os seis anos a que pertencera à Polícia.

Pensou que era difícil juntar o homem sedutor e obstinadamente encantador ao linóleo sujo, às luzes fluorescentes e ao cheiro a suor e a café frio que se misturava com o ambientador com fragrância a pinheiro.

Gostava de música clássica, já que na limusina tinha ouvido Mozart. No entanto, tinha permanecido anos entre os gritos, os palavrões e as chamadas incessantes da esquadra.

Pela informação que tinha lido ao aceder ao seu historial, sabia que fora um bom polícia, às vezes, temerário, mas que nunca tinha ultrapassado os limites. Pelo menos, não que constasse na sua ficha, onde abundavam menções honrosas.

O seu colega e ele tinham desmantelado uma rede de prostituição que se alimentava de jovens fugidas de casa, tinham prendido três homens importantes de negócios que tinham dirigido uma operação clandestina de jogo que castigava os clientes pouco sortudos com torturas inexprimíveis, tinham capturado traficantes de droga, insignificantes e de destaque, e tinham desmascarado um polícia corrupto que usava o distintivo para extorquir os comerciantes em troca de proteção.

Depois, tinham trabalhado sob disfarce para desmontar um dos cartéis de droga mais importantes da Costa Este. E essa missão tinha acabado com eles.

«Será isso que o torna tão fascinante?», questionou-se. «Que pareça que o homem sofisticado e rico seja apenas uma ilusão sob a qual está o polícia duro que foi? Ou que, passados os anos de serviço como uma simples aberração, tenha voltado para o seu ambiente privilegiado? Quem será o verdadeiro Guthrie?»

Abanou a cabeça e suspirou. Ultimamente, tinha pensado muito em ilusões, desde aquela noite no beco, em que tinha visto a realidade aterradora da sua própria mortalidade e fora salva, apesar de acreditar firmemente que teria conseguido salvar-se sozinha, por alguém que muita gente considerava um fantasma.

Pensou que Némesis era real. Tinha-o visto, ouvido e inclusive tinha-a irritado. No entanto, quando o recordava, parecia-lhe ser de fumo. Se tivesse estendido a mão para lhe tocar, tê-lo-ia atravessado?

«Que tolice! Vou ter de dormir mais, se o excesso de trabalho me provoca fantasias em pleno dia.»

Mas, de algum modo, ia voltar a encontrar aquele fantasma.

– Menina O'Roarke.

– Sim – levantou-se e ofereceu a mão ao jovem defensor público de aspeto inquieto. – Olá mais uma vez, senhor Simmons.

– Sim, bom... – subiu uns óculos de aros grossos pela cana do nariz. – Agradeço-lhe por aceitar esta reunião.

– Deixe-se de conversa – atrás de Simmons, Parino estava ladeado por dois agentes. Tinha uma expressão desdenhosa na cara e as mãos algemadas. – Viemos fazer um acordo, portanto, deixemo-nos de floreados.

Deborah abriu caminho em direção a uma pequena sala de interrogatórios. Deixou a mala na mesa e sentou-se. Cruzou as mãos. Com o seu fato azul-marinho e a blusa branca, parecia uma beldade sulista culta. Mas os seus olhos, tão escuros como o algodão do seu fato, ardiam enquanto observavam Parino. Tinha estudado as fotografias da polícia sobre Méndez e vira o que o ódio e uma arma automática podiam fazer a um corpo de dezasseis anos.

– Senhor Simmons, é consciente de que, dos quatro suspeitos que enfrentam a acusação do assassinato de Rico Méndez, o seu cliente é o que tem o currículo para receber o castigo máximo?

– Podem tirar-me isto? – Parino levantou as mãos algemadas.

Deborah olhou para ele.

– Não.

– Vá lá, querida... – lançou-lhe o que imaginava ser um sorriso sexy. – Não tem medo de mim, pois não?

– De si, senhor Parino? – sorriu, mas disse, com um tom geladamente sarcástico: – Absolutamente. Todos os dias esmago criaturas desagradáveis. No entanto, você deveria recear-me. Sou eu quem vai tirá-lo de circulação – voltou a olhar para Simmons. – Não percamos tempo outra vez. Sabemos o que está em jogo. O senhor Parino tem dezanove anos e será julgado como um adulto. Ainda falta determinar se os outros serão julgados como adultos ou menores – pegou nas suas notas, embora não precisasse delas. – A arma do crime foi encontrada no apartamento do senhor Parino, com as suas impressões digitais.

– Puseram-na lá – insistiu Parino. – Nunca a tinha visto.

– Guarde isso para o juiz – sugeriu Deborah. – Duas testemunhas situam-no no carro que passou pela Terceira com a Market, à meia-noite menos um quarto, no dia dois de junho. Essas testemunhas identificaram o senhor Parino numa fila de reconhecimento como o homem que assomou à janela do carro e disparou dez vezes contra Rico Méndez.

Parino começou a praguejar e a gritar sobre os delatores, sobre o que lhes faria quando saísse. Sobre o que lhe faria a ela. Sem se incomodar em levantar a voz, Deborah continuou, com o olhar cravado em Simmons:

– Acusámos o seu cliente de homicídio em primeiro grau. E o estado solicitará a pena de morte – cruzou as mãos sobre as suas notas e assentiu. – E agora, sobre o que quer falar?

Simmons afrouxou a gravata. O fumo do cigarro de Parino flutuava na sua direção e irritava-lhe os olhos.

– O meu cliente tem informações que estaria disposto a revelar ao gabinete do promotor público distrital – pigarreou. – Em troca de imunidade e da redução das acusações que pesam agora sobre ele. De homicídio em primeiro grau a posse ilegal de uma arma de fogo.

Deborah arqueou um sobrolho e deixou que o silêncio se prolongasse.

– Estou à espera que acabe a piada.

– Não é uma piada, querida – Parino inclinou-se sobre a mesa. – Tenho uma coisa para oferecer e é melhor que me ouça.

Deborah guardou as notas na mala e fechou-a.

– Você não presta, Parino. Nada do que possa oferecer voltará a pô-lo na rua. Se pensa que pode passar por cima de mim no gabinete do promotor público, pense melhor.

Simmons endireitou-se quando ela se dirigiu para a porta.

– Menina O'Roarke, por favor, não podemos discutir o assunto?

– Claro – virou-se e olhou para ele. – Assim que me fizer uma oferta realista.

Parino soltou uma obscenidade que fez com que Simmons empalidecesse e Deborah o observasse com um olhar frio.

– O estado acusá-lo-á de homicídio em primeiro grau e pedirá a pena de morte – disse, com calma. – Acredite quando lhe digo que me certificarei de que o seu cliente seja arrancado da sociedade como se fosse uma sanguessuga.

– Safar-me-ei! – gritou Parino. Tinha os olhos esbugalhados ao levantar-se. – E, quando o fizer, irei atrás de ti, ordinária!

– Não se safará – olhou para ele do outro lado da mesa. Os seus olhos estavam frios como o gelo e nunca hesitaram. – Sou muito boa no meu trabalho, Parino, que consiste em pôr animais raivosos como você em jaulas. No seu caso, não terei misericórdia. Não se safará – repetiu. – E, quando estiver a suar no corredor da morte, quero que pense em mim.

– Homicídio em segundo grau – pediu Simmons, com celeridade, e recebeu o grito selvagem do seu cliente.

– Vais vender-me, filho da mãe!

Deborah ignorou Parino e observou os olhos nervosos de Simmons. Percebia que havia alguma coisa ali.

– Homicídio em primeiro grau – insistiu, – com o pedido de prisão perpétua em vez de pena de morte... desde que tenha alguma coisa que me interesse.

– Deixe-me falar com o meu cliente, por favor. Dê-nos um minuto.

– Certamente – deixou o defensor público suado com o seu cliente.

Vinte minutos mais tarde, voltava a sentar-se diante de Parino, do outro lado da mesa. Estava mais pálido e sereno enquanto fumava um cigarro até ao filtro.

– Mostre-me as suas cartas, Parino – aconselhou.

– Quero imunidade.

– De qualquer das acusações que pudessem surgir pela informação que me der. Muito bem – já o tinha onde queria.

– E proteção – começou a suar.

– Se for justificada.

Ele hesitou e brincou com o cigarro no cinzeiro de plástico. Mas estava tramado e sabia-o. Vinte anos. O seu advogado tinha-lhe dito que, provavelmente, obteria a liberdade condicional ao fim de vinte anos.

Vinte anos no buraco eram melhor do que a cadeira elétrica. Qualquer coisa era. E um tipo esperto podia safar-se bem no buraco. E ele considerava-se bastante esperto.

– Fiz algumas entregas para alguns tipos. Tipos importantes. Transporte em camiões do porto até uma loja elegante de antiguidades na cidade. Pagam bem, muito bem, de modo que sabia que havia alguma coisa nas caixas, para além de vasos caros – incomodado com as algemas, acendeu outro cigarro com a beata do que acabara de fumar. – Isso impulsionou-me a dar uma olhadela. Abri uma das caixas e vi que estava cheia de cocaína. Nunca tinha visto tanta neve. Uns cinquenta quilos. E era pura.

– Como sabe?

Humedeceu os lábios e sorriu.

– Tirei uma das embalagens e guardei-a debaixo da camisa. Repito, havia cocaína suficiente para encher o nariz do estado inteiro nos próximos vinte anos.

– Como se chama a loja?

– Quero saber se temos acordo – voltou a humedecer os lábios.

– Se a informação for confirmada, sim. Se for um engano, não.

– Timeless. É assim que se chama. Fica na Sétima. Entregávamos uma ou talvez duas vezes por semana. Não sei quando levávamos cocaína ou antiguidades.

– Quero nomes.

– O tipo com quem trabalhava no porto chamava-se Rato. Simplesmente Rato, é a única coisa que sei.

– Quem o contratou?

– Um tipo. Entrou no Loredo, o bar de West End onde param os Demons. Disse que tinha um trabalho se as minhas costas fossem fortes e soubesse manter a boca fechada. De modo que Ray e eu aceitámo-lo.

– Ray?

– Ray Santiago. É um dos nossos, os Demons.

– Que aspeto tinha o homem que vos contratou?

– Baixo e nervoso. Bigode grande, dentes de ouro. Entrou no Loredo com um fato caro, mas ninguém se meteu com ele.

Ela tomou nota, assentiu e arrancou-lhe informação até o deixar seco.

– Muito bem, verificá-lo-ei. Se tiver sido honesto comigo, descobrirá que o serei consigo – levantou-se e olhou para Simmons. – Manter-me-ei em contacto.

Ao sair da sala de interrogatórios, a cabeça palpitava-lhe. Tinha uma sensação de confinamento que experimentava sempre que lidava com gente como Parino.

«Pelo amor de Deus, tem dezanove anos!», pensou, enquanto devolvia o cartão de visitante ao sargento da receção. Mal tinha idade para votar, no entanto, tinha matado outro ser humano. Sabia que não sentia remorso. Os Demons consideravam esses incidentes um ritual tribal. E ela, como representante da lei, fizera um acordo com ele.

Ao sair para a tarde quente, recordou a si mesma que o sistema funcionava dessa maneira. Usaria Parino como se se tratasse de uma ficha de póquer e esperaria conseguir uma presa maior. Parino passaria o resto da sua juventude e parte da sua vida adulta na prisão.

Esperava que a família de Rico Méndez considerasse que se fizera justiça.

– Mau dia?

Sem deixar de franzir o sobrolho, virou-se, protegeu os olhos do sol e viu Gage Guthrie.

– Olá, o que faz aqui?

– Esperava-a.

Ela arqueou um sobrolho e ponderou a resposta certa. Naquele dia, Guthrie usava um fato cinzento de corte excelente e caro, sem ostentação. Embora a humidade fosse intensa, a sua camisa branca parecia impecável. O nó da gravata cinzenta de seda era perfeito.

Dava a impressão de ser precisamente quem era. «Até o olhar nos olhos», concluiu. «Então, vê-se que as mulheres se sentem atraídas por ele por um motivo mais básico do que o dinheiro e a posição social.»

– Porquê? – perguntou.

– Para a convidar para almoçar – sorriu.

– É muito amável, mas...

– Não come?

– Sim, quase diariamente – era evidente que gozava com ela. – Mas, neste momento, estou a trabalhar.

– És uma funcionária pública dedicada, não és, Deborah?

– Eu gosto de pensar que sim – notou sarcasmo suficiente na sua voz para se retrair um pouco. Desceu até à rua e levantou o braço para chamar um táxi. – Foi muito amável ao ceder-me a sua limusina ontem à noite – virou-se e olhou para ele. – Mas não era necessário.

– Faço com frequência o que outros consideram desnecessário – agarrou-lhe a mão e, com uma leve pressão, desceu-lhe o braço. – Se não for para almoçar, para jantar.

– Parece mais uma ordem do que um convite – teria afastado a mão, mas parecia infantil travar uma luta de vontades na rua. – Tenho de declinar. Esta noite, trabalho até tarde.

– Amanhã, então – sorriu, com expressão cativante. – Um convite, doutora.

Custava-lhe não sorrir quando a olhava com humor e... solidão?

– Senhor Guthrie. Gage – corrigiu-se antes que ele o fizesse. – Os homens persistentes, regra geral, irritam-me. E não és uma exceção. Mas, por algum motivo, acho que gostaria de jantar contigo.

– Vou buscar-te às sete horas.

– Ótimo! Dar-te-ei a minha morada.

– Já a sei.

– Certamente – na noite anterior, o motorista dele tinha-a deixado diante da porta de sua casa. – Se me devolveres a mão, gostaria de chamar um táxi.

Não cedeu imediatamente, mas desceu o olhar para a sua

mão. Era delicada e pequena, como o resto dela. No entanto, nos seus dedos havia força. Usava as unhas curtas, arredondadas e com uma camada de verniz transparente. Não usava anéis, nem pulseiras, só um relógio fino e prático, que reparou ter a hora exata.

Levantou o olhar para os seus olhos. Viu curiosidade, um pouco de impaciência e, mais uma vez, cautela. Obrigou-se a sorrir enquanto se perguntava como um simples contacto de mãos podia tê-lo acelerado de forma tão descarada.

– Até amanhã – largou-a e afastou-se.

Ela assentiu, sem confiar na sua voz. Ao entrar no táxi, virou-se. Mas ele já não estava ali.

Passava das dez horas quando Deborah se aproximou da loja de antiguidades. Estava fechada, certamente, e não tinha esperado encontrar nada. Tinha redigido o seu relatório e comunicado os detalhes da entrevista a Parino ao seu superior. Mas não fora capaz de resistir a dar-lhe uma olhadela pessoalmente.

Àquela zona elegante da cidade, as pessoas iam jantar ou apreciar um espetáculo. Dois casais passaram diante dela, a caminho de um clube ou de um restaurante. As luzes projetavam círculos luminosos de segurança.

Supunha que fosse uma tolice ter vindo até ali. Sabia que as portas não estariam abertas para que pudesse entrar e descobrir um esconderijo de drogas numa armadura do século XVIII.

As janelas não só estavam às escuras, como tinham grades e as cortinas fechadas. Tal como a própria loja estava sumida num manto de mistério. Naquele dia, tinha dedicado horas a procurar o nome do proprietário. Protegera-se bem por trás de uma rede de corporações. O rasto dava voltas e mais voltas. Até àquele momento, Deborah deparara-se com um beco sem saída.

Mas a loja era real. No dia seguinte, o mais tardar no outro, disporia de uma ordem judicial. A polícia inspecionaria cada canto da Timeless. Confiscar-se-iam os seus livros de contabilidade.

Aproximou-se da vitrina escura. Alguma coisa fez com que se virasse com rapidez para esquadrinhar a luz e a sombra da rua que havia atrás de si.

O trânsito passava com o seu ruído habitual. Um casal que ia de braço dado ria-se na calçada em frente. «Tudo normal», pensou. Não havia nada que justificasse o formigueiro nas suas costas. No entanto, enquanto observava a rua e os edifícios adjacentes, para se certificar de que ninguém lhe prestava atenção, persistiu a sensação de que era vigiada.

Decidiu que era injustificada. Aqueles ataques de medo eram vestígios do incidente no beco. Não era possível viver a vida demasiado assustada para não sair à noite, paranoica ao extremo de olhar para cada esquina antes de virar. Pelo menos, não era possível para ela.

Durante quase toda a vida, a sua irmã mais velha tinha cuidado dela, inclusive tinha-a mimado. Embora sempre estivesse agradecida a Cilla, quando saíra de Denver para vir para Urbana, assumira um compromisso consigo mesma. Deixaria a sua marca. E não poderia fazê-lo se fugisse das sombras.

Decidida a lutar contra a sua própria inquietação, contornou o edifício e, com passo rápido, entrou no beco estreito que havia entre a loja de antiguidades e a butique do lado.

A parte posterior do edifício era tão segura e normal como a dianteira. Havia uma janela reforçada com grades de aço e uma porta dupla com três ferrolhos. Não havia nenhuma luz que afastasse a escuridão.

– Não pareces estúpida.

Ao ouvir a voz, sobressaltou-se e teria caído sobre os baldes do lixo se uma mão não a tivesse agarrado pelo pulso. Abriu a boca para gritar e levantou o punho para lutar quando reconheceu o seu acompanhante.

– Tu! – estava vestido de negro, quase invisível na escuridão. Mas soube.

– Pensei que já tinhas satisfeito a tua dose de becos – não a largou, embora pensasse que seria o melhor. Sob os dedos sentiu o ritmo descontrolado da sua pulsação.

– Estiveste a vigiar-me.

– Há algumas mulheres que me custa abandonar – aproximou-a dele. A sua voz soou baixa e áspera. Ela conseguiu ver um brilho de raiva nos seus olhos. A mistura era estranhamente atraente. – O que fazes aqui?

Deborah tinha a boca tão seca que lhe doía. Tinha-a aproximado tanto que as suas coxas se tocavam. Podia sentir a sua respiração nos lábios. Para ter alguma distância e um pouco de controlo, apoiou uma mão no peito dele. A mão não o atravessou, mas encontrou uma parede sólida e quente, e sentiu o batimento rápido e firme do seu coração.

– Isto diz-me respeito.

– Tu tens de preparar casos e expô-los em tribunal, não brincar aos detetives.

– Não estou a brincar... – calou-se e semicerrou os olhos. – Como sabes que sou advogada?

– Sei muito sobre si, menina O'Roarke – sorriu, sem nenhum vestígio de humor. – Diz-me respeito sabê-lo. Não creio que a tua irmã tenha trabalhado para te pagar a faculdade de Direito e ver-te a graduar com excelência para que te mexesses em silêncio nestes locais. E menos ainda quando o local em questão é a fachada de um negócio sujo.

– Conheces este lugar?

– Como já disse, sei muitas coisas.

Mais tarde pensaria na invasão de privacidade que tinha feito. Naquele momento, devia fazer um trabalho.

– Se tiveres alguma informação, alguma prova sobre esta suposta operação de drogas, é teu dever entregar essa informação ao gabinete do promotor público distrital.

– Sou consciente dos meus deveres. Entre eles não se inclui fazer acordos com quem não presta.

Ela corou. Nem sequer questionou como estava ao corrente da sua reunião com Parino. Bastava-lhe saber que questionava a sua integridade.

– Fi-lo dentro dos parâmetros da lei! – exclamou. – É mais do que podes dizer. Pões uma máscara e finges que és o Capitão América, estabelecendo as tuas próprias regras. Isso torna-te parte do problema, não da solução.

Sob a máscara, ele semicerrou os olhos.

– Há algumas noites, parecias agradecida pela minha ajuda.

– Já te agradeci pela tua ajuda – levantou o queixo e desejou poder enfrentá-lo à luz do dia, – apesar de ter sido desnecessária.

– É sempre tão arrogante, menina O'Roarke?

– Confiante – corrigiu.

– E vences sempre em tribunal?

– Possuo um currículo excelente.

– Vences sempre? – repetiu.

– Não, mas essa não é a questão.

– É exatamente a questão. Nesta cidade, trava-se uma guerra.

– E tu nomeaste-te general dos bons.

– Não, luto sozinho – não sorriu.

– Não tens...?

Calou-a com celeridade, apoiando uma mão enluvada na sua boca. Ele ouvira, mas não com os ouvidos. Não se tratava de algo que tivesse ouvido, mas que tivesse sentido.

Antes que Deborah tivesse começado a debater-se, protegeu-a com o seu corpo.

– O que raio achas que estás a fazer?

A explosão que se ouviu ao acabar de falar provocou-lhe um zunido forte nos ouvidos. O brilho contraiu-lhe as pupilas. Antes que pudesse fechar os olhos, viu os fragmentos irregulares de vidro no ar. Sob o seu corpo, o chão tremeu quando a loja de antiguidades explodiu.

Com horror e fascínio, viu um bocado de parede cair a um metro da sua cara.

– Estás bem? – quando não obteve resposta, agarrou-lhe a cara trémula e virou-a para que olhasse para ele. – Deborah, estás bem? – teve de repetir o seu nome duas vezes até conseguir que do seu rosto se desvanecesse a expressão vidrada.

– Sim – conseguiu balbuciar. – E tu?

– Não lês os jornais? – esboçou um sorriso quase impercetível. – Sou invulnerável.

– É verdade – suspirou e tentou sentar-se.

Durante um instante, ele não se mexeu, deixou o seu corpo onde estava, onde queria estar. Colado ao dela. Tinha a cara a poucos centímetros da de Deborah. Questionou-se o que aconteceria se percorresse a distância e permitisse que as suas bocas se encontrassem.

Deborah compreendeu que ia beijá-la e ficou absolutamente quieta. Embargou-a a emoção. Não a raiva, tal como teria esperado. Mas a excitação, descarnada e selvagem. Invadiu-a a tanta velocidade que bloqueou tudo o resto. Com um ligeiro murmúrio de assentimento, levantou a mão até à face dele.

Quando os dedos lhe roçaram a máscara, ele afastou-se como se tivesse levado uma bofetada. Endireitou-se e ajudou-a a levantar-se. Lutando contra uma mistura poderosa de humilhação e fúria, Deborah contornou a parede em direção à loja de antiguidades.

Pouco restava dela. O interior do local estava em chamas. O teto desabou com um som prolongado e sonoro.

– Desta vez, adiantaram-se – sussurrou ele. – Não há nada que possas encontrar. Nem papéis, nem drogas, nem registos.

– Destruíram o local – disse, com os dentes apertados. Pensou que não quisera que a beijasse. Estava abalada, aturdida, vítima de uma loucura temporária. – Mas deve ter um proprietário e descobrirei quem é.

– Isto foi um aviso, o qual devias ouvir.

– Não me assustarão. Nem com a destruição de edifícios, nem através de ti – virou-se, mas não a surpreendeu que já se tivesse ido embora.

CAPÍTULO 3

Passava da uma hora da manhã quando Deborah chegou ao seu apartamento. Tinha dedicado quase duas horas a responder a perguntas, a prestar declarações à polícia e a evitar os jornalistas. Mas sentira uma irritação persistente para com o homem chamado Némesis.

Tecnicamente, tinha voltado a salvar-lhe a vida. Se estivesse a três metros da loja de antiguidades quando rebentara a bomba, sem dúvida teria tido uma morte desagradável. Mas tinha-a obrigado a contar uma história complicada à polícia, sem importar que fosse assistente do promotor público.

A isso somava-se o facto de, na breve conversa mantida, ele não ter mostrado respeito algum pela sua profissão ou pelo tribunal. Tinha estudado e trabalhado para alcançar o objetivo de ser promotora pública. Mas ele, com um simples encolher de ombros, descartara esses anos da sua vida, como tempo desperdiçado.

«Não», pensou, enquanto mexia na mala à procura das chaves, «ele prefere percorrer as ruas, oferecendo a sua noção pessoal de justiça». Era inaceitável. Antes de tudo aquilo acabar, pensava demonstrar-lhe que o sistema funcionava.

E, ao mesmo tempo, demonstraria a si mesma que não se sentira atraída por ele.

– Parece que tiveste uma noite difícil.

Com as chaves na mão, Deborah virou-se. A sua vizinha da frente, a senhora Greenbaum, estava de pé à porta de casa, olhando-a através de uns óculos de aros vermelhos.

– Senhora Greenbaum, o que faz levantada?

– Acabei de ver o programa de David Letterman. Aquele rapaz desperta-me – com setenta anos e uma pensão confortável para a proteger das intempéries da vida, Lil Greenbaum tinha o seu horário pessoal e fazia o que queria. Naquele momento, usava um robe de flanela, chinelos e um laço de um cor-de-rosa intenso no cabelo pintado. – Devias beber alguma coisa. O que te parece um chocolate quente?

Deborah ia declinar quando se apercebeu de que era exatamente o que queria. Sorriu, guardou as chaves no bolso do casaco e atravessou o corredor.

– Que seja duplo.

– Já tenho o leite ao lume. Senta-te e tira os sapatos – deu-lhe uma palmadinha na mão e dirigiu-se para a cozinha.

Agradecida, Deborah deixou-se cair sobre as almofadas de um sofá. A televisão continuava ligada. Naquele momento, dava um filme antigo a preto e branco. Reconheceu o jovem Cary Grant, mas não de que filme se tratava. A senhora Greenbaum saberia. Sabia tudo.

O apartamento com dois quartos, um dos quais estava sempre pronto para qualquer um dos seus inúmeros netos, estava cheio de coisas e arrumado. As mesas tinham fotografias e enfeites, entre os quais constava um símbolo da paz em latão. Lil orgulhava-se de ter lutado contra o Governo nos anos sessenta. Tal como tinha protestado contra os reatores nucleares, a Guerra das Galáxias, a queima dos bosques tropicais e o aumento do pagamento dos serviços médicos públicos.

Com frequência, dissera a Deborah que gostava de protestar. Nas suas palavras: «Quando se pode protestar contra o sistema, significa que se está vivo».

– Aqui tens – trazia duas chávenas. Deu uma olhadela à televisão. – Serenata, 1941. Cary Grant era muito atraente, não era? – depois de deixar as chávenas na mesa de apoio, pegou no comando e desligou a televisão. – E agora, diz-me, em que confusões te meteste?

– Nota-se?

A senhora Greenbaum bebeu um gole de chá enriquecido com um pouco de uísque.

– O teu fato está uma desgraça – aproximou-se e cheirou-a. – Cheiras a fumo. Tens a face suja, uma malha nas meias e fogo nos olhos. Pela tua expressão, tem de envolver um homem.

– O departamento de polícia gostaria de contar com os seus

serviços, senhora Greenbaum – bebeu o chocolate e sentiu o seu calor. – Estive a fazer um pouco de trabalho de campo. O local que estava a investigar explodiu.

– Ficaste ferida? – o interesse que tinha mostrado transformou-se em preocupação.

– Não, só alguns arranhões – combinariam com as nódoas negras da semana anterior. – Imagino que o meu ego tenha sofrido um pouco. Encontrei-me com Némesis – não tinha mencionado o seu primeiro encontro, porque tinha consciência da profunda admiração que o homem de preto inspirava à sua vizinha.

– Viste-o? – os olhos estiveram prestes a saltar-lhe das órbitas.

– Vi-o, falei com ele e atirou-me ao chão antes de o local explodir.

– Meu Deus... – Lil levou a mão ao coração. – É muito mais romântico do que quando conheci o senhor Greenbaum na manifestação à frente do Pentágono.

– Não teve nada de romântico. O homem é impossível, mais parecido com um maníaco e decididamente perigoso.

– É um herói – apontou-lhe um dedo. – Ainda não aprendeste a reconhecer os heróis. Isso deve-se a existirem muito poucos hoje em dia. Bom, como é? Os relatórios são confusos. Um dia, é um homem negro de dois metros e, no seguinte, um vampiro pálido. No outro dia, li que era uma mulher baixa, com olhos vermelhos.

– Não é uma mulher – murmurou. Recordava com muita clareza o contacto do seu corpo. – E não posso dizer-lhe como é. Estava escuro e quase toda a sua cara estava coberta por uma máscara.

– Como o Zorro? – perguntou a idosa, com esperança.

– Não. Bom, não sei. Talvez – suspirou e decidiu agradar à sua vizinha. – Mede um metro e oitenta ou oitenta e cinco, creio, é magro e de compleição forte.

– De que cor tem o cabelo?

– Tinha-o tapado. Pude ver-lhe a queixo – «forte, tenso». – E a boca – tinha flutuado sobre a sua. – Nada em particular – apressou-se a comentar e bebeu mais chocolate.

– Hum... – a senhora Greenbaum tinha as suas próprias

ideias. Casara-se e enviuvara duas vezes, e pelo meio tinha desfrutado do que ela considerava uma quantidade apropriada de romances. Reconhecia os sinais. – Os seus olhos? Consegue-se reconhecer sempre a qualidade de um homem pelos seus olhos.

– Escuros – Deborah riu-se entredentes.

– Escuros, quê?

– Só escuros. Mantém-se nas sombras.

– Move-se entre as sombras para erradicar o Mal e proteger os inocentes. O que há mais romântico do que isso?

– Enfrenta o sistema.

– Exato! Deveria haver mais como ele.

– Não digo que não tenha ajudado algumas pessoas, mas é para isso que temos agentes da polícia especialmente treinados – franziu o sobrolho. Cada vez que tinha necessitado de ajuda, não tinha encontrado nenhum polícia. Também não podiam estar em toda a parte. Decidiu empregar o seu último e definitivo argumento. – Não mostra nenhum respeito pela lei.

– Acho que te enganas. Parece-me que a respeita muito. Simplesmente, interpreta-a de maneira diferente de ti – voltou a dar-lhe uma palmadinha na mão. – És uma boa rapariga, Deborah, e inteligente, mas foste treinada para seguir por um caminho muito estreito. Devias recordar que este país se fundou pela rebelião. Esquecemo-lo com frequência e tornamo-nos complacentes e preguiçosos, até que surge alguém que questiona o *status quo*. Precisamos dos rebeldes do mesmo modo que precisamos dos heróis. Sem eles, o mundo seria um lugar chato e triste.

– É possível – embora não estivesse convencida. – Mas também precisamos de regras.

– Oh, sim! – a senhora Greenbaum sorriu. – Precisamos delas. De que outro modo poderíamos quebrá-las?

Gage manteve os olhos fechados enquanto o motorista conduzia a limusina pela cidade. No dia a seguir à noite da explosão, tinha pensado em dúzias de razões para cancelar o seu encontro com Deborah O'Roarke.

Todas elas eram pragmáticas, lógicas, cordatas. Uma razão pouco prática, ilógica e potencialmente louca rebatera-as.

Precisava dela.

Interferia com o seu trabalho, de dia e de noite. Desde a primeira vez que a vira, não fora capaz de pensar em mais ninguém. Tinha usado a sua vasta rede de computadores para obter toda a informação disponível sobre ela. Sabia que tinha nascido em Atlanta há vinte e cinco anos e que perdera os pais de forma trágica e brutal quando tinha doze anos. A irmã tinha-a criado e tinham vivido em vários estados do país. A irmã trabalhava na rádio e, naquele momento, era diretora da KHIP em Denver, onde Deborah tinha andado na universidade.

Ao licenciar-se, tinha concorrido ao gabinete do promotor público em Urbana, onde adquirira fama de ser meticulosa e ambiciosa.

Sabia que tinha tido uma relação amorosa importante na universidade, embora desconhecesse porque tinha acabado. Depois, saíra com vários homens, embora com nenhum a sério.

Odiava o facto de aquela informação lhe ter proporcionado um tremendo alívio.

Tinha a certeza de que representava um perigo para ele, entendia-o e parecia incapaz de o evitar. Inclusive após o seu encontro na noite anterior, quando tinha estado prestes a fazê-lo perder o controlo, não era capaz de a tirar da cabeça.

Continuar a vê-la significava continuar a enganá-la. E a si mesmo também.

Mas, quando o carro parou diante de onde vivia, saiu, entrou no hall e apanhou o elevador até ao seu andar.

Quando Deborah ouviu a campainha, deixou de passear pela sala. Passara os últimos vinte minutos a perguntar-se porque tinha aceitado sair com um homem que mal conhecia e que ainda por cima tinha fama de ser um grande sedutor, mas apenas casado com os negócios.

Tinha de reconhecer que tinha caído sob o seu encanto e a corrente subterrânea de perigo que emanava dele. Era possível que inclusive tivesse ficado fascinada pela sua tendência para dominar, o que representava um desafio. Dissera a si mesma que não importava, que era só um jantar. Não era ingénua e não esperava mais do que uma boa refeição e uma conversa inteligente.

Deborah estava vestida de azul. De algum modo, Gage soubera que seria assim. A saia azul de seda combinava com os seus olhos. Era justa e curta, mostrando as suas pernas compridas e bonitas. O casaco quase masculino fez com que se perguntasse se usaria alguma coisa por baixo. O candeeiro que havia junto da porta captava o brilho azul e branco das pedras dos brincos.

Os elogios fáceis que costumava fazer não saíam.

– Estás pronta – conseguiu comentar.

– Sempre – sorriu. – É um vício – fechou a porta atrás de si, sem o convidar a entrar. Parecia mais seguro assim. Pouco depois, acomodou-se na limusina e decidiu apreciar a noite. – Viajas sempre assim?

– Não. Só quando é mais conveniente.

– Eu fá-lo-ia – incapaz de resistir, tirou os sapatos e deixou que os seus pés se afundassem no tapete macio. – Sem ter de me incomodar em chamar um táxi ou em correr para o metro.

– Mas há muita vida nas ruas e debaixo delas.

– Não me digas que andas de metro! – virou-se para ele. Com aquele fato escuro e a gravata às riscas, parecia um homem de sucesso. Usava botões de ouro nos punhos da sua camisa branca.

– Quando é mais conveniente – sorriu. – Achas que o dinheiro deveria ser usado para nos isolarmos da realidade?

– Não, absolutamente. Na verdade, nunca tive o suficiente para me ver tentada.

– Não ficarias – contentou-se, ou assim tentou, em brincar com as pontas do seu cabelo. – Poderias ter-te dedicado à prática privada numa dúzia de escritórios importantes, com um salário que teria feito com que o cheque que te dão no gabinete do promotor público parecesse insignificante. E não o fizeste.

– Não penses que não há momentos em que questiono a minha prudência – encolheu os ombros. Olhou pela janela. – Onde vamos?

– Jantar.

– Alivia-me sabê-lo, já que não consegui almoçar. Referia-me a onde.

– Aqui – agarrou-lhe a mão quando a limusina parou.

Tinham chegado aos confins da cidade, ao mundo do dinheiro e do prestígio. Ali, o som do trânsito era um eco distante e sentia-se o leve e delicado cheiro das rosas em flor.

Deborah conteve um suspiro ao sair para a calçada. Tinha visto fotografias da sua casa, mas era muito diferente estar diante dela. Ocupava metade do quarteirão.

Era de estilo gótico, construída por um filantropo no início do século XX. Tinha lido algures que Gage a tinha comprado antes de lhe darem alta do hospital.

Torres e minaretes erguiam-se em direção ao céu. As janelas resplandeciam com o sol que começava a pôr-se. As varandas sobressaíam. O último andar era dominado por uma janela enorme de onde podia contemplar-se toda a cidade.

– Vejo que levas à letra a ideia de que o lar de um homem é o seu castelo.

– Eu gosto de espaço e de privacidade. Mas decidi prescindir do fosso – ela riu-se e dirigiu-se para as portas esculpidas da entrada. – Queres que ta mostre antes de jantarmos?

– Estás a brincar? – enlaçou o braço com o de Gage. – Por onde começamos?

Conduziu-a por corredores sinuosos, sob tetos altos, até divisões enormes e cheias. Não recordava ter apreciado tanto o seu lar até o ver com novos olhos.

Havia uma biblioteca de dois andares que continha as primeiras edições de livros de bolso antigos. Salas com sofás antigos e porcelanas delicadas. Vasos Ming, cavalos Tang, vidros de Lalique e cerâmica maia. As paredes estavam pintadas com cores ricas e profundas, enfeitadas com frisos lustrosos e quadros impressionistas.

A ala este continha uma estufa tropical, uma piscina coberta e um ginásio plenamente equipado, com um jacúzi e uma sauna em separado. Por outro corredor e subindo por uma escada de caracol, havia quartos mobilados com camas com dossel ou com cabeceiras esculpidas em madeira nobre.

Deborah deixou de contar os quartos.

Mais escadas, um escritório enorme com uma secretária de mármore preto e uma janela ampla que tinha adquirido uma tonalidade rosácea com o crepúsculo. Uma sala de música, com um piano de cauda e uma *jukebox* Wurlitzer. Quase enjoada, entrou numa sala de baile coberta de espelhos e observou o seu reflexo multiplicado. No teto, três lustres cintilavam com uma luz sumptuosa.

– Parece uma mansão saída de um filme – murmurou. Seguindo um impulso, deu três voltas rápidas. – É fantástica. Nunca sentes vontade de vir para aqui dançar?

– Até agora não – surpreendendo os dois, agarrou-a pela cintura e fê-la dançar uma valsa.

Deborah deveria ter-se rido, deveria ter-lhe lançado um olhar divertido e coquete, e ter aceitado o impulso pelo que era. Mas não conseguiu. Só foi capaz de o olhar fixamente enquanto a fazia dar voltas pela sala de espelhos.

Tinha uma mão apoiada no ombro de Gage e a outra entre os seus dedos. Os seus passos eram sincronizados, embora nenhum pensasse nisso. Tolamente, questionou-se se ele ouviria, na cabeça, a mesma música que ela.

Gage não ouvia outra coisa senão a respiração firme de Deborah. Não recordava alguma vez ter sido tão consciente de uma pessoa. O modo como as suas pestanas compridas e escuras lhe emolduravam os olhos. A sombra subtil de tom brônzeo que colocara nas pálpebras. O batom cor-de-rosa claro e húmido nos lábios.

Onde a sua mão lhe tocava na cintura, a seda emanava o calor dela. E aquele corpo parecia fluir com o seu, antecipando cada passo, cada volta. O cabelo ondulava, provocando-lhe o desejo profundo de lho acariciar. Gage questionou-se que sabor sentiriam os seus lábios se os encostasse ao pescoço de Deborah.

Esta reparou na mudança nos seus olhos à medida que o desejo aumentava e não só o acompanhou com os pés, mas também na necessidade. Sentiu que aumentava, até o corpo lhe palpitar. Curiosa, inclinou-se para ele.

Gage parou. Por um instante, permaneceram quietos, refletidos dúzias e dúzias de vezes. Um homem e uma mulher agarrados, à beira de algo que nenhum dos dois entendia.

Ela mexeu-se primeiro, dando um passo atrás. Era da sua natureza analisar tudo com precaução antes de tomar uma decisão. A mão dele fechou-se com mais firmeza à volta da sua. Por algum motivo, Deborah considerou-o uma advertência.

– Eu... estou tonta.

Muito devagar, Gage afastou a mão da sua cintura.

– Então, é melhor que comas.

– Sim – quase conseguiu esboçar um sorriso.

Comeram gambas salteadas com laranja e rosmaninho. Embora lhe tivesse mostrado a sala de jantar, com os seus aparadores de mogno, jantaram numa sala pequena, com a mesa posta junto de um mirante. Entre goles de champanhe, podiam observar o crepúsculo sobre a cidade. Na mesa, entre ambos, havia duas velas brancas e uma rosa vermelha.

– Daqui, a cidade é bonita – comentou ela. – Consegue ver-se todas as suas possibilidades e nenhum dos seus problemas.

– Às vezes, ajuda afastarmo-nos – contemplou a cidade e depois virou a cabeça. – Caso contrário, esses problemas podem consumir-nos.

– Mas continuas a ser consciente deles. Sei que doas muito dinheiro aos sem-abrigo, aos centros de reabilitação e a outras organizações.

– É fácil dar dinheiro quando tens mais do que precisas.

– Isso parece cínico.

– Realista – o seu sorriso era relaxado. – Sou um homem de negócios, Deborah. Os donativos podem ser dedutíveis nos impostos.

– Acho que seria uma pena que as pessoas só fossem generosas quando isso as beneficia – franziu o sobrolho e observou-o.

– Falas como uma idealista.

– É a segunda vez numa questão de dias que me acusas disso – irritada, tamborilou com o dedo no copo. – Acho que não gosto.

– Não pretendia ser um insulto, só uma observação – levantou o olhar quando Frank entrou com os suflés de chocolate. – Não precisaremos de mais nada esta noite.

– Muito bem – o homem encolheu os ombros.

Deborah reparou que Frank se movia com a graciosidade de um bailarino, um talento estranho num homem tão grande e musculado. Pensativa, introduziu a colher na sobremesa.

– É teu motorista ou teu mordomo? – perguntou.

– Ambas as coisas. E nenhuma – encheu-lhe o copo de champanhe. – Poderia dizer que é um companheiro de outra vida.

– E o que significa isso? – intrigada, arqueou um sobrolho.

– Era um carteirista que prendi duas vezes quando era polícia. Depois, foi meu informador. Agora, conduz o meu carro e abre a minha porta, entre outras coisas.

– Custa-me imaginar-te a trabalhar nas ruas.

– Sim, suponho que sim – sorriu e observou o modo como a luz das velas dançava nos seus olhos.

– Quanto tempo foste polícia?

– Já falei demasiado – replicou e agarrou-lhe a mão. – Queres ver a vista do telhado?

– Sim – afastou-se da mesa, compreendendo que o assunto do seu passado era um livro fechado. Em vez de usar as escadas, levou-a num elevador de vidros fumados. – Todas as comodidades – disse, enquanto subiam. – Surpreende-me que esta casa não venha equipada com masmorras e passagens secretas.

– Oh, sim, tem... Talvez tas mostre... noutra altura.

Noutra altura, pensou ela. Queria que houvesse outro encontro? Sem dúvida, tinha sido uma noite fascinante e, à exceção do momento de tensão na sala de baile, uma noite cordial. No entanto, apesar das maneiras deliciosas de Gage, notava algo perigoso sob a sua fachada.

Teve de reconhecer que era o que a atraía nele. Do mesmo modo que era o que a punha nervosa.

– No que estás a pensar?

Deborah decidiu que o melhor era ser sincera.

– Perguntava-me quem eras e se queria permanecer ao teu lado o tempo suficiente para descobrir.

As portas do elevador abriram-se, mas ele não se mexeu.

– E a que conclusão chegaste?

– Não tenho a certeza – saiu para o minarete mais alto da mansão. Com um som de surpresa e prazer, dirigiu-se para a janela curva. Mais à frente, o sol punha-se e a cidade estava banhada em sombras e luz. – É espetacular – virou-se, com um sorriso na cara. – Espetacular!

– Ainda melhora – carregou num botão na parede. Em silêncio, o vidro deslizou para trás. Agarrou-lhe a mão e guiou-a para o terraço de pedra.

Deborah apoiou as mãos no corrimão e sentiu o vento quente.

– Podem ver-se as árvores do parque da cidade e o rio – com gesto impaciente, afastou o cabelo dos olhos. – Os edifícios ficam tão bonitos com as luzes acesas... – ao longe, contemplou as luzes da ponte suspensa de Dover Heights. Parecia um colar de diamantes contra a escuridão.

– Quando amanhece, os edifícios adquirem uma tonalidade

cinzento-pérola e cor-de-rosa. E o sol transforma todo o vidro em fogo.

– Foi por isso que compraste a casa, pela vista? – olhou para ele.

– Cresci a poucos quarteirões daqui. Sempre que íamos ao parque, a minha tia assinalava-ma. Adorava-a. Em criança, tinha vindo aqui a festas... na companhia da minha mãe. Eram amigas de infância. Eu fui filho único, primeiro, para os meus pais e depois, para os meus tios. Quando regressei e descobri que tinham morrido... Bom, ao princípio, não fui capaz de pensar muito. Depois, pus-me a pensar nesta casa. Pareceu-me apropriado comprá-la e viver nela.

– Não há nada mais difícil do que perder as pessoas que amamos e das quais precisamos, não é? – apoiou uma mão na dele sobre o corrimão.

– Não – quando olhou para ela, viu que os seus olhos brilhavam com as suas próprias lembranças e com compaixão pelas dele.

Levantou uma mão até à cara dela e afastou-lhe o cabelo com os dedos, rodeando o seu queixo com a palma. A mão de Deborah tremeu e pousou no pulso dele. A sua voz soou insegura.

– Devia ir-me embora.

– Sim, devias – mas não afastou a mão do rosto ao mexer-se para a encurralar entre ele e o parapeito de pedra. Subiu a outra mão pelo seu pescoço até lhe emoldurar a cara. – Alguma vez te sentiste impulsionada a dar um passo que sabias que era um erro? Sabias, mas não conseguias parar.

Uma bruma começava a apoderar-se da mente de Deborah. Abanou a cabeça para a afastar.

– Eu... Não. Não, acho que não gosto de cometer erros – mas já sabia que estava prestes a cometer um. As mãos de Gage eram quentes e ásperas sobre a sua pele. Os olhos dele eram escuros e intensos. Por um instante, pestanejou, aflita por uma sensação poderosa de *déjà vu*.

– Eu também não – Deborah gemeu e fechou os olhos, mas ele só lhe roçou a testa com os lábios. O contacto provocou-lhe uma reação poderosa. Na noite quente, tremeu enquanto a boca de Gage deslizava com suavidade sobre a sua têmpora. – Desejo-te – afirmou, com voz rouca e tensa, enquanto afundava os dedos no seu cabelo. Ela abriu muito os olhos. – Mal consigo respirar. Tu és o meu erro, Deborah. O único que nunca pensei que cometesse.

Desceu a boca com ânsia, sem nenhuma da sedução que Deborah tinha esperado. Pensou que deveria ter oferecido resistência. Naquele gesto não havia nada do homem amável e sofisticado com quem tinha jantado. Era o homem temerário e perigoso do qual apenas tinha vislumbrado alguma coisa.

Assustava-a. Fascinava-a. Seduzia-a.

Sem hesitação, sem cautela, nem reflexão, correspondeu.

Não sentiu a pedra áspera contra as costas, apenas a ereção dura dele à medida que colava o corpo ao dele. Pôde saborear o champanhe na sua língua e o sabor da paixão incontida. Com um gemido de prazer, aproximou-se mais, até que foi capaz de sentir os batimentos do seu coração.

Ela era mais do que Gage tinha sonhado. Seda, fragrância e esbeltez. Tinha a boca quente e cedia à sua, para depois exigir. Deborah introduziu as mãos sob o seu casaco e inclinou a cabeça para trás numa rendição tentadora que o deixou louco.

Mordiscou-a com os dentes e acalmou-a com a língua. Ouviu o suspiro emitido por ela e deslizou as mãos pelo seu corpo.

Sentiu-a a tremer e depois experimentou o seu próprio tremor, antes de se agarrar a um último vestígio de controlo. Com cautela, como um homem que se afasta de um precipício, afastou-se dela.

Aturdida, Deborah levou uma mão à cabeça. Tentando recuperar o fôlego, olhou para ele. Virou-se para se apoiar no corrimão e respirou fundo.

– Acho que não estou preparada para ti – conseguiu murmurar.

– Não. Eu também não creio está-lo para ti. Mas não haverá volta atrás.

Ela abanou a cabeça. Apertava o corrimão com tanta força que a pedra lhe arranhava a pele.

– Tenho de pensar.

– Quando se contorna algumas esquinas, não há outro remédio senão continuar a avançar.

Mais serena, virou-se. Estava na hora de estabelecer algumas regras. Para ambos.

– Gage, sem importar o que possas pensar depois do acontecido, não tenho relações com homens que mal conheço.

– Ainda – também ele já se acalmara. A sua decisão estava tomada. – Quando tivermos a nossa, quero que seja exclusiva.

– É evidente que não me expliquei com clareza – disse, com frieza. – Ainda não decidi se quero envolver-me contigo e sob nenhum pretexto tenho a certeza se desejo que isto acabe na cama.

– Já estás envolvida comigo – estendeu a mão e apoiou-a na sua nuca antes que ela pudesse escapar. – E ambos queremos que acabe na cama.

Deborah levantou a mão para afastar a dele.

– Compreendo que estejas habituado a mulheres que se rendem aos teus pés. Não é minha intenção juntar-me à horda. Tomo as minhas próprias decisões.

– Tenho de te beijar novamente?

– Não – apoiou a palma contra o peito de Gage. Recordou a mesma situação com o homem chamado Némesis. A comparação desconcertou-a. – Não. Foi uma noite magnífica, Gage – respirou fundo. – Digo-o a sério. Gostei da tua companhia, do jantar e... da vista. Odiaria que a estragasses mostrando-te arrogante.

– Não é arrogância aceitar o inevitável. Não tenho de gostar para o aceitar. Existe uma coisa chamada destino, Deborah. Dispus de muito tempo para pensar nisso e de me habituar à ideia – franziu o sobrolho. – Que Deus nos ajude, mas tu fazes parte do meu... – ofereceu-lhe uma mão. – Eu levo-te a casa.

CAPÍTULO 4

Gemendo, de olhos fechados, Deborah procurou com a mão o telefone que tocava na mesa de cabeceira. Atirou um livro, um castiçal e um bloco de notas ao chão, antes de conseguir pegar no telefone e puxá-lo para debaixo da almofada.

– Sim?

– O'Roarke?

– Sim – replicou, depois de pigarrear.

– Fala Mitchell. Temos um problema.

– Um problema? – tirou a almofada de cima da cabeça e olhou para o despertador. O único problema que via era que o seu chefe lhe telefonava às seis e um quarto da manhã. – Foi antecipado o julgamento de Slagerman? Tenho de estar no tribunal às nove horas.

– Não. É Parino.

– Parino? – passou uma mão pela cara e tentou sentar-se. – O que se passa com ele?

– Está morto.

– Morto – abanou a cabeça para acordar de vez. – A que te referes com estar morto?

– Num caixão – disse Mitchell. – O segurança encontrou-o há uma meia hora.

Já estava desperta, sentada e confusa.

– Mas... Mas como?

– Apunhalado. Aparentemente, alguém foi falar com ele e cravou-lhe um estilete no coração.

– Oh, meu Deus!

– Ninguém ouviu nada. Ninguém viu nada – comentou, aborrecido. – Havia um bilhete colado às grades: «Os pássaros mortos não cantam».

– Alguém filtrou que estava a dar-nos informações.

– E podes apostar que vou descobrir quem foi. Escuta, O'Roarke, não conseguiremos sossegar a imprensa. Supus que quisesses sabê-lo por mim em vez de pelas notícias durante o pequeno-almoço.

– Sim – levou uma mão ao estômago revolto. – Sim, obrigada. E Santiago?

– Ainda não apareceu. Escondeu-se e talvez passe algum tempo antes que o localizemos.

– Também irão atrás dele – murmurou. – Quem quer que tenha organizado o assassinato de Parino, quererá Ray Santiago morto.

– Então, devemos encontrá-lo primeiro. Terás de adiar este assunto – disse-lhe. – Sei que é difícil, mas agora a tua prioridade é o caso Slagerman. O tipo conseguiu um advogado muito ardiloso.

– Conseguirei lidar com ele.

– Nunca duvidei disso. Dá cabo deles.

– Sim. Sim, fá-lo-ei – desligou e ficou a olhar para o vazio, até que o despertador tocou às seis e meia.

– Eh! Eh, linda! – Jerry Bower subiu os degraus do tribunal, alguns passos atrás de Deborah. – Meu Deus, isso sim, é concentração! – ofegou, quando, finalmente, a agarrou pelo braço. – Não parei de te chamar durante os últimos cinquenta metros.

– Desculpa. Tenho de estar no tribunal dentro de quinze minutos.

Ele ofereceu-lhe um sorriso e observou-a. Deborah tinha apanhado o cabelo e usava umas pérolas nas orelhas. O fato vermelho era de corte severo, embora não conseguisse esconder as suas curvas subtis. O resultado era competente, profissional e absolutamente feminino.

– Se fizesse parte do júri, dar-te-ia o veredicto de culpado antes de acabares a tua alegação inicial. Estás fantástica.

– Sou uma advogada – afirmou. – Não sou a Miss Novembro.

– Eh! – teve de correr três degraus para a apanhar. – Eh, desculpa! Foi um elogio.

– Não, eu é que peço desculpa – conseguiu conter-se. – Esta manhã, estou um pouco suscetível.

– Já soube o que aconteceu a Parino.

– As notícias voam – com ar sombrio, continuou a subir.

– Era de esperar, Deb. Não permitas que te afete.

– Merecia ter um julgamento – disse ao atravessar o chão de mármore do hall em direção aos elevadores. – Até ele o merecia. Sabia que tinha medo, mas não o levei a sério.

– Achas que teria importado?

– Não sei – era a única pergunta com que teria de viver o resto da sua vida. – Simplesmente, não sei.

– Olha, a agenda do presidente da câmara está apertada hoje. À noite, tem um jantar, mas creio que conseguirei escapar antes do brande e do charuto. O que te parece de irmos à última sessão de um cinema?

– Hoje, sou má companhia, Jerry.

– Sabes que isso não importa.

– Para mim, sim – o início de um sorriso apareceu nos seus lábios. – Voltaria a morder-te e odiar-me-ia por isso – entrou no elevador.

– Doutora... – sorriu e levantou o polegar antes que as portas se fechassem.

A imprensa aguardava-a no quarto andar. Não tinha esperado outra coisa. Passou entre os jornalistas, oferecendo respostas secas e breves.

– Espera realmente que o júri condene um fanfarrão por bater em duas das suas raparigas?

– Espero sempre ganhar quando entro num tribunal.

– Vai chamar as prostitutas a testemunhar?

– Ex-prostitutas – corrigiu.

– É verdade que Mitchell lhe atribuiu este caso por ser mulher?

– O promotor público distrital não escolhe os seus advogados pelo género.

– Sente-se responsável pela morte de Carl Parino?

Parou à porta da sala de tribunal. Olhou à sua volta e viu o jornalista de cabelo castanho encaracolado, olhos castanhos e famintos, e ar sarcástico. Chuck Wisner. Já o tinha enfrentado e voltaria a fazê-lo. Na sua coluna diária no World, preferia o sensacionalismo à verdade.

– O gabinete do promotor público distrital lamenta que Carl Parino tenha sido assassinado e que não tenha tido a oportunidade de ter um julgamento.

Com um movimento veloz, ele bloqueou-lhe a passagem.

– Mas sente-se responsável? Afinal de contas, foi você quem fez o acordo com ele.

Conteve o impulso de querer defender-se e olhou para ele, sem pestanejar.

– Todos somos responsáveis, senhor Wisner. Com licença.

– Teve mais algum encontro com Némesis? O que pode contar-nos das suas experiências pessoais com o herói mais recente da cidade?

Deborah sentiu que estava prestes a rebentar. E o pior era que sabia que era isso mesmo que ele queria.

– Nada que possa competir com as suas fabulações. Agora, se fizer a amabilidade de se afastar, estou ocupada.

– Nem tanto para se relacionar socialmente com Gage Guthrie. Têm um romance? É um triângulo selvagem, não é? Némesis, Guthrie e você.

– Arranje uma vida própria, Chuck – sugeriu e depois afastou-o com o cotovelo.

Mal dispôs de tempo para ocupar a mesa do promotor público e abrir a pasta antes que entrasse o júri. A Defesa e ela tinham demorado dois dias a escolher os seus membros. Estava satisfeita com a mistura de géneros, raças e profissões dos seus elementos. No entanto, teria de convencer aqueles doze homens e mulheres de que algumas prostitutas mereciam justiça.

Virou-se um pouco e observou as duas mulheres na primeira fila. Tinham seguido as suas instruções e tinham-se vestido com simplicidade, com o mínimo de maquilhagem e laca no cabelo. Sabia que as duas seriam julgadas naquele dia, tal como o homem sentado no banco dos réus. Estavam muito juntas, duas mulheres jovens e bonitas, que poderiam ter sido tomadas por estudantes universitárias. Sorriu-lhes para as tranquilizar e virou-lhes as costas.

James P. Slagerman estava sentado à mesa do advogado de defesa. Tinha trinta e dois anos, era loiro e atraente, de fato escuro e gravata. Dava o aspeto do que afirmava ser: um jovem executivo. O seu serviço de acompanhantes era perfeitamente legal. Pagava os seus impostos e contribuía para obras de caridade.

A principal tarefa de Deborah seria convencer o júri de que não diferia em nada de um chulo, que tirava benefício da venda do corpo de uma mulher. Até então, não albergava esperanças de que o condenassem por agressão.

Quando o meirinho anunciou o juiz, a sala levantou-se.

Deborah realizou uma exposição breve, concentrando-se no júri enquanto expunha os factos. Não tentou deslumbrá-los. Tinha consciência de que esse era o estilo da Defesa. Com a sua contenção, esperava chamar a atenção do júri com o contraste da simplicidade.

Começou o interrogatório, chamando o médico que tinha atendido Marjorie Lovitz. Com algumas perguntas diretas, estabeleceu a gravidade dos ferimentos de Marjorie na noite em que Suzanne McRoy e ela tinham sido levadas para as urgências do hospital. Antes de apresentar as fotografias que tinham tirado às vítimas na noite em questão, queria que o júri soubesse que entrara com o queixo partido, os olhos arroxeados e duas costelas partidas.

Avançou devagar, com cautela, entre tecnicismos, médicos, enfermeiros, polícias e assistentes sociais. Rebateu as alegações por escrito do seu oponente. No intervalo para o almoço, já tinha estabelecido o acontecido.

Colocou Marjorie e Suzanne num táxi, e levou-as a almoçar para lhes dar as últimas instruções.

– Terei de testemunhar hoje, menina O'Roarke? – Marjorie não parava de se mexer, sem comer. Embora os hematomas tivessem atenuado durante as semanas decorridas depois do espancamento, ainda lhe doía o queixo. – Talvez tenha bastado o que disseram os médicos e Suzanne e eu não tenhamos de testemunhar.

– Marjorie – apoiou uma mão sobre a da jovem e encontrou-a fria e trémula. – Ouvirão os médicos e olharão para as fotografias. Acreditarão que Suzanne e tu foram espancadas. Mas serão as duas que os convencerão de que foi Slagerman quem o fez, que não é o homem de negócios agradável que finge ser. Sem vocês, sairá livre e voltará a fazê-lo.

Suzanne mordeu o lábio.

– Jimmy disse que, de qualquer modo, o absolverão. Que as

pessoas saberão que somos prostitutas, embora nos tenha ajudado a arranjar empregos normais. Disse que, quando acabar, nos encontrará e nos magoará a sério.

– Quando disse isso?

– Telefonou-nos ontem à noite – os olhos de Marjorie encheram-se de lágrimas. – Descobriu onde vivíamos e telefonou-nos – secou uma lágrima com a mão. – Disse que ia fazer com que lamentássemos ter iniciado este processo. Não quero que volte a magoar-nos.

– Não o fará. Não posso ajudar-vos, a menos que vocês me ajudem, a menos que confiem em mim.

Falou durante sessenta minutos, tranquilizou-as e convenceu-as com promessas. Às duas horas da tarde, as duas mulheres assustadas tinham voltado para o tribunal.

– O estado chama Marjorie Lovitz – anunciou Deborah, lançando um olhar frio a Slagerman.

Gage entrou no tribunal no instante em que ela chamava a primeira testemunha da tarde. Tinha tido de cancelar duas reuniões para poder estar ali. A necessidade de a ver fora muito mais forte do que a de ouvir os relatórios trimestrais da empresa. De facto, teve de reconhecer que tinha sido mais forte do que qualquer coisa que tivesse experimentado até então.

Tinha mantido a distância durante três dias. Três dias muito longos.

Pensava com frequência que a vida era como um jogo de xadrez, em que se demorava o tempo necessário a preparar a jogada seguinte. Sentou-se na parte de trás e observou-a.

– Quantos anos tens, Marjorie? – começou Deborah.

– Vinte e um.

– Sempre viveste em Urbana?

– Não, cresci na Pensilvânia.

Com perguntas casuais, ajudou Marjorie a falar do seu passado, da pobreza, da infelicidade, dos abusos paternos.

– Quando viste para a cidade?

– Há uns quatro anos.

– Quando tinhas dezassete. Porque vieste?

– Queria ser atriz. Sei que parece tolo, mas costumava participar nas peças de teatro da escola. Pensei que fosse fácil consegui-lo.

– Foi?

– Não. Foi difícil. Muito difícil. A maioria das vezes, nem sequer conseguia uma audição. E fiquei sem dinheiro. Arranjei um emprego a tempo parcial como empregada de mesa, mas o que ganhava não bastava. Cortaram-me a luz e o aquecimento.

– Alguma vez pensaste em regressar a casa?

– Não podia. A minha mãe disse-me que, se me fosse embora, não contasse mais com ela. E pensava, e ainda penso, que o conseguiria se me dessem uma oportunidade.

– Deram-ta?

– Pensei que sim. Aquele homem entrou no café onde eu trabalhava. Pusemo-nos a falar. Contei-lhe que queria ser atriz. Disse-me que o soubera ao ver-me e perguntou-me o que fazia num lugar como aquele quando era tão bonita e tinha tanto talento. Garantiu-me que conhecia muitas pessoas e que, se fosse trabalhar com ele, me as apresentaria. Entregou-me um cartão.

– O homem que conheceste encontra-se na sala, Marjorie?

– Claro, era Jimmy – desceu o olhar para os dedos trémulos. – Jimmy Slagerman.

– Pôs-te a trabalhar para ele?

– Sim. No dia seguinte, fui ao seu escritório. Tinha uma suíte, cheia de secretárias, telefones e poltronas de couro. Um lugar muito bonito, na zona alta da cidade. Chamava-lhe Elegant Escorts. Disse que poderia ganhar cem dólares por noite indo a jantares e a festas com homens de negócios. Inclusive, comprou-me roupa, roupa bonita, e pagou-me o cabeleireiro.

– E por esses cem dólares por noite, a única coisa que tinhas de fazer era ir a festas e a jantares?

– Foi o que ele me disse ao princípio.

– E depois, as condições mudaram?

– Passado algum tempo. Levou-me a restaurantes e a lugares bonitos. Comprou-me flores e...

– Mantiveste uma relação sexual com ele?

– Protesto! É irrelevante.

– Meritíssimo, é muito relevante a relação física que a testemunha tinha com o réu.

– Indeferido. Responda à pergunta, menina Lovitz.

– Sim. Fui para a cama com ele. Tratou-me tão bem... Depois, deu-me dinheiro... para as contas, dizia ele.

– E tu aceitaste-o?

– Sim. Suponho que soubesse o que se passava. Sabia, mas fingia que não. Alguns dias depois, disse-me que tinha um cliente para mim. Disse-me que me arranjasse e fosse jantar com aquele homem de Washington.

– Que instruções te deu o senhor Slagerman?

– Disse-me: «Marjorie, vais ter de ganhar os cem dólares». Respondi-lhe que sabia e ele disse-me que teria de ser muito agradável com aquele homem. Disse-lhe que seria.

– O senhor Slagerman definiu o significado da palavra agradável, Marjorie?

Ela hesitou e depois voltou a olhar para as mãos.

– Disse que tinha de fazer o que me pedisse, que, se aquele homem quisesse que depois o acompanhasse ao hotel, tinha de obedecer ou não receberia. Afirmou que era como uma representação. Eu tinha de aparentar que gostava da companhia daquele homem, como se me atraísse, como se estivesse a divertir-me com ele na cama.

– O senhor Slagerman especificou-te que se requereria dos teus serviços que praticasses sexo com esse cliente?

– Disse que fazia parte do trabalho, tal como quando se sorri ao ouvir uma piada má. E que, se me portasse bem, me apresentaria a um realizador de cinema que conhecia.

– E tu aceitaste?

– Fez com que parecesse normal. Sim.

– Houve outras vezes em que aceitaste trocar sexo por dinheiro, na tua qualidade de acompanhante da empresa do senhor Slagerman?

– Protesto!

– Voltarei a expor a pergunta – dirigiu o olhar ao júri. – Continuaste a trabalhar para o senhor Slagerman?

– Sim, senhora.

– Quanto tempo?

– Três anos.

– Estavas satisfeita com o trabalho?

– Não sei.

– Não sabes se estavas satisfeita?

– Habituei-me ao dinheiro – respondeu, com dolorosa sinceridade. – E, passado algum tempo, conseguimos esquecer o que fazemos, se pensarmos noutra coisa no momento do ato.

– E o senhor Slagerman estava satisfeito contigo?

– Às vezes – receosa, olhou para o juiz. – Às vezes, enfurecia-se comigo ou com uma das outras raparigas.

– Havia outras raparigas?

– Aproximadamente uma dúzia, às vezes, mais.

– E o que fazia quando se enfurecia?

– Esbofeteava-nos.

– Queres dizer que vos batia?

– Ficava como louco e...

– Protesto!

– Deferido.

– Alguma vez te bateu, Marjorie?

– Sim.

Deborah deixou que a simplicidade da resposta flutuasse alguns segundos entre o júri.

– Podes contar-nos os acontecimentos que tiveram lugar na noite de vinte e cinco de fevereiro deste ano?

Tal como a tinha instruído, Marjorie não desviou o olhar de Deborah e não se permitiu olhar para Slagerman.

– Tinha um cliente, mas fiquei doente. Gripe ou algo parecido. Nunca o tivera e sentia o estômago muito revolto. Não era capaz de reter nada. Suzanne foi cuidar de mim.

– Suzanne?

– Suzanne McRoy. Também trabalhava para Jimmy e tornámo-nos amigas. Não conseguia levantar-me para ir trabalhar, portanto, Suzanne telefonou a Jimmy para lhe dizer – começou a torcer as mãos no colo. – Ouvi-a a discutir com ele ao telefone, insistindo que me sentia mal. Suzanne disse-lhe que podia aparecer ali para o ver com os seus próprios olhos.

– E fê-lo?

– Sim – naquele momento, duas lágrimas grandes e silenciosas caíram pelas suas faces. – Estava realmente furioso. Começou a gritar com Suzanne e ela respondeu-lhe aos gritos, repetindo que eu estava doente, que tinha muita febre. Ele disse... – humedeceu os lábios. – Ele disse que éramos umas ordinárias preguiçosas e mentirosas. Ouvi o ruído de alguma coisa a partir-se e o choro dela. Levantei-me, mas estava enjoada – esfregou os olhos, borrando o rímel. – Entrou no quarto e atirou-me ao chão.

– Queres dizer que chocou contra ti?

– Não, deu-me uma bofetada.

– Entendo. Continua.

– Depois, ordenou-me que me levantasse e que me vestisse. Disse que o cliente me tinha pedido a mim, que a única coisa que tinha de fazer era deitar-me de costas e fechar os olhos – procurou um lenço de papel na mala e assoou-se. – Disse-lhe que estava doente, que não era capaz de o fazer. Ele começou a gritar e a atirar coisas. Depois, disse que me mostraria o que era estar doente a sério. E começou a bater-me.

– Onde te bateu?

– Em toda a parte. Na cara, no estômago. Principalmente na cara. Não parava.

– Gritaste a pedir ajuda?

– Não conseguia. Quase não conseguia respirar.

– Tentaste defender-te?

– Tentei afastar-me de gatas, mas não parava de me bater. Perdi os sentidos. Quando acordei, Suzanne estava ali e tinha o rosto cheio de sangue. Ela chamara uma ambulância.

Com gentileza, Deborah prosseguiu com o interrogatório. Quando finalmente se sentou, rezou para que Marjorie resistisse ao interrogatório da Defesa.

Depois de quase três horas a testemunhar, Marjorie estava pálida e trémula. Apesar da tentativa do advogado de defesa de fazer com que se fosse abaixo, desceu do estrado com o aspeto de uma rapariga vulnerável.

Com satisfação, Deborah pensou que era a imagem que ficaria nas mentes dos membros do júri.

– Excelente trabalho, doutora!

Deborah virou a cabeça e, com uma mistura de irritação e prazer, olhou para Gage.

– O que fazes aqui?

– Estou a ver-te a trabalhar. Se alguma vez precisar de um advogado...

– Sou promotora pública, lembras-te?

– Então, certificar-me-ei de que nunca me surpreendam a infringir a lei – sorriu. Quando ela se levantou, agarrou-lhe a mão. Um gesto casual, inclusive amistoso. Mas Deborah não soube porque lhe pareceu tão possessivo. – Posso convidar-te para jantar? Para uma noite tranquila?

E pensar que dissera a si que mesma que nunca mais a tentaria... Impossível!

– Lamento, mas tenho coisas para fazer.

– Acho que falas a sério – observou-a, com a cabeça inclinada.

– Tenho trabalho para fazer.

– Não, referia-me a que acreditas que o lamentas.

Os olhos de Gage eram tão profundos e quentes, que ela suspirou.

– Contra mim falo, é verdade – saiu da sala do tribunal para o corredor.

– Então, eu levo-te.

– Não te disse já o que sinto pelos homens persistentes? – olhou para ele por cima do ombro, com expressão exasperada.

– Sim, mas, de qualquer modo, jantaste comigo.

Teve de se rir. Depois de todas as horas tensas no tribunal, era um alívio.

– Bom, como tenho o carro na oficina, aceito.

Entrou no elevador com ela.

– É um caso difícil. Daqueles que criam uma reputação.

– A sério? – os seus olhos arrefeceram.

– Recebes atenção da imprensa nacional.

– Não aceito os casos para conseguir atenção – falou com uma voz tão fria como os seus olhos.

– Se quiseres ter uma carreira longa, terás de endurecer a pele.

– A minha pele está bem, obrigada.

– Eu notei – relaxado, apoiou-se na parede do elevador. – Acho que qualquer pessoa que te conheça, compreenderá que a imprensa é um efeito secundário, não o objetivo principal. Estás a fazer uma declaração de princípios, na qual afirmas que ninguém, sem importar quem seja, deve ser vitimizado. Espero que ganhes.

– Ganharei – porque a irritava tanto que compreendesse com

exatidão qual era a sua meta? Saiu do elevador para o hall de mármore.

– Eu gosto de como usas o cabelo – comentou, satisfeito ao ver que a tinha desconcertado. – Muito competente. Quantos ganchos teria de tirar para to soltar?

– Não creio que isso seja...

– Relevante? – acabou ele. – Para mim, é. Tudo sobre ti é, já que, aparentemente, me é impossível tirar-te da cabeça.

Ela não deixou de andar com rapidez. Imaginou que fosse típico que dissesse algo parecido a uma mulher num lugar cheio de gente e conseguir que acreditasse que estavam sozinhos.

– Tenho a certeza de que conseguiste manter-te ocupado. Esta manhã, vi uma fotografia tua no jornal. Estavas de braço dado com uma loira. Era no jantar do candidato Tarrington – apertou os dentes quando ele não deixou de sorrir. – Alteras as tuas alianças com muita celeridade, politicamente falando.

– Não tenho alianças, politicamente falando. Estava interessado em ouvir o que tinha a dizer a oposição de Fields. Fiquei impressionado.

– Aposto que sim – comentou, recordando a loira exuberante do vestido preto.

– Lamento que não estivesses presente – sorriu.

– Já te disse que não tenho intenção de fazer parte da horda – parou diante das portas de vidro. – Falando de hordas... – de cabeça erguida, misturou-se com a multidão de jornalistas que a esperava na escada dos tribunais.

Cravaram-na de perguntas. Ela deu as suas respostas. E, apesar de estar irritada com ele, agradeceu ao ver a limusina preta de Gage com o motorista enorme à espera na rua.

– Senhor Guthrie, qual é o seu interesse neste caso?

– Gosto de ver a justiça a trabalhar.

– Gosta de ver promotoras públicas bonitas a trabalhar? – Wisner abriu passagem entre os seus colegas para lhe colocar um gravador à frente da cara. – Vá lá, Guthrie, o que há entre si e a bonita Deb?

Ao ouvir o seu gemido, Gage apoiou uma mão no braço de Deborah em sinal de advertência e virou-se para o jornalista.

– Conheço-o, não é verdade?

– Certamente – replicou Wisner, com voz desagradável. –

Encontrávamo-nos com bastante frequência na altura em que você trabalhava para a cidade em vez de ser o seu dono.

– Sim. Wisner... – observou o homem, com olhar indiferente. – Talvez a minha memória me engane, mas não recordo que fosse tão imbecil então como é agora – ajudou Deborah a entrar na limusina.

– Muito bem – disse ela.

– Tenho de pensar na possibilidade de comprar o World, só para ter o prazer de o despedir.

– Tenho de admirar o modo como pensas – suspirou, tirou os sapatos e fechou os olhos, cansada. Pensou que poderia habituar-se a viajar daquela maneira. Bancos grandes e cómodos, e Mozart a acompanhar. Era uma pena que não fosse realidade. – Os meus pés estão a dar cabo de mim. Vou ter de comprar um pedómetro para ver quantos quilómetros faço durante um dia normal no tribunal.

– Se te prometer uma massagem aos pés, irás para casa comigo?

– Não. Devo regressar ao meu escritório. Além disso, tenho a certeza de que há muitos mais pés que podes massajar.

Gage desceu o vidro o suficiente para dar a morada a Frank.

– É o que te preocupa? Os outros... pés da minha vida?

– Não me diz respeito – embora odiasse o facto de ser verdade.

– Eu gosto dos teus. Dos teus pés, das tuas pernas, da tua cara. E de tudo o resto.

Deborah tentou ignorar a reação que aquilo lhe provocou.

– Tentas sempre seduzir as mulheres na parte de trás da limusina?

– Preferias outro sítio?

– Gage, estive a pensar nesta situação...

– Situação? – sorriu com todo o seu encanto.

– Sim – não escolheu chamar-lhe relação. – Não vou fingir que não me sinto atraída por ti ou que não me lisonjeia que o estejas por mim, mas...

– Mas? – agarrou-lhe a mão e beijou-lhe os nós dos dedos.

– Não continues – conteve a respiração quando lhe virou a mão para lhe beijar a palma. – Não faças isso.

– Eu adoro quando te mostras equânime e lógica, Deborah.

Enlouquece-me ver a rapidez com que consigo excitar-te – roçou-lhe o pulso com os lábios e sentiu os seus batimentos rápidos. – O que estavas a dizer?

«O que estava a dizer?» Que mulher conseguia mostrar-se equânime e lógica quando Gage a olhava, lhe tocava? Afastou a mão e recordou a si mesma que o problema era esse.

– Por vários e bons motivos, não quero que esta... situação vá mais longe.

– Hum... Hum...

Afastou-lhe a mão quando começou a brincar com o seu brinco de pérola.

– Falo a sério. Compreendo que estejas habituado a escolher e a descartar mulheres como se fossem fichas de póquer, mas não estou interessada. Portanto, procura outra.

– Empregaste uma metáfora interessante. Poderia dizer que há lucros que prefiro reter a arriscar.

– Vamos esclarecer isto – virou-se para ele. – Não sou o prémio desta semana. Não tenho intenção de ser a morena da quarta-feira, depois da loira da terça-feira.

– Portanto, voltamos aos pés.

– Pode parecer-te uma brincadeira, mas levo a minha vida, pessoal e profissional, muito a sério.

– Talvez demasiado a sério.

– Não te diz respeito! – exclamou. – A questão é que não me interessa tornar-me uma das tuas conquistas. Não me interessa envolver-me contigo de maneira nenhuma – virou a cabeça quando a limusina parou. – Eu saio aqui.

Com surpresa para os dois, ele mexeu-se velozmente e puxou-a pelo braço, até a deixar estendida sobre o seu colo.

– Vou encarregar-me de que te envolvas tanto que não sejas capaz de te libertar – firme e dura, a sua boca encontrou a de Deborah.

Ela não resistiu, nem hesitou. Todas as emoções que tinha experimentado durante o trajeto viram-se reduzidas a uma: desejo. Irrevogável. Instantâneo. Irresistível. Afundou os dedos no cabelo dele, enquanto a sua boca se mexia com inquietação e fome.

Desejava como nunca tinha desejado, nem sonhado. A ânsia que lhe produzia era tão grande que não sobrava espaço para a razão. Parecia-lhe tão ideal que não sobrava espaço para a dúvida. Só havia o momento... perfeito.

Ele não era tão paciente como tinha sido ao princípio. Sentia a boca febril enquanto lhe percorria a cara e descia pelo pescoço. Com um murmúrio urgente, ela voltou a beijá-lo.

Nunca conhecera ninguém que satisfizesse as suas necessidades com tanta precisão. No seu interior ardia um fogo que Gage conseguia avivar apenas com o toque.

Ele já sabia o que era o desejo, mas desconhecia aquele desespero. Teve vontade de a deitar no banco e arrancar-lhe o fato até a deixar nua e ardente sob o seu corpo.

Mas também queria dar-lhe compaixão e amor. Teria de esperar até que estivesse preparada para os aceitar. Com sincero pesar, afastou-se.

– És o que desejo – disse-lhe. – E aprendi a tomar aquilo que desejo.

Com os olhos muito abertos, a paixão desapareceu para ser substituída por um medo aturdido que perturbou Gage.

– Não é correto – sussurrou Deborah. – Não é correto que consigas fazer-me isto.

– Não, não é correto para nenhum dos dois. Mas é real.

– Não deixarei que as emoções me controlem.

– Controlam-nos a todos.

– A mim, não – agitada, calçou os sapatos. – Tenho de ir.

– Serás minha – estendeu o braço para lhe abrir a porta.

– Primeiro, tenho de ser minha – abanou a cabeça e foi-se embora.

Gage observou-a a afastar-se, antes de abrir a mão. Contou seis ganchos e sorriu.

Deborah passou a noite com Suzanne e Marjorie, no pequeno apartamento das duas. Enquanto jantavam a comida chinesa que ela trouxera, falaram sobre o caso. Ajudou-a concentrar-se no trabalho. Deixou-lhe pouco tempo para pensar em Gage e nas reações que lhe provocava. Uma reação que a preocupava mais pela atração sexual tão poderosa e semelhante que tinha sentido por outro homem.

Queria entregar-se a ambos, mas não podia fazê-lo com nenhum. Era uma questão de ética. Para Deborah, quando uma mulher começava a duvidar da sua ética, tinha de duvidar de tudo.

Também a ajudou recordar que havia coisas que podia controlar. O seu trabalho, o seu estilo de vida, as suas ambições. Naquela noite, esperava fazer alguma coisa para controlar o resultado do caso.

Cada vez que o telefone tocava, atendia-o ela, enquanto Marjorie e Suzanne permaneciam sentadas no sofá, de mão dada. À quinta chamada, obteve a recompensa que pretendia.

– Marjorie?

– Não – replicou, seguindo uma intuição.

– Suzanne, sua ordinária!

Embora tivesse esboçado um sorriso sombrio, fez com que a voz lhe saísse trémula.

– Quem é?

– Sabes muito bem quem é. É Jimmy.

– Supõe-se que não posso falar contigo.

– Ótimo! Limita-te a ouvir. Se achas que te bati, não foi nada em comparação com o que te farei se testemunhares amanhã. Sua rameira, tirei-te da rua onde ganhavas vinte dólares por cliente e fiz-te lidar com gente rica. És minha e é melhor que não o esqueças. Faz um favor a ti mesma, Suze, diz àquela promotora pública arrogante que mudaste de ideias, que Marjorie e tu mentiram em tudo. Caso contrário, magoar-te-ei e a sério, entendido?

– Sim – desligou e ficou a olhar para o telefone. – Entendido – virou-se para as duas. – Tranquem a porta esta noite e não saiam. Ele ainda não sabe, mas acabou de se enforcar.

Satisfeita consigo mesma, deixou-as. Fizera uma chamada urgente para conseguir que colocassem o telefone de Suzanne e Marjorie sob escuta. Seria necessária mais persuasão para conseguir o mesmo com o telefone de Slagerman. Mas conseguiria. Quando Slagerman subisse ao estrado, tanto o seu advogado como ele teriam uma surpresa.

Decidiu percorrer dois quarteirões a pé antes de chamar um táxi. A noite era sufocante. Até os edifícios suavam. Do outro lado da cidade, esperava-a um quarto com ar condicionado, um duche frio e uma bebida fresca. Mas ainda não queria ir para casa, sozinha. Seria muito fácil começar a pensar na sua vida. Em Gage.

À tarde, tinha perdido o controlo nos seus braços. Começava a tornar-se um hábito que não lhe agradava. Não era possível negar que a atraía. Mais ainda, que a arrastava para ele de um modo básico, quase primitivo, que era praticamente impossível resistir.

No entanto, sentia uma coisa muito forte por um homem que usava uma máscara.

Como podia ter sentimentos tão profundos por dois homens diferentes, quando sempre tinha valorizado a fidelidade e a lealdade acima de tudo?

Esperava poder atribui-lo a alguma coisa física. Desejar um homem não era o mesmo que precisar dele. Não estava preparada para precisar de um e muito menos de dois.

O que precisava era de controlo sobre as suas emoções, a sua vida, a sua carreira. Durante grande parte da sua vida, tinha sido vítima das circunstâncias. A morte trágica dos seus pais e o poço de medo e dor posterior. As exigências do trabalho da sua irmã tinham-nas obrigado a saltar de cidade em cidade.

Naquele momento, estava a deixar a sua própria marca, à sua maneira e ao seu próprio ritmo. Nos últimos dezoito meses, tinha trabalhado arduamente, com uma determinação obsessiva por ganhar reputação como uma representante forte e honesta do sistema judicial. A única coisa que tinha de fazer era continuar a avançar pelo mesmo caminho.

Ao entrar nas sombras do World Building, ouviu que alguém sussurrava o seu nome. Conhecia aquela voz, já a tinha ouvido em sonhos, sonhos que se recusava a admitir.

Pareceu surgir da escuridão, uma sombra, uma silhueta e depois, um homem. Pôde ver-lhe os olhos, o seu brilho por trás da máscara. O desejo invadiu-a com tanta celeridade e poder que esteve a ponto de gemer em voz alta.

E, quando lhe agarrou a mão para a puxar para as sombras, não ofereceu resistência.

– Parece que começa a ser um hábito que andes sozinha pelas ruas à noite.

– Tenho trabalho para fazer – automaticamente, baixou a voz ao nível da dele. – Andas a seguir-me? – não lhe respondeu, mas os seus dedos fecharam-se à volta dos dela de uma maneira que transmitia posse. – O que queres?

– É perigoso para ti – viu que soltara o cabelo, que fluía sobre os seus ombros. – Quem assassinou Parino deve estar a vigiar-te – sentiu que o pulso dela acelerava, mas não por receio. Reconhecia a diferença entre o medo e a excitação.

– O que sabes sobre Parino?

– Não lhes importará que sejas uma mulher, não se te interpuseres no seu caminho. Não quero que te magoem.

– Porquê? – incapaz de o evitar, inclinou-se para ele.

Tão impotente como ela, levou as suas mãos aos lábios. Apertou-lhas com força. Olhou para ela.

– Sabes porquê.

– Não é possível – mas não conseguiu, nem quis afastar-se quando lhe acariciou o cabelo. – Não sei quem és. Não entendo o que fazes.

– Às vezes, eu também não.

Deborah desejou aninhar-se nos seus braços, saber o que se sentia ao ser abraçada por ele, ao ter os seus lábios na boca. Mas, ao conter-se, pensou que havia razões para ser forte, não só para resistir, mas para o usar.

– Diz-me o que sabes a respeito de Parino e da sua morte. Deixa-me fazer o meu trabalho.

– Esquece-o. É a única coisa que tenho de te dizer.

– Sabes alguma coisa. Sinto-o – desagradada, recuou. – É teu dever contares-me.

– Sei qual é o meu dever.

Deborah puxou o cabelo para trás. Atraída por ele? Estava furiosa!

– Claro, espreitar nas sombras, aplicando a tua própria noção de justiça. Isso não é dever, é ego – quando não lhe respondeu, suspirou e voltou a aproximar-se. – Poderia acusar-te de omissão de informação. Trata-se de um assunto da Polícia e do Ministério Público, não de um jogo.

– Não, não é um jogo – a voz permaneceu baixa, mas pareceu-lhe notar um tom entre divertido e incomodado. – Mas tem peões. Eu não gostaria que te utilizassem como tal.

– Sei cuidar de mim mesma.

– Não paras de o dizer. Doutora, desta vez, está fora do seu ambiente. Afasta-te – recuou.

– Espera – mas já se fora embora. – Bolas, ainda não tinha acabado de falar contigo! – frustrada, deu um pontapé na parede do edifício. – Afastar-me? – murmurou. – Nem sonhes!

CAPÍTULO 5

A pingar e a praguejar, Deborah correu para a porta. Tocarem-lhe à campainha às sete menos um quarto da manhã representava o mesmo que telefonarem-lhe às três horas da madrugada. Significava sempre algum problema. Ao abrir a porta e ver Gage, soube que não se enganara.

– Estavas no duche? – perguntou.

– Sim – passou uma mão impaciente pelo cabelo molhado. – O que queres?

– Tomar o pequeno-almoço – sem esperar por convite, entrou. – Muito bonito – disse. Viu que empregara um tom suave de marfim, com toques de esmeralda, carmesim e safira, no estofo de um sofá e nos tapetes espalhados sobre o parqué. Também tinha deixado um rasto de água no chão. – Parece que cheguei cinco minutos antes do tempo.

– Não – ao dar-se conta de que se abrira o robe, fechou-o, – porque nem devias estar aqui. E agora... – mas ele interrompeu-a com um beijo prolongado e firme.

– Hum, continuas molhada...

Surpreendeu-a que a água não evaporasse e que tivesse vontade de apoiar a cabeça no ombro dele.

– Olha, não tenho tempo para isto. Tenho de estar no tribunal...

– Daqui a duas horas – assentiu Gage. – Mais do que tempo suficiente para tomares o pequeno-almoço.

– Se pensas que vou preparar-te o pequeno-almoço, terás uma desilusão.

– Nem me passaria pela cabeça – observou o robe curto de seda. O contacto com ela tinha-o feito ser dolorosamente consciente de que não usava nada por baixo. – Gosto de azul. Devias usar sempre essa cor.

– Agradeço-te pelo conselho de moda, mas... – calou-se quando voltaram a bater à porta.

– Eu abro – ofereceu-se ele.

– Eu posso abrir a porta da minha própria casa – dirigiu-se para a porta, mal-humorada. A manhã não era a sua melhor altura do dia. – Eu gostaria de saber quem pendurou um cartaz na porta a dizer que hoje recebia toda a gente – ao abri-la, viu um empregado de casaco branco, com um carrinho.

– Ah, sem dúvida, é o pequeno-almoço! Acho que o melhor sítio será junto da janela – indicou Gage, fazendo-lhe sinal para que entrasse.

– Sim, senhor Guthrie.

Deborah apoiou as mãos nas ancas.

– Gage, não sei o que pretendes, mas não vai resultar. Tentei deixar bem claro qual era a minha posição e, neste momento, não tenho tempo nem vontade... Isso é café?

– Sim – sorrindo, ele levantou a cafeteira de prata e serviu uma chávena. Viu que o cheiro a seduzia. – Queres um pouco?

– Talvez – fez uma careta.

– Gostarás desta mistura – dirigiu-se para ela e passou-lhe a chávena por baixo do nariz. – É uma das minhas favoritas.

– Não jogas limpo – disse Deborah, depois de beber um gole.

– Não.

Ela abriu os olhos para observar o empregado, que fazia o seu trabalho.

– O que há para comer?

– Ovos com cogumelos, bacon, croissãs, sumo de laranja... natural, certamente.

– Certamente – esperava não estar a babar.

– Morangos com natas.

– Oh...

– Queres sentar-te?

Não era uma mulher fraca. Mas a sua sala tinha sido invadida por cheiros deliciosos.

– Suponho que sim – rendida, puxou uma cadeira que o empregado tinha aproximado da mesa. Gage entregou uma nota ao homem e deu-lhe instruções para que viesse buscar o carrinho dentro de uma hora. Não foi capaz de se queixar. – Imagino que deva perguntar o que provocou isto.

– Queria ver como estavas esta manhã – serviu-se de sumo de um jarro de vidro. – Esta pareceu-me a melhor maneira – olhou para ela. – És muito bonita.

– E tu és encantador – tocou nas pétalas da rosa vermelha que havia junto do seu prato. – Mas isso não muda nada. No entanto, não vejo razão para desperdiçar tanta comida – acrescentou, pensativa.

– És uma mulher pragmática – tinha contado com isso. – É uma das coisas que mais me atrai em ti.

– Não sei o que tem de atraente ser prática – cortou um bocado de bacon e levou-o à boca.

– Pode ser... muito atraente.

– Diz-me – mudou de assunto, – tomas sempre o pequeno-almoço de forma tão extravagante?

– Quando me parece apropriado – apoiou a mão na dela. – Tens olheiras. Não dormiste bem?

– Não – pensou na noite longa e inquieta.

– Por causa do caso?

Encolheu os ombros. A insónia não tinha nada a ver com o caso e tudo com o homem que tinha encontrado entre as sombras. Mas ali estava, igualmente fascinada com o homem sentado à frente dela à luz do dia e frustrada.

– Queres contar-me?

Levantou o olhar e nos olhos de Gage viu paciência, compreensão e algo mais.

– Não – precavida, afastou a mão.

– Trabalhas demasiado.

– Faço o que tenho de fazer. E tu? Na verdade, nem sequer sei o que fazes.

– Comprar e vender, assistir a reuniões, ler relatórios.

– Tenho a certeza de que é mais complicado.

– E, com frequência, mais chato.

– Custa-me a acreditar.

– Construo coisas, compro coisas – cortou um croissã.

– Como o quê? – não deixaria que o ignorasse com tanta facilidade.

– Sou o proprietário deste edifício – sorriu-lhe.

– É propriedade das Empresas Tojan.

– Correto. São minhas.

– Oh!

– A maior parte do dinheiro dos Guthrie procede dos bens imóveis – adorou a sua reação, – o que continua a ser a base. Diversificámo-nos bastante nos últimos dez anos. De modo que um ramo se dedica aos transportes, outro à mineração e o outro à manufatura.

– Compreendo – pensou que não era um homem normal. Embora, ultimamente, não parecesse atraída por homens normais. – Percorreste um longo caminho desde a esquadra vinte e cinco.

– Sim – uma sombra passou pelos seus olhos. – Assim parece – levantou uma colher com um morango e ofereceu-lha.

– Sentes falta? – deixou que a fruta permanecesse alguns segundos na sua língua.

Gage soube que, se a beijasse naquele momento, teria um sabor intenso e vivo.

– Não me permito. Há uma diferença.

– Sim – entendia-o. Passava-se o mesmo com ela ao não se permitir sentir saudades da sua família, dos ausentes e dos que estavam a quilómetros de distância.

– Ficas muito atraente quando estás triste, Deborah – passou um dedo pela sua mão. – Irresistível, de facto.

– Não estou triste.

– És irresistível.

– Não comeces... – distraiu-se a servir-se de mais café. – Posso fazer-te uma pergunta de negócios?

– Claro!

– Se os donos de uma propriedade específica não quisessem que isso se soubesse, conseguiriam escondê-lo?

– Com extrema facilidade. Escondem-na em empresas nominais, sob diferentes identificações fiscais. Uma empresa é proprietária de outra, outra é proprietária dessa e assim sucessivamente. Porquê?

– Seria difícil descobrir os verdadeiros proprietários? – adiantou-se e ignorou a pergunta dele.

– Dependeria do trabalho que tivessem tido e da necessidade que tivessem de manter o anonimato.

– Conseguir-se-ia descobrir as suas identidades?

– Com o tempo. Se se conseguisse descobrir o elo de ligação.

– O elo de ligação?

– Um nome, um número, um lugar. Alguma coisa que aparecesse constantemente – se não fosse um passo à frente dela, tê-lo-ia preocupado aquele interrogatório. No entanto, era melhor mostrar cautela. – O que pretendes, Deborah?

– Fazer o meu trabalho.

– Tem alguma coisa a ver com Parino?

– O que sabes sobre Parino? – olhou fixamente para ele.

– Continuo a ter contactos na vinte e cinco. Não te basta o julgamento de Slagerman?

– Não tenho o luxo de trabalhar apenas num caso de cada vez.

– Não devias trabalhar neste.

– Desculpa? – o seu tom tornou-se gélido.

– É perigoso. Os homens que ordenaram a morte de Parino são perigosos. Não sabes com quem estás a brincar.

– Não estou a brincar.

– Não, nem eles. Estão bem protegidos e informados. Saberão qual será o teu próximo passo antes de ti. Se chegarem a considerar-te um obstáculo, eliminar-te-ão.

– Como sabes tanto sobre os homens que mataram Parino?

– Fui polícia, lembras-te? Não é algo em que devesses envolver-te. Quero que entregues o caso a outra pessoa.

– Isso é ridículo!

– Não quero que te magoem – agarrou-lhe a mão antes que pudesse levantar-se.

– Gostava que parassem de me dizer isso – soltou-se e levantou-se. – O caso é meu e continuará a ser meu.

– A ambição é outro traço atraente, Deborah – não se levantou. – Até que cega.

Virou-se devagar para ele, dominada pela fúria.

– Está bem, em parte, é ambição. Mas não totalmente. Acredito no que faço, Gage, na minha capacidade de o fazer bem.

Começou por um rapaz chamado Rico Méndez. Não era um pilar da comunidade. De facto, era um ladrão que já tinha estado na prisão e, sem dúvida, teria voltado para lá. Mas foi morto numa esquina porque pertencia ao grupo errado – começou a caminhar pela sala, gesticulando para realçar as suas palavras. – Depois, mataram o assassino só por falar comigo. Por ter feito um acordo comigo. Então, quando parará, quando o prenderemos para dizer que não é aceitável, para que assuma a responsabilidade e mude?

Gage levantou-se e dirigiu-se para ela.

– Não questiono a tua integridade, Deborah.

– Só a minha decisão?

– Sim e a minha – introduziu as mãos no interior das mangas do robe. – És importante para mim.

– Não acho que...

– Não, não aches – cobriu-lhe a boca com a sua e apertou-lhe os braços ao encostá-la a ele.

Deborah experimentou um calor e uma necessidade instantâneos. Como lutaria contra eles? O corpo de Gage era tão sólido, os seus lábios, tão hábeis. E podia sentir as ondas não só de desejo, mas de algo mais profundo e verdadeiro, que emanavam dele para ela. Como se já estivesse dentro dela.

Ela era tudo. Quando a tinha nos braços, não questionava o poder de Deborah. Quase começava a acreditar outra vez em milagres.

Afastou-se sem deixar os seus braços. Ela tentou manter o equilíbrio. Ainda não sabia como conseguia fazer-lhe aquilo com um simples contacto.

– Não estou preparada – murmurou.

– Eu também não. E não penso que importe – voltou a aproximá-la. – Quero ver-te esta noite – esmagou-lhe a boca com os lábios. – Quero estar contigo esta noite.

– Não, não posso – mal era capaz de respirar. – O julgamento.

– Está bem – conteve um palavrão. – Quando acabar o julgamento. Nenhum dos dois pode continuar a fugir.

– Não – ele tinha razão. Estava na hora de resolver aquilo. – Não podemos. Mas preciso de tempo. Por favor, não me pressiones.

– Talvez tenha de o fazer – dirigiu-se para a porta e parou, com a mão na maçaneta. – Deborah, há mais alguém?

– Não sei.

Naquela noite, trabalhou até tarde, lendo documentos e livros de Direito no quarto. Depois do julgamento, tinha dedicado horas a limpar o seu apartamento já limpo. Era uma das melhores maneiras que conhecia para aliviar a tensão. Ou ignorá-la. A outra era o trabalho e dedicara-se a ele, sabendo que o sono era impossível.

Ao estender a mão para a chávena de café, tocou o telefone.

– Sim?

– O'Roarke? Deborah O'Roarke?

– Sim, quem é?

– Santiago.

Alerta, pegou num lápis.

– Senhor Santiago, andámos à sua procura.

– Sim.

– Eu gostaria de falar consigo. O gabinete do promotor público está disposto a oferecer-lhe cooperação e proteção.

– Como as que Parino recebeu?

Controlou uma pontada de culpa.

– Estará mais seguro connosco do que sozinho.

– Talvez – na sua voz ouviu-se medo.

– Estou disposta a recebê-lo quando quiser.

– Nem sonhe! Não irei a lado nenhum. Matar-me-iam – começou a falar depressa. – Venha você ver-me. Ouça, tenho para lhe oferecer mais do que Parino lhe deu. Muito mais. Nomes, documentos... Se quiser saber, venha ver-me.

– Muito bem. Mandarei a polícia...

– Nada de polícia! – a voz soou aterrorizada. – Nem um polícia ou não há acordo. Venha sozinha.

– Fá-lo-emos à sua maneira. Quando?

– Agora mesmo. Estou no Hotel Darcy, no número 167 da rua 38. Quarto 27.

– Chegarei dentro de vinte minutos.

– Tem a certeza de que quer ficar aqui, menina? – embora a cliente estivesse vestida com umas calças de ganga e uma t-shirt, o taxista pôde ver que tinha demasiada classe para um antro como o Darcy.

Deborah olhou através da chuva que caía. A rua estava deserta e a fachada, suja.

– Sim. Suponho que não consiga convencê-lo a esperar, pois não?

– Não, menina.

– Já imaginava – introduziu uma nota pela ranhura da divisória de segurança. – Fique com o troco – respirou fundo e lançou-se à chuva em direção aos degraus partidos da entrada do hotel.

A pingar, entrou no hall. A receção tinha grades enferrujadas e estava vazia. A luz projetava o seu feixe amarelo sobre o chão pegajoso de linóleo. O ar cheirava a suor, a lixo e a alguma coisa pior. Virou-se e dirigiu-se para as escadas.

Um bebé chorava. Viu qualquer coisa pequena e rápida a passar junto dos seus pés. Com um calafrio, continuou a subir.

Ouviu as vozes de um homem e de uma mulher a discutirem. Ao entrar no corredor do primeiro andar, uma porta entreabriu-se. Viu uns olhos pequenos e assustados antes que se fechasse outra vez.

Pisou vidros partidos, que outrora tinham sido a lâmpada do teto. Pelo corredor tenuemente iluminado, ouviu o som de travões proveniente de um filme na televisão. Um relâmpago sulcou o céu.

Parou diante do quarto 27. Do outro lado da porta, o ruído da televisão era estrondoso. Bateu com força.

– Senhor Santiago.

Ao não obter resposta, bateu outra vez. Com cautela, rodou a maçaneta. A porta abriu-se com facilidade.

Sob a luz cinzenta da televisão, viu um quarto cheio com uma janela suja. Havia roupa e lixo. À única cómoda que existia faltava uma gaveta. Reinava o cheiro a cerveja quente e a comida estragada.

Viu a figura estendida sobre a cama e soltou um palavrão. Não só teria o prazer de falar com ele naquela pocilga, como primeiro deveria conseguir que a sua testemunha ficasse sóbria.

Irritada, apagou a televisão. Só se ouvia o som da chuva e a discussão no outro lado do corredor. Viu um lavatório sujo num canto do quarto. Pensou que serviria se conseguisse que Santiago colocasse a cabeça debaixo da água.

– Senhor Santiago – levantou a voz ao atravessar o quarto, tentando esquivar-se da comida e das latas de cerveja. – Ray – começou a abaná-lo pelo ombro e depois reparou que tinha os olhos abertos. – Sou Deborah O'Roarke – mas apercebeu-se de que não olhava para ela. Afastou a mão e viu que estava suja de sangue. – Oh, meu Deus... – deu um passo para trás. Um passo e mais outro. Deu meia volta e praticamente chocou com um homem baixo e musculado, de bigode.

– Menina – disse em voz baixa.

– A polícia – conseguiu balbuciar. – Temos de chamar a polícia. Está morto.

– Eu sei – sorriu. Ela viu um brilho de ouro na sua boca. E o resplendor prateado quando levantou o estilete. – Menina O'Roarke, estive à sua espera.

Quando Deborah se lançou para a porta, agarrou-a pelo cabelo. Gritou de dor e depois guardou silêncio, quieta ao sentir a ponta da faca no pescoço.

– Ninguém presta atenção a gritos num lugar como este – disse e a gentileza da sua voz fez com que ela sentisse um calafrio quando virou a cara para ele. – É muito bonita. Que pena que tenha de desfigurar essa cara – apoiou a faca contra a sua pele. – Vai dizer-me, por favor, o que Parino lhe disse antes... de sofrer o acidente. Os nomes, os detalhes. Com quem partilhou essa informação.

Tentando dominar o seu terror, olhou para ele nos olhos. E neles viu o que a aguardava.

– Vai matar-me de qualquer forma.

– Inteligente e bonita – sorriu outra vez. – Mas há formas e formas. Algumas são muito lentas e dolorosas – deslizou a lâmina pela sua face. – Dir-me-á o que preciso de saber.

Deborah não dispunha de nomes, nada que pudesse trocar. Só da sua inteligência.

– Escrevi-os, escrevi-os e guardei-os num lugar seguro.

– E a quem os disse?

– A ninguém – engoliu em seco. – A ninguém.

Ele observou-a, virando o estilete na mão.

– Acho que está a mentir. Depois de lhe mostrar o que posso

fazer com isto, talvez esteja disposta a colaborar. Ah, essa cara... Parece cetim. Que pena que tenha de a cortar...

Naquele instante, o céu iluminou-se com outro relâmpago e o vidro da janela estilhaçou.

Ele estava ali, todo de preto. Outro relâmpago iluminou-o e o trovão estremeceu o quarto. Antes que Deborah conseguisse respirar, sentiu a faca no seu pescoço e um braço à volta da cintura.

– Aproximas-te mais – advertiu o homem, – e corto-lhe o pescoço.

Némesis permaneceu onde estava. Não olhou para ela. Não se atreveu. Mas conseguia vê-la, o rosto pálido pelo medo. Não soube se era o receio dela ou o seu próprio que o impedia de se concentrar, entrar no quarto como uma sombra em vez de como um homem. Se naquele instante fosse capaz de afastar o medo que lhe inspirava a situação de Deborah e desaparecer, seria uma arma ou faria com que o estilete a matasse antes que pudesse agir? Não tinha sido suficiente rápido para a salvar. Estava na hora de ser inteligente.

– Se a matares, perderás o teu escudo.

– Um risco que ambos corremos. Não te aproximes mais – apertou a lâmina com mais força contra o pescoço, até que ela gemeu.

– Se a magoares – disse, com receio e fúria, – far-te-ei coisas que nunca imaginaste nem nos teus piores pesadelos.

Então, viu a cara, o bigode, o brilho do ouro. E regressou ao cais, com o cheiro a peixe e a lixo, o som da água. Sentiu a explosão ardente no peito e esteve prestes a cambalear.

– Conheço-te, Montega – disse em voz baixa e áspera. – Ando há algum tempo à tua procura.

– Pois, já me encontraste – embora falasse com tom arrogante, Deborah pôde sentir o seu suor. Isso deu-lhe esperanças. – Larga a tua arma.

– Não tenho armas – afirmou Némesis, levantando as mãos. – Não preciso.

– Então, és parvo – afastou a mão da cintura dela e introduziu-a num bolso. Quando se ouviu o tiro, Némesis afastou-se.

Aconteceu num abrir e fechar de olhos. Depois, Deborah não teve a certeza de quem se mexeu primeiro. Viu que a bala penetrava no papel sujo da parede e no estuque, viu Némesis a cair.

Com uma força potenciada pela fúria e pelo terror, bateu com o cotovelo no estômago de Montega.

Mais preocupado com a sua nova vítima do que com ela, empurrou-a. A cabeça dela bateu contra o lavatório. Houve outro resplendor. Depois, escuridão.

– Deborah. Deborah. Preciso que abras os olhos. Por favor.

Ela não queria. Via explosões intensas sob as pálpebras. Mas a voz soava tão desesperada, tão suplicante... Obrigou-se a abrir os olhos. Viu Némesis.

Embalava-lhe a cabeça. Durante um instante, só pôde ver os seus olhos. Bonitos, pensou, enjoada. Apaixonara-se por eles da primeira vez que os vira. Tinha olhado para ele através da multidão, através do resplendor das luzes, e tinha-o visto.

Com um leve gemido, levou a mão ao galo que já começava a formar-se na sua têmpora. Devo ter um traumatismo craniano, pensou. Da primeira vez que vira Némesis, estava num beco às escuras. E tinha havido uma faca. Tal como naquela noite.

– Uma faca – murmurou. – Tinha uma faca.

– Estás bem – aliviado, aproximou a cara da dela. – Não teve oportunidade de a usar.

– Pensei que te tinha matado – tocou-lhe na cara com a mão e sentiu-a quente.

– Não.

– Mataste-o tu?

Os olhos dele mudaram. A preocupação deu lugar à fúria.

– Não – tinha visto Deborah a cair e tinha-o dominado um terror tão cego, que acreditara que já não era capaz de sentir. Tinha sido fácil para Montega fugir. Mas prometera a si mesmo que se veriam outra vez. E que receberia a sua justiça. E a sua vingança.

– Fugiu?

– Por enquanto.

– Conhecia-lo. Chamaste-o pelo seu nome.

– Sim, conhecia-o.

– Tinhas uma pistola – fechou os olhos com força, mas a dor não desapareceu. – Onde a tinhas?

– No bolso. Estraga os fatos.

Era algo que Deborah analisaria mais tarde.

– É preciso chamar a polícia – apoiou a mão no braço dele e sentiu algo pegajoso e quente nos dedos. – Estás a sangrar.

– Um pouco – desceu o olhar para onde a bala o tinha roçado.

– É grave? – sem prestar atenção às palpitações na têmpora, endireitou-se. Antes que ele pudesse responder, levantou-lhe a manga para deixar a ferida a descoberto. O que viu provocou-lhe um nó no estômago. – Temos de estancar a hemorragia.

– Podias fazer-me um torniquete com a tua t-shirt.

– Não és assim tão sortudo – olhou à sua volta, sem parar na figura estendida na cama. – Não há nada limpo aqui.

– Usa isto – ofereceu-lhe um quadrado de tecido preto.

– É o primeiro ferimento de bala que trato, mas acho que é preciso limpá-lo – fez-lhe o torniquete.

– Encarregar-me-ei disso depois – gostava de ser cuidado por ela. Os dedos de Deborah eram muito suaves sobre a sua pele. Tinha encontrado um homem morto, ela mesma estivera prestes a ser morta, mas tinha-se recomposto e fazia com eficácia o que devia fazer. Pragmatismo. Esboçou um sorriso. Sim, podia ser muito atraente.

Ao acabar, Deborah apoiou-se nos calcanhares.

– Bom, aqui acaba o mito da invulnerabilidade – o sorriso dele parou-lhe o coração.

– Aqui acaba a minha reputação.

Ela só conseguia olhar para ele, enfeitiçada, enquanto os dois permaneciam de joelhos no quarto sujo e pequeno. Esqueceu onde estava e quem era. Incapaz de o evitar, desceu o olhar para a boca dele. Questionou-se que sabores encontraria ali. Que maravilhas seria capaz de lhe mostrar Némesis?

Ele quase não conseguia respirar quando Deborah voltou a olhá-lo nos olhos. Nos seus viu uma paixão abrasadora e uma aceitação que era assustadora. Os dedos dela continuavam a tocar-lhe.

– Sonho contigo – aproximou-a, sem encontrar resistência. – Inclusive quando estou acordado, sonho contigo. Em tocar-te – levantou as mãos para lhe acariciar os seios. – Em provar-te – afundou a boca no seu pescoço, onde o seu sabor e fragrância eram mais ardentes.

Apoiou-se nele, aturdida e abalada pelos impulsos primitivos e selvagens que ferviam no seu sangue. Os lábios de Némesis eram como uma marca sobre os seus. E as mãos... Meu Deus, as mãos... Com um gemido profundo e rouco, arqueou-se para trás, ansiosa e disposta.

E a cara de Gage flutuou diante dos seus olhos.

– Não – afastou-se, espantada e envergonhada. – Não, não é correto.

– Não, não é – recriminou-se. Como pudera tocar-lhe ali? Levantou-se e afastou-se. – Tu não pertences a este sítio.

– E tu pertences? – perguntou, com voz aguda, quase à beira das lágrimas.

– Mais do que tu – murmurou. – Muito mais do que tu.

– Estava a fazer o meu trabalho. Santiago telefonou-me.

– Santiago está morto.

– Não estava – levou os dedos aos olhos e rezou para manter a serenidade. – Telefonou-me e pediu-me que viesse.

– Montega adiantou-se.

– Sim – desceu as mãos e olhou para ele. – Como? Como sabias onde encontrar Santiago? Como sabias que viria aqui esta noite? Estava à minha espera. Chamou-me pelo meu nome.

– Disseste a alguém que vinhas a este hotel? – perguntou, interessado.

– Não.

– Começo a pensar que és parva – virou-lhe as costas. – Vens a um sítio como este, sozinha, ver um homem que preferiria dar-te um tiro na cabeça a falar contigo...

– Não me teria feito mal. Estava apavorado, pronto para falar. E sei o que faço.

– Não fazes ideia – voltou a olhar para ela.

– Mas tu fazes, é claro! – afastou o cabelo da cara e uma nova onda de dor invadiu-a. – Oh, porque não te vais embora? Não preciso disto de ti. Tenho trabalho para fazer.

– Precisas de ir para casa, deixa isto para outros.

– Santiago não telefonou a outras pessoas! – exclamou. – Telefonou-me a mim, falou comigo. E se tivesse chegado primeiro, saberia tudo o que preciso. Não... – calou-se. – O meu telefone. Bolas, puseram-no sob escuta! Sabiam que viria aqui esta noite. E também o do meu escritório. Foi assim que souberam que conseguiria uma ordem judicial para investigar a loja de antiguidades – os olhos brilhavam-lhe. – Bom, podemos resolvê-lo imediatamente – endireitou-se de um salto e o quarto andou à roda. Ele segurou-a antes que voltasse a cair ao chão.

– Não farás nada durante um ou dois dias – com suavidade, passou-lhe um braço por detrás dos joelhos e pegou-a ao colo.

– Entrei sozinha aqui, Zorro, e sairei pelo meu próprio pé – embora tivesse de reconhecer que adorava estar nos seus braços.

– És sempre tão teimosa? – perguntou ao sair para o corredor.

– Sim. Não preciso da tua ajuda.

– Vejo que te desenvencilhas bem sozinha.

– Talvez tenha alguns problemas – disse, quando ele começou a descer as escadas. – Mas agora disponho de um nome. Montega. Um metro e setenta, setenta quilos, cabelo, olhos e bigode castanhos, dois dentes de ouro. Não deve ser muito difícil encontrar o seu cadastro.

– Montega é meu – parou e nos seus olhos havia gelo.

– A lei não permite vinganças pessoais.

– Tens razão. A lei não as permite – acomodou-a melhor ao chegar ao fim das escadas.

Alguma coisa no seu tom impulsionou-a a acariciar-lhe a face.

– Foi assim tão mau?

– Sim – meu Deus, como desejava afundar a cara no seu cabelo e deixar que o apaziguasse... – Foi muito mau.

– Deixa-me ajudar-te. Conta-me o que sabes e garanto-te que farei o que puder para que Montega e quem quer que esteja por trás dele paguem pelo que te fizeram.

Sabia que ela o tentaria. Compreendê-lo comoveu-o tanto que o assustou.

– Pago as minhas dívidas à minha maneira.

– Bolas, olha quem diz que sou teimosa! – encolheu-se quando saíram para a chuva. – Estou disposta a ser flexível nos meus princípios e a trabalhar contigo, a formarmos uma equipa, e tu...

– Não quero uma colega.

– Ótimo! Põe-me no chão, não poderás carregar-me ao longo de cem quarteirões.

– Não era a minha intenção – mas conseguiria fazê-lo. Imaginou-se a levá-la para o seu apartamento, para a sua cama. Mas dirigiu-se para a esquina, em direção ao trânsito e às luzes. Parou. – Chama um táxi.

Levantou o braço e esperaram. Passados cinco minutos, um veículo parou junto deles. Irritada como estava, teve de conter um sorriso quando a boca do motorista se abriu com incredulidade ao ver quem a acompanhava.

– Meu Deus, é ele, não é? É Némesis. Eh, amigo, deixe-me levá-lo!

– Não, mas levará a menina – sem esforço, introduziu Deborah no banco de trás. A mão enluvada acariciou-lhe a face, como uma lembrança. – Eu usaria um saco de gelo e aspirinas.

– Obrigada. Escuta, ainda não acabei... – mas ele recuou e desapareceu na escuridão.

– Era ele, não era? – o taxista virou o pescoço, sem prestar atenção às buzinadelas que recebia de outros condutores zangados. – O que fez, salvou-lhe a vida ou algo parecido?

– Algo parecido – murmurou ela.

– Meu Deus! Vai ver quando contar à minha mulher! – com um sorriso, desligou o taxímetro. – Esta viagem é por minha conta.

CAPÍTULO 6

Gemendo, com o corpo suado, Gage voltou a levantar os pesos. Estava deitado no banco de musculação e só usava uns calções. Doíam-lhe os músculos, mas estava decidido a fazer uma série de cem. Concentrado num ponto no teto, concluiu que havia satisfação até mesmo na dor.

Recordava muito bem quando tinha estado tão debilitado que mal era capaz de levantar uma revista. Existira uma altura em que as suas pernas eram moles e ficava sem fôlego ao tentar percorrer o corredor do hospital. Recordava a frustração e a impotência.

E um dia, fraco, doente, deprimido, apoiara-se na parede do seu quarto e desejara com todas as suas forças, com toda a sua vontade, desaparecer.

E tinha-o feito.

Tinha pensado que estava a alucinar. Que estava louco. Depois, apavorado e fascinado, tinha voltado a tentá-lo e outra vez, até chegar ao ponto de pôr um espelho na parede para poder ver-se a desaparecer.

Nunca esqueceria a manhã em que entrara uma enfermeira com a bandeja do pequeno-almoço e passara ao seu lado sem o ver, resmungando a respeito de como os pacientes não ficavam na cama.

E então soubera o que trouxera consigo ao sair do coma.

De modo que a terapia se transformara numa religião, em algo a que tinha dedicado cada uma das suas forças, cada partícula da sua vontade. Esforçara-se cada vez mais, até que os seus músculos tinham tonificado e endurecido. Tinha tido aulas de artes marciais, dedicara horas a levantar pesos e a castigar-se na piscina.

Também tinha exercitado a mente, lendo tudo, obrigando-se a entender os múltiplos negócios que tinha herdado, dedicando um dia após o outro a adquirir destreza nos complexos sistemas informáticos.

Agora, era mais forte, veloz e perspicaz do que durante os anos passados na Polícia. Mas nunca mais usaria um distintivo. Jamais teria outro colega.

Jamais se sentiria impotente.

Expeliu o ar e continuou a levantar os pesos quando Frank entrou com um copo grande de sumo.

Frank deixou-o na mesa junto do banco e observou-o.

– Estás a esforçar-te novamente – comentou. – Embora o tenhas feito ontem e no dia anterior – sorriu. – O que terão as mulheres que impulsionam os homens a levantar objetos pesados?

– Vai para o inferno, Frank!

– Muito bem, é linda – indicou, absolutamente ofendido. – E também inteligente, suponho, já que é advogada. No entanto, deve custar-te pensar na sua mente quando olhas para aqueles olhos azuis.

Com um último gemido, Gage apoiou a barra nos suportes.

– Vai roubar uma carteira.

– Sabes que já me deixei disso – a cara larga mostrou um sorriso. – Némesis poderia apanhar-me – pegou numa toalha lavada e ofereceu-lha. Em silêncio, Gage aceitou-a e secou o suor da cara e do peito. – Como está o teu braço?

– Bem – não se incomodou em olhar para a ligadura branca com que Frank tinha substituído o torniquete de Deborah.

– Estás a tornar-te lento. Nunca te tinham surpreendido assim.

– Queres que te despeça?

– Outra vez? Não – esperou com paciência, enquanto Gage se concentrava em fazer exercícios com os pesos. – Pretendo segurança no trabalho. Se saíres e te matarem, terei de voltar a roubar os turistas incautos.

– Então, tenho de me manter vivo. Os turistas já têm problemas suficientes em Urbana.

– Não teria acontecido se eu te tivesse acompanhado.

– Trabalho sozinho – afirmou, sem interromper os exercícios. – Sabes qual é o acordo.

– Ela estava lá.

– E é aí que radica o problema. O seu lugar não é na rua, mas no tribunal.

– Não a queres no tribunal, mas no teu quarto.

– Para! – largou o peso com um ruído seco.

Conhecia Gage há demasiado tempo para que o intimidasse.

– Olha, estás louco por ela e isso faz com que percas a concentração. Não é bom para ti.

– Não sou bom para ela – pegou no copo de sumo. – Sente alguma coisa por mim e também por Némesis. Isso torna-a infeliz.

– Então, diz-lhe que os seus sentimentos são dirigidos a uma única pessoa e fá-la feliz.

– E o que raio devo fazer? – esvaziou o copo e conteve-se para não o atirar contra a parede. – Convidá-la para jantar e dizer-lhe: «Ah, Deborah, para além de ser um homem de negócios e um pilar da maldita comunidade, tenho um alter ego... A imprensa gosta de lhe chamar Némesis. E ambos estamos loucos por ti. Portanto, quando te levar para a cama, queres que ponha a máscara?».

– Alguma coisa parecida – concordou Frank.

Com uma gargalhada, Gage pousou o copo.

– É reta, Frank. Eu sei porque também costumava sê-lo. Vê as coisas a preto e branco... Lei e crime – cansado de repente, olhou para as águas cintilantes da piscina. – Nunca compreenderia o que faço e porque o faço. E odiar-me-ia por lhe mentir, porque, cada vez que estou com ela, engano-a.

– Acho que não estás a ser justo. Tens razões para fazer o que fazes.

– Sim – distraído, levou a mão à cicatriz no peito. – Tenho razões.

– Talvez entendesse. Se realmente sentisse alguma coisa por ti, teria de compreender.

– Talvez aceitasse sem estar de acordo. Talvez até me perdoasse as mentiras. Mas, e o resto? – apoiou a mão no banco, esperou e observou-a a desaparecer sobre o couro molhado. – Como posso pedir-lhe que partilhe a sua vida com um tipo estranho?

– Não és um tipo estranho – Frank soltou um palavrão violento. – Tens um dom.

– Sim – levantou a mão e fletiu os dedos. – Mas sou eu quem tem de viver com ele.

Ao meio-dia e um quarto em ponto, Deborah entrou na Câmara Municipal. Dirigiu-se para o escritório do presidente. Passou à frente dos bustos dos fundadores do país. O presidente da câmara de Urbana gostava de estar rodeado de tradição e de tapetes vermelhos.

Parou ao chegar à receção. A secretária de Tucker Fields levantou o olhar e, ao reconhecê-la, sorriu.

– Menina O'Roarke. Está à sua espera. Deixe-me avisá-lo.

Vinte segundos depois, foi escoltada até ao escritório. Fields estava sentado à secretária, um homem severo e organizado, com o cabelo branco e a tez corada. Ao seu lado, Jerry parecia um executivo.

Durante os seis anos que ocupara o cargo, Fields adquirira a reputação de não recear sujar as mãos para manter a sua cidade limpa.

Naquele momento, estava sem casaco e com a camisa branca arregaçada, mostrando os seus antebraços fortes. Tinha a gravata afrouxada e, quando Deborah entrou, apertou-a.

– Deborah, é sempre um prazer vê-la.

– É bom vê-lo, senhor presidente. Olá, Jerry!

– Sente-se, sente-se – Fields indicou-lhe uma poltrona enquanto se recostava na sua. – Como vai o julgamento de Slagerman?

– Muito bem. Acho que subirá ao estrado depois do intervalo para o almoço.

– E está pronta para ele.

– Mais do que pronta.

– Bom, bom – fez sinal à sua secretária para que entrasse quando apareceu com uma bandeja nas mãos. – Pensei que, como a fiz saltar o almoço, pelo menos, podia oferecer-lhe um café e bolos.

– Obrigada – pegou na chávena e manteve uma conversa trivial, embora soubesse que não a tinha chamado para que conversasse enquanto bebia o café.

– Descobri que ontem à noite se divertiu um pouco.

– Sim – não tinha esperado outra coisa. – Perdemos Ray Santiago.

– Já ouvi dizer. Foi uma pena. E o tal Némesis, também estava presente?

– Sim.

– E na loja de antiguidades que explodiu na Sétima – uniu os dedos e voltou a recostar-se na poltrona. – Poderia começar a pensar que está envolvido.

– Não, não como quer dar a entender. Se ontem à noite não tivesse aparecido, eu não estaria aqui sentada – embora a irritasse, sentia-se impulsionada a defendê-lo. – Não é um criminoso... Pelo menos, não no sentido clássico.

– No sentido que preferir – o presidente da câmara arqueou um sobrolho, – prefiro que seja a polícia a impor a lei na minha cidade.

– Sim, estou de acordo.

Satisfeito, Fields assentiu.

– E aquele homem... – olhou para os papéis sobre a sua mesa. – Montega?

– Enrico Montega – disse Deborah. – Também conhecido como Ricardo Sánchez e Enrico Toya. Um cidadão colombiano que chegou aos Estados Unidos há uns seis anos. Suspeita-se que foi o assassino de dois traficantes colombianos. Teve o seu quartel-general em Miami durante algum tempo. O departamento criminal dessa cidade possui uma pasta volumosa sobre ele. Tal como a Interpol. Aparentemente, é o principal traficante da Costa Este. Há quatro anos, matou um agente da polícia e feriu outro com gravidade – calou-se, pensando em Gage.

– Fez os trabalhos de casa – comentou Fields.

– Gosto de ter bases sólidas quando vou atrás de alguém.

– Hum... Sabe, Deborah, Mitchell considera-a o seu melhor promotor público – o presidente da câmara sorriu. – Não é que o tenha reconhecido. Mitch não gosta de fazer elogios.

– Tenho consciência disso.

– Todos estamos muito satisfeitos com o seu percurso, em particular com o modo como está a correr o caso Slagerman. Tanto Mitch como eu estamos de acordo em que queremos que se concentre mais plenamente no seu litígio. Portanto, decidimos tirá-la deste caso em particular.

– Desculpe? – pestanejou.

– Decidimos que entregará as suas notas e as suas pastas a outro promotor público.

– Vão tirar-mo?

– Só queremos ajudar a investigação policial – levantou uma mão. – Ocupada como está, preferimos que entregue a sua pasta a outro promotor público.

– Parino era meu – pousou a chávena, com brusquidão.

– Parino está morto.

Olhou para Jerry, que só levantou as mãos. Levantou-se e tentou conter o seu génio.

– O caso é meu. Sempre foi.

– E já se pôs em perigo a si e ao caso duas vezes.

– Fiz o meu trabalho.

– Será feito por outra pessoa a partir de hoje – estendeu as mãos. – Deborah, não se trata de um castigo, só de uma mudança de responsabilidades.

Ela abanou a cabeça e agarrou a sua mala.

– Não me convence. Vou falar com Mitchell – virou-se e saiu. Via-se obrigada a manter a dignidade e a não fechar a porta com força.

– Deb, espera – Jerry alcançou-a diante dos elevadores.

– Nem sequer tentes!

– O quê?

– Apaziguar e acalmar – depois de chamar o elevador, virou-se para ele. – O que raio foi aquilo, Jerry?

– Como disse o presidente da câmara...

– Não me digas isso. Tu sabias o que se passava e porque me tinha chamado, e não me disseste. Nem sequer me deste uma advertência para que pudesse preparar-me.

– Deb... – apoiou uma mão no seu ombro, mas ela afastou-lha. – Escuta, não é que não esteja de acordo com tudo o que disse o presidente da câmara...

– Estás sempre.

– Não sabia. Não sabia, bolas! – repetiu quando ela mal olhou para ele. – Só soube hoje, às dez horas da manhã.

Deborah deixou de bater com o punho no botão do elevador.

– Está bem, desculpa ter-te atacado. Mas não é justo. Há qualquer coisa que não bate certo nisto.

– Estiveste quase a morrer – recordou-lhe. – Quando Guthrie veio cá esta manhã...

– Gage? – interrompeu-o. – Gage esteve aqui?

– Tinha uma reunião às dez horas.

– Compreendo – com as mãos fechadas, virou-se outra vez para o elevador. – De modo que é ele quem está por trás de tudo...

– Estava preocupado, só isso. Sugeriu...

– Tenho uma ideia – interrompeu-o e entrou no elevador. – Isto ainda não acabou. E podes dizer ao teu chefe que eu disse isto.

Teve de controlar o seu mau humor ao entrar no tribunal. Os sentimentos e os problemas pessoais não tinham lugar ali. Duas jovens assustadas dependiam dela.

Sentada, tomou notas enquanto a defesa interrogava Slagerman. Afastou Gage da cabeça.

Quando chegou a sua vez de interrogar, estava pronta. Permaneceu sentada um instante, a observar Slagerman.

– Considera-se um homem de negócios, senhor Slagerman?

– Sim.

– E o seu negócio consiste em oferecer acompanhantes, tanto femininos como masculinos, aos seus clientes?

– Correto. A Elegant Escorts proporciona um serviço, que radica em encontrar acompanhantes adequados para outros homens e mulheres de negócios, com frequência de fora da cidade.

Deixou-o descrever a sua profissão.

– Compreendo – levantou-se e passou à frente do júri. – E faz parte... digamos... da descrição do trabalho, que alguns dos seus empregados troquem sexo por dinheiro com esses clientes?

– Claro que não! – atraente e apaixonado, inchou o peito. – O meu pessoal passa por uma seleção rigorosa e está bem treinado. É uma política firme da empresa que, se algum empregado estabelecer esse tipo de relação com um cliente, o resultado imediato é a demissão.

– Sabe se algum dos seus empregados trocou sexo por dinheiro?

– Descobri agora – olhou, com expressão ofendida, para Suzanne e Marjorie.

– Solicitou que Marjorie Lovitz ou Suzanne McRoy atendessem algum cliente a nível sexual?

– Não.

– Mas é consciente de que o fizeram?

Se o surpreendia o interrogatório, Slagerman não mexeu nem um músculo.

– Sim, certamente. Reconheceram-no sob juramento.

– Sim, estavam sob juramento, senhor Slagerman. Tal como o senhor. Alguma vez bateu numa empregada sua?

– Sob nenhum pretexto.

– No entanto, tanto a menina Lovitz como a menina McRoy afirmam, sob juramento, que lhes bateu.

– Mentem – sorriu.

– Senhor Slagerman, foi ao apartamento da menina Lovitz na noite de vinte e cinco de fevereiro, zangado por ela não poder ir trabalhar e, com raiva, bateu-lhe?

– Isso é ridículo!

– Jura-o, estando sob juramento?

– Protesto! A pergunta já foi respondida.

– Retiro-a. Senhor Slagerman, entrou em contacto com a menina Lovitz ou a menina McRoy desde que começou o julgamento?

– Não.

– Não telefonou a nenhuma das duas?

– Não.

Com um gesto de assentimento, dirigiu-se para a sua mesa e pegou em alguns papéis.

– O número 5552520 é-lhe familiar?

– Não – hesitou.

– Que estranho! É o seu número particular, senhor Slagerman. Não deveria reconhecer o seu próprio número?

Embora sorrisse, Deborah pôde ver o ódio gelado nos seus olhos.

– Não telefono para mim mesmo, de modo que não preciso de o saber.

– Compreendo. E usou esse número na noite de dezoito de junho para telefonar para o apartamento onde vivem agora as meninas Lovitz e McRoy?

– Não.

– Protesto, Meritíssimo! Isto não leva a lado nenhum.

Deborah olhou para o juiz.

– Meritíssimo, mostrarei onde leva.

– Protesto indeferido.

– Senhor Slagerman, talvez possa explicar-nos porque, segundo o seu registo telefónico, foi feita uma chamada para o apartamento das meninas Lovitz e McRoy, às onze menos treze minutos da noite, de dezoito de junho.

– Qualquer um poderia ter usado o meu telefone.

– O seu número privado? – arqueou um sobrolho. – Serve de pouco dispor de um número privado se qualquer um puder usá-lo. Quem telefonou identificou-se como Jimmy. Conhecem-no como Jimmy, não é verdade?

– A mim e a muitas outras pessoas.

– Falou comigo na noite de dezoito de junho?

– Nunca falei consigo ao telefone.

Ela sorriu com frieza e aproximou-se mais do estrado.

– Alguma vez reparou, senhor Slagerman, como todas as vozes de mulheres parecem iguais para alguns homens? Como todas as mulheres são iguais para alguns homens? Como os corpos das mulheres cumprem um único propósito para alguns homens?

– Meritíssimo! – o advogado de defesa levantou-se.

– Retiro a pergunta – Deborah não desviou o olhar do réu. – Pode explicar-nos, senhor Slagerman, como é que alguém que usou o seu número particular e o seu nome e telefonou à menina McRoy na noite de dezoito de junho? E como é que, quando eu atendi, essa pessoa, que usou o seu número e o seu nome, confundiu a minha voz com a dela e ameaçou a menina McRoy? – aguardou um segundo. – Gostaria de saber o que disse essa pessoa?

– Pode inventar o que quiser – o suor perlava o seu lábio superior.

– Isso é verdade. Felizmente, tínhamos o telefone da menina McRoy sob escuta. Aqui está a transcrição – virou uma folha. – Refresco-lhe a memória?

Tinha vencido. Embora ainda faltassem as alegações finais, sabia que vencera. Enquanto avançava pelo Palácio da Justiça, tinha de tratar de outros assuntos.

Encontrou Mitchell no escritório, agarrado ao telefone. Era um homem grande, que tinha jogado como defesa na universidade. Entre os seus diplomas, havia fotografias com o equipamento da equipa de futebol. Era ruivo e cheio de sardas que não faziam nada para suavizar a sua expressão dura.

Ao ver Deborah, indicou-lhe que se sentasse. Mas ela permaneceu de pé até ele acabar de falar.

– Slagerman?

– Crucifiquei-o – avançou um passo para a secretária. – Vendeste-me.

– Tolices!

– O que raio lhe chamas? Convocaram-me ao escritório do presidente da câmara para me afastarem de um caso. Bolas, Mitch, é meu!

– É do estado – corrigiu ele, mordendo a ponta do seu charuto apagado. – Não és a única que pode conduzi-lo.

– Eu falei com Parino, eu fiz o acordo – apoiou as palmas das mãos na secretária para que ficassem frente a frente. – Fui eu quem preparou este caso.

– E exageraste.

– Foste tu quem me ensinou que conduzir um caso requer mais do que vestir um fato e desfilar diante do júri. Conheço o meu trabalho, bolas!

– Ires ver Santiago sozinha foi um erro.

– Isso é uma tolice. Ele telefonou-me. Pediu para falar comigo. Diz-me o que terias feito se te tivesse telefonado?

– É diferente – franziu o sobrolho.

– É exatamente a mesma coisa! – exclamou, convencida pela expressão que viu nos seus olhos de que ele também sabia. – Se tivesse estragado as coisas, esperaria que me afastassem. Mas não o fiz. E quando finalmente consegui uma pista, descobri que Guthrie fez com que tanto o presidente da câmara como tu cedessem. Continua a ser uma área masculina, não é, Mitch?

– Não me chateies com essa treta feminista – apontou-lhe o charuto. – Não me importa minimamente.

– Mitch, se me afastares do caso sem uma boa razão, vou-me embora. Não posso trabalhar para ti se não puder contar contigo, portanto, o melhor seria que me estabelecesse por minha conta e aceitasse casos de divórcio por trezentos dólares à hora.

– Eu não gosto de receber ultimatos.

– Nem eu.

Recostou-se na poltrona e observou-a.

– Senta-te.

– E? – perguntou, furiosa, depois de se sentar.

– Se Santiago me tivesse telefonado – rodou o charuto entre os dedos, – teria ido, tal como tu fizeste. Mas – continuou, antes que ela pudesse falar, – o modo como conduziste o caso não foi a única coisa que me impulsionou a afastar-te.

– O que foi, então?

– Tens recebido muita atenção da imprensa por isso.

– Não entendo a relação.

– Já leste o jornal desta manhã? – abanou-o diante da sua cara. – «A linda Deb percorre a cidade nos braços de Némesis.»

– O que tem a ver com o caso que um taxista quisesse ver o seu nome no jornal?

– Quando os meus promotores começam a ser associados ao vigilante mascarado, tem tudo a ver – levou o charuto à boca e mordeu-o. – Eu não gosto da forma como não paras de te encontrar com ele.

Ela também não gostava.

– Ouve, se a polícia é incapaz de o impedir, não podes considerar-me responsável por aparecer em toda a parte. E odiaria pensar que me tiras de um caso porque um imbecil tinha de preencher a sua coluna.

Pessoalmente, Mitch odiava aquele repórter. E também não tinha gostado da tática de força do presidente da câmara.

– Dou-te duas semanas.

– Isso não é tempo suficiente para...

– Duas semanas, aceitas ou não. Traz-me alguma coisa que possamos apresentar a um júri ou passarei a bola a outro. Entendido?

– Sim – levantou-se. – Entendido.

Ao sair, teve de suportar as brincadeiras dos seus colegas. Tinham colado um papel na porta do seu escritório. Alguém tinha feito uma caricatura dela nos braços de um homem mascarado e musculado. Por baixo, dizia: «As aventuras da linda Deb».

Com um resmungo, arrancou-o, amachucou-o e guardou-o no bolso. Tinha de fazer outra paragem.

Manteve o dedo sobre a campainha da mansão de Gage até Frank abrir a porta.

– Está em casa?

– Sim, menina – afastou-se quando ela entrou, furiosa. Já tinha visto mulheres furiosas e teria preferido enfrentar uma alcateia de lobos famintos.

– Onde?

– No escritório. Será um prazer anunciar a sua presença.

– Anunciar-me-ei eu mesma – disse ao dirigir-se para a escada.

Frank observou-a, com os lábios apertados. Pensou em avisar Gage pelo telefone interno, mas sorriu. Aquela surpresa far-lhe-ia bem.

Deborah não se incomodou em bater à porta. Ao entrar, viu que Gage estava sentado à secretária, com o telefone numa mão e um lápis na outra. Tinha dois computadores ligados. À frente dele sentava-se uma mulher de meia-idade, com um bloco de notas. Perante a entrada não anunciada de Deborah, levantou-se e olhou com curiosidade para Gage.

– Já volto a ligar-te – disse Gage, antes de desligar o telefone. – Olá, Deborah!

Ela atirou a mala sobre uma cadeira.

– Acho que preferia ter esta conversa em privado – disse e ele assentiu.

– Pode transcrever essas notas amanhã, senhora Brickman. Porque não vai para casa?

– Sim, senhor – pegou nas suas coisas e saiu com discrição.

Deborah enfiou os polegares nos bolsos da saia. Já tinha visto aquela postura no tribunal.

– Deve ser agradável – começou – estares sentado na tua torre a dar ordens. Deve ser fantástico. Nem todos nós somos tão sortudos. Não temos dinheiro suficiente para comprar castelos, aviões privados ou fatos de mil dólares. Trabalhamos na rua. Mas a maioria são bons nos respetivas trabalhos e bastante felizes – ao falar, avançou devagar para ele. – Mas sabes o que nos enfurece, Gage? Sabes o que realmente nos irrita? Que alguém numa dessas torres arrogantes meta o seu nariz rico e influente nos nossos assuntos. Enfurece-nos tanto que nos faz pensar a sério em dar um murro nesse nariz intrometido.

– Calçamos as luvas de boxe?

– Prefiro as mãos despidas – tal como fizera no escritório de Mitchell, apoiou as palmas na secretária. – Quem raio achas que és para te apresentares diante do presidente da câmara e o pressionares para que me tirasse do caso?

– Fui ver o presidente da câmara e dei-lhe a minha opinião – replicou, devagar.

– A tua opinião – levantou um pisa-papéis de ónix da mesa. Embora pensasse seriamente em atirá-lo contra a janela que havia atrás dele, contentou-se em passá-lo de uma mão para a outra. – E aposto que tentou agradar-te a ti e aos teus trinta milhões.

Gage observou-a a caminhar de um lado para o outro e esperou até ter a certeza de poder falar com ela.

– Concordou comigo em como estás melhor num tribunal do que no local de um assassinato.

– Quem és tu para dizer o que mais me convém? – virou-se, furiosa. – Isso determino-o eu, não tu. Preparei-me toda a minha vida para este trabalho e não permitirei que apareça alguém que me diga que não estou pronta para um caso que me atribuíram – deixou o pisa-papéis sobre a mesa. – Mantém-te afastado dos meus assuntos e da minha vida.

«Não», compreendeu Gage. «Não conseguirei ser racional.»

– Já acabaste?

– Não. Antes de me ir embora, quero que saibas que não resultou. Continuo no caso e assim penso continuar. Desperdiçaste o teu tempo e o meu. E, por último, acho que és arrogante e insuportável.

– Já acabaste? – repetiu, com as mãos fechadas sob a mesa.

– Podes apostar! – pegou na mala, virou-se e foi para a porta.

Gage carregou num botão sob a mesa e a porta trancou-se.

– Eu não – disse, com normalidade.

Deborah não tinha imaginado que pudesse ficar mais furiosa. Ao virar-se, uma bruma vermelha flutuava diante dos seus olhos.

– Abre imediatamente a porta ou apresentarei queixa de ti.

– Já disse o que tinha a dizer, doutora – levantou-se. – Agora, é a minha vez.

– Não me interessa.

Contornou a secretária e apoiou-se na parte da frente. Ainda não confiava em si mesmo para se aproximar dela.

– Tem todas as provas, não é verdade, doutora? Todos os seus pequenos argumentos. Portanto, pouparei tempo e declarar-me-ei culpado do que me acusa.

– Então, não há mais nada a dizer.

– O Ministério Público não quer saber o motivo?

Deborah inclinou a cabeça para trás quando ele se aproximou. Alguma coisa na maneira de se mexer, lenta e silenciosamente, pareceu despertar uma lembrança. Mas desvaneceu-se imediatamente, dominada pela sua fúria.

– Neste caso, o motivo não é relevante, os resultados é que são.

– Enganas-te. Fui ver o presidente da câmara e pedi-lhe que utilizasse a sua influência para que te tirassem do caso. Mas sou culpado de mais uma coisa. Sou culpado de estar apaixonado por ti – as mãos tensas dela ficaram frouxas e a mala caiu-lhe ao chão. Embora tivesse aberto a boca para falar, não foi capaz de articular uma palavra. – É espantoso – continuou, com olhos irados, ao dar o passo final para ela – que uma mulher perspicaz como tu se sinta surpreendida por isso. Deverias tê-lo visto cada vez que olhava para ti e te tocava – apoiou as mãos nos seus ombros. – Deverias tê-lo sentido cada vez que te beijava.

Apoiou-a contra a porta e roçou-lhe a boca com os lábios, uma, duas vezes, antes de lha devorar.

Os joelhos de Deborah não a seguravam. Não tinha pensado que fosse possível, mas tremiam-lhe tanto que, se não se agarrasse a ele, cairia ao chão. Mesmo assim, tinha medo. Porque vê-lo e senti-lo não se comparava com ouvi-lo dos lábios dele.

Gage acariciou-lhe a cara, o cabelo, o corpo, desejando tocar-lhe em todo o lado.

Quando levantou a cara, ela viu amor e desejo. E com eles uma guerra que não conseguia entender.

– Houve noites – murmurou ele, – centenas de noites, em que fiquei acordado, à espera que chegasse a manhã. Perguntava-me se um dia encontraria alguém que pudesse amar, sentir a sua falta. Sem importar até onde fosse a fantasia, não se parecia em nada com o que sinto por ti.

– Gage – agarrou-lhe a cara e soube que o seu coração estava perdido por ele, mas recordando que na noite anterior também se aproximara de outro homem. – Não sei o que sinto.

– Sim, sabes.

– Está bem, sei, mas dá-me medo senti-lo. Não é justo. Não estou a ser justa, mas tenho de te pedir que me deixes pensar.

– Não sei se serei capaz.

– Mais um pouco, por favor. Abre a porta e deixa-me ir embora.

– Está aberta – recuou para lha abrir, mas impediu-lhe a saída. – Deborah, da próxima vez, não te deixarei sair.

Ela levantou o olhar e nos seus olhos viu a verdade das suas palavras.

– Eu sei.

CAPÍTULO 7

O júri estava a deliberar. Deborah dedicou esse tempo a investigar no seu escritório, através do telefone e do computador, o que Gage tinha mencionado como o elo em comum. A loja de antiguidades, a Timeless, pertencera à Imports Incorporated, cuja sede era uma casa vazia na parte comercial da cidade. A empresa não tinha comunicado a perda ao seguro e o gerente da loja tinha desaparecido. A polícia ainda tinha de localizar o homem que Parino identificara como o Rato.

Ao investigar, tinha descoberto a Triad Corporation, com sede em Filadélfia. Uma chamada para a Triad tinha posto Deborah em contacto com uma gravação que a informou de que a linha telefónica tinha sido desligada. Enquanto telefonava para o escritório do promotor público de Filadélfia, introduziu todos os dados no computador.

Duas horas mais tarde, tinha uma lista de nomes, números da Segurança Social e o início de uma enxaqueca.

Antes que pudesse realizar a chamada seguinte, o telefone tocou.

– Deborah O'Roarke.

– É a mesma Deborah O'Roarke que é incapaz de manter o seu nome longe dos jornais?

– Cilla – ao ouvir a voz da sua irmã, a dor de cabeça mitigou um pouco. – Como estás?

– Preocupada contigo.

– Alguma novidade? – mexeu os ombros para aliviar os músculos rígidos e depois recostou-se na poltrona. – Como está Boyd?

– Para ti, capitão Fletcher.

– Capitão? – endireitou-se outra vez. – Quando o promoveram?

– Ontem – o orgulho manifestava-se na sua voz. – Imagino que, agora que durmo com um capitão da polícia, tenha de ter cuidado.

– Diz-lhe que me sinto orgulhosa dele.

– Fá-lo-ei. Todos estamos. E agora...

– Como estão as crianças? – tinha prática em adiar o momento do interrogatório.

– É perigoso perguntar a uma mãe como estão os seus filhos nas férias de verão... Superam-nos, ao capitão e a mim, por três a dois – Cilla emitiu uma gargalhada quente. – Os três membros da brigada infernal estão bem. Mas, agora, falemos de ti.

– Eu estou bem. Como estão as coisas na KHIP?

– Igualmente caótico. Resumindo, preferia estar em Maui – Cilla reconheceu a tática de distração e insistiu. – Deborah, quero saber no que estás metida.

– Trabalho. De facto, estou prestes a ganhar um caso – olhou para o relógio e calculou há quanto tempo é que o júri se tinha reunido. – Assim espero.

– Desde quando sais com tipos mascarados? – Cilla sabia que, às vezes, tinha de ser direta.

– Vá lá, Cilla, não acredites em tudo o que lês nos jornais...

– Sim. Nem em tudo o que se diz na rádio, embora ontem tenhamos transmitido a tua última aventura de hora a hora. Mesmo que não me desse ao trabalho de ler os jornais de Urbana, teria sabido. Apareceste nas notícias de âmbito nacional, miúda, e quero saber o que está a acontecer.

Regra geral, era muito mais fácil escapar se acrescentasse alguns toques verdadeiros.

– A personagem chamada Némesis é um tédio. A imprensa glorifica-o... e o que é pior, esta manhã, numa loja a dois quarteirões do tribunal, vi uma montra com t-shirts dele.

– Deborah – não ia permitir que continuasse a distraí-la, – estou há demasiado tempo na rádio para não ser capaz de ler as vozes... em especial, a da minha irmã mais nova. O que há entre vocês?

– Nada – insistiu, desejando que fosse verdade. – Só me encontrei com ele duas vezes durante a investigação que estou a fazer. A imprensa magnifica-o.

– Eu reparei, linda Deb.

– Oh, por favor...

– Não sei o que se passa, mas é importante, agora que andas metida numa coisa tão perigosa. Porque tenho de ler no jornal que um maníaco apontou uma faca ao pescoço da minha irmã?

– É um exagero.

– Ah, de modo que ninguém te ameaçou com uma faca?

«Não importa quão bem minta», pensou. «Cilla saberá.»

– Não foi tão dramático como parece. E não fiquei ferida.

– Facas no teu pescoço – murmurou Cilla. – Edifícios que te explodem na cara. Bolas, Deb, não têm polícia aí?

– Só estava a fazer trabalho de campo. Não comeces – apressou-se a dizer. – Fazes ideia de como é frustrante ter de repetir que sabes o que estás a fazer, que podes cuidar de ti mesma e fazer o teu trabalho?

Cilla suspirou.

– Sim. Não consigo deixar de me preocupar contigo, Deborah, pelo simples facto de que estás a três mil quilómetros. Levou-me anos a aceitar o que aconteceu à mamã e ao papá. Se te perdesse, não conseguiria aguentá-lo.

– Não vais perder-me. Neste momento, o mais perigoso que enfrento é o meu computador.

– Está bem – sabia que discutir com a sua irmã não mudaria nada. E sem importar as respostas que lhe desse, continuaria a preocupar-se. – Escuta, também vi a fotografia da minha maninha com um milionário. Vou ter de comprar um álbum para os recortes. Há alguma coisa que queiras dizer-me?

– Não sei. Neste momento, as coisas estão bastante complicadas e não tive tempo para as analisar.

– Há alguma coisa para analisar?

– Sim – a dor de cabeça voltava. Abriu uma gaveta para tirar um frasco de aspirinas. – Algumas coisas – murmurou, pensando em Gage e em Némesis. Era algo em que nem sequer Cilla poderia ajudá-la. Mas poderia noutras coisas. – Como te casaste com um capitão da polícia, o que te parece de utilizares a tua influência para que me faça um favor?

– Ameaçá-lo-ei cozinhando. Fará o que eu quiser.

Rindo-se, Deborah pegou numa das folhas impressas.

– Eu gostaria que me verificasse alguns nomes. George P. Drummond e Charles R. Meyers, ambos com morada em Denver – soletrou os nomes e acrescentou os seus números de Segurança Social. – Apontaste-os?

– Hum... Hum... – murmurou Cilla, enquanto escrevia.

– E a Solar Corporation, também com sede em Denver. Drummond e Meyers pertencem à direção. Se Boyd pudesse procurar no computador da polícia, poupar-me-ia vários passos de burocracia.

– Consegui-lo-ei mediante mais ameaças. Deb, vais ter cuidado, não vais?

– Certamente. Abraça todos por mim. Sinto a tua falta. De todos – Mitchell apareceu à porta e fez-lhe sinal. – Tenho de desligar, Cilla. O júri já deliberou.

Num dos esconderijos da sua casa, numa sala enorme e cheia de ecos, Gage observava uma fila de computadores. Havia determinados trabalhos que não podia realizar no seu escritório, que preferia manter em segredo. Com as mãos enfiadas nos bolsos das calças de ganga, observou os monitores. Neles apareciam nomes e números.

Num deles podia ver a informação que Deborah tinha procurado do outro lado da cidade. «Está a fazer progressos», pensou. Lentos, sem dúvida, mas igualmente preocupantes. Se ele era capaz de seguir os seus passos, o mesmo poderiam fazer outros.

Começou a escrever no computador. Tinha de encontrar o elo. Assim que o conseguisse, descobriria o nome do homem que tinha assassinado Jack. Se o encontrasse antes de Deborah, ela estaria a salvo.

Os computadores ofereciam-lhe um caminho. Ou podia seguir outro. Deixou que as máquinas desempenhassem a sua função, virou-se e carregou num botão. Na parede do lado oposto da sala de teto alto apareceu um mapa enorme. Aproximou-se dele e observou a cidade de Urbana.

Usando outro teclado, fez com que algumas luzes coloridas piscassem em diversas partes da cidade. Cada uma representava um ponto importante de tráfico de droga, muitos dos quais a polícia ainda desconhecia.

Piscavam em East End, em West End, na zona exclusiva da cidade, nos bairros pobres, no distrito financeiro. Não parecia existir um padrão, embora houvesse sempre. Só tinha de o descobrir.

Enquanto estudava o mapa, iluminou-se-lhe o olhar, que cravou num edifício. O apartamento de Deborah. Já teria chegado a casa? Estaria a salvo no interior? Usaria o robe azul enquanto lia relatórios?

Pensaria nele?

Passou as mãos pela cara. Frank tinha razão, ela interferia na sua concentração. Mas o que podia fazer? Cada tentativa que fazia para que se afastasse do caso fracassava. Era demasiado obstinada.

Sorriu. Não tinha acreditado que alguma vez pudesse apaixonar-se. E o irónico do caso era que tivera de acontecer com uma funcionária pública. Sabia que nenhum dos dois cederia. Mas, sem importar a disciplina que tivesse sobre o corpo e a mente, parecia não ter nenhuma sobre o coração.

Não se tratava só da beleza dela. Embora sempre tivesse gostado de coisas bonitas e tivesse chegado a apreciá-las só pela sua existência. Depois de sair do coma, tinha encontrado um certo consolo em rodear-se de beleza, de toda aquela cor e textura depois de tudo tão cinzento.

Não era só a mente de Deborah. Embora respeitasse a inteligência. Como polícia e homem de negócios, tinha aprendido que uma mente perspicaz era a arma mais poderosa e perigosa.

Havia qualquer coisa, algo indefinível além do seu aspeto e da sua mente, que o tinha apanhado. Porque era tão prisioneiro dela como do seu próprio destino. E não fazia ideia de como resolver ambas as situações.

Sabia que o primeiro passo radicava em encontrar o elo, o nome e a justiça. Quando tivesse deixado isso para trás, e acontecesse o mesmo com Deborah, poderia existir a possibilidade de um futuro.

Afastou aqueles pensamentos, observou as luzes e inclinou-se sobre um computador para começar a trabalhar.

Segurando uma caixa de piza, uma garrafa de Lambrusco e uma pasta cheia de papéis, Deborah saiu do elevador. Enquanto se perguntava como conseguiria tirar as chaves da mala, olhou em direção à porta do apartamento. Um cartaz com letras coloridas dizia: «Parabéns, Deborah!».

Com um sorriso, pensou que era da senhora Greenbaum. Ao virar-se para a porta da sua vizinha, Lil abriu-a.

– Ouvi-o no noticiário das seis. Prendeste aquele miserável. Como te sentes?

– Bem. Sinto-me bem. O que lhe parece de o celebramos com uma piza?

– Convenceste-me – fechou a porta da sua casa e atravessou, descalça, o corredor. – Suponho que tenhas reparado que o ar condicionado voltou a avariar.

– Percebi-o na sauna do elevador.

– Acho que, desta vez, devíamos mobilizar todos os arrendatários – olhou-a com expressão ardilosa. – Em particular, se o nosso porta-voz for uma promotora pública imbatível.

– A senhora é sempre a nossa porta-voz – comentou Deborah. – Mas, se não o resolver nas próximas vinte e quatro horas, telefonarei ao proprietário e pressioná-lo-ei – mexeu no bolso. – Se conseguisse encontrar as chaves.

– Tenho a cópia que me deste – enfiou a mão no bolso das suas calças de ganga e tirou um molho de chaves. – Deixa-me passar.

– Obrigada – já no interior, Deborah deixou a piza numa mesa. – Vou buscar copos e pratos.

Lil levantou a tampa e, com satisfação, viu que tinha todo o tipo de ingredientes.

– Sabes, uma jovem bonita como tu deveria celebrá-lo com um jovem atraente em vez de com uma velha.

– Qual velha? – perguntou Deborah da cozinha, o que provocou uma gargalhada a Lil.

– Está bem, então, com uma mulher um pouco acima da meia-idade. E Gage Guthrie?

– Não o imagino a comer piza e a beber vinho barato – regressou com a garrafa e dois copos, com pratos e guardanapos de papel sob um braço. – É mais de caviar.

– E o que tem isso de mal?

– Nada – franziu o sobrolho. – Nada, mas apetecia-me piza. E depois de me encher, tenho de trabalhar.

– Querida, nunca descansas?

– Tenho uma data limite – comentou e descobriu que ainda estava irritada. Encheu os dois copos e ofereceu um à sua amiga. – À justiça! – brindou. – À mulher mais bonita que conheço.

Ao sentarem-se, cada uma com uma fatia de piza na mão, bateram à porta. Deborah lambeu os dedos e foi abri-la. Viu uma cesta enorme com rosas vermelhas.

– Entrega para Deborah O'Roarke. Tem algum sítio onde possa deixar isto, menina?

– Oh... Sim. Ali – colocou-se em bicos de pés e viu a cabeça do estafeta por cima das flores. – Na mesa.

Enquanto assinava a folha de entrega, viu que as flores ocupavam toda a mesa.

– Obrigada – procurou uma nota na carteira.

– Então? – quis saber Lil, quando voltaram a ficar sozinhas. – Quem as mandou?

Embora já soubesse, Deborah pegou no cartão.

Bom trabalho, senhora promotora pública!
Gage

Não conseguiu evitar o sorriso que apareceu nos seus lábios.

– São de Gage.

– Esse homem sabe fazer as coisas – os olhos de Lil brilharam por trás dos óculos. Não havia nada de que gostasse mais do que de um bom romance... a menos que fosse uma boa manifestação de protesto. – Devem ser, pelo menos, cinco dúzias.

– São lindas – guardou o cartão no bolso. – Suponho que deva telefonar-lhe a agradecer-lhe.

– No mínimo – Lil deu uma dentada à piza. – Porque não o fazes agora, enquanto ainda está fresco na tua mente? – e enquanto ela pudesse ouvir.

Deborah hesitou, envolta na fragrância das flores. «Não», concluiu, com um movimento de cabeça. Se lhe telefonasse naquele momento, quando o gesto lhe baixara as defesas, poderia fazer ou dizer alguma coisa precipitada.

– Depois – decidiu. – Telefono-lhe depois.

– Para ganhar tempo – comentou Lil, enquanto mastigava.

– Sim – sem se envergonhar de o reconhecer, voltou a sentar-se. Comeu em silêncio e depois pegou no copo de vinho. – Senhora Greenbaum – começou, com o sobrolho franzido, – foi casada duas vezes.

– Até ao momento – respondeu, com um sorriso.

– Amou-os aos dois?

– Certamente. Eram bons homens – os seus olhos pequenos e perspicazes adquiriram uma expressão juvenil e sonhadora. – Em ambas as vezes pensei que seria para sempre. Tinha mais ou menos a tua idade quando perdi o meu primeiro marido na guerra. Só estivemos juntos alguns anos. O senhor Greenbaum e eu fomos mais sortudos. Sinto a falta dos dois.

– Alguma vez se perguntou... Imagino que seja uma pergunta estranha, mas perguntou-se o que teria acontecido se os tivesse conhecido ao mesmo tempo?

– Teria sido um problema – arqueou os sobrolhos, intrigada com a ideia.

– Compreende o que quero dizer. Amou-os aos dois, mas, se tivessem aparecido na sua vida ao mesmo tempo, não teria conseguido amar ambos.

– Não há modo de saber que truques pode fazer o coração.

– Mas não se pode amar dois homens do mesmo modo ao mesmo tempo – inclinou-se e no seu rosto refletia-se o conflito que a dominava. – E, se de algum modo o tivesse feito ou acreditado que o fazia, não poderia ter assumido um compromisso com um sem ser infiel ao outro.

– Estás apaixonada por Gage Guthrie? – perguntou Lil, servindo-se de mais vinho.

– É possível – Deborah olhou para a cesta de flores. – Sim, acho que sim.

– E o outro?

Com o copo entre as mãos, Deborah levantou-se para caminhar pela sala.

– Sim. Mas é uma loucura, não é?

«Não», pensou Lil. Nada que tivesse a ver com o amor era uma loucura. E, para algumas pessoas, sabia que essa situação seria deliciosa e excitante. Embora não para Deborah. Para ela, seria dolorosa.

– Tens a certeza de que é amor e não sexo em ambos os casos?

– Pensei que era só físico – suspirou e voltou a sentar-se. – Queria que fosse assim. Mas pensei nisso, tentando ser sincera comigo mesma, e sei que não é. Inclusive misturo-os na minha cabeça. Não só os comparo, como tento transformá-los num só homem, para que tudo fosse mais fácil – bebeu outro gole. – Gage disse-me que me amava e acredito. Não sei o que fazer.

– Segue o teu coração – disse Lil. – Sei que parece um cliché, embora as coisas mais verdadeiras o sejam com frequência. Deixa a tua mente ocupar um segundo plano e ouve o teu coração. Regra geral, faz-se a escolha correta.

Às onze, Deborah viu a última edição do noticiário. Não lhe desagradou ver que a sua vitória no caso Slagerman era a notícia de abertura. Observou a sua própria imagem a prestar uma declaração breve nos degraus do tribunal, franzindo um pouco o sobrolho quando Wisner se adiantou para dizer as suas tolices habituais sobre Némesis.

As notícias aproveitaram esse momento para narrar as últimas façanhas de Némesis: o assalto que frustrara numa garrafeira, o ladrão que apanhara, o assassinato que tinha impedido.

– É um homem ocupado – murmurou, bebendo o resto do vinho. Se a senhora Greenbaum não tivesse passado quase toda a noite com ela, ter-se-ia contentado apenas com um copo em vez de quase metade da garrafa.

«Bom, amanhã é sábado», encolheu os ombros. Poderia dormir mais um pouco antes de ir para o escritório. Ou, se tivesse sorte, descobriria alguma coisa naquela noite. Mas não faria nada se continuasse sentada à frente da televisão.

Esperou até ouvir o boletim meteorológico, que prometia mais calor, muita humidade e possibilidades de tempestade de verão. Apagou a televisão e foi para o quarto para se sentar à secretária.

Tinha deixado a janela aberta, com a vã esperança de que entrasse uma brisa fresca. Noites quentes, necessidades ardentes.

Aproximou-se da janela para respirar fundo e mitigar o desejo que nem sequer o vinho tinha acalmado. Mas continuou a sentir uma palpitação profunda e lenta. «Estará algures aqui fora?», questionou-se, levando uma mão à têmpora. Nem sequer sabia em que homem pensava. E sabia que seria melhor se não pensasse em nenhum.

Acendeu o candeeiro da secretária, abriu uma pasta e olhou para o telefone.

Tinha telefonado a Gage há uma hora e Frank dissera-lhe que o senhor Guthrie tinha saído. Não podia voltar a telefonar-lhe.

Daria a impressão de que controlava os seus passos. Algo a que não tinha direito, em especial, quando fora ela quem pedira tempo e espaço.

Disse a si mesma que era o que desejava. O que precisava. E pensar nele não a ajudaria a encontrar as respostas escondidas algures nos papéis que tinha sobre a sua mesa.

Recomeçou a lê-los, tirando notas num bloco. Enquanto trabalhava, o tempo passou e ouviu um trovão ao longe.

Não deveria ter vindo. Sabia que não era correto. Mas, enquanto percorria as ruas, os passos tinham-no aproximado cada vez mais do apartamento de Deborah. Banhado em sombras, levantou o olhar e viu a luz na sua janela. Esperou na noite quente, dizendo a si mesmo que, quando a apagasse, partiria.

Mas permaneceu acesa, uma luz pálida, mas firme.

Questionou-se se conseguiria convencer-se de que só queria vê-la, falar com ela. Era verdade que precisava de descobrir o que Deborah sabia. Os factos não revelavam a intuição, nem as suspeitas dela. Quanto mais se aproximasse das respostas, mais em perigo estaria.

Inclusive mais do que desejava amá-la, precisava de a proteger.

Mas não foi isso que o impulsionou a atravessar a rua e a subir pela escada de incêndio. Fê-lo porque era incapaz de parar.

Viu-a através da janela aberta. Estava sentada à secretária, com a luz sobre os papéis que lia. Um lápis mexia-se com velocidade na sua mão.

Conseguia cheirá-la. A sua fragrância tentadoramente sexy chegava até ele como um convite. Ou um desafio.

Só podia ver o seu perfil, a curva da sua face e do seu queixo, a forma da sua boca. Usava um robe azul curto aberto e isso permitia-lhe vislumbrar o seu pescoço. Enquanto a contemplava, ela levantou uma mão para esfregar a nuca. O robe mexeu-se, subindo pelas suas coxas, afastando-se um pouco quando cruzou as pernas e voltou a concentrar-se no trabalho.

Deborah leu a mesma frase três vezes, antes de se dar conta de que a sua concentração desaparecera. Esfregou os olhos com a intenção de recomeçar. E todo o seu corpo ficou rígido. Sentiu calor. Devagar, virou-se e viu-o.

Estava no interior do quarto, longe da luz. O coração bateu-lhe de forma descontrolada, não por receio, mas pela expectativa.

– Um intervalo na tua luta contra o crime? – perguntou, com a esperança de que o tom agudo da sua voz escondesse o tremor. – Segundo o noticiário das onze, estiveste ocupado.

– E tu também.

– E continuo ocupada – afastou o cabelo da cara e viu que a sua mão tremia. – Como entraste? – assentiu ao olhar para a janela. – Tenho de me lembrar de a fechar.

– Não teria importado. Não depois de te ver.

Ela sentiu todo o seu corpo tenso. Levantou-se, dizendo a si mesmo isso acrescentaria autoridade.

– Não vou permitir que isto continue.

– Não podes pará-lo – avançou para ela. – Nem eu – cravou o olhar nos papéis na secretária. – Não me ouviste.

– Não. Nem penso fazê-lo. Investigarei todas as mentiras e percorrerei todos os becos sem saída até que encontre a verdade. Depois, concluirei o meu trabalho – desafiou-o com o olhar. – Se queres ajudar-me, conta-me o que sabes.

– Sei que te desejo – enfiou uma mão no cinto do robe para a imobilizar. Naquele momento, Deborah era a sua única necessidade, a sua única busca, o seu único alimento. – Agora. Esta noite.

– Deves ir-te embora – não pôde fazer nada para impedir o calafrio do seu próprio desejo. A integridade lutou contra a paixão. – Deves partir.

– Sabes como te desejo? – perguntou, com voz áspera, ao colá-la a ele. – Não há nenhuma lei que não quebrasse, nenhum valor que não sacrificasse para te ter. Compreendes esse tipo de necessidade?

– Sim – também estava a consumi-la. – Sim. É errado.

– Errado ou não, é esta noite – com a mão, atirou o candeeiro ao chão, que se partiu. Quando o quarto ficou sumido na escuridão, pegou-a ao colo.

– Não podemos – mas os seus dedos cravaram-se nos ombros dele.

– Fá-lo-emos.

Enquanto ela abanava a cabeça, a boca de Némesis apoderou-se da dela, febril, poderosa e sedutora. O poder que irradiou deixou-a aturdida e impotente para resistir à necessidade que bulia no seu interior. Suavizou os lábios sem ceder, afastou-os sem se entregar. E, enquanto se lançava às cegas no beijo, a sua mente ouviu o que tinha tentado dizer-lhe o seu coração.

Deitou-a na cama, enquanto a boca impaciente percorria a sua cara e as mãos lhe arrancavam o robe. Por baixo estava tal como ele tinha sonhado. Ardente, suave e fragrante. Tirou as luvas e permitiu-se sentir o que tinha ansiado.

Como um rio, Deborah fluiu sob as suas mãos. Poderia afogar-se nela. Sentiu a textura, o sabor, o cheiro. Na noite abrasadora, mostrou-se implacável.

Ele continuava a ser uma sombra, mas ela conhecia-o. E desejava-o. Descartada toda a racionalidade, agarrou-se a ele e os seus lábios procuraram-se enquanto rodavam na cama. Desesperada por o sentir contra ela, por sentir o batimento selvagem do seu coração, levantou-lhe a camisa. Ouviu palavras sussurradas sobre os lábios, sobre o pescoço, os seios, enquanto o despia com frenesi.

Então, ficou tão vulnerável como Deborah. O trovão ecoou e o relâmpago brilhou na noite sem lua. Na atmosfera flutuava a fragrância das rosas e da paixão. Ela tremeu, com a mente em branco devido aos prazeres que lhe mostrava.

Tudo foi calor, desejo, glória. Agarrou-se a ele e exigiu mais. Mas, antes que ela pudesse exigir, Némesis deu-lhe, levando-a outra vez às alturas, onde a esperavam deleites obscuros e secretos. Gemidos e sussurros. Carícias apaixonadas. Desejos insaciáveis.

Quando pensou que, sem dúvida, enlouqueceria, penetrou-a. E, então, imperou a loucura. Entregou-se com toda a sua força e ansiedade.

– Amo-te – abraçou-o, enquanto o pronunciava.

As palavras preencheram-no, tal como ele a preenchia. Comoveram-no, enquanto os seus corpos se mexiam. Afundou a cara no cabelo de Deborah e sentiu as unhas nas suas costas. Viveu a sua própria libertação e depois a dela ao gritar o seu nome.

Estava deitado na escuridão. O rugido na sua cabeça tinha diminuído gradualmente, até que a única coisa que ouvia era o trânsito da rua e a respiração profunda de Deborah. Os seus braços já não o apertavam. Naquele momento, estava quieta.

Devagar, incomodado com a sua própria fraqueza, afastou-se dela. Deborah não se mexeu, não falou. Na escuridão, aproximou-lhe uma mão da cara e sentiu-a húmida. Odiou aquela parte de si mesmo que lhe tinha provocado dor.

– Há quanto tempo sabias?

– Só soube esta noite – antes que pudesse voltar a tocar-lhe, virou-se e procurou o robe. – Pensaste que não me daria conta quando me beijaste? Não pensaste que, sem importar quão escuro estivesse ou a confusão que provocas em mim, saberia assim que acontecesse?

Na sua voz, para além de fúria, também havia dor. Ele conseguiria ter suportado a fúria.

– Não, não pensei.

– Não? – acendeu o candeeiro da mesa de cabeceira e olhou para ele. – És demasiado inteligente, Gage, para teres cometido esse erro.

Observou-a. Tinha o cabelo despenteado e a pele ainda corada pelo contacto íntimo. Nos seus olhos havia lágrimas.

– Talvez soubesse. Talvez não quisesse deixar que importasse – endireitou-se e estendeu a mão para ela. – Deborah...

Esbofeteou-o duas vezes.

– Bolas, mentiste-me! Fizeste com que duvidasse de mim mesma, dos meus valores. Sabias, tinhas de saber, que estava a apaixonar-me por ti – com uma gargalhada, virou-se. – Por vocês os dois.

– Por favor, escuta – quando lhe tocou no ombro, afastou-o com brusquidão.

– Não te recomendo que me toques agora.

– Está bem – fechou a mão. – Apaixonei-me tão depressa por ti que não consegui pensar. A única coisa que sabia era que precisava de ti e que queria que estivesses a salvo.

– De modo que puseste a máscara e saíste para me protegeres. Não te agradecerei por isso. Por nada.

A contundência que captou na sua voz provocou-lhe pânico.

– Deborah, o que aconteceu aqui esta noite...

– Sim, o que aconteceu aqui. Para isto, sim, confiavas em

mim – assinalou a cama. – Mas não para o resto. Não para me dizeres a verdade.

– Não. Não podia, porque sei o que pensas sobre o que faço.

– Isso é uma história diferente, não é? – secou as lágrimas A fúria dava lugar à tristeza. – Se sabias que tinhas de me mentir, porque não te mantiveste afastado de mim?

Tinha-lhe mentido e tinha-a magoado. Naquele momento, só podia oferecer-lhe a verdade e esperar que o ajudasse.

– Foste a única coisa em quatro anos que não consegui superar. A única coisa em quatro anos da qual precisei tanto como da própria vida. Não espero que o entendas ou que o aceites, mas que acredites em mim.

– Não sei no que acreditar. Gage, desde que te conheço, senti-me dividida entre duas direções distintas, acreditando que estava a apaixonar-me por dois homens diferentes. Mas és só tu. Não sei o que fazer – suspirou e fechou os olhos. – Não sei o que é correto.

– Amo-te, Deborah. Não há nada mais correto do que isso. Dá-me a oportunidade de to demonstrar, dá-me tempo para te explicar o resto.

– Não parece que tenha muita escolha. Gage, não posso mudar... – abriu os olhos e, pela primeira vez, pareceu reparar nas cicatrizes que havia no peito dele. A dor atravessou-a e quase a deixou de joelhos. – Fizeram-te isto? – murmurou.

– Não quero compaixão, Deborah – comentou, com o corpo rígido.

– Cala-te! – aproximou-se dele e rodeou-o com os braços. – Abraça-me – abanou a cabeça. – Não, com mais força. Poderia ter-te perdido há anos sem ter tido a oportunidade de te ter – ao levantar a cabeça, nos seus olhos tinham voltado a aparecer lágrimas. – Não sei o que fazer. Mas, esta noite, basta que estejas aqui. Ficarás?

– O tempo que tu quiseres – deu-lhe um beijo nos lábios.

CAPÍTULO 8

Deborah acordava sempre contrariada. Mas não foi o ruído da rua que fez com que abrisse os olhos, mas o glorioso cheiro a café.

O relógio marcava as dez e meia. «Dez e meia!». Tentou sentar-se e descobriu que estava sozinha na cama.

Esfregou os olhos e pensou em Gage. Teria voltado a encomendar o pequeno-almoço? Ovos mexidos? Bolos? Morangos e champanhe? Daria tudo por uma simples chávena de café e um dónute duro.

Endireitou-se e agachou-se para apanhar o robe, que estava no chão. Por baixo, viu um tecido preto. Apanhou-o e voltou a deitar-se na cama.

Uma máscara. Apertou-a na mão. Não tinha sido um sonho. Era real. Ele aparecera de noite e tinham feito amor. As suas duas fantasias. O encantador homem de negócios e o arrogante desconhecido de preto. Eram um só homem, um só amante.

Gemeu e afundou a cara entre as mãos. O que ia fazer? Como raio ia gerir a situação? Como mulher ou como promotora pública?

Amava-o. E, ao amá-lo, traía os seus princípios. Se revelasse o segredo, trairia o seu coração.

E como podia amá-lo sem o compreender?

Mas amava-o e era impossível que o seu coração voltasse atrás.

Decidiu que tinham de falar. Com calma e sensatez. Rezava para ter forças e as palavras certas. Não bastaria dizer-lhe que desaprovava o comportamento dele. Ele já sabia. Não bastaria dizer-lhe que tinha medo. Isso só o impulsionaria a tranquilizá-la. De algum modo, tinha de encontrar as palavras certas para o convencer de que o caminho que tinha escolhido não só era perigoso, como errado.

Quando o telefone tocou, soltou um palavrão. Vestiu o robe e atravessou a cama para o atender.

– Fala a irmã de Deborah – a voz de Cilla mostrava diversão e curiosidade. – Como estás?

– Bem, obrigado – replicou Gage. – Deborah continua a dormir. Queres que...?

– Estou aqui – suspirou e afastou o cabelo da cara. – Olá, Cilla.

– Olá!

– Adeus, Cilla! – Deborah ouviu Gage a desligar. Reinou um momento de silêncio vibrante.

– Hum... Suponho que tenha telefonado numa má altura.

– Não. Estava a levantar-me. Não é um pouco cedo em Denver?

– Com três crianças, é como se fosse meio-dia. Bryant, sai daqui com essa bola de basquetebol. Sai! Nenhum entra na cozinha. Deb?

– Sim?

– Desculpa. Boyd investigou aqueles nomes e pensei que gostasses de receber a informação imediatamente.

– Ótimo! – pegou num lápis.

– Deixarei que ele te ponha a par – ouviu-se barulho. – Não, dá-me isso. Meu Deus, Boyd, o que tem Keenan na cara? – ouviram-se risinhos, depois um estrondo quando o auscultador bateu contra o chão e o som de pés a correr. – Deb?

– Parabéns, capitão Fletcher!

– Obrigado. Suponho que Cilla to tenha dito. Como estão as coisas?

Olhou para a máscara que ainda tinha na mão.

– Não tenho a certeza – sorriu. – As coisas parecem normais aí.

– Aqui, nunca nada é normal. Eh, Allison, não deixes que o cão... – outro estrépito e latidos. – Demasiado tarde.

– Boyd, agradeço pela tua rapidez.

– Não foi nada. Parecia importante.

– É.

– Bom, não consegui muito. George P. Drummond era um canalizador por conta própria...

– Era?

– Sim. Morreu há três anos. De causas naturais. Tinha oitenta e dois anos e nenhuma relação com a Solar Corporation.

– E o outro? – fechou os olhos.

– Charles R. Meyers. Professor de Ciências e treinador de futebol no liceu. Faleceu há cinco anos. Ambos estavam limpos.

– E a Solar Corporation?

– Até agora, não descobri muito. A morada que deste a Cilla não existia.

– Devia tê-lo imaginado. Cada vez que viro numa esquina neste assunto, deparo-me com um beco sem saída.

– Conheço a sensação. Investigarei mais. Lamento não ter sido de muita ajuda.

– Sim, foste.

– Dois tipos mortos e uma morada falsa? Não é muito. Deborah, estivemos a ler os jornais. Podes dizer-me se este assunto tem alguma coisa a ver com o teu fantasma mascarado?

– Oficiosamente, sim – fechou a mão sobre o tecido preto.

– Imagino que Cilla já to tenha dito, mas tem cuidado, está bem?

– Terei.

– Ela quer falar contigo outra vez – murmúrios e risinhos. – Qualquer coisa a respeito de um homem a atender o teu telefone – Boyd voltou a rir-se e Deborah quase pôde vê-los a lutar pelo auscultador.

– Só quero saber... – Cilla pareceu ofegante. – Boyd, para! Vai dar de comer ao cão ou algo parecido. Só quero saber – repetiu – quem é o dono daquela voz sexy e maravilhosa.

– Um homem.

– Já supunha. Tem nome?

– Sim.

– Bom, queres que o adivinhe? Phil, Thomas, Maximilian?

– Gage – murmurou, rendendo-se.

– O milionário? Boa escolha!

– Cilla...

– Eu sei, eu sei. És uma mulher adulta e sensata, com uma vida própria. Não direi nem mais uma palavra. Mas estás...?

– Antes que continues, devo avisar-te que ainda não bebi café.

– Está bem. Mas quero que me telefones em breve. Preciso de detalhes.

– Dar-tos-ei quando os tiver. Manter-me-ei em contacto.

– É bom que o faças!

Desligou e sentou-se. Parecia que voltava à linha de partida. No entanto, havia prioridades, por isso, seguiu o cheiro do café.

Gage estava com umas calças de ganga e descalço, com a camisa desabotoada.

– Tu cozinhas? – perguntou da porta.

– Olá! – virou-se. – Peço desculpa pelo que aconteceu ao telefone, pensei que conseguisse atendê-lo antes que acordasses.

– Não faz mal. Já estava... acordada – sentindo-se incomodada, tirou uma chávena de um armário e serviu-se de café. – Era a minha irmã.

– Sim – apoiou as mãos nos ombros dela e deslizou-as até aos seus cotovelos, e depois até às costas. Quando Deborah ficou rígida, sentiu-se como se uma faca o atravessasse. – Preferias que não estivesse aqui?

– Não sei. Suponho que precisemos de falar – embora ainda não fosse capaz de o fazer. – O que estás a fazer?

– Fatias douradas. Não tinhas muita coisa no frigorífico, portanto, fui ao supermercado da esquina comprar algumas coisas.

– Há quanto tempo estás acordado?

– Há duas ou três horas.

– Não dormiste muito – acrescentou, quando ele regressou para junto do fogão.

Observou-a. «Está a conter-se», pensou. «Mas a dor e a fúria estão ali.»

– Não preciso de dormir muito. Já não... – acrescentou dois ovos ao leite que tinha numa tigela. – Passei a maior parte de um ano a dormir. Depois do meu regresso, bastavam-me quatro horas de sono.

– Imagino que seja assim que consegues gerir os teus negócios e... a outra coisa.

– Sim – continuou a misturar os ingredientes e depois introduziu as fatias de pão na tigela. – Pode dizer-se que o meu metabolismo mudou... entre outras coisas – o pão crepitou ao colocá-lo na frigideira. – Queres que me desculpe pelo acontecido ontem à noite?

– Eu tiro os pratos – comentou Deborah, passado algum tempo.

– Ótimo! – conteve um palavrão. – Estará pronto em dois minutos.

Esperou até se sentarem junto da janela. Ela não disse nada enquanto brincava com o pequeno-almoço. O seu silêncio e a sua expressão abatida afetavam-no mais do que cem acusações.

– É a tua vez – murmurou ele.

– Eu sei – olhou para ele.

– Não vou desculpar-me por me ter apaixonado por ti ou por termos feito amor. Estar contigo ontem à noite foi a coisa mais importante que me aconteceu – esperou, observando-a. – Não acreditas, pois não?

– Não sei muito bem no que acredito, no que posso acreditar – fechou as mãos à volta da chávena. – Mentiste-me, Gage, desde o início.

– Sim – conteve a necessidade de lhe tocar. – As desculpas, na verdade, pouco importam. Foi deliberado e, se tivesse sido possível, teria continuado a mentir-te.

– Sabes como isso me faz sentir? – levantou-se e cruzou os braços.

– Acho que sim.

– Não conseguirias – magoada, abanou a cabeça. – Fizeste-me duvidar de mim mesma ao nível mais básico. Estava a apaixonar-me por ti, por vocês os dois, e sentia-me envergonhada. Sim, agora consigo ver que fui uma tola ao não tê-lo descoberto antes. Os meus sentimentos eram exatamente os mesmos pelo que considerava serem dois homens. Olhava para ti e pensava nele. Olhava para ele e pensava em ti – levou os dedos aos lábios. As palavras saíam com muita rapidez. – Naquela noite, no quarto de Santiago, ao recuperar os sentidos e ver que me abraçavas, olhei-te nos olhos e recordei a primeira vez que te vi na sala de baile do Palácio Stuart. Pensei que estava a ficar louca.

– Não o fiz para te magoar, só para te proteger.

– Do quê? – exigiu. – De mim, de ti? Cada vez que me tocavas, eu... – tentou acalmar-se. Afinal de contas, esse era o seu problema. As emoções. – Não sei se consigo perdoar-te, Gage, ou confiar em ti. Inclusive amando-te, não sei.

Ele permaneceu onde estava, sabendo que, se tentasse aproximar-se, ela resistiria.

– Não posso desfazer o que já está feito. Não o desejava, Deborah. Não desejava ninguém que pudesse tornar-me vulnerável para cometer um erro – pensou no seu dom, na sua maldição. – Nem sequer tenho o direito de te pedir que me aceites como sou.

– Com isto? – tirou a máscara do bolso do robe. – Não, não tens o direito de me pedir que aceite isto. Mas é exatamente o que está a fazer. Pedes-me que te ame. E pedes-me que feche os olhos ao que fazes. Dediquei a minha vida à lei. Supõe-se que não devo dizer nada enquanto tu a ignoras?

– Estive prestes a perder a vida por causa da lei – os seus olhos obscureceram. – O meu colega morreu por ela. Nunca a ignorei.

– Gage, isto não pode ser pessoal.

– O tanas! Tudo é pessoal. Sem importar o que leias nos teus livros de Direito, sem importar os precedentes ou ações que descubras, tudo se reduz às pessoas. Sabe-lo. Sente-lo. Vi-te a trabalhar.

– Dentro da lei – insistiu. – Tens de perceber que o que fazes é errado, para não dizer que é perigoso. Deves parar.

– Nem sequer por ti – asseverou.

– E se eu for falar com Mitchell, o comissário da polícia ou Fields?

– Então, farei o que for necessário. Mas não pararei.

– Porquê? – aproximou-se dele, com a máscara na mão. – Bolas, porquê?

– Porque não tenho escolha – endireitou-se e agarrou-a com força pelos ombros, antes de a largar e virar-se. – Não há nada que possa fazer para o mudar. Nada que vá fazer.

– Sei o que aconteceu com Montega – quando ele se virou, viu a dor na sua cara. – Lamento, Gage, lamento muito o que te aconteceu a ti e ao teu colega. Apanharemos Montega, garanto-te. Mas a vingança não é a resposta que procuras. Não pode ser.

– O que me aconteceu há quatro anos mudou-me a vida. Não é um cliché. É a realidade – apoiou a mão na parede e observou-a, e, depois, voltou a enfiá-la no bolso. – Leste os relatórios sobre o que aconteceu na noite em que assassinaram Jack?

– Sim, li-os.

– Todos os factos – murmurou. – Mas não toda a verdade.

Constava no relatório que o adorava? Que tinha uma esposa bonita e um filho que gostava de andar de triciclo?

– Oh, Gage... – não conseguiu evitar que os olhos se lhe enchessem de lágrimas, nem estender os braços, mas ele afastou-se.

– Constava no relatório que tínhamos dado quase dois anos da nossa vida para fecharmos aquele caso? Dois anos a lidar com o tipo de gente que tem iates e mansões comprados com o dinheiro que ganham a vender droga aos pequenos traficantes, que pagam as rendas de casa vendendo-a na rua. Dois anos para nos infiltrarmos. Porque éramos polícias e acreditávamos que poderíamos fazer a diferença – apoiou as mãos tensas nas costas da cadeira. Deborah só conseguia olhar para ele. – Quando o caso fosse encerrado, Jack tiraria umas férias. Não para ir a algum lado, mas para estar em casa, a cortar a relva, a arranjar o lava-loiça, para passar tempo com Jenny e o seu filho. Foi o que me disse. Eu pensava ir para Aruba durante duas semanas, mas Jack não tinha grandes sonhos. Apenas sonhos normais.

Levantou o olhar e olhou pela janela, mas não viu a luz do sol, nem o trânsito na rua. Sem esforço, recuou até ao passado.

– Saímos do carro. Tínhamos uma mala cheia de notas marcadas, apoio policial e uma fachada sólida. O que podia correr mal? Ambos estávamos preparados. Íamos reunir-nos com o chefe. Conseguia cheirar a água, ouvir como batia contra os cais. Eu suava, não pelo calor, mas porque alguma coisa não batia certo. Mas não prestei atenção ao meu instinto. Então, Montega...

Gage pôde vê-lo, de pé, nas sombras do cais, o ouro a cintilar no seu sorriso.

«Polícias pestilentos.»

– Matou Jack antes que eu conseguisse sacar da minha arma. E fiquei paralisado. Só um instante, o tempo que o coração demora a pulsar, mas fiquei paralisado. E disparou contra mim.

Deborah pensou na cicatriz do seu peito e mal conseguiu respirar. Tinha visto o seu colega a ser assassinado. Tinha sofrido naquele momento, naquele instante em que também pudera ver a sua morte iminente. A dor que a percorreu foi por Gage.

– Não. De que serve recordá-lo? Não poderias ter salvado Jack. Independentemente de como tivesses sido rápido ou do que tivesses feito, não poderias tê-lo salvado.

– Não naquele momento – olhou para ela. – Naquela noite, morri.

– Estás vivo – afirmou, com um calafrio.

– Hoje em dia, a morte é praticamente um termo técnico. Tecnicamente, morri. E parte de mim saiu do meu corpo – tinha de lhe contar. – Observei os médicos a trabalhar sobre mim, lá no cais. E novamente na sala de cirurgia. Quase... Quase flutuei. E então... Fiquei preso.

– Não entendo.

– De volta ao meu corpo, mas não de volta – levantou as mãos e estendeu-as. Não sabia se seria capaz de lho explicar. – Às vezes, conseguia ouvir... vozes, a música clássica que a enfermeira punha, choro. Ou sentia o cheiro das flores. Não conseguia falar, nem ver. Mas, o mais importante, não conseguia sentir nada – deixou cair as mãos. – Não queria. Então, regressei... e senti demasiado.

Era impossível de imaginar, mas ela sentiu a dor e a angústia no seu coração.

– Não vou dizer que compreendo o que aconteceu. Ninguém conseguiria. Mas dói-me pensar nisso, o que ainda acontece.

– Quando te vi naquela noite, no beco, a minha vida mudou outra vez. Foi tão impossível pará-lo como da primeira vez – desceu o olhar para a máscara que ela segurava. – Agora, a minha vida está nas tuas mãos.

– Oxalá soubesse o que é o correto...

– Dá-me tempo – aproximou-se dela e levantou as mãos até à sua cara. – Alguns dias.

– Não sabes o que estás a pedir.

– Eu sei – não permitiu que se afastasse. – Mas não tenho escolha. Deborah, se não acabar o que comecei, bem poderia ter morrido há quatro anos.

Ela abriu a boca para protestar, mas nos olhos dele viu a verdade das suas palavras.

– Não há outra maneira?

– Para mim, não. Alguns dias – repetiu. – Depois, se considerares que deves contar aos teus superiores o que sabes, aceitá-lo-ei. E assumirei as consequências.

Ela fechou os olhos. Sabia o que ele não podia saber, que lhe daria tudo.

– Mitchell deu-me duas semanas – murmurou. – Não posso prometer-te mais.

– Amo-te – sabia o que aquilo custava a Deborah e só podia rezar para dispor de tempo para equilibrar a balança.

– Eu sei – abriu os olhos e olhou para ele, e depois apoiou a cabeça no peito dele. A máscara caía-lhe dos dedos. – Sei que me amas – sentiu que a rodeava com os braços. Voltou a levantar a cabeça para ir ao encontro dos lábios dele e deixar que o beijo se prolongasse, quente e promissor, inclusive enquanto a sua consciência travava uma batalha silenciosa. Questionou-se sobre o que seria deles. Receosa, abraçou-o com força. – Porque não podes ser simples? – sussurrou. – Porque não podes ser normal?

Ele tinha feito a pergunta a si mesmo inúmeras vezes.

– Desculpa.

– Não – abanou a cabeça. – Eu é que peço desculpa. Não serve de nada queixarmo-nos – secou as lágrimas. – Talvez não saiba o que vai acontecer, mas sei o que há a fazer. Tenho de voltar para o trabalho. Talvez consiga encontrar uma saída – arqueou um sobrolho. – Porque sorris?

– Porque és perfeita. Absolutamente perfeita – tal como na noite anterior, prendeu-lhe o cinto do robe com o polegar. – Vem para a cama comigo. Mostrar-te-ei o que quero dizer.

– É quase meio-dia – comentou, enquanto ele lhe mordiscava o lóbulo da orelha. – Tenho trabalho para fazer.

– Tens a certeza?

Deborah fechou os olhos e inclinou o corpo para Gage.

– Hum... Sim – afastou-se com as duas mãos estendidas. – Sim, a sério. Não disponho de muito tempo. Nenhum dos dois.

– Está bem – sorriu quando ela fez uma expressão de aceitação. Com um pouco de sorte, talvez pudesse dar-lhe uma coisa normal. – Com uma condição.

– Qual?

– Esta noite, tenho de ir a uma gala de solidariedade. Jantar, espetáculo, baile. No Parkside.

– Estás a falar do baile de verão? – pensou no hotel antigo, exclusivo e elegante que dava para o parque da cidade.

– Sim. Tinha pensado em não ir, mas mudei de ideias. Acompanhar-me-ás?

– Perguntas-me ao meio-dia se quero ir ao evento mais importante da cidade, que começa dentro de oito horas? – arqueou um sobrolho. – E pedes-mo quando devia ir trabalhar e não tenho esperança de conseguir hora no cabeleireiro, nem tempo para comprar o vestido certo.

– Resumiste-o muito bem – concordou ele.

– A que horas vens buscar-me?

Às sete horas, Deborah meteu-se no duche. Não acreditava que conseguisse mitigar todas as suas dores e naquele dia já atingira a sua dose de aspirinas. Seis horas diante do computador e ao telefone tinham dado poucos resultados.

Cada nome que tinha confirmado pertencia a uma pessoa que já estava morta há muito tempo. Cada morada era um beco sem saída e cada empresa investigada só a tinha conduzido a um labirinto de empresas.

O elo em comum, como lhe tinha chamado Gage, parecia ser a frustração.

Precisava de descobrir a verdade. Já não se tratava unicamente de uma questão de justiça. Era uma coisa pessoal. Embora soubesse que isso distorcia a sua objetividade, não conseguia evitá-lo. Enquanto não resolvesse aquilo, não saberia onde estava o seu futuro e o de Gage.

«Talvez em lado nenhum», pensou, enquanto se enrolava numa toalha. Tinham-se unido como um trovão e um relâmpago. Mas as tempestades passavam. Sabia que uma relação duradoura precisava de algo mais do que apenas paixão. Os seus pais tinham tido paixão... e nenhum entendimento. Inclusive, era preciso mais do que amor. Os seus pais tinham-se amado, mas tinham sido infelizes.

Confiança. Sem confiança, o amor e a paixão desvaneciam-se. Queria confiar nele. E acreditar nele. Mas ele não confiava nela. Havia coisas que Gage sabia que poderiam aproximá-la mais da verdade do caso. Mas guardava-as para ele, convencido de que só a maneira dele era adequada.

Suspirou e começou a secar o cabelo. E não se passava o mesmo com ela?

Se eram adversários numa crença fundamental, como podia bastar o amor?

Mas tinha aceitado vê-lo naquela noite. Não porque queria ir a um baile elegante, já que, se a tivesse convidado para comer um cachorro quente e jogar bólingue, também teria ido. Porque, para ser sincera, tinha de reconhecer que não desejava estar longe dele.

Entregar-se-ia naquela noite, mas, tal como a Cinderela, quando o baile acabasse, deveria enfrentar a realidade.

Foi para o quarto. Sobre a cama estava o vestido que tinha comprado há menos de uma hora. Gage tinha-lhe dito que gostava de a ver de azul. Conforme quisera o destino, ao entrar na butique, ali estava, à espera dela. Azul-elétrico, com lantejoulas prateadas. E assentava-lhe como uma luva.

Fizera uma careta ao ver o preço. A cautela e o salário de um mês tinham desaparecido.

Ao ver-se ao espelho, não o lamentou. Os brincos de brilhantes eram o acessório ideal.

Estava a calçar-se quando Gage bateu à porta.

Ele deixou de sorrir quando lha abriu. Deborah curvou os lábios ao ver o desejo súbito e intenso nos seus olhos. Muito devagar, deu uma volta.

– O que te parece?

– Ainda bem que não te dei mais tempo para te arranjares – descobriu que, se o fizesse devagar, conseguia respirar.

– Porquê?

– Não teria conseguido resistir se estivesses mais bonita.

– Demonstra-mo – disse e levantou o queixo.

Ele quase tinha medo de lhe tocar. Com muita delicadeza, apoiou as mãos nos seus ombros e desceu os lábios para a beijar. Mas o sabor de Deborah tornou-o ambicioso. Com um murmúrio, fechou a porta com o pé.

– Oh, não... – ofegou ela, tendo de se apoiar contra a porta. Mas estava decidida. – Com o que me custou o vestido, quero usá-lo em público.

– Sempre prática – deu-lhe um último beijo. – Podíamos chegar atrasados.

– Iremos cedo – sorriu.

Quando chegaram, a sala estava cheia de gente encantadora, influente e rica. Com um copo de champanhe e canapés, Deborah observou as mesas.

Viu o governador com uma atriz muito conhecida, um magnata editorial com uma estrela da ópera, o presidente da câmara a trocar sorrisos com uma escritora famosa.

– São teus conhecidos? – murmurou Deborah, sorrindo.

– Só alguns – com delicadeza, brindou com ela.

– Hum... Aquele é Tarrington, não é? – indicou com a cabeça um jovem de aspeto interessante. – Que hipóteses achas que tem nos debates?

– Tem muito a dizer – comentou Gage. – Às vezes, com pouco tato, mas não lhe falta a razão. No entanto, custar-lhe-á convencer os eleitores com mais de quarenta anos.

– Gage – Arlo Stuart parou perto da sua mesa e deu-lhe uma palmadinha no ombro. – É bom ver-te.

– Fico contente por teres vindo.

– Não o teria perdido por nada do mundo – Arlo, um homem alto e bronzeado, de cabelo grisalho e olhos verdes, agitou o copo de uísque. – Fizeste coisas ótimas aqui. Não tinha voltado desde o restauro.

– Nós gostamos.

Deborah demorou um minuto a dar-se conta de que falavam do hotel, o qual pertencia a Gage. Contemplou os lustres opulentos. Devia ter imaginado.

– Eu gosto de saber que a concorrência tem classe – olhou para Deborah. – Falando de classe, o seu rosto é-me familiar. E sou demasiado velho para que o considere uma insinuação.

– Arlo Stuart, Deborah O'Roarke.

– O'Roarke... O'Roarke – apertou-lhe a mão com entusiasmo. Os seus olhos refletiam calor e astúcia. – É a promotora pública de que toda a gente fala? Os jornais não lhe fazem justiça.

– Senhor Stuart...

– O presidente da câmara fala bem de si. Muito bem. Mais tarde, tem de me conceder uma dança para que possa contar-me tudo sobre o seu amigo Némesis.

– Seria uma conversa breve.

– Não segundo o nosso jornalista favorito. Certamente, Wisner é um imbecil – acrescentou, sem lhe largar a mão. – Onde conheceste a nossa grande promotora pública, Gage? Sem dúvida, frequento os lugares errados.

– No teu hotel – replicou, com um sorriso. – No evento para angariar fundos a favor do presidente da câmara.

– Isso ensinar-me-á a não fazer campanha por Fields – emitiu uma gargalhada contagiante. – Não se esqueça da dança.

– Não o farei – disse, agradecida por ter outra vez a mão no colo. Quando o homem se afastou, mexeu os dedos. – É sempre tão... exuberante?

– Sim – Gage agarrou-lhe a mão e beijou-lha. – Alguma coisa partida?

– Não creio – satisfeita por sentir o seu toque, olhou para a sala. Palmeiras frondosas, uma fonte, tetos com espelhos. – Este hotel é teu?

– Sim. Gostas?

– É bonito – encolheu os ombros quando ele sorriu. – Não devias falar com os convidados?

– Estou a fazê-lo – roçou-lhe os lábios.

– Se não parares de olhar para mim dessa maneira...

– Continua, por favor.

– Acho que vou à casa de banho – comentou, com voz trémula.

Quando ia a meio da sala, o presidente da câmara cortou-lhe a passagem.

– Eu gostaria de falar consigo, Deborah.

– Certamente.

Com um braço à volta da cintura dela e um sorriso político, conduziu-a com destreza entre as pessoas em direção às portas da sala.

– Pensei que nos daria jeito um pouco de privacidade.

Ao olhar para trás, ela reparou que Jerry avançava na sua direção. Ao receber um sinal do presidente da câmara, parou, olhou para Deborah com expressão de desculpa e voltou a misturar-se com os convidados.

– Está uma noite deslumbrante – começou ela, sabendo que o presidente da câmara gostava de puxar pessoalmente os assuntos.

– Surpreendeu-me vê-la aqui – conduziu-a para um canto com plantas e telefones públicos. – Embora talvez não devesse, já que ultimamente se relacionou o nome de Guthrie com o seu.

– Saio com Gage – disse, com frieza. – Se se refere a isso. A nível pessoal – já começava a fartar-se da política. – Era sobre isso que queria falar comigo, senhor presidente? Sobre a minha vida social?

– Só do que afeta a profissional. Inquietou-me e dececionou-me que continuasse com a investigação contra a minha vontade.

– A sua vontade? – perguntou. – Ou a do senhor Guthrie?

– Respeitei o seu ponto de vista e concordei com ele – os seus olhos refletiram um brilho de fúria que raramente mostrava fora do seu escritório. – Com franqueza, dececiona-me a sua atuação neste sentido. O seu percurso excelente no tribunal não compensa os seus erros temerários fora dele.

– Temerários? Acredite em mim, senhor presidente, ainda não comecei a ser temerária. Estou a cumprir as ordens do meu superior em relação à investigação. Eu iniciei-a e pretendo acabá-la. Como se supõe que estamos do mesmo lado, imaginei que se sentisse satisfeito com a dedicação que o gabinete do promotor público mostra por este caso, não só com a nossa persistência em apanhar e julgar os traficantes, mas com a nossa tentativa de localizar Montega, um conhecido assassino de polícias, e de o levar perante a justiça.

– Não me diga de que lado estou – prestes a perder o controlo, agitou um dedo diante da cara dela. – Trabalho para esta cidade desde antes de você ter nascido. Menina, não queira que me torne seu inimigo. Eu dirijo Urbana e pretendo que continue a ser assim. Há muitos promotores jovens e ansiosos.

– Está a ameaçar despedir-me?

– Estou a avisá-la – com um esforço evidente, recuperou o controlo. – Ou trabalha com o sistema ou trabalha contra ele.

– Eu sei – fechou os dedos com força sobre a mala.

– Admiro-a, Deborah – disse, mais sereno. – Mas, tal como tem entusiasmo, carece de experiência e um caso como este requer mãos e mentes mais experientes.

– Mitchell deu-me duas semanas.

– Estou a par disso. Certifique-se de jogar de acordo com as regras – embora os seus olhos ainda irradiassem paixão, apoiou uma mão no seu braço. – Aprecie a noite. O menu é excelente.

Quando a deixou, ela permaneceu ali, dominada pela raiva. Tentando recuperar o controlo, dirigiu-se para a casa de banho. Uma vez lá dentro, deixou a mala na bancada e deixou-se cair numa cadeira diante de um dos espelhos ovalados.

«Então, o presidente da câmara está descontente», pensou. Tirou um batom da mala e maquilhou-se. Estava furioso por ela ter desrespeitado a sua autoridade.

Acharia que só havia um modo de fazer as coisas, um caminho a seguir? O que tinha de mal fazer alguns desvios, desde que conduzissem ao mesmo objetivo?

Guardou o batom na mala e tirou o pó de arroz. Observou os seus olhos.

No que estava a pensar? Apenas vinte e quatro horas antes, estava convencida de que só havia um caminho. E, mesmo que não gostasse da tática do presidente da câmara, teria aplaudido os seus sentimentos.

Apoiou o queixo na mão. No entanto, naquele momento já não tinha a certeza. Começaria a sair do sistema em que acreditava? Estaria a permitir que os seus sentimentos por Gage interferissem na sua ética profissional?

Ou reduzir-se-ia a uma questão do que era correto e incorreto, sem saber qual era qual? Como poderia continuar, como poderia trabalhar como promotora pública, se não era capaz de perceber com clareza o que era correto?

Talvez devesse analisar os factos, tal como a sua própria consciência, e perguntar-se se não seria melhor para todos que se afastasse do caso.

Enquanto se via ao espelho, as luzes apagaram-se.

CAPÍTULO 9

Deborah agarrou na mala e apoiou uma mão no toucador para se orientar. Pensou que o luxo e a elegância não evitavam que falhasse a eletricidade. Embora tentasse ver o lado engraçado da situação ao levantar-se, o coração palpitava-lhe com força. Mesmo sabendo que era uma tolice, sentia medo, sentia-se dominada pela escuridão.

A porta rangeu ao abrir-se. Um feixe de luz e escuridão outra vez.

– Olá, linda!

Ela parou e conteve a respiração.

– Tenho uma mensagem para ti – era uma voz aguda e risonha. – Não te preocupes. Não vou fazer-te mal. Montega quer-te para ele e ficaria furioso se eu me divertisse primeiro.

Gelada, Deborah recordou que o homem também não conseguia vê-la. Isso equilibrava a situação.

– Quem é você?

– Eu? – um risinho. – Andaste à minha procura, embora custe encontrar-me. É por isso que me chamam Rato. Consigo entrar e sair de qualquer lado.

Pela direção da sua voz, Deborah achou que avançava para ela.

– Deve ser muito inteligente – depois de falar, também ela se mexeu em silêncio para a esquerda.

– Sou bom. O melhor. Não há ninguém melhor do que o Rato. Montega queria que te dissesse que lamenta muito que não tenha podido falar mais quando esteve contigo. Quer que saibas que te vigia. Sempre. E à tua família.

Durante um instante, gelou-lhe o sangue. A ideia de deslizar para a porta desapareceu.

– A minha família?

– Também conhece gente em Denver. Gente especial – estava mais perto, tanto que ela conseguia cheirá-lo. Mas não se afastou. – Se colaborares, garante-te que a tua irmã e os outros permanecerão a salvo e cómodos na sua cama esta noite. Entendeste?

Enfiou a mão na mala e sentiu o metal frio na mão.

– Sim, entendi – tirou o objeto e apontou na direção da voz.

Com um grito, ele desabou sobre as cadeiras. Deborah correu e bateu com o ombro contra uma parede e depois, com o outro, até que localizou a porta. O Rato chorava e praguejava, enquanto ela puxava a porta e descobria que estava trancada.

– Oh, meu Deus! – dominada pelo pânico, continuou a puxá-la.

– Deborah! Afasta-te da porta.

Deu um passo cambaleante para trás e ouviu o impacto surdo. Outro e a porta abriu-se. Correu para a luz e para os braços de Gage.

– Estás bem? – percorreu-a com as mãos em busca de alguma ferida.

– Sim. Sim – afundou a cara no seu ombro e não prestou atenção aos curiosos que se juntavam perto deles. – Está lá dentro – quando ele quis afastar-se, ela reteve-o com força. – Não, por favor.

– Vem sentar-te – com o rosto sombrio, Gage assentiu em direção a dois seguranças.

– Não, estou bem – embora ainda respirasse de forma entrecortada, afastou-se para lhe olhar para a cara. Nela viu a morte e agarrou-o com mais força. – A sério. Nem sequer me tocou. Tentava assustar-me, Gage. Não me fez mal.

– Supõe-se que assim não quererei matá-lo? – murmurou, enquanto observava o seu rosto pálido.

Com um segurança de cada lado, o Rato saiu, tapando o rosto com as mãos e chorando. Deborah reparou que estava vestido de empregado de mesa.

Alarmada com a expressão dos olhos de Gage, recuperou a sua atenção.

– Ele está muito pior do que eu. Usei isto – com mão insegura, levantou uma lata de gás pimenta. – Trago-o comigo desde aquela noite no beco.

Gage não soube se devia rir-se ou chorar. Decidiu abraçá-la e deu-lhe um beijo.

– Parece que não posso perder-te de vista.

– Deborah – Jerry abriu caminho entre os curiosos. – Estás bem?

– Agora, sim. A polícia?

– Eu mesmo a chamei – olhou para Gage. – Devias tirá-la daqui.

– Estou bem – insistiu ela, contente por o vestido esconder o tremor dos seus joelhos. – Terei de ir à esquadra para prestar declarações. Mas primeiro tenho de fazer uma chamada.

– Eu telefonarei a quem quiseres – Jerry apertou-lhe a mão.

– Obrigada, mas esta chamada tenho de a fazer eu – atrás dele, viu o presidente da câmara. – Podes fazer-me um favor e livrar-me de Fields?

– Conta com isso – voltou a olhar para Gage. – Cuida dela.

– Tento – com Deborah sob um braço, afastou-a da multidão. Atravessaram o hall em direção aos elevadores.

– Para onde vamos?

– Tenho um escritório no hotel, podes telefonar de lá – dentro do elevador, virou-a para ele e abraçou-a. – O que aconteceu?

– Bom, não cheguei a retocar a maquilhagem – respirou fundo, junto do seu pescoço. – Primeiro, Fields parou-me para me dar um sermão. Não gosta da minha atitude – quando as portas do elevador se abriram, largou-a para que pudessem sair para o corredor. – Fiquei furiosa. Sentei-me na casa de banho para retocar a maquilhagem e acalmar-me – começava a acalmar-se. – Já agora, é muito elegante.

– Ainda bem que gostas – olhou para ela enquanto introduzia uma chave na porta.

– Eu gostei muito – entrou no hall de uma suíte e atravessou o tapete claro e macio. – Até que faltou a luz. Começava a recuperar quando a porta se abriu e ele entrou. O escorregadio Rato – disse ao sentir que o estômago voltava a contrair-se. – Trazia-me uma mensagem de Montega.

– Senta-te – a simples menção daquele nome punha-o tenso. – Vou buscar-te um conhaque.

– E o telefone?

– Está aí. Podes telefonar.

Gage lutava contra os seus próprios fantasmas ao aproximar-se do bar para abrir uma garrafa e encher dois copos. Deborah estivera sozinha e, sem importar os recursos que tivesse, estivera vulnerável. Quando ouvira os gritos... Os seus dedos ficaram brancos. Se fosse Montega e não o mensageiro dele, poderia estar morta. E ele teria chegado demasiado tarde.

Nada do que tinha acontecido antes ou que pudesse acontecer-lhe no futuro seria mais devastador do que perdê-la.

Naquele momento, ela estava sentada, muito direita, com o rosto pálido, os olhos obscuros. Numa mão segurava o auscultador, enquanto com a outra torcia o fio. Falava a toda a velocidade. Gage compreendeu que falava com o cunhado.

Tinham ameaçado a sua família. Viu que a possibilidade de que os magoassem era mais aterradora do que o facto de que pudessem atentar contra a vida dela.

– Preciso que me telefones todos os dias – insistiu. – Certifica-te de que Cilla seja vigiada na emissora. As crianças... – tapou a cara com a mão. – Meu Deus, Boyd... – ouviu um instante, assentindo e tentando sorrir. – Sim, eu sei, eu sei. Não te promoveram a capitão por nada. Ficarei bem. Sim e terei cuidado. Adoro-vos. A todos – calou-se e respirou fundo. – Sim, eu sei. Adeus.

Desligou. Sem dizer nada, Gage pôs-lhe o copo nas mãos. Ela contemplou o líquido cor de âmbar e bebeu um gole. Tremeu e voltou a beber.

– Obrigada.

– O teu cunhado é um bom polícia. Não deixará que lhes aconteça nada.

– Há anos, salvou a vida a Cilla. Foi então que se apaixonaram – de repente, levantou o olhar, com expressão eloquente. – Odeio isto, Gage. É a minha família, a única família que tenho. A ideia de que alguma coisa que fiz, que estou a fazer, possa... – calou-se, recusando-se a pensar no impensável. – Quando perdi os meus pais, nunca pensei que algo pudesse ser tão mau. Mas isto... – voltou a cravar o olhar no conhaque. – A minha mãe era polícia.

Ele sabia, sabia tudo, mas agarrou-lhe a mão e deixou que falasse.

– Era boa ou assim me disseram. Eu só tinha doze anos quando ela morreu. Na verdade, não cheguei a conhecê-la muito bem. Não tinha ar de mãe – encolheu os ombros, mas o gesto revelou as cicatrizes a Gage. – E o meu pai – continuou – era advogado. Tentou manter-nos unidos, a família... a ilusão de uma família. Mas a minha mãe e ele não conseguiram – bebeu um gole de conhaque. – Naquele dia, apresentaram-se dois agentes fardados na escola para me levarem a casa. Suponho que tenha percebido que a minha mãe estava morta. Com a máxima gentileza, contaram-me que tinham morrido os dois. Os dois. Um criminoso que o meu pai defendia conseguira introduzir uma arma. Quando estavam na sala de interrogatórios, disparou contra eles.

– Lamento, Deborah. Sei como é difícil perder alguém da família.

Ela assentiu e pousou o copo.

– Suponho que isso me tenha feito decidir ser advogada, promotora pública. Os meus pais dedicaram a sua vida a defender a lei e perderam-na. Não queria que tivesse sido em vão. Entendes?

– Sim – levou as mãos dela aos lábios. – Independentemente da razão que te impulsionou a ser advogada, foi a adequada. És boa.

– Obrigada.

– Deborah – hesitou, querendo expor os seus pensamentos com cuidado. – Respeito a tua integridade e a tua capacidade.

– Pressinto que vem aí um «mas».

– Quero pedir-te outra vez que abandones o caso. Deixa-o comigo. Terás oportunidade de fazer o que melhor sabes fazer, levar Montega e os seus sequazes a tribunal.

Ela dedicou alguns segundos a esclarecer as ideias.

– Gage, esta noite, depois de ter ouvido o presidente da câmara, sentei-me na casa de banho e, ao acalmar-me, comecei a pensar nos meus motivos. Comecei a pensar que talvez o presidente da câmara tivesse razão, que talvez fosse melhor que entregasse o caso a alguém com mais experiência e menos envolvido pessoalmente – abanou a cabeça. – Mas não posso e muito menos agora. Ameaçaram a minha família. Se me afastasse, jamais conseguiria voltar a confiar em mim mesma, a acreditar em mim. Tenho de acabar isto – antes que ele pudesse falar, apoiou as mãos nos seus ombros. – Não estou de acordo contigo, não sei se alguma vez conseguirei estar, mas, no meu coração, entendo o que fazes e porque o fazes. É a única coisa que te peço.

Como podia recusar-se?

– Suponho que estejamos quites.

– Tenho de descer para prestar declarações – levantou-se e estendeu uma mão. – Acompanhas-me?

Não lhe permitiram falar com o Rato. Pelo menos, na segunda-feira disporia dos relatórios policiais. Com o Rato sob uma vigilância férrea, era improvável que lhe acontecesse um acidente semelhante ao de Parino.

Faria um acordo com ele em troca das respostas de que precisava.

Prestou declarações e, cansada, esperou que as dactilografassem para que as assinasse. Na noite de sábado, o posto de polícia estava a abarrotar. Prostitutas e fanfarrões, traficantes e ladrões, e advogados aborrecidos. Era a realidade, um aspeto do sistema que ela representava e no qual acreditava. Mas foi-se embora com alívio.

– Foi uma noite longa – murmurou.

– Aguentaste-a muito bem – acariciou-lhe a face. – Deves estar exausta.

– De facto, estou faminta – sorriu. – Não chegámos a jantar.

– Ofereço-te um hambúrguer.

Rindo-se, rodeou-o com os braços. Pensou que algumas coisas, coisas muito valiosas, podiam ser simples.

– És o meu herói.

Beijou-a no pescoço.

– Ofereço-te uma dúzia de hambúrgueres – murmurou. – Depois, pelo amor de Deus, Deborah, vem para casa comigo!

– Sim – ofereceu-lhe os lábios. – Sim.

Sabia como preparar o cenário. Quando entrou com ele no quarto, os raios da lua entravam pela janela e a luz das velas amortecia as sombras. O cheiro a rosas adoçava a atmosfera. O romance era aumentado pelo som de violinos.

Não sabia como o tinha conseguido com uma simples chamada desde o café ruidoso onde tinham jantado. Também não lhe importava. Bastava-lhe saber que tinha pensado naquilo.

– É lindo – apercebeu-se de que estava nervosa, algo ridículo depois da paixão da noite anterior. – Pensaste em tudo.

– Só em ti – roçou-lhe o ombro com os lábios, antes de lhe servir um copo de champanhe. – Imaginei-te aqui mais de cem vezes. Mil – ofereceu-lhe o copo.

– Eu também – tremeu-lhe a mão ao pegar no copo. Era o desejo que tentava libertar-se. – Da primeira vez que me beijaste, na torre, abriste-me as portas de um mundo novo. Nunca tinha vivido algo parecido.

– Apesar do teu aborrecimento, naquela noite estive prestes a suplicar-te que ficasses – tirou-lhe os brincos e deixou que os dedos descessem pelos lóbulos sensíveis. – Pergunto-me se o terias feito.

– Não sei. Teria gostado.

– Isso quase me basta – deixou os brincos numa mesa. Devagar, tirou-lhe os ganchos do cabelo, sem deixar de olhar para ela. – Estás a tremer.

– Eu sei.

Tirou-lhe o copo dos dedos e continuou a soltar-lhe o cabelo.

– Tens medo de mim?

– Receio o que possas fazer-me.

Algo obscuro e perigoso ardeu nos olhos de Gage. Mas desceu a cabeça para lhe dar um beijo suave na têmpora.

– Beija-me – pediu Deborah, com as pálpebras pesadas.

– Está bem.

– Não tens de me seduzir – ofegou.

– O prazer é meu – e queria que fosse dela. Percorreu-lhe as costas com um dedo e sorriu quando tremeu. Naquela noite, queria mostrar-lhe o lado mais suave do amor. Quando se apoiou nele, resistiu ao desejo. – Fizemos amor na escuridão – murmurou, enquanto lhe desabotoava os três botões que tinha atrás do pescoço. – Esta noite, quero ver-te – o vestido desceu pelo seu corpo. Só usava um *body* de renda. A sua beleza deixou-o sem fôlego. – Cada vez que olho para ti, volto a apaixonar-me.

– Então, não pares de olhar – levantou as mãos para lhe desfazer o laço. Depois, desceu os dedos para se encarregar dos botões. – Nunca pares – afastou-lhe a camisa e depois apoiou a boca na pele quente. A ponta da língua deixou um rasto húmido antes de afastar a cabeça e incliná-la para trás num convite. – Agora, beija-me.

Beijou-a. As mãos de Deborah subiram devagar até aos seus ombros para lhe tirarem o casaco. Os dedos ficaram lassos quando Gage suavizou o beijo e depois o aprofundou.

Pegou-a ao colo. Sem desviar o olhar dela, deixou que durante alguns segundos a sua boca a enlouquecesse e atormentasse. Continuou com os beijos delicados até a levar para a cama.

Sentou-se e colocou-a sobre o colo. Continuou a beijá-la. Quase podia vê-la a flutuar. Ela fechou os olhos. Desejava-a daquela maneira. Totalmente extasiada. Totalmente sua. Pensou que poderia ficar horas assim. Dias.

Deborah sentiu cada toque terno, cada carícia, o toque da palma da mão, a busca paciente da sua boca. Sentia o corpo leve, mas os braços pareciam pesados. A música e os murmúrios de Gage misturaram-se na mente dela até formarem uma única melodia de sedução.

Sabia que nunca tinha estado tão vulnerável nem tão disposta a ir para onde ele decidisse levá-la.

Era amor... Uma necessidade mais básica do que a fome e a sede.

Dos seus lábios escapou um suspiro necessitado quando os lábios dele sussurraram sobre os seus seios. Devagar, eroticamente, a língua deslizou sob a renda para provocar os seus mamilos já endurecidos. Os dedos de Gage passaram pela pele que as meias não cobriam, até os deslizar sob as cuecas.

Com um único contacto fê-la atingir o auge. Deborah arqueou-se e depois deu a impressão de se fundir nos seus braços.

Ofegante, à beira do delírio, agarrou-se a Gage.

– Eu...

– Espera – cobriu-lhe o grito aturdido com a boca. E, enquanto ela tremia, depositou-a sobre a cama.

«Agora», pensou ele. Podia possuí-la naquele momento. A sua pele refletia o luar. A renda branca que usava era como uma ilusão. Quando olhou para ele, viu vibrar um desejo obscuro.

Tinha de lhe mostrar mais.

Roçou-lhe a pele com os nós dos dedos e fê-la tremer ao soltar-lhe as meias. Desceu-lhe uma e seguiu o rasto com beijos suaves. Deslizou a língua pela parte de trás do joelho, pela barriga da perna, até se contorcer de prazer.

Ela voltou a estender os braços, para que Gage a evitasse e repetisse aquela delícia sobre a sua outra perna. A boca dele subiu, lentamente, parando, até que a encontrou. Os lábios dela emitiram o nome dele e, à beira das lágrimas, agarrou-se a ele.

As suas peles encontraram-se. Mas não bastava. Com urgência, Deborah tirou-lhe a camisa, rasgando-a com o seu desespero. Mordiscou-lhe o ombro. Sentiu que os músculos do estômago de Gage ficavam tensos, ouviu o suspiro ao puxar-lhe as calças.

– Desejo-te – frenética, beijou-o. – Meu Deus, desejo-te tanto...

O controlo que ele tinha mantido com tanta firmeza escorreu-lhe entre os dedos. O desejo espantou-o. O ar queimava-lhe os pulmões enquanto acabava de se despir.

Depois, ajoelharam-se na cama desfeita, com os corpos trémulos, sem deixarem de se observar. Rasgou-lhe o *body* ao meio, agarrou-a pelas ancas e colou-a a ele.

Durante o ato, Deborah arqueou as costas e murmurou o nome de Gage ao cair pelo precipício da prudência. Agarrando-lhe o cabelo, apoderou-se da sua boca e acompanhou-a.

Estava deitada na cama, com um braço sobre os olhos e o outro sobre o colchão. Sabia que não conseguia mexer-se, não tinha a certeza de conseguir falar e duvidava que respirasse.

No entanto, quando Gage a beijou no ombro, voltou a tremer.

– Queria que fosse suave.

Deborah conseguiu abrir os olhos. Tinha o rosto perto do dela. Sentiu que os dedos lhe acariciavam o cabelo.

– Então, imagino que tenhas de voltar a fazê-lo, até que o consigas.

– Alguma coisa me diz que precisaremos de muito tempo – sorriu.

– Ainda bem – desenhou-lhe os lábios com o dedo. – Amo-te, Gage. Isso é a única coisa que parece importar esta noite.

– É a única coisa que importa – agarrou-lhe a mão. Havia um laço no contacto, tão profundo e íntimo como o ato de fazer amor. – Vou buscar-te um copo de champanhe.

– Nunca pensei que pudesse ser assim – com um suspiro satisfeito, endireitou-se enquanto ele se levantava. – Nunca pensei que eu pudesse ser assim.

– Como?

Viu a sua imagem no espelho do outro lado do quarto, nua sobre as almofadas e os lençóis.

– Tão lasciva, suponho – riu-se pela escolha das palavras. – Na universidade, tinha fama de ser séria, estudiosa e inabordável.

– A universidade acabou – sentou-se na cama e entregou-lhe um copo, para brindar com ela.

– Sim. Mas, inclusive depois, quando comecei a trabalhar no gabinete do promotor público, essa reputação acompanhou-me – franziu o nariz. – A severa O'Roarke.

– Eu gosto quando és severa – bebeu um gole. – Imagino-te numa biblioteca, a ler livros grossos e poeirentos, a tomar notas.

– Não é a imagem que prefiro neste momento.

– Eu gosto – desceu a cabeça para lhe mordiscar o queixo. – Usas fatos conservadores, com cores conservadoras – riu-se entredentes ao ver a sua expressão. – Sapatos cómodos e joias discretas.

– Fazes com que pareça puritana.

– E, por baixo, uma coisa ténue e sexy – com o dedo, levantou uma alça do *body* rasgado. – Uma escolha muito pessoal para uma promotora pública muito correta. Depois, pões-te a citar precedentes e deixas-me louco.

– Como Warner contra Kowaski?

– Hum... Hum... – concentrou-se na sua orelha. – Algo do género. E eu sou o único que sabe que precisas de seis ganchos para apanhares o cabelo naquele coque tão correto.

– Sei que posso ser muito séria – murmurou. – É só porque o que faço é importante para mim – contemplou o champanhe. – Tenho de saber que o que faço é correto. Que o sistema que representa funciona – quando ele se afastou para a observar, suspirou. – Sei que uma parte é orgulho e ambição, mas a outra parte é básica, Gage, algo dentro de mim. É por isso que me preocupa como vamos resolver isto.

– Não o resolveremos esta noite.

– Eu sei, mas...

– Esta noite, não – apoiou um dedo sobre os lábios dela. – Esta noite, somos só tu e eu. Preciso disso, Deborah. E tu também.

– Tens razão – assentiu. – Voltei a deixar-me levar pelo trabalho.

– Podemos resolvê-lo – sorriu e levantou o copo à luz do candeeiro. O champanhe ainda tinha bolhas.

– Embebedando-nos? – perguntou, com um sobrolho arqueado.

– Mais ou menos – olhou-a com olhos risonhos. – Porque não te mostro... uma maneira menos séria de beber champanhe? – inclinou o copo para deitar um pouco da bebida fresca sobre um seio.

CAPÍTULO 10

Gage não notava a passagem do tempo enquanto a observava a dormir. As velas tinham-se apagado e o seu cheiro flutuava no ar, sereno como uma lembrança. Inclusive adormecida, agarrava-lhe uma mão com força.

As sombras tinham-se perdido na luz cinzenta do amanhecer. Não queria acordá-la. Havia muitas coisas para fazer, muitas das quais ainda se recusava a deixar que ela fizesse parte. Sabia que numa questão de semanas os objetivos que se impusera há mais de quatro anos se tinham misturado. Não bastava vingar a morte do seu colega. Já não bastava procurar compensação pelo tempo e pela vida que lhe tinham roubado. Nem sequer bastava a justiça.

Teria de agir depressa, porque cada dia que passava sem resposta era outro dia que Deborah corria perigo. Não havia nada mais importante do que mantê-la a salvo.

Afastou-se dela em silêncio para ir vestir-se. Tinha de recuperar todas as horas que passara com Deborah e que não tinha dedicado a ir para as ruas ou a trabalhar. Olhou para ela quando se mexeu e se abraçou à almofada. Dormiria toda a manhã. E, enquanto isso, ele investigaria.

Carregou num botão escondido na madeira esculpida que havia na parede mais afastada da cama. Abriu-se um painel. Penetrou na escuridão e deixou que se fechasse atrás de si.

Deborah pestanejou, sonolenta. Questionou-se se teria estado a sonhar. Juraria que Gage tinha entrado numa espécie de passagem secreta. Desconcertada, apoiou-se nos cotovelos. Durante o sono, tinha estendido a mão para ele e, ao descobrir que se fora embora, acordara quando a parede se abria.

Pensou que não era um sonho, já que não estava ali.

«Mais segredos», pensou, sentindo o pesar que a envolvia provocado pela desconfiança dele. Depois das noites que tinham passado juntos, do amor que lhe tinha revelado, continuava sem lhe dar a sua confiança.

Enquanto se levantava, pensou que já estava na hora de a reclamar. Não ficaria sentada, mas exigir-lha-ia. Procurou no armário e encontrou um robe cinzento que lhe chegava até meio das barriga das pernas. Impaciente, enrolou as mangas e começou a procurar o mecanismo que abria o painel.

Demorou dez minutos a encontrá-lo e mais dois a descobrir como funcionava. Suspirou, satisfeita, quando o painel deslizou. Sem hesitar, entrou no corredor escuro e estreito.

Manteve uma mão na parede para se guiar e avançou. Não havia nenhum cheiro a mofo que indicasse desuso, tal como tinha esperado. O ar era limpo e a parede era lisa e seca. Inclusive quando o painel se fechou e ficou na escuridão, não se sentiu inquieta. Não ouviria nenhum som estranho. Era evidente que Gage utilizava a passagem com frequência.

Apurou a visão e a audição. Da passagem secreta principal abriam-se corredores serpenteantes, mas o instinto indicou-lhe que se mantivesse a direito. Passado algum tempo, viu um resplendor e avançou com maior celeridade. Uma escada de pedra curvava-se no seu caminho descendente. Com uma mão no corrimão de ferro, desceu até chegar ao último degrau, onde se deparou com três túneis que conduziam em direções diferentes.

– Bolas, Gage! Para onde foste? – o murmúrio ecoou fracamente, oco, e depois morreu.

Endireitou os ombros e empreendeu o caminho sob um arco. Mudou de ideias e recuou. Voltou a hesitar. Depois, ouviu música pelo último túnel.

Lançou-se na escuridão, seguindo o som com cautela pelo chão de pedra. Não tinha ideia dos metros que descia, mas o ar arrefecia com rapidez. A música aumentou de volume à medida que aumentava a luz no túnel. Ouviu uma vibração mecânica e um ruído parecido com o de um teclado.

Ao chegar ao fim do corredor, só conseguiu ficar a olhar, espantada.

Era uma sala enorme com paredes curvas de pedra. Parecida com uma gruta, com o seu teto abobadado e os seus ecos, estendia-se por mais de quinze metros em cada direção. Mas não era primitiva. Em vez de parecer sombria, exibia uma iluminação brilhante e estava equipada com um vasto sistema informático, impressoras e monitores. Numa parede havia ecrãs de televisão. Um mapa enorme de Urbana estendia-se por outra. Música de um romantismo assustador soava por colunas que não via. Bancadas de um cinzento granítico continham computadores, telefones, pilhas de fotografias e papéis.

Havia um painel de controlo cheio de botões, interruptores e alavancas. Gage estava à frente dele e os seus dedos não paravam de se mexer. Piscavam luzes no mapa. Num monitor aparecia o mapa.

Parecia um desconhecido, com o rosto pétreo e intenso. Deborah questionou-se se a sua escolha de camisola e calças de ganga pretas teria sido deliberada.

Desceu três degraus.

– Ena – disse, quando ele se virou com rapidez, – não incluíste isto na visita guiada!

– Deborah – levantou-se e desligou o monitor. – Tinha esperado que dormisses mais um pouco.

– Não tenho nenhuma dúvida – enfiou as mãos nos bolsos do robe. – Aparentemente, interrompi o teu trabalho. É um canto interessante. Diria que ao estilo de Némesis. Dramático, secreto – dirigiu-se para o mapa. – E minucioso – murmurou, virando-se. – Uma pergunta. A que neste momento parece ter mais importância. Com quem fui para a cama?

– Sou o mesmo homem com quem estiveste ontem à noite.

– A sério? És o mesmo homem que disse que me amava, que mo demonstrou de uma dúzia de lindas maneiras? O mesmo homem que me deixou para vir para aqui? Durante quanto tempo vais mentir-me?

– Não é uma questão de te mentir. É uma coisa que devo fazer. Pensei que entendesses.

– Pois, enganaste-te. Não entendo que mo tenhas escondido, que tenhas trabalhado sem mim, que me tenhas ocultado informação.

– Deste-me duas semanas – pareceu mudar diante dela, tornando-se distante e frio.

– Bolas, dei-te muito mais do que isso! Dei-te tudo – nos

seus olhos emotivos, a raiva e a dor tentaram alcançar supremacia. Levantou uma mão antes que ele pudesse aproximar-se. – Não. Desta vez, não usarás os meus sentimentos.

– Está bem. Não se trata de sentimentos, mas de lógica. É algo que devias saber apreciar, Deborah. Este é o meu trabalho. A tua presença aqui é tão desnecessária como seria a minha num tribunal.

– Lógica? – perguntou. – É lógico se encaixar nos teus propósitos. Tomas-me por tola? Achas que não sou capaz de ver o que se passa aqui? – indicou os monitores. – E mantê-lo-emos a um nível estritamente profissional. Dispões de toda a informação que com tanta dificuldade estive a tentar reunir. Todos os nomes, números e muito mais do que eu consegui descobrir. Mas não me contaste. E não o terias feito.

– Trabalho sozinho – disse, adotando outra vez a sua atitude impenetrável.

– Sim, tenho consciência disso – disse, com amargura, ao aproximar-se dele. – Nada de companheiros. Salvo na cama. Aí sou suficientemente boa para ser tua companheira.

– Uma coisa não tem nada a ver com a outra.

– Tem tudo a ver – praticamente gritou. – Se não fores capaz de confiar em mim em todos os sentidos, de me respeitar e de ser sincero comigo em tudo, então, não existe nada entre nós.

– Bolas, Deborah, não sabes tudo! – agarrou-a pelos braços. – Não entendes tudo.

– Não, é verdade. Porque tu não me permites.

– Não posso – corrigiu-a, sem deixar que se soltasse. – Há uma diferença entre mentir-te e reter informação. Isto não é branco ou preto.

– Sim, é.

– Trata-se de homens perigosos, sem consciência, sem moral. Já tentaram matar-te, quando ainda não tinhas descoberto quase nada. Não arriscarei a tua vida. Se queres que seja branco ou preto, aí tens – abanou-a, recalcando cada palavra. – Não arriscarei a tua vida.

– Não podes impedir que faça o meu trabalho, nem o que considero que é correto.

– Pelo amor de Deus, se tiver de te trancar lá em cima para te proteger, fá-lo-ei!

– E depois? Farás o mesmo da próxima vez?

– Farei o que for necessário para te proteger. Isso não mudará.

– Talvez tenhas uma bonita bolha onde possas guardar-me – apoiou as mãos nos seus antebraços, desejando que compreendesse. – Se me amas, então, tens de amar a pessoa que sou. Exijo-o, do mesmo modo que exijo conhecer e amar a pessoa que és – viu que alguma coisa brilhava nos seus olhos e insistiu. – Não posso ser diferente por ti, esperar sentada que cuides de mim.

– Não te peço isso.

– Não? Se não fores capaz de me aceitar agora, nunca o farás. Gage, quero uma vida contigo, não apenas algumas noites na cama, mas uma vida. Filhos, um lar, uma história em comum. Mas, se não conseguires partilhar comigo o que sabes e quem és, não haverá um futuro para nós – afastou-se dele. – E se for o caso, é melhor para os dois que parta agora.

– Não – estendeu a mão antes que pudesse virar-se. Sem importar o seu sentido de sobrevivência, não se comparava com a possibilidade da vida sem ela. – Preciso que me dês a tua palavra – apertou os dedos sobre os dela. – Que não correrás nenhum risco e que ficarás aqui comigo, pelo menos, até que isto tenha acabado. Sem importar o que encontrarmos, não podes sair daqui. Ainda não podes correr o risco de o contar ao promotor público.

– Gage, sou obrigada...

– Não – interrompeu. – Não importa o que façamos, ficará tudo aqui até que possamos jogar as nossas cartas. Não posso dar-te mais do que isso, Deborah. Só te peço um compromisso.

E ela podia ver que lhe custava.

– Está bem. Não apresentarei nada a Mitchell até termos a certeza. Mas quero tudo, Gage. Tudo – a sua voz acalmou. – Não vês que sei que me escondes alguma coisa básica que não tem nada a ver com salas secretas e informações? Eu sei e dói.

Ele virou-lhe as costas. Se ia oferecer-lhe tudo, não tinha outra escolha senão começar por ele. O silêncio estendeu-se entre os dois antes que Gage o quebrasse.

– Há coisas que não sabes sobre mim, Deborah. Coisas que talvez não gostes ou não consigas aceitar.

– Tens assim tão pouca fé em mim? – perguntou em voz baixa.

– Não tinha o direito de deixar que as coisas fossem tão longe entre nós sem te revelar o que sou – tocou-lhe na face, com a esperança de que não fosse a última vez. – Não queria assustar-te.

– Estás a assustar-me agora. Seja o que for que tens a dizer-me, diz. Resolvê-lo-emos.

Sem falar, dirigiu-se para uma parede. Virou-se e, sem deixar de olhar para ela, desapareceu.

Deborah abriu a boca, mas o único som que pôde emitir foi um ruído abafado. Com os olhos cravados onde deveria estar Gage, recuou. A mão insegura agarrou-se às costas de uma cadeira e deixou que o seu corpo aturdido se sentasse.

Quando a sua mente rejeitava o que os seus olhos acabavam de presenciar, Gage materializou-se a três metros de onde tinha desaparecido. Durante um instante, Deborah pôde ver através dele, como se fosse só o fantasma do homem que tinha diante dela.

Pensou em levantar-se, mas mudou de ideias e pigarreou.

– É uma altura estranha para fazer truques.

– Não é um truque – caminhou para ela e pôde ver que ainda estava dominada pela comoção. – Pelo menos, não no sentido que queres dar-lhe.

– Todos estes artefactos que tens aqui – disse, agarrando-se com desespero a um salva-vidas de lógica num mar de confusão. – Seja o que for que estás a usar, produz uma ilusão ótica surpreendente – engoliu em seco. – Imagino que o Pentágono ficasse interessado.

– Não é uma ilusão – tocou-lhe no braço e, embora ela não se tivesse afastado como receara, sentiu a sua pele fria. – Agora, tens medo de mim.

– Isso é absurdo – mas a voz tremia-lhe. Obrigou-se a levantar-se. – Foi apenas um truque, muito eficaz, mas... – calou-se quando ele apoiou a mão numa bancada e desapareceu até ao pulso. Aturdida, olhou para ele. – Oh, meu Deus... Não é possível – aterrada, puxou o seu braço e quase desmaiou de alívio ao ver que a mão estava intacta.

– É possível – acariciou-lhe a cara com suavidade com aquela mão. – É real.

– Dá-me um minuto – levantou os dedos inseguros para agarrar os de Gage. Com movimentos pausados, virou-se e afastou-se.

Ele sentiu a recusa dela.

– Desculpa – com grande esforço, controlou a sua voz. – Não me ocorreu nenhuma maneira melhor nem mais fácil de to mostrar. Se tivesse tentado explicar-to, não terias acreditado.

– Não, não teria acreditado – tinha-o visto, mas a sua mente ainda queria questioná-lo, ignorá-lo como um truque. No entanto, recordou como Némesis sempre tinha dado a impressão de se desvanecer. Virou-se e reparou que ele a observava com o corpo tenso. Não se tratava de um jogo. Quando aceitou a verdade, começou a tremer com mais intensidade. Esfregou os braços com a esperança de aquecer os músculos. – Como é que o fazes?

– Não tenho a certeza – abriu as mãos para as contemplar e depois enfiou-as com impotência nos bolsos. – Aconteceu-me alguma coisa quando estava em coma. Alguma coisa mudou. Poucas semanas depois de recuperar os sentidos, descobri-o quase por acidente. Tive de aprender a aceitá-lo, a usá-lo, porque sei que me foi dado por algum motivo.

– É por isso que és... Némesis.

– Sim – pareceu acalmar-se. – Não tenho escolha, Deborah. Mas tu tens.

– Acho que não entendo – levou uma mão à cabeça e emitiu uma gargalhada nervosa. – Sei que não entendo.

– Não fui honesto contigo a respeito do que sou. O homem por quem te apaixonaste era normal.

– Não compreendo – desconcertada, desceu a mão. – Apaixonei-me por ti.

– Bolas, não sou normal! – de repente, os seus olhos mostraram fúria. – Nunca serei. Terei isto até morrer.

– Gage... – mas, quando estendeu a mão, ele afastou-se.

– Não quero a tua compaixão.

– Não a tens! – exclamou. – Porque haveria de ta dar? Não estás doente. És saudável. De qualquer modo, sinto-me zangada porque também mo escondeste. E sei porquê – puxou o cabelo com as duas mãos. – Pensaste que me iria embora, não é? Pensaste que era demasiado fraca, estúpida ou frágil para o aguentar.

Não confiaste que te amasse – dominou-a uma fúria cega. – Não confiaste que te amasse – repetiu. – Amo-te e sempre te amarei.

Correu para a escada. Ele apanhou-a ao pé dos degraus, virou-a e abraçou-a, enquanto ela praguejava e se debatia.

– Chama-me o que quiseres – abanou-a pelos ombros. – Esbofeteia-me outra vez, se quiseres. Mas não te vás embora.

– Era o que esperavas, não era? – exigiu e inclinou a cabeça para trás. – Esperavas que desse meia volta e me fosse embora.

– Sim.

– Enganaste-te – murmurou. Acariciou-lhe a cara, colocou-se em bicos de pés e deu-lhe um beijo.

Os dois tremeram numa onda de alívio. Abraçou-a com força. O receio que o tinha invadido viu-se substituído por uma necessidade. Não foi compaixão o que saboreou nos lábios dela, mas paixão.

Deborah emitiu sons sedutores enquanto tirava o robe. Era mais do que a oferta da sua pessoa. Era a exigência de que a possuísse como era, de que se permitisse ser possuído. Com um palavrão que acabou num gemido, percorreu-lhe o corpo com as mãos. Viu-se envolto numa loucura de purificação.

Impaciente, ela puxou-lhe a camisa.

– Faz amor comigo – inclinou a cabeça para trás e desafiou-o com o olhar. – Faz amor comigo agora.

Arrancou-lhe a roupa enquanto caíam ao chão.

Frenéticos, excitados e famintos, atingiram juntos o orgasmo. O poder elevou-se como línguas de fogo. «É sempre assim entre nós», pensou ela, enquanto sentia um calafrio. Mas, naquele momento, havia mais. Existia uma unidade. Compaixão, confiança e vulnerabilidade misturadas com os seus desejos. Nunca o tinha desejado tanto.

– Amo-te – disse-lhe, apoiando-se num cotovelo. – Deixa-me mostrar-te como te amo.

Ágil, veloz, ambiciosa, mexeu-se sobre ele para lhe beijar o pescoço, o peito, os músculos tensos do estômago, que tremeram sob os lábios húmidos dela. O sangue palpitou na cabeça de Gage, no seu coração, no seu sexo.

Deborah era um milagre, o segundo que tinha recebido na vida. Quando a agarrou, fê-lo procurando o amor e a salvação.

Rodaram com os braços e as pernas entrelaçados, alheios ao chão duro, ao zumbido das máquinas que continuavam a trabalhar. Respiravam de forma entrecortada. Cada sabor e cada contacto pareciam mais poderosos do que nunca.

Gage cravou-lhe os dedos nas ancas quando a levantou. Deborah rodeou-o. O prazer trespassou-os. As suas mãos procuraram-se.

Aguentaram, com os olhos abertos e os corpos unidos, até que deram o último salto juntos.

Ela deixou-se cair em cima dele. Os lábios roçaram-lhe a boca uma e outra vez, antes de apoiar a cabeça no seu ombro. Nunca se tinha sentido tão bonita, tão desejável, tão completa como ao reparar que os seus corações batiam juntos.

Sorriu e encostou a boca ao seu pescoço.

– Foi a minha maneira de te dizer que não te livrarás de mim.

– Eu gosto de como expões os teus argumentos – acariciou-lhe as costas. Era sua. Tinha sido um néscio ao duvidá-lo. – Significa que me perdoaste?

– Não necessariamente – apoiou-se nos ombros dele e endireitou-se. – Não entendo quem és. Talvez nunca compreenda. Mas, repito, quero tudo ou nada. Lembro-me do que as respostas evasivas e as recusas fizeram ao casamento dos meus pais. Não viverei com isso.

– É uma declaração de amor? – apoiou a mão com suavidade na dela.

– Sim – afirmou, sem hesitar.

– Queres uma resposta agora?

– Sim – semicerrou os olhos. – E não penses que podes escapulir-te desaparecendo. Esperarei até que voltes.

Ele riu-se, espantado por conseguir brincar com uma coisa que tinha estado convencido de que a repeliria.

– Então, suponho que tenhas de fazer de mim um homem honesto.

– É o que pretendo – deu-lhe um beijo fugaz e, depois, levantou-se para vestir o robe. – Não quero um noivado longo.

– Está bem.

– Assim que esclarecermos este caso e Cilla e Boyd possam vir com as crianças, casar-nos-emos.

– Conveniente – olhou-a com humor. – Mais alguma coisa?

– Quero ter filhos imediatamente.

– Quantos? – vestiu as calças de ganga.

– Um de cada vez.

– Parece-me razoável.

– E...

– Cala-te – agarrou-lhe as mãos. – Deborah, quero casar-me contigo, dedicar-te o resto da minha vida. E quero uma família, a nossa família – beijou-lhe os dedos. – Quero a eternidade contigo – viu-a a conter as lágrimas. – Mas, agora, quero outra coisa.

– O quê?

– Tomar o pequeno-almoço.

– Eu também – rodeou-lhe o pescoço com os braços.

Fizeram-no na cozinha, rindo-se, como se sempre tivessem partilhado a primeira refeição do dia. O sol brilhava e o café era forte. Deborah tinha dúzias de perguntas, mas conteve-se. Durante aquela hora, queria que fossem duas pessoas normais e apaixonadas.

«Normais», pensou. Era estranho, mas sentiu que podiam sê-lo, apesar dos aspetos extraordinários das suas vidas. Só precisavam de momentos como aquele, em que pudessem estar sentados ao sol e conversar sobre coisas sem importância.

Quando Frank apareceu, parou à porta da cozinha e cumprimentou Deborah com a cabeça.

– Precisa de alguma coisa esta manhã, senhor Guthrie?

– Ela já sabe, Frank – apoiou a mão sobre a dela. – Já sabe tudo.

Um sorriso apareceu na cara séria do outro.

– Bom, já estava na hora – abandonou o fingimento de formalidade ao ir buscar uma torrada. Sentou-se à mesa e deu uma dentada no pão. – Disse-te que não fugiria quando descobrisse o teu pequeno número de desaparecimento. É demasiado dura para isso.

– Obrigada – riu-se entredentes quando a outra metade da torrada desapareceu na boca de Frank.

– Conheço as pessoas – manifestou, aceitando o prato com bacon que Gage lhe ofereceu. – Na minha profissão, na minha antiga profissão, tinha de avaliar as pessoas com rapidez. E eu era bom, muito bom, não era, Gage?

– Eras, Frank.

– Conseguia ver um incauto a dois quarteirões de distância – agitou uma fatia de bacon diante de Deborah. – E tu não és nenhuma incauta.

E pensar que ela o tinha rotulado como uma pessoa silenciosa. Fascinou-a o modo como compensava o tempo perdido.

– Estás com Gage há muito tempo – disse.

– Há oito anos... Sem contar com as duas vezes que me prendeu.

– Como Kato e o Green Hornet.

Ele voltou a sorrir.

– Eh, gosto dela, Gage. É perfeita. Disse-te que era perfeita.

– Sim, disseste-me. Deborah vai ficar, Frank. Gostarias de ser o meu padrinho?

– Estás a brincar? – o sorriso de Frank não poderia ser mais amplo.

Assim que ela viu o brilho das lágrimas nos seus olhos, soube que a tinha conquistado.

– Não está a brincar – agarrou-lhe a cara e deu-lhe um beijo nos lábios. – O teu primeiro beijo à noiva.

– Eu gostava que Deborah trouxesse algumas coisas ainda hoje – indicou Gage.

Ela olhou para o robe. À exceção daquela roupa emprestada, dispunha de um vestido de noite, de umas meias e de uma mala de festa.

– Dava-me jeito – mas a sua mente estava na sala subterrânea, nos computadores, na informação que Gage tinha ao alcance dos dedos.

Não lhe custou a seguir a direção dos seus pensamentos.

– Há alguém que possa fazer-te uma mala? Frank poderia ir buscá-la ao teu apartamento.

– Sim – a senhora Greenbaum. – Eu telefono-lhe.

Meia hora depois, estava de volta à sala secreta de Gage, com umas calças de ganga atadas com o cinto do robe e uma camisa engomada que lhe cobria as coxas. Com as mãos nas ancas, estudou o mapa, enquanto Gage lhe explicava:

– Estes são pontos de distribuição, de transações importantes de droga. Consegui rastrear os passos de alguns mensageiros.

– Porque não deste essa informação à polícia?

Olhou-a brevemente. Existia a possibilidade de que nunca estivessem de acordo naquele ponto.

– Não ajudaria a aproximarem-se dos chefes. Neste momento, estou focado no chefe – aproximou-se de um dos computadores e fez-lhe sinal. – Nenhum dos pontos de distribuição está a mais de vinte quarteirões de distância. O tempo entre as entregas é constante – carregou uma tecla. Uma lista de datas apareceu no ecrã. – Duas semanas, às vezes, três.

– Podes imprimi-la? – franziu o sobrolho, concentrada.

– Porquê?

– Eu gostaria de as introduzir no computador do meu escritório, para ver se encontro alguma correlação.

– Não é seguro – antes que ela pudesse discutir, agarrou-lhe a mão e levou-a para outro computador. Introduziu um código e abriu um ficheiro. Deborah abriu a boca, surpreendida ao ver o seu próprio trabalho reproduzido no monitor.

– Entraste no meu computador – murmurou.

– A questão é que, se eu consegui, outros também. Encontrarás aqui o que precisares.

– Vou pelo caminho certo? – sentou-se ao computador.

Sem responder, ele introduziu outro código.

– Estiveste à procura de empresas, de diretores. De um sítio lógico por onde começar. Quem quer que tenha planeado a organização, é um profissional. Há quatro anos, não dispúnhamos da informação nem da tecnologia para nos aproximarmos tanto, por isso, tivemos de nos infiltrar fisicamente – passaram alguns nomes, alguns que Deborah reconheceu, outros que não. Estavam todos indicados como falecidos. – Não resultou porque houve uma fuga. Alguém que conhecia a operação passou a informação para o outro lado. Montega esperava-nos e sabia que éramos polícias – Deborah sentiu um calafrio. – Também tinha de saber todos os nossos passos naquela noite, até ao último detalhe. Caso contrário, jamais teria conseguido evitar os reforços.

– Outro polícia?

– É uma possibilidade. Naquela noite, a equipa era formada por dez homens escolhidos. Investiguei cada um deles, as suas contas bancárias, os seus registos, o seu estilo de vida. Até agora, não encontrei nada.

– Quem mais sabia?

– O meu capitão, o comissário, o presidente da câmara – encolheu os ombros. – Talvez mais. Nós éramos apenas polícias. Não nos contaram tudo.

– E quando encontrares o fio condutor?

– Esperarei, vigiarei e continuarei. O homem com o dinheiro levar-me-á até ao homem no comando. E é a ele que quero.

Ela conteve um tremor, pensando que conseguiria convencê-lo a deixar que a polícia se encarregasse de tudo quando dispusesse de informação suficiente.

– Enquanto o procuras, gostaria de me concentrar nos nomes... No elo em comum.

– Está bem – acariciou-lhe o cabelo e apoiou a mão no seu ombro. – Este computador é semelhante ao que usas no teu escritório. Tem mais...

– Como sabes? – interrompeu-o.

– O quê?

– Que computador tenho no meu escritório?

– Deborah... – viu-se obrigado a sorrir. – Não há nada sobre ti que não saiba.

– Encontrarei o meu nome num dos teus computadores? – incomodada, afastou-se um pouco.

– Sim. Disse a mim mesmo que era uma investigação normal, mas a verdade é que estava apaixonado por ti e desejava saber todos os detalhes. Sei quando nasceste e onde. Sei que partiste o pulso ao caíres da bicicleta quando tinhas cinco anos, que foste viver com a tua irmã e o seu marido depois da morte dos teus pais. E que, quando a tua irmã se divorciou, foste com ela para Richmond, Chicago, Dallas. Por fim, para Denver, onde te licenciaste em três anos, com distinção. Rejeitaste as ofertas de quatro dos melhores escritórios do país para te decidires pelo gabinete do promotor público em Urbana.

– É estranho ouvir uma versão resumida da minha vida.

– Houve coisas que não consegui descobrir através do computador – «as importantes», pensou. «As vitais». – O cheiro do teu cabelo, a cor índigo que os teus olhos adquirem quando te zangas ou te excitas. Como me fazes sentir quando me tocas. Não negarei que invadi a tua privacidade, mas não me desculparei.

– Não, não o farás – suspirou. – E suponho que não possa sentir-me muito ofendida, já que eu também te investiguei.

– Eu sei – sorriu.

– Muito bem – riu-se. – Vamos trabalhar.

Tinham posto mãos à obra quando tocou um dos três telefones que havia ali. Deborah nem olhou para Gage quando ele o atendeu.

– Guthrie.

– Gage, é Frank. Estou no apartamento de Deborah. É melhor que venham cá.

CAPÍTULO 11

Com o coração a bater de forma errática, Deborah saiu a correr do elevador e avançou pelo corredor à frente de Gage. A chamada de Frank tinha-os feito atravessar a cidade no Aston Martin dele em tempo recorde.

A porta estava aberta. Ficou sem fôlego ao parar à porta e ver a destruição que tinham provocado. As cortinas rasgadas, as lembranças destruídas, as mesas e as cadeiras partidas no chão. Soltou um gemido antes de ver Lil Greenbaum apoiada nos restos do sofá partido, com o rosto de uma palidez mortal.

– Oh, meu Deus... – afastando os objetos, correu para se ajoelhar ao seu lado. – Senhora Greenbaum – agarrou-lhe as mãos frias e frágeis.

Lil abriu as pálpebras finas e os seus olhos míopes tentaram focar sem a ajuda dos óculos.

– Deborah – embora tivesse a voz fraca, conseguiu esboçar um leve sorriso. – Nunca teriam conseguido se não me tivessem surpreendido.

– Magoaram-na – olhou para Frank quando ele saiu do quarto com uma almofada. – Já chamaste uma ambulância?

– Não me deixou – com gentileza, deslizou a almofada sob a cabeça de Lil.

– Não é preciso. Odeio os hospitais. É só um galo na cabeça – apertou a mão de Deborah.

– Quer que tenha um ataque de nervos? – apoiou dois dedos no seu pulso para lhe sentir a pulsação

– O teu apartamento está em piores condições do que eu.

– É fácil substituir as coisas. Mas como poderia substituí-la? – beijou-lhe os nós dos dedos rugosos. – Por favor. Faça-o por mim.

– Está bem – suspirou, derrotada. – Deixarei que me examinem. Mas não ficarei no hospital.

– Ótimo! – virou-se, mas Gage já tinha levantado o auscultador.

– Não tem linha.

– O apartamento da senhora Greenbaum é em frente.

Gage fez sinal com a cabeça a Frank.

– As chaves... – começou Deborah.

– Frank não precisa de chaves – agachou-se ao seu lado. – Senhora Greenbaum, pode contar-nos o que aconteceu?

– Conheço-o, não conheço? – observou-o, semicerrando e abrindo os olhos até conseguir focá-lo. – Ontem à noite, veio buscar Deborah, vestido de smoking. Sabe beijar.

– Obrigado.

– É cheio de dinheiro, não é?

– Sou – apesar do galo, a mente parecia trabalhar bem.

– Gostou das rosas. Derreteu-se.

– Senhora Greenbaum, não tem de se esforçar para nos juntar... Já tratámos disso. Conte-nos o que aconteceu.

– Alegra-me ouvi-lo. Os jovens de hoje em dia perdem muito tempo.

– Senhora Greenbaum...

– Está bem. Tinha a lista de coisas que me pediste. Estava no quarto, à procura no armário. A propósito, muito organizado – disse a Gage. – A rapariga é muito pulcra.

– Alivia-me sabê-lo.

– Estava a tirar o fato azul às riscas quando ouvi barulho atrás de mim – fez uma careta, mais envergonhada do que assustada. – Tê-lo-ia ouvido se não tivesse ligado o rádio. Comecei a virar-me e alguém me bateu.

Deborah desceu a cabeça até a apoiar na mão de Lil. As emoções buliam no seu interior. Fúria, terror, culpa. «É uma mulher idosa», pensou, enquanto tentava manter o controlo. «Que tipo de pessoa bate numa mulher de setenta anos?»

– Lamento – murmurou. – Lamento imenso.

– A culpa não foi tua.

– Foi – levantou a cabeça. – Foi tudo por minha causa. Tudo. Sabia que viriam atrás de mim e telefonei-lhe a pedir-lhe que viesse aqui. Não pensei. Não pensei.

– Tolices! Bateram-me a mim e posso garantir-te que estou furiosa. Se não me tivessem surpreendido, teria posto em prática algumas das minhas aulas de caraté. Não passaram muitos anos desde que conseguia vencer o senhor Greenbaum e continuo em forma – levantou o olhar quando entraram os paramédicos. – Meu Deus! – acrescentou, desagradada.

Com o braço de Gage à volta dos seus ombros, Deborah afastou-se enquanto Lil dava ordens aos paramédicos, queixando-se de tudo o que lhe faziam. Continuava a falar quando a deitaram na maca e a levaram.

– Que mulher! – comentou ele.

– É fantástica – quando sentiu a ameaça das lágrimas, mordeu o lábio. – Não sei o que faria se...

– Vai ficar bem. Tinha o pulso forte e as ideias claras – apertou-lhe um ombro e virou-se para Frank. – O que aconteceu?

– Não estava fechada quando cheguei – assinalou a porta com o dedo. – Fizeram algo para a forçarem. Ao entrar, deparei-me com isto – indicou o caos da sala. – Dei uma olhadela a toda a casa antes de te telefonar e encontrei a senhora no quarto. Começava a recuperar os sentidos. Tentou bater-me – sorriu a Deborah. – É uma velhota dura. Acalmei-a e depois telefonei-vos – apertou os lábios. Existira uma época em que não teria descartado roubar a mala a uma idosa, mas nunca tinha batido numa. – Acho que nos desencontrámos por dez ou quinze minutos – fechou os punhos. – Caso contrário, não teriam saído daqui.

– Quero que façam algumas coisas – Gage assentiu, virou-se para Deborah e agarrou-lhe o rosto. – Frank vai chamar a polícia – explicou, sabendo como funcionava a mente dela. – Entretanto, porque não vês se há alguma coisa que possas precisar até amanhã?

– Está bem – aceitou, porque precisava de tempo a sós. No quarto, levou as mãos à boca. Na destruição do seu apartamento havia fúria e uma organização fria que fazia com que o ato fosse mais aterrador.

Tinha a roupa rasgada, as garrafas e frascos antigos que tinha colecionado ao longo dos anos estavam partidos. Tinham destruído a sua cama e esculpido palavras obscenas na secretária com uma faca. Tinham destruído todas as suas posses.

Ajoelhou-se e apanhou um papel. Outrora tinha sido uma fotografia da sua família.

Gage entrou em silêncio. Ajoelhou-se junto dela e apoiou uma mão no seu ombro.

– Deborah, deixa-me tirar-te daqui.

– Não resta nada – apertou os lábios, decidida a que a voz não lhe tremesse. – Sei que são só objetos, mas não resta nada – fechou os dedos à volta da fotografia. – Os meus pais... – abanou a cabeça e depois afundou a cara no ombro dele.

A fúria que dominava Gage era como uma chama intensa no seu peito. Abraçou-a, enquanto prometia a si mesmo que encontraria os homens que lhe tinham feito mal.

– Pagarão por isto – afirmou. – Garanto-te.

– Sim, pagarão – quando levantou a cabeça, ele viu que a dor se transformara em fúria. – Sem importar o que tenha de fazer, encontrá-los-ei – puxou o cabelo para trás e levantou-se. – Se pensaram que conseguiriam assustar-me com isto, vão ficar desiludidos – afastou com os pés os restos do seu vestido vermelho preferido. – Mãos à obra.

Passaram horas no esconderijo da casa, a confirmar dados, a introduzir mais. Quase não falaram. Não era necessário. Pela primeira vez, os seus objetivos tinham-se fundido e as suas diferenças de pontos de vista já não pareciam importar.

Deborah deixara de praguejar quando se deparava com um beco sem saída. Recuava de forma meticulosa, com uma paciência que não sabia que possuía. Quando o telefone tocou, nem sequer o ouviu. Gage teve de pronunciar o seu nome duas vezes antes que saísse do seu transe concentrado.

– Sim, o que foi?

– É para ti – estendeu-lhe o auscultador. – É Jerry Bower.

Com o sobrolho franzido pela interrupção, aproximou-se.

– Jerry?

– Meu Deus, Deborah, estás bem?

– Sim. Como sabias onde estava?

– Estou há horas a tentar localizar-te para saber como te sentias depois do acontecido ontem à noite. Por fim, decidi passar pela tua casa. Encontrei-me com a polícia e aquele miserável do Wisner. O teu apartamento...

– Eu sei. Eu não estava presente.

– Graças a Deus! O que raios se passa, Deb? Supõe-se que devemos estar a par destas coisas na câmara municipal, mas sinto-me perdido na escuridão. O presidente da câmara vai explodir quando souber. O que devo dizer-lhe?

– Diz-lhe que se concentre nos debates da próxima semana – esfregou a têmpora. – Eu já conheço a sua posição e ele a minha. Só conseguirás enlouquecer se quiseres intrometer-te.

– Olha, trabalho para ele, mas tu és minha amiga. Talvez haja alguma coisa que eu possa fazer.

– Não sei – observou as luzes que piscavam no mapa. – Mandaram-me uma mensagem, em alto e bom som, mas ainda não descobri como responder. Podes dizê-lo ao presidente da câmara. Se conseguir descobrir quem está por trás disto tudo, ganhará com maioria absoluta.

– Suponho que tenhas razão – aceitou Jerry, pensativo. – Talvez essa seja a melhor maneira de te livrares dele. Mas tem cuidado, está bem?

– Sim – desligou e depois estalou o pescoço.

– Não me importava de pôr um anúncio de uma página no World a anunciar o nosso noivado – disse Gage, olhando para ela.

Confusa, ela pestanejou. Depois, soltou uma gargalhada.

– Jerry? Não sejas tolo. Somos só amigos.

– Hum... Hum...

Deborah sorriu e aproximou-se para lhe rodear a cintura com os braços.

– Neste momento, sabia-me bem um dos nossos beijos.

– Suponho que ainda reste um – desceu a cabeça.

Quando os seus lábios se encontraram, ela sentiu que a tensão deixava o seu corpo. Com um murmúrio, acariciou-lhe as costas, relaxando-lhe os músculos como a boca dele a relaxava.

– Lamento interromper – Frank apareceu pelo túnel, com uma bandeja na mão. – Mas como trabalham tanto... – sorriu. – Supus que fosse melhor que comessem um pouco para reporem as forças.

– Obrigada – Deborah afastou-se de Gage e cheirou. – Meu Deus, o que é?

– O meu chili especial com entrecosto – piscou-lhe um olho. – Acredita, manter-te-á acordada.

– O cheiro é forte.

– Comam. Trouxe cerveja, um termo com café e nachos de queijo.

Deborah puxou uma cadeira.

– Frank, és um homem raro – ele corou. Ela provou a comida, queimou a língua, a garganta e o estômago. – Isto é – acrescentou, com verdadeiro prazer – chili a sério.

– Ainda bem que gostas. Pus a senhora Greenbaum no quarto dourado – disse a Gage. – Pensei que adorasse a cama com dossel. Levei-lhe um pouco de canja e deixei-a a ver o King Kong na televisão.

– Obrigado, Frank – Gage enfiou a colher no seu prato de chili.

– Chamem-me se precisarem de alguma coisa.

– Mandaste que a trouxessem para cá? – perguntou ela, depois de Frank se afastar pelo túnel.

– Não gostava do hospital – encolheu os ombros. – Frank falou com o médico. Só tem um traumatismo craniano leve, o que é um milagre para alguém da sua idade. Tem o coração forte como o de um touro. A única coisa que precisa é de tranquilidade e de mimos durante alguns dias.

– Portanto, trouxeste-a para cá.

– Não podia deixá-la sozinha.

– Amo-te muito – inclinou-se e deu-lhe um beijo na face.

Quando acabaram de comer e regressaram ao trabalho, Deborah não conseguiu deixar de pensar nele. Era um homem tão complicado... Arrogante quando lhe convinha, rude quando queria e tão suave e sedutor como um poeta irlandês quando lhe apetecia. Dirigia um negócio multimilionário. E, à noite, percorria as ruas para se encarregar de ladrões, criminosos e violadores. Era o amante com que todas as mulheres sonhavam: romântico, erótico, mas sólido e confiável. No entanto, no seu interior tinha algo intangível que lhe permitia desaparecer e deslizar pela noite como uma sombra.

Abanou a cabeça. Ainda não estava preparada para pensar naquele aspeto dele.

Endireitou os ombros e tentou concentrar-se. Quando os números começavam a tornar-se imprecisos, bebia mais café. Já tinha localizado mais de meia dúzia de nomes que tinha a certeza de que figurariam em certidões de óbito.

Parecia inútil. Mas, enquanto não esgotasse aquela via, não dispunha de outra. De repente, parou, com o olhar cravado no ecrã. Com cautela, recuou duas páginas. Conteve um sorriso, com medo de acreditar que, finalmente, tinha conseguido. Depois de mais cinco minutos de trabalho meticuloso, chamou Gage.

– Acho que encontrei qualquer coisa.

Também ele, mas decidiu guardar a informação.

– O que foi?

– Este número – quando ele se inclinou sobre o seu ombro, Deborah apontou-o no ecrã. – Está misturado com o número de funcionário, de contribuinte e outros números de identificação da empresa – quando Gage lhe massajou os ombros, ela recostou-se, agradecida. – A propósito, aparentemente trata-se de uma empresa falida. Está fechada há dezoito meses. Agora, vê isto – abriu um documento no ecrã. – Empresa diferente, nomes e números diferentes, salvo... este – aproximou um dedo do monitor. – Aqui figura num lugar diferente, mas o número é o mesmo. E aqui – voltou a mostrar-lhe uma página após outra. – É o número da empresa numa, o do ramo da empresa noutra, aqui é o de contribuinte e aqui é o código de um ficheiro.

– É um número da Segurança Social – murmurou Gage.

– O quê?

– Nove dígitos. Diria que se trata de um número da Segurança Social. Um número importante – dirigiu-se com rapidez para o painel de controlo.

– O que vais fazer?

– Descobrir a quem pertence.

– Como? – irritou-a que não parecesse tão entusiasmado com a sua descoberta. Nem sequer lhe dera uma palmadinha nas costas.

– Parece que vale a pena recorrer à fonte principal – o ecrã começou a piscar.

– E qual é?

– As Finanças.

– As Finan... – levantou-se de um salto. – Quer dizer que tens acesso aos computadores das Finanças?

– Quase – estava concentrado no painel.

– É ilegal. Um crime federal.

– Hum... Hum... Recomendas-me um bom advogado?

– Não é uma brincadeira – juntou as mãos.

– Não – mas sorriu ao ler a informação no ecrã. – Muito bem, já estamos lá dentro – olhou para ela. Na sua cara viu com clareza a guerra interior que travava. – Podes ir para cima até que acabe.

– Isso não tem importância. Sei o que estás a fazer. Torna-me cúmplice – fechou os olhos e viu Lil Brown estendida sobre o seu sofá partido. – Fá-lo – apoiou uma mão no braço dele. – Estamos juntos nisto – Gage introduziu os números que Deborah tinha encontrado, carregou em algumas teclas e esperou. Um nome surgiu no ecrã. – Oh, meu Deus... – cravou os dedos no seu ombro.

Naquele momento, ele parecia de pedra, sem se mexer, quase sem respirar.

– Tucker Fields – murmurou. – Filho da mãe...

Então, mexeu-se com tanta celeridade que Deborah cambaleou. Com força nascida do desespero, segurou-o.

– Não. Não podes – viu que os seus olhos ardiam. Estavam cheios de fúria e de determinação assassina. – Sei o que queres – afirmou. – Queres ir procurá-lo agora mesmo. Queres despedaçá-lo com as tuas próprias mãos. Mas não podes. Não é o modo certo.

– Vou matá-lo – disse, com voz gelada. – Entende. Nada vai deter-me.

Deborah soube que, se partisse naquele momento, o perderia.

– E o que conseguirás? Não recuperarás Jack. Não modificará o que te aconteceu. Nem sequer acabará o que vocês iniciaram naquela noite no cais. Se matares Fields, alguém o substituirá e o negócio continuará. Precisamos de partir a espinha dorsal da organização, Gage, levar tudo a público para que se saiba. Se Fields for responsável...

– Sim?

Ela respirou fundo, sem o largar.

– Ainda não dispomos de provas suficientes. Posso construir um caso se me deres tempo para os apanharmos a todos.

– Meu Deus, Deborah, achas realmente que o levarás a tribunal? Um homem com tanto poder? Escorrerá entre os teus dedos como se fosse areia. Assim que a investigação começar, ele saberá e proteger-se-á.

– Então, serás tu quem fará a investigação e eu distrai-lo-ei no meu escritório – falou com rapidez, desesperada por o convencer e salvar os dois. – Farei com que pense que estou a seguir a pista errada. Gage, devemos ter a certeza. Tens de compreender. Se fores atrás dele agora, tudo aquilo por que trabalhaste, tudo o que iniciámos juntos, será destruído.

– Mandou matar-te – agarrou-lhe a cara. – Não entendes que nada, nem sequer a morte de Jack, poderia ter selado com mais contundência a sua sentença de morte?

– Estou aqui, contigo – agarrou-lhe os pulsos. – Isso é que é importante. Temos mais trabalho para fazer para provarmos que Fields está envolvido, para descobrirmos até onde vai a corrupção. Haverá justiça, Gage, garanto-te.

Devagar, ele relaxou. Deborah tinha razão... Pelo menos, em alguns aspetos. Matar Fields com as suas próprias mãos seria satisfatório, mas não terminaria o trabalho que tinha começado. Podia esperar.

– Está bem – viu como ela recuperava a cor. – Não queria assustar-te.

– Espero que nunca o pretendas, porque me deste um susto de morte – conseguiu esboçar um sorriso trémulo. – Como já quebrámos uma lei federal, porque não damos mais um passo e analisamos as declarações de rendimentos do presidente da câmara destes últimos anos? – passados poucos minutos, estava sentada com Gage diante do computador. – Quinhentos e sessenta e dois mil dólares – murmurou ao ler os rendimentos declarados por Fields no último ano. – Supera um pouco o salário habitual do presidente da câmara de Urbana.

– Custa-me a acreditar que seja estúpido ao ponto de o declarar – Gage recuou um ano. – Imagino que tenha o dobro em alguma conta na Suíça.

– Pessoalmente, nunca gostei dele – comentou Deborah. – Mas sempre o respeitei – levantou-se para começar a caminhar. – Quando penso no cargo que ostentou, com ligação direta com a polícia, com o gabinete do promotor público, com empresários...

Não acontece nada em Urbana sem que ele saiba. Quantos funcionários estarão na sua lista de nomes, quantos polícias, juízes?

– Acredita que tem tudo controlado – afastou-se do computador. – E Bower?

– Jerry? – suspirou e esfregou o pescoço tenso. – Leal até à medula e com aspirações políticas próprias. Consegue ignorar algumas maquinações, mas nada tão grave como isto. Fields foi suficientemente inteligente para escolher alguém jovem e ambicioso, com um bom currículo e uma reputação imaculada – abanou a cabeça. – Sinto-me mal por não poder pô-lo a par do que se passa.

– Mitchell?

– Não, apostaria a minha vida em Mitch. É promotor público há muito tempo. Nunca foi um admirador de Fields, mas respeita o cargo. Cumpre as regras porque acredita nelas. Inclusive, paga as multas de estacionamento. O que estás a fazer?

– Não nos fará mal investigar.

Para consternação de Deborah, abriu as declarações de Jerry e, depois, as de Mitchell. Ao não encontrar nada anormal, dirigiu-se para outro computador.

– Podemos analisar as contas bancárias. Precisamos de uma lista das pessoas que trabalham na câmara municipal, na polícia, para o promotor público – olhou para ela. – Dói-te a cabeça?

– Um pouco – esfregou a têmpora.

– Trabalhaste muito – desligou os computadores.

– Sinto-me bem. Temos muito para fazer.

– Já fizemos muito – recriminou-se por a pressionar tanto. – Algumas horas de descanso não farão diferença – rodeou-lhe a cintura com o braço. – O que te parece um banho quente e uma sesta?

– Hum... – apoiou a cabeça no seu ombro e dirigiram-se para o túnel. – Parece-me ótimo.

– E uma massagem nas costas.

– Sim. Oh, sim...

– E aquela massagem nos pés que te devo há algum tempo.

– Porque não? – sorriu.

Deborah estava sonolenta quando atravessaram o painel para o quarto de Gage. Conteve um bocejo e observou as caixas que enchiam a cama.

– O que é isto?

– Neste momento, só tens a minha camisa. E embora eu goste... – desceu um dedo pelos botões – pensei que gostasses de dispor de mais algumas coisas. Dei uma lista a Frank. É muito empreendedor.

– Frank? Mas é domingo. Metade das lojas está fechada – levou uma mão ao estômago. – Meu Deus, não as assaltou, pois não?

– Não creio – riu-se a abraçou-a. – Como vou viver com uma mulher de uma honestidade tão escrupulosa? Não, foram pagas, garanto-te. Foi fácil fazendo algumas chamadas. Verás que as caixas são da Athena.

Ela assentiu. Era uma das lojas mais exclusivas da cidade. Então, compreendeu.

– És o dono.

– Culpado – beijou-a. – Podes devolver o que não gostares. Mas penso que sei o teu estilo e o teu número.

– Não precisavas de o fazer.

– Não foi uma tentativa de usurpar a sua independência, doutora.

– Não – replicou, pouco agradecida, – mas...

– Sê prática. Que impressão daria que amanhã aparecesses no teu escritório com as minhas calças? – afrouxou-lhe o cinto e as calças de ganga deslizaram para o chão.

– Escandaloso – concordou, com um sorriso, quando ele lhe pegou ao colo e a deitou junto das calças de ganga.

– E com a minha camisa – começou a desabotoar-lha.

– Ridículo. Tens razão, foste muito prático – imobilizou-lhe as mãos antes que pudesse distraí-la. – E agradeço-te. Mas não me parece bem que me compres roupa.

– Podes pagar-ma ao longo dos próximos setenta anos – levantou-lhe o queixo antes que pudesse protestar. – Deborah, tenho mais dinheiro do que um homem pode precisar. Tu estás disposta a partilhar os meus problemas, então, é lógico que partilhe a minha fortuna.

– Não quero que penses que o dinheiro me importa, que faz alguma diferença aos sentimentos que me inspiras.

– Sabes – observou-a, pensativo, – não pensei que pudesses pensar uma coisa tão estúpida – quando sorriu, ela suspirou.

– Estúpido... Amo-te apesar de seres dono de hotéis, de edifícios e de lojas. E se não abrir uma destas caixas, vou ficar louca.

– Então, mantém a tua prudência enquanto eu vou preparar o banho.

Ela escolheu uma à sorte e tirou-lhe a tampa. Encontrou uma camisa de dormir comprida de seda azul.

– Ena... – levantou-a e reparou que a abertura das costas chegava abaixo da cintura. – Frank tem olho para a lingerie. Pergunto-me o que diriam no escritório se aparecesse vestida assim.

Incapaz de resistir, tirou a camisa e deixou que a seda fresca deslizasse pela sua cabeça e pelos seus ombros. Passou as mãos pelas ancas e viu que lhe ficava perfeita. Encantada, virou-se para o espelho quando Gage regressava.

Ele não foi capaz de falar, não foi capaz de deixar de olhar para ela. Os olhos de Deborah eram escuros como a meia-noite e brilhavam com um prazer secreto feminino.

Sorriu devagar. Havia alguma mulher que não sonhasse que o homem que amava a olhasse com uma ânsia tão evidente? Inclinou a cabeça e passou os dedos pelo meio da camisa de dormir, observando como Gage seguia os seus movimentos.

– O que te parece?

– Acho que Frank merece que lhe aumente o salário.

Enquanto Deborah se ria, Gage aproximou-se dela.

CAPÍTULO 12

Trabalharam juntos durante os três dias e três noites seguintes. Peça a peça, foram construindo um caso contra Tucker Fields. No escritório, Deborah seguia caminhos que sabia que não a conduziriam a lado nenhum, concentrada em deixar uma pista falsa.

Enquanto trabalhava, continuava a travar a sua batalha da ética contra o instinto.

Todas as noites, Gage saía da cama, vestia-se de preto e percorria as ruas. Não falavam sobre isso. Se sabia que, por vezes, Deborah ficava acordada, nervosa e ansiosa até que regressasse antes do amanhecer, nunca oferecera nenhuma desculpa. Não conseguiria dar-lhe nenhuma.

A imprensa continuou a falar das façanhas de Némesis. As atividades secretas e noturnas interpunham-se entre eles como um muro grosso e silencioso que nenhum dos dois conseguia derrubar.

Ela entendia-o, mas não conseguia concordar.

Ele entendia-a, mas não conseguia ceder.

«Quando é que isto vai acabar?», questionou-se ela, no escritório. «Quando vai parar? Durante quanto tempo conseguiremos continuar a fingir que a nossa relação, o nosso futuro, poderá ser normal?»

Com um suspiro, teve de reconhecer que ele não fingia. Mas ela, sim.

– O'Roarke – Mitchell colocou uma pasta sobre a sua mesa. – A cidade não te paga um salário principesco para que sonhes.

Deborah olhou para a pasta que acabava de aterrar sobre as outras.

– Não creio que sirva de muito recordar que os meus casos já bateram todos os recordes da cidade.

– Tal como a taxa de criminalidade – como parecia cansada, dirigiu-se para a cafeteira para lhe servir uma chávena. – Se Némesis parasse um pouco, talvez não estivéssemos tão aborrecidos.

– Isso pareceu um elogio – franziu o sobrolho enquanto bebia um gole de café.

– Só exponho os factos. Não tenho de aprovar os seus métodos para que goste dos resultados.

– Falas a sério? – olhou para ele, surpreendida.

– Aquele que quer imitar o Estripador já tinha executado quatro mortes e ia lançar-se na quinta quando Némesis o descobriu. É difícil queixar-me quando alguém, inclusive um mascarado, entrega um demente assim e salva a vida de uma jovem de dezoito anos. O que não significa que vá comprar uma t-shirt e unir-me ao seu clube de admiradores – tirou um charuto do bolso e começou a brincar com ele entre os dedos. – Então, fizeste algum progresso no teu caso favorito?

– Disponho de mais uma semana – encolheu os ombros.

– És obstinada, O'Roarke. Gosto disso.

– Isso, sim, foi um elogio – arqueou os sobrolhos.

– Que não te suba à cabeça! O presidente da câmara continua aborrecido contigo. E as sondagens mostram que o povo o adora. Se não derrotar Tarrington no debate de amanhã, poderás encontrar um caminho difícil até às próximas eleições.

– O presidente da câmara não me preocupa.

– Como queiras. Wisner continua a escrever sobre ti – levantou uma mão antes que ela pudesse responder. – Estou a controlar Fields, mas se conseguisses manter um perfil mais discreto...

– Sim, fui uma estúpida ao fazer com que destruíssem o meu apartamento.

– Está bem, está bem – corou. – Todos o lamentamos, mas se conseguisses manter-te afastada de confusões durante algum tempo, facilitarias a vida a toda a gente.

– Acorrentar-me-ei à minha mesa – disse, com os dentes apertados. – E assim que tiver oportunidade, darei um pontapé a Wisner.

– Põe-te na fila – Mitchell sorriu. – Avisa-me se precisares de dinheiro enquanto o seguro não te pagar.

– Obrigada, mas consigo desenvencilhar-me – olhou para as pastas. – Além disso, com tudo isto, quem precisa de um apartamento?

Quando a deixou sozinha, Deborah abriu a pasta do caso novo. E apoiou a cabeça entre as mãos. Seria uma ironia do destino que lhe tivessem atribuído o caso do Estripador de East End? A sua principal testemunha, o seu amante, era o homem com quem nem sequer podia falar do assunto.

Às sete horas, Gage esperava-a num canto de um restaurante francês perto do parque da cidade. Sabia que o caso se aproximava do fim e que teria de explicar a Deborah porque não lhe tinha confiado todos os detalhes.

Sentir-se-ia magoada e furiosa, e com razão. Mas preferia-a dessa maneira e viva. Era consciente de como os últimos dias tinham sido difíceis para ela. Se tivesse escolha, teria dado tudo, incluindo a sua consciência, para a manter feliz.

Mas não tinha, nem tinha tido desde que saíra do coma.

Não poderia fazer nada, salvo dizer-lhe e demonstrar-lhe como a amava. E esperar que pudesse existir um compromisso entre as forças poderosas e opostas que os moviam.

Viu-a a chegar, esbelta e adorável, com um fato cor de safira. Questionou-se se usaria renda ou seda por baixo. Sentiu o impulso de a levar embora para o descobrir.

– Peço desculpa pelo atraso – começou, mas, antes que o empregado lhe puxasse a cadeira, Gage levantou-se para a aproximar dele e dar-lhe um beijo pouco discreto. Antes de a largar, os clientes mais próximos já olhavam para eles com curiosidade e inveja. Deixou-lhe as pálpebras pesadas e o corpo a vibrar. – Ainda... Ainda bem que cheguei atrasada.

– Trabalhaste até tarde – tinha olheiras, o que odiava, porque sabia que ele era o causador.

– Sim – ainda sem ar, sentou-se. – Entregaram-me outro caso antes das cinco horas.

– Alguma coisa interessante?

– O do Estripador de East End – olhou para ele, sem pestanejar.

– Compreendo.

– A sério, Gage? Eu não tenho a certeza – afastou a mão da dele e apoiou-a no colo. – Pensei em desvincular-me, mas que razão poderia alegar?

– Não há nenhuma, Deborah. Eu apanhei-o, mas é o teu trabalho encarregares-te de que pague pelos seus crimes. Uma coisa não tem de interferir com a outra.

– Oxalá tivesse a certeza disso... Uma parte de mim considera-te um vingador público, a outra, um herói.

– E a verdade está algures no meio – voltou a agarrar-lhe a mão. – Sem importar onde esteja, amo-te.

– Eu sei – apertou-lhe os dedos. – Eu sei, mas, Gage... – calou-se quando o empregado lhes trouxe o champanhe que ele tinha pedido enquanto esperava por ela.

– A bebida dos deuses – afirmou o empregado, com um forte sotaque francês. – Para uma celebração, *n'est-ce pas*? Uma mulher bonita. Uma bebida bonita – perante a aprovação de Gage, abriu a garrafa. – *Monsieur,* prová-lo-á? – serviu-lhe uma pequena quantidade.

– Excelente... – murmurou, com os olhos cravados em Deborah.

– *Mais, oui* – encheu-lhes os copos. – *Monsieur* tem um gosto delicioso.

Quando o empregado se foi embora com uma leve inclinação de cabeça, ela riu-se entredentes e aproximou o copo de Gage.

– Também és dono deste sítio?

– Não. Gostarias de o ter?

Embora tenha abanado a cabeça, teve de se rir.

– Estamos a celebrar alguma coisa?

– Sim. Esta noite. E amanhã – tirou um estojo de veludo do bolso e ofereceu-lho. Quando ela apenas olhou para ele, Gage ficou tenso, dominado pelo pânico, embora mantivesse um tom de voz ligeiro. – Pediste-me que me casasse contigo, mas considerei que esse privilégio era meu.

Deborah abriu o estojo. À luz da vela, a safira central de um azul profundo e escuro brilhava. A rodear a pedra quadrada havia uma sinfonia de diamantes.

– É lindo...

Tinha escolhido as pedras pessoalmente, mas tinha esperado ver prazer nos olhos dela, não medo. Também não tinha esperado sentir receio.

– Tens dúvidas?

Ela olhou para ele e disse, com clareza:

– Não sobre o que sinto por ti. Nunca. Mas tenho medo, Gage. Tentei fingir que não, mas não consigo. Não só pelo que fazes, mas porque isso poderá levar-te do meu lado.

Ele não queria fazer promessas que fossem impossíveis de cumprir.

– Saí assim do coma por algum motivo. Não posso oferecer-te lógica e dados a esse respeito, Deborah. Só sensações e instintos. Se virasse as costas ao que devo fazer, voltaria a morrer.

– Achas?

– Sei.

Como podia olhá-lo nos olhos e não o ver? Quantas vezes o tinha olhado nos olhos e visto... alguma coisa? Diferente, especial, aterradora. Sabia que Gage era de carne e osso, mas também era mais. Não seria possível modificar isso. E, pela primeira vez, apercebeu-se de que também não o desejava.

– Apaixonei-me por ti duas vezes. Por ambas as facetas da tua pessoa – contemplou o anel, tirou-o do estojo e resplandeceu como um relâmpago na sua mão. – Até então, tinha a certeza do meu caminho, do que queria e precisava, daquilo pelo qual me esforçava. Estava convencida de que, quando me apaixonasse, o faria por um homem tranquilo e normal – estendeu-lhe o anel. – Enganei-me. Não regressaste só para lutar pela tua justiça, Gage. Regressaste por mim – sorriu e estendeu a mão. – Graças a Deus!

Ele deslizou-lhe o anel no dedo.

– Quero levar-te para casa – quando lhe beijava os dedos, o empregado voltou.

– Eu sabia. Henri nunca se engana – encheu-lhes os copos com grande cerimónia. – Escolheram a minha mesa e escolheram bem. Devem deixar-me escolher o menu. Farei com que desfrutem de uma noite que jamais esquecerão. Será uma honra. Ah, *monsieur*, é um homem sortudo... – pegou na mão de Deborah e deu-lhe um beijo ruidoso.

Ela ainda se ria enquanto se afastava, mas, ao olhar para Gage, soube que tinha a atenção noutro lugar.

– O que se passa?

– Fields – levantou o copo, mas os seus olhos seguiram o presidente da câmara pela sala. – Acaba de entrar com Arlo Stuart e mais duas personalidades, com o teu amigo Bower na retaguarda.

Tensa, Deborah virou a cabeça. Dirigiam-se para uma mesa para oito. Reconheceu uma atriz conhecida e o presidente de uma fábrica de automóveis.

– Reunião de poder – murmurou.

– Tem os mundos do teatro, da indústria e das finanças representados. Antes que acabe a noite, aparecerá alguém para tirar fotografias «espontâneas».

– Não importará – cobriu a mão de Gage. – Dentro de uma semana, não importará.

«Dentro de menos tempo», pensou, mas assentiu.

– Stuart aproxima-se daqui.

– Ena! – Stuart apoiou uma mão no ombro de Gage. – Que coincidência tão agradável! Está tão radiante como sempre, menina O'Roarke.

– Obrigada.

– É um restaurante ótimo. Oferecem os melhores *escargots* da cidade – sorriu aos dois. – Detesto comê-los enquanto se fala de negócios e política. Mas escolheram a combinação perfeita: champanhe e luz de velas – o seu olhar pousou na mão direita de Deborah. – Que lindo anel... – sorriu a Gage. – Um pedido de casamento?

– Surpreendeu-nos em pleno ato, Arlo.

– Alegra-me descobrir. Passem a lua de mel em qualquer um dos meus hotéis – piscou-lhe um olho a ela. – É oferta da casa – sem deixar de sorrir, fez sinal a Fields. Pensou que não prejudicaria a imagem do presidente da câmara ser um dos primeiros a felicitar o homem de negócios mais importante da cidade e a promotora pública mais apreciada.

– Gage, Deborah – embora o sorriso de Fields fosse amplo, a expressão era rígida. – Alegra-me vê-los. Se ainda não pediram, talvez gostassem de se juntar a nós.

– Esta noite, não – indicou Stuart, antes que Gage pudesse

responder. – Temos um novo casal, Tuck. Não querem desperdiçar a noite a falar de estratégias de campanha.

– Parabéns! – Fields observou o anel na mão de Deborah, sem deixar de sorrir. Mas não estava satisfeito.

– Eu gostaria de pensar que fomos nós que vos juntámos – sempre exuberante, Stuart passou um braço pelo ombro de Fields. – Afinal de contas, conheceram-se no meu hotel durante a festa para angariar fundos para a tua campanha.

– Acho que isso nos torna uma família grande e feliz – Fields olhou para Gage. Precisava do apoio de Guthrie. – Vais casar-te com uma mulher ótima, uma advogada muito dura. Deu-me algumas dores de cabeça, mas admiro a sua integridade.

– Eu também – replicou Gage, com voz distante, mas correta.

– Eu admiro mais do que a integridade – Stuart riu-se, piscando-lhe um olho. – Não se ofenda. Agora, voltemos a falar de política e deixemo-los a sós.

– Pulha... – murmurou Deborah, quando partiram. Levantou o copo de champanhe. – Estava a lamber-te as botas.

– Não – Gage brindou com ela. – Aos dois – por cima do ombro, viu o momento em que Jerry Bower soube da notícia. Sobressaltou-se e olhou para eles. Gage quase pôde ouvi-lo a suspirar enquanto contemplava as costas de Deborah.

– Estou impaciente por o crucificar.

Havia tanto veneno na sua voz, que lhe apertou a mão.

– Aguenta. Já falta pouco.

Era tão bonita... Gage demorou-se na cama a olhar para ela. Sabia que dormia profundamente, saciada pelo amor, exausta pela paixão. Queria certificar-se de que dormiria tranquilamente até de manhã.

Odiava saber que havia vezes em que Deborah acordava a meio da noite e descobria que não estava ali. Mas, naquela noite, quando quase sentia o perigo no seu sangue, precisava de ter a certeza de que dormiria a salvo.

Levantou-se em silêncio para se vestir. Tranquilizou-o ouvir a sua respiração profunda e serena. À luz da lua, viu o seu próprio reflexo no espelho. «Não, não é um reflexo», pensou. «É uma sombra.»

Depois de calçar as luvas pretas, abriu uma gaveta. Lá dentro havia uma arma regulamentar da polícia, de calibre 38, cuja culatra lhe era tão familiar como o aperto de mãos de um irmão. No entanto, não a tinha usado desde a noite no cais, há quatro anos.

Nunca tinha necessitado.

Mas, naquela noite, sentia essa necessidade. Já não questionava o seu instinto. Introduziu a arma na capa e pendurou-a nos ombros.

Abriu o painel e parou. Queria voltar a ver como dormia. Podia sentir o perigo amargo na sua língua, na sua garganta. O seu único consolo era saber que ela não se veria afetada por nada. «Regressarei», prometeu a si mesmo e a Deborah. O destino não podia dar-lhe um golpe mortal duas vezes numa vida.

Entrou na escuridão.

Passado uma hora, o telefone tocou, acordando Deborah.

– Sim?

– Menina?

O som da voz de Montega despertou-a de imediato.

– O que quer?

– Temo-lo. A armadilha foi muito fácil.

– O quê? – assustada, estendeu a mão para Gage. Mas, inclusive antes de tocar nos lençóis vazios, soube. O terror fez com que lhe tremesse a voz. – A que se refere?

– Está vivo. Por enquanto, queremos mantê-lo vivo. Se desejar o mesmo, virá, depressa e sozinha. Trocá-lo-emos por todos os documentos e pastas. Por tudo o que tiver.

Levou a mão à boca, tentando ganhar tempo até que conseguisse pensar.

– Matar-nos-á aos dois.

– É possível. Mas também o matarei se não vier. Há um armazém no número trezentos e vinte e cinco da East River Drive. Dou-lhe trinta minutos para chegar. Mais um minuto e corto-lhe a mão direita.

– Irei – sentiu que lhe revolvia o estômago. – Não lhe faça mal. Por favor, deixe-me falar com ele...

Mas a chamada caiu.

Levantou-se de um salto da cama. Vestiu um robe e correu para o quarto de Frank. Quando viu que estava vazio, avançou pelo corredor e encontrou a senhora Greenbaum sentada na cama, a ver um filme antigo, com uma lata de amendoins na mão.

– Onde está Frank ?

– Foi ao clube de vídeo que está aberto toda a noite comprar uma piza. Decidimos fazer um festival de filmes dos Irmãos Marx. O que se passa? – mas Deborah tapou a cara com as mãos. Tinha de pensar. – Voltará dentro de vinte minutos.

– É demasiado tarde – desceu as mãos. Não podia perder um segundo. – Diga-lhe que recebi uma chamada e que tive de sair. Diga-lhe que tem a ver com Gage.

– Estás metida em confusões. Conta-me.

– Diga-lhe assim que chegar, por favor. Vou para o trezentos e vinte e cinco de East River Drive.

– Não podes – Lil começou a levantar-se da cama. – Não podes ir sozinha a estas horas.

– Tenho de o fazer. Diga a Frank que tive de o fazer – agarrou as mãos de Lil. – É uma questão de vida ou morte.

– Chamaremos a polícia...

– Não. Não, só Frank. Diga-lhe o que eu lhe disse e a que horas saí. Prometa-me.

– É claro, mas...

Mas Deborah saiu a correr.

Demorou vários minutos a vestir-se e a guardar os papéis na mala. Ao chegar ao carro, tinha as mãos suadas. Na sua mente repetia o nome de Gage, enquanto avançava pelas ruas. As náuseas não a abandonavam enquanto via como os minutos passavam no relógio do tabliê.

Como um fantasma, Némesis observava a troca de droga por dinheiro. Milhares de notas por milhares de gramas de dor. O comprador abriu uma embalagem com uma navalha, extraiu um pouco de pó branco e introduziu-o num frasco para verificar a sua pureza. O vendedor analisou os maços de notas.

Quando ambos ficaram satisfeitos, o negócio foi fechado. Falaram pouco. Não foi uma transação amistosa.

Viu o comprador a levar o produto. Embora Némesis soubesse que voltaria a encontrar-se com aquele homem, lamentava-o. Se não estivesse atrás de uma presa maior, ter-lhe-ia dado um grande prazer atirar tanto o comprador como o produto ao rio.

Ouviu passos. A acústica era boa no edifício de madeira de teto alto. Havia caixas empilhadas junto das paredes e em estantes de metal. Uma grua estava estacionada junto das portas de alumínio do armazém. Embora o cheiro a serradura impregnasse a atmosfera, as serras estavam em silêncio.

Com uma fúria que lhe fez ferver o sangue, viu Montega a entrar.

– Este foi o nosso primeiro prémio da noite – dirigiu-se para a mala com o dinheiro e afastou os seus homens. – Mas esperamos algo melhor – desceu a tampa e fechou-a. – Quando chegar, mandem-no entrar.

Ao endireitar-se, tão insubstancial como o ar que respirava, Némesis fechou as mãos. «É agora», pensou. «Esta noite.» A parte dele que desejava vingança ansiava desembainhar a arma e disparar. A sangue-frio.

Mas tinha o sangue demasiado quente para uma solução tão rápida e anónima. Sorriu num gesto carente de humor. Havia maneiras melhores. Mais sensatas.

Ao abrir a boca para falar, ouviu vozes, o som de pés a correr sobre o chão de cimento. O coração parou-lhe.

Tinha-a deixado a dormir.

Enquanto lhe gelava o sangue, o suor de terror perlou-lhe a testa. O perigo que tinha pressentido não era por ele. Meu Deus, não fora por ele, mas por ela! Viu Deborah a entrar, escoltada por dois guardas armados. Durante um instante, oscilou entre o mundo de sombras de Némesis e o dela.

– Onde está? – enfrentou Montega como uma leoa, com os olhos cintilantes. – Se lhe fizer mal, mato-o. Juro-lhe.

– Magnífico! – com uma inclinação da cabeça, Montega aplaudiu. – Uma mulher apaixonada.

– Quero vê-lo.

– Chegaste a tempo, mas trouxeste o que pedi?

– Leve-o para o inferno consigo! – agitou a mala diante da sua cara.

Montega passou a mala a um sequaz e, com um gesto de cabeça, fez com que outro a levasse para uma sala contígua.

– Calma – levantou a mão. – Queres sentar-te?

– Não. Já tem o que queria, agora dê-me o que vim buscar.

A porta voltou a abrir-se. Ela ficou espantada.

– Jerry? – o alívio foi mais forte do que a surpresa. «Não é Gage», pensou. Nunca o tinham tido. Era Jerry. Dirigiu-se para ele para lhe agarrar as mãos. – Desculpa, lamento que estejas a passar por isto. Não sabia.

– Eu sei – apertou-lhe as mãos. – Sabia que virias. Contava com isso.

– Oxalá nos tivesse ajudado aos dois...

– Já o fizeste – passou-lhe um braço pelos ombros e olhou para Montega. – Presumo que o negócio tenha corrido bem.

– Como esperávamos, senhor Bower.

– Excelente! – deu uma palmadinha no ombro de Deborah. – Temos de falar.

Ela sentiu que empalidecia.

– Tu... nunca foste um refém, pois não?

Ele permitiu que recuasse, inclusive indicou aos seguranças que não interviessem. Deborah não tinha para onde ir e sentia-se generoso.

– Não e, infelizmente, tu também não. Lamento.

– Não acredito – emocionada, levou as mãos às têmporas. – Sabia o apoio cego que davas a Fields, mas isto... Pelo amor de Deus, Jerry, não podes fazer parte disto! Sabes o que fazem? As drogas, os assassinatos? Não se trata de política, é uma loucura.

– Tudo é política, Deb – sorriu. – A minha. Achaste que uma marioneta como Fields estava por trás da organização? – riu-se e pediu que trouxessem cadeiras. – Achaste. E tudo porque eu deixei um rasto impecável de migalhas para ti e qualquer um que decidisse investigar – obrigou-a a sentar-se.

– Tu? – olhou para ele, enjoada. – Dizes que estás no comando? Que Fields...?

– Não passa de um peão. Há mais de seis anos que estou na sombra... a carregar nos botões. Fields não seria capaz de dirigir uma loja de guloseimas, muito menos uma cidade. Ou o estado – sentou-se à frente dela. – Como fará dentro de cinco anos.

Não tinha medo. O medo não era capaz de atravessar a sua estupefação. Era um homem que conhecia há dois anos, que tinha considerado um amigo, honesto, embora um pouco fraco.

– Como?

– Dinheiro, poder, inteligência – enumerou com os dedos. – Eu tinha a inteligência. Fields contribuiu com o poder. Acredita, esteve disposto a deixar os detalhes a meu cargo. Prepara discursos ótimos, sabe que rabos deve chutar ou beijar. Eu trato do resto e foi assim desde que me destacaram para o seu escritório há seis anos.

– Quem?

– És perspicaz – sem deixar de sorrir, assentiu, admirado. – Arlo Stuart... Ele é o dinheiro. O problema surgiu porque os seus negócios, os legais, não lhe reportavam tantos lucros como desejava. Sendo um homem de negócios, descobriu outra maneira de aumentar os lucros.

– As drogas.

– Correto mais uma vez – cruzou as pernas e olhou quase com desinteresse para o relógio. Tinha tempo. – É o chefe da Costa Este há doze anos. E é rentável. Eu fui subindo na organização. Gosta de pessoas com iniciativa. Eu possuía o conhecimento, legal e político, e ele tinha Fields.

«Perguntas», pensou Deborah. Devia pensar em perguntas e fazer com que lhe respondesse. Até que... Gage aparecesse? Conseguiria Frank entrar em contacto com ele?

– De modo que os três trabalharam juntos.

– Fields, não... Odiaria dar-lhe mérito diante de ti, porque respeito a tua mente. Não passa de um peão útil que desconhece o que se passa. E, se tem alguma ideia, é suficientemente inteligente para o ignorar – encolheu os ombros. – Quando chegar o momento certo, traremos a público a informação das Finanças e tudo o que tu descobriste. Ninguém ficará mais surpreendido do que Fields. Como serei eu a desmascará-lo com todo o meu pesar, não me custará ficar a ocupar o seu cargo. Como um trampolim.

– Não resultará. Não sou a única que sabe.

– Guthrie – Jerry entrelaçou os dedos sobre os joelhos. – Penso encarregar-me dele. Há quatro anos, ordenei a Montega que o eliminasse e o trabalho ficou incompleto.

– Tu? – sussurrou. – Tu ordenaste-o?

– Arlo deixa-me esses detalhes – inclinou-se para que só ela pudesse ouvi-lo. – Eu gosto de detalhes... como aquele a que se dedica o teu namorado nos tempos livres – sorriu ao vê-la a empalidecer. – Desta vez, foste tu que me conduziste até ele, Deborah.

– Não sei a que te referes.

– Avalio bem as pessoas. Tenho de o fazer. E tu és muito previsível. Tu, uma mulher inteligente, íntegra e de lealdades apaixonadas, relacionada com dois homens? Não parecia provável. Esta noite, soube o que suspeitava há semanas. Só há um homem, um homem que teria reconhecido Montega, um homem que teria conquistado o teu coração, um homem com motivos suficientes para me perseguir com fanatismo – deu-lhe uma palmadinha na mão perante o seu silêncio. – Será o nosso pequeno segredo. Eu gosto de segredos – ao levantar-se, os seus olhos recuperaram a frieza. – E embora o lamente verdadeiramente, só um dos dois poderá sair daqui esta noite com este segredo. Pedi a Montega que fosse rápido. Em nome dos velhos tempos.

Embora lhe tremesse o corpo, ela obrigou-se a endireitar-se.

– Aprendi a acreditar no destino, Jerry. Não ganharás. Ele encarregar-se-á disso. Se me matares, cairá sobre ti com fúria. Achas que o conheces, mas não é assim. Não o tens e jamais o terás em teu poder.

– Se te servir de consolo – afastou-se de Deborah, – não o temos... por enquanto.

– Enganas-te.

Todos os presentes se viraram ao ouvirem a voz. Só viram paredes nuas e madeiras empilhadas. Os joelhos de Deborah afrouxaram tanto que esteve prestes a cair ao chão.

Então, deu a impressão de acontecer tudo ao mesmo tempo.

Um segurança próximo de uma parede inclinou-se para trás com expressão surpreendida. Enquanto o seu corpo se debatia, a metralhadora que segurava começou a disparar. Os homens gritaram e procuraram abrigo. O homem gritou. Os seus próprios homens abateram-no.

Atirando-se para trás de algumas estantes, Deborah procurou alguma arma. As suas mãos encontraram uma barra de ferro. Recuou, disposta a defender-se. Diante dos seus olhos atónitos, viu como a arma automática era arrebatada a um segurança apavorado. Com medo, fugiu.

– Fica aqui – disse a voz na direção dela.

– Graças a Deus, pensei que...

– Fica aqui. Trato de ti depois.

Permaneceu quieta, com o ferro nas mãos. «Némesis voltou», pensou, com os dentes apertados. «E tão arrogante como de costume.» Afastou uma caixa e viu o caos que reinava do outro lado. Restavam cinco homens: os seguranças, Montega e Jerry. Disparavam de forma indiscriminada, tão assustados como confusos. Quando uma das balas acertou na parede a menos de um metro dela, baixou a cabeça.

Alguém gritou. O som fez com que fechasse os olhos. Uma mão agarrou-lhe o cabelo, obrigando-a a endireitar-se.

– O que é? – gritou Jerry ao seu ouvido. Embora lhe tremesse a mão, agarrava-a com firmeza. – O que raio é?

– É um herói – olhou para ele, com ar desafiante. – Algo que jamais compreenderás.

– Será um herói morto antes que isto acabe. Vem comigo – colocou-a diante dele. – Se tentares alguma coisa, matar-te-ei e correrei o risco.

Deborah respirou fundo e cravou-lhe a barra no estômago. Quando ele se dobrou, fugiu, esquivando-se de bancos e estantes. Jerry recuperou com rapidez e esticou a mão para a agarrar pelo tornozelo. Praguejando, deu-lhe um pontapé, sabendo que a qualquer instante poderia sentir uma bala nas costas. Subiu por uma pilha de madeira, convencida de que, se conseguisse ficar a salvo, ele não poderia utilizá-la como escudo.

Ouviu-o a persegui-la, a ganhar terreno à medida que recuperava o fôlego. Desesperada, imaginou que era um lagarto, veloz e segura, a agarrar-se à madeira. Não podia cair. A única coisa que sabia era que não podia cair. Sem as sentir, as farpas cravavam-se nos seus dedos.

Com todas as suas forças, atirou-lhe a barra de ferro. Acertou-lhe num ombro, parando-o enquanto praguejava. Sem olhar para trás, apertou os dentes e saltou da madeira para um escadote de metal. Suada, as mãos escorregaram-lhe, mas conseguiu segurar-se e subir até ao andar seguinte. Respirou agitadamente enquanto corria pelo passadiço de metal, cheio de rolos de material isolante e de construção.

Mas não tinha para onde ir. Ao chegar ao outro lado, viu que estava encurralada. Jerry quase tinha chegado ao passadiço. Não podia descer, nem sonhava saltar.

Ele respirava de forma entrecortada e mostrava sangue na boca. Agitava uma pistola na mão. Deborah deu um passo inseguro para trás, observando os quinze metros que a separavam do chão, onde Némesis enfrentava três homens. Compreendeu que não podia chamá-lo. Distraí-lo naquele instante podia representar a sua morte.

Virou-se e enfrentou o que pensara ser seu amigo.

– Não me usarás para chegar até ele.

– De um modo ou de outro – limpou o sangue da boca com as costas da mão.

– Não – voltou a recuar e tropeçou na corrente de uma grua. Era grossa e pesada, e compreendeu que a usavam para levar os materiais pesados até ao nível seguinte de armazenamento. – Não – repetiu e empurrou a corrente contra a cara de Jerry com todas as suas forças.

Ouviu o som de ossos a partirem-se. Depois, o grito, um grito horrível antes que ela tapasse a cara com as mãos.

Só restava Montega quando Némesis levantou o olhar e a viu, pálida, cambaleando até à beira de um passadiço estreito de metal. Não dedicou nem um olhar ao homem que tinha caído aos gritos sobre o cimento. Ao correr para Deborah, ouviu que uma bala silvava junto da sua cabeça.

– Não! – gritou Deborah. – Atrás de ti – com alívio para ela e com incredulidade para Montega, viu que virava à esquerda e desaparecia.

Com cautela, desejando distrair a atenção de Montega sobre Deborah, Némesis avançou ao longo da parede. Dizia alguma coisa e depois afastava-se para a esquerda ou para a direita, antes que o outro pudesse apontar a arma que segurava com mãos trémulas.

– Eu vou matar-te! – dominado pelo terror, Montega disparou contra as paredes. – Vi-te a sangrar. Vou matar-te

– Já me mataste uma vez – apontou com firmeza ao coração do outro. Só tinha de apertar o gatilho e acabaria tudo. Acabariam quatro anos de inferno. Mas viu a cara dela, pálida e brilhante pelo suor. Devagar, relaxou o dedo do gatilho. – Virei buscar-te, Montega. Disporás de muito tempo para te perguntares porquê. Atira a pistola ao chão.

Mudo, obedeceu. Andando mais segura, embora ainda pálida, Deborah avançou para a apanhar do chão de cimento.

– Quem és? – quis saber Montega. – O que és?

Deborah lançou um grito de advertência quando Montega enfiou uma mão no bolso.

Dois disparos rasgaram o ar. Enquanto ainda se ouvia o eco, Montega caiu, sem vida, ao chão. Sem lhe tirar a vista de cima, Némesis aproximou-se.

– Sou o teu destino – sussurrou e depois virou-se para abraçar Deborah.

– Disseram que te tinham. Que iam matar-te.

– Devias ter confiado em mim – fê-la virar-se, decidido a protegê-la da morte que os rodeava.

– Mas estavas aqui – disse, parando. – Porquê? Como sabias?

– O fio condutor. Senta-te, Deborah, estás a tremer.

– Dá-me a impressão de que, dentro de um minuto, será de fúria. Sabias que estariam aqui esta noite.

– Sim, sabia. Senta-te. Vou buscar-te um pouco de água.

– Para! – puxou-o com ambas as mãos. – Sabias e não me disseste. Sabias que Stuart e Jerry estavam envolvidos.

– Jerry, não – e sempre o lamentaria. – Até ter aparecido aqui esta noite e ter ouvido o que te disse, estava concentrado em Fields.

– Então, o que fazias aqui?

– Consegui entender o padrão há alguns dias. Cada entrega era efetuada num edifício de Stuart. E cada entrega realizava-se com, pelo menos, duas semanas de diferença, numa zona diferente da cidade. Dediquei algumas noites a outros pontos, mas acabei por o reduzir a este. E não te contei – acrescentou, quando os seus olhos o queimaram, – porque queria evitar exatamente o que aconteceu esta noite. Bolas, quando estou preocupado contigo, não consigo concentrar-me! Não consigo fazer o meu trabalho.

– Vês este anel? – estendeu a mão. – Deste-mo apenas há algumas horas. Uso-o porque te amo e porque estou a tentar aceitar-te, juntamente com os teus sentimentos e as tuas necessidades. Se não fores capaz de fazer o mesmo por mim, terás de ficar com ele.

– Não se trata de fazer o mesmo...

– Claro que sim! Esta noite, matei um homem – tremeu-lhe a voz e afastou-o quando ele quis voltar a abraçá-la. – Matei um homem que conhecia. Esta noite, vim aqui disposta não só a trocar a minha ética por ti, mas a minha vida pela tua. Não voltes a proteger-me, a mimar-me ou a pensar por mim.

– Já acabaste?

– Não – apoiou-se numa cadeira. – Sei que não deixarás de fazer o que fazes. Que não podes. Preocupar-me-ei contigo, mas não me interporei no teu caminho. E tu também não o farás no meu.

– É só isso? – assentiu.

– Por enquanto.

– Tens razão.

Deborah abriu a boca, fechou-a outra vez e suspirou.

– Podes repeti-lo?

– Tens razão. Escondi-te coisas e, em vez de te proteger, pus-te em mais perigo. Por isso, lamento. E, para além de o reconhecer, acho que devias saber que não ia matá-lo – olhou para Montega, mas agarrou Deborah pelo queixo antes que ela pudesse fazer o mesmo. – E desejava-o. Durante um instante, vi a sua morte. Mas se ele se entregasse, tê-lo-ia deixado nas mãos da polícia.

– Porquê? – perguntou ao ver a verdade nos seus olhos.

– Porque olhei para ti e soube que podia confiar em que te encarregarias de que houvesse justiça – estendeu uma mão. – Deborah, preciso de uma companheira.

– E eu, de um companheiro – sorriu e, em vez de lhe aceitar a mão, atirou-se nos seus braços. – Nada vai impedir-nos – murmurou. Ao longe, ouviu as sirenes. – Acho que Frank vem aí com a cavalaria – com um suspiro, afastou-se. – Será necessário um bom advogado para explicar isto.

Ao ouvir o som de passos, ele desapareceu na parede que havia atrás dela.

– Estarei aqui.

Deborah sorriu e passou uma mão pela parede, sabendo que ele fazia o mesmo do seu lado nas sombras.

– Conto com isso.

Um grito na noite

Para Dan

N. R.

PRÓLOGO

Era um lugar pouco agradável para se encontrar com um informador. Uma noite fria, uma rua escura, com o cheiro a uísque e a suor que se filtrava através das frestas da porta do bar que havia atrás de si. Colt tirou um cigarro do maço, enquanto observava o homem com quem tinha combinado encontrar-se. Embora houvesse pouco para ver: baixo, fraco e feio. À luz brilhante do *néon* que havia atrás deles, o seu informador parecia quase cómico.

Mas o assunto que os ocupava não tinha nada de engraçado.

– Custa a encontrar-te, Billings.

– Sim, sim... – Billings mordiscou o polegar sujo e olhou para ambos os lados da rua. – É uma maneira de me manter vivo. Ouvi dizer que andava à minha procura – observou Colt durante alguns instantes e, depois, desviou o olhar. – Um homem na minha posição tem de ter cuidado, sabias? O que queres comprar não é barato. E é perigoso. Sentir-me-ia melhor com a minha agente. Regra geral, trabalho com a polícia, mas não consegui encontrá-la todo o dia.

– Eu sentir-me-ia melhor sem a tua agente. E sou eu quem paga – para ilustrar a afirmação, tirou duas notas de cinquenta dólares do bolso da camisa. Viu que os olhos de Billings se cravavam com cobiça no dinheiro. Mas manteve-o fora do seu alcance.

– Falo melhor com um copo – assinalou a porta do bar com a cabeça. A gargalhada de uma mulher, alta e aguda, atravessou o vidro.

– Eu ouço-te perfeitamente – observou que o homem tinha os nervos em franja. Se não insistisse naquele momento, fugiria como um coelho assustado. Tinha ido demasiado longe e havia demasiado em jogo. – Diz-me o que preciso de saber e, depois, oferecer-te-ei um copo.

– Não és daqui.

– Não – Colt arqueou um sobrolho e esperou. – Representa algum problema?

– Nenhum. Até é melhor. Se descobrissem... – Billings passou a mão pela boca. – Bom, tens ar de saber cuidar-te.

– Já o fiz mais de uma vez – deu um último bafo, antes de atirar o cigarro para uma sarjeta. – Informação, Billings – para demonstrar a sua boa-fé, estendeu uma das notas. – Vamos diretos à questão.

Enquanto o outro estendia os dedos ansiosos, o ar frio foi atravessado pelo som de uma travagem brusca.

Colt não teve de ler o terror nos olhos de Billings. A adrenalina e o instinto entraram em ação. Atirou-se ao chão quando ouviu os primeiros tiros.

CAPÍTULO 1

Althea não se importava de estar entediada. Depois de um dia difícil, um pouco de tédio era bem-vindo, já que dava à sua mente e ao seu corpo a oportunidade de carregar as baterias. Não se importava de acabar um turno de dez horas, depois de uma semana cansativa de sessenta horas, e vestir um vestido e uns sapatos com saltos de dez centímetros. Nem sequer se queixava de estar numa festa na sala de Brown House, enquanto ouvia discurso após discurso.

O que lhe importava era que o seu par deslizasse a mão pela sua coxa por baixo da toalha de linho branco.

Os homens eram tão previsíveis!

Levantou o copo de vinho e, mexendo-se na cadeira, roçou a orelha do seu par com o nariz.

– Jack?

– Hum? – os dedos subiram mais um pouco.

– Se não afastares a mão... Digamos que nos próximos dois segundos... Vou espetar-te o garfo de sobremesa com muita força. Doer-te-á, Jack – recostou-se e bebeu um gole de vinho, sorrindo, enquanto ele arqueava um sobrolho. – Demorará um mês até conseguires jogar ténis.

Jack Holmsby, um solteiro cobiçado, temido promotor público e convidado de honra da Gala da Ordem dos Advogados de Denver, sabia como lidar com as mulheres. E andava há meses a tentar aproximar-se daquela mulher.

– Thea... – sussurrou, oferecendo-lhe o seu sorriso mais encantador e atrevido. – Isto já está quase a acabar. Porque não vamos para a minha casa? Podemos... – sussurrou-lhe ao ouvido uma sugestão descritiva, imaginativa e, certamente, anatomicamente impossível.

O som do *bip* poupou Althea de ter de responder. Vários dos convidados que partilhavam a mesa mexeram-se para confirmarem se eram os telemóveis deles. Com uma inclinação de cabeça, ela levantou-se.

– Com licença. Acho que é o meu – afastou-se, meneando as ancas. Aquele corpo dentro do vestido púrpura sem costas fez com que mais de uma cabeça se virasse. A pressão arterial de alguns aumentou. As fantasias descontrolaram-se.

Consciente das reações que provocava, mas indiferente a elas, saiu da sala e atravessou o hall em direção aos telefones. Abriu a mala, que continha uma caixa de pó de arroz, um batom, o seu distintivo, dinheiro para uma emergência e a sua nove milímetros, tirou o telemóvel e realizou a chamada.

– Grayson – enquanto ouvia, puxou o cabelo para atrás e semicerrou os olhos castanhos. – Vou já para aí – desligou, virou-se e viu que Jack Holmsby avançava para ela. Teve de reconhecer que era um homem atraente. Com um aspeto muito pulcro. Era uma pena que fosse tão banal por dentro. – Desculpa, Jack. Tenho de me ir embora.

A irritação fez com que ele franzisse o sobrolho. Na sua casa tinha uma garrafa de conhaque, lenha para acender a lareira e lençóis de cetim.

– Vá lá, Thea, não pode ir outra pessoa?

– Não – o trabalho estava em primeiro lugar, sempre. – Ainda bem que ainda estávamos aqui, Jack. Podes ficar e apreciar a noite.

Mas ele não ia render-se com tanta facilidade. Acompanhou-a até à rua.

– Porque não voltas quando tiveres acabado? Poderemos continuar o que estávamos a fazer.

– Não estávamos a fazer nada, Jack – entregou o bilhete do estacionamento a um empregado. – Tens de aprender a desistir, já que não vou começar nada contigo – suspirou quando a rodeou com um braço.

– Vá lá, Thea, esta noite não vieste só comer bem e ouvir os discursos intermináveis de um bando de advogados – desceu a cabeça e murmurou junto dos seus lábios: – Não vestiste um vestido assim para me manteres afastado. Vestiste-o para me excitar. E conseguiste.

A leve irritação que sentia aumentou.

– Vim aqui esta noite porque te respeito como advogado – a cotovelada rápida que lhe deu nas costelas deixou-o sem fôlego e obrigou-o a recuar um passo. – E porque pensei que podíamos passar uma noite agradável. O que visto só a mim diz respeito, Holmsby, mas não o escolhi para que pudesses tocar-me por baixo da mesa, nem para que fizesses uma sugestão ridícula sobre como podíamos passar o resto da noite.

Não gritava, mas também não se incomodava em manter a voz baixa. Consternado, Jack afrouxou o nó da sua gravata.

– Pelo amor de Deus, Althea, acalma-te...

– Era o mesmo que ia recomendar-te – disse, com doçura.

Embora o empregado do estacionamento fosse todo ouvidos, pigarreou com educação. Althea virou-se para aceitar as chaves.

– Obrigada – ofereceu-lhe um sorriso e uma gorjeta generosa.

O sorriso fez com que o coração do jovem acelerasse e que não olhasse para a nota, antes de a guardar no bolso. Estava demasiado ocupado a sonhar.

– Ah... Conduza com cuidado, menina. E volte em breve.

– Obrigada – puxou o cabelo para trás e sentou-se ao volante do Mustang descapotável. – Vemo-nos no tribunal, doutor – arrancou e foi-se embora.

Os cenários dos crimes, fossem na rua ou dentro de uma casa, num ambiente urbano, suburbano ou no campo, tinham uma coisa em comum: a aura da morte. Como uma agente de polícia com quase dez anos de experiência, Althea tinha aprendido a reconhecê-la enquanto se dedicava ao procedimento preciso e mecânico da investigação.

Ao chegar, já tinham delimitado o perímetro. O fotógrafo da polícia já tinha acabado e estava a guardar o equipamento. O corpo tinha sido identificado. Fora por isso que a tinham chamado.

Havia três carros-patrulha com as luzes ligadas, cujos rádios estavam ligados. Os espetadores, a morte atraía-os sempre, juntavam-se perto da fita amarela da polícia, ansiosos por darem uma olhadela à morte para reafirmarem que estavam vivos e ilesos.

Como a noite estava fresca, pegou na echarpe que tinha no banco de trás, antes de sair do carro. A seda verde-esmeralda afastou o frio dos seus braços e costas. Mostrando o distintivo ao polícia novato que controlava a multidão, agachou-se para atravessar a barricada. Sentiu-se agradecida ao ver Sweeney, um polícia veterano que não tinha pressa em reformar-se.

– Tenente – cumprimentou-a, tirou um lenço do bolso e assoou-se.

– O que temos, Sweeney?

– O morto estava diante da porta do bar quando dispararam contra ele de um carro – guardou o lenço no bolso. – As testemunhas dizem que o carro apareceu a toda a velocidade, em direção a norte, e que disparam sem abrandarem a velocidade.

– Algum transeunte ferido? – conseguia cheirar o sangue, embora já não fosse fresco.

– Não. Alguns cortes pelos vidros que se partiram, só isso. Acertaram em cheio – olhou por cima do ombro. – Não teve nenhuma hipótese, tenente. Lamento.

– Sim, eu também – desceu o olhar para o corpo estendido sobre o cimento manchado de sangue. Em vida já tinha sido pouca coisa e naquele momento era ainda menos. Media um metro e sessenta e cinco, pesava cinquenta quilos, era magro e tinha uma cara que até a uma mãe custaria amar.

Wild Bill Billings, fanfarrão e carteirista a tempo parcial, informador a tempo inteiro. Mas, bolas, era o seu informador!

– O médico forense?

– Já veio e já se foi embora – confirmou Sweeney. – Estamos prontos para o levar para a morgue.

– Muito bem. Têm uma lista de testemunhas?

– Sim, a maioria foi imprestável. Era um carro preto ou azul. Um bêbedo afirma que era uma carruagem puxada por demónios de fogo – praguejou com criatividade, conhecendo Althea o suficiente para saber que não se ofenderia.

– Vamos ver o que conseguimos – observou a multidão: clientes habituais de bares, adolescentes em busca de ação, alguns sem-abrigo e...

Cravou o olhar num homem. Ao contrário dos outros, não tinha os olhos esbugalhados por repulsa ou entusiasmo. Estava relaxado, com o casaco de couro aberto, revelando uma camisa de flanela e um fio de prata. A sua compleição alta e magra fez com que pensasse que seria rápido. Umas calças de ganga gastas desciam pelas suas pernas, até acabarem sobre umas botas velhas. Um cabelo que poderia ser loiro-escuro ou castanho agitava-se com a brisa e frisava-se no pescoço.

Fumava um cigarro e escrutinava o cenário tal como tinham feito os olhos de Althea. A iluminação não era boa, mas chegou à conclusão de que estava bronzeado, o que encaixava muito bem no rosto bem definido. Os olhos eram profundos, o nariz era comprido. A boca era forte, daquelas que pareciam prestes a exibir uma expressão desdenhosa com facilidade.

O instinto impulsionou-a a rotulá-lo como um profissional, antes de ele cravar os olhos nela.

– Quem é o cobói, Sweeney?

– Oh... – a cara cansada de Sweeney franziu-se no que poderia ter sido um sorriso. – Uma testemunha – informou-a. – A vítima estava a falar com ele quando a abateram.

– Sim? – não desviou o olhar quando a equipa forense se ocupou do corpo. Não era necessário.

– Foi o único que nos deu uma história coerente – Sweeney tirou o seu bloco de notas do bolso, humedeceu o polegar e passou algumas folhas. – Disse que se tratava de um Buick de 91, com matrícula do Colorado, com as letras «ACF». Disse que não conseguiu ver os números, porque tinha as luzes apagadas e estava ocupado a proteger-se. Segundo ele, a arma parecia uma AK-47.

– Parecia? – «Interessante», pensou. Não desviou o olhar da testemunha. – Talvez... – calou-se ao ver o seu capitão a atravessar a rua. O capitão Boyd Fletcher dirigiu-se diretamente para a testemunha, abanou a cabeça, sorriu e envolveu-a no equivalente masculino a um abraço. – Aparentemente, o capitão vai encarregar-se dele – Althea deixou a sua curiosidade para mais tarde. – Vamos acabar isto, Sweeney.

Colt tinha-a observado desde que colocara uma perna comprida e esbelta fora do Mustang. Valia a pena olhar para uma mulher como aquela. Gostara dos seus movimentos, com uma graciosidade atlética e concisa que não desperdiçava tempo nem energia. E, é claro, tinha gostado do seu aspeto. O seu corpo sexy, pequeno e cuidado tinha curvas suficientes para avivar o apetite de um homem e com toda aquela seda púrpura e verde a ondular ao vento... O cabelo cor de fogo estava afastado de um rosto digno de se guardar num camafeu.

Era uma noite fresca e uma única olhadela àquela mulher fez com que Colt sentisse calor.

Não era uma forma má de se manter quente enquanto esperava, já que era um homem que não gostava de esperar.

Não o tinha surpreendido muito que tivesse mostrado o distintivo ao jovem polícia diante da barreira. Carregava com beleza a autoridade sobre os seus ombros exuberantes de nadadora. Acendeu um cigarro e decidiu que seria assistente do promotor distrital, mas depois compreendeu o erro cometido ao ver que começava a conferenciar com Sweeney.

A mulher tinha «Polícia» escrito em todo o seu corpo.

Menos de trinta anos, talvez um metro e sessenta e cinco sem aqueles saltos altos.

De maneira que esperou, analisando a cena. O corpo de Wild Bill Billings não lhe inspirava nenhum tipo de sentimentos. Naquele momento, não lhe servia para nada.

Descobriria outra coisa ou outra pessoa. Colt Nightshade não era um homem que deixasse que um assassinato se interpusesse no seu caminho.

Quando sentiu o olhar dela, deu um bafo longo no cigarro e expeliu o fumo. Depois, mexeu os olhos, até que se encontraram com os da mulher. O aperto que experimentou no estômago foi inesperado, descarnado e puramente sexual. Não tinha precedentes. Foi um choque de poderes. Ela deu um passo para ele. Colt libertou o ar que não sabia que tinha estado a conter.

A preocupação que o embargava facilitou que Boyd conseguisse aproximar-se por trás e o surpreendesse.

– Colt! Filho da mãe!

Ele virou-se, pronto para tudo. Mas a intensidade fria dos seus olhos desvaneceu-se num sorriso que teria derretido qualquer mulher.

– Fletch – com o calor relaxado que reservava aos amigos, Colt devolveu-lhe o abraço, antes de recuar para o observar. Não via Boyd há quase dez anos. Aliviou-o ver que tinha mudado tão pouco. – Ainda continuas com essa cara bonita, hã?

– E tu ainda dás a impressão de acabar de ter vindo da montanha. Meu Deus, é bom ver-te! Quando chegaste à cidade?

– Há alguns dias. Queria tratar de um assunto antes de te telefonar.

Boyd olhou em direção à carrinha do médico forense.

– Era aquele o teu assunto?

– Em parte. Ainda bem que vieste tão depressa.

– Sim – viu Althea e reconheceu a sua presença com um assentimento impercetível. – Colt, chamaste o polícia ou o amigo?

– Dá jeito que sejas ambas as coisas – olhou para o cigarro, atirou-o para perto da sarjeta e apagou-o com a bota.

– Mataste aquele tipo?

Fez-lhe a pergunta com tanta naturalidade que Colt voltou a sorrir. Sabia que Boyd não teria sequer pestanejado se o tivesse confessado.

– Não.

– Vais contar-me o que se passou?

– Sim.

– Porque não esperas no carro? Já vou ter contigo.

– Capitão Boyd Fletcher... – Colt abanou a cabeça e riu-se entredentes. Embora já passasse da meia-noite, estava desperto e relaxado, com uma chávena de café na mão e as botas apoiadas na secretária de Boyd. – Progrediste.

– Pensava que te dedicavas aos cavalos e ao gado no Wyoming.

– E faço-o. De vez em quando.

– O que aconteceu ao teu diploma de advogado?

– Tenho-o em algum lado.

– E a Força Aérea?

– Continuo a pilotar, mas já não uso a farda. Quanto tempo demorarão a trazer a piza?

– O suficiente para que chegue fria e não se consiga comer – Boyd recostou-se na sua poltrona. Sentia-se confortável no escritório. Estava confortável na rua. E, tal como lhe tinha acontecido vinte anos antes, na escola primária, sentia-se confortável com Colt. – Não conseguiste ver quem disparou?

– Bolas, Fletch, tive sorte ao distinguir o carro antes de me atirar ao chão para me proteger! Embora também não ache que ajude muito, já que o mais provável é que tenha sido roubado.

– A tenente Grayson está a investigar. Porque não me contas o que fazias com Wild Bill?

– Entrou em contacto comigo. Eu... – calou-se quando Althea entrou. Não se tinha incomodado em bater e trazia uma caixa de cartão.

– Pediste uma piza? – deixou a caixa na mesa de Boyd e estendeu uma mão. – Dez dólares, Fletcher.

– Althea Grayson, Colt Nightshade. Colt é um velho amigo – tirou dez dólares da carteira.

– Senhor Nightshade – depois de dobrar a nota com meticulosidade e guardá-la na mala de lantejoulas, deixou-a sobre a mesa. – Menina Grayson.

– Tenente Grayson – corrigiu. Levantou a tampa da caixa, analisou os ingredientes e escolheu uma fatia. – Sei que estava na cena do crime.

– Parece que sim – desceu as pernas da secretária para tirar também uma fatia de piza. Sentiu o perfume dela. Era muito tentador.

– Obrigada – murmurou Althea, quando Boyd lhe passou um guardanapo. – Pergunto-me o que fazia com o meu informador.

– O seu informador? – Colt semicerrou os olhos.

– Exato – «tal como o seu cabelo, os seus olhos não parecem decidir-se sobre a cor que deveriam ter», pensou. Eram entre o azul e o verde. E, naquele momento, eram tão frios como o vento que batia contra a janela.

– Bill contou-me que passou o dia a tentar falar com o seu contacto policial.

– Estava a fazer trabalho de campo.

Colt arqueou os sobrolhos ao percorrer a seda cor de esmeralda.

– Trabalho de campo?

– A tenente Grayson dedicou o dia a vigiar uma operação de tráfico de droga – interveio Boyd. – Então, porque não recomeçamos do início?

– Está bem – Althea deixou a fatia a meio na caixa, limpou os dedos e tirou a echarpe.

Colt apertou os dentes para evitar que lhe caísse o queixo.

Quando lhe virou as costas, teve o prazer de avaliar como umas costas podiam ser sedutoras quando eram esbeltas, direitas e emolduradas por seda púrpura.

Depois de deixar a echarpe sobre um armário, Althea pegou na sua fatia de piza e sentou-se num canto da secretária de Boyd.

Colt apercebeu-se de que ela tinha consciência do que fazia a um homem. Pôde vê-lo nos seus olhos. Sempre tinha acreditado que cada mulher conhecia o seu próprio arsenal, mas era difícil quando uma mulher estava tão bem armada como aquela.

– Wild Bill, senhor Nightshade... – começou Althea. – O que fazia com ele?

– Estávamos a falar – sabia que a resposta era direta, mas naquele momento tentava avaliar se havia alguma coisa entre a tenente sexy e o seu velho amigo. O seu velho amigo casado. Aliviou-o e surpreendeu-o um pouco não notar a mínima atração entre eles.

– Sobre o quê? – a voz de Althea continuava a ser paciente, inclusive agradável. Como se interrogasse uma criança com uma deficiência mental.

– A vítima era o informador de Althea – recordou Boyd a Colt. – Se quiser o caso...

– E quero-o.

– Então, é dela.

Para ganhar tempo, Colt pegou noutra fatia de piza. Teria de fazer uma coisa que odiava. Pedir ajuda. E, para a obter, teria de partilhar o que sabia.

– Demorei dois dias a localizar Billings e a convencê-lo a falar comigo – também lhe custara duzentos dólares em subornos. – Estava nervoso, não queria falar até estar na presença do seu contacto policial. Portanto, tentei – olhou para Althea. Apercebeu-se de que estava exausta. Custava a detetar a fadiga, mas estava ali, no movimento das pálpebras, nas olheiras. – Lamento que o tenha perdido, mas não creio que a sua presença tivesse mudado alguma coisa.

– Nunca saberemos, pois não? – não permitiria que a tristeza afetasse a sua voz ou o seu discernimento. – Porque se incomodou tanto em contactar Bill?

– Costumava haver uma rapariga que trabalhava para ele. Jade. Provavelmente, será o seu nome profissional.

– Sim – Althea assentiu. – Loira, baixa, cara de menina. Já a prenderam algumas vezes por trabalhar na rua. Terei de o confirmar, mas creio que não aparece à noite há quatro ou cinco semanas.

– Encaixa – Colt levantou-se para encher a chávena. – Billings arranjou-lhe emprego aproximadamente há esse tempo. No cinema – bebeu um gole e virou-se. – Não falo de Hollywood, mas do material duro para espetadores particulares com gosto e dinheiro para comprarem esses pratos fortes. Vídeos fortes para aficionados – encolheu os ombros e sentou-se outra vez. – Não posso dizer que me incomode, desde que sejam adultos que o consentem. Embora eu prefira fazê-lo pessoalmente.

– Mas não estamos a falar de si, senhor Nightshade.

– Oh, não tem de me chamar «senhor», tenente. Parece frio quando tratamos de assuntos tão decadentes – recostou-se, com um sorriso na cara. Por razões que não se incomodaria em analisar, tinha vontade de abalar aquela fachada. – Bom, alguma coisa assustou Jade e desapareceu. Não sou dos que pensam que uma prostituta tem um coração de ouro, mas, pelo menos, esta tinha consciência. Enviou uma carta ao senhor e à senhora Frank Cook – olhou para Boyd. – Frank e Marleen Cook.

– Marleen? – Boyd arqueou os sobrolhos. – Marleen e Frank?

– Os próprios – o sorriso de Colt era irónico. – Mais velhos amigos, tenente. Há muitos anos tive o que poderia chamar-se «uma amizade íntima» com a senhora Cook. Sendo uma mulher sensata, casou-se com Frank, estabeleceu-se em Albuquerque e teve duas crianças bonitas.

Althea mexeu-se e cruzou as pernas, com um rangido de seda. Reparou que o pendente de prata que sobressaía por cima da camisa de Colt era uma medalha de São Cristóvão, o santo padroeiro dos viajantes. Questionou-se se o senhor Nightshade sentiria a necessidade de proteção espiritual.

– Suponho que isto leve a mais do que lembranças, não é?

– Oh, leva justamente à porta do seu posto de polícia, tenente. De vez em quando, gosto de passear – tirou um cigarro do maço e passou-o pelos seus dedos compridos, antes de pegar no isqueiro. – Há um mês, a filha mais velha de Marleen... Elizabeth. Chegaste a conhecer Liz, Boyd?

Boyd abanou a cabeça. Não gostava de onde aquilo levava.

– Não a vejo desde que usava fraldas. Quantos anos terá agora, doze?

– Treze. Acabados de fazer – acendeu o cigarro. Embora soubesse que o fumo não eliminaria o sabor amargo da sua boca. – Linda, como a sua mãe. Também com o temperamento de Marleen. Houve alguns problemas em casa, daqueles que imagino que a maioria das famílias tenha de vez em quando. Mas Liz decidiu ir-se embora.

– Fugiu de casa? – Althea compreendia muito bem a mentalidade dos jovens que decidiam ir-se embora.

– Meteu algumas coisas numa mochila e foi-se embora. Não é preciso dizer que Marleen e Frank estão a viver um inferno há algumas semanas. Chamaram a polícia, mas a via oficial não os levou a lado nenhum – expeliu o fumo. – Não pretendo ofender. Há dez dias, telefonaram-me.

– Porquê? – inquiriu Althea.

– Já disse. Somos amigos.

– Costuma falar com informadores e esquivar-se de balas pelos amigos?

– Faço favores às pessoas – pensou que tinha jeito para o sarcasmo. Mais uma arma do seu arsenal.

– É um detetive com licença?

Com os lábios apertados, Colt observou a ponta do cigarro.

– Não sou muito apreciador de licenças. Tive a sorte de a conseguir localizar no norte. Depois, os Cook receberam a carta de Jade – apertou o cigarro entre os dentes e tirou uma folha dobrada com motivos florais do bolso interior do casaco. – Ganharás tempo se tu mesmo a leres – disse, passando-a a Boyd.

Althea levantou-se e apoiou uma mão no ombro de Boyd, enquanto lia com ele.

Era um gesto curiosamente íntimo, mas assexual. Colt chegou à conclusão de que se tratava de um gesto que falava de amizade e confiança.

A caligrafia era tão vistosa como o papel. Mas o conteúdo não tinha nada a ver com flores e fantasias infantis.

Estimados senhor e senhora Cook,

Conheci Liz em Denver. É uma rapariga agradável. Sei que lamenta muito ter-se ido embora e que agora regressaria a casa, se pudesse.

Eu ajudá-la-ia, mas tenho de sair da cidade. Liz está metida em confusões. Iria falar com a polícia, mas sinto-me muito assustada... Além disso, não creio que ouvissem alguém como eu. A vossa filha não encaixa nesta vida, mas não a deixam partir. É jovem, bonita e creio que estejam a ganhar muito dinheiro com os filmes. Eu levo esta vida há cinco anos, mas algumas das coisas que querem que façamos para a câmara arrepiam-me. Parece-me que mataram uma das raparigas, portanto, vou-me embora antes que me matem. Liz deu-me a vossa morada e pediu-me que vos escrevesse a pedir-vos desculpa. Está realmente assustada e espero que a encontrem bem.

Jade.

P.S. Há um sítio nas montanhas onde fazem os filmes. E um apartamento na Segunda Avenida.

Boyd não lhe devolveu a carta e deixou-a na sua secretária. Tinha uma filha. Pensou em Allison, doce, alegre e com seis anos, e conteve a raiva.

– Poderias ter vindo falar comigo sobre isto. Deverias ter vindo falar comigo.

– Estou habituado a trabalhar sozinho – deu um bafo no cigarro, antes de o apagar. – De qualquer forma, viria ver-te depois de encaixar algumas coisas. Consegui o nome do chulo de Jade e queria arrancar-lhe informação.

– E, agora, está morto – disse Althea, com voz impassível, enquanto se virava para olhar pela janela.

– Sim – Colt observou o seu perfil. Não emanava unicamente raiva. Notava muito mais. – Deve ter-se sabido que andava à procura dele e que estava disposto a falar comigo. Faz-me pensar que lidamos com escumalha bem relacionada, que nem pestaneja se tiver de matar.

– É um assunto de polícia, Colt – murmurou Boyd.

– Não discuto isso. Também é um assunto pessoal. Vou continuar a investigar, Fletch. Não há nenhuma lei contra isso. Sou o representante dos Cook... O seu advogado, se precisarmos de uma desculpa legal.

– É? – com as emoções outra vez controladas, Althea olhou para ele. – É advogado?

– Quando me convém. Não desejo interferir na vossa investigação – disse a Boyd. – Quero a menina de volta, a salvo, junto de Marleen e Frank. Oferecer-vos-ei toda a minha colaboração. O que souber, vocês saberão. Mas deve ser recíproco. Dá-me um polícia com quem possa trabalhar nisto, Boyd – esboçou um sorriso, como se a ideia o divertisse. – E tu devias saber como detesto solicitar um colega oficial para um trabalho. Mas quem importa aqui é Liz. Sabes que sou bom. Sabes que não desistirei. Dá-me o teu melhor homem e vamos apanhar aqueles canalhas.

Boyd levou os dedos aos seus olhos cansados. Sabia que podia ordenar a Colt que abandonasse o caso. E que perderia tempo. Também podia recusar-se a colaborar, a partilhar qualquer informação que o departamento descobrisse. Sim, sabia que Colt era bom e tinha alguma ideia do tipo de trabalho que tinha realizado como militar.

Não seria a primeira vez que Boyd Fletcher quebraria as regras. Tomada a decisão, indicou Althea.

– Ela é a melhor.

CAPÍTULO 2

Se um homem devia ter uma colega, bem podia ser bonita. Além disso, Colt não pensava trabalhar com Althea, mas através dela. Seria a sua ligação à parte oficial da investigação. Cumpriria a sua palavra e proporcionar-lhe-ia qualquer informação que descobrisse. Embora não esperasse que ela pudesse fazer muito.

Só havia alguns polícias que Colt respeitava, com Boyd no topo da lista. No que se referia à tenente Grayson, supôs que seria decorativa, de certa ajuda e pouco mais.

O distintivo, o corpo e o sarcasmo seriam provavelmente de utilidade quando tivessem de falar com qualquer possível contacto.

Pelo menos, pudera dormir seis horas. Não tinha protestado quando Boyd insistira em que deixasse o hotel e se hospedasse na casa dos Fletcher durante o tempo que durasse a sua estadia. Gostava de famílias, pelo menos, das das outras pessoas, e tinha curiosidade em conhecer a mulher de Boyd.

Não pudera assistir ao seu casamento. Embora não fosse muito apreciador da pompa das cerimónias, teria ido. Mas era um longo caminho de Beirute até Denver e, naquela época, estava ocupado com terroristas.

Adorou Cilla. Nem se alterara quando o marido aparecera com um desconhecido às duas horas da manhã. Com um robe de flanela, tinha-lhe oferecido o quarto de hóspedes, com a sugestão de que, se quisesse dormir, era melhor tapar a cabeça com a almofada. Aparentemente, as crianças acordavam às sete horas, para irem para a escola.

Tinha dormido como uma pedra e, quando os gritos e os sons de passos o tinham acordado, seguira o conselho da sua anfitriã e desfrutara de mais uma hora de sono com a cabeça debaixo da almofada.

Fortalecido com um pequeno-almoço excelente e três chávenas de café feito pela governanta dos Fletcher, estava pronto para entrar em ação.

O seu acordo com Boyd fazia com que a primeira paragem fosse o posto de polícia. Falaria com Althea, descobriria com quem Billings costumava lidar e seguiria o seu caminho.

Deu-lhe a impressão de que o seu amigo dirigia um barco bem organizado. Ouvia-se o ruído habitual de telefones, teclados e vozes. E reinava a mistura habitual de cheiro a café, a desinfetante e a corpos suados. Mas também imperava a sensação de eficácia.

O sargento da receção entregou-lhe um cartão de visitante e indicou-lhe como chegar ao escritório de Althea. Duas portas mais à frente, por um corredor estreito, encontrou-o. Estava fechada, portanto, bateu duas vezes antes de a abrir. Soube que ela estava presente antes de a ver. Cheirou-a, tal como um lobo cheirava a sua companheira. Ou a sua presa.

Já não usava um vestido de seda, embora ainda parecesse mais uma modelo do que uma agente de polícia. As calças e o casaco cinzentos não sugeriam masculinidade. Realçava o fato com uma blusa cor-de-rosa e um alfinete na lapela em forma de estrela. O cabelo tinha sido apanhado numa trança complicada que emoldurava o seu rosto com suavidade. Nas suas orelhas brilhavam dois brincos de ouro.

O resultado era tão prolixo como poderia desejá-lo qualquer tia solteirona, apesar de não deixar de ser sensual.

– Grayson.

– Nightshade – indicou-lhe uma cadeira. – Sente-se.

Colt virou a cadeira e sentou-se, apoiando os braços nas costas. Reparou que o escritório era metade do de Boyd e organizado de forma impecável. Os armários de arquivo estavam fechados, os papéis estavam ordenados, os lápis estavam bem afiados. Havia uma planta num canto atrás da secretária e não teve dúvida de que a regava meticulosamente. Não havia fotografias de família ou de amigos. O único sinal de cor no escritório pequeno e sem janela era um quadro abstrato em tons azuis, verdes e vermelhos.

– Muito bem. Inseriu a matrícula do carro no computador?

– Não foi necessário. Aparecia no relatório desta manhã – ofereceu-lhe uma cópia. – Às onze horas da noite de ontem foi comunicado o seu roubo. Os donos tinham ido jantar e, ao saírem do restaurante, descobriram que já não estava lá. Os doutores Wilmer, um casal de dentistas que celebrava o seu quinto aniversário. Parecem limpos.

– Provavelmente, estarão – pôs a folha sobre a mesa. Na verdade, nunca tinha achado possível encontrar uma ligação através do carro. – Já apareceu?

– Não. Tenho o cadastro de Jade, caso lhe interesse – depois de deixar o outro documento no seu sítio, pegou numa pasta. – Janice Willowby. Vinte e dois anos. Algumas detenções por prostituição... Duas queixas quando era mais nova pela mesma razão. Uma detenção por posse de droga, quando era menor, quando lhe encontraram erva na mala. Passou por todas as casas dos Serviços Sociais, até que fez vinte e um anos e voltou para a rua.

– Tem família? – não era uma história nova. – Talvez volte para casa.

– A mãe em Kansas City, pelo menos, era lá que estava há dezoito meses. Tentei localizá-la.

– Esteve ocupada.

– Nem todos começam o dia às... – olhou para o relógio – dez horas.

– Trabalho melhor de noite, tenente – tirou um cigarro do maço.

– Aqui, não, amigo – abanou a cabeça.

De bom humor, Colt guardou-o.

– Em quem confiava Billings, para além de em si?

– Desconheço que confiasse em alguém – mas doía-lhe, porque sabia que tinha confiado nela e, de algum modo, Althea tinha chegado tarde. E, naquele momento, estava morto. – Tínhamos um acordo. Eu dava-lhe dinheiro e ele dava-me informação.

– De que tipo?

– Com Wild Bill, variava. Estava metido em muitas coisas. Na sua maioria, coisas pequenas – organizou alguns papéis. – Mas ouvia muito bem, sabia como misturar-se no ambiente, até fazer com que esquecessem que andava por perto. Falavam na sua presença porque dava a impressão de que o seu cérebro era do tamanho de uma ervilha. Mas era inteligente – a sua voz mudou, indicando a Colt algo que ainda não queria reconhecer perante si mesma. Doía-lhe a morte de Billings. – Era suficientemente inteligente para evitar ultrapassar os limites que o mandariam durante uma longa temporada para a sombra. O suficiente para não pisar os pés errados. Até ontem à noite.

– Eu não escondi o facto de que o procurava devido a uma informação que poderia dar-me. Mas não o queria morto.

– Não o culpo.

– Não?

– Não – afastou-se da mesa para girar a poltrona e olhá-lo na cara. – As pessoas como Bill, independentemente da sua inteligência, têm uma esperança de vida curta. Se tivesse conseguido entrar em contacto comigo, é possível que me tivesse encontrado com ele no mesmo sítio que você, com os mesmos resultados – já tinha analisado a situação com frieza. – Talvez eu não goste do seu estilo, Nightshade, mas não lhe atribuo isto.

Ele reparou que permanecia sentada, muito quieta, sem realizar nenhum gesto. Tal como o quadro que havia atrás de si, comunicava uma paixão vibrante sem movimento.

– E qual é o meu estilo, tenente?

– Você é um renegado. Daqueles que se recusam a jogar de acordo com as regras, que adoram quebrá-las – não pestanejou ao olhar para ele e os seus olhos eram frios. – Inicia as coisas, mas nem sempre as acaba. Talvez isso indique que se aborrece com facilidade ou que fica sem energia. Seja como for, não fala a favor de que seja uma pessoa confiável.

A exposição que fez da sua personalidade irritou-o, mas, quando voltou a falar, o sotaque do sudoeste dela pareceu-lhe divertido.

– Deduziu tudo isso por ontem à noite?

– Investiguei-o. Surpreendeu-me que tivesse estudado com Boyd no ensino básico – esboçou um sorriso, mas os seus olhos continuaram frios. – Não parece o tipo de homem adequado para aquele tipo de instituições.

– Os meus pais pensaram que me domesticaria – sorriu. – Embora não tenha sido assim.

– Harvard também não o conseguiu, onde se licenciou em Direito, curso que mal utilizou. Parte do seu historial militar era confidencial, mas, no geral, consegui ter uma boa ideia – havia um prato com amêndoas na secretária. Althea inclinou-se para a frente e, depois de uma deliberação meticulosa, escolheu a que queria. – Não trabalho com quem não conheço.

– Eu também não. Porque não me põe a par de quem é Althea Grayson?

– Sou polícia – replicou, com simplicidade. – E você não é. Imagino que tenha uma fotografia recente de Elizabeth Cook, não tem?

– Sim – mas não a tirou do bolso. Não tinha de suportar aquelas tolices de uma beldade com um distintivo. – Diga-me, tenente, quem...?

Mas o telefone interrompeu-o, o que, tendo em conta o brilho dos olhos dela, talvez tivesse sido o melhor. Pelo menos, já sabia como descongelar aqueles olhos.

– Grayson – aguardou um segundo e, depois, apontou qualquer coisa num bloco. – Avisa o médico forense. Vou para aí – levantou-se e guardou o bloco numa mala de pele de cobra. – Encontrámos o carro – franzia o sobrolho ao pendurar a mala ao ombro. – Como Boyd quer que participe, pode acompanhar-me... apenas como espetador, entendido?

– Oh, sim! Certamente.

Seguiu-a até ao corredor e colocou-se ao seu lado. A mulher tinha o melhor rabo daquela zona do Mississípi e não queria que o distraísse.

– Ontem à noite, não tive muito tempo para pôr a conversa em dia com Boyd – começou ele. – Pergunto-me como tem... uma relação tão cordial com o seu capitão – ela descia as escadas em direção à garagem quando parou e olhou para ele. – O que foi? – quis saber Colt, enquanto era avaliado em silêncio.

– Estou a tentar decidir se está a insultar-nos, a Boyd e a mim, em cujo caso me veria obrigada a magoá-lo, ou se apenas terá exposto mal a pergunta.

– Tente a segunda hipótese – arqueou um sobrolho.

– Muito bem – continuou a descer. – Fomos colegas durante mais de sete anos – chegou ao fim dos degraus e virou à direita. Os saltos das suas botas ecoavam no cimento. – Quando se confia a vida a alguém todos os dias, é melhor que nos demos bem.

– Depois, ele foi promovido a capitão.

– Exato – depois de tirar as chaves da mala, abriu o carro. –

Lamento, mas o banco do passageiro está encravado para a frente. Ainda não tive tempo de mandar arranjá-lo.

Colt observou o carro desportivo, com certo pesar. Um veículo lindo, sem dúvida nenhuma, mas, com o banco naquela posição, teria de se sentar com o queixo nos joelhos.

– E isso não representa nenhum problema? Refiro-me a que Boyd seja capitão.

Althea sentou-se com elegância e fez uma careta quando Colt resmungou e se acomodou ao seu lado.

– Não. Sou ambiciosa? Sou. Incomoda-me que o melhor polícia com quem trabalhei seja meu superior? Não. Espero ser promovida a capitã dentro de cinco anos? Pode apostar nisso! – colocou uns óculos de aviador. – Coloque o cinto, Nightshade – arrancou e subiu pela rampa em direção à rua.

Ele teve de admirar a sua perícia ao volante. Não dispunha de outra escolha, já que era ela quem conduzia.

– De modo que Boyd e você são amigos.

– É verdade. Porquê?

– Queria saber se todos os homens atraentes de determinada idade faziam com que ficasse rígida – sorriu-lhe quando virou numa esquina. – Gosto de saber que sou só eu. Faz com que me sinta especial.

Então, ela sorriu e lançou-lhe o que poderia ser um olhar amistoso. Certamente, seria apenas amistoso e não deveria ter-lhe acelerado os batimentos do coração.

– Eu não diria que me põe rígida, Nightshade. Só que não confio em detetives privados. Mas, como nesta situação ambos perseguimos o mesmo e como Boyd é amigo dos dois, podemos tentar dar-nos bem.

– Parece-me razoável. Temos o trabalho e Boyd em comum. Talvez consigamos encontrar mais algumas coisas – o volume do rádio estava baixo. Ela aumentou-o e ele mostrou a sua aprovação perante o blues lento que saía pelas colunas. – Aí tem mais uma coisa. O que acha da comida mexicana?

– Eu gosto de chili picante e de margaritas frescas.

– Progredimos – tentou mexer-se no banco, bateu com o joelho no tabliê e praguejou. – Se andarmos mais vezes juntos de carro, iremos no meu todo-o-terreno.

– Veremos – voltou a baixar o volume da música para ouvir a rádio da polícia.

– Todas as unidades próximas da Sheridan e Jewel, está a haver um 511.

Althea praguejou, enquanto ouvia o pedido de ajuda pela rádio.

– Estamos apenas a um quarteirão – virou à esquerda e observou Colt, com dúvidas. – Tiros – explicou. – Um assunto de polícia, entendido?

– Claro!

– Aqui fala a unidade seis – respondeu pelo rádio. – Estou no local – depois de travar atrás de um carro-patrulha, abriu a porta. – Fique no carro – com a ordem seca, empunhou a arma e dirigiu-se para a entrada de um edifício de quatro andares.

Ao chegar à porta, respirou fundo. Assim que a atravessou, ouviu o som de outro disparo.

«Um andar acima», deduziu. «Talvez dois.» Com o corpo encostado à parede, observou a entrada reduzida e começou a subir. Pareceu-lhe ouvir gritos ou choro. Uma criança. Com a cabeça fria e as mãos firmes, apontou a pistola ao chegar ao primeiro patamar. Uma porta abria-se à sua esquerda. Escondeu-se e apontou, vendo os olhos aterrados de uma mulher idosa.

– Polícia – informou-a. – Não saia.

A porta fechou-se e ouviu o ferrolho. Althea dirigiu-se para a segunda escada. Viu-os naquele momento, o agente de polícia abatido e o agente que o examinava.

– Agente – a sua voz irradiou autoridade ao apoiar uma mão sobre o ombro do agente ileso. – O que aconteceu?

– Disparou contra Jim. Fugiu com a menina e abriu fogo.

O polícia fardado estava pálido, tal como o seu colega, que sangrava na escada. Não conseguia distinguir quem tremia com mais violência.

– Como se chama?

– Harrison. Don Harrison – apertava um lenço encharcado em sangue contra a ferida do ombro esquerdo do seu colega.

– Agente Harrison, sou a tenente Grayson. Ponha-me ao corrente da situação e depressa.

– Foi uma discussão doméstica. Houve disparos. Um homem caucasiano atacou a mulher do apartamento 2-D. Disparou contra nós e subiu pelas escadas com uma menina como escudo.

Ao acabar, uma mulher tropeçou ao vir do andar de cima. Através dos dedos com que agarrava as costelas pingava sangue.

– Levou a minha menina. Charlie levou a minha menina. Por favor, meu Deus... – caiu de joelhos, a chorar. – Está louco. Por favor, meu Deus...

– Agente Harrison – um som na escada fez com que Althea se mexesse com celeridade, para depois praguejar. Deveria ter imaginado que Colt não permaneceria no carro, – peça ajuda – continuou. – Um agente e uma civil feridos. Situação de refém. E, agora, diga-me que arma tinha.

– Parecia uma 45.

– Faça a chamada e depois volte para aqui – olhou para Colt. – Seja útil. Faça o que puder por estes dois.

Subiu as escadas a correr. Ouviu o choro da menina outra vez, gritos aterrados que ecoavam nos corredores estreitos. Ao chegar ao último andar, ouviu o som de uma porta a fechar-se com estrépito. «O telhado», decidiu. Com as costas encostadas à parede, rodou a maçaneta, abriu a porta e atravessou-a, agachada.

Outro disparo. A bala assobiou a mais de meio metro à sua direita. Althea colocou-se diante dele.

– Polícia! – gritou. – Larga a arma!

Era um homem grande, junto do beiral. Tinha a pele corada pela raiva e os olhos brilhavam-lhe devido a algum estimulante químico. Conseguia lidar com aquilo. Também com a 45 que empunhava. Mas era com a menina, talvez de dois anos, que segurava pelo pé do outro lado do beiral, que não conseguia lidar.

– Eu largo-a! – gritou. – Eu faço-o! Juro por Deus que a deixarei cair como se fosse uma pedra! – abanou a menina, que não parava de chorar. Uma das suas pequenas sapatilhas saltou e caiu pelos quatro andares.

– Não queres cometer um erro, pois não, Charlie? – Althea afastou-se lentamente da porta, sem deixar de apontar a nove milímetros ao peito do homem. – Puxa-a para dentro.

– Vou largar esta pequena ordinária – sorriu ao dizê-lo. – É como a mãe. Não para de gemer e de chorar. Pensavam que conseguiriam afastar-se de mim. Mas encontrei-as, não foi? Linda arrependeu-se agora, não foi? Arrependeu-se.

– Sim – tinha de recuperar a menina. Devia haver um modo de o conseguir. Para sua surpresa, uma lembrança antiga e obscena invadiu a sua cabeça. Os gritos, as ameaças, o medo. Esmagou-os como se fossem uma barata. – Se magoares a menina, acabará tudo, Charlie.

– Não me digas que vai acabar! – furioso, abanou a menina. O coração de Althea parou, tal como os gritos. Naquele momento, a menina apenas soluçava, com os braços caídos. – Ela tentou dizer-me que acabara. «Acabou, Charlie» – imitou, com voz aguda. – Portanto, bati-lhe. Deus sabe que o mereceu. Não parava de me chatear por causa do trabalho, de tudo. E, assim que a menina chegou, mudou tudo. As ordinárias não servem para nada na vida. Mas sou eu quem diz quando acabou.

O som das sirenes aumentou. Althea percebeu um movimento atrás de si, mas não se atreveu a virar-se. Precisava que o homem estivesse concentrado nela, só nela.

– Dá-me a menina e talvez te salves. Queres salvar-te, não queres, Charlie? Vá, dá-ma... Não precisas dela.

– Tomas-me por estúpido? – resmungou. – Não passas de outra ordinária.

– Não creio que sejas estúpido – notou um movimento pelo canto do olho e teria soltado um palavrão se se tivesse atrevido. Não era Harrison, mas Colt, que avançava como uma sombra por trás do homem. – Não creio que sejas suficientemente estúpido para magoares a menina – já estava mais perto, a menos de dois metros. Mas bem poderiam ser cinquenta.

– Vou matá-la! – gritou. – E vou matar-te a ti e a qualquer um que se interponha no meu caminho! Ninguém me diz que acabou enquanto eu não disser que acabou!

Aconteceu depressa, como num sonho. Colt saltou para a frente e agarrou a cintura da menina com o braço. Althea vislumbrou um brilho de metal na sua mão e reconheceu-o como uma 32. Poderia tê-la usado, se a sua prioridade não fosse salvar a menina. Virou-se, de modo que o seu corpo foi um escudo para ela, e, quando conseguiu levantar a arma, já acabara tudo.

Viu que o homem apontava a 45 a Colt e à menina. Althea disparou. A bala projetou-o para trás. Foi ele quem caiu como uma pedra.

Althea nem sequer se permitiu suspirar. Embainhou a arma

e dirigiu-se para o lugar onde Colt embalava a menina, que chorava.

– Está bem?

– Parece que sim – com um movimento tão natural que ela teria jurado que passara toda a vida a praticá-lo, acomodou a menina na anca e deu-lhe um beijo na têmpora. – Já está tudo bem, querida.

– Mamã – afundou o rosto cheio de lágrimas no ombro de Colt. – Mamã.

– Vamos levar-te à tua mamã, querida, não te preocupes – Colt ainda segurava a arma, mas a outra mão ocupava-se de acariciar o cabelo encaracolado e loiro. – Bom trabalho, tenente.

– Já fiz coisas melhores – olhou por cima do ombro. Os agentes já subiam pelas escadas.

– Não deixou de falar com ele para que a menina tivesse uma hipótese e, depois, abateu-o. É impossível fazer melhor – e tinha visto nos olhos dela a expressão de um guerreiro.

– Vamos sair daqui – disse, passados alguns segundos, quando olhou fixamente para ele.

– Está bem – dirigiram-se para a porta.

– Uma coisa, Nightshade.

– O que foi? – sorriu um pouco, convencido de que lhe agradeceria.

– Tem licença de porte de arma?

Parou e cravou os olhos nela. Depois, lançou uma gargalhada. Encantada, a menina levantou o olhar, franziu o nariz e conseguiu esboçar um sorriso trémulo.

Não pensava em matar. Não se permitia. Já tinha matado e sabia que era provável que voltasse a fazê-lo. Mas não pensava nisso. Tinha a certeza de que, se pensasse muito nesse aspeto do seu trabalho, paralisaria, dedicar-se-ia a beber ou tornar-se-ia indiferente. Ou, o que era imensamente pior, acabaria por gostar.

De modo que guardou o relatório e afastou-o da cabeça. Pelo menos, tentou.

Levou uma cópia até ao escritório de Boyd e deixou-o sobre a sua mesa. Ele deu-lhe uma olhadela e, depois, olhou para ela.

– O agente Barkley continua na sala de operações. A mulher encontra-se fora de perigo.

– Ainda bem. Como está a menina?

– Tem uma tia em Colorado Springs. Os Serviços Sociais entraram em contacto com ela. O seu pai era louco. Tem um cadastro amplo de abusos físicos e drogas. A sua mulher levou a menina para um refúgio de mulheres aproximadamente há um ano. Pediu o divórcio. Mudou-se para aqui há três meses, conseguiu um emprego e começou uma nova vida.

– E ele encontrou-a.

– Sim.

– Pois, já não voltará à encontrá-la – virou-se para a porta, mas Boyd levantou-se e contornou a secretária.

– Thea – fechou a porta para abafar o ruído do posto de polícia. – Estás bem?

– Claro! Não creio que os Assuntos Internos me incomodem muito por causa deste caso.

– Não falo deles – inclinou a cabeça. – Um ou dois dias livres não te fariam mal.

– Também não me ajudariam – encolheu os ombros. Podia dizer a Boyd coisas que não diria a mais ninguém. – Não acreditei que conseguisse chegar perto dela a tempo. E não me enganei. Colt conseguiu. E ele não deveria estar lá.

– Mas estava – com gentileza, apoiou as mãos nos seus ombros. – Oh, trata-se do complexo de superpolícia! Estou a ver. Esquivar-se de balas, redigir relatórios, gritar em becos escuros, vender bilhetes para o Baile da Polícia, eliminar os tipos maus do mundo e salvar gatos presos nas árvores. Ela consegue fazer tudo!

– Cala-te, Fletcher! – mas sorriu. – Risca a parte de salvar gatos.

– Queres ir jantar lá a casa esta noite?

– O que há para comer? – apoiou a mão na maçaneta da porta.

– Não faço ideia – sorriu. – É a noite livre de Maria

– Cilla cozinha? – olhou para ele, com expressão ofendida. – Pensava que éramos amigos.

– Pediremos tacos.

– Combinado.

Ao sair, viu Colt. Tinha os pés sobre uma mesa e o auscultador do telefone junto do ouvido. Aproximou-se, sentou-se na beira da mesa e esperou que acabasse a chamada.

– Já acabou com a papelada? – perguntou ele.

– Nightshade, suponho que não tenha de lhe dizer que esta mesa, este telefone e esta cadeira são propriedade do Departamento de Polícia e de acesso proibido aos civis.

– Não – sorriu-lhe. – Mas, se quiser fazê-lo, força. Adoro quando fala dos procedimentos adequados.

– Os seus elogios deixam-me sem fôlego – afastou-lhe os pés da mesa. – Já temos o carro roubado. O pessoal do laboratório está a investigá-lo, portanto, não precisamos de correr a dar-lhe uma olhadela.

– Ocorreu-lhe outro plano?

– Começando pelo Tick Tock, passarei por alguns dos sítios onde Wild Bill parava, para falar com algumas pessoas.

– Vou consigo – quando ela empreendeu o caminho para a garagem, agarrou-a pelo braço. – Desta vez, vamos no meu carro, lembra-se?

Encolheu os ombros e saiu com ele para a rua. O todo-o-terreno preto tinha uma multa no para-brisas. Colt guardou-a no bolso.

– Suponho que não possa pedir-lhe que me resolva isto.

– Não – Althea sentou-se no veículo.

– Não faz mal. Fletch fá-lo-á.

Olhou para ele e lançou-lhe o que poderia ter sido um sorriso, antes de voltar a olhar em frente.

– Hoje, portou-se bem com a menina – irritava-a reconhecê-lo, mas devia fazê-lo. – Não creio que tivesse sobrevivido sem si.

– Sem nós. Alguns chamar-lhe-iam «trabalho de equipa».

– Alguns – colocou o cinto de segurança.

– Não reajas tão mal, Thea – pôs a primeira e entrou no trânsito. – Onde estávamos antes de nos interromperem? Oh, sim, estavas a falar-me de ti.

– Acho que não.

– Muito bem, eu falarei de ti. És uma mulher que gosta de organização, dependes dela. Não, não, de facto, insistes em tê-la – acrescentou. – É por isso que és tão boa no teu trabalho, tanta lei e ordem.

– Devia ser psiquiatra, Nightshade – disse. – Quem diria que um polícia preferia a lei e a ordem?

– Não me interrompas. Tens... Não sei, vinte e sete, vinte e oito anos?

– Trinta e dois.

– Não és casada – desceu o olhar para a mão sem aliança.

– Outra dedução brilhante.

– Tens tendência para o sarcasmo e gostas de seda e de perfumes caros. Perfumes realmente agradáveis, Thea, daqueles que seduzem a mente de um homem antes de o corpo entrar em jogo.

– Talvez devesse trabalhar numa agência de publicidade.

– Não há nada de subtil na tua sexualidade. Está lá, em letras maiúsculas. Algumas mulheres exibi-la-iam, outras, escondê-la-iam. Tu não, de modo que decidiste que depende do homem lidar com ela. O que não só é inteligente, como também sábio – «não tem resposta para isto», pensou. Ou preferiu não lha dar. – Não perdes tempo, nem energia. Dessa maneira, quando precisa deles, tem-nos ao teu alcance. Tens um cérebro de polícia, que te permite avaliar uma situação depressa. E suponho que sejas capaz de lidar com um homem com a mesma frieza com que empunhas a arma.

– Uma análise interessante, Nightshade.

– Não te encolheste ao abateres aquele tipo hoje. Incomodou-te, mas não te encolheste – parou diante do Tick Tock e desligou o motor. – Se tenho de trabalhar com alguém, com a possibilidade de viver uma situação desagradável, gosto de saber que não se intimida.

– Ena, obrigada! Agora, posso deixar de me preocupar com que não me aproves – mal-humorada, saiu do veículo.

– E por último... – alcançou-a com passos longos e passou-lhe o braço pelos ombros. – Um pouco de emoção. É um alívio ver que também tens génio.

Althea deu-lhe uma cotovelada nas costelas.

– Não gostaria se deixasse de o controlar. Acredite em mim.

Dedicaram as duas horas seguintes a irem a um bar, a uma casa de jogos e, depois, a um café sujo. Só fizeram progressos quando chegaram a um tugúrio chamado Clancy's.

As luzes eram ténues, uma recompensa para os clientes que apareciam cedo, que gostavam de esquecer que o sol continuava a brilhar. Um rádio atrás do balcão emitia uma música *country* que contava uma história triste sobre enganos e garrafas vazias. Vários daqueles clientes vespertinos já estavam dispersos pelo balcão ou pelas mesas, a maioria a beber sozinha.

Althea dirigiu-se para um canto do balcão e pediu um refrigerante que não pensava beber. Colt decidiu-se por uma imperial. Ela arqueou um sobrolho.

– Vacinou-se recentemente contra o tétano? – tirou vinte dólares do bolso, mas manteve os dedos sobre a nota enquanto os serviram. – Wild Bill costumava vir aqui com bastante assiduidade – o empregado observou o dinheiro e, depois, olhou para ela. Uns olhos vermelhos e um rosto cheio de derrames testemunhavam que bebia tanto como servia. – Wild Bill Billings – insistiu.

– E?

– Era meu amigo.

– Parece que perdeu um amigo.

– Encontrei-me algumas vezes aqui com ele – puxou um pouco a nota de vinte. – Talvez se lembre.

– Tenho uma memória bastante seletiva, mas não me custa reconhecer um polícia.

– Ainda bem. Então, é possível que tenha deduzido que Bill e eu tínhamos um acordo.

– Provavelmente, deduzi que esse acordo acabaria com os miolos dele espalhados pela calçada.

– Dedução errada. Não havia uma brisa quando o mataram e sou uma pessoa sentimental. Quero saber quem acabou com ele e estou disposta a pagar – adiantou a nota. – Muito mais do que isto.

– Não sei nada sobre o assunto.

– Mas talvez conheça pessoas que conheçam pessoas que saibam alguma coisa – inclinou-se para a frente, com uma expressão risonha nos olhos. – Se espalhar a notícia, agradeço-lhe – ele encolheu os ombros e teria partido se ela não tivesse a mão sobre o seu braço. – Acho que os vinte dólares valem mais um ou dois minutos. Bill tinha uma rapariga chamada Jade. Evaporou-se. Também tinha mais algumas, não tinha?

– Umas quantas. Não era um chulo importante.

– Algum nome?

O homem pegou num pano sujo e começou a limpar o balcão.

– Uma rapariga de cabelo preto chamada Meena. Às vezes, trabalhava aqui. Ultimamente, não a vi.

– Se a vir, telefone-me – tirou um cartão do bolso e deixou-o sobre o balcão. – Sabe alguma coisa sobre filmes? Filmes privados com raparigas jovens?

Encolheu os ombros, mas não antes de Althea ver o brilho de reconhecimento nos seus olhos.

– Não tenho tempo para filmes e é só isto que receberá em troca dos seus vinte dólares.

– Obrigada – largou-o e foi-se embora. – Dá-lhe um minuto – sussurrou a Colt. Depois, espreitou pela montra suja. – Ena! É engraçado que, de repente, tenha tanta pressa em fazer uma chamada.

– Eu gosto do seu estilo, tenente – Colt viu o empregado a ir até ao telefone público e a introduzir uma moeda.

– Vejamos se ainda gosta depois de passar algumas horas num carro frio. Espera-nos uma noite de vigilância, Nightshade.

– Estou impaciente.

CAPÍTULO 3

Ela tinha razão sobre o frio. Mas não lhe importou muito, não com umas ceroulas e um casaco de pele de carneiro para o afastar. No entanto incomodou-o a inatividade. Teria jurado que Althea a adorava.

Estava sentada comodamente ao seu lado, concentrada numas palavras cruzadas à luz fraca do porta-luvas. Trabalhava de forma metódica, paciente, interminável, enquanto ele tentava combater o tédio com a retrospetiva de B. B. King na rádio.

Pensou na noite que os dois estavam a perder na casa dos Fletcher. Comida quente, uma lareira, um conhaque. Inclusive, tinha-lhe passado pela cabeça que talvez Althea descongelasse um pouco num ambiente não oficial. Talvez não o ajudasse pensar nela daquela maneira, pois avivou as suas fantasias.

Na situação em que estavam, era uma verdadeira agente de polícia, muito distante emocionalmente. Mas no sonho, ajudado pelo *blues* que dava na rádio, era uma verdadeira mulher, sedutora como a seda preta que imaginava que usaria como roupa interior, tentadora como o lume que ardia na lareira de pedra, suave como o tapete branco sobre o qual se deitariam.

E o seu sabor, assim que provara a sua boca, sabia a uísque. Embriagador, doce, potente.

A seda caía centímetro a centímetro, revelando a pele de alabastro. Delicada como uma pétala de rosa. E, quando ela estendia as mãos para ele, para o receber dentro dela, os seus lábios sussurravam-lhe alguma coisa ao ouvido.

– Mais café?

– Hã? – voltou à realidade. Oferecia-lhe um termo. – O quê?

– Café? – intrigada pela expressão da sua cara, tirou-lhe a chávena da mão e encheu-a até meio. À primeira vista, teria dito que havia veemência nos seus olhos, mas conhecia muito bem aquela expressão. Era desejo. – Estava a sonhar, Nightshade?

– Sim – aceitou a chávena e bebeu, desejando que fosse uísque. Mas sorriu e a diversão para consigo mesmo e a situação ridícula mitigou o seu desconforto. – Um sonho intenso.

– Bom, tente não se afastar muito – bebeu um gole da sua própria chávena e ofereceu-lhe um saco de amêndoas – Lá vai outro – eficiente, pousou a chávena e pegou na máquina fotográfica. Tirou duas fotografias ao homem que entrava no bar. Era o segundo na última hora.

– Aparentemente, não têm um negócio muito próspero.

– A maioria das pessoas gosta de desfrutar de um pouco de ambiente com um copo.

– Fetos e música comercial?

– Copos limpos, para começar – pousou a máquina. – Duvido que encontremos um dos nossos realizadores de cinema por aqui.

– Então, o que fazemos sentados num carro frio, diante de um tugúrio, às onze horas da noite?

– É o meu trabalho – escolheu uma amêndoa e levou-a à boca. – E porque espero outra pessoa.

– Queres dar-me uma pista?

– Não – comeu outra amêndoa e voltou a concentrar-se nas palavras cruzadas.

– Muito bem, acabou-se – tirou-lhe o jornal das mãos. – Queres jogar, Grayson? Deixa que te diga como é que eu jogo. Irrito-me quando me escondem alguma coisa. Especialmente, quando estou entediado de morte. Então, torno-me desagradável.

– Peço desculpa – murmurou, com voz suave, em contraste com o fogo que ardia nos seus olhos. – Mal consigo falar pelo nó de terror que sinto na garganta.

– Quer assustar-se? – mexeu-se a grande velocidade. Ela não teria conseguido esquivar-se dele, mesmo que tivesse tentado. De modo que cedeu sem nenhuma amostra de resistência quando a agarrou pelos ombros. – Suponho que seja capaz de te meter medo, Thea, de animar um pouco as coisas entre os dois.

– Se já acabou a sua demonstração de machismo, a pessoa de quem estou à espera está prestes a entrar no bar.

– O quê?

Colt virou a cabeça, o que apresentou a Althea a oportunidade perfeita para lhe agarrar o polegar e torcer-lho com ferocidade. Quando ele praguejou, largou-o.

– Meena. A outra rapariga de Wild Bill – levantou a máquina e tirou outra fotografia. – Vi a sua fotografia esta tarde, no seu cadastro. Já esteve na prisão. Prostituição, posse de droga com intenção de venda, conduta exibicionista.

– É uma rapariga doce, a nossa Meena.

– A sua Meena – corrigiu. – Como gosta de se fazer de duro, pode ir seduzir e trazê-la até aqui para que possamos falar com ela – abriu a mala e tirou um envelope com cinco notas novas de dez dólares. – E, se o seu encanto falhar, ofereça-lhe cinquenta dólares.

– Queres que entre e a convença de que estou à procura de farra?

– Exato.

– Está bem – já tinha feito coisas piores do que interpretar o papel de um sedutor num bar sujo. Mas devolveu-lhe o envelope. – Tenho o meu próprio dinheiro.

Althea viu-o a atravessar a rua e esperou até ele desaparecer dentro do bar. Depois, recostou-se e permitiu-se um momento para fechar os olhos e soltar um suspiro.

Pensou que Colt Nightshade era um homem perigoso. Não sentira apenas raiva quando a agarrara pelos ombros. O que sentira fora complexo, retorcido e confuso: excitação profunda, ardente, que lhe abrasara a alma, misturada com uma dose saudável de medo primário e fúria.

«Não é típico de ti», pensou, enquanto demorava o seu tempo a acalmar-se. Ter estado tão perto de perder o controlo devido a um homem carregar nos botões errados, ou nos certos, era pouco habitual.

Era ela quem carregava nos botões. Essa era a regra principal de Althea Grayson. E, se Colt achava que conseguiria desconcertá-la, ficaria muito dececionado.

Esforçara-se muito para se tornar quem era. Tinha saído do caos e tinha conseguido controlá-lo. Certamente, de vez em quando, era necessário alterar o padrão. Não era uma mulher rígida. Mas nada, absolutamente nada, afetava aquele padrão.

Supôs que se devesse ao caso. A jovem retida por desconhecidos, de quem, sem dúvida, abusavam.

«Outro padrão», pensou, com amargura. Demasiado familiar.

E a menina daquela manhã. Apanhada pelos adultos que a rodeavam.

Abanou a cabeça, apanhou o jornal para o dobrar com precisão e arrumá-lo.

Pensou que estava cansada. A operação contra o tráfico de droga da semana anterior tinha sido terrível. E sair daquilo para entrar num caso novo teria afetado qualquer um. Precisava de férias. Sorriu e imaginou uma praia de areia branca, água azul e um hotel atrás de si. Uma cama grande, serviço de quartos e um jacúzi privado.

E pensava tirá-las quando fechasse aquele caso e mandasse Colt Nightshade de volta para o seu gado, o seu escritório de advogados ou o que raio considerasse a sua profissão.

Voltou a olhar na direção ao bar e viu-se obrigada a assentir com aprovação. Tinham passado menos de dez minutos e já saía seguido de Meena.

– Oh, um *ménage à trois*? – Meena observou Althea, com uns olhos muito pintados. Afastou os caracóis pretos e fez uma careta. – Bom, querido, isso vai custar mais.

– Não há problema – com cavalheirismo, ajudou-a a sentar-se atrás.

– Suponho que um homem como tu consiga satisfazer as duas – acomodou-se, cheirando a perfume barato.

– Não creio que vá ser necessário – Althea tirou o distintivo para lho mostrar.

Meena praguejou, lançou a Colt um olhar de profundo desagrado e cruzou os braços.

– Será que os polícias não têm nada melhor para fazer do que perseguir pobres trabalhadoras?

– Não teremos de te levar ao posto de polícia, Meena, se responderes a algumas perguntas. Vamos dar uma volta, está bem, Colt? – quando ele arrancou, Althea virou-se no banco. – Wild Bill era meu amigo.

– Sim, claro.

– Fez-me alguns favores. E eu correspondi-lhe.

– Sim, aposto que... – calou-se e semicerrou os olhos. – És a polícia a quem vendia informação, aquela que dizia que tinha classe? – Meena relaxou um pouco. Existia boas hipóteses de que não passasse a noite numa cela. – Disse que eras porreira, que lhe davas sempre dinheiro, sem te queixares.

– Comoves-me – Althea reparou no sorriso ambicioso de Meena e arqueou um sobrolho. – Talvez devesse ter-te dito que lhe pagava quando havia alguma coisa que valesse a pena comprar. Conheces Jade?

– Claro. Há algumas semanas que não a vejo. Bill disse que saiu da cidade – enfiou a mão na sua mala de plástico vermelho e tirou um cigarro. Quando Colt acendeu o isqueiro e lhe ofereceu lume, ofereceu-lhe um olhar quente. – Obrigada, querido.

– E esta rapariga? – extraiu do bolso uma fotografia de Elizabeth. Depois de acender a luz do teto, ofereceu-a a Meena.

– Não – ia devolver-lha quando franziu o sobrolho. – Não sei. Talvez – enquanto a observava, expeliu o fumo, enchendo o habitáculo. – Não anda na rua. Parece-me que já a vi em algum lado.

– Com Bill? – perguntou Althea.

– Raios, não! Bill não lidava com potenciais prostitutas.

– Quem o faz?

Meena olhou para Colt.

– Georgie Cool tem algumas jovens no seu estábulo. Embora ninguém tão verde como esta.

– Bill conseguiu-te uma audição, Meena? Um filme? – inquiriu Althea.

– É possível.

– Sim ou não? – Althea tirou-lhe a fotografia de Liz. – Se me fizeres perder tempo, não perderei o meu dinheiro.

– Bolas, não me incomoda que um tipo me queira gravar enquanto trabalho! Pagaram-me mais.

– Tens um nome?

– Não trocámos cartões de visita, querida.

– Mas podes dar-me uma descrição. Dizer-me quantos estavam envolvidos, onde teve lugar.

– É provável – o olhar ardiloso regressou à sua cara enquanto expelia o fumo. – Se tivesse algum incentivo.

– O teu incentivo será não passar uma temporada na prisão com uma sueca de cem quilos – comentou Althea, com suavidade.

– Não podes prender-me. Gritarei que foi uma armadilha.

– Grita o que quiseres. Com o teu cadastro, o juiz rir-se-á.

– Vá lá, Thea – a voz de Colt pareceu ser mais densa. – Deixa-a em paz. Está a tentar colaborar, não é, Meena?

– Claro! – Meena apagou o cigarro e humedeceu os lábios. – Claro que sim.

– O que tenta é enganar-me – Althea compreendeu que Colt e ela tinham adotado os papéis de polícia bom e polícia má, sem pestanejar. – E quero respostas.

– Está a dá-las – sorriu à jovem pelo espelho retrovisor. – Demora o teu tempo.

– Eram três – replicou Meena, com uma careta. – O tipo que tinha a câmara, outro sentado num canto, não consegui vê-lo, e o que estava a contracenar comigo, vocês sabem... O da câmara era calvo, negro, realmente grande, como um lutador ou alguma coisa parecida. Estive aproximadamente uma hora com eles e nunca abriu a boca.

– Chamaram-se por algum nome? – Althea abriu o bloco de notas.

– Não – pensou um instante e abanou a cabeça. – Não. É engraçado, não é? Se bem me lembro, nem sequer falaram entre eles. O tipo com quem trabalhava era pequeno... Menos nas suas partes vitais – riu-se entredentes e tirou outro cigarro do maço. – Ele, sim, falou. Uma conversa porca, para a câmara. Alguns gostam dessa maneira. Tinha uns... não sei, quarenta anos, talvez, magro, com o cabelo apanhado numa trança que lhe chegava até às omoplatas. Usava uma máscara parecida com a do Zorro.

– Quero que fales com um desenhador da polícia – indicou-lhe Althea.

– Não. Chega de polícias.

– Não é preciso que o façamos no posto de polícia – decidiu jogar o seu trunfo. – Se nos deres uma descrição boa, se nos ajudares a apanhar esses tipos, ganharás cem dólares.

– Está bem – iluminou-se-lhe a cara. – Está bem.

– Onde gravaram? – Althea escreveu no bloco.

– Na Segunda. Um lugar bonito. Tinha um jacúzi redondo na casa de banho e espelhos nas paredes – apoiou os dedos no ombro de Colt. – Foi... excitante.

– A morada? – insistiu Althea.

– Não sei. Um daqueles edifícios grandes de apartamentos que há na Segunda.

– Aposto que reconhecerias o edifício se passássemos por lá, não é, Meena? – o tom de Colt foi de ânimo amistoso, tal como o sorriso que lhe ofereceu por cima do ombro.

– Sim, claro – e fê-lo. Minutos mais tarde, assinalava pela janela: – É aquele ali. Veem o apartamento mais alto, com as janelas e o terraço? Estive lá. Um sítio com classe. Carpete branca, um quarto muito sexy, com cortinas vermelhas e uma cama enorme e redonda. Havia torneiras de ouro na casa de banho, em forma de cisne. Meu Deus, adoraria voltar lá!

– Só foste uma vez? – perguntou Colt.

– Sim. Disseram a Billy que não era do tipo certo – com um som aborrecido, tirou outro cigarro do maço. – Disseram que era demasiado velha. Conseguem acreditar? Acabei de fazer vinte e dois anos e aqueles desgraçados disseram a Billy que era demasiado velha! Chateou-me... Oh, sim! – inspirada, deu uma palmadinha no ombro de Colt. – A rapariga. A da fotografia. Foi lá que a vi. Ia-me embora, mas tive de regressar porque me tinha esquecido dos cigarros. Ela estava sentada na cozinha. Não a reconheci imediatamente na fotografia, porque estava muito maquilhada.

– Disse-te alguma coisa? – quis saber Colt, tentando manter a voz firme. – Fez alguma coisa?

– Não, não saiu de onde estava sentada. Pareceu-me drogada.

Ao perceber que precisava de apoio, Althea estendeu o braço e cobriu a mão de Colt. Estava rígida. Quando ele lhe agarrou os dedos, surpreendeu-a, embora não tivesse protestado.

– Quererei falar outra vez contigo – com a mão livre, tirou dinheiro suficiente da mala para garantir a colaboração futura de Meena. – Preciso de um número onde possa localizar-te.

– Certamente – deu-lho, enquanto contava as notas. – Suponho que Billy tivesse razão. É porreira. Eh, talvez possam deixar-me no Tick Tock! Acho que vou beber um copo em memória de Bill.

– Não podemos fazer nada sem um mandato – repetiu Althea, pela terceira vez, ao sair do elevador no último andar do edifício que Meena tinha assinalado.

– Não é preciso um mandato para bater à porta.

– Exato – suspirou e enfiou a mão no interior do casaco para sentir a sua arma. – E vão convidar-nos para beber café! Se me deres algumas horas... – ficou boquiaberta ao vê-lo a virar-se. Depois da equanimidade com que tinha gerido a situação até àquele momento, desconcertou-a a fúria que ardia na sua cara.

– Escuta, não vou esperar nem mais dois minutos para saber se Liz continua ali. E, se estiver, se houver alguém, não vou precisar de um maldito mandato.

– Escuta, Colt, compreendo...

– Não compreendes nada.

Ela abriu a boca e voltou a fechá-la, aturdida, porque tinha estado prestes a gritar que entendia e muito bem.

– Vamos bater à porta – concordou, com voz tensa, dirigiu-se para a porta das águas-furtadas e bateu.

– Talvez sejam um pouco surdos – esmurrou a porta com o punho. Quando ninguém atendeu, agiu com tanta celeridade que Althea não teve tempo sequer para praguejar. Já tinha aberto a porta com um pontapé.

– Fantástico, Nightshade! Subtil como um tijolo.

– Suponho que tenha escorregado – tirou a pistola da bota. – Olha, a porta está aberta.

– Não... – mas já tinha entrado. Amaldiçoando Boyd e todos os seus amigos de infância, pegou na arma e seguiu-o, protegendo-o instintivamente. Não precisou da luz que Colt acendeu para ver que o quarto estava vazio. Irradiava uma sensação de abandono. Não restava nada, salvo a carpete e as cortinas.

– Fugiram – murmurou ele. – Os miseráveis fugiram.

Convencida de que não ia precisar dela, Althea voltou a embainhar a arma.

– Suponho que agora já saibamos a quem o nosso empregado amigável telefonou esta tarde. Veremos o que conseguimos através do contrato de arrendamento, dos vizinhos... – embora não tivesse esperança de encontrar pista alguma. Entrou na casa de banho. Era tal como Meena a tinha descrito, com o jacúzi redondo, as torneiras em forma de cisne, de cobre, não de ouro, os espelhos por toda a parte. – Puseste em perigo a integridade de um possível local de um crime, Nightshade, espero que te sintas satisfeito.

– Pode ter estado aqui – comentou ele, atrás de si.

Althea viu os seus reflexos nos espelhos. O que a suavizou foi a expressão da sua cara, que não tinha imaginado ver.

– Vamos encontrá-la, Colt – murmurou. – Vamos encarregar-nos de que volte para casa.

– Claro! – queria partir alguma coisa. Precisou de toda a sua força de vontade para não bater com o punho nos espelhos. – Cada dia que a têm em seu poder, é um dia com que terá de viver o resto da sua vida, para sempre – inclinou-se e guardou a pistola na bota. – Meu Deus, Thea, é apenas uma menina...

– As crianças são mais duras do que se pensa. Afastam as coisas quando é preciso. E vai ser-lhe mais fácil porque tem uma família que a ama.

– Mais fácil do que o quê?

«Do que estar sozinha», pensou.

– Simplesmente, mais fácil – não conseguiu evitá-lo, levantou uma mão e apoiou-a na face dele. – Não deixes que te consuma, Colt. Senão, vais estragar as coisas.

– Sim – conteve a emoção perigosa que levava a erros perigosos. Mas, quando ela começou a descer a mão e a passar ao seu lado, agarrou-lhe o pulso. – Sabes uma coisa? – aproximou-a dele... talvez só porque precisasse de um contacto. – Durante um segundo, foste quase humana.

– A sério? – os seus corpos roçavam-se. Pensou que seria um ato de covardia recuar. – E o que sou regra geral?

– Perfeita – levantou a mão e afundou os dedos no seu cabelo, algo que quisera fazer desde a primeira vez que a vira. – Assustas – disse. – A cara, o cabelo, o corpo, a mente. Um homem não sabe o que fazer, se deve uivar à Lua ou gemer aos teus pés.

Ela teve de inclinar a cabeça para trás para continuar a olhá-lo nos olhos. Se o seu coração palpitasse mais depressa, não lhe prestaria atenção. Já tinha acontecido antes. Se sentisse uma pontada de curiosidade, inclusive de desejo, não seria a primeira vez e conseguiria controlar-se. Mas o que era difícil de controlar era a obstrução inesperada dos seus sentidos. Teria de lutar contra isso.

– Não me dá a impressão de seres um homem que faça alguma dessas coisas – esboçou um sorriso frio, quase uma careta, que fazia com que os homens se afastassem imediatamente.

Colt não era como a maioria dos homens.

– Nunca fui. Porque não experimentamos outra coisa? – perguntou, devagar, e mexeu-se como um relâmpago para apoiar a boca sobre a dela.

Se Althea tivesse protestado, se tivesse lutado, inclusive se tivesse recuado de forma simbólica, tê-la-ia largado, dando-se por vencido. Talvez.

Mas não o fez. Isso surpreendeu ambos.

Mais tarde, ela pensaria que poderia tê-lo detido com vários movimentos de autodefesa. Mais tarde. Mas havia um calor tão descarnado nos lábios dele, uma força tão intensa nos braços e um prazer turbulento no seu próprio corpo...

Sim, era o que pensaria depois.

Foi tal como Colt tinha imaginado. E tinha imaginado muito. O sabor que tinha nos lábios era exatamente igual ao que tinha provado na sua mente. Era tão viciante como o ópio.

Althea era tão magra, esbelta e flexível como poderia desejar qualquer homem. E forte. Rodeava-o com força com os braços e os seus dedos puxavam-lhe o cabelo. O som baixo e rouco de aprovação que vibrou pela sua garganta aqueceu-lhe o sangue.

Murmurando o nome dela, fê-la virar-se e apoiou-a contra os espelhos, cobrindo-lhe o corpo com o seu. Percorreu-a com mãos ávidas, ansiosas de tomar, tocar e possuir. Depois, desabotoou-lhe os botões da blusa com uma necessidade desesperada por eliminar a primeira barreira.

Desejava-a naquele momento. Não, compreendeu que naquele momento precisava dela. Do modo que um homem precisava de dormir depois de um dia árduo de trabalho, tal como precisava de comer depois de um jejum prolongado.

Afastou a boca dos lábios dela e apoiou-a no seu pescoço, extasiando-se com o sabor suntuoso da pele.

Sumida num delírio, Althea arqueou as costas e gemeu ao sentir a boca faminta sobre a sua pele acesa. Soube que, se não tivesse tido o apoio da parede, já teria caído ao chão. E seria ali, justamente ali, que ele a possuiria, no chão frio, duro, com dúzias de espelhos que devolviam os reflexos dos seus corpos desesperados.

Ali, naquele momento.

De repente, surgiu na sua mente uma imagem de Meena e do que tinha tido lugar naquele apartamento. «O que estou a fazer? Meu Deus, o que estou a fazer?», pensou, com fúria, ao afastar-se.

Era uma agente de polícia e tinha estado prestes a ceder a fazer sexo no meio da cena de um crime.

– Para! – a sua voz soou dura pela excitação e pelo desagrado consigo mesma. – Falo a sério, Colt. Para! Já!

– O que foi? – abanou a cabeça, quase enjoado.

Tremiam-lhe os joelhos. Para compensar, apoiou uma mão na parede, enquanto olhava para ela. Tinha-se-lhe soltado o cabelo, que caía como uma cascata de fogo sobre os ombros. Naquele instante, os seus olhos eram mais dourados do que castanhos, enormes, sedutoramente brumosos. Tinha a boca vermelha pela pressão a que a tinha submetido e a pele de um cor-de-rosa pálido e adorável.

– És bonita. Incrivelmente bonita – com suavidade, passou-lhe um dedo pelo pescoço. – Como uma flor exótica atrás de um vidro. Um homem deve quebrar o vidro para a agarrar.

– Não – agarrou-lhe a mão para não voltar a perder a sensatez. – É uma loucura.

– Sim – não poderia estar mais de acordo. – E é magnífico.

– É uma investigação, Nightshade. E estamos no que possivelmente será a cena de um crime grave.

– Então, vamos para outro lado – sorriu e levantou-lhe a mão para lhe mordiscar os dedos. Que se encontrassem num beco sem saída na sua investigação não significava que devessem parar toda a atividade.

– Vamos para outro lado – empurrou-o e, com movimentos decididos, voltou a abotoar a blusa. – Em separado – consternada, apercebeu-se de que se sentia fraca.

Colt considerou que o melhor sítio para ter as mãos naquele momento eram os bolsos. Ela tinha razão e isso era o pior.

– Queres fingir que isto não aconteceu?

– Não estou a fingir nada – puxou o cabelo para trás e alisou o casaco, com dignidade. – Aconteceu e já acabou.

– Absolutamente, tenente. Somos adultos e, embora só possa falar por mim, a ligação que sentimos não acontece todos os dias.

– Tens razão – inclinou a cabeça. – Só podes falar por ti – conseguiu voltar para a sala antes que ele a agarrasse pelo braço e a fizesse virar-se.

– Queres que te demonstre o contrário agora? – perguntou, com voz mortalmente serena. – Ou queres ser sincera?

– Está bem – podia ser sincera, porque as mentiras não resultariam. – Se me interessasse uma aventura rápida e quente, sem dúvida, contactar-te-ia. Mas, neste momento, tenho outras prioridades.

– Tens uma lista, não é?

Althea demorou um instante a controlar o seu temperamento.

– Achas que isso me insulta? – inquiriu, com voz doce. – Prefiro organizar a minha vida.

– Devias colocá-la em compartimentos.

– Como queiras! – arqueou um sobrolho. – Temos uma relação profissional. Eu quero encontrar a rapariga, Colt, tanto como tu. Quero que regresse para junto da sua família, que coma hambúrgueres e que só se preocupe com o seu último teste de matemática. E quero apanhar os canalhas que a têm. Mais do que poderias compreender.

– Então, porque não me ajudas a compreender?

– Sou polícia – informou. – Isso basta.

– Não – o seu rosto refletia paixão, a mesma que ele tinha sentido ao tê-la nos braços, prestes a perder o controlo. – Nem para ti, nem para mim – suspirou e esfregou a nuca. Apercebeu-se de que ambos estavam cansados e tensos. Não era a altura nem o lugar certos para aprofundarem motivos pessoais. Precisava de tempo para ter objetividade se quisesse compreender Althea Grayson. – Olha, desculpa-me se me enganei. Mas ambos sabemos que não foi assim. Vim à procura de Liz e nada vai parar-me. E depois de te saborear, Thea, vou mostrar igual determinação em ter mais.

– Não sou o prato do dia, Nightshade – murmurou, cansada. – Vais ter o que eu te oferecer.

– É assim que quero – esboçou um sorriso rápido. – Vamos, eu levo-te a casa.

Sem dizer nada, Althea olhou para ele. Tinha a sensação incómoda de que não tinham resolvido as coisas como ela gostaria.

CAPÍTULO 4

Com uma segunda chávena de café, Colt sentia-se num redemoinho. Era evidente que tirar três crianças de casa para as meter num autocarro escolar era um acontecimento de proporções imensas. Questionou-se como é que três adultos conseguiam fazê-lo diariamente sem perderem a prudência.

– Eu não gosto destes cereais – queixou-se Bryant. Levantou a colher e, com o sobrolho franzido, enfiou-a outra vez na tigela. – Sabem a árvores molhadas.

– Tu é que os escolheste porque traziam um apito no interior da caixa – recordou-lhe Cilla, enquanto preparava sandes de manteiga de amendoim e doce. – Vais comê-los.

– Junta-lhes uma banana – sugeriu Boyd, enquanto tentava apanhar o cabelo loiro de Allison em algo parecido com uma trança.

– Ai! Papá, estás a puxar-me o cabelo!

– Desculpa. Qual é a capital do Nebrasca?

– Lincoln – suspirou a sua filha. – Detesto ter teste de Geografia – disse, com uma careta, enquanto praticava os seus passos de dança. – Para que quero saber os estúpidos estados e as suas estúpidas capitais?

– Porque o conhecimento é sagrado – com a língua entre os dentes, Boyd tentava prender a trança. – E, quando se aprende uma coisa, nunca se esquece.

– Bom, pois não recordo qual é a capital da Virgínia.

– É, hum… – quando o conhecimento sagrado o evitou, Boyd praguejou em voz baixa. O que raio lhe importava? Vivia no Colorado. Para ele, um dos principais problemas de ter filhos era que os pais se viam obrigados a voltar para a escola. – Vais lembrar-te.

– Mamã, Bry está a dar os seus cereais a Bongo – Allison sorriu ao seu irmão, com o tipo de sorriso ardiloso que só uma irmã conseguia dominar.

Cilla virou-se a tempo de ver o seu filho a estender a colher para a boca ansiosa do cão.

– Bryant Fletcher, dentro de um minuto vais levar com esses cereais em cima!

– Olha, mamã, nem sequer Bongo quer comê-los. São uma porcaria.

– Não digas isso – repreendeu Cilla, com cansaço. Mas reparou que o cão grande e peludo, que, regra geral, até bebia água da sanita, tinha afastado o focinho depois de ter provado os Rocket Crunchies. – Come a banana e pega no teu casaco.

– Mamã! – Keenan, o mais novo, entrou na cozinha. Estava descalço e sem meias, e segurava uma sapatilha na mão. – Não consigo encontrar a minha outra sapatilha. Alguém ma roubou.

– Chama a polícia – murmurou Cilla ao guardar a última sandes na lancheira.

– Eu vou procurá-la, senhora – Maria limpou as mãos ao avental.

– Bendita sejas!

– Levaram-na os homens maus, Maria – informou-a Keenan em voz baixa e séria. – Vieram à noite e levaram-na. O papá vai prendê-los.

– É claro que sim! – com expressão igualmente séria, Maria agarrou-lhe a mão e levou-o para as escadas. – Agora, vamos procurar pistas.

– Guarda-chuva – Cilla virou-se e passou a mão pelo cabelo curto e castanho. – Está a chover. Temos guarda-chuvas?

– Costumávamos ter – acabada a sua sessão de penteado, Boyd serviu-se de outra chávena de café. – Alguém os roubou. Provavelmente, o mesmo bando que levou a sapatilha de Keenan e os trabalhos de casa de Bryant. Já pus dois agentes a trabalhar no caso.

– Que bela ajuda! – Cilla foi até à porta da cozinha. – Maria! Guarda-chuva! – virou-se, tropeçou no cão, soltou um palavrão e pegou nas três lancheiras. – Casacos! – ordenou. – Têm cinco minutos para chegarem ao autocarro.

Bongo decidiu que era o momento perfeito para saltar sobre tudo o que tivesse à frente.

– Odeia despedidas – disse Boyd a Colt, enquanto punha a trela ao animal.

– A sapatilha estava no armário – anunciou Maria ao trazer Keenan para a cozinha.

– Os ladrões devem tê-la escondido lá. É diabólico – disse Cilla ao oferecer-lhe a lancheira. – Um beijo.

Keenan sorriu e deu-lhe um beijinho nos lábios.

– Bry, a casca da banana vai para o balde do lixo – ao entregar-lhe a lancheira, passou-lhe um braço pelo pescoço, provocando-lhe risinhos, enquanto lhe dava um beijo. – Allison, a capital da Virgínia é Richmond, creio...

– Está bem.

Depois de todos se beijarem, Cilla levantou uma mão.

– Quem deixar o guarda-chuva na escola será executado imediatamente. Vão-se embora!

Saíram todos a correr. A porta fechou-se. Cilla fechou os olhos.

– Ah, outra manhã tranquila na casa dos Fletcher! Colt, o que posso oferecer-te? Bacon, ovos? Uísque?

– Fico-me pelos dois primeiros. Guarda o último – sorriu e ocupou a cadeira que Bryant tinha deixado livre. – Todos os dias são assim?

– Os sábados começam mais tarde – abanou o cabelo e viu as horas. – Eu gostaria de ficar com vocês, rapazes, mas tenho de me arranjar para o trabalho. Tenho uma reunião dentro de uma hora. Se te sentires perdido, Colt, passa pela emissora. Mostrar-te-ei a cidade.

– Talvez o faça.

– Maria, precisas que arrume alguma coisa?

– Não, senhora – já tinha o bacon na frigideira. – Obrigada.

– Voltarei às seis horas – parou junto da mesa para acariciar o ombro do seu marido. – Sei que haverá um jogo de póquer à noite.

– É o que se diz – puxou a sua mulher e Colt viu que sorriam antes de se beijarem. – Sabes muito bem, O'Roarke.

– Doce de morango. Até logo, detetive – deu-lhe um último beijo, antes de se ir embora.

Colt ouviu-a a correr escada acima.

– Acertaste em cheio, hã, Fletch?

– Hum?

– Uma mulher magnífica e miúdos ótimos. E à primeira.

– Parece que sim. Suponho que tenha sabido que Cilla era para mim assim que a vi – recordá-lo fê-lo sorrir. – Embora tenha precisado de tempo para a convencer de que não conseguiria viver sem mim.

– Althea e tu eram colegas quando conheceste Cilla, não eram?

– Sim. Os três trabalhávamos à noite naquela época. Thea foi a primeira mulher que tive como colega. E também foi a melhor polícia com que alguma vez trabalhei.

– Tenho de te perguntar isto. Não és obrigado a responder, mas devo fazê-lo – «como podia expô-lo?». Pegou no garfo e bateu com ele na beira da mesa. – Thea e tu... Antes de Cilla... Existiu alguma coisa pessoal?

– Há muitas coisas pessoais quando se trabalha com outra pessoa, às vezes, vinte e quatro horas por dia – pegou na chávena de café e sorriu, relaxado. – Mas não havia nada romântico, se te referes a isso.

– Não me diz respeito – encolheu os ombros, incomodado pela forma como a resposta de Boyd o aliviava. – Sentia curiosidade.

– De saber porque não tentei nada com uma mulher tão bonita? Com a sua inteligência? O seu... Qual é a melhor palavra para o descrever? – divertido com o desconforto evidente de Colt, riu-se entredentes, enquanto Maria lhes servia o pequeno-almoço. – Obrigado, Maria. Chamemos-lhe «estilo», à falta de uma palavra melhor. É simples, Colt. Não vou dizer-te que não pensei nisso. É possível que Thea também tenha pensado. Mas encaixámos como colegas, como amigos e isso não nos levou por nenhum dos outros caminhos – provou os ovos e arqueou um sobrolho. – Estás a pensar nisso?

Voltou a encolher os ombros e brincou com o bacon.

– Não posso dizer que tenhamos encaixado como colegas... ou amigos. Mas imagino que já tenhamos entrado num desses caminhos.

Boyd não fingiu surpresa. Quem dizia que o azeite e a água não se misturavam era porque não os tinha agitado o suficiente.

– Há algumas mulheres que se entranham na pele e outras, na cabeça. E outras, as duas coisas.

– Sim. Qual é a sua história?

– É uma boa polícia, uma pessoa em quem podes confiar. Como todos nós, tem uma certa bagagem, mas está bem. Se quiseres saber coisas pessoais, terás de lhas perguntar a ela – levantou a chávena. – E receberás a mesma resposta de mim sobre ti.

– Perguntou-te alguma coisa?

– Não – bebeu para esconder o sorriso. – E, agora, porque não me contas os vossos progressos no que se refere a Liz?

– Conseguimos uma pista sobre um apartamento da Segunda Avenida, mas já o tinham esvaziado – era algo que continuava a frustrá-lo. – Pensei em falar com o administrador do edifício, com os vizinhos. Há uma testemunha que talvez seja capaz de identificar um ou mais dos nossos magnatas do cinema.

– É um bom começo. Posso ajudar em alguma coisa?

– Eu aviso-te. Já está em seu poder há algumas semanas, Fletch. Vou recuperá-la – levantou o olhar e a fúria contida que havia neles não deixou lugar para dúvidas. – O que me preocupa é o estado em que a encontrarei.

– Vai passo a passo.

– Falas como a tenente – Colt preferia dar saltos em vez de passos. – Só posso encontrar-me com ela ao fim da tarde. Está no tribunal.

– No tribunal? – Boyd franziu o sobrolho e, depois, assentiu. – Sim, o julgamento Marsten. Assalto à mão armada e agressão. Queres que envie um agente fardado contigo à Segunda Avenida?

– Não. Eu encarregar-me-ei disso.

Colt decidiu que era ótimo trabalhar sozinho outra vez. Isso significava que não tinha de se preocupar com pisar os calcanhares à sua colega, nem em discutir estratégia. E no que se referia a Althea, significava que não tinha de se concentrar em não pensar nela como mulher.

Primeiro, foi falar com o administrador do edifício, Nieman, um homem baixo e calvo, que, evidentemente, considerava que o seu cargo requeria que usasse um fato de três peças e imensa loção pós-barba.

– Já prestei a minha declaração à outra agente – informou Colt através da abertura de cinco centímetros que proporcionava a corrente de segurança da sua porta.

– Agora, terá de ma prestar a mim – não viu sentido em esclarecer-lhe que ele não era polícia. – Quer que grite as minhas perguntas do corredor, senhor Nieman?

– Não – tirou a corrente, visivelmente irritado. – Ainda não tive problemas suficientes? Tinha acabado de me levantar esta manhã, quando vocês quase arrombaram a minha porta. Os inquilinos não pararam de me telefonar, querendo saber porque é que a polícia estava nas águas-furtadas. Demorarei semanas a afastar esta publicidade.

– Tem um trabalho muito difícil, senhor Nieman – observou o apartamento ao entrar. Não era tão grande como as águas-furtadas vazias, mas não era mau. Nieman tinha-o mobilado ao estilo rococó francês. Colt pensou que a sua mãe o teria adorado.

– Não imagina – resignado, o outro indicou-lhe uma poltrona esculpida. – Os inquilinos são como crianças, a sério. Precisam que alguém os guie, que alguém lhes dê uma palmada na mão quando infringem alguma regra. Sou o administrador deste edifício há dez anos, três como residente, e as histórias que poderia contar-lhe...

Por medo de que o fizesse, interrompeu-o.

– Porque não me fala dos inquilinos do apartamento?

– Não posso dizer-lhe muito – levantou um pouco as calças antes de se sentar. Cruzou as pernas nos tornozelos e mostrou umas meias com um desenho geométrico. – Como expliquei à outra detetive, na verdade, nunca cheguei a vê-los. Só aqui estiveram quatro meses.

– Não mostra os apartamentos aos possíveis inquilinos, senhor Nieman? Não aceita pessoalmente os seus formulários?

– Regra geral, certamente. Neste caso em particular, o inquilino enviou por correio um cheque no valor da caução.

– É habitual que arrende um apartamento dessa maneira?

– Não... – depois de pigarrear, brincou com o nó da gravata. – A carta foi acompanhada de uma chamada. O senhor Davis, o inquilino, explicou que era amigo do senhor e da senhora Ellison. Eles já tinham arrendado antes o apartamento, durante três anos. Um casal encantador, com um gosto elegante. Mudaram-se para Boston. Como os conhecia, não precisava de ver o apartamento. Afirmou que tinha ido a vários jantares e a outras noites em casa dos Ellison. Sabe, estava ansioso por o arrendar e como as suas referências eram impecáveis...

– Verificou-as?

– Certamente – com os lábios franzidos, Nieman endireitou-se. – Levo muito a sério as minhas responsabilidades.

– Como é que Davis ganhava a vida?

– Era engenheiro numa empresa local. Quando entrei em contacto com a empresa, disseram que o tinham em alta estima.

– Que empresa?

– Ainda tenho os seus dados – estendeu a mão para a mesa de apoio para pegar numa pasta fina. – Foxx Engineering – respondeu e indicou a morada e o telefone. – Como é claro, também entrei em contacto com o responsável pelo edifício onde vivia. Nós temos um código ético. Garantiu-me que o senhor Davis era um inquilino ideal, responsável, organizado e pontual na hora de pagar. E assim era.

– Mas alguma vez chegou a vê-lo pessoalmente?

– Este é um edifício grande. Há vários inquilinos que não vejo. Normalmente, encontramo-nos de forma regular com os problemáticos e o senhor Davis nunca causou nenhum problema.

«Nunca causou nenhum problema», pensou, com ar sombrio, enquanto acabava o processo de ir de porta em porta. Tinha conseguido uma cópia do contrato, das referências e da carta de Davis. Já passava do meio-dia e tinha entrevistado quase todos os inquilinos. Só três afirmavam ter visto o misterioso senhor Davis. Naquele momento, Colt dispunha de três descrições diferentes para acrescentar ao relatório.

O mandato da polícia na porta das águas-furtadas tinha-lhe impedido a entrada. Poderia ter arrombado a fechadura e cortado a fita, mas duvidava que fosse encontrar alguma coisa útil.

De modo que tinha começado por baixo. Naquele momento, percorria o terceiro andar, dominado pela frustração e pelo início de uma dor de cabeça.

Bateu à porta do apartamento 302 e sentiu que o observavam pela mira. Ouviu o ruído da corrente de segurança e da fechadura. E viu-se cara a cara com uma mulher idosa, com um cabelo selvagem pintado de cor de laranja. Tinha uns olhos azuis brilhantes que refletiam dúzias de rugas enquanto o observava. A camisola dos Denver Broncos que usava era do tamanho de uma tenda e cobria o que Colt deduziu serem cem quilos de massa corporal. Tinha uma papada dupla e já tinha começado a desenvolver uma terceira.

– É demasiado atraente para me vender uma coisa que não quero.

– Não, senhora – se tivesse um chapéu, tê-lo-ia tirado. – Não vendo nada. A polícia está a levar a cabo uma investigação. Eu gostaria de lhe fazer algumas perguntas a respeito de um vizinho seu.

– É polícia? Se fosse, teria um distintivo.

– Não, senhora, não sou polícia – parecia ser bastante mais perspicaz do que Nieman. – Estou a fazer um trabalho privado.

– É detetive? – os olhos azuis iluminaram-se. – Como Sam Spade? Garanto-lhe que Humphrey Bogart foi o homem mais sexy que alguma vez existiu. Se eu fosse Mary Astor, não teria pensado nem dois segundos num pássaro quando podia tê-lo a ele.

– Não, senhora – demorou um segundo, mas, por fim, percebeu a referência a O Falcão Maltês. – A minha preferência ia para Lauren Bacall. Ela, sim, fazia os pássaros cantarem em O Sono Eterno.

– Claro que sim – satisfeita, soltou uma gargalhada luxuriosa. – Bom, entre. Não faz sentido que fique aí de pé.

Colt entrou e teve imediatamente de se desviar dos móveis e dos gatos. O apartamento estava cheio de ambos. Mesas, cadeiras, candeeiros, algumas antiguidades boas, objetos sem valor comprados em alguma feira, espalhados sem ordem pela sala ampla. Seis gatos estavam aninhados ou deitados com igual abandono.

– Sou colecionadora – informou a mulher, sentando-se num sofá de estilo Luís XV. O seu corpo ocupou dois terços do sofá, de modo que Colt escolheu ocupar uma poltrona velha com um estofo gasto de soldados coloniais a lutar contra casacas vermelhas. – O meu nome é Esther Mavis.

– Colt Nightshade – aceitou que um gato cinzento saltasse para o seu colo e outro para as costas, para lhe cheirar o cabelo. – Bom, o que está a investigar, senhor Nightshade?

– O inquilino que ocupou as águas-furtadas.

– O que acaba de partir? – coçou o queixo. – Ontem, vi dois homens grandes a levarem coisas para uma carrinha.

«Tal como várias outras pessoas», pensou Colt. Ninguém se tinha incomodado em reparar se a carrinha tinha o nome de alguma empresa de mudanças.

– Prestou atenção à carrinha, senhora Mavis?

– Menina – indicou. – Era grande. Não se comportavam como homens das mudanças.

– Oh?

– Trabalhavam depressa. Não como as pessoas a quem se paga à hora, você sabe. Levaram algumas peças boas – observou a sua própria sala. – Eu gosto de móveis. Havia uma mesa Belker que eu gostaria de ter. Não sei onde a teria posto, mas arranjaria espaço.

– Conseguiria descrever alguns dos homens?

– Não reparo nos homens, a menos que tenham alguma coisa especial – e piscou-lhe o olho.

– E o senhor Davis? Alguma vez o viu?

– Não posso garanti-lo. Não conheço quase ninguém do edifício pelo nome. Os meus gatos e eu somos reservados. O que fez?

– Estamos a investigá-lo.

– Não quer falar, hã? Bogey teria feito o mesmo. E, então, foi-se embora?

– Parece que sim.

– Suponho que, então, não poderei entregar-lhe a sua encomenda.

– Encomenda?

– Chegou ontem. Trouxe-a um estafeta e deixou-a aqui por engano. Davis, Mavis... – abanou a cabeça. – Hoje em dia, não se presta muita atenção aos detalhes.

– Sei a que se refere – com cuidado, tirou um gato do ombro. – Que tipo de encomenda é, menina Mavis?

– Um envelope – com gemidos, levantou-se. – Pu-lo no quarto. Ia levar-lho hoje – moveu-se como uma espécie de tanque gracioso pelos espaços estreitos que havia entre os móveis e regressou com um envelope fechado e acolchoado.

– Senhora, eu gostaria de o levar. Se representar algum problema para si, pode telefonar ao capitão Boyd Fletcher, da polícia de Denver.

– Tanto me faz – entregou-lhe o envelope. – Quando tiver resolvido o caso, talvez possa vir contar-me o que havia aí dentro.

– Fá-lo-ei – seguindo um impulso, tirou a fotografia de Liz do bolso. – Viu esta jovem?

A menina Mavis observou-a com o sobrolho franzido e abanou a cabeça.

– Não, não que me recorde. Está metida em sarilhos?

– Sim, senhora.

– Tem alguma coisa a ver com o apartamento?

– Creio que sim.

– É uma jovem muito bonita – entregou-lhe a fotografia. – Espero que a encontre depressa.

– Eu também.

Não era o seu procedimento habitual. Colt não saberia dizer porque abrira aquela exceção, mas, em vez de abrir o envelope e inspecionar imediatamente o seu conteúdo, deixou-o fechado e foi para o tribunal.

Chegou a tempo de presenciar o interrogatório da Defesa a Althea. Estava vestida com um fato simples castanho, mas o efeito que tinha nela era de um poder subtil, com o cabelo apanhado e um colar de pérolas.

Colt sentou-se na parte de trás da sala e observou, enquanto ela destruía, com competência e paciência, o argumento da Defesa. Nunca levantou a voz, nem gaguejou. Quem a ouvisse ou visse, incluindo o júri, considerá-la-ia uma profissional equânime.

«O qual é», concluiu Colt, enquanto esticava as pernas e esperava. Certamente, ninguém que a observasse naquele momento imaginaria como aquecia nos braços de um homem. Nos seus braços.

Ninguém suporia que aquela mulher meticulosa e controlada

se arqueava enquanto as mãos de um homem, as suas mãos, a percorriam.

Era-lhe impossível esquecê-lo.

E, ao observá-la naquele momento, quando não tinha consciência da sua presença e estava completamente concentrada na tarefa que a ocupava, começou a reparar noutras coisas, em coisas pequenas.

Estava cansada. Podia vê-lo nos seus olhos. De vez em quando, a sua voz refletia um leve tom de impaciência quando a obrigavam a repetir-se. Cruzou as pernas. Foi um movimento suave, discreto, como de costume. Mas Colt percebeu algo mais. Inquietação, não nervos. Desejava que o seu depoimento acabasse de uma vez por todas.

Ao acabar o interrogatório, o juiz declarou um intervalo de quinze minutos.

Jack Holmsby agarrou-a pelo braço antes que pudesse passar ao seu lado.

– Bom trabalho, Thea.

– Obrigada. Não deves ter nenhum problema em crucificá-lo.

– Isso não me preocupa – mexeu-se o suficiente para lhe bloquear a passagem. – Escuta, lamento que as coisas não tenham resultado na outra noite. Porque não voltamos a tentar? O que te parece de jantarmos esta noite, só tu e eu?

Ela aguardou um instante, nem tanto irritada pela sua desfaçatez como pelo tédio que lhe provocava.

– Jack, as palavras «Nem sonhes» significam alguma coisa para ti?

Ele riu-se e apertou-lhe o braço com gesto íntimo. Durante um instante, ela considerou a ideia de o algemar e acusar de agressão.

– Vá lá, Althea, eu gostaria de ter a oportunidade de compensar a minha atitude da outra noite.

– Jack, ambos sabemos que gostarias de ter outra oportunidade. E não vai acontecer. Agora, larga-me o braço enquanto estamos do mesmo lado da lei.

– Não é preciso que sejas...

– Tenente? – chamou-a Colt, deixando que o seu olhar percorresse Holmsby. – Tem um minuto?

– Nightshade – irritou-a muito que tivesse presenciado a

cena. – Desculpa, Jack. Tenho de ir trabalhar – saiu da sala, deixando que Colt a seguisse. – Se tiveres alguma coisa que valha a pena, fala! – ordenou. – Neste momento, os advogados não me agradam.

Agarrou-a pelo braço e crispou-se quando ela ficou rígida. Contendo-se, conduziu-a para a porta.

– Tenho o carro diante do tribunal. Porque não damos um passeio enquanto pomos a conversa em dia?

– Ótimo. Vim a pé do posto de polícia. Podes levar-me.

– Muito bem – encontrou outra multa no para-brisas, o que não o surpreendeu, já que tinha estacionado numa zona proibida. Guardou-a e entrou no veículo. – Lamento ter interrompido o teu ritual de acasalamento.

– Vai pentear macacos! – exclamou, enquanto colocava o cinto de segurança.

– Tenente, adoraria fazê-lo – estendeu a mão para abrir o porta-luvas. Dessa vez, ela não ficou rígida perante o contacto, só pareceu retrair-se. – Toma.

– O que é? – olhou para o frasco de aspirinas.

– Para a dor de cabeça.

– Estou bem – não era totalmente mentira. O que tinha não podia qualificar-se como uma dor de cabeça. Parecia mais um comboio de carga a andar a toda a velocidade pelo seu cérebro.

– Odeio mártires.

– Deixa-me em paz... – fechou os olhos e conseguiu isolar-se.

Não se sentia bem. Não tinha dormido. Ao longo dos anos, habituara-se a dormir duas ou três horas por noite. Mas na anterior não tinha dormido nada e era demasiado orgulhosa para culpar quem merecia: Colt.

Tinha pensado nele, recriminando-se. Relembrara a cena impossível no apartamento e excitara-se. Para voltar a recriminar-se. Tomara um banho, lera um livro chato, praticara ioga, bebera um conhaque quente. Nada a tinha aliviado.

Tinha dado voltas na cama e, por fim, tinha acabado por se levantar, para passear, inquieta, pelo apartamento. E tinha visto o nascer do sol.

Estivera a trabalhar desde o amanhecer. Naquele momento, passava da uma hora e já estava a trabalhar quase há oito horas, sem parar. E o que piorava tudo, o que o tornava intolerável, era que talvez acabasse por passar mais oito horas com Colt.

Abriu os olhos quando ele travou bruscamente. Pararam diante de um supermercado.

– Preciso de uma coisa – comentou, saindo.

«Ótimo», pensou e voltou a fechar os olhos. «Não te incomodes em perguntar se preciso de alguma coisa. Como uma serra para cortar a cabeça.»

Ouviu-o a regressar. Pareceu-lhe estranho reconhecer o som dos seus passos depois de tão pouco tempo. Com obstinação, manteve os olhos fechados.

– Toma – colocou-lhe alguma coisa na mão. – Chá – explicou, quando ela abriu os olhos para ver a chávena de papel. – Para tomares a aspirina – abriu o frasco e pôs-lhe duas na mão. – E, agora, toma os malditos comprimidos, Althea. E come isto. De certeza que não comeste nada em todo o dia, se não contarmos com os biscoitos de chocolate ou os rebuçados. Nunca vi uma mulher a comer rebuçados como tu fazes.

– O açúcar dá muita energia – mas levou as aspirinas à boca e bebeu o chá. A embalagem de biscoitos salgados fez com que franzisse o sobrolho. – Não havia nada doce?

– Precisas de proteínas.

– De certeza que os bolos têm proteínas – o chá era demasiado forte e amargo, mas ajudou. – Obrigada – bebeu outro gole e abriu a embalagem de biscoitos. Era importante recordar que era responsável pelas suas próprias ações, reações e emoções. Se não tinha dormido, o problema era dela. – O pessoal do laboratório já deve ter acabado no apartamento.

– Sim. Estive lá.

– Preferia que não trabalhasses sozinho.

– Não posso satisfazer todos, de modo que me satisfaço a mim mesmo. Falei com a doninha responsável pelo edifício. Nunca viu o inquilino das águas-furtadas – enquanto Althea se concentrava na comida, pô-la ao corrente.

– Sabia de Davis – afirmou ela, quando Colt concluiu. – Tirei Nieman da cama esta manhã. Já contactei as referências. Telefones desligados em ambos os casos. Não há nenhuma Foxx Engineering naquela morada, nem em nenhuma outra de Denver. Passa-se o mesmo com o apartamento que Davis deu como referência. O senhor e a senhora Ellison, os inquilinos anteriores, nunca ouviram falar dele.

– Estiveste ocupada – observou-a e tamborilou com um dedo no volante. – Porque não posso trabalhar sozinho?

Ela sorriu um pouco. A dor de cabeça remetia.

– Eu tenho um distintivo – disse. – Tu não.

– O teu distintivo não entrou no apartamento da menina Mavis.

– Deveria tê-lo feito?

– Acho que sim – satisfeito por estar à frente dela, levou a mão ao banco de trás e mostrou-lhe o envelope. – O estafeta entregou-o à senhora dos gatos por engano.

– À senhora dos gatos?

– Precisavas de estar lá – afastou-o quando tentou tirar-lho. – Fui eu que o encontrei, querida. Estou disposto a partilhá-lo.

Impacientou-se, mas acalmou-se ao ver que não o tinha aberto.

– Continua fechado.

– Pareceu-me justo – olhou-a nos olhos. – Pensei que devíamos abri-lo juntos.

– Aparentemente, desta vez, acertaste. Vamos dar-lhe uma olhadela.

Colt desceu a mão e tirou uma faca da bota. Ao abrir o envelope, Althea semicerrou os olhos.

– Não creio que esse brinquedo entre nos limites legais.

– Não – replicou, de bom humor, e voltou a guardá-la na bota. Enfiou a mão no envelope e extraiu uma cassete de vídeo e um papel.

Edição final. Serve para os incautos? No fim de semana espera-se muita neve. Os mantimentos não escasseiam. Na próxima encomenda, envio cassetes e cervejas. Os caminhos talvez estejam fechados.

Althea segurou a folha por uma ponta e tirou um saco de plástico da mala.

– Procuraremos impressões digitais. Talvez tenhamos sorte.

– Poderiam revelar-nos quem é. Mas não onde está – guardou a cassete novamente no envelope. – Queres ir ao cinema?

– Sim – Althea pousou a mala no colo e fechou-a. – Mas

creio que este filme requer uma sessão privada. Tenho um leitor de vídeo em casa.

Também tinha um sofá cómodo, com muitas almofadas. O chão de madeira reluzente era realçado por tapetes índios. Os quadros de *art decó* da parede deveriam chocar com os toques decorativos do sudoeste, mas não era assim. Nem com as plantas exuberantes sobre o carrinho de chá de ferro forjado, nem com os dois peixes dourados que nadavam no aquário em forma de tubo, nem com o banco que parecia um gnomo sorridente.

– Um lugar interessante – comentou ele.

– Cumpre com a sua função – dirigiu-se para uma estante central cromada, enquanto se descalçava.

Colt decidiu que aquele gesto lhe dizia muito mais sobre Althea Grayson do que relatórios pessoais detalhados.

Com a sua eficácia habitual, colocou a cassete no leitor e acendeu a televisão.

Passados cinco segundos de fita em branco, começou o espetáculo.

Inclusive para um homem com a experiência dele, foi uma surpresa. Enfiou as mãos nos bolsos e cruzou os calcanhares. Supôs que era uma tolice, já que ambos eram profissionais e adultos, mas experimentou uma sensação inegável de vergonha.

– Eu, hum, suponho que não esperem despertar o desejo do público com isto...

Althea inclinou a cabeça e observou o ecrã com um distanciamento clínico. Não era fazer amor. Nem sequer sexo, segundo a sua própria definição. Era pornografia pura, mais patética do que estimulante.

– Já vi coisas mais quentes em despedidas de solteira.

– A sério? – Colt desviou o olhar do ecrã o tempo suficiente para a olhar com um sobrolho arqueado.

– A fita mostra uma qualidade surpreendente. E a gravação, se pudermos chamar-lhe assim, parece bastante profissional – ouviu os gemidos. – O som também – assentiu quando a câmara passou para um plano geral. – Não é o apartamento.

– Deve tratar-se da cabana das montanhas. Rústica, mas cara, pela madeira. A cama parece Chippendale.

– Como sabes?

– A minha mãe gosta de antiguidades. Olha para o candeeiro

que há junto da cama. É Tiffany ou uma boa imitação. Ah, o argumento melhora...

Viram outra mulher a entrar em cena. Algumas falas indicaram que tinha encontrado o seu amante com a sua melhor amiga. O confronto tornou-se violento.

– Não creio que aquilo seja sangue falso – disse Althea, com os dentes apertados, quando a primeira mulher levou um murro na cara. – E também não creio que esperasse o murro.

Colt praguejou em voz baixa à medida que a cena se desenvolvia. A mistura de sexo e violência, uma violência concentrada nas mulheres, apresentava uma cena desagradável. Teve de fechar as mãos para não apagar a televisão.

Já não se tratava de uma questão de diversão, mas de repulsa.

– Estás bem, Nightshade? – apoiou uma mão no seu braço. Ambos sabiam o que ele mais receava, que Liz aparecesse no ecrã.

– Parece-me que não vou querer pipocas.

Instintivamente, Althea deixou a mão onde a tinha e aproximou-se.

Havia uma espécie de trama e começou a acompanhá-la. Um fim de semana numa cabana, numa estância de esqui, dois casais que se envolviam de várias maneiras. Ignorou-a e concentrou-se nos detalhes. O mobiliário. Colt tinha razão, era de primeira. Os diferentes ângulos da câmara mostraram que a casa tinha dois andares, com um espaço diáfano e tetos altos com vigas. Lareira de pedra, jacúzi.

Com alguns planos artísticos, viu que nevava um pouco. Viu árvores cobertas de neve e cumes brancos. Numa cena no exterior, que devia ter sido muito incómoda para os atores, reparou que não havia nenhuma casa ou estrutura por perto. A fita acabava sem os créditos. E sem Liz. Colt não soube se devia sentir-se aliviado ou não.

– Não creio que vá ganhar um Óscar – Althea manteve o tom ligeiro enquanto rebobinava a cassete. – Estás bem?

Não estava bem. Ardiam-lhe as entranhas e precisava de libertar a tensão.

– Foram duros com as mulheres – disse, com cuidado. – Violentos a sério.

– À primeira vista, diria que os principais clientes deste tipo de coisas seriam tipos que fantasiam com o domínio... físico e emocional.

– Não creio que possa aplicar-se a palavra «fantasia» a algo parecido.

– Nem todas as fantasias são bonitas – murmurou, pensativa. – A qualidade era boa, mas a parte da representação era patética. Será possível que alguns dos seus clientes vivam as suas fantasias em direto?

– Era o que faltava... – respirou fundo. – A carta de Jade mencionava que achava que uma das raparigas tinha morrido. Talvez não se enganasse.

– O sadismo é um instrumento sexual peculiar... que pode escapar do controlo com frequência. Conseguiremos localizar a zona em geral pelas filmagens exteriores – ia extrair a cassete, mas ele fez com que se virasse.

– Como consegues ser tão fria? Não te afetou? Não te provocou nada?

– Seja o que for, enfrento-o. Deixemos as nossas personalidades fora disto.

– Não. Radica em saber com quem estou a trabalhar. Falamos do facto de que uma rapariga possa ter morrido diante da câmara – dominava-o uma fúria que não conseguia controlar e uma necessidade terrível de a libertar. – Acabámos de ver duas mulheres a serem esbofeteadas, empurradas, esmurradas e ameaçadas com algo pior. Quero saber o que sentiste ao ver aquilo.

– Pôs-me doente! – exclamou, soltando-se. – E enfureceu-me. E, se me permitisse, ter-me-ia entristecido. Mas a única coisa que importa é que dispomos da nossa primeira prova – tirou a cassete e guardou-a na caixa. – E, agora, se fizeres o favor, deixa-me no posto de polícia para que possa entregá-la. Depois, poderás dar-me algum espaço.

– Claro, tenente – foi para a porta para a abrir. – Dar-te-ei todo o espaço de que precisas.

CAPÍTULO 5

Colt tinha três rainhas e pareceu-lhe uma pena que a única que desejava estivesse sentada à frente dele, aumentando a aposta que acabava de fazer.

– Aí estão os teus vinte e cinco, Nightshade, e mais vinte e cinco – Althea atirou mais fichas para cima da mesa. Tinha as cartas encostadas ao peito.

– Ah, bom... – Sweeney suspirou e observou as cartas horríveis que tinha, como se pudessem transformar-se numa mão vencedora com um desejo. – Demasiado para mim.

Do seu lugar entre Sweeney e um patologista forense chamado Louie, Cilla considerou os seus dois cincos.

– O que achas, Matador?

Keenan, vestido para ir para a cama, com uma t-shirt dos Denver Nuggets, baixou as cartas.

– Solta o dinheiro.

– Para ti, é fácil dizê-lo – mas empurrou as fichas para o meio da mesa.

Depois de um debate pessoal que incluiu murmúrios, movimentos na cadeira e de cabeça, Louie também entrou na jogada.

– Vejo os teus vinte e cinco – disse Colt. Manteve o cigarro entre os dentes, enquanto contava as fichas. – E volto a subir.

Boyd sorriu, contente por ter passado. Houve mais apostas. Em jogo só ficaram Althea, Cilla e Colt.

– Um trio de rainhas – anunciou, mostrando as cartas.

– Bom – os olhos de Althea brilharam. – Mas o meu *full* vale mais do que elas – estendeu as cartas para revelar três oitos e dois dois.

– Isso destrona os meus dois cincos – Cilla suspirou, enquanto Althea recolhia as fichas. – Muito bem, menino, custaste-me setenta e cinco cêntimos. Agora, vamos dormir – pegou num Keenan risonho ao colo ao levantar-se.

– Papá! – estendeu os braços e sorriu. – Ajuda-me! Não deixes que o faça!

– Lamento, filho – Boyd despenteou o cabelo ao seu filho e deu-lhe um beijo solene. – Parece que estás perdido. Vamos sentir a tua falta.

– Salva-me! – sempre disposto a adiar o inevitável, Keenan rodeou o pescoço de Colt com os braços.

Ele deu-lhe um beijo e abanou a cabeça.

– Neste mundo, só me assusta uma coisa, companheiro: uma mãe. Estás por tua conta.

Nos braços de Cilla, o menino fez uma ronda de beijos. Quando chegou a Althea, brilharam-lhe os olhos.

– Posso?

Era um jogo antigo que Althea estava disposta a consentir.

– Por um cêntimo.

– Fico a dever-to.

– Já me deves oito mil dólares e quinze cêntimos.

– Pagam-me na sexta-feira.

– Está bem, então – apoiou-o no seu colo para lhe dar um abraço e ele cheirou-lhe o cabelo. Colt viu que a expressão de Althea se suavizava e que levantava a mão para lhe acariciar a nuca.

– Gosto – anunciou Keenan, cheirando-a uma última vez, com ar exagerado.

– Não te esqueças dos oito mil na sexta-feira. E, agora, adeus! – depois de lhe dar um beijo, passou-o a Cilla.

– Dispensem-me de algumas jogadas – sugeriu Cilla, acomodando o seu filho sobre uma anca, para o levar para a cama.

– Um rapaz que sabe convencer uma mulher a pegar-lhe ao colo é um rapaz de que devemos ficar orgulhosos – Sweeney sorriu, enquanto pegava nas suas cartas. – É a minha vez. Passo.

Durante a hora seguinte, as fichas de Althea não deixaram de aumentar. Adorava a partida mensal de póquer que se tornara um hábito, pouco depois de Cilla e Boyd se terem casado. O desafio básico de superar em engenho os seus adversários relaxava-a tanto como a atmosfera doméstica que impregnava cada canto do lar dos Fletcher.

Era uma jogadora precavida, que só apostava quando estava satisfeita com as probabilidades e que inclusive então o fazia de forma meticulosa. Reparou que as fichas de Colt também tinham aumentado. Decidiu que não era temerário, mas implacável. Com frequência, aumentava as apostas quando não tinha nada ou deixava que os outros o fizessem quando tinha uma mão vencedora.

«Não segue nenhum padrão», pensou, o que em si mesmo representava um padrão.

– Alguém quer uma cerveja? – perguntou, quando a mão acabou a favor de Sweeney.

Todos. Foi à cozinha e começou a abrir as garrafas. Estava a servir-se de um copo de vinho quando Colt entrou.

– Pensei que te desse jeito ajuda.

– Consigo desenvencilhar-me.

– Suponho que haja poucas coisas em que não consigas desenvencilhar-te. Só quero ajudar-te.

Maria tinha preparado sandes suficientes para satisfazer um pelotão. À falta de alguma coisa melhor para fazer, Colt transferiu algumas da travessa para um prato. Decidiu que tinha de falar. Estando sozinhos e tendo a oportunidade, já não sabia como começar.

– Tenho de te dizer uma coisa sobre esta tarde.

– Hum? – inquiriu, com tom gelado. Abriu o frigorífico e tirou uma tigela com a salada incomparável de abacate que Maria preparava.

– Desculpa.

– O quê? – esteve prestes a largar a salada de abacate.

– Bolas, desculpa, está bem? – odiava pedir desculpa, já que significava que tinha cometido um erro. – Afetou-me ver aquela cassete. Fez com que desejasse partir alguma coisa, bater em alguém. O mais fácil foi descarregar em cima de ti.

Como era a última coisa que teria esperado, surpreendeu-a. Permaneceu com a tigela na mão, sem saber o que fazer.

– Está bem.

– Receava ver Liz na cassete – continuou ele, impulsionado a dizer tudo. – E receava não a ver – desconcertado, pegou numa das garrafas abertas e bebeu um longo gole. – Não estou habituado a sentir-me assim tão assustado.

Pouco poderia ter dito ou feito que tivesse atravessado melhor as defesas dela. Comovida, deixou a tigela na bancada e abriu uma embalagem de batatas fritas.

– Eu sei. Também me afetou. Não deveria ser assim, mas foi – deitou as batatas noutra tigela, desejando que houvesse mais alguma coisa que pudesse fazer. – Lamento que as coisas não avancem mais depressa, Colt.

– Também não estancaram. E isso deve-se a ti – levantou uma mão e deixou-a cair. – Esta tarde, tive vontade de fazer mais do que partir alguma coisa, tive vontade de te abraçar – viu o brilho de cautela que apareceu no olhar dela e teve de se conter. – Não de me atirar a ti. De te abraçar. Há uma diferença.

– Sim, há – suspirou. Nos olhos dele havia necessidade. Não desejo, só necessidade de contacto, de consolo, de compaixão. Entendia-o. – Suponho que também tivesse gostado.

– Ainda podes gostar – custou-lhe dar o primeiro passo, mas avançou para ela com os braços estendidos.

Também custou a Althea corresponder e abraçá-lo.

E, quando estavam perto, quando a face de Althea se apoiou no ombro de Colt, suspiraram. A tensão desapareceu.

Ele não o entendia, nem sequer sabia se conseguiria aceitá-lo, mas a sensação era a correta. Ao contrário da primeira vez que a tinha abraçado, não sentiu luxúria, nem fogo no sangue. Mas algo quente, doce e em expansão, sólido.

Poderia ficar assim durante horas.

Ela não se permitia relaxar com muita frequência, não com um homem e menos ainda com um que a atraía. Mas era tão fácil, tão natural... Os batimentos constantes do seu coração acalmaram. Sentiu o impulso de esfregar a face contra Colt, de fechar os olhos e ronronar. Quando ouviu que ele lhe cheirava o cabelo, riu-se.

– O rapaz tem razão – murmurou. – É fantástico.

– Isso vai custar-te um cêntimo, Nightshade.

– Põe na minha conta – disse-lhe ao levantar-lhe a cara para lhe sorrir.

Não soube se o impacto que sentiu se devia a Althea nunca o olhar daquela maneira. A única coisa que sabia era que a sua beleza era extraordinária, com o cabelo solto, brilhando como línguas de fogo sob a luz intensa da cozinha. Os olhos dela sorriam, profundos e cheios de humor. E a boca, sem batom, curvada, levemente aberta. Irresistível.

Inclinou a cabeça, à espera de que ela ficasse rígida ou recuasse. Não fez nenhuma dessas coisas. Embora o humor nos olhos se tivesse transformado em perceção, o calor continuou presente. Aproximou os lábios dos de Althea, tocando-lhe com gentileza, uma experiência de sensações. Com os olhos abertos, observaram-se, como se cada um esperasse que o outro se mexesse ou saltasse.

Ao permanecer flexível nos seus braços, Colt mordiscou-a levemente. Sentiu-a a tremer à medida que lhe obscureciam os olhos. Mas continuaram abertos.

Queria vê-lo, precisava dele. Se fechasse os olhos, receava cair no abismo que se abria diante dela. Tinha de ver quem era ele, tentar entender o que tinha aquele homem que era capaz de a derreter.

Ninguém o tinha conseguido anteriormente. E tinha-se orgulhado da sua capacidade de resistir e controlar. Mas, quando ele aprofundou o beijo, de forma lenta e persuasiva, para que não só os lábios, mas também a mente e o corpo fossem envolvidos, questionou o que perdera ao não permitir que a rendição se misturasse com o poder.

– Althea... – sussurrou ao mudar o ângulo do beijo. – Vem comigo...

Compreendia o que lhe pedia. Queria que se deixasse ir, que o acompanhasse até onde o momento pudesse levá-los, que cedesse, tal como Colt cedera. Que apostasse, quando não tinha a certeza das probabilidades.

Ele foi o primeiro a fechar os olhos. O calor transformou-se em prazer. Ela suspirou e também os fechou.

– Eh, o que se passa com as cervejas...? Ena! – Boyd tentou não sorrir. Enfiou as mãos nos bolsos e teve de se conter para não assobiar, enquanto o seu amigo e a sua ex-colega se afastavam como dois ladrões surpreendidos com as mãos na massa. – Peço desculpa, pessoal – aproximou-se das garrafas de cerveja. Pensou que, em todos os anos que conhecia Althea, jamais a tinha visto com aquela expressão na cara. – Esta cozinha deve ter alguma coisa – acrescentou ao dirigir-se para a porta. – Não sei dizer-vos as vezes que fiz o mesmo aqui.

Quando a porta se fechou atrás dele, Althea suspirou.

– Meu Deus... – foi a única coisa que conseguiu dizer.

– Parecia bastante satisfeito consigo mesmo, não parecia? – apoiou uma mão no ombro dela.

– Vai gozar connosco – murmurou Althea. – E vai contá-lo a Cilla, para que ela também possa fazê-lo.

– Provavelmente, terão coisas melhores para fazer.

– São casados – disse. – As pessoas casadas adoram falar da vida das outras pessoas.

Quanto mais nervosa ficava, mais Colt gostava. Estava convencido de que poucos tinham visto a tenente agitada. Queria saborear cada momento da experiência. Com um sorriso, apoiou-se na bancada.

– E? Se realmente quisesses enlouquecê-los, podias deixar que esta noite fosse para casa contigo.

– Nos teus sonhos, Nightshade!

– Bom, há uma certa verdade nisso, querida – arqueou um sobrolho. A voz dela tinha parecido insegura. – Devo ser sincero e dizer que não estou disposto a esperar muito para tornar realidade esse sonho.

Althea precisava de se acalmar, precisava de fazer alguma coisa com as mãos. Pegou no copo de vinho para beber um gole.

– É uma ameaça?

– Althea – começou com paciência, o que também o divertiu, já que não recordava alguma vez ter sido paciente com alguém. – Ambos sabemos que o que aconteceu aqui não pode tornar-se uma ameaça. Foi agradável – acariciou-lhe o cabelo com um dedo. – Se estivéssemos sozinhos noutro lugar, teria sido muito mais agradável – fechou a mão sobre o seu cabelo e imobilizou-a. – Desejo-te, Althea, e muito. Deduz o que quiseres disso.

Ela sentiu que alguma coisa lhe percorria as costas. Não era medo. Era polícia há muito tempo e sabia reconhecer o medo em todas as suas formas. E já vivera à sua maneira durante tempo suficiente para se mostrar precavida.

– Dá-me a impressão de que desejas muitas coisas. Desejas recuperar Liz e desejas apanhar e castigar os homens que a raptaram. Desejas essas coisas à tua maneira, com a minha colaboração. E... – bebeu mais vinho, sem deixar de olhar para ele – desejas ir para a cama comigo.

«É surpreendente», pensou Colt. Tinha de estar a sentir alguma da necessidade e do desespero que ele sentia. No entanto era como se falasse do tempo.

– Isso resume-o mais ou menos. Porque não me contas o que tu desejas?

Receava saber exatamente o que desejava e que o tinha tão perto para poder experimentá-lo.

– A diferença que há entre nós, Nightshade, é que eu sei que nem sempre se consegue o que se deseja. E, agora, vou dormir. Foi um dia longo. Podes ir ter comigo amanhã. Já teremos o desenho da descrição de Meena. Talvez apareça alguma coisa quando o introduzirmos no computador.

– Está bem – deixá-la-ia ir... por enquanto. O problema com uma mulher como Althea era que um homem quereria sempre seduzi-la e desejaria que se aproximasse dele de livre vontade. – Thea?

– Sim? – parou junto da porta da cozinha e virou a cabeça.

– O que vamos fazer?

Ela conteve um suspiro de desejo.

– Não sei – replicou, com toda a sinceridade. – Oxalá soubesse...

Às nove e meia da manhã seguinte, Colt esperava no escritório de Althea. Entediado, folheou alguns dos papéis que havia sobre a mesa. Relatórios redigidos com a linguagem peculiar que os polícias usavam, uma linguagem que era concisa e floreada ao mesmo tempo. Teve de reconhecer que ela escrevia relatórios muito bons. «Regulamento Grayson», pensou, fechando a pasta. Talvez o principal problema fosse que vira que havia muito mais nela do que a polícia profissional.

Tinha-a visto a empunhar uma arma, firme como uma rocha, enquanto os seus olhos irradiavam medo e determinação. Tinha-a visto a corresponder a um abraço impulsivo e urgente. Tinha-a visto a aninhar-se como uma menina, a suavizar com compaixão e a gelar como granizo.

Tinha visto muito e sabia que ainda havia muito para ver.

Mas a sua prioridade era Liz, tinha de ser. No entanto, Althea continuava no seu interior, como uma bala alojada na carne. Quente, dolorosa e impossível de ignorar.

Enfurecia-o. Irritava-o. E, quando ela entrou no escritório, fê-lo resmungar.

– Estou à tua espera há quase uma hora. Não tenho tempo para isto.

– É uma pena – deixou outra pasta sobre a mesa, reparando imediatamente que tinham mexido nos seus papéis. – Talvez se deva a veres muita televisão, Nightshade. É o único sítio onde um polícia trabalha apenas num caso de cada vez.

– Eu não sou polícia.

– É mais do que evidente. E, da próxima vez que tiveres de esperar por mim, não metas o nariz nos meus papéis.

– Escuta... – calou-se quando o telefone tocou.

– Grayson – ao falar, sentou-se à sua secretária e pegou num lápis. – Sim. Sim. Foi um trabalho rápido, sargento. Obrigada. Fá-lo-ei se alguma vez for aí. Obrigada novamente – desligou e começou a marcar um número. – Kansas City localizou a mãe de Jade – disse a Colt. – Mudou-se para o Missouri.

– Jade está com ela?

– É o que vou tentar descobrir – ao acabar de marcar o número, olhou para o relógio. – Trabalha como empregada de mesa à noite. O mais provável é que agora a encontre em casa – antes que Colt pudesse voltar a falar, levantou uma mão para pedir silêncio. – Olá, eu gostaria de falar com Janice Willowby – uma voz sonolenta e irritada disse-lhe que Janice não vivia ali. – É a senhora Willowby? Senhora Willowby, sou a tenente Grayson, da polícia de Denver... Não, senhora, não fez nada. Não está metida em nenhum problema. Achamos que poderia dar-nos uma certa ajuda num caso. Teve notícias da sua filha nas últimas semanas? – ouviu com paciência, enquanto a mulher negava ter estado em contacto com Janice e, irritada, exigia informação. – Senhora Willowby, Janice não é uma fugitiva da justiça, nem é suspeita de nada. No entanto precisamos de falar com ela – os seus olhos endureceram, com rapidez e frieza. – Desculpe? Como não estou a pedir-lhe que entregue a sua filha, não considero lógico oferecer-lhe uma recompensa. Se...

Colt tapou o auscultador com a mão.

– Cinco mil dólares – indicou. – Se nos puser em contacto com Jade e ela nos conduzir a Liz – viu a recusa nos olhos dela, mas manteve-se firme. – Não depende de ti. A recompensa é particular.

Althea conteve o desagrado.

– Senhora Willowby, há um grupo privado que autoriza entregar a quantia de cinco mil dólares por informação sobre Janice, com a condição de que ajude a encerrar satisfatoriamente a investigação. Sim, estou convencida de que poderão dar-lha em dinheiro. Oh, sim, tenho a certeza de que fará o que puder... Pode entrar em contacto comigo vinte e quatro horas por dia neste número – disse-o duas vezes. – A pronto pagamento, certamente. Tenente Althea Grayson, Denver. Espero que telefone – depois de desligar, deitou faíscas pelos olhos. – Não é de estranhar que as raparigas como Jade abandonem o lar e acabem na rua. Não lhe importa nada a sua filha, só queria ter a certeza de que nada recairia sobre ela. Se Jade estivesse metida em confusões, entregá-la-ia sem pestanejar em troca de dinheiro.

– Nem todas as mulheres têm instinto maternal.

– A quem o dizes! – guardou as emoções para que não interferissem com o caso. – Meena esteve a trabalhar com o desenhador da polícia e descreveu um homem parecido com uma das estrelas da produção que vimos ontem.

– Quem?

– O tipo com o casaco vermelho de couro. Enviaremos uma cópia para o Departamento Antidroga para começar. Requererá tempo.

– Não disponho de tempo.

Ela pousou o lápis e uniu as mãos. Prometeu a si mesma que não voltaria a perder as estribeiras.

– Ocorre-te alguma coisa melhor?

– Não – virou-se para ela. – Alguma impressão digital no carro usado para matar Billings?

– Limpo.

– No apartamento?

– Nenhuma. Alguns cabelos. Não nos ajudarão a localizá-los, mas serão importantes para apresentar o caso em tribunal. O laboratório está a trabalhar na cassete e no bilhete. Talvez tenhamos sorte.

– E as pessoas desaparecidas? Algum cadáver por identificar na morgue? Jade disse que achava que tinham matado uma das raparigas.

– Não apareceu nada. Se tiverem matado alguém que estivesse há um certo tempo na rua, é improvável que denunciem o seu desaparecimento. Verifiquei todas as mortes suspeitas e por identificar nos últimos três meses. Ninguém encaixa no perfil.

– Alguma sorte nos abrigos para os sem-abrigo?

– Ainda não – hesitou e, depois, decidiu que era melhor que falassem. – Há uma coisa em que estive a pensar.

– Fala.

– Temos algumas caras bonitas e jovens na Polícia. Boas agentes. Poderíamos colocá-las sob disfarce na rua e ver se recebiam alguma oferta para um filme.

Colt pensou na ideia. Pensou que também requereria tempo. Mas, pelo menos, oferecia uma possibilidade.

– É uma missão delicada. Tens alguém que seja suficientemente bom para a levar a cabo?

– Sim. Eu fá-lo-ia...

– Não – a recusa brusca foi como uma chicotada.

– Disse – continuou ela, sem pestanejar – que o faria eu, mas não consigo passar por uma adolescente. Aparentemente, o nosso produtor prefere meninas. Vou tratar disso.

– Está bem. Podes arranjar-me uma cópia da cassete?

– As tuas noites são entediantes? – sorriu.

– Muito engraçada. Podes?

Pensou. Não se adequava aos procedimentos oficiais, mas não podia causar mal algum.

– Falarei com o laboratório. Entretanto, vou interrogar o empregado do Clancy's. Aposto que foi ele que deu a indicação ao grupo da Segunda Avenida. É possível que lhe arranquemos alguma coisa.

– Vou contigo.

– Vou com Sweeney – abanou a cabeça e sorriu. – Um polícia irlandês e grande num bar chamado Clancy's. Parece encaixar.

– É um jogador de póquer horrível.

– Sim, mas é um querido – surpreendeu-o, adotando um sotaque irlandês perfeito.

– O que te parece de, ainda assim, vos acompanhar?

– O que te parece de esperares pela minha chamada? – levantou-se e vestiu um casaco azul-marinho que tirou das costas da cadeira. Usava umas calças da mesma cor e uma blusa um pouco mais clara de seda. A capa da arma e a arma eram tão naturais nela que bem poderiam ser acessórios de moda.

– Telefona-me.

– Disse que o faria.

Colt apoiou as mãos nos ombros dela e aproximou a testa da sua.

– Marleen telefonou-me esta manhã. Eu não gostaria de pensar que lhe dei falsas esperanças, mas disse-lhe que estávamos a aproximar-nos. Tive de o fazer.

– Desde que sirva para a tranquilizar, é correto – não conseguiu evitar apoiar a mão na face dele e, depois, deixou-a cair. – Aguenta, Nightshade. Reunimos muita informação em pouco tempo.

– Sim – afastou a cabeça e desceu as mãos pelos braços de Althea, até que os seus dedos se entrelaçaram. – Vai chamar o teu intimidador irlandês. Mais uma coisa – levantou as mãos de ambos para analisar o contraste de textura, tom e tamanho. – Mais cedo ou mais tarde, teremos de tratar de outras coisas.

– Então, fá-lo-emos. Embora talvez não gostes do resultado.

Agarrou-lhe o queixo, deu-lhe um beijo intenso e largou-a antes que ela pudesse fazer outra coisa que não fosse murmurar.

– Igualmente. Tenha cuidado lá fora, tenente.

– Nasci cautelosa, Nightshade – foi-se embora, vestindo o casaco.

Dez horas mais tarde, estacionou o carro na garagem do seu edifício e dirigiu-se para o elevador. Estava pronta para tomar um banho, beber um copo de vinho branco e ouvir *blues*.

Ao subir até ao seu andar, apoiou-se na parede do elevador e fechou os olhos. Não tinham conseguido grande coisa com o empregado, Leo Dorsetti. Os subornos não tinham resultado, nem as ameaças veladas. Althea não duvidava que tivesse contactos na área da pornografia. Nem que lhe preocupasse que pudesse acontecer-lhe o mesmo que a Wild Bill.

Chegou à conclusão de que precisava de mais do que uma ameaça. Tinha de descobrir alguma coisa sobre Leo Dorsetti, suficientemente sólida para conseguir levá-lo até ao posto de polícia para o interrogar.

Assim que o tivesse no seu território, estava convencida de que conseguiria fazê-lo ceder.

Agitou as chaves na mão ao sair do elevador e avançar pelo corredor. Estava na altura de descansar, pelo menos, durante uma ou duas horas. Regra geral, obcecar-se por um caso só conduzia a cometer erros.

Já tinha aberto a porta quando o alarme disparou na sua cabeça. Não questionou o que o tinha ativado, simplesmente desembainhou a arma.

Observou a sala e reparou que não havia nada fora do sítio... A menos que contasse com o disco de Bessie Smith que tocava naquele momento na aparelhagem. E o cheiro. A comida levemente picante. Sentiu água na boca, mas a sua mente permaneceu alerta.

Virou-se ou ouvir um som procedente da cozinha.

Colt parou à porta, enquanto limpava as mãos a um pano. Sorrindo, apoiou-se na ombreira.

– Olá, querida, tiveste um bom dia?

CAPÍTULO 6

Althea baixou a pistola. Não levantou a voz. As palavras que escolheu, serenas e precisas, transmitiram os seus sentimentos com clareza.

Quando acabou, Colt abanou a cabeça, dominado pela admiração.

– Acho que nunca me deram um sermão tão bom. Agora, agradecia-te que guardasses essa pistola. Não que ache que vás usá-la e arriscar-te a sujar o chão de sangue...

– Poderia valer a pena – embainhou a arma, mas sem deixar de olhar para ele. – Tens o direito de te manter em silêncio... – começou.

Colt levantou a mão e conteve uma gargalhada.

– O que estás a fazer?

– Estou a ler-te os teus direitos, antes de te prender por teres entrado na minha casa.

Não duvidou de que o fizesse sem pestanejar.

– Há uma explicação.

– É melhor que seja boa – tirou o casaco e deixou-o nas costas de uma cadeira. – Como conseguiste entrar?

– Eu, hum... Pela porta?

– Tens o direito de chamar um advogado – semicerrou os olhos.

Era evidente que não a acalmaria com humor.

– Está bem, arrombei a fechadura – com as mãos, fez o gesto de que se rendia. – Ou és muito boa, ou estou enferrujado.

– Arrombaste a fechadura – assentiu, como se o tivesse esperado. – Tens uma arma escondida, uma nove milímetros...

– Bom olho, tenente.

– E uma faca que excede os limites legais – continuou. – Aparentemente, também tens gazuas.

– São úteis. Supus que tivesses tido um dia difícil e que merecias chegar a casa para desfrutares de um jantar quente e vinho gelado. Também que te irritaria um pouco encontrar-me aqui. Mas assumi que me perdoasses depois de teres provado o meu *linguini*.

«Se fechar os olhos durante um minuto, talvez tudo desapareça», pensou ela. Mas, ao tentá-lo, ele continuou ali, a sorrir-lhe.

– O teu *linguini*?

– *Linguini marinara*. Dir-te-ia que é uma receita da minha santa mãe, mas nunca cozeu um ovo na sua vida. Apetece-te um copo de vinho?

– Claro, porque não?

– É assim que se fala – entrou na cozinha. Decidindo que podia matá-lo depois, Althea seguiu-o. O cheiro era delicioso. – Gostas de vinho branco – anunciou ele, enquanto servia dois copos, utilizando os melhores copos de cristal dela. – É um vinho italiano ótimo, com corpo, que não estragará o meu molho. Atrevido, mas com classe. Vamos ver se gostas.

Aceitou o vinho, deixou que ele brindasse com ela e bebeu um gole.

– Quem raio és tu, Nightshade?

– A resposta às tuas preces. Porque não vais sentar-te na sala? Sabes que queres tirar os sapatos.

Foi para a sala, mas não tirou os sapatos ao sentar-se no sofá.

– Explica-te.

– Acabo de o fazer.

– Se não puderes pagar a um advogado...

– Meu Deus, és dura... – suspirou e sentou-se ao seu lado. – Está bem, tenho algumas razões. Em primeiro lugar, sei que tens dedicado muito tempo extra à minha investigação...

– É o meu...

– Trabalho? – concluiu por ela. – Talvez. Mas reconheço quando alguém dá passos adicionais, daqueles que consomem o tempo pessoal, e preparar-te o jantar era um modo de te agradecer.

Althea pensou que também era atencioso, embora ainda não estivesse disposta a dizê-lo em voz alta.

– Podias ter-me mencionado a ideia.

– Segui um impulso. Alguma vez os tiveste?

– Não tentes a tua sorte, Nightshade.

– Bom, voltando aos motivos, também há o facto de não ter conseguido tirar este assunto da cabeça durante mais de alguns minutos. Cozinhar ajuda-me a recarregar as energias. Não era provável que Maria me permitisse trabalhar na sua cozinha, portanto, pensei em ti – estendeu a mão para enrolar uma madeixa do cabelo dela num dedo. – Penso muito em ti. E, por último, e sem desculpas, queria passar uma noite contigo.

Começava a convencê-la. Althea queria acreditar que era pelo cheiro delicioso que saía da cozinha. Mas não conseguiu.

– De modo que entraste na minha casa para invadires a minha privacidade.

– Só mexi nos armários da cozinha. Era uma tentação – reconheceu, – mas não fui mais longe.

– Eu não gosto dos teus métodos, Nightshade – com o sobrolho franzido, rodou o vinho no copo. – Mas acho que vou gostar do teu *linguini*.

Não gostou, adorou. Custava-lhe sentir ressentimento quando o seu paladar fora seduzido por completo. Alguns homens já tinham cozinhado para ela, mas não recordava alguma vez ter ficado tão enfeitiçada.

E ali estava Colt Nightshade, sem dúvida, armado até aos dentes por baixo das calças de ganga velhas e da camisa de flanela, a servir-lhe massa à luz das velas. «Não é que seja romântico», pensou. Era demasiado inteligente para cair numa coisa tão convencional. Mas era engraçado e estranhamente doce.

Ao servir-se da segunda dose de *linguini*, pô-lo ao corrente dos progressos realizados. Esperavam ter os resultados do laboratório dentro de vinte e quatro horas, o empregado do Clancy's estava a ser vigiado e uma agente disfarçada preparava-se para ir para a rua.

Colt assimilou a informação e partilhou a sua. Naquela tarde, tinha falado com algumas raparigas que trabalhavam na rua. Fosse pelo seu encanto ou pelo dinheiro que tinha trocado de mãos, descobrira que há semanas que não viam no seu lugar habitual uma rapariga que respondia pelo nome de Lacy.

– Encaixa no perfil – continuou, enchendo o copo de Althea. – Jovem e baixa. As raparigas contaram-me que era morena, mas que gostava de usar uma peruca loira.

– Tinha chulo?

– Trabalhava por conta própria. Passei pelo quarto que arrendava – partiu um pão de alho e deu-lhe metade. – Falei com o gerente... Uma maravilha... Como tinha deixado de pagar há duas semanas, tinha tirado as suas coisas do quarto. Empenhou o que tinha algum valor e deitou o resto fora.

– Encarregar-me-ei de que todos os agentes do Departamento Antidroga recebam a sua descrição.

– Muito bem. Voltei a visitar alguns dos abrigos – prosseguiu. – Mostrei a fotografia de Liz e os desenhos da polícia – franziu o sobrolho, enquanto brincava com a comida. – Não consegui que ninguém os identificasse. De facto, custou-me a convencer as jovens a olharem para os retratos. A maioria queria parecer dura, mas a única coisa que via nos seus olhos era confusão.

– Têm de ser duras. Quase todas procedem de lares destruídos pela droga, pelo álcool e pelos abusos físicos e sexuais. Ou caem nas drogas e já não sabem como sair delas – encolheu os ombros. – Seja como for, fugir parece o melhor caminho.

– Não era assim para Liz.

– Não – concordou. Decidiu que estava na hora de descansarem daquele assunto, nem que fosse por alguns minutos. – Sabes, Nightshade, podias deixar de ser aventureiro e dedicar-te a um negócio de cateringue. Farias uma fortuna.

Colt compreendeu qual era a sua intenção e decidiu entrar no jogo.

– Prefiro festas pequenas e íntimas.

– Muito bem – olhou para ele nos olhos e, depois, desceu o olhar para o copo de vinho, – se não foi a tua santa mãe quem te ensinou a preparar um *linguini* de primeira, quem o fez?

– Quando era pequeno, tínhamos uma cozinheira irlandesa magnífica. A senhora O'Malley.

– Uma cozinheira irlandesa que te ensinou a preparar comida italiana.

– Conseguia cozinhar o que quisesse, de borrego estufado a *coq au vin*. «Colt, rapaz», costumava dizer-me, «o melhor que um homem pode fazer por si mesmo é aprender a alimentar-se bem. Depender de uma mulher para que te encha a barriga...» – a lembrança provocou-lhe um sorriso. – Quando me metia em confusões, que era quase sempre, fazia-me sentar na cozinha. Ouvia sermões sobre como comportar-me e ensinava-me a desossar um frango.

– Que bela combinação!

– Já esqueci a parte da conduta – brincou, – mas preparo um frango recheado ótimo. E quando a senhora O'Malley se reformou, há uns dez anos, a minha mãe sumiu-se numa depressão profunda.

– E contratou outra cozinheira – sorriu, por cima do copo.

– Um tipo francês com mau feitio. Adora-o.

– Um chefe de cozinha francês no Wyoming.

– Eu vivo no Wyoming – disse. – Eles vivem em Houston. Dessa maneira, damo-nos melhor. E a tua família? És daqui?

– Não tenho família. E o teu curso de Direito? Porque não fizeste nada a esse respeito?

– Eu não disse isso – observou-a. Fizera a pergunta como se a queimasse. – Descobri que não gostava de passar horas em cima de livros de Direito, a tentar enganar a justiça com formalismos.

– Portanto, alistaste-te na Força Aérea.

– Era um bom método para aprender a pilotar um avião.

– Mas não és piloto.

– Às vezes, sim – sorriu. – Desculpa, Thea, não encaixo num rótulo. Disponho de dinheiro suficiente para fazer o que quiser, quando quiser.

– Não gostaste da vida militar? – a sua resposta não bastava.

– Durante algum tempo, sim. Depois, fartei-me – encolheu os ombros e recostou-se na cadeira. A luz da vela brilhava na sua cara e nos seus olhos. – Aprendi algumas coisas. Tal como aprendi com a senhora O'Malley, no ensino primário, em Harvard e com um antigo treinador de cavalos índio que conheci em Tulsa há alguns anos. Nunca se sabe quando se vai utilizar o que se aprendeu.

– Quem te ensinou a arrombar fechaduras?

– Não vais atirar-me isso à cara, pois não? – inclinou-se para a frente, para lhe afastar o cabelo da cara e servir mais vinho. –

Aprendi-o no Exército. Estava no que poderia chamar «um destacamento especial».

– Operações secretas – traduziu ela. Não a surpreendia. – É por isso que grande parte do teu historial é confidencial.

– Foi há muito tempo, já deveria ter deixado de ser confidencial. Mas as coisas são assim, não é? Os burocratas gostam tanto de segredos como de burocracia. Eu recolhia informação ou divulgava-a, acalmava situações voláteis ou agitava-as, dependendo das ordens – bebeu novamente. – Suponho que possa dizer que comecei a fazer favores às pessoas... Só que essas pessoas controlavam o governo – sorriu – ou tentavam.

– Não gostas do sistema, pois não?

– Eu gosto do que funciona – durante um instante, os seus olhos obscureceram. – Vi muitas coisas que não funcionavam. Portanto... – encolheu os ombros e a atmosfera pesada desvaneceu-se. – Abandonei o serviço, comprei cavalos e vacas, e fingi que era rancheiro. Parece que os velhos hábitos demoram a desaparecer, porque agora volto a fazer favores às pessoas. Salvo que, primeiro, têm de me agradar.

– Algumas pessoas diriam que te vai custar a decidir o que quererás ser quando fores grande.

– É possível. Suponho que seja o que tenha estado a fazer. E tu? Qual é a história por trás de Althea Grayson?

– Nenhuma que possa interessar a um realizador de cinema – relaxada, apoiou os cotovelos sobre a mesa. – Entrei diretamente para a Academia quando fiz dezoito anos.

– Porquê?

– Porque é que me tornei polícia? – pensou na resposta. – Porque gosto do sistema. Não é perfeito, mas, se se trabalhar nele, talvez se consiga que funcione. E a lei... Há pessoas que desejam que funcione. Perdem-se demasiadas vidas nas frestas que tem. Significa alguma coisa quando se consegue salvar uma.

– Não posso questionar isso – sem pensar, apoiou uma mão na dela. – Sempre consegui ver que Boyd estava destinado a fazer com que a lei e a ordem funcionassem. Até recentemente, era o único polícia que respeitava o suficiente para confiar nele.

– Suponho que tenhas acabado de me fazer um elogio.

– Não duvides. Vocês os dois têm muito em comum. Uma visão clara, uma coragem obstinada, uma compaixão inamovível

– sorriu, brincando com os seus dedos. – A menina que salvámos no telhado... Também fui vê-la. Estava encantada com a senhora bonita de cabelo vermelho que lhe levou uma boneca.

– Estava a fazer o acompanhamento do caso. É o meu trabalho...

– Tolices... – encantado com a resposta dela, levantou-lhe a mão e beijou-a. – Não teve nada a ver com o dever, mas com o que tu és. Ter um lado brando não te diminui como polícia, Thea. Só te faz ser uma polícia amável.

Soube onde conduziria aquilo, mas não afastou a mão.

– O facto de sentir um fraco por crianças não faz com que o sinta por ti.

– Mas sentes – murmurou. – Chego dentro de ti – sem deixar de a observar, deslizou os lábios pelo seu pulso. Os seus batimentos eram firmes, mas também rápidos. – E não vou deixar de o fazer.

– É possível – era demasiado inteligente para continuar a negar o óbvio. – Isso não significa que vá dar alguma coisa. Não durmo com todos os homens que me atraem.

– Alegra-me ouvi-lo. Mas vais fazer muito mais do que dormir comigo – riu-se entredentes e beijou-lhe outra vez a mão. – Meu Deus, adoro quando fazes essa expressão... Deixa-me louco. O que ia dizer era que, quando chegarmos à cama, dormir não será a nossa prioridade. Portanto, é melhor que descansemos um pouco até então – levantou-se e endireitou-a consigo. – Dá-me um beijo de despedida e deixar-te-ei descansar – a surpresa que viu nos seus olhos provocou-lhe outro sorriso. Esperaria até mais tarde para se congratular pela estratégia escolhida. – Pensaste que te tinha preparado o jantar e feito companhia como desculpa para te seduzir – suspirou e abanou a cabeça. – Althea, sinto-me ofendido. Quase arrasado.

Ela riu-se e manteve a mão na sua.

– Sabes, Nightshade, às vezes, quase gosto de ti. Quase.

– Vês? Falta pouco para estares louca por mim – aproximou-a e o aperto que sentiu no estômago contradisse o tom ligeiro que empregou. – Se me tivesse incomodado em preparar uma sobremesa, estarias a suplicar-me.

– Tu é que ficaste a perder – gozou. – Toda a gente sabe que os profiteroles me enlouquecem.

– Não me esquecerei – deu-lhe um beijo ligeiro e observou-a a sorrir. E o coração disparou-lhe. – Deve haver alguma confeitaria italiana por aqui.

– Não. Perdeste a tua oportunidade – apoiou uma mão no peito dele, dizendo a si mesma que tinha de pôr fim àquele encontro, enquanto ainda conseguia sentir as pernas. – Obrigada pela massa.

– Claro – mas continuou a olhar para ela, concentrado nela, como se quisesse ver além da pele de marfim, dos ossos delicados. Compreendeu que se passava alguma coisa. Algo interior que não conseguia entender. – Tens qualquer coisa nos olhos.

– O quê? – os nervos de Althea tremiam.

– Não sei – falou devagar, como se medisse cada palavra. – Às vezes, quase consigo vê-la. Então, impulsiona-me a perguntar-me onde estiveste. Para onde vamos.

Teve de respirar fundo.

– Tu ias para casa.

– Sim, vou já. É demasiado fácil dizer-te que és bonita – murmurou, como se falasse consigo mesmo. – Ouve-lo constantemente e é demasiado superficial para que possa afetar-te. Há mais qualquer coisa. Algo que não consigo discernir – sem deixar de procurar nos seus olhos, aproximou-a mais. – O que há em ti, Althea? O que tens que não consigo descobrir?

– Nada. Estás demasiado habituado a procurar sombras.

– Não, tu tem-nas – devagar, subiu uma mão até à sua face. – E o que eu tenho é um problema.

– Qual?

– Isto.

Desceu a boca para lhe beijar os lábios e todos os músculos do corpo de Althea ficaram lassos. Não foi um beijo exigente, nem urgente. Mas foi arrasador. Aprofundou-o e bombardeou-a com emoções para as quais ela não tinha defesa. Os sentimentos dele libertaram-se e encheram-na, rodeando-a.

«Não há escapatória», pensou ela e ouviu o seu próprio som abafado de desespero e aceitação. Colt tinha aberto uma brecha numa defesa que Althea tinha assumido como garantida e que nunca mais conseguiria tapar novamente.

Podia repetir a si mesma que não ia apaixonar-se, que não

podia apaixonar-se por um homem que mal conhecia, mas o seu coração já se ria da ideia.

Sentiu-a a ceder, não totalmente, mas a entregar outra parte do seu ser. Havia muito mais do que paixão e também uma espécie de descoberta. Foi uma revelação para Colt descobrir que uma mulher, aquela mulher, podia aturdir-lhe a mente, abrir-lhe o coração e deixá-lo necessitado.

– Começo a perder terreno – manteve a mão no ombro de Althea ao afastar-se. – E depressa.

– É demasiado – foi uma resposta fraca, mas a melhor que conseguiu dar.

– A quem o dizes... – os ombros dela voltavam a ficar tensos. Empurrou-o. – Nunca tinha sentido isto. E não é um truque – disse, quando ela se virou.

– Eu sei. Oxalá fosse – agarrou-se às costas da cadeira onde estava a capa da arma. «Um símbolo do dever», pensou. «Do controlo.» – Colt, acho que estamos a envolver-nos mais do que talvez gostássemos.

– Talvez já nos tenhamos fartado de não o fazer.

– Não permito que os assuntos pessoais interfiram no meu trabalho – com receio, teve de reconhecer que estava preparada, inclusive disposta e ansiosa, para se envolver. – Se não formos capazes de manter isto sob controlo, devias pensar em trabalhar com outra pessoa.

– Saímo-nos bem juntos – disse, com os dentes apertados. – Não arranjes desculpas por não quereres enfrentar o que se passa entre nós.

– É a melhor que tenho – os nós dos dedos estavam brancos pela força com que se agarrava à cadeira. – E não se trata de uma desculpa, apenas de um motivo. Queres que diga que me assustas. Muito bem, assustas-me. Isto assusta-me. E não creio que pretendas uma colega que não seja capaz de se concentrar porque a pões nervosa.

– Talvez esteja mais contente com essa colega do que com a que se concentra tanto que custa a reconhecer que é humana – não ia permitir que escapasse naquele momento. – Não me digas que não és capaz de trabalhar a dois níveis, Thea, ou que não consegues funcionar como polícia quando tens um problema na tua vida pessoal.

– Talvez não queira trabalhar contigo.

– É uma pena, mas não há volta atrás. Se quiseres acabar com o que se passa, tentarei satisfazer-te. Mas não vais abandonar Liz.

– Estou a pensar em Liz e no que é melhor para ela.

– Como raios podes saber? – explodiu. Estava prestes a apaixonar-se por uma mulher que lhe dizia calmamente que não o queria em nenhum âmbito da vida dela. Estava desesperado por encontrar uma jovem assustada e a pessoa que o tinha ajudado a avançar na direção certa ameaçava deixá-lo. – Como raio podes saber alguma coisa sobre ela ou outra pessoa? Estás tão dominada pelas regras e pelos procedimentos que não és capaz de sentir. Não, não é que não sejas capaz, não queres. Arriscarias a tua vida, mas basta um contacto com a emoção e, em seguida, levantas um escudo. Tudo tem de ser muito comedido para ti, não é, Althea? Lá fora há uma menina assustada, mas é apenas mais um caso para ti, simplesmente outro trabalho.

– Não te atrevas a dizer-me o que eu sinto – o seu controlo desfez-se ao afastar a cadeira, que caiu com estrépito ao chão. – Não te atrevas a dizer-me o que entendo. É impossível que saibas o que se passa no meu interior. Achas que conheces Liz ou qualquer uma das raparigas com quem falaste hoje? Por teres entrado em alguns abrigos, achas que as entendes?

Os olhos dela cintilaram com uma raiva tão aguda que não pôde fazer outra coisa senão deixar que o interrompesse.

– Sei que há muitas jovens que precisam de ajuda e que nem sempre a encontram.

– Oh, isso é tão fácil! – começou a caminhar pela sala. – Passas um cheque, pagas uma conta, fazes um discurso. Custa tão pouco. Não fazes ideia do que é estar sozinha, ter medo ou ser apanhada por aquela máquina trituradora para onde se atira os jovens deslocados. Eu passei quase toda a minha vida nessa máquina, portanto, não me digas o que sinto. Sei o que é desejar fugir, ao ponto de correr, mesmo sem ter para onde ir. E sei o que é devolverem-nos lá, impotente, abusarem de nós e sentirmo-nos presas e miseráveis. Entendo-o muito bem. E sei que Liz tem uma família que a ama, à qual a devolveremos. Sem importar o que aconteça, devolvê-la-emos e não ficará presa naquele ciclo. Portanto, não me digas que se trata de outro caso, porque ela importa. Todos importam – calou-se e passou uma mão trémula pelo cabelo. Naquele momento não sabia o que era maior, se a vergonha ou a fúria que sentia. – Agora, gostaria que te fosses embora – murmurou. – A sério.

– Senta-te – quando ela não respondeu, aproximou-se e obrigou-a a sentar-se numa cadeira. – Desculpa. É um recorde desculpar-me duas vezes num dia com a mesma pessoa – quis afastar-lhe o cabelo da cara, mas conteve-se. – Queres um pouco de água?

– Não. Só quero que te vás embora.

– Não posso – sentou-se no banco diante dela, para que os seus olhos ficassem ao mesmo nível. – Althea...

Ela afastou-se para trás, com os olhos fechados. Sentia-se como se tivesse subido até ao cume de uma montanha para se atirar para o vazio.

– Nightshade, não estou com humor para te contar a história da minha vida, de modo que, se é o que esperas, sabes onde fica a porta.

– Isso pode esperar – correu o risco de lhe agarrar a mão. Reparou que estava firme, mas fria. – Vamos experimentar outra coisa. O que temos aqui são dois problemas distintos. Encontrar Liz está em primeiro lugar. É uma menina inocente, uma vítima, que precisa de ajuda. Conseguiria encontrá-la sozinho, mas demoraria tempo. E cada dia que passa... Bom, já passaram muitos dias. Preciso que trabalhes comigo, porque tu conseguirás passar pelos canais que eu demoraria o dobro do tempo a contornar. E porque confio que dediques tudo o que tens a encontrá-la e a levá-la para casa.

– Está bem – manteve os olhos fechados, concentrada em que desaparecesse a tensão. – Encontrá-la-emos. Se não amanhã, no dia seguinte. Mas encontrá-la-emos.

– Segundo problema – contemplou as suas mãos. – Acho... Ah, como representa um terreno novo para mim, gostaria de indicar que se trata apenas de uma opinião...

– Nightshade – abriu os olhos e neles pareceu haver um sorriso. – Juro que falas como um advogado.

– Não creio que devas insultar um homem que vai dizer-te que está quase convencido de que te ama – mexeu-se, incomodado. Ela sobressaltou-se. Teria apostado o rancho em como, se tivesse desembainhado uma arma, Althea não teria pestanejado.

Mas a menção do amor desconcertara-a. – Não tenhas medo – continuou. – Disse «quase». Isso dá-nos uma margem de segurança.

– Dá-me a impressão de que é um campo de minas – por medo de recomeçar a tremer, soltou a mão. – Nestas circunstâncias, acho que seria inteligente encerrar o assunto por agora.

– E quem fala como um advogado agora? – sorriu. – Querida, achas que te provoca pânico? Pensa no que me faz a mim. Só puxei o assunto porque espero que isso faça com que o encaremos. Pelo que sei, até pode ser gripe ou alguma coisa parecida.

– Seria ótimo – conteve uma gargalhada. – Descansa e bebe muitos líquidos.

– Tentarei fazê-lo – inclinou-se para a frente. – Mas, se não for gripe ou qualquer outro vírus, farei alguma coisa a esse respeito. O que for pode esperar até que tenhamos resolvido o primeiro problema. Até então, não puxarei o assunto do amor, nem de todas as coisas que, regra geral, implica, tu sabes, casamento, família e uma garagem para dois carros – pela primeira vez desde que a conhecia, viu-a totalmente desconcertada. Tinha os olhos muito abertos e a boca caída. Juraria que, se lhe tocasse no ombro, cairia ao chão. – Imagino que seja o melhor, já que falar sobre isto em sentido abstrato parece ter-te deixado em coma.

– Eu... – conseguiu fechar a boca, engolir em seco e dizer: – Acho que perdeste a cabeça.

– Eu também – só Deus sabia porque se sentia tão contente. – Portanto, por enquanto, concentremo-nos em encontrar os tipos maus, está bem?

– E, se aceitar, vais deixar de puxar o outro assunto?

– Estás disposta a aceitar a minha palavra? – esboçou um sorriso lento.

– Não – levantou-se e devolveu-lhe o sorriso. – Mas estou disposta a apostar que serei capaz de me desviar de tudo o que atires.

– Aceito a aposta – estendeu uma mão. – Parceira – apertaram a mão, com gesto solene. – E, agora, porque não...?

O telefone interrompeu o que Althea tinha a certeza de que teria sido uma sugestão pouco profissional. Passou junto de Colt e atendeu o telefone da cozinha.

Isso deu tempo a Colt para pensar no que tinha iniciado. Para sorrir. Para pensar em como gostaria de o acabar. Antes de poder concluir a fantasia, ela voltou. Levantou a cadeira caída e pegou na capa da arma.

– Lembras-te do nosso amigo Leo, o empregado? Acabámos de o prender por vender cocaína no bar – enquanto colocava a capa da arma, o seu rosto recuperou a expressão combativa. – Vão levá-lo para o posto de polícia para o interrogarem.

– Vamos.

– Se Boyd o autorizar – disse, enquanto vestia o casaco, – poderás observar atrás do vidro, mais nada.

– Deixa-me estar presente. Manterei a boca fechada.

– Não me faças rir – pegou na mala a caminho da porta. – Ou aceitas, ou não... parceiro.

– Aceito – praguejou e fechou a porta com força.

CAPÍTULO 7

A frustração inicial de Colt ao ver-se obrigado a permanecer atrás de um vidro desvaneceu-se ao ver Althea a trabalhar. O seu interrogatório paciente e minucioso tinha estilo. Nunca permitiu que Leo a distraísse, nunca mostrou reação alguma ao sarcasmo do outro e jamais, nem sequer quando Leo recorreu a uma linguagem abusiva e a ameaças veladas, levantou a voz.

Recordou que jogava póquer da mesma maneira. Com frieza, metodicamente, sem revelar emoção alguma até ao momento de recolher as fichas. Mas Colt começava a ver a mulher que havia por trás da fachada altiva.

Certamente, tinha conseguido surpreender muitas emoções na tenente contida. Paixão, raiva, simpatia, inclusive atordoamento mudo. Tinha a sensação de que só tinha tocado à superfície. Pensava continuar a escavar, até desenterrar todas as suas emoções.

– Uma noite longa – Boyd apareceu atrás dele, com duas chávenas de café.

– Já tive mais longas – aceitou a chávena e bebeu um pouco. – Está forte – fez uma careta e bebeu mais um pouco. – Regra geral, o capitão presencia um interrogatório rotineiro?

– O capitão fá-lo quando tem um interesse pessoal – Fletcher observou Althea. – Está a conseguir alguma coisa?

Com certo esforço, Colt conteve o impulso de bater no vidro para demonstrar que podia participar.

– Leo continua a esquivar-se.

– Fartar-se-á muito antes dela.

– Eu já cheguei a essa conclusão – ambos guardaram silêncio, enquanto Leo soltava um insulto desagradável e Althea respondia, perguntando-lhe se queria repeti-lo para que ficasse registado na sua declaração. – Thea nem se altera – comentou Colt. – Fletch, alguma vez viste um gato à espera de um rato? – olhou um segundo para Boyd. – Fica impávido, talvez durante horas. E, dentro do buraco, o rato começa a ficar louco. Consegue cheirá-lo, ver os olhos que o observam. Passado um bocado, o cérebro do rato entra em curto-circuito e tenta escapar. Então, o gato mexe uma pata e acabou tudo. Pois, temos uma gata magnífica ali – com a cabeça, indicou o vidro e bebeu outro gole de café.

– Conseguiste conhecê-la bastante bem em pouco tempo.

– Oh, ainda há muito para descobrir! Tem tantas camadas... – murmurou quase para si mesmo. – Não posso dizer que alguma vez tenha conhecido uma mulher que me deixasse tão interessado em tirar-lhe as camadas como em tirar-lhe a roupa.

– Sabes? – comentou Boyd, com a cautela que empregaria um homem cego ao avançar por um labirinto. – Thea é especial. Consegue lidar praticamente com tudo o que lhe aparece à frente.

– E fá-lo – acrescentou Colt.

– Sim. Mas isso não quer dizer que não seja vulnerável. Eu não gostaria que a magoassem. Não gostaria absolutamente.

– É uma advertência? – levemente surpreendido, Colt arqueou um sobrolho. – Parece-se com aquela que me fizeste sobre a tua irmã Natalie, há um milhão de anos.

– É a mesma coisa. Thea é como da família.

– E achas que poderia magoá-la.

Boyd suspirou. Não gostava da conversa.

– Digo que, se o fizesses, teria de magoar vários dos teus órgãos vitais. Lamentá-lo-ia, mas teria de o fazer.

– Quem ganhou a última discussão que tivemos?

– Acho que foi um empate – apesar do desconforto, Boyd sorriu.

– Sim, é assim que a recordo. E também foi por causa de uma mulher, não foi?

– Cheryl Anne Madigan – o suspiro de Boyd foi nostálgico.

– Uma loira baixa?

– Não, uma morena alta. Com uns olhos azuis enormes.

– Sim – Colt riu-se e abanou a cabeça. – Pergunto-me o que terá acontecido à bela Cheryl Anne.

Guardaram silêncio por um instante, recordando. Pelas colunas conseguiam ouvir o interrogatório implacável de Althea.

– Eu não gostaria de a magoar – murmurou Colt, – mas não posso prometer-te que não vá acontecer. Fletch, a questão é que, pela primeira vez, encontrei uma mulher que me importa o suficiente para que também possa magoar-me – bebeu outro gole de café. – Acho que estou apaixonado por ela.

Boyd engasgou-se e viu-se obrigado a pousar a chávena antes que a entornasse sobre a sua camisa. Aguardou um instante e levou uma mão à orelha.

– Podes repetir? Acho que não te ouvi bem.

– Tu ouviste-me bem – pensou que era típico de um amigo humilhar outro num momento vulnerável. – Quando lho disse, recebi a mesma reação.

– Disseste-lho? – tentou prestar atenção ao interrogatório enquanto assimilava aquela informação nova e fascinante. – E o que respondeu ela?

– Pouca coisa.

A frustração na voz de Colt divertiu tanto Boyd que teve de morder a língua para não sorrir.

– Bom, pelo menos, não se riu na tua cara.

– Não lhe pareceu assim tão engraçado – suspirou e desejou que o seu amigo se tivesse lembrado de lhe pôr brande no café. – Ficou sentada, ficando cada vez mais pálida, quase boquiaberta.

– Foi um bom sinal – deu-lhe uma palmada no ombro. – Custa muito desconcertá-la dessa maneira.

– Pensei que o melhor era dizer-lho, já que isso daria tempo aos dois para decidir o que fazer a esse respeito. Embora eu já tenha bastante claro o que vou fazer.

– E o que é?

– Bom, a menos que acorde uma manhã e descubra que tive um ataque, vou casar-me com ela.

– Vais casar-te com ela? – Boyd riu-se entredentes. – Thea e tu? Meu Deus, espera até o contar a Cilla! – o olhar assassino que Colt lhe lançou só serviu para ampliar o seu sorriso.

– Não sei como agradecer-te pelo teu apoio, Fletch.

Boyd conteve outro risinho.

– Oh, mas tem-no, amigo. Todo. O que se passa é que

nunca pensei que utilizasses «casamento», «Colt Nightshade» e «Althea Grayson» na mesma frase. Acredita, tens todo o meu apoio.

Na sala de interrogatório, Althea continuou com o desgaste da sua vítima. Sentia o medo, o qual empregou de forma desumana.

– Sabes, Leo, um pouco de colaboração ajudar-te-ia muito.

– Claro, tanto como ajudou Wild Bill.

– Apesar de me custar oferecer-ta – Althea inclinou a cabeça, – terias proteção.

– Claro! – expeliu o fumo do cigarro. – Acha que quero polícias a vigiarem-me vinte e quatro horas por dia? Acha que resultaria?

– Talvez não – utilizou o desinteresse, abrandando o ritmo da entrevista, até que Leo começou a mexer-se na cadeira. – Mas, se não colaborares, não disporás de nenhum escudo. Sairás daqui nu, Leo.

– Arriscar-me-ei.

– Ótimo! Terás de pagar uma fiança por tráfico de droga... Provavelmente, conseguirás evitar passar algum tempo na prisão. Mas é peculiar como as notícias voam, não achas? – deixou que assimilasse bem as suas palavras. – As partes interessadas saberão que estiveste aqui, Leo. E, quando saíres, não terão a certeza do que possas ter contado.

– Não contei nada. Não sei nada.

– É uma pena, porque talvez essa ignorância aja contra ti. Sabes, estamos a aproximar-nos e essas partes interessadas poderão perguntar-se se tu nos ajudaste – com indiferença, abriu uma pasta e revelou os desenhos da polícia. – Perguntar-se-ão se foste tu que me deste as descrições dos suspeitos.

– Não dei nada – ao observar os desenhos, a testa encheu-se-lhe de suor. – Nunca vi esses tipos.

– Bom, talvez seja verdade. Mas, se o assunto surgisse, teria de dizer que tinha falado contigo. Durante muito tempo. E que disponho de desenhos detalhados dos suspeitos. Sabes, Leo – acrescentou, inclinando-se para ele, – algumas pessoas somam dois mais dois e obtêm cinco. Acontece o tempo todo.

– Isso não é legal – humedeceu os lábios. – É chantagem.

– Não me ofendas. Quero ser tua amiga, Leo – empurrou os

desenhos para ele. – É tudo uma questão de atitude e de saber se me importa ou não que, ao saíres daqui, acabes morto na calçada. Francamente, neste momento, tanto me faz – sorriu, gelando-lhe o sangue. – Mas, se fosses meu amigo, faria tudo o que estivesse ao meu alcance para que tivesses uma vida longa e feliz. Talvez não em Denver, mas noutro sítio. Uma mudança de cenário pode fazer milagres. Mudança de nome, mudança de vida.

– Fala do programa de proteção de testemunhas? – perguntou, com hesitação.

– Pode ser. Mas, para solicitar algo tão importante, teria de obter resultados – ao vê-lo a hesitar novamente, suspirou. – É melhor que escolhas de que lado estás, amigo. Lembras-te de Wild Bill? A única coisa que fez foi encontrar-se com um tipo. Talvez apenas tenham falado das possibilidades que os Broncos tinham de ganhar a Superbowl. Mas ninguém lhe deu o benefício da dúvida. Simplesmente, mataram-no.

O medo dominou-o outra vez sob a forma de suor pelas têmporas.

– Quero imunidade. E que retirem a acusação de tráfico de droga.

– Leo, Leo... – Althea abanou a cabeça. – Um homem inteligente como tu sabe como é a vida. Dás-me uma coisa e, se for boa, eu dou-te outra em troca. É o estilo americano.

– É possível que tenha visto esses dois antes – humedeceu novamente os lábios e acendeu outro cigarro.

– Estes dois? – apoiou um dedo sobre os desenhos e, depois, como uma gata, atacou: – Fala-me deles.

Quando acabou, eram duas horas da manhã. Interrogara Leo, ouvira a sua história longa e confusa, tomando notas, fizera-o recuar, repetir-se, espraiar-se. Depois, chamara uma datilógrafa da polícia e fizera com que Leo repetisse toda a história, prestando uma declaração oficial.

Bulia de energia ao regressar ao seu escritório. Já dispunha de nomes para introduzir no computador.

Grande parte do que Leo lhe tinha contado era especulação e rumores. Mas Althea sabia que podia iniciar-se uma investigação com muito menos.

Tirou o casaco, sentou-se à secretária e ligou o computador.

Observava o ecrã quando Colt entrou e lhe colocou uma chávena debaixo do nariz.

– Obrigada – bebeu, fez uma careta e olhou para ele. – O que é isto? Sabe a relva.

– Infusão de ervas – informou. – Já bebeste café suficiente.

– Nightshade, não vais estragar a nossa relação, pensando que tens de cuidar de mim, pois não? – pousou a chávena e concentrou-se outra vez no monitor.

– Está acelerada, tenente.

– Sei quanto posso beber antes que sobrecarregue o sistema. Não és tu que não paras de repetir que a única coisa que nos falta é tempo?

– Sim – colocou-se atrás da cadeira que ela ocupava, desceu as mãos sobre os seus ombros e começou a massajá-los. – Fizeste um trabalho magnífico com Leo – disse, antes que pudesse afastar-lhe as mãos. – Se alguma vez decidir retomar a prática da advocacia, odiaria que interrogasses um dos meus clientes.

– Mais elogios – os dedos de Colt eram mágicos, relaxando sem debilitar, mitigando sem abrandar. – Não consegui tudo o que queria, mas acho que consegui tudo o que ele tinha.

– Leo é insignificante – concordou Colt. – Trabalha para os peixes graúdos e recebe uma comissão.

– Não conhece o chefe. Estou convencida de que não mentiu ao negá-lo. Mas identificou os dois tipos que Meena descreveu. Lembras-te do homem da câmara de que nos falou, o afro-americano grande? Olha! – assinalou o ecrã. – Matthew Dean Scott, aliás Dean Miller, aliás Wave Dean.

– Escorregadio...

– Jogou futebol semiprofissional há dez anos. Ganhou fama sendo desnecessariamente duro. Partiu a perna a um defesa adversário.

– Essas coisas acontecem.

– Depois do jogo.

– Ah... O que mais temos sobre ele?

– Eu digo-te o que mais tenho sobre ele – disse, embora não conseguisse resistir a facilitar-lhe a massagem. – Foi despedido por quebrar as regras da equipa ao ter uma mulher no seu quarto.

– Os homens são assim.

– Essa mulher em particular estava atada e a gritar desesperadamente. Reduziram a queixa de violação para agressão, mas os seus dias como futebolista acabaram. Depois disso, foi acusado mais algumas vezes de agressão, exibicionismo, embriaguez e roubos menores, para além de conduta imoral – carregou noutra tecla. – Isso foi há quatro anos. A partir de então, nada.

– Achas que começou uma nova fase da sua vida? Que se transformou num pilar da comunidade?

– Claro, tal como os homens leem revistas onde aparecem mulheres pelos seus artigos eruditos.

– É o que me motiva – sorriu e inclinou-se para lhe dar um beijo na cabeça.

– Aposto que sim. Temos um cadastro semelhante com o segundo suspeito – continuou. – Harry Kline, um ator de pouca monta de Nova Iorque, entre cujos crimes figuram conduta violenta em estado de embriaguez, posse de drogas e agressão sexual. Entrou na indústria pornográfica há oito anos e, embora custe a acreditar, foi despedido de vários filmes por comportamento violento e errático. Mudou-se para o oeste, entrou em vários filmes na Califórnia e, depois, foi preso por violar uma das suas colegas atrizes. Devido ao trabalho que realizava, a Defesa conseguiu que retirassem a queixa. A única justiça para a vítima foi que a carreira de Harry acabou para o cinema. Ninguém minimamente legalizado quis contratá-lo. Isso foi há cinco anos. Desde então, o seu cadastro está em branco.

– Mais uma vez, poderia achar-se que os nossos amigos se tornaram cidadãos exemplares ou que morreram enquanto dormiam.

– Ou que encontraram um buraco onde se esconderem. Leo disse que foi Kline quem o abordou há uns dois ou três anos. Queria mulheres, mulheres jovens interessadas em participar em filmes privados. Citando a liberdade de empresa, Leo arranjou-as e recebeu a sua comissão. O número de telefone que lhe deram para entrar em contacto com Kline está fora de serviço. Falarei com a empresa telefónica para ver se era o do apartamento ou de outra casa.

– Nunca viu o outro homem, esse que, segundo Meena, permaneceu num canto?

– Não. Os seus únicos contactos eram Kline e Scott. Aparentemente, ele apresentava-se no bar para beber copos e gabar-se de como era bom a dirigir uma câmara e do dinheiro que ganhava.

– E sobre as raparigas – murmurou Colt. Os dedos que massajavam os ombros de Althea ficaram rígidos. – De como os seus amigos e ele dispunham... Como é que o expôs? Do melhor da ninhada?

– Não penses nisso – instintivamente, levantou uma mão para agarrar a dele. – Não, Colt. Se o fizeres, não conseguirás manter a frieza. Já avançámos muito. Deves concentrar-te nisso.

– Faço-o – virou-se e dirigiu-se para a outra parede. – Também me concentro no facto de que, se descobrir que um daqueles dois canalhas tocou em Liz, vou matá-lo – virou-se, com olhar duro. – Tu não me impedirás, Thea.

– Sim, fá-lo-ei – levantou-se para se aproximar e agarrar-lhe as duas mãos. – Porque entendo como quererás matá-los. E que, se o fizeres, não mudarás o que aconteceu. Não ajudarás Liz. Mas atravessaremos essa ponte depois de a encontrarmos – apertou-lhe as mãos. – Não te comportes agora como um renegado comigo, Nightshade. Não quando começo a gostar de trabalhar contigo.

Colt permitiu-se olhar para ela. Embora tivesse olheiras e as faces pálidas pela fadiga, conseguia sentir a energia que vibrava através dela. Estava a oferecer-lhe compaixão. Com restrições, certamente. E esperança, sem nenhum limite. A ferocidade da sua fúria transformou-se na necessidade humana de contacto.

– Althea... – relaxou as mãos. – Deixa-me abraçar-te – viu-a a hesitar, com os sobrolhos arqueados pela surpresa. Ele só pôde sorrir. – Sabes, começo a entender-te bastante bem. Preocupa-te a tua imagem profissional ao estares agarrada a um homem no teu escritório – suspirou e acariciou-lhe o cabelo. – Tenente, são quase três horas da manhã. Não há ninguém que possa ver-nos. E preciso realmente de te abraçar.

Mais uma vez, Althea deixou que o instinto prevalecesse e abraçou-o. Cada vez que estavam daquela maneira, encaixavam na perfeição. E era cada vez mais fácil admiti-lo.

– Sentes-te melhor? – perguntou-lhe e sentiu que Colt assentia sobre o seu cabelo.

– Sim. Sabia alguma coisa sobre Lacy, a rapariga que está desaparecida?

– Não – sem pensar, acariciou-lhe as costas, relaxando-lhe os músculos tensos, como ele tinha relaxado os seus. – E, quando mencionei a possibilidade do assassinato, mostrou-se sinceramente chocado. Não fingiu. Por isso, estou convencida de que nos proporcionou tudo o que sabia.

– A casa na montanha – Colt fechou os olhos. – Não conseguiu dar-nos muito.

– A oeste ou talvez a norte de Boulder, perto de um lago – encolheu os ombros. – É melhor do que tínhamos antes. Encontrá-la-emos, Colt.

– Sinto que não consigo encaixar as peças todas.

– Estamos a encaixar todas as peças de que dispomos – disse-lhe. – E sentes isso pelo cansaço. Vai para casa – afastou-se para poder olhar para ele. – Vai dormir um pouco. Recomeçaremos amanhã.

– Preferia ir para casa contigo.

– Nunca desistes? – divertida, exasperada, abanou a cabeça.

– Não disse que o esperava, apenas que o preferia – emoldurou-lhe a cara entre as mãos e acariciou-lhe as maçãs do rosto com os polegares, e, depois, as têmporas. – Quero passar tempo contigo, Althea. Tempo em que nenhum dos dois tenha tantas coisas na cabeça. Para descobrir o que tenho de fazer para que comeces a pensar numa coisa permanente, a longo prazo.

– Não comeces, Nightshade – precavida, afastou-se dos seus braços.

– Ficas mesmo nervosa – sorriu, relaxado. – Nunca conheci ninguém tão assustado com a ideia do casamento... Salvo eu mesmo. Pergunto-me porquê... E se deveria descobrir as causas, agarrando em ti e pondo-te uma aliança no dedo. Ou... – aproximou-se, encurralando-a contra a mesa – se deveria levar as coisas com calma e tranquilidade, até conseguir que digas «sim, aceito», sem que te tenhas dado conta.

– Em ambos os casos, estás a ser ridículo – tinha um nó na garganta. Soube que era pelos nervos e desagradou-lhe. Fingindo indiferença, pegou na chávena de chá e bebeu um pouco. Soube-lhe a flores frias. – Já é tarde – anunciou. – Vai-te embora. Eu chamarei um táxi e irei para casa.

– Eu levo-te – agarrou-lhe o queixo e esperou, até que olhou para ele nos olhos. – E falo a sério, Thea. Mas tens razão... Já é tarde. E estou em dívida contigo.

– Tu não... – a recusa acabou num gemido quando a boca de Colt cobriu a dela. O beijo transmitiu-lhe frustração, uma necessidade desesperada e mal contida. E o que mais lhe custou a resistir: a doçura do afeto, como um bálsamo sobre o ardor palpitante. – Colt... – inclusive ao murmurar o seu nome, soube que estava a perder. Já tinha levantado os braços para o rodear e aproximar, para aceitar e exigir.

O corpo traiu-a. Ou teria sido o coração? Já não sabia distingui-los, pois as necessidades de um confundiam-se com as necessidades do outro. Cravou-lhe os dedos nos ombros, enquanto tentava recuperar o equilíbrio.

Foi Colt quem se afastou... Por si mesmo e por ela. Althea tinha-se tornado mais importante do que a satisfação do momento.

– Estou em dívida contigo – repetiu, olhando-a nos olhos. – Se não fosse assim, esta noite não permitiria que te fosses embora. Não creio que conseguisses. Eu levo-te a casa – pegou no casaco dela e ofereceu-lho. – Depois, o mais provável é que passes o resto da noite a perguntar-me como teria sido se tivesse fechado a porta e deixado que a natureza seguisse o seu curso.

Aturdida, passou o casaco pelos ombros, antes de se dirigir para a porta. Mas não ia deixar que ele tivesse vantagem. Parou e sorriu-lhe por cima do ombro.

– Eu digo-te como teria sido, Nightshade. Não se teria parecido com nada que pudesses já ter vivido. E, quando estiver pronta, se alguma vez estiver, demonstrar-to-ei.

Chocado com o impacto daquele sorriso equânime, observou-a a sair. Suspirou e levou uma mão ao estômago. «Meu Deus», pensou, «esta mulher é para mim». E assim lho ia demonstrar.

Com quatro horas de sono, duas chávenas de café e um biscoito no estômago, Althea estava pronta para entrar em ação. Às nove horas da manhã, estava no seu escritório, a telefonar para a companhia telefónica, com um mandado para que verificasse o número que Leo lhe tinha dado. Às nove e um quarto, tinha conseguido um nome e uma morada, e a informação de que o cliente tinha cancelado o serviço apenas quarenta e oito horas antes.

Embora não esperasse encontrar nada, estava a pedir um mandado de busca quando Colt entrou.

– Não deixas que te cresçam raízes debaixo dos pés, hã?

– Não deixo que nada cresça debaixo dos meus pés – desligou. – Tenho uma pista sobre o número que Leo nos deu. O cliente cancelou o serviço. Imagino que encontremos o local vazio, mas terei um mandado de busca numa hora.

– É o que eu adoro em ti... Não dás nenhum passo inútil – apoiou uma anca na mesa e gostou de descobrir que Althea cheirava tão bem como o aspeto que tinha. – Dormiste bem?

– Como uma pedra – olhou para ele perante o desafio direto. – E tu?

– Nunca tinha dormido tão bem. Acordei esta manhã com uma perspetiva nova. Podes sair ao meio-dia?

– Para ir onde?

– Tive uma ideia. Falei com Boyd e... – franziu o sobrolho ao cravar o olhar no telefone. – Quantas vezes toca por dia?

– As suficientes – levantou o auscultador. – Grayson. Sim, tenente Althea Grayson – levantou a cabeça. – Jade – tapou o auscultador com a mão. – Linha dois – sussurrou. – E mantém a boca fechada – continuou a ouvir, enquanto Colt saía do escritório à procura de uma extensão. – Sim, andámos à tua procura. Agradeço que me tenhas telefonado. Podes dizer-me onde estás?

– Preferia não o fazer – a voz de Jade parecia nervosa. – Só telefonei porque não quero nenhum problema. Arranjei um emprego e tudo o mais. Um emprego legal. Se houver algum problema com a polícia, perdê-lo-ei.

– Não há nenhum problema. Telefonei à tua mãe porque poderás ajudar-me num caso que estou a investigar – girou a cadeira para a direita, para ver Colt através da porta. – Jade, lembras-te de Liz, não é? A rapariga a cujos pais escreveste uma carta?

– Suponho que sim... Talvez...

– Foi necessária muita coragem para escreveres aquela carta e saíres da situação em que te encontravas. Os pais de Liz estão-te muito agradecidos.

– Era uma rapariga agradável. Sabe, desconhecia onde se metera. Queria fugir – fez uma pausa e acendeu um cigarro. – Ouça, não podia fazer nada por ela. Só dispusemos de alguns segundos a sós, uma ou duas vezes. Deu-me a sua morada e pediu-me que escrevesse aos seus pais. Como já disse, era uma boa rapariga numa situação má.

– Então, ajuda-me a encontrá-la. Diz-me para onde a levaram.

– Não sei. A sério que não sei. Levaram várias raparigas para as montanhas algumas vezes. Não havia ninguém, nem nada por perto. Embora tivessem uma cabana elegante. De primeira, com jacúzi e uma lareira enorme de pedra, ah, e uma televisão grande!

– Por onde saíram de Denver? Lembras-te?

– Bom, sim, mais ou menos. Foi pela E36, em direção a Boulder, mas pareceu que a viagem durava uma eternidade. Depois, entrámos num caminho secundário. Não era uma estrada.

– Recordas ter passado por alguma vila? Alguma coisa que tenha ficado gravada na memória?

– Boulder. Depois disso, pouca coisa.

– Saíram de manhã, à tarde ou à noite?

– De manhã. Muito cedo.

– Quando passaram por Boulder, tinhas o sol diante de ti ou atrás?

– Oh, compreendo... Hum... Acho que atrás.

Althea continuou a insistir em que lhe proporcionasse detalhes sobre o local, descrições das pessoas que tinha visto. Como testemunha, Jade era imprecisa, mas com vontade de colaborar. No entanto não lhe custou a reconhecer as descrições de Kline e Scott. Novamente, foi mencionado um homem que ficava ao fundo, nas sombras, a ver.

– Era estranho, sabe? – continuou a jovem. – Como uma aranha, quieto. O trabalho era bem pago, de modo que voltei algumas vezes. Trezentos dólares por um dia e um bónus de cinquenta dólares se precisassem de dois. Eu... Sabe, aquele dinheiro não se pode ganhar na rua.

– Eu sei. Mas deixaste de ir.

– Sim, porque, às vezes, eram agressivos. Tinha nódoas negras por todo o corpo e um deles inclusive rasgou-me o lábio enquanto fazíamos uma cena. Assustei-me, porque não dava a impressão de que estivessem a representar. Parecia como se quisessem magoar a sério. Contei-o a Wild Bill e disse-me que não teria de voltar. E que não mandaria mais nenhuma rapariga. Disse que ia ver o que se passava e que, se fosse mau, falaria com a sua agente de polícia. Sabia que era você, foi por isso que decidi telefonar-lhe ao receber a sua mensagem. Bill gosta de si.

Com ar cansado, Althea passou uma mão pela testa. Não contou a Jade que deveria empregar o passado para se referir a Wild Bill. Não teve coragem.

– Jade, na tua carta disseste qualquer coisa sobre achares que tinham matado uma das raparigas.

– Suponho que sim – tremeu-lhe a voz. – Ouça, não vou testemunhar, nem nada do estilo. Não vou voltar para aí.

– Não posso garantir-te nada, apenas que tentarei manter-te afastada. Diz-me porque achas que mataram uma das raparigas.

– Já lhe disse que ficavam agressivos. E que não representavam. Da última vez que estive lá, magoaram-me a sério. Foi quando decidi não regressar. Mas Lacy, a rapariga com quem partilhei as cenas, disse que conseguia aguentar e que o dinheiro era demasiado bom para o deixar escapar. Voltou lá, mas nunca regressou. Nunca mais a vi – fez uma pausa e acendeu outro cigarro. – Não posso provar nada. Deixou todas as suas coisas no quarto onde vivia, eu sei porque fui lá. E tinha afeto às suas coisas. Tinha uma coleção de animais de vidro. Muito bonitos. Nunca os teria deixado. Se pudesse, teria ido buscá-los. Portanto, pensei que estava morta ou que a retinham na cabana, como a Liz. Por isso, achei que era melhor partir antes que me fizessem alguma coisa.

– Sabes o nome completo de Lacy, Jade? Qualquer outra informação sobre ela?

– Era apenas Lacy. É a única coisa que sei. Mas era uma boa rapariga.

– Muito bem. Foste de grande ajuda. Porque não me dás um número de telefone para que possa telefonar-te?

– Não quero. Olhe, contei-lhe tudo o que sei. Quero esquecer isto. Já lhe disse, vou começar uma nova vida aqui.

Althea não a pressionou. Seria fácil obtê-lo através da companhia telefónica.

– Se recordares mais alguma coisa, sem importar quão insignificante possa parecer, telefonas-me?

– Suponho que sim. Espero realmente que tirem a rapariga de lá e que deem àqueles miseráveis o que merecem.

– Fá-lo-emos. Obrigada.

– Muito bem. Mande cumprimentos meus a Wild Bill.

Antes que lhe ocorresse uma resposta, Colt desligou a chamada. Levantou o olhar e viu-o à porta. Os seus olhos voltavam a exibir uma expressão perigosa.

– Poderias conseguir que se apresentasse aqui. É uma testemunha material.

– Sim, poderia – voltou a levantar o auscultador. Descobriria o número de Jade naquele momento, mas guardá-lo-ia. – No entanto, não o farei – levantou uma mão em sinal de silêncio, antes que Colt pudesse falar, e fez o pedido oficial à operadora.

– O indicativo é 212 – leu Colt, enquanto Althea escrevia no bloco. – Podias pedir à polícia de Nova Iorque que fosse procurá-la.

– Não – replicou, guardou o bloco na mala e levantou-se.

– Porque raio não? – agarrou-a pelo braço quando ia agarrar no casaco. – Se conseguiste arrancar-lhe tanto pelo telefone, conseguirias mais cara a cara.

– Já lhe arranquei o suficiente – incomodada com a interferência de Colt, soltou-se. – Deu-me tudo o que sabia, em troca de nada. Não foram necessárias ameaças, promessas, nem manipulações. Perguntei-lhe e ela respondeu. Não traio a confiança que depositam em mim, Nightshade. Se precisar dela para condenar aqueles canalhas, então, usá-la-ei. Mas não até lá e não se houver outra maneira. E não – acrescentou, – sem o seu consentimento. Ficou claro?

– Sim – passou as mãos pela cara. – Sim, está claro. E tu tens razão. Queres ir buscar o mandado e ir investigar a outra morada?

– Sim. Vens?

– Podes apostar nisso. Teremos tempo antes de descolar.

– Descolar? – parou à porta.

– Exato. Tu e eu vamos fazer uma pequena viagem. Conto-te pelo caminho.

C A P Í T U L O 8

– Acho que perdemos a cabeça – Althea agarrou-se ao banco quando o Cessna levantou voo em direção ao céu outonal.

Relaxado diante dos controlos, Colt olhou para ela durante um segundo.

– Não gostas de aviões?

– Claro que sim! – um poço de ar atingiu a avioneta. – Mas com assistentes de bordo.

– Há uma despensa lá atrás. Assim que estabelecermos a nossa altitude, podes servir-te de alguma coisa.

Não se referia a isso, mas preferiu guardar silêncio e ver como a terra ia ficando para baixo. Gostava de andar de avião, embora com certos rituais: colocar o cinto de segurança, selecionar uma estação de rádio, abrir um livro e isolar-se durante a duração do voo.

Não gostava de pensar em todos os comandos sobre os quais não exercia nenhum controlo.

– Continuo a pensar que é uma perda de tempo.

– Boyd não questionou a ideia – disse ele. – Olha, Thea, sabemos a localização geral da cabana. Vi aquela maldita cassete até os olhos quase me saltarem das órbitas. Reconhecê-la-ei quando a vir e quase todos os locais circundantes. Vale a pena tentar.

– Talvez – foi a única coisa em que esteve disposta a ceder.

– Pensa nisso – estabilizou a avioneta. – Sabem que fizeram asneira. Foi por isso que deixaram o apartamento. Sem dúvida, perguntar-se-ão onde foi parar aquela cassete e, se tentarem entrar em contacto com Leo, não o encontrarão, já que tu o tens vigiado numa casa segura.

– Então, manter-se-ão longe de Denver – concordou ela. Os

motores eram um som incómodo para os seus ouvidos. – É possível que inclusive mudem de sítio.

– É o que receio – apertou os lábios ao deixar Denver para trás. – O que acontecerá a Liz se o fizerem? Nenhuma das opções tem um final feliz.

– Não – isso e a aprovação de Boyd tinham-na convencido a acompanhar Colt. – Não.

– Tenho de pensar que, por enquanto, não deixarão a cabana. Mesmo que deduzam que sabemos que existe, não poderão pensar que conhecemos a sua localização. Desconhecem que falámos com Jade.

– Concedo-te isso, Nightshade. Mas dá-me a impressão de que contas com a sorte para que te guie até eles.

– Já tive sorte antes. Sentes-te melhor? – perguntou, quando o aparelho estabilizou. – É bonito aqui de cima, não achas?

Havia neve nos cumes a norte e entre as montanhas havia vales largos e planos. Voavam suficientemente baixo para poderem vislumbrar os carros na estrada, as casas e o bosque verde e denso a oeste.

– Tem as suas vantagens – de repente, ocorreu-lhe um pensamento que fez com que se virasse para Colt. – Tens brevete para pilotar aviões, Nightshade?

Olhou para ela e esteve prestes a soltar uma gargalhada.

– Meu Deus, deixas-me louco! Queres um casamento grande ou íntimo e pequeno?

– E tu és louco, ponto – murmurou e concentrou-se em olhar pela janela. Verificaria se tinha brevete quando regressassem a Denver. – Disseste que não ias voltar a puxar esse assunto.

– Menti-te – replicou, com alegria. Apesar da preocupação que não conseguia dissipar por completo, nunca se tinha sentido tão bem na vida. – Isso representa um problema. Uma mulher como tu, sem dúvida, conseguiria resolvê-lo.

– Fala com um psiquiatra.

– Thea, vamos formar um casal ótimo. Espera até que a minha família te conheça.

– Não penso conhecê-la – atribuiu a agitação súbita no seu estômago à turbulência.

– Bom, talvez tenhas razão nisso... Pelo menos, até estarmos prontos para entrar na igreja. A minha mãe tende a querer mandar em tudo, mas saberás lidar com ela. O meu pai adora regras. O que significa que se darão muito bem. O almirante é assim.

– Almirante? – repetiu, apesar de ter jurado guardar silêncio.

– É um homem da Marinha. Parti-lhe o coração quando me alistei na Força Aérea – encolheu os ombros. – Provavelmente, fi-lo por isso. Depois, tenho uma tia... Bom, é melhor que os conheças pessoalmente.

– Não vou conhecê-los – repetiu, irritada por a declaração parecer mais petulante do que firme. Desapertou o cinto de segurança e foi até à parte de trás, onde procurou até dar com uma lata de amendoins e uma garrafa de água mineral. A curiosidade fez com que abrisse o pequeno compartimento de refrigeração, onde viu uma lata minúscula de caviar e uma garrafa de vinho. – De quem é esta avioneta?

– De um amigo de Boyd. Um jóquei que gosta de andar de avião com mulheres.

– Deve ser Frank, o libertino – resmungou ao regressar ao seu lugar. – Anda há anos a tentar convencer-me a viajar com ele pelos céus sexys.

– Sim? Não é o teu tipo?

– É tão óbvio! Embora os homens tendam a sê-lo.

– Tenho de me lembrar de ser subtil. Vais partilhá-los comigo?

– Aquilo é Boulder? – ofereceu-lhe a lata.

– Sim. Rumarei a noroeste e voarei em círculos. Boyd contou-me que tem uma cabana perto daqui.

– Sim. Muita gente tem. Gostam de escapar da cidade aos fins de semana para passearem pela neve.

– Não é do teu agrado?

– Não vejo nenhum sentido na neve a menos que se esqui. E o principal objetivo de esquiar, no que me diz respeito, é voltar para a cabana para beber rum quente diante da lareira.

– Ah, és aventureira!

– Vivo para a aventura. Na verdade, a cabana de Boyd tem uma vista bonita – reconheceu. – E os miúdos adoram-na.

– Portanto, já estiveste lá.

– Algumas vezes. Gosto mais no fim da primavera e no início do verão, quando há poucas possibilidades de que os caminhos fiquem fechados – desceu o olhar para as encostas cobertas de neve. – Odeio a ideia de me ver presa.

– Pode ter as suas vantagens.

– Não para mim – guardou silêncio, contemplando as montanhas e as árvores. – É bonito – concedeu. – Em particular, daqui de cima. Como num documentário.

– A natureza ao longe? – sorriu. – Pensava que as raparigas da cidade desejavam sempre uma cabana no campo.

– Não esta rapariga da cidade. Prefiro... – sofreram uma sacudidela violenta que fez com que os amendoins saltassem e Althea se segurasse. – O que raio foi isto?

Com os olhos semicerrados, Colt observou os indicadores, enquanto tentava levantar o aparelho.

– Não sei.

– Não sabes? O que queres dizer com isso? Supõe-se que deves saber!

– Psiu! – inclinou a cabeça para prestar atenção aos motores. – Perdemos pressão – comentou, com a calma fria que o tinha mantido vivo nas selvas afetadas pela guerra, nos desertos e nos céus cheios de metralhadoras.

Assim que Althea compreendeu que o problema era grave, perguntou, com frieza:

– O que fazemos?

– Vou ter de aterrar.

– Onde? – olhou para baixo, observando com expressão fatalista os bosques densos e as colinas rochosas.

– Segundo o mapa, há um vale a poucos graus para este – alterou a direção, enquanto ativava alguns interruptores. – Observa a paisagem – ordenou e ligou o rádio. – Torre de Boulder, aqui Baker Able John 3.

– Ali – Althea apontou na direção do que parecia ser uma zona muito estreita de terreno plano entre cúpulas partidas. Colt assentiu e continuou a informar a torre da sua situação.

– Agarra-te – disse-lhe. – Vai ser um pouco turbulento.

Ela obedeceu e recusou-se a desviar o olhar à medida que a terra vinha ao seu encontro.

– Segundo os meus relatórios, és um bom piloto, Nightshade.

– Estás prestes a descobrir – diminuiu a potência, adaptando-se às correntes, enquanto virava a avioneta para o vale estreito.

«É como enfiar uma linha numa agulha», pensou Althea. Depois, conteve a respiração ao sentir o primeiro impacto forte das rodas sobre o chão. Ricochetearam, deslizaram com sacudidelas e acabaram por parar.

– Estás bem? – perguntou Colt, imediatamente.

– Sim – libertou o ar contido. Tinha o estômago revolto, mas, à parte disso, sentia-se inteira. – Sim, estou bem. E tu?

– Ótimo – estendeu as mãos para lhe emoldurar o rosto e aproximá-lo o suficiente para lhe dar um beijo. – Pelo amor de Deus... – comentou, beijando-a outra vez. – Mostraste-te impassível. Vamos fugir.

– Para – quando uma mulher estava habituada a emoções estáveis, custava saber o que fazer quando tinha o impulso de se rir e de gritar ao mesmo tempo. Empurrou-o. – Podes deixar-me sair desta lata? Não me saberia mal um pouco de terra firme sob os pés.

– Claro – abriu a porta e ajudou-a a sair. – Vou transmitir a nossa posição por rádio – informou.

– Está bem – respirou fundo e tentou sentir como tinha as pernas. Satisfeita, descobriu que já não estavam tão bambas. Tinha encarado a sua primeira aterragem forçada, e esperava que a última, bastante bem. Devia reconhecer que Colt tinha agido com serenidade e perícia.

Não se ajoelhou para beijar o chão, mas agradeceu por o ter sob os pés. Além disso, a paisagem era magnífica. Estavam entre montanhas e bosques, protegidos do vento, e conseguia observar a neve que caía dos cumes rochosos sem sofrer os seus inconvenientes.

O ar era esplêndido, o céu estava azul e o ambiente fresco tonificava o sangue. Com alguma sorte, salvá-los-iam dentro de uma hora, de modo que podia permitir-se desfrutar da paisagem sem se sentir aflita pela solidão.

Sentia-se em sintonia com o mundo quando ouviu que Colt saía da cabina. Inclusive, sorriu-lhe.

– Então, quando vêm buscar-nos?

– Quem?

– Eles. A equipa de resgate. Tu sabes, aqueles heróis altruístas que tiram as pessoas de situações complicadas como esta.

– Oh, eles! Não virão – deixou uma caixa de ferramentas no chão e regressou ao interior para tirar um escadote pequeno de madeira.

– Desculpa? – conseguiu perguntar. Sabia que se tratava de uma ilusão, mas, de repente, as montanhas pareciam-lhe maiores. – Disseste que ninguém virá buscar-nos? O rádio não funciona?

– Funciona na perfeição – subiu os degraus e levantou a tampa do motor. Já tinha metido um pano no bolso de trás das calças de ganga. – Disse-lhes que veria se conseguia arranjar o aparelho e que me manteria em contacto.

– Disseste-lhes...? – mexeu-se a toda a velocidade, antes que qualquer um dos dois conseguisse entender a sua intenção. O primeiro murro foi nos rins e fê-lo descer aos tropeções do escadote. – Idiota! O que queres dizer com arranjares tu o avião? – deu-lhe outro murro, mas ele esquivou-se, mais desconcertado do que irritado. – Não se trata de um Ford avariado na estrada, Nightshade. Não é um maldito pneu furado.

– Não – replicou, com cuidado, pronto para o seu ataque seguinte. – Acho que é o carburador.

– Achas que é... – libertou o ar contido e semicerrou os olhos. – Acabou-se! Vou matar-te com as minhas próprias mãos.

Atirou-se a ele. Colt tomou uma decisão numa fração de segundo, virou-se e deixou que o impulso dela levasse os dois ao chão. Demorou um segundo a dar-se conta de que não era má no combate corpo a corpo. Levou um murro no queixo que o fez bater os dentes. Estava na altura de ser sério.

Rodeou-lhe o corpo com as pernas e, depois de uma breve resistência, conseguiu deitá-la de costas.

– Aguenta, está bem? Alguém vai magoar-se!

– E não te enganas!

Como a razão não resultara, ele usou o seu peso, colocando-se sobre ela, enquanto lhe imobilizava os pulsos. Althea lutou duas vezes e, depois, ficou quieta. Ambos sabiam que só ganhava tempo até encontrar o momento propício para fazer outro ataque.

– Escuta – concedeu-se um instante para recuperar o fôlego e, depois, disse-lhe ao ouvido: – Era a opção mais lógica.

– O tanas!

– Deixa-me explicar-te. Se continuarmos em desacordo depois, ganhará quem derrubar o outro duas em três vezes. Está bem? – quando não obteve resposta, Colt apertou os dentes. –

Quero que me dês a tua palavra de que não me darás um murro até que acabe.

– Está bem – aceitou, contrariada.

Com cautela, Colt endireitou-se até conseguir ver-lhe a cara. Ela levantou o joelho para lhe bater com força no sexo.

Ele não teve fôlego para praguejar enquanto se punha na posição fetal.

– Não foi um murro – disse Althea. Demorou o seu tempo a alisar o cabelo e a sacudir o anoraque, antes de se levantar. – Muito bem, Nightshade, estou a ouvir-te.

Ele levantou uma mão, emitiu alguns sons abafados e esperou que as estrelas se desvanecessem dos seus olhos.

– Podes ter posto em perigo a nossa descendência, Thea – ajoelhou-se como conseguiu e respirou fundo. – Não fazes jogo limpo a lutar.

– É a única maneira de lutar. Fala.

Ao recuperar as forças, lançou-lhe um olhar assassino.

– Não estamos feridos – disse. – Pelo menos, eu não estava até me teres atacado. O aparelho está ileso. Se olhares à tua volta, verás que não há espaço para que outro avião aterre em segurança. Poderiam enviar um helicóptero e tirarem-nos com um cabo, mas para quê? As probabilidades são de que, se fizer alguns pequenos arranjos, consigamos sair daqui.

«Talvez tenha sentido», pensou Althea. Mas não alterava uma coisa simples.

– Devias ter falado comigo. Eu também estou aqui, Nightshade. Não tinhas o direito de tomar essa decisão sozinho.

– Foi um erro – virou-se e regressou ao escadote a coxear. – Presumi que fosses uma pessoa lógica e que, sendo uma funcionária pública, não quisesses ver outros funcionários públicos a fazerem um resgate desnecessário. Além disso, bolas, Liz pode estar atrás daquela montanha! – com um movimento violento, tirou uma ferramenta da caixa. – Não vou voltar sem ela.

«Oh, tinha de o fazer!», pensou ela ao virar-se para observar o verde profundo do bosque próximo. Tinha de a deixar ouvir a preocupação na voz e de ver o fogo nos seus olhos.

Tinha de ter toda a razão.

O orgulho era o que mais custava a engolir. Fez o esforço, regressou e colocou-se junto do escadote.

– Desculpa. Não devia ter perdido as estribeiras – a resposta dele foi um gemido. – Ainda te dói?

Então, Colt olhou-a com um brilho nos olhos que teria feito babar mulheres menos decididas.

– Só quando respiro.

Althea sorriu e deu-lhe uma palmadinha na perna.

– Tenta pensar noutra coisa. Queres que te passe as ferramentas ou que te ajude em alguma coisa?

– Sabes a diferença entre uma chave de fenda e uma chave-inglesa? – perguntou, com os olhos semicerrados.

– Não – puxou o cabelo para trás. – Porque haveria de saber? Um mecânico muito competente ocupa-se do meu carro.

– E se tiveres uma avaria na estrada?

– O que achas? – olhou para ele.

– Se te respondesse, chamar-me-ias sexista – apertou os dentes e concentrou-se no carburador.

Ela sorriu atrás dele, mas, quando falou, fê-lo com voz séria.

– Porque é sexista chamar um reboque? Há café instantâneo na despensa? – continuou. – Prepararei um pouco.

– Não é prudente usar a bateria – murmurou. – Contentar-nos-emos com refrigerantes.

– Está bem.

Quando Althea regressou vinte minutos mais tarde, Colt amaldiçoava o motor.

– Devia fuzilar o amigo de Boyd por descuidar a sua avioneta.

– Vais arranjá-la ou não?

– Sim, vou arranjá-la – afirmou, enquanto tentava afrouxar um parafuso. – Mas vou demorar mais do que pensava – pronto para um comentário mordaz, olhou para ela. Ela simplesmente esperou, com paciência. – O que é isso? – indicou o que tinha na mão.

– Acho que se chama «sandes» – levantou o pão e o queijo para que os inspecionasse. – Não é grande coisa, mas pensei que estivesses faminto.

– E é verdade – o gesto acalmou-o um pouco. Levantou as mãos e mostrou-lhe os dedos cheios de óleo. – Estou um pouco incapacitado para a comer.

– Está bem. Agacha-te – quando ele obedeceu, aproximou-lhe o pão da boca. Observaram-se, enquanto Colt trincava a sandes.

– Obrigado.

– De nada. Encontrei uma cerveja – tirou a garrafa do bolso. – Partilhá-la-emos – aproximou-a dos lábios dele.

– Agora, sei que te amo.

– Come – deu-lhe mais um pouco de sandes. – Tens ideia de quanto tempo demoraremos a voltar a descolar?

– Sim – mas, antes de lho revelar, certificou-se de saborear a sua parte da sandes e da cerveja. – Uma hora, talvez duas.

– Duas horas? – pestanejou. – Então, já teremos ficado sem luz. Não pensas levantar voo de noite, pois não?

– Não – embora estivesse preparado para um ataque surpresa, voltou a concentrar-se no motor. – Será mais seguro esperar até amanhã.

– Até amanhã – repetiu, com o olhar cravado nas suas costas. – E o que se supõe que vamos fazer até amanhã?

– Para começar, montar uma tenda. Há uma na cabina, na parte de cima. Suponho que Frank goste de acampar com as suas amigas.

– Isso é fantástico. Fantástico! Estás a dizer-me que vamos ter de dormir aqui?

– Poderíamos fazê-lo na avioneta – disse. – Mas não seria tão cómodo como deitarmo-nos numa tenda, junto de uma fogueira – começou a assobiar enquanto trabalhava. – Suponho que não saibas acender uma fogueira.

– Não, não sei.

– Nunca foste escuteira?

– Não – soprou. – E tu?

– Não posso dizer que tenha sido, mas tinha alguns amigos que sim. Bom, vai apanhar alguns ramos, querida. Depois, ensino-te como se faz.

– Não vou apanhar nenhum ramo!

– Muito bem, mas fará frio assim que o sol se puser. Uma fogueira mantém o frio e outras coisas longe.

– Não vou... – calou-se e olhou à sua volta. – Que outras coisas?

– Oh, tu sabes... Veados, pumas...

– Pumas – levou automaticamente a mão à arma. – Não há pumas por aqui.

Ele levantou a cabeça e olhou à sua volta, pensativo.

– Bom, talvez ainda não seja a época. Mas começam a descer das montanhas ao aproximar-se o inverno. Certamente, se quiseres esperar até que acabe aqui, eu fá-lo-ei. Mas, então, talvez já tenha escurecido.

Althea teve a certeza de que o fazia de propósito. No entanto, olhou outra vez à sua volta, em direção ao bosque, onde as sombras se estendiam.

– Vou buscar a maldita lenha – murmurou e dirigiu-se para as árvores, depois de ter verificado a sua arma.

Ele observou-a, com um sorriso.

– Isto está a correr muito bem – disse a si mesmo. – Muito bem.

Seguindo as instruções de Colt, conseguiu acender uma fogueira respeitável dentro de um círculo de pedras. Não gostou, mas fê-lo. Depois, devido a ele ter afirmado estar muito concentrado nos retoques finais ao motor, viu-se obrigada a montar a tenda.

Depois de vinte minutos de esforços e palavrões, conseguiu. Uma análise atenta indicou-lhe que albergaria os dois... Desde que dormissem agarrados um ao outro.

Ainda continuava a olhar para a tenda, sem prestar atenção ao frio do crepúsculo, quando ouviu o motor a trabalhar.

– Está como novo! – gritou ele e, depois, desligou-o. – Tenho de me limpar – informou-a. Saltou da cabina, com um garrafão de água. – Bom trabalho – comentou, olhando para a tenda.

– Obrigada.

– Há mantas na avioneta. Desenvencilhar-nos-emos – de cócoras, respirou fundo, cheirando o fumo, os pinheiros e o ar puro. – Não há nada como acampar na montanha.

– Terei de acreditar em ti – ela enfiou as mãos nos bolsos.

Colt acabou de se limpar com o pano, antes de se levantar.

– Não me digas que nunca acampaste!

– Está bem, não direi.

– Como são as tuas férias?

– Vou para um hotel – indicou, com os sobrolhos arqueados. – Onde há serviço de quartos, água quente e televisão por cabo.

– Não sabes o que perdes.

– Suponho que esteja prestes a descobrir – tremeu uma vez e suspirou. – Não me sabia mal um copo.

Para além do vinho, fizeram um festim de queijo, caviar e biscoitos salgados com um paté delicado.

Althea chegou à conclusão de que poderia ter sido pior.

– Nunca comi assim num acampamento – comentou Colt ao pôr mais caviar sobre um biscoito. – Pensei que teria de ir caçar um coelho.

– Por favor, não digas isso enquanto como – bebeu mais vinho e sentiu-se estranhamente relaxada. Era verdade que a fogueira ajudava a afastar o frio. E adorava ver como crepitava. No céu, brilhavam inúmeras estrelas. Um quarto crescente enchia as árvores de prata e projetava o seu resplendor sobre os cumes cobertos de neve que os rodeavam. Já tinha deixado de se sobressaltar cada vez que um mocho ululava.

– É uma zona bonita – Colt acendeu um cigarro. – Nunca tinha passado muito tempo aqui.

Althea também não, embora estivesse em Denver há doze anos.

– Eu gosto da cidade – murmurou, mais para si mesma do que para ele. Pegou num ramo para avivar o lume.

– Porquê?

– Suponho que porque esteja cheia. Porque consegues encontrar tudo. E porque me sinto útil lá.

– E isso é importante para ti.

– Sim, é.

– O teu passado foi difícil – comentou, enquanto via como as chamas realçavam as maçãs do rosto de Althea e suavizavam a sua pele.

– Já ficou para trás – quando Colt lhe agarrou a mão, não resistiu, nem respondeu. – Não quero falar sobre isso – afirmou. – Nunca mais.

– Está bem – podia esperar. – Falemos de outra coisa – levou a mão aos lábios e sentiu uma leve resposta no modo como ela fletiu os dedos. – Nunca contaste histórias à volta de uma fogueira...

– Suponho que não – sorriu.

– Provavelmente, poderia pensar numa... para passar o tempo. Verdade ou consequência?

Althea começou a rir-se, mas levantou-se de um salto, desembainhando a pistola. A reação de Colt foi como um relâmpago. Colocou-se imediatamente ao seu lado, protegendo-a, com a arma na mão, depois de a ter tirado da bota.

– O que foi? – perguntou, com os olhos semicerrados, escrutinando a escuridão.

– Ouviste aquilo? Há qualquer coisa aqui fora.

Prestou atenção, enquanto se mexia instintivamente para a proteger. Depois de um instante de silêncio vibrante, ouviu um leve rangido e, depois, o uivo distante de um coiote. O som gelou o sangue a Althea.

Colt soltou um palavrão, mas, pelo menos, não se riu.

– Animais – explicou, agachando-se para guardar a arma.

– De que tipo? – os seus olhos não deixaram de observar com cautela.

– Pequenos – garantiu. – Texugos, coelhos – apoiou uma mão sobre os dedos dela, que continuavam a segurar a pistola. – Não há nada para matar, francoatiradora.

Ela não ficou convencida. O coiote voltou a emitir a sua chamada e obteve a resposta de um mocho.

– E os pumas?

Ia responder-lhe, mas pensou melhor e conteve-se.

– Vá, querida, não é provável que se aproximem muito do lume...

– Talvez devêssemos avivar o lume – com o sobrolho franzido, embainhou a pistola.

– Já está suficientemente forte – virou-a para ele e passou-lhe as mãos pelos braços. – Acho que nunca te vi tão assustada.

– Eu não gosto de estar tão exposta. Há demasiadas coisas aqui – e a verdade era que preferia enfrentar um toxicodependente num beco escuro a uma criatura pequena e peluda com presas. – Não te rias, bolas!

– Eu ri-me? – passou a língua pelos dentes e tentou manter-se sério. – Parece que vais ter de confiar em mim para te tirar daqui.

– Oh, a sério?

Agarrou-a com mais força quando tentou afastar-se. A expressão dos seus olhos mudou com tanta celeridade, de divertida a cheia de desejo, que ela ficou sem fôlego.

– Só estamos aqui tu e eu, Althea.

– Assim parece – libertou o ar contido devagar.

– Acho que não é necessário que volte a dizer-te o que sinto por ti. Nem como te desejo.

– Não – invadiu-a a tensão ao sentir os lábios de Colt na têmpora. E atravessou-a um calor aterrador.

– Posso fazer com que esqueças onde estás – desceu os lábios até ao seu queixo. – Se me deixares.

– Terias de ser muito bom para isso.

Colt riu-se.

– Ainda falta muito para amanhã. Aposto que consigo convencer-te antes que amanheça.

Não sabia porque resistia a uma coisa que queria com tanto afinco. Não dissera a si mesma há muito tempo que nunca mais voltaria a deixar que o medo dominasse os seus desejos? E não tinha aprendido a saciar esses desejos sem se sentir culpada?

Podia fazê-lo naquele momento, com ele, e apagar aquele desejo demolidor.

– Está bem, Nightshade – com atrevimento, rodeou-lhe o pescoço com os braços e olhou para ele nos olhos. – Aceito a aposta.

A mão dele fechou-se sobre o seu cabelo e puxou-lhe a cabeça para trás. Durante um momento longo e palpitante, olharam-se nos olhos. Depois, beijou-a.

A boca de Althea era ardente e sabia a mel, era tão exigente como a fome, tão selvagem como a noite. Aprofundou o beijo, utilizando a língua e os dentes, sabendo que poderia fazer um festim que jamais o saciaria. De modo que tomou mais, atacando a sua boca de maneira implacável, enquanto ela respondia com igual ardor.

Enjoada, Althea compreendeu que era como da primeira vez que a puxara para ele e lhe dera a provar o que podia oferecer-lhe. Como uma droga, o sabor acelerou-lhe o pulso e bombeou-lhe o sangue a tanta velocidade que a mente se afastou da razão.

Questionou-se como tinha esperado sair ilesa.

Já não queria ter a certeza, nem controlar a situação. Naquele momento, com ele, só queria sentir, experimentar tudo o que em tempos lhe tinha parecido impossível ou pouco inteligente.

Impulsionada pela ânsia, arrancou-lhe o casaco, desesperada

por sentir aquele corpo duro e sólido. Ele não tinha de ser mais forte do que ela, mas, se fosse, aceitaria a vulnerabilidade que implicava ser mulher. E o poder que a acompanhava.

Era como um vulcão prestes a rebentar e, quando surgissem os tremores, só queria estar unida a Colt.

Camada a camada, estava a arrancar-lhe a prudência. Aqueles lábios selvagens, aquelas mãos febris. Com um palavrão mais parecido a uma prece, levou-a quase de rastos para a tenda, sentindo-se como um homem primitivo que puxava a companheira escolhida para o interior de uma caverna.

Entraram na tenda. Desceu-lhe o anoraque pelos ombros, tentando respirar enquanto lhe enchia o pescoço de beijos.

Sentiu a vibração do gemido de Althea sobre os lábios, enquanto lhe tirava a capa da arma, afastando o símbolo de domínio e violência, sabendo que começava a perder o controlo, aflito por uma série de sentimentos que não era capaz de suprimir.

Queria-a nua. Tensa e prestes a gritar.

A respiração dela era entrecortada enquanto lhe tirava a roupa. A fogueira brilhava com uma luz alaranjada através do material ténue da tenda, o que lhe permitia ver o propósito obscuro e perigoso nos olhos dele. Adorou, extasiada, o pânico que estremeceu o seu corpo quando lhe tocava. Sabia que, naquela noite, possuiria. E seria possuída.

Contendo-se, Colt tirou-lhe a camisola pela cabeça e atirou-a para o lado. Por baixo, ela usava renda, uma peça branca delicada que, noutro lugar, num momento de maior prudência, o teria excitado pela feminilidade manifesta. Poderia ter brincado com as alças, deslizado os dedos pelo tecido. Mas arrancou-lhe o sutiã com um movimento brusco para libertar os seios para a sua boca faminta.

O sabor daquela pele quente e aromática afetou-o tremendamente. E a reação dela, a forma adorável como arqueou o corpo contra o seu, o gemido prolongado e rouco que emitiu, o calafrio rápido e necessitado que sentiu, levaram-no a um auge de prazer com que jamais tinha sonhado.

Foi um festim.

Um gemido ficou preso na garganta de Althea. Cravou as unhas nos ombros nus dele, com o desejo de o incitar a continuar, aterrada ao pensar para onde a levava. Agarrou-se a Colt em busca de equilíbrio, mexeu-se debaixo dele num convite sinuoso, arqueando-se mais uma vez quando lhe tirou as calças, descendo aqueles dedos tão hábeis pelas suas coxas.

O triângulo de renda que a protegia foi rasgado. Mais uma vez, a boca dele fez um festim.

O grito aturdido da libertação dela percorreu as veias de Colt. Althea explodiu de prazer e, chegado o momento da descida à realidade, agarrou-se à manta, enquanto tremia.

Ao colocar-se em cima dela, com músculos trémulos, os seus olhos abertos encontraram-se. Colt observou a sua cara, encheu-se da sua imagem, enquanto a penetrava com um movimento desesperado. Os olhos dela fecharam-se. A visão dele ficou toldada, antes de afundar a cara no seu cabelo.

O seu corpo dominou a situação e adaptou-se ao ritmo veloz e furioso das ancas de Althea. O grito final de prazer que ela emitiu ecoou segundos antes do de Colt.

Sem força, deixou-se cair sobre ela e respirou fundo ao senti-la a tremer.

– Quem ganhou? – conseguiu perguntar, passado algum tempo.

Não tinha parecido possível a Althea conseguir rir-se num momento semelhante, mas um risinho subiu pela sua garganta.

– Digamos que foi um empate.

– Basta-me – pensou em levantar o seu corpo, mas receava quebrar o momento. – É mais do que suficiente. Vou beijar-te – murmurou, – embora primeiro tenha de reunir forças.

– Posso esperar – deixou que os seus olhos voltassem a fechar-se e desfrutou da proximidade. O corpo dele continuava a emanar calor e o coração distava muito de estar sereno. Acariciou-lhe as costas pelo simples prazer do contacto, mas franziu um pouco o sobrolho quando os seus dedos encontraram uma cicatriz. – O que é isto?

– Hum? – mexeu-se, surpreendido ao descobrir que tinha estado prestes a adormecer sobre ela. – Tempestade do Deserto.

Nunca pensara que tivesse chegado a participar naquela guerra. De repente, ocorreu-lhe que havia muitas coisas dele que não sabia.

– Pensava que te tinhas retirado antes.

– E assim foi. Aceitei fazer um pequeno trabalho... Uma coisa colateral.

– Um favor.

– Poderia chamá-lo assim. Dispararam alguns tiros contra mim... Nada preocupante – inclinou a cabeça. – Tens uns ombros lindos. Já te tinham dito?

– Não. Continuas a fazer favores ao governo?

– Só se me pedirem com amabilidade – resmungou, virando-se para poder pô-la em cima dele. – Estás melhor?

– Hum... Hum... – apoiou a face no seu peito. – Embora ache que possamos congelar.

– Não se nos mantivermos ativos – sorriu quando ela levantou a cabeça para olhar para ele. – Métodos de sobrevivência, tenente.

– Certamente – sorriu. – Tenho de reconhecer, Nightshade, que gosto dos teus métodos.

– Sim? – passou-lhe os dedos pelo cabelo com suavidade.

– Sim. Quando temos de acrescentar lenha à fogueira?

– Oh, ainda falta...

– Então, não devíamos perder tempo, não achas? – sem deixar de sorrir, desceu a boca até à sua.

– Sim – sentiu que voltava a endurecer dentro de Althea, pronto para deixar que tomasse a iniciativa. Ao beijá-la, invadiu-o um amor tão intenso que o deixou sem fôlego. Abraçou-a com força. – Sei que não é original, Thea, mas nunca tinha sido assim para mim. Com ninguém.

Aquilo assustou-a e, mais do que as palavras, foi a sensação de calor que provocou nela.

– Falas demasiado.

– Thea...

Mas ela abanou a cabeça e endireitou-se, sentindo-o mais profundamente no seu corpo, provocando-o para que a necessidade de palavras se desvanecesse.

CAPÍTULO 9

Colt acordou de repente. Era um velho hábito. Observou o que o rodeava: a luz pálida do amanhecer que entrava na tenda, a manta áspera e o chão duro sob as costas, e a mulher esbelta e suave aninhada sobre ele. Sorriu, recordando a forma como se acomodara em cima dele durante a noite, procurando um sítio mais confortável do que o chão do vale.

O sol era uma lembrança do mundo exterior e dos deveres que tinha. No entanto aproveitou para desfrutar da intimidade e imaginar outros momentos, outros lugares, onde voltariam a estar só os dois.

Com gentileza, tapou-lhe o ombro nu com a manta e deixou que os seus dedos lhe acariciassem o cabelo. Ela mexeu-se, abriu os olhos e cravou-os nele.

– Bons reflexos, tenente.

Althea deixou que a sua mente e o seu corpo se adaptassem à situação.

– Suponho que já seja de manhã.

– Sim. Dormiste bem?

– Já dormi melhor – doía-lhe cada músculo do corpo, embora supusesse que duas aspirinas e um pouco de exercício o resolveriam. – E tu?

– Como um bebé. Há quem esteja habituado a dormir no chão duro.

Ela arqueou um sobrolho e afastou-se.

– Há quem queira café – assim que abandonou o calor de Colt, o frio aguilhoou-lhe a pele. Tremendo, estendeu a mão à procura da camisola.

– Eh! – antes que pudesse vestir-se, agarrou-a pela cintura e aproximou-a. – Esqueceste-te de uma coisa – deslizou a mão pelas suas costas para lhe aproximar a cabeça e poder beijá-la.

O corpo de Althea adquiriu uma fluidez doce e abriu os lábios num convite. Sentiu que se derretia, maravilhada. Durante a noite, tinham tido os orgasmos juntos, várias vezes, como relâmpagos. Mas aquilo era mais suave, mais forte.

– É agradável acordar contigo, Althea.

Quis agarrar-se a ele como se a sua vida dependesse disso. Mas o que fez foi passar um dedo pela barba de um dia.

– Tu não estás nada mal, Nightshade.

Afastou-se, talvez com demasiada rapidez, para ter tempo e espaço. Como ele começava a compreendê-la muito bem, sorriu.

– Sabes, quando nos casarmos, teremos de comprar uma daquelas camas gigantes, para dispormos de espaço suficiente para andarmos às voltas.

Althea vestiu a camisola. Os seus olhos estavam serenos.

– Quem prepara o café?

– É algo que teremos de decidir – assentiu, pensativo. – Manter esses pequenos hábitos ajuda a que um casal se dê bem.

Ela conteve uma gargalhada e pegou nas calças.

– Deves-me um conjunto de roupa interior.

Observou as suas pernas compridas e suaves.

– Será um prazer – vestiu a camisa enquanto ela procurava as meias. – Querida, estive a pensar... – ouviu um gemido enquanto se calçava. – O que te parece de nos casarmos na véspera de Ano Novo? É romântico partilharmos o novo ano como marido e mulher.

– Eu preparo o maldito café – disse ela, saindo de gatas da tenda.

Colt deu-lhe uma palmada no rabo e riu-se entredentes. Althea começava a mudar. O que se passava era que ainda não sabia.

Quando ela conseguiu acender a fogueira, já estava farta da vida ao ar livre. Enquanto mexia nos mantimentos que tinha encontrado no avião, reconheceu que a vista talvez fosse bonita, magnífica, com os seus cumes irregulares cobertos de neve e os bosques densos. Mas também era fria, dura e deserta.

Tinha amendoins diante dela e nem um restaurante à vista.

Demasiado impaciente para esperar até que a água fervesse, retirou-a do lume quando já estava quente e acrescentou uma quantidade generosa de café instantâneo. O cheiro bastou para a fazer babar.

– Isso, sim, é uma visão bonita – Colt observou-a. – Uma mulher linda inclinada sobre uma fogueira.

– Para, Nightshade!

– Irritada antes do café, querida? – aproximou-se a sorrir.

Althea afastou a mão que ele tinha levantado até ao seu cabelo. Voltava a enfeitiçá-la e isso tinha de acabar.

– Aqui tens o pequeno-almoço – empurrou a lata de amendoins. – Podes servir o café.

Obediente, agachou-se e deitou o conteúdo em duas chávenas de latão.

– Que belo dia! – comentou. – Pouco vento, boa visibilidade.

– Sim, ótimo – aceitou a chávena que lhe ofereceu. – Meu Deus, mataria por uma escova de dentes...

– Não posso ajudar-te nisso – provou o café e fez uma careta. Decidiu que parecia lama, mas que, pelo menos, lhe daria energia. – Não te preocupes, regressaremos em breve à civilização. Poderás escovar os dentes, tomar um banho quente e ir ao cabeleireiro – ela pousou a chávena, mexeu na mala e encontrou a escova do cabelo. Sentou-se no chão com as pernas cruzadas e começou a escová-lo. – Deixa-me fazê-lo – sentou-se atrás dela e acomodou-a entre as pernas.

– Eu posso fazê-lo.

– Sim, mas, se continuares a fazê-lo com essa força, vais ficar careca – depois de uma leve resistência, tirou-lhe a escova. – Devias ter mais cuidado – com delicadeza, começou a desembaraçar-lhe o cabelo. – É o cabelo mais bonito que já vi. De perto, consigo ver milhares de tons de vermelho e dourado.

– É só cabelo – mas, se Althea tinha um ponto de vaidade, Colt acariciava-lho naquele momento. E era maravilhoso. Não conseguiu resistir a suspirar. Podiam estar no meio de nenhures, mas, durante um instante, sentiu-se como se estivesse imersa em pleno luxo.

– Quando voltarmos para Denver, quero que me recordes onde parámos.

– Talvez o faça – com certo pesar, afastou-se. – É melhor... Como é que tu dizes? Levantar o acampamento? Já agora – acrescentou, encolhendo os ombros. – Deves-me mais do que roupa interior nova... Deves-me um pequeno-almoço.

– Põe na minha conta.

Vinte minutos mais tarde, estavam sentados na cabina, com os cintos de segurança postos. Colt verificava os comandos, enquanto Althea aplicava blush na cara.

– Não vamos a nenhuma festa – comentou ele.

– É possível que não possa escovar os dentes – disse, levando à boca um rebuçado que tinha encontrado na mala. – Talvez não disponha de um duche. Mas não perdi todo o sentido de decoro.

– Eu gosto das tuas faces quando estão pálidas – ligou os motores. – Ficas com um aspeto frágil.

Depois de olhar para ele, aplicou ainda mais blush.

– Levanta voo, Nightshade.

– Sim, tenente.

Não considerou apropriado informá-la de que seria uma descolagem complicada. Enquanto ela entrançava o cabelo, colocou a avioneta em posição para avançar. Depois de levar um dedo à medalha que usava ao pescoço, começou a avançar.

Houve saltos e sacudidelas, e, por fim, levantaram voo. Colt lutou contra as correntes de ar cruzadas, baixando uma asa, nivelando a avioneta, levantando-a. Por fim, deixaram para trás o vale e voaram por cima das copas das árvores.

– Não estiveste mal, Nightshade – colocou a trança sobre as costas.

– Boyd tinha razão, Althea. És uma parceira ótima.

– Tenta manter esta coisa quieta durante alguns minutos, está bem? – sorriu e aproximou o espelho dos olhos para maquilhar as pestanas. – Então, qual é o plano?

– O mesmo de ontem. Circundaremos esta zona. Procuraremos cabanas. A que queremos tem um acesso inclinado.

– Sem dúvida, isso diminui as hipóteses.

– Cala-te! Também se trata de uma cabana de dois andares, com um terraço que a circunda e três janelas na parte dianteira, virada para oeste. O sol punha-se numa das cenas do vídeo – explicou. – Segundo a informação que temos, há um lago por perto. Também vi abetos e pinheiros. A cabana tinha troncos pintados de branco. Não deve ser assim tão difícil de ver.

Talvez tivesse razão, mas Althea tinha a certeza de que era necessário dizer mais alguma coisa.

– Talvez não esteja lá, Colt.

– Vamos descobrir – inclinou o avião para rumar a oeste.

– Diz-me, que patente tinhas na Força Aérea? – perguntou, com o afã de mudar de assunto e distrair a sua preocupação.

– Major – esboçou um sorriso. – Parece que te supero na hierarquia.

– Estás retirado – recordou-lhe. – Aposto que a farda te ficava bem.

– Não me importaria de te ver vestida de azul. Olha!

Seguiu a direção que lhe indicava e avistou uma cabana. Era uma estrutura de três andares de sequoia. Reparou noutras duas, afastadas entre si por uma fila de árvores.

– Nenhuma encaixa.

– Não – concordou. – Mas encontrá-la-emos.

Continuaram a busca, Althea com uns binóculos. Algumas cabanas que viram pareciam desocupadas e de outras saía fumo pela chaminé, com veículos todo-o-terreno estacionados no exterior.

Numa viu um homem com uma camisa vermelha a cortar lenha. Noutra avistou um grupo de alces a pastar num prado gelado.

– Não há nada – comentou. – A menos que queiramos gravar um documentário sobre... Espera! – um brilho branco chamou a sua atenção. – Dá a volta – continuou a observar entre as colinas cobertas de neve.

E ali estava, dois andares, troncos pintados de branco, três janelas que davam para oeste, o terraço. No fim do caminho de acesso havia uma carrinha. E saía fumo pela chaminé.

– Pode ser aquela.

– Aposto que é – voou em círculo uma vez e, depois, afastou-se.

– Aceito a aposta – pegou no rádio. – Dá-me a posição. Vou pedir uma equipa de vigilância, para que possamos voltar a pedir um mandado de busca.

– Sim, pede – deu-lhe as coordenadas. – Mas não vou esperar até que consigamos um papel.

– O que raios achas que podes fazer?
– Vou aterrar e entrar – olhou para ela.
– Não – afirmou, – não o farás.
– Faz-se o que se deve – dirigiu-se para o prado onde Althea tinha visto os alces. – Há uma grande possibilidade de que esteja ali. Não vou deixá-la.
– O que vais fazer? – quis saber, demasiado incomodada para reparar na descida perigosa. – Entrar com a pistola em punho? Isso só se vê nos filmes, Nightshade. Não só é ilegal, como põe a refém em perigo.
– Tens uma ideia melhor? – preparou-se para a aterragem. Patinariam assim que as rodas tocassem no chão. Esperava que não capotassem.
– Virão agentes com a equipa de vigilância. Descobriremos quem é o proprietário da cabana e conseguiremos um mandado.
– Para depois entrarmos? Não, obrigado. Disseste que sabias esquiar, não foi?
– O quê?
– Estás prestes a fazê-lo numa avioneta. Agarra-te.
Althea virou a cabeça e ficou boquiaberta ao ver que o prado gelado estava cada vez mais perto deles. Teve tempo de soltar um palavrão, mas depois ficou sem ar perante a força do impacto.
Aterraram e patinaram. A neve salpicou as janelas. Ela observou, quase com resignação, enquanto avançavam em direção a um arvoredo. Então, o avião girou duas vezes antes de parar com brusquidão.
– Louco! – respirou fundo várias vezes, lutando contra o seu mau humor, já que, quando o matasse, queria fazê-lo bem.
– Uma vez aterrei nas Ilhas Aleutas, sem radar. Foi muito pior do que isto.
– E o que prova isso? – exigiu.
– Que ainda sou um piloto magnífico?
– Cresce de uma vez por todas! – gritou. – Não estamos no mundo da fantasia. Aproximamo-nos de supostos sequestradores e assassinos, e o mais provável é que tenham uma jovem inocente como refém. Vamos fazer isto bem, Nightshade.
Ele tirou o cinto e agarrou-lhe as duas mãos pelos pulsos.
– Ouve-me tu. Sei o que é real, Althea. Já vi realidade suficiente na minha vida para conhecer a sua crueldade. Conheço

aquela rapariga. Tive-a nos braços quando era bebé e não vou deixar que a sua vida dependa de papelada e de procedimentos.

– Colt...

– Esquece! – largou-lhe as mãos e afastou-se. – Não vou solicitar a tua ajuda, porque tento respeitar as ideias que tens sobre as regras e os regulamentos. Mas vou procurá-la, Thea, e vou agora.

– Espera! – levantou uma mão e passou-a pelo cabelo. – Deixa-me pensar um minuto.

– Pensas demasiado – mas, quando tentou levantar-se, deu-lhe um murro no peito.

– Disse que esperasses – inclinou a cabeça para trás, fechou os olhos e pensou. – A que distância se encontra a cabana? – perguntou. – A uns oitocentos metros?

– Um quilómetro ou pouco mais.

– Os caminhos que conduziam até lá estavam limpos de neve.

– Sim – dominou-o a impaciência. – E?

– Teria sido melhor se tivesse ficado atolada na neve. Mas uma avaria bastará.

– Do que estás a falar?

– De trabalharmos juntos – abriu os olhos e imobilizou-o com o olhar. – Nãos gostas da minha forma de trabalhar e eu não gosto da tua. Portanto, vamos ter de encontrar um ponto intermédio. Vou chamar a polícia local para que nos apoie e pedir-lhe-ei que entre em contacto com Boyd, para ver se ele pode iniciar a papelada.

– Disse-te...

– Não me importa o que me disseste – interrompeu-o, com calma. – Fá-lo-emos assim. Não podemos irromper na cabana. Em primeiro lugar, talvez seja a cabana errada. Em segundo – voltou a interrompê-lo antes que pudesse falar, – porás Liz num perigo maior se estiver lá. Em terceiro, sem uma causa provável, sem um procedimento adequado, aqueles canalhas poderiam ficar livres e quero-os presos. E, agora, ouve...

Não gostou. Pouco lhe importava quão lógico fosse ou que se tratasse de um bom plano. Mas, durante o longo caminho até à cabana, Althea rebateu com lógica serena e simples os argumentos que ele expôs.

Insistia em entrar.

– O que te faz pensar que te deixarão entrar só por o pedires?

Olhou para ele com a cabeça inclinada e os olhos semicerrados.

– Não desperdicei nenhum contigo, Nightshade, mas disponho de muito encanto. O que achas que faria a maioria dos homens ao ver uma mulher necessitada, que pede ajuda porque está perdida, tem o carro avariado e... – tremeu e transformou a sua voz num gemido – e faz tanto frio lá fora?

– E se se oferecem para te levarem até onde ficou o teu carro para o arranjarem? – perguntou, depois de soltar um palavrão.

– Pois, ficar-lhes-ei profundamente agradecida. E distraí-los-ei o tempo suficiente para fazer o que tenho de fazer.

– E se se mostrarem desagradáveis?

– Então, tu e eu teremos de dar cabo de alguém, não é?

– Continuo a pensar que deveria acompanhar-te.

– Não serão simpáticos se a mulher for acompanhada de um homem grande e forte – replicou, com sarcasmo. – Com sorte, os agentes locais chegarão antes que possa acontecer alguma coisa – calou-se e calculou a distância. – Estamos bastante perto. Talvez um deles tenha saído para dar um passeio. Não queremos que nos vejam juntos.

Colt enfiou as mãos nos bolsos e obrigou-se a relaxar. Althea tinha razão... E, além disso, era boa. Tirou as mãos dos bolsos, agarrou-a pelos ombros e aproximou-a.

– Tem cuidado.

– Tu também – deu-lhe um beijo apaixonado.

Virou-se e afastou-se com passos largos. Colt quis dizer-lhe que parasse, que a amava. Mas foi para a parte de trás da cabana. Não era o momento indicado. Deixá-lo-ia para depois.

Afastou tudo da sua mente e correu pela neve endurecida, mantendo-se agachado.

Althea avançou a toda a velocidade. Queria estar ofegante e com os olhos húmidos ao chegar à cabana. Assim que viu as janelas, empreendeu uma corrida lenta, fingindo alívio. Praticamente, deixou-se cair sobre a porta.

Reconheceu Kline assim que lha abriu. Usava umas calças cinzentas e tinha os olhos semicerrados devido ao fumo do cigarro que apertava no canto da boca. Cheirava a tabaco e a uísque.

– Oh, graças a Deus! – apoiou-se na ombreira da porta. – Graças a Deus! Receava não encontrar ninguém. Dá-me a impressão de que estou a andar há uma eternidade.

Kline observou-a. Pensou que era muito bonita, mas não gostava de surpresas.

– O que quer?

– O meu carro... – levou uma mão trêmula ao coração. – Avariou... Deve estar a um quilómetro daqui, no mínimo. Vim visitar amigos. Não sei, mas talvez me tenha enganado no caminho – tremeu e fechou mais o anoraque. – Posso entrar? Tenho muito frio.

– Não há ninguém por aqui, mais nenhuma cabana.

– Sabia que me tinha enganado no caminho... – fechou os olhos. – Passado algum tempo, começa a ser tudo igual. Saí de Englewood antes de amanhecer. Desejava começar as minhas férias – olhou para ele com os olhos muito abertos e conseguiu esboçar um sorriso fraco. – Que férias até agora! Deixa-me usar o telefone, para pedir aos meus amigos que venham buscar-me?

– Suponho que sim – decidiu que era inofensiva. E um prazer para os olhos.

– Oh, uma lareira... – com um gemido de alívio, Althea aproximou-se da lareira. – Não imaginei que pudesse ter-se tanto frio – enquanto esfregava as mãos, sorriu-lhe por cima do ombro. – Não sabe como lhe estou agradecida por me ajudar.

– Não custa nada – tirou o cigarro da boca. – Não há muita gente por aqui.

– Não é de estranhar – olhou pela janela. – Mas é lindo. Suponho que, se estivesse quente junto da lareira, com uma garrafa de vinho, pouco me importaria que houvesse uma ou duas tempestades de neve.

– Eu gosto de estar quente com mais do que uma garrafa – Kline sorriu.

Althea pestanejou e acabou por descer as pálpebras.

– Certamente, é romântico, senhor...

– Kline. Podes chamar-me Harry.

– Muito bem, Harry. Eu sou Rose – disse, dando-lhe o seu segundo nome, caso reconhecesse o primeiro, relacionando-o

com o da polícia que falava com Wild Bill. Ofereceu-lhe a mão.
– É um verdadeiro prazer. Acho que me salvaste a vida.

– O que raio se passa aqui?

Althea levantou o olhar para o primeiro andar e viu um homem alto e magro, de cabelo loiro. Reconheceu-o como o segundo ator do filme.

– Temos uma convidada inesperada, Donner – informou Kline. – O carro dela avariou.

– Bom, raio... – Donner pestanejou e olhou-a com atenção. – Estás fora da época, querida.

– Estou de férias – replicou, sorrindo-lhe.

– Não é fantástico? – começou a descer as escadas. – Porque não lhe preparas uma chávena de café, Kline?

– Wave já está na cozinha. É a vez dele.

– Ótimo... – Donner lançou a Althea o que ele considerava um sorriso íntimo. – Diz-lhe que sirva outra chávena para a nossa convidada.

– Porque não vais tu...?

– Oh, eu adoraria uma chávena de café... – interveio Althea, olhando para Kline com os seus olhos castanhos enormes. – Estou gelada.

– Claro – encolheu os ombros, olhou para Donner e foi-se embora.

Ela questionou-se se haveria mais algum elemento da organização na cabana ou se estariam só os três.

– Estava a dizer a Harry como a cabana é bonita – entrou na sala e deixou a mala na mesa. – Vivem aqui todo o ano?

– Não, vimos de vez em quando.

– É muito maior do que parece por fora.

– Cumpre a sua função – aproximou-se do braço da poltrona onde Althea se sentara. – Talvez gostasses de passar as tuas férias aqui...

Ela riu-se, sem colocar objeção quando lhe passou um dedo pelo cabelo.

– Oh, mas os meus amigos esperam-me... No entanto tenho duas semanas... – riu-se com voz rouca e sensual. – Diz-me, o que fazem para se divertirem?

– Surpreender-te-ias – Donner apoiou uma mão na coxa dela.

– Não me surpreendo com facilidade.

– Afasta-te – Kline regressou com uma chávena de café. – Aqui tens, Rose.

– Obrigada – sentiu o cheiro. – Já me sinto menos gelada.

– Porque não tiras o anoraque? – Donner aproximou uma mão do fecho, mas ela mexeu-se, sem deixar de sorrir.

– Assim que aquecer um pouco – tinha tomado a precaução de tirar a capa da arma, mas preferia ter mais camuflagem, já que usava a pistola atrás das costas. – São irmãos? – perguntou, para fazer conversa.

– Não! – soprou Kline. – Poderia dizer-se que somos sócios.

– Oh, a sério? A que negócio se dedicam?

– Comunicações – indicou Donner, mostrando uns dentes brancos.

– É fascinante. Sem dúvida, têm muito equipamento – olhou para a televisão grande, leitor de vídeo e a aparelhagem. – Eu adoro ver filmes nas noites longas de inverno. Talvez pudéssemos juntar-nos alguma vez para... – calou-se, alertada por um movimento no andar de cima. Levantou o olhar e viu a rapariga. Tinha o cabelo despenteado e uma expressão de cansaço infinito nos olhos. Tinha perdido peso, mas reconheceu-a pela fotografia que Colt lhe tinha mostrado. – Olá – cumprimentou, com um sorriso.

– Volta para o teu quarto! – exclamou Kline. – Já!

Liz humedeceu os lábios. Usava umas calças de ganga gastas e uma camisola azul com os punhos desfiados.

– Queria comer alguma coisa – disse, com voz apagada, mas não intimidada.

– Comerás – Kline observou Althea e ficou satisfeito ao ver que a sua expressão era de desinteresse amistoso. – Agora, volta para o teu quarto até que te chame.

Liz hesitou o tempo suficiente para lhe lançar um olhar frio. Isso animou Althea. Ainda não a tinham derrotado. Voltou a entrar no quarto e fechou a porta com força.

– Crianças... – murmurou Kline, acendendo outro cigarro.

– Sim – Althea sorriu com simpatia. – É tua irmã?

Kline engasgou-se com o fumo, mas assentiu.

– Sim. Sim, é minha irmã. Querias usar o telefone?

– Oh, sim! – pousou a chávena de café e levantou-se. – Agradeço-vos. Os meus amigos começarão a preocupar-se em breve.

– Aí tens – indicou ele. – Fica à vontade.

– Obrigada – mas, ao levantar o auscultador, não havia linha. – Meu Deus, acho que não há linha...

Kline praguejou e aproximou-se dela, enquanto tirava uma chave em forma de «L» do bolso.

– Esqueci-me. Desliguei-o à noite para que a miúda não pudesse usá-lo. Fazia imensas chamadas de longa distância. Sabes como são as raparigas.

– Sim, é verdade – sorriu. Ao ouvir o sinal de linha, marcou o número da polícia local. – Fran – disse, com alegria, chamando a telefonista pelo nome que tinham acordado. – Não vais acreditar no que me aconteceu. Perdi-me e o carro avariou-se. Se não fossem uns rapazes fantásticos, não sei o que teria feito – riu-se, com a esperança de que Colt já se tivesse posto a caminho. – Não me perco sempre. Espero que Bob venha buscar-me.

Enquanto Althea falava ao telefone, Colt subiu a um poste. Com os binóculos tinha visto tudo o que precisava de ver através das janelas amplas. Althea dominava a situação e Liz estava no primeiro andar.

Tinham acordado que, se surgisse a oportunidade, a tiraria da casa. Colt teria preferido um caminho mais direto, para dar uma lição àqueles miseráveis, mas a segurança de Liz estava em primeiro lugar. Assim que a afastasse dali, regressaria.

Com um gemido, subiu até ao parapeito saliente e agarrou-se. Viu Liz deitada numa cama desfeita, de costas para ele, aninhada numa posição defensiva. O seu primeiro impulso foi partir o vidro e entrar. Por medo de a assustar e de que pudesse gritar, bateu com suavidade.

Ela mexeu-se. Quando voltou a bater, virou-se com cautela, olhando para o sol com olhos perdidos. Então, pestanejou e, com lentidão, endireitou-se na cama. Colt levou um dedo aos lábios para lhe indicar que guardasse silêncio. Mas isso não conteve as lágrimas que encheram os olhos de Liz ao aproximar-se.

– Colt! – abanou a janela, apoiou a face contra o vidro e continuou a chorar. – Quero ir para casa! Por favor, por favor, quero ir para casa!

Ele mal conseguia ouvi-la através do vidro. Receando que as suas vozes pudessem ser ouvidas, bateu outra vez e aguardou, até que Liz virou a cabeça para olhar para ele.

– Abre a janela, miúda – mexeu os lábios com precisão, mas ela só abanou a cabeça.

– Está encravada – disse, esfregando os punhos contra os olhos. – Encravaram-na.

– Está bem. Olha para mim – fez sinais com as mãos para chamar a sua atenção. – Uma almofada. Traz uma almofada.

Um leve brilho surgiu nos olhos dela. Um regresso cauteloso da esperança. Obedeceu com celeridade.

– Apoia-a contra o vidro. Mantém-na firme e vira a cabeça. Afasta a cabeça, querida – usou o cotovelo para partir o vidro, satisfeito por a almofada ter amortecido o ruído quase todo. Quando afastou estilhaços suficientes, entrou. Ela atirou-se imediatamente nos seus braços, sem deixar de soluçar. Pegou-a ao colo e embalou-a como se fosse um bebé. – Psiu... Liz. Está tudo bem agora. Vou levar-te para casa.

– Desculpa. Desculpa.

– Não te preocupes. Não te preocupes com nada – afastou-se para a olhar nos olhos. Estava muito magra e pálida. E tinha muitas coisas para lhe perguntar. – Querida, vais ter de te manter firme mais um pouco. Vamos tirar-te daqui e temos de agir depressa. Tens um anoraque? Sapatos?

– Levaram-nos – abanou a cabeça. – Levaram tudo para que não pudesse fugir. Tentei, Colt, juro-te que tentei, mas...

– Está bem – voltou a encostar-lhe o rosto ao ombro antes que a histeria pudesse dominá-la. – Não penses nisso agora. Vais fazer exatamente o que te disser, está bem?

– Está bem. Podemos ir já? Agora mesmo?

– Agora mesmo. Vamos enrolar-te naquela manta – tirou-a da cama com uma mão e fez o que pôde para a agasalhar. – Agora, vamos saltar. Mas, se te agarrares a mim e relaxares, vai correr tudo bem – levou-a até à janela, com o cuidado de lhe proteger a cara do frio e do vidro partido. – Se quiseres gritar, fá-lo na tua cabeça, mas não em voz alta. Isso é importante.

– Não gritarei – com o coração acelerado, agarrou-se ao peito dele. – Por favor, leva-me para casa. Quero estar com a mamã.

– Ela também quer estar contigo. E o teu pai – não deixou de falar em voz baixa e tranquilizadora. – Vamos telefonar-lhes assim que sairmos daqui – rezou e saltou.

Sabia como cair de um edifício, de umas escadas, de um avião.

Sem a menina, simplesmente teria rodado. Com ela, virou o corpo para receber a maior parte do impacto nas suas costas e protegê-la.

Ficou sem fôlego e bateu com o ombro, mas endireitou-se assim que aterraram, com Liz ainda aninhada contra o peito. Correu para o caminho. Já tinha percorrido metade do trajeto quando ouviu o primeiro tiro.

CAPÍTULO 10

Althea prolongou a conversa com a telefonista da polícia, parando o tempo suficiente para assimilar a informação de que a equipa de apoio chegaria dentro de dez minutos. Esperava que Colt tivesse conseguido tirar Liz da cabana, mas, fosse como fosse, parecia que correria tudo bem.

– Obrigada, Fran. Eu também estou desejosa de vos ver, a Bob e a ti. Deixa-me perguntar a Harry onde estamos, porque não tenho ideia – sorriu na direção de Harry e tapou o auscultador com a mão. – Tens uma morada ou alguma coisa para que se orientem? Bob vem buscar-me e dar uma olhadela ao meu carro.

– Não há problema – desviou o olhar quando Wave saiu da cozinha. – Espero que tenhas preparado comida suficiente para a nossa convidada – disse-lhe. – Teve uma manhã difícil.

– Sim, há bastante – Wave olhou para Althea e semicerrou os olhos. – Eh! O que raio é isto?

– Olha as maneiras – sugeriu Donner. – Há uma senhora presente.

– Uma senhora, o tanas! É polícia. É a polícia de Wild Bill.

Atirou-se a ela, mas Althea estava preparada. Tinha notado o reconhecimento nos seus olhos e já tinha levado a mão à arma. Não teve tempo para pensar ou preocupar-se com os outros dois, já que a atingiram cento e trinta quilos de músculo.

Foi projetada e o primeiro tiro atingiu uma mesa antiga. Uma coleção de frascos caiu ao chão. Althea viu estrelas e, através delas, viu o seu adversário a avançar para ela.

O instinto impulsionou-a a rodar para a esquerda para se esquivar do golpe. Wave era enorme, mas ela era rápida. Ajoelhou-se e agarrou a arma com ambas as mãos.

Daquela vez, não falhou. Dispôs apenas de um instante para reparar na mancha de sangue na t-shirt branca, antes de se endireitar de um salto.

Donner dirigia-se para a porta e Kline praguejava, enquanto abria uma gaveta. Althea viu o brilho cromado.

– Quietos! – a ordem fez com que Donner levantasse as mãos e se transformasse numa estátua, mas Kline tirou a pistola. – Fá-lo e morrerás – disse, recuando para conseguir ver os dois. – Larga-a, Harry, ou vais sujar o tapete, tal como o teu amigo.

– Filha da mãe... – com os dentes apertados, largou a arma.

– Boa decisão. E, agora, para o chão, de barriga para baixo, com as mãos atrás das costas. Tu também, Romeu! – ordenou a Donner. Enquanto obedeciam, apanhou a arma de Kline. – Devias saber que nunca se deve deixar entrar um desconhecido.

«Meu Deus, dói tanto», pensou Althea ao diminuir a descarga de adrenalina. Esperava que Wave não lhe tivesse acertado em nenhum ponto vital.

Ouviu o som de uma sirene ao longe.

– Aparentemente, Fran enviou a cavalaria. E, agora, caso ainda não tenham percebido, represento a lei e estão presos.

Com voz serena, lia os direitos aos homens quando Colt irrompeu com a pistola numa mão e a faca na outra. De acordo com os seus cálculos, apenas tinham passado três minutos desde o primeiro disparo. Era evidente que agia depressa.

Althea olhou para ele e concluiu o procedimento.

– Vigia estes idiotas, está bem, Nightshade? – pediu ao apanhar o auscultador do telefone que ainda estava caído. – Agente Mooney? Sim, fala a tenente Grayson. Precisaremos de uma ambulância. Há um suspeito com um ferimento no peito. Não, a situação está sob controlo. Obrigada, foi de grande ajuda – desligou e olhou para Colt. – E Liz?

– Está bem. Disse-lhe que esperasse pela polícia junto do caminho. Ouvi os disparos – tinha as mãos firmes, pelo que agradeceu, já que tremia por dentro. – Pensei que te tinham descoberto.

– Não te enganaste. Aquele – indicou Wave com a cabeça – deve ter-me visto com Wild Bill. Porque não vais buscar uma toalha? É melhor que tentemos estancar a hemorragia.

– Ele que vá para o inferno! – a fúria saiu tão repentinamente e com tanta violência que os dois homens estendidos no chão tremeram. – Tens um corte na cabeça.

– Sim? – aproximou os dedos da dor palpitante na têmpora direita e observou o sangue com desagrado. – Bolas! Espero não precisar de pontos. Odeio.

– Qual deles te bateu? – Colt observou os três homens, com olhos gelados. – Qual?

– O que foi atingido, o que está a sangrar. Vai buscar uma toalha e veremos se conseguimos que chegue vivo ao julgamento – quando não respondeu, interpôs-se entre Colt e o ferido. As intenções dele eram óbvias. – Deixa-te de tolices, Nightshade. Não sou uma rapariga em apuros e os cavaleiros de armadura brilhante irritam-me, entendido?

– Sim – conteve a respiração. Percorriam-no demasiadas emoções. Nenhuma alteraria a situação. – Sim, entendido, tenente.

Virou-se para fazer o que lhe tinha pedido. «Afinal de contas», pensou, «Althea consegue gerir a situação. Consegue lidar com tudo».

Só começou a acalmar-se quando estava outra vez na avioneta. Pelo menos, tinha de fingir calma para o bem de Liz. Agarrava-se a ele, suplicando-lhe que não a mandasse ir com a polícia, que ficasse com ela. Por isso, tinha aceitado que a menina ocupasse o lugar do passageiro e Althea ia atrás.

Com aspeto perdido sob o casaco de Colt, a jovem olhava pelo para-brisas. Apesar das tentativas para a aquecer, não parava de tremer. Quando rumaram a este, começou a chorar. Os ombros tremeram-lhe com violência, mas não emitiu nenhum som.

– Vá, querida – impotente, Colt agarrou-lhe a mão. – Já passou. Mais ninguém vai fazer-te mal.

Mas as lágrimas silenciosas continuaram a cair.

Sem dizer uma palavra, Althea levantou-se e desapertou-lhe o cinto de segurança com calma. Incitou-a a levantar-se. Ocupou o lugar e acomodou Liz no seu colo, com a cabeça no ombro.

– Não olhes para trás – murmurou.

Quase imediatamente, os soluços de Liz ouviram-se em toda

a cabina. A dor que manifestava rasgou o coração de Althea enquanto a embalava e a abraçava. Devastado pelo choro, Colt estendeu uma mão e acariciou-lhe o cabelo. Mas, ao sentir o contacto, a jovem aninhou-se mais contra Althea.

Ele desceu a mão e concentrou-se no céu.

Foi a insistência gentil de Althea que convenceu Liz de que o melhor seria ir primeiro ao hospital. A rapariga não parava de repetir que queria ir para casa. E teve de lhe recordar constantemente que os seus pais já estavam a caminho de Denver.

– Sei que é difícil – manteve o braço à volta dos ombros de Liz. – E sei que assusta, mas precisas que te examinem.

– Não quero que nenhum médico me toque.

– Eu sei – sabia-o demasiado bem. – Mas é uma médica – sorriu e acariciou-lhe o braço. – Não te magoará.

– Será muito rápido – garantiu Colt. Tentou manter o sorriso. O que desejava era gritar. Bater nalguma coisa. Matar alguém.

– Está bem – Liz voltou a olhar com receio para a sala do hospital. – Por favor... – apertou os lábios e olhou com expressão de súplica para Althea.

– Queres que vá contigo? Que fique contigo? – perante o assentimento da menina, abraçou-a com mais força. – Claro, não há problema. Colt, porque não vais comprar refrigerantes e, talvez, rebuçados? – a jovem sorriu. – Sabia-me bem um chocolate. E a ti?

– Sim – Liz respirou fundo. – Suponho que sim.

– Voltaremos dentro de alguns minutos – disse Althea a Colt.

Sentindo-se inútil, foi-se embora pelo corredor.

Dentro da sala, Althea ajudou Liz a tirar a roupa e a vestir uma bata. Reparou nos hematomas no seu corpo, mas não disse nada. Precisariam de uma declaração oficial de Liz, mas isso podia esperar mais um pouco.

– Esta é a doutora Mailer – explicou, quando a jovem médica de olhar suave se aproximou.

– Olá, Liz – a doutora Mailer não lhe ofereceu a mão, nem lhe tocou. Especializara-se em pacientes com traumas e compreendia o terror que dominava as vítimas de violação. – Vou ter de te fazer algumas perguntas e alguns testes. Se houver alguma coisa que desejes perguntar-me, fá-lo. E, se quiseres que pare, que espere um pouco, diz-me, está bem?

– Está bem – Liz deitou-se e concentrou-se no teto. Mas não deixou de apertar com força a mão de Althea.

Ela tinha solicitado a doutora Mailer porque conhecia a sua reputação. À medida que o exame avançava, ficou mais do que convencida de que era uma reputação justificada. Mostrou-se amável, delicada e eficaz. Parecia que sabia instintivamente quando devia parar, dar a oportunidade a Liz de se recompor e quando continuar.

– Já acabámos – a doutora Mailer tirou as luvas e sorriu. – Quero que descanses aqui um pouco, enquanto vou passar-te uma receita.

– Não terei de ficar aqui, pois não?

– Não – apertou-lhe a mão. – Portaste-te muito bem. Quando os teus pais chegarem, voltaremos a falar. Queres que peça que te tragam alguma coisa para comer? – ao ir-se embora, indicou a Althea com o olhar que também falariam mais tarde.

– Portaste-te muito bem – disse, ajudando-a a sentar-se. – Queres que vá ver se Colt arranjou o chocolate?

– Não quero ficar sozinha aqui.

– Está bem – tirou a escova da mala e começou a pentear-lhe o cabelo. – Diz-me se te magoar.

– Quando te vi na sala da cabana, pensei que eras mais uma das mulheres que levavam para lá. Que ia acontecer outra vez – fechou os olhos e as lágrimas caíram. – Que iam obrigar-me a fazer outra vez aquelas coisas.

– Desculpa. Não havia maneira de te fazer saber que tinha ido ajudar-te.

– E, ao ver Colt à janela, pensei que sonhava. Não deixava de sonhar que apareceria alguém, mas nunca acontecia. Dava-me medo que a mamã e o papá não se importassem.

– Querida, os teus pais nunca deixaram de te procurar – levantou-lhe o queixo. – Estiveram muito preocupados. Foi por isso que enviaram Colt. E posso dizer-te que ele também te adora. Não consegues imaginar as coisas que me convenceu a fazer para te encontrar.

Liz tentou sorrir, mas não conseguiu.

– Mas não sabem... Talvez já não gostem de mim quando souberem... Tudo.

– Não. Irritar-se-ão e custar-lhes-á, e será realmente difícil para eles. Mas isso é porque te amam. Nada do que tenha acontecido irá mudar isso.

– Eu... Eu não consigo fazer mais nada senão chorar.

– Então, é a única coisa que deves fazer agora.

– A culpa foi minha por ter fugido de casa – passou uma mão trémula pela face.

– Sim – concordou Althea. – É a única coisa de que tens a culpa.

Liz afastou a cara e as lágrimas continuaram a cair, enquanto olhava para o chão.

– Não entendes o que se sente. Não sabes como é. Como é terrível.

– Enganas-te – com delicadeza, voltou a agarrar-lhe a cara. – Entendo. Entendo muito bem.

– Sim? – tremeu. – Aconteceu-te o mesmo?

– Quando tinha mais ou menos a tua idade. E senti-me como se me tivessem tirado uma coisa que nunca mais recuperaria. Pensei que nunca mais voltaria a sentir-me limpa, inteira. A ser eu outra vez. E chorei durante muito, muito tempo, porque dava a impressão de que não conseguia fazer mais nada.

– Não parava de repetir que não era eu – Liz aceitou o lenço de papel que Althea depositou nas suas mãos. – Mas estava muito assustada. Acabou. Colt não para de dizer que já acabou, mas dói.

– Eu sei – embalou-a nos seus braços. – Dói mais do que tudo no mundo e vai doer durante algum tempo. Mas não estás sozinha. Deves recordar que não estás sozinha. Tens a tua família, os teus amigos. Tens Colt. E podes falar comigo sempre que precisares.

– O que fizeste tu? – apoiou a cabeça no peito de Althea. – O que fizeste?

– Sobrevivi – murmurou, com o olhar distante por cima da cabeça da menina. – E tu também sobreviverás.

Colt estava à porta da sala, com latas de refrigerantes e guloseimas nas mãos. Se antes se sentira inútil, naquele momento a sensação era insuportável.

Não havia lugar para ele ali, não havia maneira de poder entrar na dor daquela mulher. A sua primeira reação foi de raiva. Mas para onde podia canalizá-la? Virou-se para deixar as coisas sobre uma mesa da sala de espera. Se não podia consolar nenhuma das duas, se não podia impedir o que tinha acontecido, o que podia fazer?

Passou as mãos pela cara. Ao descê-las, viu os pais de Liz a saírem do elevador.

Pelo menos, podia fazer aquilo. Foi ao seu encontro.

Na sala, Althea acabou de pentear Liz.

– Queres vestir-te?

A jovem conseguiu esboçar um sorriso.

– Nunca mais quero voltar a vestir essa roupa.

– Muito bem. Bom, talvez consiga arranjar alguma coisa... – virou-se ao notar movimento à porta. Viu uma mulher pálida e um homem abatido, os dois com os olhos vermelhos.

– Oh, querida! Liz! – a mulher foi a primeira a mexer-se, seguida do homem.

– Mamã! – Liz voltou a soluçar enquanto abria os braços. – Mamã!

Althea afastou-se. Ao ver Colt à porta, dirigiu-se para ele.

– É melhor que fiques com eles. Antes de me ir embora, vou dizer à doutora Mailer que já chegaram.

– Para onde vais?

– Vou redigir o meu relatório – pendurou a mala ao ombro.

Depois, foi para casa tomar um banho quente. Esfregou o corpo até quase deixar de o sentir. Cedendo ao cansaço, tanto físico como emocional, deitou-se nua na cama e teve um sonho aprazível, até que as pancadas na porta a acordaram.

Aturdida, procurou o robe e atou o cinto enquanto ia ver quem era. Franziu o sobrolho ao ver Colt pela mira e abriu a porta.

– Dá-me um bom motivo pelo qual não deva prender-te por perturbares a minha paz.

– Trouxe-te piza – estendeu uma caixa.

– Isso pode salvar-te. Suponho que também queiras entrar.

– Essa era a ideia.

– Bom, entra, então – com aquele convite duvidoso, foi buscar pratos e guardanapos. – Como está Liz?

– Surpreendentemente bem. Marleen e Frank são muito fortes.

– Têm de ser – regressou à mesa com os pratos. – Espero que compreendam que vão precisar de acompanhamento.

– Já falaram sobre isso com a doutora Mailer. Vai ajudá-los a arranjar um bom terapeuta – tirou uma fatia de piza e escolheu as suas palavras com cuidado. – A primeira coisa que quero fazer é agradecer-te. E não me interrompas, Thea. Eu gostaria de dizer tudo.

– Está bem – sentou-se e escolheu uma fatia. – Fala.

– Não falo apenas da colaboração oficial, do modo como me ajudaste a encontrá-la e a salvá-la. Estou em dívida contigo, mas isso entra no plano profissional. Não tens nenhuma bebida para acompanhar isto?

– Há vinho na cozinha.

– Vou buscá-lo – disse começando a levantar-se.

– Como queiras – Althea encolheu os ombros e continuou a comer. Ia na segunda fatia quando Colt regressou com uma garrafa e dois copos. – Suponho que estivesse demasiado cansada para me dar conta de que morria de fome.

– Então, não devo desculpar-me por te ter acordado – encheu os copos, mas não bebeu. – Também queria agradecer-te pelo modo como te comportaste com Liz. Pensei que bastava salvá-la... Tu sabes, aquela história do cavaleiro andante que tanto te irrita – levantou o olhar e encontrou-se com os seus olhos. – Não foi assim. Também não bastou dizer-lhe que estava tudo bem, que tinha acabado. Precisava de ti.

– Precisava de uma mulher.

– Tu és uma mulher. Sei que é esperar demasiado, mas, depois de te teres ido embora, ela perguntou várias vezes por ti – brincou com o copo. – Vão ficar na cidade, pelo menos, mais um dia, até que a doutora Mailer tenha alguns dos resultados. Pensei que pudesses falar outra vez com Liz.

– Não é necessário que mo peças, Colt – agarrou-lhe a mão. – Eu também me envolvi.

– Eu também, Thea – beijou-lhe a mão. – Estou apaixonado por ti. Não, não te afastes – apertou-lhe os dedos antes que pudesse soltar-se. – Nunca o tinha dito a uma mulher. Empreguei termos alternativos – sorriu um pouco. – Estou louco por ti, és especial para mim, essas coisas... Mas nunca usei a palavra «amor», não até te conhecer.

Acreditava nele. E, o que era mais aterrador, queria acreditar. «Vai com cuidado», recordou a si mesma. «Passo a passo.»

– Escuta, Colt, estivemos numa montanha russa desde que nos conhecemos... Muito recentemente. As coisas, as emoções, tendem a adquirir proporções desmesuradas numa montanha russa. Porque não abrandamos um pouco?

Sentiu-a nervosa, mas, daquela vez, não o divertiu.

– Tive de aceitar que não podia mudar o que aconteceu a Liz. Foi difícil. Mas não posso mudar o que sinto por ti. Aceitar isso é fácil.

– Não sei muito bem o que queres de mim, Colt, e não creio que seja capaz de to dar.

– Pelo que te aconteceu. Pelo que te ouvi a contar a Liz.

– Isso foi entre mim e Liz – retraiu-se imediatamente. – E não te diz respeito.

Foi exatamente a reação que Colt esperava, para a qual se preparara.

– Ambos sabemos que não é verdade. Mas falaremos disso quando estiveres preparada – pegou no copo de vinho. – Sabias que dão a Wave uma hipótese de cinquenta por cento de sobreviver?

– Eu sei – observou-o com receio. – Telefonei para o hospital antes de me meter na cama. Sei que Boyd está a encarregar-se do interrogatório de Kline e Donner.

– Tens vontade de que caiam nas tuas mãos, hã?

– Sim – sorriu.

– Sabes, ao ouvir os disparos, pensei que me tinha parado o coração – mais relaxado, deu uma dentada na fatia de piza. – Regressei a correr, pronto para dar cabo deles, mas, ao irromper como a cavalaria, o que é que vi? – abanou a cabeça e brindou com Althea. – Vi-te a ti, com sangue na cara... – parou para passar com delicadeza um dedo pela têmpora magoada. – Com uma pistola em cada mão. Um animal de cento e cinquenta quilos a sangrar aos teus pés e mais dois tipos de barriga para baixo, com as mãos atrás da cabeça. E tu, direita, parecida com a deusa Diana depois de uma caçada, a leres-lhes os direitos. Tenho de reconhecer que me senti bastante supérfluo.

– Estiveste bem, Nightshade – suspirou. – E acho que mereces saber que me senti muito contente ao ver-te. Parecias Jim Bowie, em O Álamo.

– Ele perdeu.

– Tu não – cedeu e inclinou-se para a frente para lhe dar um beijo.

– Nós não – corrigiu. – Trouxe-te um presente.

– Sim? – como o momento perigoso parecia ter passado, sorriu e voltou a beijá-lo. – Dá-mo – ele enfiou a mão no bolso do casaco. Tirou um saco pequeno de papel e atirou-o para o colo dela. – Oh, vejo que o embrulhaste muito bem... – riu-se entredentes ao enfiar a mão no interior. Tirou umas cuecas e um sutiã azul-escuros. O risinho transformou-se numa gargalhada.

– Pago as minhas dívidas – informou Colt. – Como supus que tivesses muitos brancos, escolhi uma coisa diferente – estendeu a mão para sentir a seda e a renda. – Talvez queiras experimentá-lo.

– Na devida altura – embora soubesse o que queria naquele momento. O que precisava. Levantou-se. Afundou os dedos no cabelo dele e puxou-o, até lhe levantar a cara para que as suas bocas se encontrassem. – Talvez queiras ir para a cama comigo.

– Decididamente – subiu-lhe as mãos pelas ancas, sem afastar a boca dos seus lábios. – Pensava que nunca mais o pedias.

– Não queria que a piza arrefecesse.

– Continuas com fome? – desceu um dedo pelo seu corpo para brincar com o cinto do robe.

Ela tirou-lhe a camisa das calças de ganga.

– Agora que o mencionas, talvez sim – riu-se quando lhe pegou ao colo.

Dirigiu-se para o quarto, decidido a fazer-lhe outra surpresa. Deixou-a na cama, deitando-se ao seu lado, enquanto lhe enchia o rosto de beijos leves e tentadores.

Os dedos de Althea estavam ocupados a desabotoar-lhe os botões da camisa. Sabia o que a esperava e estava pronta e ansiosa para a tempestade, para o fogo e a invasão de sensações. Quando as mãos afastaram o algodão e encontraram uma pele quente e firme, emitiu um gemido baixo e satisfeito.

Ele continuou a beijá-la e a mordiscá-la enquanto ela o despia. Nos seus movimentos havia uma energia frenética que prometia algo selvagem e febril. Cada vez que Colt sentia uma pontada de desejo, absorvia o impacto e continuava com o seu ritmo relaxado.

– Desejo-te – impaciente, Althea virou a boca para a dele e arqueou-se.

Colt desconhecia que palavras ofegantes pudessem fazer-lhe ferver o sangue. Mas seria demasiado fácil tomar o que ela oferecia e perder o que ainda retinha.

– Eu sei. Consigo senti-lo – voltou a beijá-la com tanta ternura que lhe provocou outro gemido. A mão que tinha estado fechada sobre o ombro de Colt ficou lassa. – E eu desejo-te – murmurou, inclinando-se para trás para a contemplar. – Toda – fascinado, passou-lhe os dedos pelo cabelo, estendendo-o até ao lençol branco. Depois, inclinou-se para lhe dar um beijo gentil sobre a têmpora magoada.

A emoção provocou um nó na garganta de Althea.

– Colt...

– Psiu... Só quero olhar – e olhou, enquanto passava a ponta de um dedo pelas suas feições e lhe acariciava o lábio inferior com o polegar, para o descer pelo queixo e pousá-lo durante alguns segundos sobre a pulsação no pescoço. – O sol está a pôr-se – sussurrou. – A luz faz coisas incríveis na tua cara, nos teus olhos. Agora, são dourados, com pontos mais escuros. Nunca vi uns olhos como os teus. Pareces saída de um quadro. Mas posso tocar-te – deslizou o polegar pelo pescoço, – sentir como tremes, saber que és real.

– Não preciso de palavras – levantou uma mão para o aproximar outra vez dela e satisfazer a necessidade.

– Claro que sim – sorriu um pouco. – É possível que não tenha encontrado as adequadas, mas precisas – ia encostar os lábios ao seu pulso e reparou nas nódoas negras. E recordou.

Franziu o sobrolho quando se sentou sobre ela e lhe agarrou as mãos. Examinou os pulsos com cuidado.

– Eu fiz-te isto.

«Meu Deus», pensou ela. «Tem de haver um modo de pôr fim a este tremor terrível.»

– Não importa. Estavas incomodado. Faz amor comigo.

– Eu não gosto de saber que posso magoar-te quando estou

zangado ou que é possível que volte a fazê-lo – com cuidado, beijou-lhe cada pulso. – Fazes com que seja demasiado fácil esquecer como és suave, Althea – as mangas do robe desceram pelos seus braços e beijou-a até ao cotovelo. – Como és frágil e perfeita. Tenho de te demonstrar.

Passou uma mão sob a cabeça dela e levantou-lhe a cara, deixando que o cabelo caísse como uma cascata. Possuiu outra vez a sua boca, saboreando um beijo profundo e sonhador. Colt sentiu que outra camada se dissolvia. Com músculos trémulos, ela rodeou-lhe o pescoço com os braços.

Não sabia o que fazia, apenas que era incapaz de pensar, de resistir. Que defesa podia haver contra a paixão e a doçura? Quis dizer-lhe que a sedução era desnecessária, mas era glorioso render-se aos segredos que Colt revelava com aquela boca suave e aquelas mãos lentas e hábeis.

Voltou a deixá-la sobre a cama e Althea ouviu o sussurro do robe, enquanto lhe despia os ombros, para lhe oferecer beijos com a boca aberta.

Colt reparou no momento em que ela se deixou ir. Experimentou a emoção do triunfo quando as mãos de Althea, tão suaves como as suas próprias, começaram a acariciá-lo. Resistiu ao impulso de acelerar o ritmo e explorou-a por cima do robe, por baixo, à medida que o corpo dela se derretia.

Nunca deixou de observar a cara de Althea, excitado por cada brilho de emoção, tentado pelo modo como continha o ar, para o libertar quando sentia o seu contacto. Teria jurado que a sentira a flutuar ao despi-la por completo.

Então, ela abriu os olhos. Colt compreendeu que, embora se tivesse entregado, não ia mostrar-se passiva. As suas mãos também tocavam com a mesma ternura insuportável.

Até que ficou tão seduzido como ela.

Gemidos suaves e roucos. Segredos contados em sussurros. Carícias prolongadas. O sol perdeu-se no crepúsculo. Havia necessidade, mas não a precipitação febril de a saciar. Havia prazer e o desejo de o prolongar.

Ele tocou-lhe e ela tremeu. Ela provou-o e ele foi dominado por um calafrio.

Quando, por fim, a penetrou, Althea sorriu e abraçou-o. O ritmo que estabeleceram foi paciente e carinhoso. Ascenderam juntos, até que o suspiro de Colt se uniu ao dela. E, depois, flutuaram de volta à terra.

Althea ficou em silêncio, aturdida pelo acontecido. Tinha-lhe dado uma coisa e, em troca, devolvera-lhe o gesto. Não era algo que pudesse recuperar. Questionou-se que passos poderia dar agora que tinha descoberto que estava apaixonada.

Pela primeira e única vez na sua vida.

Talvez passasse. Uma parte dela encolheu-se perante a ideia de perder o que acabava de encontrar. Sem importar a firmeza com que recordasse que a sua vida era como a queria, não foi capaz de pensar com profundidade em como seria sem ele.

No entanto não tinha escolha. Colt partiria. E ela sobreviveria.

– Estás outra vez a pensar – deitou-a de costas e rodeou-a com um braço para a aproximar. – Quase consigo ouvir o teu cérebro – satisfeito, beijou-lhe o cabelo e fechou os olhos. – Diz-me a primeira coisa que te vier à cabeça.

– O quê? Não...

– Não, não, não analises. É um teste. A primeira coisa, Thea. Agora.

– Perguntava-me quando partirias – ouviu-se a murmurar. – Para o Wyoming.

– Ah... – sorriu, com expressão satisfeita. – Eu gosto de saber que sou a primeira coisa que ocupa a tua mente.

– Não te tornes convencido, Nightshade.

– Está bem. Não tenho nenhum plano concreto. Primeiro, devia atar algumas pontas soltas.

– Quais?

– Tu, para começar. Não marcámos uma data.

– Colt...

Ele voltou a sorrir. Talvez fosse uma fantasia, mas, em vez de irritação, pareceu-lhe notar exasperação no seu tom de voz.

– Continuo a preferir a véspera de Ano Novo... Suponho que me tenha tornado sentimental, embora tenhamos tempo para falar. Depois, há o facto de que ainda não acabei o que me trouxe até aqui.

– A que te referes? – levantou a cabeça. – Encontraste Liz.

– Não chega – os olhos brilharam-lhe na escuridão. – Não temos o chefe. Só acabará quando o apanharmos.

– Isso é uma coisa que deve preocupar-me a mim e ao departamento. Não há lugar aqui para vinganças pessoais.

– Não disse que era uma vingança – embora fosse. – Pretendo fechar o caso, Althea. Eu gostaria que continuássemos a trabalhar juntos.

– E se a minha resposta fosse que não?

– Esforçar-me-ia ao máximo para conseguir que mudasses de ideias. Talvez não tenhas reparado, mas consigo ser tenaz.

– Reparei – murmurou. Uma parte dela resplandecia perante a ideia de a sua parceria não ter acabado. – Suponho que possa dar-te mais alguns dias.

– Ainda bem – mexeu-se para lhe passar uma mão pela anca. – A oferta inclui mais algumas noites?

– Suponho que seja possível – esboçou um sorriso travesso. – Se fizeres com que valha a pena.

– Oh, farei... – desceu a cabeça. – Garanto-te.

CAPÍTULO 11

Com o grito ainda a rasgar-lhe a garganta, Althea sentou-se na cama. Cega de terror e fúria, lutou contra os braços que a rodeavam, enquanto respirava fundo para voltar a gritar. Podia sentir as mãos dele a tocarem-lhe, quentes, violentas. Mas, daquela vez...

– Althea – Colt abanou-a, obrigando-se a manter a voz serena, embora o coração lhe palpitasse com força. – Althea, acorda. Estás a sonhar.

Ela abriu caminho entre o sonho, sem parar de se debater. A realidade era uma luz fraca nas profundidades escuras do pesadelo. Com um último esforço, conseguiu agarrá-la.

– Calma, calma... – desconcertado ainda pelo grito que o tinha acordado, embalou-a, encostando-a ao seu corpo e sentindo o suor frio que a dominava. – Calma, querida. Agarra-te a mim.

– Oh, meu Deus... – soluçou ao afundar a cara no ombro dele. Fechou as mãos atrás dele com impotência. – Oh, meu Deus... Oh, meu Deus...

– Já passou – continuou a tranquilizá-la quando ela o abraçou com mais força. – Estou aqui. Foi um sonho, só isso.

Tinha conseguido escapar do pesadelo, mas tinha regressado com um receio demasiado grande para permitir que se sentisse envergonhada. A tremer, agarrou-se a ele e tentou absorver a força que emitia.

– Dá-me um minuto. Já fico bem – disse a si mesma que os tremores passariam, que as lágrimas secariam, que o medo se desvaneceria. – Desculpa – mas nada parava. – Oh, meu Deus, desculpa...

– Relaxa – tremia e parecia frágil. – Queres que acenda a luz?

– Não – apertou os lábios, com a esperança de serenar a voz.

Não queria luz. Não queria que a visse até que tivesse conseguido recompor-se. – Não. Deixa-me beber um pouco de água. Ficarei bem.

– Vou buscá-la – afastou-lhe o cabelo da cara e viu-a cheia de lágrimas. – Volto já.

Althea subiu os joelhos até ao peito quando ficou sozinha. «Controla-te», ordenou a si mesma, mas apoiou a cabeça nos joelhos. Enquanto ouvia o som da torneira e via o feixe de luz através da porta da casa de banho, respirou fundo.

– Desculpa, Nightshade – disse, quando regressou. – Suponho que te tenha acordado.

– Suponho que sim – reparou que a voz dela era mais firme. Mas não as mãos. Levou a água até aos seus lábios. – Deve ter sido um pesadelo.

A água aliviou-lhe a garganta seca.

– Sim. Obrigada – devolveu-lhe o copo, cheia de vergonha por não ser capaz de o segurar.

Ele deixou-o na mesa de cabeceira, antes de se deitar ao seu lado.

– Conta-me.

– Atribuo-o ao dia difícil que tivemos e à piza – encolheu os ombros.

Com firmeza e suavidade, agarrou-lhe a cara. A luz que tinha deixado acesa na casa de banho projetava um brilho ténue. Graças a ela pôde ver como estava pálida.

– Não. Não vou esquecer isto, Thea. Não vais afastar-me. Estavas a gritar – ela tentou virar a cara, mas Colt não o permitiu. – Continuas a tremer. Consigo ser tão obstinado como tu e, neste momento, acho que tenho vantagem.

– Foi um pesadelo – quis mostrar-se furiosa com ele, mas não teve forças. – As pessoas têm pesadelos.

– Com que assiduidade o tens?

– Com nenhuma – levantou uma mão e penteou o cabelo. – Não o tinha há anos. Não sei o que o provocou.

Ele achava sabê-lo. E, a menos que estivesse muito enganado, achava que Althea também sabia.

– Tens uma t-shirt, uma camisa de dormir ou alguma coisa do estilo? Estás gelada.

– Vou buscá-la.

– Diz-me onde está – o suspiro rápido e irritado dela tranquilizou-o.

– Na gaveta de cima da cómoda. À esquerda.

Levantou-se e, ao abrir a gaveta, tirou a primeira coisa que agarrou. Antes de lha enfiar pela cabeça, reparou que era uma t-shirt larga.

– Bela lingerie, tenente...

– Cumpre a sua função.

Vestiu-lha e pôs-lhe duas almofadas sob a cabeça, como faria uma mãe a uma menina mimada.

– Eu não gosto que me aconcheguem – comentou, com o sobrolho franzido.

– Sobreviverás.

Quando achou que estava cómoda, vestiu as calças de ganga. Quisesse-o ou não, decidiu que iam falar. Sentou-se junto dela. Agarrou-lhe a mão e aguardou, até que olhou para ele nos olhos.

– O pesadelo. Tinha a ver com quando te violaram, não tinha? – os dedos dela ficaram rígidos na sua mão. – Disse-te que te tinha ouvido a falar com Liz.

– Foi há muito tempo. Não tem a ver com o presente.

– Tem, quando acordas a gritar. A situação pela qual Liz passou fez com que recordasses tudo.

– Muito bem. E depois?

– Confia em mim, Althea – murmurou, sem deixar de olhar para ela. – Deixa-me ajudar-te.

– Dói – ouviu-se a responder. Depois, fechou os olhos. Era a primeira vez que o reconhecia diante de alguém. – Não sempre. De vez em quando, aparece de surpresa.

– Quero entender.

Não sabia por onde começar. O mais seguro parecia começar pelo princípio. Apoiou a cabeça na almofada e fechou outra vez os olhos.

– O meu pai bebia e, quando se embebedava, tornava-se um homem violento. Tinha as mãos grandes – fechou as suas e obrigou-se a relaxá-las. – Usava-as contra a minha mãe, contra mim. A minha primeira lembrança é daquelas mãos, da raiva que havia nelas, que eu era incapaz de compreender e à qual não conseguia opor-me. A ele, não o recordo muito bem. Uma noite, enfrentou alguém mais violento e acabou morto. Eu tinha seis anos – abriu os olhos ao entender que era outra maneira de se esconder. – Quando ele morreu, a minha mãe decidiu continuar o que ele fazia... Com a garrafa. Não bebia tanto como ele, mas era mais consistente.

– Tinhas mais alguém?

– Avós do lado materno. Desconhecia onde viviam. Nunca os vi. Deixaram de falar com a sua filha quando fugiu com o meu pai.

– Mas sabiam da tua existência?

– Se era assim, não lhes importava.

Ele não disse nada, tentando assimilá-lo. Mas foi impossível entender aquela indiferença.

– Muito bem. O que fizeste?

– Quando se é criança, não se faz nada – disse. – Encontras-te à mercê dos adultos e a realidade é que muitos adultos são implacáveis – parou um instante para recuperar o fio à meada. – Quando eu tinha uns oito anos, ela saiu, saía muito, mas, daquela vez, não regressou a casa. Alguns dias mais tarde, um vizinho chamou os Serviços Sociais. E introduziram-me no sistema – estendeu a mão para o copo de água. Daquela vez, não lhe tremeu. – É uma história longa e típica.

– Quero ouvi-la.

– Puseram-me num lar adotivo – bebeu um gole. Não fazia sentido contar-lhe como se sentira assustada e perdida. Os factos eram mais do que suficientes. – Era bom. Decente. Mas, então, encontraram a minha mãe, repreenderam-na, disseram-lhe que se tratasse e devolveram-me a ela.

– Porque raio fizeram isso?

– As coisas eram diferentes naquela altura. O tribunal achou que o melhor lugar para uma menina era com a sua mãe. De qualquer modo, não passou muito tempo sem que voltasse a beber e o ciclo recomeçasse. Fugi algumas vezes, mas encontravam-me sempre. Mais lares adotivos. Não nos deixam num durante muito tempo, em particular, quando se é reincidente. Naquela época, eu tinha desenvolvido a minha própria violência.

– Não é de estranhar.

– Conheci o sistema inteiro. Assistentes sociais, tribunais, conselheiros escolares. Todos sobrecarregados de casos. A minha mãe envolveu-se com outro tipo e decidiu desaparecer para sempre. Acho que foi para o México. Seja como for, não regressou. Eu tinha doze ou treze anos. Odiava não poder dizer para onde queria ir, onde queria estar. Fugia à primeira oportunidade que se apresentava. De modo que me rotularam de criminosa juvenil e me fecharam num lar para raparigas, o mais parecido a um reformatório – esboçou um sorriso carente de humor. – Isso provocou-me medo. Era duro, semelhante a uma prisão. De modo que me comportei bem. Com o tempo, voltaram a atribuir-me um lar adotivo.

Esvaziou o copo e deixou-o na mesa de cabeceira. Sabia que não teria as mãos firmes durante muito tempo.

– Receava que, se daquela vez não conseguisse fazer com que resultasse, me devolvessem ao lar para raparigas até fazer os dezoito anos. Portanto, esforcei-me. Era um casal agradável, ingénuo, talvez, mas com boas intenções. Queriam fazer alguma coisa para reparar os erros da sociedade. Iam a manifestações contra reatores nucleares, falavam em adotar um órfão vietnamita. Suponho que, por vezes, gozasse com eles nas suas costas, mas gostava deles. Eram amáveis comigo – guardou silêncio e ele não disse nada, dando-lhe tempo para que continuasse. – Impuseram-me bons limites e trataram-me com justiça. Mas havia um inconveniente. Tinham um filho de dezassete anos, capitão da equipa de futebol e bom aluno. O menino dos olhos deles. Um verdadeiro menino bonito.

– Menino bonito?

– Tu sabes, do tipo que é cheio de educação e de cortesia por fora, cheio de encanto. Mas que, por trás da fachada, é escória – brilharam-lhe os olhos ao recordar. – Mas eu conseguia vê-la. Odiava como me olhava quando eles não viam – respirava mais depressa, mas ainda mantinha a voz controlada. – Como se fosse um bocado de carne. Eles nem reparavam. Só viam o filho perfeito que nunca lhes tinha dado uma dor de cabeça. E, uma noite, quando tinham saído, ele regressou a casa depois de um encontro. Meu Deus...

– Está tudo bem, Thea – quando ela tapou a cara com as mãos, abraçou-a. – Já chega.

– Não – abanou a cabeça com violência e afastou-se. Se já tinha ido tão longe, acabaria. – Estava zangado. Suponho que a rapariga não se tivesse rendido aos seus encantos. Entrou no meu quarto. Quando lhe disse que saísse, riu-se e recordou-me que era a sua casa e que só estava ali porque os seus pais sentiam pena de mim. Certamente, tinha razão.

– Não, não tinha.

– Tinha razão nisso – insistiu Althea, – não no resto. E desceu o fecho das calças. Corri para a porta, mas ele voltou a atirar-me para cima da cama. Bati com a cabeça com força contra a parede. Lembro-me de ter ficado enjoada durante alguns segundos e de o ter ouvido a dizer que as raparigas como eu, regra geral, cobravam dinheiro, mas que devia sentir-me lisonjeada por me dar atenção. Meteu-se na cama. Esbofeteei-o. Ele bateu-me e imobilizou-me. Pus-me a gritar. Não deixei de gritar enquanto me violava. Ao acabar, eu tinha deixado de gritar. Só chorava. Saiu da cama e subiu as calças. Advertiu-me que, se contasse a alguém, o negaria, que ninguém acreditaria em mim. Ele era puro, de maneira que não haveria dúvidas. E poderia sempre conseguir que cinco dos seus amigos dissessem que tinha estado disposta a ir para a cama com eles. Depois, devolver-me-iam ao lar para raparigas. Portanto, não disse nada, porque não havia nada para dizer, nem ninguém a quem o dizer. Durante o mês seguinte violou-me mais duas vezes, antes de ter ganhado coragem para voltar a fugir. Obviamente, encontraram-me. Talvez, daquela vez, quisesse que o fizessem. Fiquei no lar até fazer os dezoito anos. E, quando saí, soube que ninguém voltaria a exercer aquele tipo de controlo sobre mim. Ninguém voltaria a fazer-me sentir que não valia nada.

Sem saber bem o que fazer, ele estendeu uma mão para lhe secar uma lágrima da face.

– Fizeste com que a tua vida fosse importante, Althea.

– Fiz com que fosse minha – suspirou e secou as lágrimas. – Eu não gosto de pensar no que já passou, Colt.

– Mas está aí.

– Está aqui – concordou. – Tentar conseguir que desapareça só o aproxima da superfície. Também aprendi isso. Assim que aceitei que só fazia parte do que eu era, deixou de ser tão importante. Não me fez odiar os homens, nem a mim mesma. Fez com que compreendesse o que era ser uma vítima.

Teve vontade de a abraçar, mas receou que ela não quisesse que lhe tocasse.

– Oxalá conseguisse que a dor desaparecesse...

– São cicatrizes antigas – murmurou. – Só doem em determinados momentos – percebeu o retraimento dele e sentiu que a dor aumentava. – Sou a mesma pessoa que era antes de te contar isto. O problema é que, quando as pessoas ouvem uma história assim, mudam.

– Eu não mudei – ia tocar-lhe, mas retraiu-se. – Bolas, Thea, não sei o que te dizer... O que fazer por ti – levantou-se e começou a andar. – Posso preparar-te um pouco de chá.

– Não, obrigada.

– O que queres? – insistiu ele. – Diz-me.

– Porque não me dizes o que tu queres?

– O que eu quero – dirigiu-se para a janela. – Quero voltar a ter quinze anos e partir a cara a esse filho da mãe. Quero magoá-lo cem vezes mais do que ele te magoou. Depois, quero ir mais atrás e partir as pernas ao teu pai e, já agora, dar um pontapé no rabo à tua mãe.

– Pois, não podes – indicou, com frieza. – Escolhe outra coisa.

– Quero abraçar-te! – gritou, enfiando as mãos nos bolsos. – Mas dá-me medo tocar-te!

– Não quero o teu chá, nem a tua compaixão. De modo que, se for a única coisa que tens para oferecer, é melhor que te vás embora.

– É o que queres?

– O que eu quero é que me aceites como sou. Não que andes à minha volta em bicos de pés, como se eu fosse uma inválida por ter sobrevivido à violação e ao abuso.

Ia responder-lhe, mas conteve-se. Compreendeu que não pensava nela, mas na sua própria raiva, na sua própria impotência e dor. Regressou à cama e sentou-se ao seu lado. Os olhos de Althea continuavam húmidos. Viu-os a brilhar na escuridão. Rodeou-a com um braço e aproximou-a dele com gentileza, até que ela apoiou a cabeça no ombro dele.

– Não vou a lado nenhum – murmurou. – Está bem?

– Está bem – suspirou.

Althea acordou ao amanhecer, com dor de cabeça. Soube imediatamente que Colt não estava ao seu lado. Cansada, deitou-se de costas e esfregou os olhos inchados.

Perguntou-se o que tinha esperado. Nenhum homem se sentiria confortável com uma mulher depois de ouvir a história que lhe tinha contado. Não soube porque tinha aberto o seu passado daquela maneira. Como podia ter-lhe confiado coisas de si mesma que nunca tinha revelado a ninguém?

Inclusive Boyd, a pessoa que considerava ser o seu melhor amigo, só sabia dos lares adotivos. Quanto ao resto, tinha-o enterrado... Até à noite anterior.

Voltou a suspirar, endireitou-se e apoiou a testa nos joelhos.

Estava apaixonada por Colt. Embora fosse ridículo, devia enfrentar a verdade. «E», tal como sempre tinha suspeitado, «o amor torna-te estúpida, vulnerável e infeliz».

Pensou que tinha de haver um remédio. Algo que pudesse tomar. Como um antídoto.

O som de passos fez com que levantasse a cabeça. Abriu muito os olhos ao ver Colt a entrar com uma bandeja nas mãos.

Ele dispôs de uma fração de segundo para ler a sua reação antes de a disfarçar. Com um pensamento sombrio, compreendeu que Althea pensara que partira. Teria de lhe mostrar que ia ficar, sem importar como se esforçasse para o afastar.

– Bom dia, tenente.

Com cautela, observou-o a aproximar-se da cama e esperou até depositar a bandeja aos seus pés.

– O que celebramos? – indicou os pratos com torradas.

– Devia-te um pequeno-almoço, lembras-te?

– Sim – levantou o olhar para a sua cara. O amor ainda fazia com que se sentisse estúpida e vulnerável, mas já não infeliz. – És um mago na cozinha.

– Todos temos os nossos talentos – sentou-se com as pernas cruzadas do outro lado da bandeja e começou a comer. – Pensei... – mastigou e engoliu – que depois de nos casarmos, poderei encarregar-me da cozinha e tu, da roupa.

Ela ignorou a onda de pânico e engoliu a comida.

– Devias falar com alguém sobre essa fantasia obsessiva, Nightshade.

– A minha mãe está desejosa de te conhecer – sorriu ao ver que lhe caía o garfo no prato. – O meu pai e ela mandam-te cumprimentos.

– Tu... – não encontrou palavras.

– Eles conhecem Liz. Telefonei-lhes para os tranquilizar e falei-lhes de ti – com um sorriso, afastou-lhe o cabelo dos ombros. – Gostaria de um casamento na primavera... Tu sabes, aquelas coisas das noivas em junho. Mas disse-lhe que não pensava esperar tanto.

– Estás louco...

– É possível – o sorriso desvaneceu-se. – Mas sou teu, Thea. Estou aqui a sério e não me vou embora.

– Escuta, Colt – «tenta com a lógica», disse a si mesma. – Tenho-te muito afeto, mas...

– O quê? – voltou a sorrir. – Tens-me o quê?

– Afeto – disse, furiosa por ele achar tanta graça.

– Eufemismos – deu-lhe uma palmadinha na mão com afeto e abanou a cabeça. – Dececionas-me. Tinha-te considerado uma pessoa direta.

– Cala-te e deixa-me comer – «a lógica que vá para o inferno!».

Obedeceu, já que isso lhe dava tempo para pensar e para a observar. Continuava um pouco pálida e tinha os olhos inchados por ter chorado na noite anterior. Mas não queria permitir-se ser frágil. Admirava a sua força inesgotável. Recordou que ela não desejava compaixão, mas compreensão. Mas teria de aceitar ambas as coisas dele.

– Como está o café?

– Bom – e, como o pequeno-almoço que lhe tinha preparado já tinha amenizado a sua dor de cabeça, cedeu. – Obrigada.

– De nada – inclinou-se e roçou-lhe os lábios com os seus. – Suponho que não te interesse fazer amor depois do pequeno-almoço...

– Tenho de o adiar – sorriu, relaxada, e deu-lhe outro beijo. Fechou os dedos sobre a medalha que ele tinha ao pescoço. – Porque é que a usas?

– Ofereceu-ma a minha avó. Disse-me que, quando um homem estava decidido a não assentar num sítio, devia ter alguém que velasse por ele. Até agora, funcionou muito bem – depositou a bandeja no chão e pegou em Althea ao colo.

– Nightshade, eu disse...

– Eu sei, eu sei. Mas pensei que, se fizéssemos amor no duche, não nos atrasaríamos.

Ela riu e mordiscou-lhe o ombro.

Tinha de encaixar um dia inteiro em vinte e quatro horas. Esperava-a uma montanha de papelada e precisava de falar com Boyd sobre o interrogatório a que submeteriam Kline e Donner, antes de o ver pessoalmente. Por motivos pessoais e profissionais, queria entrevistar Liz outra vez.

Sentou-se e começou a rever os papéis com meticulosidade.

– Desculpe, tenente – Cilla bateu na porta aberta. – Tem um minuto?

– Para a mulher do capitão, sim – sorriu e indicou-lhe que entrasse. – Disponho de um minuto e meio. O que fazes por aqui?

– Boyd contou-me – inclinou-se e, com olhos penetrantes de mulher, viu, para além da maquilhagem, que tinha passado uma noite difícil. – Sentes-te bem?

– Estou bem. Cheguei à conclusão de que qualquer pessoa que decida ir acampar de livre vontade precisa de ajuda psiquiátrica imediata, mas foi uma experiência.

– Devias experimentar com três crianças.

– Não – replicou, com rotundidade. – Não creio.

Cilla riu-se e sentou-se na beira da mesa.

– Ainda bem que Colt e tu encontraram a rapariga. Como está?

– Será difícil durante algum tempo, mas seguirá em frente.

– Aqueles miseráveis têm de... – brilharam-lhe os olhos, mas calou-se. – Não vim falar com a agente de polícia.

– Oh?

– Mas sobre o peru de Ação de Graças. Não me olhes assim – levantou o queixo, pronta para a batalha. – Todos os anos tens uma desculpa para não ires jantar e, desta vez, não a aceitarei.

– Cilla, sabes que agradeço o convite.

– O tanas! És da família. Queremos que vás – inclusive enquanto Althea abanava a cabeça, Cilla insistiu: – Deb e Gage vão. Há um ano que não os vês.

Althea pensou na irmã mais nova de Cilla e no marido dela.

Adoraria vê-la novamente. Tinham-se tornado amigas enquanto Deborah acabava o curso em Denver. E Gage Guthrie. Franziu os lábios ao pensar nele. Gostava muito dele e até um cego veria que adorava a mulher. Mas havia qualquer coisa nele que não conseguia decifrar. Nada de mal, nem que causasse preocupação, mas qualquer coisa.

– Volta à realidade – disse Cilla.

– Desculpa – encarregou-se dos papéis que enchiam a mesa. – Sabes que adoraria vê-los outra vez, mas...

– Vêm com Adrianna – a arma secreta de Cilla era a filha da sua irmã, que Althea só tinha visto em fotografias e vídeos. – Ambas sabemos que adoras bebés.

– Podes baixar a voz? – perguntou, com olhar nervoso em direção à porta. – Tenho de manter uma reputação – suspirou e recostou-se na cadeira. – Sabes que quero vê-los, a todos. E, como tenho a certeza de que passarão cá o fim de semana, fá-lo-ei. Irei no sábado.

– Irás ao jantar de Ação de Graças – esfregou as mãos ao endireitar-se. – Este ano, irás, nem que tenha de dizer a Boyd que te dê a ordem. Vou gostar da presença da família. De toda a família.

– Cilla...

– Já está decidido – cruzou os braços. – Vou falar com o capitão.

– Estás com sorte – disse Boyd ao chegar à porta. – O capitão está disponível. E trouxe-te um presente – afastou-se.

– Natalie! – com uma exclamação de prazer, Cilla abraçou a sua cunhada com força. – Pensei que estavas em Nova Iorque.

– E assim era – afastou Cilla para lhe dar um beijo. – Tinha de vir cá e pareceu-me bem que esta fosse a minha primeira paragem. Estás fantástica.

– E tu estás fenomenal, como sempre – o que era verdade. A mulher alta e esbelta, com o cabelo loiro e um fato conservador, faria sempre com que as cabeças se virassem para ela. – Os miúdos adorarão ver-te.

– Não vejo a hora de os abraçar – virou-se e estendeu as mãos. – Thea. Não acredito na sorte que tive ao encontrar os três juntos.

– É bom ver-te – com as mãos ainda unidas, Althea aproximou a face da de Natalie. Nos anos que fora parceira de Boyd,

a irmã mais nova dele e ela tinham-se tornado grandes amigas.
– Como estão os teus pais?

– Muito bem. Eles mandam beijos para todos – por hábito, olhou à sua volta para o escritório. – Thea, não consegues, pelo menos, arranjar um espaço com uma janela?

– Eu gosto deste. Menos distrações.

– Assim que chegar à emissora, telefonarei a Maria – anunciou Cilla. – Preparará qualquer coisa especial para esta noite. Virás, Thea.

– Não o perderia por nada do mundo.

– O que é isto? – inquiriu Colt ao tentar entrar no escritório. – Uma conferência? Thea, vais ter de arranjar um escritório maior... – calou-se e ficou boquiaberto. – Nat?

– Colt? – a expressão aturdida dela refletiu a dele.

– Meu Deus! – esboçou um sorriso e empurrou Boyd para ir abraçar Natalie e levantá-la do chão. – A linda Natalie. Quanto tempo passou? Seis anos?

– Sete – deu-lhe um beijo nos lábios. – Encontrámo-nos em São Francisco.

– Sim, no jogo dos Giants. Estás melhor do que nunca.

– Porque não bebemos um copo depois e pomos a conversa em dia?

– Na verdade... – calou-se ao olhar para Althea. Estava sentada na beira da mesa, a observar com expressão de leve curiosidade e interesse cortês. Ao dar-se conta de que ainda agarrava Natalie pela cintura, desceu rapidamente os braços. – Na verdade, eu... – como se supunha que um homem poderia falar com uma velha amiga quando a mulher que amava o observava como se fosse atirar-lhe um pisa-papéis?

Natalie reparou no olhar entre Althea e Colt. Surpreendida ao princípio, teve de disfarçar um risinho. «Ena», pensou, «cheguei numa altura em que se passa algo interessante».

– Colt e eu conhecemo-nos há muito tempo – disse a Althea. – Em adolescente era louca por ele – sorriu a Colt com ar perverso. – Ando há anos à espera que se aproveite disso.

– A sério? – Althea levou um dedo aos lábios. – Não me parece dos lentos. Um pouco denso, talvez, mas não lento.

– Tens razão nisso. Mas também é bonito, não é? – piscou-lhe um olho.

– De uma forma bem evidente – concordou Althea, divertindo-se com o desconforto de Colt. – Porque não vamos beber um copo depois, Natalie? Acho que temos muito para conversar.

– Certamente.

– Não creio que este seja o sítio ideal para marcar encontros – Colt enfiou as mãos nos bolsos. – Althea parece ocupada.

– Oh, disponho de um ou dois minutos... O que fazes na cidade, Natalie?

– Vim por negócios. E é sempre grato quando consigo misturá-los com o prazer. Tenho uma reunião urgente dentro de uma hora com a administração sobre uma das nossas propriedades na zona residencial da cidade. Ter uma imobiliária é um trabalho a tempo inteiro. Sem uma administração adequada, pode ser uma grande dor de cabeça – explicou.

– Não é na Segunda Avenida, pois não? – inquiriu Althea.

– Hum, não... Há alguma à venda? – não conseguiu evitar rir-se. – Defeito profissional – indicou. – Há qualquer coisa especial em ter propriedades, inclusive com todos os problemas que dão.

– Qual é o problema agora? – perguntou Boyd, tentando sentir algum interesse.

– O administrador do condomínio decidiu aumentar as rendas e ficar com a diferença – replicou Natalie, com olhos duros, em marcado contraste com o seu rosto suave e lindo. – Odeio que me enganem.

– Orgulho – Boyd apoiou um dedo no seu nariz. – Odeia cometer um erro.

– Não cometi nenhum erro – levantou o queixo. – O currículo do homem era excelente – quando o seu irmão continuou com o sorriso, fez-lhe uma careta. – O problema radica no facto de ter de dar autonomia aos administradores. Não consigo estar em toda a parte ao mesmo tempo. Lembro-me de um administrador que tivemos que geria um negócio de jogo num apartamento vazio. Arrendava-o sob um nome falso – continuou, quase divertida. – Inclusive, tinha dado referências falsas. Obtinha lucro suficiente do jogo para se permitir a despesa da renda, que pagava religiosamente. Nunca teria sabido se alguém não tivesse chamado a polícia, que foi investigar a casa de jogo clandestino. Afinal, já tinha feito o mesmo outras vezes.

– Meu Deus... – comentou Althea, aturdida.

– Oh, não foi assim tão mau! – prosseguiu Natalie. – Na verdade, animou um pouco a monotonia. O que se passa? – perguntou, quando Althea se levantou de um salto.

– Vamos – Colt já ia para a porta.

Althea pegou no casaco e correu atrás dele.

– Boyd, verifica se...

– Nieman – disse ele, atrás dela. – Já sei. Querem apoio?

– Depois, aviso-te.

Quando o escritório se esvaziou, Natalie levantou as mãos e olhou para Cilla.

– A que se deveu aquilo?

– Polícias... – resumiu Cilla, encolhendo os ombros.

CAPÍTULO 12

– Não posso acreditar que tenhamos deixado passar isto! – Colt fechou a porta do jipe e arrancou. Daquela vez, não se incomodou em tirar a multa do para-brisas.

– Estamos a seguir uma intuição – recordou-lhe Althea. – Talvez não nos leve a lado nenhum.

– Não acreditas nisso.

– Reconheço que bate certo – fechou os olhos um instante, deixando que as coisas encaixassem no seu sítio. – Nem um único vizinho conseguiu dizer que vira o senhor Davis. Talvez porque nunca esteve lá.

– E quem teria acesso às águas-furtadas? Quem poderia ter falsificado as referências? Quem poderia ter andado pelo edifício sem chamar a atenção, porque estava sempre lá?

– Nieman.

– Disse-te que era uma doninha – disse Colt, com os dentes cerrados.

Com cautela, viu-se obrigada a concordar.

– Não te precipites, Nightshade. Vamos interrogá-lo. Só isso.

– Vou obter respostas! – exclamou. – Só isso.

– Não faças com que tenha de impor a hierarquia, Colt – murmurou, acalmando-o. – Vamos fazer-lhe algumas perguntas. Talvez consigamos que cometa um deslize. Embora seja possível que tenhamos de partir sem ele. No entanto, agora dispomos de um sítio por onde começar a investigar.

– Seguirei as tuas regras – «por enquanto», pensou. Parou num sinal vermelho e tamborilou, com impaciência, com os dedos no volante. – Eu gostava... hum... de te explicar sobre Nat.

– Explicar o quê?

– Que não somos... Não fomos... Nunca – indicou, com veemência. – Entendido?

– A sério? – tinha a certeza de que se riria mais tarde, quando não tivesse tantas coisas na cabeça. No entanto não estava preocupada ao ponto de não o provocar. – Porquê? É bonita, divertida e inteligente. Gostas disso, Nightshade.

– Não é que não gostasse... Quer dizer, passou-me pela cabeça. Comecei a... – praguejou e arrancou quando o semáforo mudou. – Era a irmã de Boyd, está bem? Quando dei por mim, também era como minha irmã, portanto, não podia... pensar nela dessa maneira.

– Porque estás a desculpar-te? – olhou para ele, com curiosidade.

– Não estou – replicou, furioso, ao dar-se conta de que era exatamente o que fazia. – Estou a explicar-te. Embora só Deus saiba porquê. Pensa o que quiseres.

– Está bem. Acho que estás a reagir excessivamente, de maneira típica e masculina – sorriu quando a olhou com vontade de a matar. – Não estou a atirar-to à cara. Não mais do que se Natalie e tu tivessem estado juntos. O passado é assim. Eu sei-o melhor do que ninguém.

– Suponho que sim – pôs a quarta e estendeu a mão para agarrar a de Althea. – Mas não estivemos juntos.

– Devo dizer que tu é que ficaste a perder. É linda.

– E tu também.

– Sim, eu também – sorriu.

Colt estacionou numa zona de cargas e descargas. Esperou enquanto Althea comunicava a sua posição.

– Pronta?

– Sempre – saiu do veículo. – Quero que seja uma coisa leve – disse-lhe. – Só algumas perguntas posteriores ao caso. Não temos nada contra ele. Nada. Se pressionarmos demasiado, perderemos a nossa oportunidade. Se tivermos razão...

– Temos razão. Sinto-o.

Também ela e assentiu.

– Então, quero desmascará-lo. Por Liz. Por Wild Bill – e soube que por si mesma. Para ajudar a fechar a porta que aquele caso tinha voltado a abrir.

Dirigiram-se para o apartamento de Nieman. Antes de bater à porta, Althea lançou a Colt um último olhar de advertência.

– Sim, sim... – ouviram a voz de Nieman do outro lado da porta. – Do que se trata?

– Sou a tenente Grayson, senhor Nieman – levantou o distintivo à altura da mira. – Polícia de Denver. Precisamos de alguns minutos do seu tempo.

O homem abriu a porta, com a corrente de segurança posta. Observou os dois.

– Não pode esperar? Estou ocupado.

– Receio que não. Não nos levará muito tempo, senhor Nieman. É simples rotina.

– Oh, está bem... – de mau humor, tirou a corrente. – Entrem, então.

Quando Althea entrou, reparou nas caixas no chão. Muitas continham papéis cortados às tiras. Foi tão delator como uma pistola fumegante.

– Como podem ver, apanharam-me numa má altura.

– Sim, estou a ver. Vai-se embora, senhor Nieman?

– Acha que ficaria aqui, que trabalharia aqui depois deste... escândalo? – ofendido, compôs a gravata escura. – Não. Polícia, jornalistas, inquilinos... Não tive nem um segundo de paz desde que isto começou.

– Estou convencido de que foi um grande incómodo para si – afirmou Colt. Queria pôr as mãos naquela gravata.

– Certamente. Bom, suponho que queiram sentar-se – indicou duas cadeiras. – Mas não posso dedicar-vos muito tempo. Falta guardar muita coisa. Não quero que o façam os homens das mudanças – acrescentou. – São trôpegos, partem sempre alguma coisa.

– Teve muita experiência com mudanças? – inquiriu Althea, enquanto tirava um bloco de notas e um lápis do bolso.

– Naturalmente. Como já vos expliquei da primeira vez, viajo. Gosto do meu trabalho – sorriu. – Mas é entediante ficar muito tempo num sítio. Os proprietários precisam sempre de um administrador responsável e com experiência.

– Não tenho nenhuma dúvida – bateu com o lápis no bloco. – Os proprietários deste edifício... – entregou-lhe algumas folhas.

– Johnston e Croy, S.A.

– Sim – assentiu. – Ficaram muito inquietos ao saberem das atividades que se levavam a cabo no apartamento.

– Não é de estranhar – levantou um pouco as calças e sentou-se. – É uma empresa respeitável. Com muito sucesso na zona oeste e sudoeste. Como é claro, culparam-me. O que seria de esperar?

– Por não ter entrevistado pessoalmente o arrendatário? – insistiu Althea.

– O objetivo final no ramo imobiliário, tenente, é receber as rendas com pontualidade e uma estadia prolongada dos inquilinos. Eu proporcionava isso.

– Também proporcionou o cenário de um crime.

– Não pode tornar-me responsável pela conduta dos meus arrendatários.

Althea decidiu que estava na altura de correr um risco calculado.

– E nunca entrou no apartamento? Nunca o viu?

– Porque haveria de o fazer? Não tinha motivos para incomodar o senhor Davis, nem para entrar na sua casa.

– Nunca entrou lá com o senhor Davis presente? – inquiriu.

– Acabo de dizer que não.

– E como explica as suas impressões digitais? – insistiu Althea, olhando para os seus apontamentos.

Algo cintilou nos olhos de Nieman, mas desvaneceu-se.

– Não sei ao que se refere.

Decidiu insistir mais um pouco.

– Perguntava-me que explicação daria se lhe dissesse que as suas impressões digitais foram encontradas no interior do apartamento... Já que assevera que nunca entrou lá.

– Não vejo... – começou, nervoso. – Oh, sim, já me lembro! Alguns dias antes... Antes do incidente... Disparou o alarme de incêndio do apartamento. Certamente, utilizei a minha chave-mestra para investigar quando ninguém atendeu a porta.

– Houve um incêndio? – perguntou Colt.

– Não, não, simplesmente um detetor de fumo defeituoso. Foi uma coisa tão insignificante que a esqueci.

– Talvez se tenha esquecido de outra coisa – comentou Althea, com cortesia. – Talvez se tenha esquecido de nos mencionar uma cabana a oeste de Boulder. Também é o administrador dessa propriedade?

– Não sei do que fala. A única propriedade que administro é esta.

– Então, utiliza a cabana para descansar – continuou Althea. – Com os senhores Donner, Kline e Scott.

– Desconheço a existência dessa cabana – replicou, com rigidez, embora uma gota de suor tivesse aparecido no seu lábio superior. – Também não conheço ninguém com esses nomes. Agora, terão de me desculpar.

– O senhor Scott não pode receber visitas agora – informou Althea, sem se levantar. – Mas podemos ir ver Kline e Donner. Isso poderia refrescar-lhe a memória.

– Não vou a lado nenhum com vocês – Nieman endireitou-se. – Respondi a todas as perguntas de um modo razoável e paciente. Se persistirem nesta perseguição, ver-me-ei obrigado a chamar o meu advogado.

– Por favor, faça-o – Althea assinalou o telefone. – Pode reunir-se a nós no posto de polícia. Entretanto, gostaria que nos dissesse onde esteve na noite de vinte e cinco de outubro. Talvez lhe desse jeito um álibi.

– Para quê?

– Assassinato.

– Isso é ridículo! – tirou um lenço do bolso exterior do casaco e secou a cara. – Não podem acusar-me desse modo.

– Não o acuso, senhor Nieman. Pergunto-lhe onde esteve no dia vinte e cinco de outubro, entre as nove e as onze horas da noite. Também pode informar o seu advogado de que vamos interrogá-lo a respeito de uma mulher desaparecida conhecida como Lacy e sobre o rapto de Elizabeth Cook, que agora se encontra sob proteção. Liz é uma jovem inteligente e observadora, não é, Nightshade?

– Sim – pensou que Althea era fantástica. Fazia com que Nieman se fosse abaixo apenas com insinuações. – Com a declaração de Liz e os esboços, o promotor disporá de bastante material.

– Acho que não mencionaste os desenhos ao senhor Nieman – Althea fechou o bloco de notas. – Nem o facto de Kline e Donner terem sido submetidos ontem a um interrogatório exaustivo.

Como é claro, Scott continua em estado crítico, de maneira que teremos de esperar pela sua corroboração.

O rosto de Nieman ficou branco.

– Estão a mentir. Sou um homem respeitável. Tenho referências – falhou-lhe a voz. – Não podem provar nada baseando-se na palavra de dois atores miseráveis.

– Acho que não mencionámos que Kline e Donner eram atores, pois não, Nightshade?

– Não – poderia tê-la beijado. – Não o fizemos.

– Deve ser adivinho, Nieman – afirmou ela. – Porque não vamos para o posto de polícia e vemos o que mais descobrimos?

– Conheço os meus direitos – os olhos do administrador brilharam de fúria ao ver que a armadilha se fechava. – Não vou a lado nenhum com vocês.

– Devo insistir – Althea levantou-se. – Chame o seu advogado, Nieman, mas acompanhar-nos-á para ser interrogado. Agora.

– Nenhuma mulher vai dizer-me o que devo fazer – Nieman atirou-se a ela e, embora Althea estivesse preparada, Colt interpôs-se entre os dois e empurrou-o para o sofá com uma mão.

– Agressão a uma agente da lei – expôs, com suavidade. – Acho que o prenderemos por isso. Dar-te-á tempo suficiente para conseguir um mandado.

– Mais do que suficiente – concordou ela, tirando as algemas.

– Ah, tenente... – disse, enquanto algemava os pulsos fracos de Nieman com eficácia. – Nunca encontraram impressões digitais lá em cima, pois não?

– Eu nunca disse isso – puxou o cabelo para trás. – Simplesmente, perguntei o que diria se lhe comunicasse que tinham encontrado.

– Enganei-me – concluiu Colt. – Eu gosto do teu estilo.

– Obrigada – satisfeita, sorriu. – Pergunto-me o que vamos encontrar nestas caixas.

Encontraram mais do que o suficiente. Cassetes, fotografias, inclusive um diário detalhado escrito pelo próprio Nieman. Registava todas as suas atividades, todos os seus pensamentos, o seu ódio pelas mulheres. Descrevia como a mulher chamada Lacy tinha sido assassinada e o corpo enterrado atrás da cabana.

À tarde, tinham apresentado queixas contra ele para o manterem afastado da sociedade a vida inteira.

– Foi como um balde de água fria – comentou Colt ao seguir Althea até ao seu escritório, onde ia redigir o relatório. – Era tão asqueroso, que nem sequer senti vontade de o matar.

– Teve sorte – sentou-se e ligou o computador. – Se te servir de consolo, acho que não mentiu quando disse que não tocou em Liz. Aposto que o seu perfil psiquiátrico o corroborará. Impotência, acompanhada de fúria contra as mulheres e tendência para observar.

– Sim, só gosta de ver – a fúria evaporou-se. Althea tinha razão a respeito de não poderem mudar o que já estava feito.

– E de ganhar muito dinheiro com os seus passatempos – acrescentou ela. – Assim que recrutou o operador de câmara e dois atores miseráveis, entrou no negócio de satisfazer os outros com os seus gostos peculiares. Há que reconhecer-lhe o mérito. Mantinha registos detalhados das suas atividades pornográficas. O que lhe permitiu levar uma vida muito folgada.

– Sentirá a falta na prisão – apoiou as mãos nos ombros de Althea. – Fizeste um trabalho excelente, Thea.

– Regra geral, faço-o – olhou-o por cima do ombro. Só faltava decidir o que fazer com Colt. – Escuta, Nightshade, quero tratar desta papelada e, depois, preciso de relaxar, está bem?

– Claro! Esta noite há um jantar na casa dos Fletcher. Apetece-te ir?

– É claro. Porque não nos vemos lá?

– Está bem – inclinou-se para apoiar os lábios no cabelo dela. – Amo-te, Thea.

Esperou até se ir embora, fechando a porta atrás dele. «Eu sei», pensou. «Eu também te amo.»

Foi ver Liz. Ajudou-a poder oferecer à jovem e à sua família uma espécie de resolução do caso. Mas Colt já se tinha adiantado. No entanto percebeu que a jovem precisava de o ouvir dela.

– Nunca poderemos pagar-lhe pelo que fez – Marleen mantinha o braço à volta dos ombros de Liz, como se não suportasse não lhe tocar. – Não tenho palavras para lhe dizer como lhe estamos agradecidos.

– Eu... – esteve a ponto de dizer que fizera o seu trabalho. Era a verdade, mas não toda. – Cuidem-se – pediu.

– Vamos passar muito mais tempo a fazer precisamente isso – Marleen apoiou a face contra a da sua filha. – Amanhã, voltamos para casa.

– Iremos falar com um conselheiro familiar – anunciou Liz. – E eu... entrarei para um grupo de apoio a vítimas de violação. Estou um pouco assustada.

– É normal.

Liz olhou para a sua mãe.

– Mamã, posso...? Eu gostaria de falar com a tenente Grayson.

– Claro! Vou para o hall, para ajudar o teu pai quando voltar com os gelados.

– Obrigada – esperou até a sua mãe deixar a sala. – O meu pai ainda não sabe como falar comigo sobre o que aconteceu. É muito duro para ele.

– Adora-te. Dá-lhe tempo.

– Chorou – os olhos de Liz encheram-se de lágrimas. – Nunca o tinha visto a chorar. Pensava que estava demasiado ocupado com o seu trabalho para lhe importar. Fui estúpida ao fugir – assim que o disse, respirou fundo. – Pensava que não me entendiam, que não me amavam. Agora, vejo como os magoei. Nunca mais voltará a ser exatamente igual, pois não?

– Não, Liz. Mas, se vos ajudar, poderá ser melhor.

– Assim espero. Ainda me sinto muito vazia por dentro. Como se uma parte de mim já não estivesse aqui.

– Preenchê-la-ás com outra coisa. Não podes permitir que isto bloqueie os teus sentimentos pelas outras pessoas. Podes tornar-te forte, Liz, mas não queiras que te torne dura.

– Colt disse... – caíram-lhe lágrimas e estendeu a mão para a caixa de lenços de papel que a sua mãe tinha deixado sobre a mesa. – Disse que, sempre que pensasse que não o conseguiria, me lembrasse de ti.

– De mim? – olhou-a, surpreendida.

– Porque te aconteceu uma coisa horrível e utilizaste-a para te tornares uma pessoa bonita. Por dentro e por fora. Não só sobreviveste, como triunfaste – sorriu, com ar trémulo. – E disse-me que eu também podia consegui-lo. Foi engraçado ouvi-lo a falar daquela maneira. Suponho que deva gostar muito de ti.

– Eu também gosto dele – compreendeu que era verdade.

Não era uma fraqueza amar alguém, não quando podia admirá-lo e respeitá-lo ao mesmo tempo. Não quando via claramente quem era e que a amava.

– Colt é fantástico – afirmou Liz. – Sabes, nunca nos dececiona. Sem importar o que aconteça.

– Acho que eu sei disso.

– Perguntava-me... Sei que a terapia é importante, mas perguntava-me se poderia telefonar-te quando... quando duvidar das minhas forças para o conseguir.

– Espero que o faças – levantou-se e foi sentar-se junto da jovem. Abriu os braços. – Telefona-me quando te sentires mal. E quando te sentires bem. Todos precisamos de alguém que nos entenda.

Quinze minutos mais tarde, Althea deixou os Cook com os seus gelados e a sua privacidade. Decidiu que tinha muitas coisas em que pensar. Sempre tinha sabido para onde ia a sua vida. Naquele momento, precisava de voltar a orientar-se.

Mas Colt esperava-a no hall.

– Eh, tenente! – levantou-lhe a cara e deu-lhe um beijo.

– O que fazes aqui? Marleen disse-me que já tinhas passado por aqui.

– Fui dar uma volta com Frank. Precisava de falar.

– És um bom amigo, Nightshade – acariciou-lhe a face.

– É o único tipo de amigo que existe. Queres que te leve?

– Vim de carro – mas, ao saírem juntos, descobriu que já não queria pensar sozinha. – Apetece-te dar um passeio?

– Claro – passou-lhe um braço pelo ombro. – Podes ajudar-me a ver montras. Na próxima semana é o aniversário da minha mãe.

– Não tenho jeito para escolher presentes para pessoas que não conheço – replicou, sentindo que voltava a sentir resistência.

– Conhecê-la-ás – na esquina, virou à esquerda, em direção a uma série de lojas elegantes.

– Aquela camisola é bonita – Althea assinalou uma montra onde um manequim usava uma camisola azul. – Talvez goste de caxemira.

– Talvez – assentiu. – Ótimo! Vamos comprá-la.

– Vês? Esse é o teu problema – colocou-se diante dele, com

as mãos nas ancas. – Não dedicas pensamentos suficientes a nada. Vês uma coisa e, zás, já está!

– Quando é o correto, porquê continuar à procura? – sorriu e afastou-lhe uma madeixa de cabelo. – Sei o que resulta para mim quando o vejo. Vamos – agarrou-lhe a mão e levou-a para o interior da loja. – A camisola azul da montra – disse à empregada. – Tem-na do tamanho...? – mostrou a medida no ar com as mãos.

– Médio? – adivinhou a empregada. – Certamente, senhor. Um segundo.

– Não perguntaste quanto custa – assinalou ela.

– Quando uma coisa é a ideal, o preço é irrelevante – sorriu. – Vais controlar-me. Gosto disso. Tendo a esquecer os detalhes.

– Que novidade! – afastou-se para ver algumas blusas de seda. «É descuidado», pensou. «É impulsivo e precipitado.» Tudo o que ela não era. Althea preferia a ordem, a rotina, o cálculo meticuloso. Devia estar louca para pensar que podiam combinar.

Virou a cabeça e observou-o enquanto esperava que a vendedora embrulhasse a camisola.

Mas compreendeu que combinavam. Tudo nele assentava como uma luva. A sua intrepidez. Aquele olhar entre o azul e o verde que conseguia parar-lhe o coração. A sua fiabilidade. A sua compreensão total e incondicional.

– Algum problema? – perguntou Colt ao ver que o observava.

– Não.

– Quer um laço cor-de-rosa ou azul, senhor?

– Cor-de-rosa – disse, sem desviar o olhar. – Vendem vestidos de noiva aqui?

– Formais, não, senhor – os olhos da vendedora iluminaram-se perante a perspetiva de uma nova venda. – Temos alguns vestidos e fatos elegantes que seriam perfeitos para um casamento.

– Tem de ser uma coisa festiva – decidiu, com humor nos olhos. – Para a véspera de Ano Novo.

Althea endireitou os ombros e olhou para ele.

– Vê se entendes, Nightshade. Não vou casar-me contigo na véspera de Ano Novo.

– Está bem. Escolhe outra data.

– O dia de Ação de Graças – replicou e teve o prazer de ver

como ficava boquiaberto enquanto deixava cair a caixa que a vendedora lhe entregara.

– O quê?

– No dia de Ação de Graças. Ou aceitas, ou não – dirigiu-se para a saída.

– Espera! Bolas! – foi atrás dela depois de se agachar para apanhar a caixa. Alcançou-a na rua. – Disseste que te casarás comigo no dia de Ação de Graças?

– Detesto repetir-me, Nightshade. Se não conseguiste retê-lo, o problema é teu. E, agora, se já acabaste as compras, vou voltar para o trabalho.

– Espera um minuto! – exasperado, passou a caixa por debaixo do braço, esmagando o laço. Deixou-lhe as mãos livres para a agarrar pelos ombros. – O que te fez mudar de ideias?

– Sem dúvida, a tua perspetiva subtil – replicou, com tom seco. Apercebeu-se de que estava a divertir-se. – Se não afastares as mãos, amigo, vou prender-te.

– Vais casar-te comigo? – abanou a cabeça para organizar os pensamentos.

– Não ouves bem? – arqueou os sobrolhos.

– No dia de Ação de Graças? Neste dia de Ação de Graças? Dentro de algumas semanas?

– Já estás com medo...? – começou a perguntar e descobriu que tinha a boca demasiado ocupada para articular mais palavras. Foi um beijo embriagador, cheio de promessas e júbilo. – Sabes qual é o castigo por beijar uma agente de polícia na rua? – inquiriu, quando pôde falar outra vez.

– Arriscar-me-ei.

– Ainda bem – aproximou outra vez a boca dele. – Por isso, vais receber um castigo para o resto da vida, Nightshade.

– Conto com isso – com cuidado, afastou-a para lhe olhar para a cara. – Porquê no dia de ação de Graças?

– Porque eu gostaria de ter uma família com a qual o celebrar. Cilla insiste sempre para que me junte a eles, mas não... não conseguia.

– Porquê?

– É um interrogatório ou um noivado? – exigiu.

– Ambas as coisas, mas é a última pergunta. Porque vais casar-te comigo?

– Porque insististe até me esgotares. E porque senti pena de ti, já que parecias decidido. Além disso, amo-te e habituei-me a ti, portanto...

– Espera. Repete-o.

– Disse que me habituei a ti.

– Não essa parte – com um sorriso, deu-lhe um beijo na ponta do nariz. – A parte anterior.

– A de que sentia pena de ti?

– Hum... Depois disso.

– Oh, a parte de que te amo!

– Essa mesma. Repete-a.

– Está bem – respirou fundo. – Amo-te. Custa a dizê-lo desta maneira.

– Habituar-te-ás.

– Acho que tens razão.

– Aposto o que quiseres – riu-se e apertou-a contra ele.

E P Í L O G O

– Acho que preciso de pensar melhor.

Althea estava diante do espelho de corpo inteiro do quarto de Cilla. Com frieza, reparou que havia uma mulher dentro do espelho. Uma mulher pálida, de cabelo vermelho. Estava elegante com um vestido cor de marfim, com botões minúsculos de pérolas que percorriam toda a extensão do corpete.

Mas tinha os olhos demasiado grandes, abertos e receosos.

– Não creio que isto vá resultar.

– Estás fabulosa – garantiu Deborah. – Perfeita.

– Não falava do vestido – levou uma mão ao estômago. – Falo do casamento.

– Não comeces... – Cilla puxou para baixo o corpete de seda. – Estás nervosa.

– Claro que estou nervosa! – à falta de alguma coisa melhor para fazer, levantou as mãos para se certificar de que tinha os brincos de pérolas bem postos. Tinha-lhos oferecido a mãe de Colt. Tinha-lhe dito que devia transmiti-los dentro da família, tal como a avó de Colt fizera com ela.

Depois, tinha chorado um pouco e beijado a face de Althea, dando-lhe as boas-vindas à família.

«Família», pensou, com uma nova onda de pânico. «O que sei eu sobre a família?»

– Vou comprometer-me para o resto da vida com um homem que conheço há algumas semanas – sussurrou à mulher do espelho.

– Ama-lo, não é? – perguntou Deborah.

– E o que tem isso a ver?

Rindo-se, Deborah agarrou a mão inquieta de Althea.

– Tudo. Eu também mal conhecia Gage. Mas amava-o e sabia-o. Vi o modo como olhas para Colt, Thea. Tu também o sabes.

– Advogadas! – queixou-se Althea a Cilla. – Dão sempre a volta às coisas.

– É boa, não é? – o orgulho invadiu Cilla ao abraçar a sua irmã. – A melhor promotora a leste do Mississípi.

– Quando tens razão, tens razão – replicou Deborah, com um sorriso. – E, agora, vamos dar uma olhadela à madrinha – inclinou a cabeça para observar a sua irmã. – Estás maravilhosa, Cilla.

– Tu também – Cilla passou-lhe uma mão pelo cabelo escuro. – O casamento e a maternidade ficam-te bem.

– Se puderem acabar com a hora de admiração mútua, estou prestes a sofrer um ataque de nervos – Althea sentou-se na cama e fechou os olhos. – Tenho vontade de fugir pelas traseiras.

– Colt apanhar-te-ia – indicou Cilla.

– Não, se tivesse uma boa vantagem. Talvez se... – uma pancada na porta interrompeu-a. – Se for Nightshade, não vou falar com ele.

– Claro que não – concordou Deborah. – Dá azar – abriu a porta e viu o seu marido e a sua filha. Enquanto sorria a Gage, pensou que aquilo, sim, era sorte. A melhor de todas.

– Lamento interromper, mas lá em baixo há algumas pessoas nervosas.

– Se as crianças tiverem tocado no bolo... – começou Cilla.

– Boyd salvou-o – garantiu Gage. Com o bebé num braço, passou o outro pelos ombros da sua mulher. – Colt está a gastar o tapete.

– Portanto, está nervoso! – exclamou Althea. – É bom que esteja. Vejam no que nos meteu. Adoraria ser uma mosca para poder vê-lo.

Gage sorriu e piscou um olho a Deborah.

– Tem as suas vantagens – embalou a menina quando se agitou.

– Dá-ma, Gage – Deborah pegou em Adrianna ao colo. – Vai ajudar Boyd a acalmar o noivo. Já estamos quase a acabar.

– Quem disse? – Althea torceu as mãos.

Cilla expulsou Gage e fechou a porta.

– Covarde! – murmurou.

– Espera aí!

– Tens medo de descer e de assumir um compromisso público com o homem que amas. Isso é patético.

Enquanto acalmava a sua filha, Deborah percebeu a intenção da sua irmã e entrou no jogo.

– Vá lá, Cilla, não sejas tão dura... Se mudou de ideias...

– Não mudou. Simplesmente, não se decide. E Colt fez tudo o que tinha ao seu alcance para lhe agradar. Vendeu o seu rancho e comprou terras aqui em Denver.

– Isso não é justo! – Althea levantou-se.

– Certamente – Deborah colocou-se ao lado de Althea e mordeu o lábio para não sorrir. – Pensei que fosses um pouco mais compreensiva, Cilla. Trata-se de uma decisão importante.

– Então, devia tomá-la, em vez de se esconder como uma virgem vestal prestes a ser sacrificada.

Althea levantou o queixo.

– Não estou a esconder-me. Deb, vai pedir que comece a maldita música. Desço já.

– Está bem, Thea. Se tens a certeza... – deu-lhe uma palmadinha no braço, piscou um olho à sua irmã e abandonou o quarto a toda a velocidade.

– Bom, vamos – Althea dirigiu-se para a porta. – Vamos fazê-lo de uma vez por todas.

– Ótimo! – Cilla passou ao seu lado e desceu os degraus.

Althea tinha chegado quase ao patamar quando se apercebeu de que a tinham enganado. As duas irmãs tinham representado os papéis como profissionais.

Sentiu um nó no estômago ao ver flores por toda a parte. Soava uma música suave e romântica. Viu a mãe de Colt apoiada no seu marido, com um sorriso nos lábios, enquanto lhe caíam lágrimas de felicidade. Viu Natalie a secar os olhos. Deborah, com as pestanas húmidas, embalava Adrianna.

Ali estava Boyd, a agarrar a mão de Cilla para lhe dar um beijo na face molhada, antes de olhar para Althea com o objetivo de lhe dar ânimo com um piscar de olho.

Althea parou de repente. Deduziu que, se as pessoas choravam nos casamentos, tinha de haver um bom motivo para isso.

Então, olhou para a lareira e só viu Colt.

E ele só viu Althea.

Os joelhos dela tremiam. Dirigiu-se para ele, com uma única rosa branca e todo o seu coração.

– É bom vê-la, tenente – murmurou ao agarrar-lhe a mão.

– Também gosto de te ver, Nightshade – sentiu o calor do lume que ardia ao seu lado, o calor que emanava dele. Sorriu quando Colt lhe beijou a mão.

– Feliz dia de Ação de Graças.

– Igualmente – talvez não soubesse muito sobre a família, mas aprenderia. Ambos aprenderiam. – Amo-te muito.

– Eu também. Pronta?

– Agora, sim.

Enquanto as chamas crepitavam, olharam-se e pensaram na vida que construiriam juntos.

Fumo na noite

Aos opostos que se atraem

N. R.

P R Ó L O G O

Fogo. Purificava. Destruía. Com o seu calor, podiam salvar-se vidas. Ou podiam perder-se. Era uma das grandes descobertas do Homem e um dos seus principais receios.

Um dos seus fascínios.

As mães advertiam os seus filhos para não brincarem com fósforos, para não tocarem no fogão da cozinha. Visto que, independentemente de quão bonita fosse a chama, de quão sedutor fosse o seu calor, o fogo queimava a pele.

Na lareira, era romântico, acolhedor, alegre e dançarino, projetando um fumo aromático e uma luz dourada. Os idosos sonhavam junto dele. Os amantes cortejavam-se ao seu lado.

No acampamento, lançava as suas faíscas sob um céu estrelado, tentando as crianças a assarem os seus *marshmallows*, enquanto tremiam ao ouvir histórias de fantasmas.

Havia cantos escuros e perdidos da cidade onde os sem-abrigo juntavam as suas mãos geladas sobre o lume brilhante aceso em bidões, os rostos cansados entre as sombras, as mentes demasiado embotadas para terem sonhos.

Na cidade de Urbana, havia muitos incêndios.

Um cigarro caído por descuido ardia num colchão. Cabos defeituosos que tinham sido ignorados por um inspetor corrupto. Um aquecedor demasiado perto das cortinas. Um relâmpago. Uma vela esquecida.

Tudo aquilo podia provocar a destruição de propriedade, a perda de vidas. A ignorância, um acidente, um ato de Deus.

Mas havia outras formas, muito mais retorcidas.

Uma vez dentro do edifício, respirou fundo várias vezes. Na verdade, era muito simples. E muito estimulante. Naquele momento, o poder estava nas suas mãos. Sabia exatamente o que tinha de fazer. Sozinho. Na escuridão.

Não estaria escuro durante muito tempo. O pensamento fez com que soltasse um risinho enquanto subia até ao primeiro andar. Não demoraria a fazer-se luz.

Bastariam duas latas de gasolina. Com a primeira, molhou o chão velho de madeira, deixando um rasto, enquanto avançava de parede em parede, de divisão em divisão. De vez em quando, parava para tirar objetos das prateleiras, para espalhar fósforos sobre objetos inflamáveis, acrescentando o combustível que aviaria as chamas.

O cheiro do catalisador era doce, um aroma exótico que apurava os seus sentidos. Não tinha medo, nem pressa enquanto subia pela escada até ao andar seguinte. Ia em silêncio, certamente, já que não era estúpido. Mas sabia que o vigilante noturno estava concentrado numa revista, do outro lado do edifício.

Enquanto trabalhava, levantou o olhar para os aspersores do teto. Já os tinha visto. Não haveria nenhum jato de água procedente das tubagens enquanto as chamas se elevavam, nenhuma advertência dos detetores de fumo.

Aquele fogo arderia até que o vidro da janela rebentasse pelos punhos furiosos do calor. A tinta descascaria. O ferro derreteria, as vigas cairiam, calcinadas.

Durante um segundo, desejou poder ficar ali e presenciar o despertar do fogo adormecido. Queria estar ali, admirá-lo à medida que se agitava e espreguiçava, para depois estender o seu corpo quente e brilhante. Queria ouvir o seu rugido triunfal enquanto devorava tudo à sua passagem.

Mas, nessa altura, já estaria muito longe. Demasiado longe para ver, ouvir, cheirar. Teria de o imaginar.

Com um suspiro, acendeu o primeiro fósforo, levantou-o à altura dos olhos e admirou a pequena chama, hipnotizado. Ao atirá-lo para um charco de gasolina, sorria, tão orgulhoso como um pai. Observou durante um instante, enquanto o animal ganhava vida, serpenteando pelo percurso que lhe traçara.

Foi-se embora em silêncio, com pressa, e entrou na noite fria. Os seus pés ganharam o ritmo do seu coração acelerado.

CAPÍTULO 1

Irritada, exausta, Natalie entrou no apartamento. O jantar com os seus executivos de marketing tinha durado até depois da meia-noite. «Podia ter vindo para casa então», recordou a si mesma, enquanto se descalçava. Mas não. O escritório ficava a caminho do restaurante. Não fora capaz de resistir à tentação de entrar para dar uma última olhadela aos novos desenhos, para verificar a publicidade que anunciava a grande inauguração. A sua intenção era tomar algumas notas, redigir o rascunho de um ou dois memorandos.

«Então, o que faço a entrar no quarto às duas horas da manhã?», questionou-se. A resposta era fácil. Era uma mulher compulsiva e obsessiva. «Uma idiota.» Sobretudo, porque tinha um pequeno-almoço de trabalho às oito horas da manhã, com vários dos seus chefes de vendas da Costa Este.

«Não há problema», garantiu a si mesma. «Nenhum problema.» Quem precisava de dormir? Certamente, não Natalie Fletcher, o dínamo de trinta e dois anos que, naquele momento, liderava a Indústrias Fletcher em direção a uma nova fonte de lucro.

E haveria lucro. Dedicara toda a sua perícia, experiência e criatividade a criar a Lady's Choice. Antes do lucro, haveria o entusiasmo da conceção, do nascimento, do crescimento, os primeiros prazeres de uma empresa nova que procurava o seu próprio caminho.

«A minha empresa», pensou, com satisfação. O seu bebé. Cuidaria dela, educá-la-ia e alimentá-la-ia... E, sim, quando fosse necessário, deitar-se-ia às duas horas da manhã.

Um olhar para o espelho da cómoda indicou-lhe que até um dínamo precisava de descansar. As faces tinham perdido tanto o seu tom natural como a sua blusa e o rosto parecia demasiado frágil e pálido. O coque simples, que ao princípio da noite tinha dado a impressão de sofisticação e elegância, naquele momento apenas parecia realçar as olheiras que circundavam os seus olhos verdes.

Como era uma mulher que se orgulhava da sua energia e resistência, afastou-se do reflexo e rodou os ombros para eliminar a rigidez. «De qualquer forma, os tubarões não dormem», recordou a si mesma. Nem sequer os tubarões dos negócios. Mas aquele tubarão sentia a tentação forte de cair sobre a cama completamente vestida.

Decidiu que não podia ser e tirou o casaco. A organização e o controlo eram tão importantes nos negócios como uma boa cabeça para os números. O hábito impulsionou-a a dirigir-se para o armário. Estava a pendurar o casaco de veludo num cabide quando o telefone tocou.

«Deixa o atendedor de chamadas atender», ordenou a si mesma, mas, ao segundo toque, levantou o auscultador.

– Sim?

– Menina Fletcher?

– Sim? – o auscultador bateu contra as esmeraldas que usava na orelha. Estava a levantar a mão para tirar os brincos quando o pânico que notou na voz a parou.

– Sou Jim Banks, menina Fletcher. O vigilante noturno do armazém do lado sul. Temos problemas.

– Problemas? Entrou alguém?

– É um incêndio. Meu Deus, menina Fletcher, está tudo em chamas!

– Incêndio? – aproximou a outra mão do auricular, como se pudesse fugir. – No armazém? Havia alguém lá dentro?

– Não, menina, só eu – a voz tremeu-lhe. – Estava lá em baixo, na copa, quando ouvi uma explosão. Deve ter sido uma bomba ou algo parecido, não sei. Chamei os bombeiros.

– Está ferido? – naquele momento, conseguiu ouvir sirenes e gritos.

– Não, consegui sair. Meu Deus, menina Fletcher, é terrível, terrível...

– Vou já para aí.

Natalie demorou quinze minutos a percorrer o trajeto desde o seu bairro elegante até ao distrito sul, com os seus armazéns e fábricas. Mas viu e ouviu o fogo antes de parar atrás de todos os veículos.

Homens com as caras sujas de fuligem puxavam mangueiras e empunhavam machados. O fumo e as chamas saíam pelas janelas partidas e pelos buracos do telhado destruído. O calor era imenso. Inclusive àquela distância, esbofeteava-lhe a cara, enquanto o vento gelado de fevereiro redemoinhava atrás de si.

Soube que tudo o que havia lá dentro estava perdido.

– Menina Fletcher?

Lutando contra o horror e o fascínio, virou-se e viu um homem gordo de meia-idade, com um uniforme cinzento.

– Sou Jim Banks.

– Oh, sim... – automaticamente, estendeu o braço para lhe apertar a mão. Tinha-a gelada e tão trémula como a voz. – Sente-se bem? De certeza?

– Sim, menina. É horrível.

Durante um instante de silêncio, observaram o fogo e aqueles que o combatiam.

– E os alarmes?

– Não ouvi nada. Pelo menos até à explosão. Comecei a subir e vi o incêndio. Estava por toda a parte – passou uma mão pela boca. Nunca tinha visto algo parecido, nem queria voltar a vê-lo. – Por toda a parte. Saí e chamei os bombeiros da minha carrinha.

– Fez o correto. Sabe quem manda aqui?

– Não, menina Fletcher. Estes homens trabalham depressa e não dedicam muito tempo a falar.

– Muito bem. Porque não vai para casa agora, Jim? Eu encarrego-me de tudo. Se precisarem de falar consigo, dar-lhes-ei o seu número para que possam contactá-lo.

– Não pode fazer-se grande coisa – desceu o olhar para o chão e abanou a cabeça. – Lamento imenso, menina Fletcher.

– Eu também. Agradeço por me ter telefonado.

– Pensei que era o que tinha de fazer – olhou uma última vez para o edifício, pareceu tremer e dirigiu-se para o seu veículo.

Natalie permaneceu onde estava e esperou.

Congregara-se uma multidão quando Ry chegou ao local. Sabia que um incêndio atraía as pessoas, tal como uma boa luta ou um malabarista. As pessoas escolhiam fações... e muitas estavam do lado do fogo.

Saiu do carro, um homem magro, de ombros largos, com olhos cansados da cor do fumo que enchia o céu invernal. O seu rosto fino e ossudo mostrava uma expressão impassível. As luzes que brilhavam à sua volta escondiam e, depois, realçavam as suas feições, a covinha no queixo que as mulheres tanto adoravam e que era um aborrecimento para ele.

Deixou as botas no chão encharcado e calçou-as rapidamente. Embora as chamas ainda lambessem o edifício, os seus olhos experientes indicaram-lhe que os homens o tinham contido e quase extinto.

Dentro de pouco tempo, chegaria a sua vez.

Com gesto automático, vestiu o casaco preto de proteção, que lhe cobriu a camisa de flanela e as calças de ganga até abaixo das ancas. Passou uma mão pelo cabelo rebelde castanho-escuro. Colocou o capacete amolgado e manchado pelo fumo, acendeu um cigarro e calçou as luvas. E, enquanto executava estes passos habituais, estudou a cena. Um homem na sua posição precisava de manter uma mente aberta diante do fogo. Daria uma olhadela geral, confirmaria a direção do vento, falaria com os bombeiros. Teria de levar a cabo todo o tipo de testes rotineiros e científicos.

Mas, primeiro, confiaria nos seus olhos e no seu olfato.

O mais provável era que o armazém estivesse perdido, mas o salvamento não dependia dele. A sua tarefa consistia em encontrar os motivos e os métodos.

Expeliu o fumo do cigarro e observou a multidão.

Sabia que o vigilante noturno fizera soar o alarme. Teria de falar com ele. Observou os rostos um a um. A agitação era normal. Viu-a nos olhos do jovem que, deslumbrado, observava a destruição. E também o choque da mulher boquiaberta que se aninhava ao lado dele. Horror, admiração e alívio por o fogo não os ter atingido a eles ou aos seus.

Depois, os seus olhos pousaram na loira.

Estava afastada dos outros, com o olhar cravado em frente, enquanto o vento agitava o seu cabelo apanhado. Reparou que usava uns sapatos caros, tão desenquadrados naquela parte da cidade como o casaco de veludo e o rosto refinado.

«Um rosto extraordinário», pensou, levando o cigarro aos lábios. Os olhos... Não conseguiu discernir a sua cor, mas eram escuros. Pensou que não lhes via nenhum entusiasmo, nenhum horror nem comoção. Um leve toque de raiva, talvez. Tratava-se de uma mulher de poucas emoções ou de uma que sabia controlá-las.

«Uma rosa de estufa», decidiu. «E o que faz tão longe do seu ambiente, às quatro horas da manhã?»

– Eh, inspetor! – sujo e molhado, o tenente Holden aproximou-se para lhe pedir um cigarro.

– Parece que conseguiram controlá-lo – comentou, tirando o maço do bolso.

– Este foi difícil – com as mãos unidas para proteger a chama do vento, acendeu o cigarro. – Estava descontrolado quando chegámos. O vigilante noturno chamou-nos às duas menos vinte. O primeiro e o segundo andares foram os que mais sofreram. O mais provável é que encontres o ponto de origem no primeiro.

– Sim? – sabia que Holden não aventurava uma conjetura.

– Encontrámos algumas mechas nos degraus do lado este. Provavelmente, ateou o fogo com elas, mas nem todo o material ardeu. Lingerie feminina.

– Como?

– Lingerie feminina – repetiu, com um sorriso. – Era o que armazenavam aqui. Cuecas e sutiãs. Há muita roupa interior e fósforos que não arderam – deu-lhe uma palmada no ombro. – Diverte-te. Eh, novato! – gritou a um dos aprendizes. – Vais segurar essa mangueira ou brincar com ela? É preciso vigiá-los o tempo todo, Ry.

– Como se eu não soubesse...

Pelo canto do olho, viu a sua flor de estufa a avançar para um bombeiro. Holden e ele afastaram-se.

– Há alguma coisa que possa dizer-me? – perguntou Natalie a um bombeiro cansado. – Como começou?

– Senhora, eu só os apago – sentou-se no estribo de um veículo, perdido o interesse na ruína fumegante que era o armazém. – Quer respostas? – esticou um dedo na direção de Ry. – Peça-as ao inspetor.

– Os civis não podem estar no local de um incêndio – disse Ry, atrás dela. Quando ela se virou, viu que os seus olhos eram de um verde-claro profundo.

– É o meu armazém – manifestou, com frieza, como o vento que lhe agitava o cabelo. – O meu armazém – continuou. – O meu problema.

– Sim? – Ry voltou a observá-la. Tinha frio. Por experiência, sabia que não havia sítio mais frio do que o local de um incêndio no inverno. Mas tinha as costas direitas e o queixo delicado levantado. – E quem é você?

– Natalie Fletcher. Sou proprietária do edifício e de tudo o que há no interior. E eu gostaria de obter algumas respostas – arqueou uma sobrancelha perfilada. – E quem é você?

– Piasecki. Investigador de incêndios provocados.

– Provocados? – mostrou espanto, antes de recuperar o controlo. – Acha que foi provocado?

– O meu trabalho é descobri-lo – desceu o olhar e esteve quase a fazer uma careta. – Vai estragar esses sapatos, menina Fletcher.

– Os sapatos são a última das minhas... – calou-se quando ele a agarrou pelo braço e começou a afastá-la. – O que está a fazer?

– Está no meio. Aquele é o seu carro? – com a cabeça, indicou um pequeno Mercedes descapotável.

– Sim, mas...

– Meta-se nele.

– Não vou fazê-lo – tentou soltar-se da sua mão. – Pode largar-me?

Cheirava muito melhor do que o fumo e os escombros encharcados. Ry sentiu o seu cheiro e, depois, optou pela diplomacia, a qual, reconhecia-o com orgulho, nunca fora o seu forte.

– Ouça, tem frio. Que sentido tem estar exposta ao vento?

– Trata-se do meu edifício – ficou rígida, pelo contacto e pelo frio. – O que resta dele.

– Muito bem – como não afetava em nada a sua investigação, fá-lo-ia como ela queria. Mas situou-a entre o carro e o seu corpo, para a proteger do pior do frio. – É um pouco tarde para fazer um inventário, não lhe parece?

– É – enfiou as mãos nos bolsos, numa tentativa vã de as aquecer. – Vim assim que o vigilante noturno me telefonou.

– E a que horas foi isso?

– Não sei. Por volta das duas.

– Por volta das duas – repetiu e voltou a percorrê-la com o olhar. Reparou que sob o casaco de veludo havia um vestido elegante de noite. O tecido parecia suave, caro, e era da mesma cor que os seus olhos. – Uma roupa vistosa para um incêndio.

– Tive um jantar de negócios e não mudei de roupa antes de vir – «idiota», pensou e voltou a observar com ar sombrio o que restava da sua propriedade. – Onde quer chegar?

– O jantar durou até às duas horas da manhã?

– Não, acabou por volta da meia-noite.

– E porque continua vestida para a ocasião?

– O quê?

– Porque continua vestida para a ocasião? – tirou outro cigarro do maço e acendeu-o. – Um encontro tardio?

– Não, fui para o meu escritório tratar de papelada. Tinha acabado de chegar a casa quando Jim Banks, o vigilante noturno, me telefonou.

– Então, esteve sozinha entre a meia-noite e as duas horas?

– Sim, eu... – olhou para ele com os olhos semicerrados. – Acha que sou responsável por isto? É o que está a insinuar? Qual é o seu nome?

– Piasecki – replicou, com um sorriso. – Ryan Piasecki. E ainda não acho nada, menina Fletcher. Só estou a recolher informação – os olhos dela já não eram equânimes, controlados, mas tinham atingido o ponto de ignição.

– Então, proporcionar-lhe-ei mais alguma. O edifício e o seu conteúdo estão cobertos pelo seguro. A apólice é da United Security.

– A que tipo de negócio pertence?

– À Indústrias Fletcher, inspetor Piasecki. Talvez já tenha ouvido falar.

Assim era. Imobiliárias, minas, transporte. A corporação tinha muitas propriedades, incluindo vários edifícios em Urbana. Mas havia motivos para que as empresas grandes, tal como as pequenas, recorressem a incêndios provocados.

– Você dirige a Indústrias Fletcher?

– Fiscalizo vários dos seus interesses, incluindo este – «em especial, este», pensou. Era o seu projeto. – Na primavera, vamos abrir várias lojas especializadas por todo o país, para além de um serviço de venda por catálogo. Uma grande parte do meu inventário estava neste armazém.

– Que tipo de inventário?

– Lingerie, inspetor. Sutiãs, cuecas, camisas de dormir. Seda, cetim, renda. Talvez esteja familiarizado com o conceito.

– O suficiente para o apreciar – viu que ela tremia e que tentava evitar que lhe tremessem os dentes. Imaginou que os seus pés estivessem gelados naqueles sapatos finos e elegantes. – Ouça, está a enregelar. Meta-se no carro. Volte para casa. Manter-nos-emos em contacto.

– Quero saber o que aconteceu no meu edifício. O que resta dos meus produtos.

– O seu edifício ardeu, menina Fletcher. E é improvável que reste alguma coisa do seu inventário que consiga subir a pressão arterial de um homem – abriu-lhe a porta do carro. – Tenho trabalho para fazer. E aconselho-lhe que contacte o seu agente de seguros.

– É bom a acalmar as vítimas, não é, Piasecki?

– Não, não posso dizer que o seja – tirou um bloco de notas e um lápis pequeno do bolso da camisa. – Dê-me a sua morada e o número de telefone da sua casa e do seu escritório.

Natalie respirou fundo antes de lhe proporcionar a informação que queria.

– Sabe? – acrescentou. – Sempre tive um fraco por funcionários públicos. O meu irmão é polícia em Denver.

– Sim?

– Sim – meteu-se no carro. – Com uma breve conversa, você conseguiu que mudasse de ideias – fechou a porta com força, lamentando não o ter feito com rapidez suficiente para lhe entalar os dedos. Com uma última olhadela ao edifício em ruínas, foi-se embora.

Ry viu as luzes traseiras do veículo a desaparecerem e acrescentou mais uma nota ao seu bloco. Umas pernas fantásticas. Não achava que conseguisse esquecê-las. Mas um bom inspetor anotava tudo.

Natalie obrigou-se a dormir duas horas, depois, levantou-se e tomou um duche frio. Vestiu o robe, telefonou à sua secretária e pediu que cancelasse ou alterasse as reuniões daquela manhã. Com a primeira chávena de café, telefonou aos seus pais, no Colorado. Ia na segunda chávena quando acabou de lhes dar a informação que sabia, mitigando-lhes a preocupação e ouvindo os conselhos deles.

Com a terceira chávena, entrou em contacto com o seu agente de seguros e combinou encontrar-se com ele no local do sinistro. Depois de tomar uma aspirina com o que restava de café na chávena, vestiu-se para o que prometia ser um dia muito longo.

Estava quase a sair pela porta quando o telefone tocou.

– Tenho um atendedor de chamadas – recordou a si mesma ao dar meia volta para ir atender. – Sim?

– Nat, fala Deborah. Acabei de saber.

– Oh... – esfregou a nuca e sentou-se num braço da poltrona. Proporcionava-lhe um prazer duplo ouvir Deborah O'Roarke Guthrie, amiga e parente. – Suponho que já tenha dado nas notícias.

– Lamento, Natalie, a sério. Foi muito mau?

– Não tenho a certeza. Ontem à noite, dava a impressão de que não podia ser pior. Mas combinei encontrar-me lá com o meu agente de seguros. Quem sabe? Talvez possamos salvar alguma coisa.

– Queres que te acompanhe? Posso reorganizar a minha manhã.

Natalie sorriu. Deborah era assim. Como se não tivesse o suficiente com o seu marido, o seu bebé e o seu trabalho como assistente do promotor do distrito.

– Não, mas obrigada por te ofereceres. Aviso-te quando souber alguma coisa.

– Vem jantar aqui esta noite. Poderás relaxar.

– Adoraria.

– Se houver mais alguma coisa que possa fazer, diz-me.

– Na verdade, podes telefonar para Denver. Evita que a tua irmã e o meu irmão venham em meu auxílio.

– Fá-lo-ei.

– Ah, mais uma coisa... – levantou-se e mexeu na sua mala enquanto falava. – O que sabes sobre um tal inspetor Piasecki? Ryan Piasecki?

– Piasecki? – houve uma pausa, enquanto Deborah revia os seus ficheiros mentais. – Está no departamento de investigação de incêndios. É o melhor da cidade. Suspeita-se que foi provocado?

– Não sei. Só sei que estava presente. Foi grosseiro e não quis dizer-me nada.

– Requer-se tempo para determinar a causa de um incêndio, Natalie. Se quiseres, posso fazer um pouco de pressão.

Teve vontade de colocar Piasecki num apuro.
– Não, obrigada. Pelo menos, por enquanto. Até logo.
– Às sete horas – insistiu Deborah.
– Lá estarei. Obrigada – desligou e pegou no casaco. Com sorte, chegaria trinta minutos antes do agente ao local do sinistro.
A sorte acompanhou-a... Pelo menos, naquilo. Quando parou atrás da barreira que os bombeiros tinham posto, descobriu que precisaria de muito mais sorte para ganhar aquela batalha.
Parecia incrivelmente pior do que na noite anterior.
Era um edifício pequeno de apenas dois andares. As paredes exteriores tinham resistido e estavam enegrecidas, cheias de fuligem e ainda pingavam água. O chão estava cheio de madeira calcinada e encharcada, vidros partidos e metal retorcido. O ar empestava a fumo.
Consternada, passou por debaixo da fita amarela para dar uma olhadela.
– O que raio pensa que está a fazer?
Sobressaltou-se e, depois, protegeu os olhos do sol para ver com mais clareza. «Devia ter imaginado», pensou ao ver Ry a avançar para ela entre os escombros.
– Não viu o aviso? – exigiu ele.
– Claro que vi! Esta propriedade é minha, inspetor. O avaliador do seguro combinou encontrar-se aqui comigo. Acho que estou no meu direito de inspecionar os danos.
– Não tem outro tipo de sapatos? – olhou para ela, aborrecido.
– Desculpe?
– Fique aqui – murmurando, foi até ao seu carro e regressou com umas botas grandes de bombeiro. – Calce-as.
– Mas...
– Enfie esses sapatos ridículos nas botas – agarrou-a pelo braço. – Caso contrário, irá magoar-se.
– Está bem – obedeceu, sentindo-se absurda.
A parte superior das botas chegava-lhe quase até aos joelhos. O fato azul-marinho e o casaco de lã a condizer que usava eram de marca e três fios de ouro ao pescoço acrescentavam brilho.
– Que belo aspeto... – comentou ele. – E, agora, deixemos uma coisa clara. Preciso de preservar o local e isso significa que

não pode tocar em nada – disse, embora a sua autoridade para a manter fora dali fosse questionável, para além de já ter encontrado a maior parte do que procurava.

– Não tenho intenção de...

– É o que dizem todos.

– Explique-me uma coisa, inspetor – endireitou-se. – Trabalha sozinho porque prefere ou porque ninguém suporta estar consigo durante mais de cinco minutos?

– As duas coisas – então, sorriu. A mudança de expressão foi espantosa, encantadora... e suspeita. – O que está a fazer a inspecionar o local de um incêndio com um fato de quinhentos dólares?

– Eu... – receosa pelo sorriso, fechou o casaco. – Tenho reuniões toda a tarde. Não terei tempo para mudar de roupa.

– Executivos... – ao virar-se, manteve a mão no braço dela. – Venha. Tenha cuidado onde põe os pés... O local ainda não é seguro, mas pode dar uma olhadela ao que o fogo deixou. Ainda há trabalho para fazer.

Conduziu-a pela entrada. O teto era um buraco. O que tinha caído jazia entre camadas sujas de cinza molhada e madeira partida. Natalie sentiu um calafrio ao ver os manequins calcinados e partidos.

– Não sofreram – garantiu-lhe Ry, recebendo um olhar colérico.

– Tenho a certeza de que se trata de algo jocoso para si, mas...

– O fogo nunca é engraçado. Cuidado...

Viu o lugar onde ele estivera a trabalhar, perto da base de uma parede interior partida. Havia um pequeno crivo de arame numa estrutura de madeira, uma pá que parecia um brinquedo, alguns frascos de vidro, uma barra metálica e uma vara de medir. Enquanto observava, Ry arrancou uma secção marcada de rodapé.

– O que está a fazer?

– O meu trabalho.

– Estamos do mesmo lado? – perguntou ela, com os dentes apertados.

– É possível – levantou o olhar. Com uma navalha, começou a raspar um resíduo. Cheirou-o, resmungou e, quando ficou satisfeito, introduziu-o num frasco. – Sabe o que é a oxidação, menina Fletcher?

– Mais ou menos – franziu o sobrolho.

– A união química de uma substância com o oxigénio. Pode ser lenta, como a tinta ao secar, ou rápida. Calor e luz. Um incêndio é rápido. E algumas coisas ajudam a que se movimente mais depressa – continuou a raspar, voltou a levantar o olhar e estendeu-lhe a navalha. – Cheire – hesitante, ela inclinou-se e cheirou. – O que cheira?

– Fumo, humidade... Não sei.

– Gasolina – comentou, guardando o resíduo num frasco. – Sabe, um líquido procura o seu nível, introduz-se em gretas no chão, em cantos, flui por baixo dos rodapés. Se ficar encurralado ali em baixo, não arde. Vê o lugar que limpei aqui?

Natalie humedeceu os lábios e observou o chão que ele tinha limpado de escombros. Havia uma mancha preta, como uma sombra gravada na madeira.

– Sim?

– O padrão da mancha queimada. É como um mapa. Se continuar a pesquisar camada após camada, poderei saber o que aconteceu, antes e durante o incêndio.

– Está a dizer-me que alguém deitou gasolina e acendeu um fósforo?

Ry não respondeu e inclinou-se para apanhar um bocado de tecido queimado.

– Seda – esfregou as pontas dos dedos. – É uma pena – colocou uma tira no que parecia ser uma lata. – Às vezes, alimenta mais o fogo. Nem sempre arde – apanhou uma copa quase ilesa de um sutiã de renda. Divertido, olhou para Natalie e acrescentou: – É engraçado o que resiste, não é?

Ela voltou a sentir frio, mas não pelo vento. Surgia do interior e era fúria.

– Se tiver sido deliberado, quero saber.

Interessado na mudança nos olhos de Natalie, agachou-se. Tinha o casaco de bombeiro desabotoado, revelando umas calças de ganga gastas nos joelhos e uma camisa de flanela. Não tinha abandonado o cenário da conflagração desde a sua chegada.

– Receberá o meu relatório – levantou-se. – Descreva-me como era este sítio há vinte e quatro horas.

Ela fechou os olhos, mas isso não a ajudou. Ainda conseguia cheirar a destruição.

– Tinha dois andares e uns seiscentos metros quadrados. Varandas de ferro e escadas interiores. As costureiras trabalhavam no segundo andar. Toda a nossa mercadoria é feita à mão.

– Um toque de classe.

– Sim, é a ideia. Temos outra fábrica neste distrito, onde se executa quase toda a costura. As doze máquinas lá em cima eram para dar os últimos retoques. À esquerda havia uma pequena copa, as casas de banho... No primeiro andar, o chão era de linóleo em vez de madeira. Guardávamos lá os produtos. Também tinha um escritório pequeno, embora quase todo o meu trabalho seja feito na cidade. Esta zona era para inspecionar, embalar e fretar. Íamos começar a enviar os nossos pedidos de primavera dentro de três semanas.

Virou-se, sem saber muito bem para onde ia, e tropeçou nos escombros. A rapidez de Ry evitou-lhe uma queda desagradável.

– Aguente-se – murmurou.

Aturdida, apoiou-se nele durante alguns instantes. Sentiu força, mas não simpatia. Naquelas circunstâncias, preferia-o assim.

– Só nesta fábrica, empregávamos setenta pessoas. Gente que ficou sem emprego até que eu consiga descobrir o que aconteceu – virou-se e Ry segurou-a pelos braços para que mantivesse o equilíbrio. – Foi deliberado.

Ele pensou que ela tinha perdido o controlo. Era tão volátil como um fósforo aceso.

– Ainda não acabei a investigação.

– Foi deliberado – repetiu. – E pensa que eu possa tê-lo provocado. Que vim aqui a meio da noite, com uma lata de gasolina.

Tinham as caras muito perto. «É engraçado», pensou Ry, «até agora, não me tinha apercebido de como fica alta com aqueles sapatos capazes de torcer os tornozelos.»

– Custa-me imaginá-lo.

– Então, contratei alguém? – perguntou Natalie. – Contratei alguém para incendiar o edifício, embora no seu interior houvesse um homem? Mas o que é um segurança comparado com um belo cheque do seguro?

– Diga-me você – replicou, depois de um momento de silêncio.

Furiosa, afastou-se dele.

– Não, inspetor, será você quem terá de mo dizer. E, goste ou não, vou andar atrás de si como uma sombra durante cada passo da investigação. Cada passo – recalcou. – Até que consiga as minhas repostas.

Saiu do edifício, com um andar digno, apesar das botas. Mal controlava o seu temperamento quando viu que um carro parava junto do dela. Ao reconhecê-lo, suspirou, dirigiu-se para a fita amarela e voltou a atravessá-la.

– Donald – estendeu os braços. – Oh, Donald, que desgraça...

Agarrando-lhe as mãos, o homem contemplou o edifício. Durante um instante, ficou quieto, abanando a cabeça.

– Como pôde acontecer? Foi a instalação elétrica? Verificámo-la há dois meses...

– Eu sei. Lamento. Todo o teu trabalho... – pensou que eram dois anos da vida de Donald e talvez da sua. Desvanecidos como fumo.

– Tudo? – a sua voz soou trémula e também tremeu. – Perdeu-se tudo?

– Receio que sim. Temos mais material, Donald. Isto não vai travar-nos.

– És mais dura do que eu, Nat – depois de um último aperto, largou-a. – Era a minha maior aposta. Tu és a presidente, mas eu sentia-me como se fosse o capitão. E o meu barco acaba de se afundar.

Natalie compreendia o que sentia. Para Donald Hawthorne, não se tratava apenas de negócios, tal como para ela. Aquela empresa nova era um sonho, uma lufada de ar fresco, uma oportunidade para ambos experimentarem uma coisa completamente diferente.

«Não só experimentar», recordou a si mesma. «Triunfar.»

– Vamos ter de nos esforçar durante as próximas três semanas.

Ele virou-se, com um leve sorriso nos lábios.

– Achas realmente que conseguiremos respeitar os nossos compromissos depois disto?

– Sim – a determinação endureceu os seus lábios. – É um atraso, é só isso. Mudaremos algumas coisas. Certamente, teremos de adiar a auditoria.

– Agora, nem sequer consigo pensar nisso – calou-se e pestanejou. – Meu Deus, Nat, as pastas, os registos...

– Não creio que consigamos recuperar alguma coisa dos documentos que havia no armazém – observou o edifício. – Complicará tudo, acrescentará horas de trabalho, mas consegui-lo-emos.

– Como poderemos levar a cabo a auditoria, quando...?

– Ficará adiada até que voltemos a estar em funcionamento. Falaremos disso no escritório. Assim que falar com o agente do seguro e tudo seguir o seu curso, irei para o meu escritório – a sua mente já estava concentrada nos detalhes, nos passos e nas fases. – Estabeleceremos turnos duplos, encarregaremos material novo, traremos algumas coisas de Chicago e de Atlanta. Faremos com que resulte, Donald. A Lady's Choice será inaugurada em março.

– Se alguém é capaz de o fazer és tu – o sorriso tornou-se mais amplo.

– Nós – asseverou Natalie. – Agora, preciso que voltes para o escritório e que comeces a fazer chamadas – sabia que o ponto forte de Donald eram as relações públicas. Talvez fosse um pouco impulsivo, mas naquele momento precisava de pessoas orientadas para a ação. – Põe Melvin e Deirdre a trabalhar. Suborna ou ameaça os distribuidores, suplica aos sindicatos, tranquiliza os clientes. É o que fazes melhor.

– É para já. Conta comigo.

– Sei que posso fazê-lo.

«Namorado?», questionou-se Ry ao ver como se abraçavam. O executivo alto e elegante, com uma cara bonita e os sapatos reluzentes, parecia ser o seu tipo. Anotou a matrícula do Lincoln que havia junto do carro de Natalie e regressou ao trabalho.

CAPÍTULO 2

– Vai chegar a qualquer momento – a assistente do promotor do distrito, Deborah O'Roarke Guthrie, apoiou os punhos nas ancas. – Gage, quero toda a história antes que Natalie chegue.

Gage acrescentou outro tronco ao lume antes de se virar para a sua mulher. Ao regressar do trabalho, ela usava umas calças de lã e uma camisola de caxemira azul. Usava o cabelo cor de ébano solto, quase até aos ombros.

– És bonita, Deborah. Não to digo com frequência suficiente.

Ela arqueou um sobrolho. Era um sedutor encantador e inteligente. Mas também ela o era.

– Nada de respostas evasivas, Gage. Até agora, conseguiste evitar contar-me tudo o que sabes, mas...

– Estiveste todo o dia no tribunal – recordou-lhe. – Ou em reuniões.

– Isso não tem nada a ver. Agora, estou aqui.

– Certamente – aproximou-se, passou as mãos por entre os seus braços e rodeou-lhe a cintura. Sorriu ao aproximar os lábios da sua boca. – Olá...

Mais de dois anos de casamento não tinham diluído a reação que o seu marido lhe provocava. Entreabriu os lábios, mas conteve-se a tempo e recuou.

– Não, não o conseguirás. Considera-te sob juramento no banco das testemunhas, Guthrie. Desembucha. Sei que estiveste lá.

– Estive lá – a irritação dançou nos seus olhos, antes de ir servir um copo de água mineral para Deborah. «Sim, estive lá», pensou. «Demasiado tarde.»

Tinha a sua própria maneira de combater o lado obscuro de

Urbana. O dom, ou a maldição, que tinha recebido depois de sobreviver ao que deveria ter sido um disparo mortal, proporcionava-lhe uma vantagem. Fora polícia durante demasiado tempo para poder fechar os olhos à injustiça. Naquele momento, com a carta caprichosa que o destino lhe dera, lutava contra o crime à sua maneira, com o seu talento especial.

Deborah observou-o a descer o olhar para a sua mão e a fleti-la. Era um hábito antigo, que lhe indicava que estava a pensar na sua condição.

E, quando isso acontecia, transformava-se em Némesis, uma sombra que percorria as ruas de Urbana, uma sombra que entrara na sua vida e no seu coração, tão real e querida como o homem que tinha diante dela.

– Estive lá – repetiu, servindo-se de um copo de vinho. – Mas cheguei demasiado tarde para fazer alguma coisa. Nem cinco minutos antes dos bombeiros.

– Nem sempre podes ser o primeiro, Gage – murmurou Deborah. – Nem sequer Némesis é omnipotente.

– Não – passou-lhe o copo. – A questão é que não vi quem provocou o incêndio. Nem sei se foi provocado.

– Mas acha-lo.

– Tenho uma mente perspicaz – sorriu outra vez.

– Eu também – brindou com ele. – Oxalá pudesse fazer alguma coisa por Natalie... Esforçou-se muito por aquela empresa.

– Já estás a fazer alguma coisa – afirmou Gage. – Estás aqui. E ela lutará.

– Podes contar com isso – inclinou a cabeça. – Suponho que ontem à noite ninguém te tenha visto perto do armazém, pois não?

– O que achas?

– Nunca conseguirei habituar-me – suspirou. Quando tocaram à campainha, pousou o copo. – Eu vou lá – correu para a porta e recebeu Natalie de braços abertos. – Ainda bem que vieste.

– Não perderia um prato feito por Frank por nada do mundo – decidida a mostrar-se alegre, deu-lhe um beijo e regressaram à sala de braço dado. Ofereceu ao seu anfitrião um sorriso brilhante. – Olá, lindo – também deu um beijo a Gage, aceitou o copo que lhe entregou e sentou-se junto da lareira. Suspirou. Era uma casa bonita e um casal bonito, que partilhava um amor profundo.

– Como estás? – perguntou Deborah.

– Bom, adoro um desafio e este é grande. A questão é que a Lady's Choice será inaugurada dentro de três semanas.

– Tinha a impressão de que tinhas perdido muita mercadoria – comentou Gage. Escondido pela sombra do seu dom, na noite anterior tinha-a visto a chegar ao local do incêndio. – Tal como o armazém.

– Há outros edifícios – de facto, já tinha conseguido comprar outro armazém. Inclusive depois de o seguro pagar, os lucros calculados para aquele ano reduziriam. Mas encarregar-se-ia de que os compensassem. – Vamos trabalhar horas extraordinárias para minimizar as perdas. E posso trazer mais material de outros sítios, entre eles da nossa loja principal de Urbana. Pretendo que seja um sucesso – bebeu vinho e reviu mentalmente os detalhes. – Tenho Donald agarrado ao telefone. Com a sua habilidade como relações públicas, é o mais qualificado para suplicar e pedir emprestado. Melvin já iniciou a viagem a quatro cidades para saquear as nossas outras fábricas e lojas. É o melhor para calcular quem pode prescindir da mercadoria. E Deirdre está a tratar da contabilidade. Eu falei com os chefes sindicais e com alguns trabalhadores. Pretendo voltar a ter uma plena produção dentro de quarenta e oito horas.

– Se alguém consegue fazê-lo... – Gage brindou a ela. Ele mesmo era um homem de negócios... entre outras coisas. E sabia exatamente o trabalho, o risco e o suor que Natalie enfrentaria. – Já se sabe mais alguma coisa sobre o incêndio?

– Não especificamente – com o sobrolho franzido, observou as chamas da lareira. Pareceram-lhe inofensivas e atraentes. – Já falei com o investigador algumas vezes. Insinua, interroga e, pelo amor de Deus, irrita-me. Mas não se compromete.

– Ryan Piasecki – comentou Deborah e foi a sua vez de sorrir. – Hoje dediquei alguns minutos a investigá-lo. Pensei que pudesse interessar-te.

– Obrigada – inclinou-se para a frente. – Qual é a história dele?

– Está há quinze anos no departamento de bombeiros. Durante dez, ele mesmo combateu o fogo até passar a tenente. Tem algumas nódoas no seu currículo.

– A sério? – Natalie sorriu.

– Aparentemente, bateu num vereador no local de um incêndio. Partiu-lhe o queixo.

– Tendências violentas... – murmurou. – Eu sabia.

– Era o que chamam «um incêndio de classe C» – prosseguiu Deborah. – Foi numa fábrica de químicos. Piasecki estava com a companhia dezoito, a primeira a responder ao alarme. Não tinham nenhum apoio devido aos cortes orçamentais – acrescentou, quando Natalie franziu o sobrolho. – A sua companhia perdeu três homens naquele incêndio e outros dois sofreram queimaduras graves. O vereador apareceu com a imprensa e começou a falar sobre o funcionamento excelente do nosso sistema...

– Acho que também lhe teria dado um murro – teve de reconhecer Natalie.

– Sofreu outra ação disciplinar quando irrompeu no gabinete do presidente da Câmara, com um saco cheio de escombros de um liceu, que espalhou sobre a sua secretária. Era de um edifício de renda baixa situado neste distrito, que acabava de passar na inspeção municipal, embora a instalação elétrica fosse defeituosa e a caldeira estivesse avariada. Carecia de alarmes de incêndio e de saídas de emergência. Morreram vinte pessoas.

– Queria que me confirmasses que o meu instinto não estava enganado – murmurou. – Que tinha um bom motivo para o detestar...

– Lamento – Deborah tinha desenvolvido um fraco por homens que lutavam contra o crime e a corrupção de forma pouco convencional. Olhou para Gage com ternura.

– Bom – suspirou Natalie. – O que mais tens sobre ele?

– Passou para o departamento de investigação há cinco anos. Tem fama de ser abrasivo, agressivo e irritante.

– Assim, está melhor.

– E de ter o olfato de um sabujo, os olhos de um falcão e a tenacidade de um pitbull. Não para de indagar até dar com as respostas. Nunca tive de o chamar a testemunhar, mas fiz algumas perguntas. É inamovível no banco das testemunhas. É inteligente. Anota tudo. Tudo. E recorda-o. Tem trinta e seis anos, é divorciado. É um jogador de equipa que prefere trabalhar sozinho.

– Suponho que saber que estou em mãos competentes deveria fazer com que me sentisse melhor – encolheu os ombros. – Mas não é assim. Agradeço-te pelo perfil.

– De nada – calou-se ao ouvir um choro pelo intercomunicador que tinha ao seu lado. – Parece que a chefe acordou. Não, eu vou – disse ao ver que Gage se levantava. – Só quer companhia.

– Posso vê-la? – perguntou Natalie.

– Claro, anda.

– Direi a Frank que atrase o jantar até que tenham acabado – com o sobrolho franzido, Gage observou Natalie a subir a escada com a sua mulher.

– Sabes, estás fabulosa? – comentou Natalie ao dirigir-se para o quarto da menina. – Não sei como consegues. Tens uma carreira exigente, um marido dinâmico e todas as obrigações sociais que isso implica, e a adorável Adrianna.

– Poderia dizer-te que tudo radica em gerir bem o tempo e estabelecer prioridades – com um sorriso, abriu a porta. – Mas, na verdade, reduz-se à paixão. Pelo trabalho, por Gage, pela nossa Addy. Se agires com paixão, não há nada que não consigas.

O quarto era uma sinfonia de cor. Os desenhos do teto narravam histórias de princesas e cavalos mágicos. As cores primárias iluminavam as paredes e fundiam-se em arco-íris. Com as mãos apoiadas na grade do berço e as pernas trémulas, Addy exibia uma careta de desagrado.

– Oh, querida... – Deborah pegou-a ao colo. – Estás aqui sozinha e molhada...

– Mamã – a careta transformou-se num sorriso radiante.

Natalie observou a sua cunhada a deitar Addy no fraldário.

– Cada vez que a vejo, está mais bonita – com suavidade, acariciou o cabelo escuro da bebé. Satisfeita com a atenção que estava a receber, Addy agitou os pés e começou a balbuciar.

– Estamos a pensar em ter outro.

– Outro? – Natalie pestanejou. – Já?

– Bom, ainda estamos na fase da indecisão. Embora, na verdade, gostássemos de ter três filhos – deu um beijo na curva delicada do pescoço de Addy, rindo-se quando a menina lhe puxou o cabelo. – Eu adoro ser mãe.

– Estou a ver. Posso? – uma vez mudada a fralda, Natalie pegou-a ao colo.

Descobriu que sentia inveja por aquele pequeno milagre que encaixava tão bem nos seus braços.

Dois dias mais tarde, Natalie estava sentada à sua secretária, com uma dor de cabeça que lhe martelava o cérebro atrás dos olhos. Não importava. Impulsionava-a a continuar em frente.

– Se o mecânico não pode arranjar as máquinas, comprem novas. Quero todas as costureiras a trabalhar. Não, amanhã à tarde não é suficiente – passou o telefone para o outro ouvido. – Hoje. Aparecerei à uma hora para verificar o novo inventário. Sei que é uma casa de loucos. Continuem assim – desligou e olhou para os seus três colaboradores. – Donald?

Ele passou uma mão pelo cabelo.

– O primeiro anúncio sairá no sábado, no *The Times*. Página inteira, a três cores. O anúncio, com as variações necessárias, aparecerá simultaneamente noutras cidades.

– E as alterações que queria?

– Estão feitas. Os catálogos saíram hoje. Estão magníficos.

– Sim – satisfeita, desceu o olhar para o catálogo brilhante que tinha sobre a mesa. – Melvin?

Tal como era seu hábito, Melvin Glasky tirou os óculos sem aros e limpou-os enquanto falava. Tinha cinquenta e poucos anos e era viciado em golfe. Era de compleição magra e de faces rosadas, e usava um capachinho que, ingenuamente, acreditava ser o seu pequeno segredo.

– Atlanta parece o melhor – os seus óculos brilhavam como diamantes quando voltou a apoiá-los sobre o nariz. – A diretora de Chicago defendeu o seu stock com unhas e dentes. Não queria ceder nem um sutiã.

– E?

– Pus a culpa em cima de ti.

– Certamente – recostou-se na poltrona e riu-se entredentes.

– Disse-lhe que querias o dobro da quantidade que me pediste. O que me deu margem de manobra para negociar. Disse que podia ficar com os catálogos. Mostrei-me de acordo – brilharam-lhe os olhos. – Então, disse-lhe que os catálogos eram sagrados para ti. Que não tocarias nem numas cuecas, porque querias que todos os pedidos fossem entregues em dez dias. Que eras inflexível.

Ela voltou a sorrir. Nos dezoito meses que tinham trabalhado juntos naquele projeto, começara a adorar Melvin.

– E sou.

– Portanto, disse-lhe que arriscaria e que aceitaria metade do que tu me tinhas pedido.

– Serias um político esplêndido, Melvin.

– E o que achas que sou? De qualquer modo, tens aproximadamente cinquenta por cento do inventário de volta à loja principal.

– Devo-te uma. Deirdre?

– Revi os aumentos de honorários e as despesas de material – Deirdre Marks puxou o cabelo para trás. Tinha uma mente tão rápida como um computador de última geração. – Também as despesas de equipamento. Com os pagamentos de incentivos que autorizaste, ficaremos com saldo negativo. Fiz gráficos...

– Eu vi-os – pensou nas opções de que dispunha e esfregou a nuca. – O dinheiro do seguro, quando for pago, paliará a situação. Estou disposta a arriscar o meu investimento e a aumentá-lo, para que isto resulte.

– De um ponto de vista meramente financeiro – continuou Deirdre, – qualquer lucro parece distante. Pelo menos, num futuro imediato. Só as vendas do primeiro ano teriam de superar... – encolheu os ombros perante a expressão obstinada de Natalie. – Tu tens as quantias.

– Sim e agradeço pelo trabalho extra. Felizmente, pedi a Maureen que tirasse cópias dos principais documentos – esfregou os olhos e uniu as mãos. – Tenho a consciência de que a maioria das empresas fecha no primeiro ano. Mas esta não será uma delas. Não pretendo lucros a curto prazo, mas um sucesso a longo prazo. Pretendo que a Lady's Choice esteja no auge daqui a dez anos. De modo que não vou recuar perante o primeiro obstáculo real – quando o intercomunicador tocou, carregou num botão. – Sim, Maureen?

– O inspetor Piasecki gostaria de a ver, menina Fletcher. Não tem hora marcada.

De forma automática, Natalie observou a sua agenda. Podia dedicar-lhe quinze minutos e chegar a tempo ao novo armazém.

– Teremos de acabar isto depois – olhou para os seus colaboradores. – Manda-o entrar, Maureen.

Ry preferia encontrar-se com os amigos ou os inimigos no território deles. Ainda não decidira em que categoria encaixava Natalie Fletcher. No entanto, tinha decidido passar pelo seu escritório para ver pessoalmente aquela parte do seu negócio.

Não pôde dizer que se sentisse dececionado. Pensou que era um ambiente elegante para uma mulher elegante. Carpete macia, muito vidro, cores suaves, poltronas cómodas na receção. Quadros originais nas paredes, plantas naturais.

E a sua secretária bonita trabalhava com equipamento de última geração.

O escritório da chefe também não foi uma surpresa. A análise rápida que realizou mostrou-lhe uma carpete azul ainda mais macia, paredes pintadas de cor-de-rosa e decoradas com arte moderna, a qual nunca lhe interessara. Exibia móveis antigos.

Supôs que a secretária fosse europeia. Era cheia de desenhos e curvas. Viu Natalie sentada, com um dos seus fatos cuidados e uma janela ampla de vidro fumado atrás de si.

Três pessoas estavam de pé, como soldados prontos para fazer continência a uma ordem que lhes desse. Reconheceu o homem jovem como o mesmo que ela abraçara no local do incêndio. Fato feito à medida, sapatos pretos reluzentes, nó da gravata perfeito, cara bonita, cabelo bem penteado e mãos suaves.

O segundo homem era mais velho e parecia prestes a esboçar um sorriso. Usava um laço e um capachinho medíocre.

A mulher parecia um contraponto perfeito da chefe. Casaco largo, um pouco amarrotado, sapatos rasos, cabelo despenteado, o qual não percebia se era vermelho ou castanho. Parecia estar próxima dos quarenta anos e não muito interessada em lutar contra a idade.

– Inspetor – Natalie esperou dez segundos antes de se levantar e estender a mão.

– Menina Fletcher – de forma mecânica, apertou-lhe os dedos compridos e magros.

– O inspetor Piasecki está a investigar o incêndio do armazém – «com o seu uniforme habitual de calças de ganga e camisa de flanela», reparou. A cidade não lhe daria um uniforme oficial?

– Inspetor, apresento-lhe três dos meus melhores executivos... Donald Hawthorne, Melvin Glasky e Deirdre Marks.

Ry assentiu e, depois, concentrou a sua atenção em Natalie.

– Pensei que uma mulher inteligente como você teria sensatez suficiente para não instalar o escritório no quadragésimo segundo andar.

– Desculpe?

– Torna o salvamento infernal... Não só para si, mas para os bombeiros. É impossível fazer chegar uma escada até aqui. Aquela janela é decorativa, não serve para ventilação ou como saída de emergência. Seria necessário descer quarenta e dois andares, por uma escada que, sem dúvida, estaria cheia de fumo.

Natalie voltou a sentar-se, sem o convidar a fazer o mesmo.

– Este edifício está equipado com todos os equipamentos de segurança necessários. Aspersores, detetores de fumo, extintores.

– Tal como o seu armazém, menina Fletcher – sorriu.

Ela sentiu que a dor de cabeça voltava com mais força.

– Inspetor, veio para me pôr a par da sua investigação ou para criticar o meu local de trabalho?

– Posso fazer ambas as coisas.

– Dás-nos licença? – Natalie olhou para os seus três colaboradores. Quando a porta se fechou atrás deles, indicou-lhe uma poltrona. – Vamos esclarecer as coisas. Eu não gosto de si e você não gosta de mim. Mas temos um objetivo em comum. Trabalho com frequência com pessoas que me são indiferentes a nível pessoal. Isso não me impede de realizar o meu trabalho – inclinou a cabeça para olhar para ele com o que considerou uma expressão fria. – E a si?

– Não.

– Muito bem. E, agora, o que tem a dizer-me?

– Já acabei o meu relatório. Já não tem um incêndio suspeito. Foi provocado.

Apesar de o esperar, sentiu um nó no estômago.

– Não há nenhuma dúvida? – abanou a cabeça antes que ele pudesse falar. – Não, não há. Informaram-me de que é muito minucioso.

– Sim? Devia tomar uma aspirina antes que abra um buraco na cabeça.

Irritada, desceu a mão que tinha usado para massajar a nuca.

– Qual é o passo seguinte?

– Tenho uma causa, o método e o ponto de origem. Quero o motivo.

– Não há pessoas que ateiam incêndios pelo simples prazer que lhes proporciona? Porque se sentem impulsionadas a isso?

– Claro – ia tirar um cigarro, mas reparou que não havia nenhum cinzeiro à vista. – Talvez tenha sido um amador. Ou um pirómano contratado. Tinha um seguro interessante, menina Fletcher.

– É verdade. E havia uma boa razão para isso. Só em maquinaria e mercadoria, perdi mais de um milhão e meio de dólares.

– Indemnizaram-na em muito mais.

– Se soubesse alguma coisa sobre propriedades, inspetor, saberia que o edifício era valioso. Se está à procura de uma fraude, está a perder o seu tempo.

– Tenho tempo – levantou-se. – Vou precisar de uma declaração, menina Fletcher. Oficial. Amanhã, no meu escritório, às duas horas.

– Posso dar-lha aqui e agora – também se levantou.

– No meu escritório, menina Fletcher – tirou um cartão do bolso e deixou-o sobre a mesa. – Veja as coisas desta maneira: se estiver inocente, o quanto antes acabarmos, mais depressa receberá o seguro.

– Muito bem – pegou no cartão e guardou-o no bolso do fato. – O quanto antes, melhor. É tudo, inspetor?

– Sim – desceu o olhar para o catálogo que havia na secretária. Uma modelo de pele de porcelana estava aninhada num sofá de veludo, exibindo uma camisa de dormir vermelha sem costas. – Bonita – olhou para Natalie. – Uma forma elegante de vender sexo.

– Romance, inspetor. Há quem ainda goste.

– Você?

– Não creio que isso seja importante.

– Pergunto-me se acredita no que vende ou se só pretende ganhar dinheiro – tal como se perguntava se usaria os seus próprios produtos por baixo daqueles fatos severos.

– Então, satisfarei a sua curiosidade. Acredito sempre no que vendo. Para além de gostar de ganhar dinheiro, coisa que faço bem – pegou no catálogo e ofereceu-lho. – Porque não o leva? Toda a nossa mercadoria tem garantia total. O número gratuito de atendimento ao cliente estará operacional na segunda-feira – se tinha esperado que o rejeitasse, ficou dececionada.

– Obrigado – Ry enrolou o catálogo e meteu-o no bolso.

– E agora, se me desculpar, tenho uma reunião fora daqui.

Contornou a secretária, o que ele esperara que fizesse. Sem importar o que pensasse dela, gostava das suas pernas.

– Precisa que a leve a algum lado?

– Não – surpreendida, virou-se para o armário pequeno que havia num canto do escritório. – Tenho carro – ficou mais surpreendida quando se aproximou para a ajudar com o casaco. As mãos dele demoraram-se levemente nos seus ombros.

– Está stressada, menina Fletcher.

– Estou ocupada, inspetor – ao virar-se, irritou-a ter de recuar para não chocar contra ele.

– E nervosa – acrescentou, com um sorriso satisfeito. Questionou-se se também seria consciente da sua presença, como ele era da dela. – Um homem perspicaz poderia considerá-lo um sinal de culpa. E sou-o. Mas sabe o que acho?

– Fascinar-me-á sabê-lo – aparentemente, o sarcasmo não o afetava, já que continuou a sorrir.

– Acho que é assim. Tensa e nervosa. Exibe muito controlo e sabe como manter o fogo à distância. Mas, de vez em quando, escapa-lhe. O que é interessante.

Natalie pôde sentir que estava num daqueles momentos.

– Sabe o que eu acho, inspetor?

– Tenho a certeza de que me fascinará sabê-lo, menina Fletcher – a covinha, que deveria ficar deslocada no seu rosto forte, acentuou-se.

– Acho que é um homem arrogante, de mente fechada, que se tem em demasiada conta.

– Eu diria que ambos temos razão.

– E eu, que está no meu caminho.

– Também tem razão nisso – mas não se mexeu. – Bolas, tem uma cara linda!

– Desculpe? – ela pestanejou.

– Era uma observação. É uma mulher muito elegante – os

seus dedos desejavam tocar-lhe, de modo que enfiou as mãos nos bolsos. Tinha-a desconcertado. Era óbvio pela maneira como o olhava, horrorizada e intrigada ao mesmo tempo. Não viu motivo para se aproveitar disso. – Custa a um homem não se deixar levar pela fantasia depois de a ter visto. E eu já a vi duas vezes.

– Não creio... – só o orgulho a impediu de recuar. Ou de avançar. – Não creio que isto seja apropriado.

– Se alguma vez chegarmos a conhecer-nos melhor, descobrirá que isso não ocupa um lugar elevado na minha lista de prioridades. Diga-me uma coisa, Hawthorne e você têm uma relação pessoal?

– Donald? – os olhos escuros, intensos e próximos dele deslumbraram-na por um instante. – Claro que não! – irritada, calou-se. – Não lhe diz respeito.

A resposta dela satisfê-lo, tanto a nível profissional como pessoal.

– Tudo sobre si me diz respeito.

– De modo que esta forma lamentável de seduzir é uma maneira de conseguir que me incrimine? – levantou o queixo, com os olhos cintilantes.

– Não me pareceu assim tão lamentável. De um ponto de vista profissional, resultou.

– Poderia ter mentido.

– Teria de mentir antes de pensar. E não pensou – gostava da ideia de conseguir surpreendê-la, por isso, decidiu pressionar um pouco. – Dá-se o acaso de que, a nível estritamente profissional, gosto do seu aspeto. Mas não se preocupe, não se interporá no meu trabalho.

– Eu não gosto de si, inspetor Piasecki.

– Já o tinha dito – estendeu a mão e fechou-lhe o casaco. – Agasalhe-se. Está frio lá fora. No meu escritório – acrescentou ao dirigir-se para a porta. – Amanhã, às duas horas.

Saiu a pensar nela. «Natalie Fletcher, um cérebro de primeira, numa fachada de primeira.» Talvez tivesse incendiado o seu próprio edifício para obter lucros rápidos. Não seria a primeira, nem a última a fazê-lo.

Mas o seu instinto dizia-lhe que não. Não lhe dava a impressão de ser uma mulher que usasse atalhos.

Entrou no elevador, cujo espelho lhe devolveu a sua própria imagem.

Tudo nela era de primeira. E a fraude não encaixava no seu passado. A Indústrias Fletcher gerava lucros suficientes por ano para comprar alguns países do Terceiro Mundo. Aquele novo ramo da empresa era um projeto pessoal dela e, mesmo que fechasse no primeiro ano, não afetaria os alicerces da corporação.

Certamente, era necessário analisar a participação emocional. O instinto dizia-lhe que estava muito envolvida na sua nova empresa. Isso bastava para tentar ter um lucro rápido com o fim de salvar um investimento arriscado.

Mas continuava sem encaixar com ela.

Talvez outra pessoa da empresa. Ou um adversário, com a esperança de sabotar o seu negócio. Ou um pirómano clássico.

Fosse o que fosse, iria descobrir.

E, enquanto isso, gostaria de perturbar Natalie Fletcher.

«Uma mulher elegante», pensou. Imaginou que superaria qualquer modelo com a sua própria lingerie.

O telemóvel que usava à cintura começou a tocar quando saiu do elevador. «Outro incêndio», concluiu, atendendo. Havia sempre outro incêndio.

CAPÍTULO 3

Ry fê-la esperar quinze minutos. Era uma estratégia padrão, que ela mesma empregara com frequência para desequilibrar um adversário. Estava decidida a não cair na armadilha.

Nem sequer havia espaço suficiente no maldito cubículo a que ele chamava escritório.

Trabalhava num dos quartéis de bombeiros mais antigos da cidade, com dois andares por cima dos veículos, numa pequena caixa envidraçada que oferecia uma vista pouco inspirada de um estacionamento em mau estado e edifícios quase em ruínas.

Na sala adjacente, Natalie podia ver uma mulher a escrever de forma incessante a uma máquina de escrever, numa secretária a transbordar de pastas e formulários. Todas as paredes eram de um amarelo sujo que, décadas antes, poderia ter sido branco. Estavam cobertas de fotografias de incêndios, algumas suficientemente sombrias para a fazerem virar a cabeça, boletins, folhetos e algumas piadas polacas de gosto duvidoso.

Era evidente que Ry não tinha problemas com o humor da sua ascendência.

Em estantes de metal havia livros, pastas, panfletos e alguns troféus, cada um coroado com a estatueta de um jogador de basquetebol. Com uma careta, reparou também no pó. A secretária dele, pouco maior do que uma caixa de cartão e cheia de marcas, tinha uma perna mais curta apoiada sobre um exemplar de bolso do livro *O pónei vermelho*.

Nem sequer mostrava respeito por Steinbeck.

Levantou-se para inspecionar a secretária, onde não havia nenhuma fotografia. Nenhuma lembrança pessoal. Só clipes, lápis partidos, um agrafador e um caos ridículo de papéis desorganizados. Empurrou alguns e recuou, horrorizada, ao descobrir a cabeça decapitada de uma boneca.

Se não fosse tão horrível, poderia ter achado graça à situação. O único olho azul que restava olhava-a fixamente.

– Lembranças – disse Ry, da porta. Estava a observá-la há alguns minutos. – De um incêndio de classe A. A menina sobreviveu – desceu o olhar para a cabeça sobre a mesa. – Ficou em melhor estado do que a sua boneca.

– É horrível – não conseguiu evitar sentir um calafrio.

– Sim, foi. O pai da menina provocou o incêndio na sala, com uma lata de querosene. A mulher queria o divórcio. Quando ele acabou, já não foi necessário.

Natalie pensou que talvez fosse necessário que se mostrasse tão frio.

– Tem um trabalho triste, inspetor.

– É por isso que o adoro – olhou para trás quando a porta exterior se abriu. – Sente-se. Já venho ter consigo – fechou a porta do escritório, antes de se virar para o bombeiro que tinha aparecido atrás dele.

Através do vidro, Natalie ouviu o murmúrio de vozes. Não precisou de ouvir Ry a levantar a sua, como fez quase imediatamente, para saber que o jovem bombeiro estava a ouvir uma reprimenda de primeira.

– Quem te disse para ventilar a parede, novato?

– Senhor, pensei...

– Os novatos não pensam. Não és suficientemente inteligente para pensar. Se fosses, saberias o que o ar faz ao fogo. Sabes o que acontece quando o deixas passar e há um maldito charco de combustível sob as tuas botas.

– Sim, senhor. Eu sei. Não o vi. O fumo...

– É melhor que aprendas a ver através do fumo. É melhor que aprendas a ver através de tudo. E quando o fogo sobe pela maldita parede, não lhe dás uma maldita saída quando estás sobre um catalisador. Tens sorte por estares vivo, novato, e também a equipa de homens que teve o azar de trabalhar contigo.

– Sim, senhor. Eu sei, senhor.

– Não sabes nada. É a primeira coisa que deves recordar da próxima vez que fores comer fumo. E, agora, sai daqui.

Natalie cruzou as pernas quando Ry entrou no escritório.

– É um diplomata nato. Aquele rapaz não devia ter mais de vinte anos.

– Seria agradável que alcançasse a velhice, não acha? – desceu a persiana, isolando-os.

– A sua técnica faz com que lamente não ter vindo acompanhada de um advogado.

– Relaxe – aproximou-se da secretária e afastou algumas pastas. – Não tenho autoridade para prender, só para investigar.

– Bom, dormirei mais tranquila – lançou uma olhadela prolongada ao relógio. – Quanto tempo acha que vamos demorar? Já perdi vinte minutos.

– Retiveram-me – sentou-se e abriu o saco com o qual entrara. – Já almoçou?

– Não – semicerrou os olhos quando ele tirou uma embalagem que tinha um cheiro delicioso. – Vai dizer-me que me deixou à espera para ir comprar uma sandes?

– Ficava a caminho – ofereceu-lhe metade da sandes de carne assada e pão de centeio. – Também tenho dois cafés.

– Aceito o café. Fique com a sandes.

– Como queira – passou-lhe uma pequena chávena tapada. – Importa-se que grave a conversa?

– Prefiro-o.

Enquanto comia com uma mão, abriu uma gaveta e tirou um gravador.

– Deve ter um armário cheio desses fatos – o que usava naquele momento era cor de framboesa e fechava-se na anca esquerda com botões dourados. – Nunca usa outra coisa?

– Desculpe?

– Estava a fazer conversa, menina Fletcher.

– Não vim para isso! – exclamou. – E pare de me chamar «menina Fletcher» dessa maneira tão irritante.

– Não há problema, Natalie. Chama-me Ry – ligou o gravador e começou a recitar a hora, a data e o local da entrevista. Apesar disso, tirou um bloco e um lápis da gaveta. – Esta entrevista é conduzida pelo inspetor Ryan Piasecki a Natalie Fletcher, pelo incêndio num armazém da Indústrias Fletcher em South Harbor Avenue 21, no dia doze de fevereiro deste ano – bebeu um gole de café. – Menina Fletcher, é a proprietária do edifício mencionado e do seu conteúdo.

– O edifício e o seu conteúdo são... eram propriedade da Indústrias Fletcher, da qual sou representante executiva.

– Há quanto tempo era propriedade da sua empresa?

– Oito anos. Anteriormente, usava-se para armazenar bens da Fretes Fletcher.

– E agora?

– A Fretes Fletcher mudou-se para outro local – relaxou um pouco. Seria uma coisa rotineira. Negócios. – O armazém foi remodelado há dois anos para albergar uma nova empresa. Utilizávamos o edifício para o fabrico e armazenamento de mercadorias para a Lady's Choice. Fazemos lingerie feminina.

– E que horário tinha?

– Regra geral, das oito às seis horas, de segunda-feira a sexta-feira. Nos últimos seis meses, ampliámo-lo para incluir os sábados, das oito ao meio-dia.

Ele continuou a comer, fazendo perguntas sobre a prática do negócio, a segurança e algum problema de vandalismo. As respostas dela foram rápidas, frias e concisas.

– Trabalha com vários fornecedores.

– Sim. Mas só com empresas americanas. É uma política firme que temos.

– Aumenta as despesas.

– A curto prazo. A longo prazo, creio que a empresa gerará lucros para o justificar.

– Dedicou muito tempo pessoal a este projeto. Teve muitos gastos e investiu o seu próprio dinheiro.

– É verdade.

– O que acontecerá se o negócio não alcançar o nível das suas expetativas?

– Fá-lo-á.

– E se não? – recostou-se, bebendo o resto do café.

– Então, terei perdido o meu tempo e o meu dinheiro.

– Quando foi a última vez que esteve no armazém, antes do incêndio?

A mudança súbita de assunto surpreendeu-a, embora não a tivesse feito hesitar.

– Três dias antes do incêndio, fui fazer uma verificação rotineira. Deve ter sido no dia nove de fevereiro.

– Reparou se faltava alguma coisa? – anotou a data.

– Não.

– Equipamento avariado?

– Não

– Alguma falha na segurança?

– Não. Caso contrário, tê-la-ia comunicado imediatamente – por acaso, considerá-la-ia idiota? – O trabalho estava a correr segundo o previsto e os produtos que verifiquei estavam em perfeitas condições.

– Não verificou tudo? – olhou-a nos olhos.

– Realizei uma inspeção superficial, inspetor – sabia que a intenção do seu olhar era incomodá-la. Recusou-se a permiti-lo. – Não é uma utilização produtiva do tempo examinar cada camisa de dormir ou cinto de ligas.

– O edifício foi inspecionado em novembro. Cumpria todos os regulamentos contra incêndios?

– Sim.

– Pode explicar como é que, na noite do incêndio, os aspersores e os sistemas de deteção de fumo foram inoperantes?

– Inoperantes? – o coração pulsou-lhe mais depressa. – Não sei muito bem a que se refere.

– Tinham sido manipulados, menina Fletcher. Tal como o seu sistema de segurança.

– Não, não posso explicá-lo – não desviou o olhar dele. – E você?

Ry tirou um cigarro do maço e acendeu um fósforo com a unha do polegar.

– Tem algum inimigo?

– Inimigo? – repetiu, desconcertada.

– Alguém que gostasse de a ver a fracassar, pessoal ou profissionalmente?

– Eu... Não, pessoalmente, não me ocorre ninguém – a ideia deixou-a aturdida. Passou uma mão pelo cabelo. – Certamente, tenho adversários...

– Alguém que lhe tenha provocado problemas?

– Não.

– Empregados descontentes? Despediu alguém ultimamente?

– Não. Não posso falar sobre todos os níveis da organização. Tenho diretores que dispõem de autonomia nos seus próprios departamentos, mas não me chegou nada.

Ele continuou a fumar, enquanto fazia perguntas e tomava notas. Ao acabar a entrevista, mencionou a hora de conclusão e desligou o gravador.

– Esta manhã, falei com o teu agente de seguros – informou-a. – E com o teu segurança. Tenho uma entrevista marcada com o capataz do armazém – quando ela não respondeu, apagou o cigarro. – Queres um pouco de água?

– Não – soltou o ar contido. – Obrigada. Achas que fui a responsável?

– O que sei aparece no relatório, não o que acha.

– Quero saber – levantou-se. – Peço-te que me digas o que achas.

A primeira coisa que lhe veio à cabeça foi que aquele sítio não era para ela. Não aquele escritório pequeno que cheirava ao que quer que os homens estivessem a cozinhar lá em abaixo. O lugar dela era em salas de direção e em quartos. Teve a certeza de que seria igualmente hábil em ambos os sítios.

– Não sei, Natalie, talvez seja a sua cara bonita que me afeta. Mas não, não te considero responsável. Sentes-te melhor?

– Não muito. Suponho que a única escolha que me resta seja depender de ti para que encontres quem o fez e descubras porquê – suspirou. – Apesar de como me incomodas, tenho a impressão de que és o homem adequado para o trabalho.

– Um elogio e tão cedo na nossa relação!

– Com alguma sorte, será o primeiro e o último – inclinou-se para apanhar a mala. Mas Ry mexeu-se com celeridade e em silêncio. Antes que pudesse levantá-la, a mão dele fechou-se sobre a sua na pega.

– Faz um intervalo.

Ela fletiu a mão uma vez e sentiu a palma dura e com calos de Ry, e, depois, ficou quieta.

– Desculpa?

– Estás acelerada, Natalie. Precisas de relaxar.

Era pouco provável, se continuasse a tocar-lhe.

– O que preciso é de voltar para o trabalho. Bom, se for só isso, inspetor...

– Pensei que tínhamos estabelecido uma base para nos chamarmos pelos nossos nomes. Anda, quero mostrar-te uma coisa.

– Não disponho de tempo – começou, enquanto ele a escoltava para fora do escritório. – Tenho uma reunião.

– Tens sempre. Nunca chegas atrasada?

– Não.

– É a fantasia de qualquer homem. Uma mulher bonita, inteligente e pontual – levou-a escada abaixo. – Quanto medes sem esses saltos?

– Bastante – arqueou um sobrolho.

Ry parou um degrau abaixo dela e virou-se. Os seus olhos e bocas ficaram frente a frente.

– Sim, diria que és bastante alta – puxou-a, como conseguiria ter feito com uma mula teimosa, até ao rés-do-chão.

Da cozinha provinham vários cheiros. Naquela noite, havia chili no menu. Alguns homens verificavam o equipamento de um dos veículos. Outro, enrolava uma mangueira no chão frio de cimento.

Ry foi recebido com cumprimentos e sorrisos, Natalie, com lábios franzidos e sussurros.

– Não conseguem evitá-lo – informou-a. – Não é todos os dias que passam por aqui mulheres como tu. Eu ajudo-te.

– O quê?

– Eu ajudo-te – repetiu ao abrir a porta de um veículo. – Não é que os rapazes não apreciassem o modo como essa saia subiria, mas... – antes que pudesse protestar, agarrou-a pela cintura e levantou-a. – Chega-te para lá – ordenou. – A menos que prefiras sentar-se no meu colo.

– O que faço num carro de bombeiros? – perguntou ao deslizar pelo banco.

– Toda a gente gostaria de andar num, pelo menos, uma vez – cómodo, estendeu o braço pelas costas do banco. – Então, o que te parece?

Observou os comandos, a alavanca grande das mudanças, a fotografia da *Miss Janeiro* que estava no tabliê.

– É interessante...

– Só isso?

Natalie mordeu o lábio inferior. Questionou-se que controlos ativavam a sirene e as luzes.

– Está bem, é divertido – inclinou-se para ver melhor pelo para-brisas. – Estamos realmente aqui, não estamos? Isto é...?

Agarrou-lhe a mão antes que pudesse puxar a corda que tinha por cima da cabeça.

– A buzina – concluiu ele. – Os homens estão habituados ao seu som, mas, acredita em mim, com a acústica deste sítio e as portas exteriores fechadas, arrepender-te-ias se a tocasses.

– Que pena...– puxou o cabelo para trás ao virar a cara para ele. – Estás a mostrar-me o teu brinquedo para que relaxe ou como exibição?

– Ambas as coisas.

– Talvez não sejas o imbecil que pareces ser.

– Se continuares a ser agradável comigo, apaixonar-me-ei.

Riu-se e apercebeu-se de que se sentia quase relaxada.

– Acho que ambos o temos claro. O que te impulsionou a ocupar um carro de bombeiros durante dez anos?

– Vejo que me investigaste.

– É verdade – olhou para ele. – E?

– Acho que estamos quites. Sou um devorador de fumo de terceira geração. Tenho-o no sangue.

– Hum... – conseguia entendê-lo. – Mas deixaste-o.

– Não, mudei de cargo. É diferente.

Supôs que sim, embora não fosse uma resposta.

– Porque guardas aquela lembrança na tua secretária? – observou os seus olhos com atenção. – Refiro-me à cabeça da boneca.

– Foi do meu último incêndio. Do último que combati – ainda o recordava... O calor, o fumo, os gritos. – Salvei a menina. A porta do quarto estava trancada. A minha hipótese era que ele tivesse levado a sua mulher e a sua filha para lá... Tu sabes: se não podem viver comigo, não viverão sem mim. Tinha uma pistola. Não estava carregada, mas ela não podia saber.

– É horrível – questionou-se se ela teria agido com a pistola e chegou à conclusão de que sim. Era melhor uma bala, rápida e definitiva, do que o terror do fumo e das chamas. – A sua própria família.

– Alguns tipos não encaram bem o divórcio – encolheu os ombros. O seu fora quase indolor. – Fez com que permanecessem lá sentadas, enquanto o fogo se descontrolava e o fumo entrava por baixo da porta. Era uma casa de madeira, velha. Ardeu como um fósforo. A mulher tinha tentado proteger a menina, aninhara-se sobre ela num canto. Não conseguia tirá-las ao mesmo tempo, de modo que escolhi a menina – os seus olhos obscureceram, concentrados em alguma coisa que só ele conseguia ver. – De qualquer modo, a mulher estava perdida. Sabia-o, embora exista sempre uma hipótese. Estava a descer a escada com a menina quando o chão cedeu.

– Salvaste a menina – murmurou, com gentileza.

– Foi a mãe quem a salvou – nunca conseguiria esquecer aquela devoção altruísta e sem esperança. – O filho da mãe que incendiou a casa saltou pela janela do primeiro andar. Sim, tinha queimaduras, tinha inalado fumo e partiu uma perna. Mas sobreviveu.

Natalie compreendeu que lhe importava. Até então, não o vira ou não quisera. Aquilo mudava tudo, modificava a perceção que tinha de Ry.

– E, então, decidiu perseguir os pirómanos.

– Mais ou menos – quando o alarme disparou, levantou a cabeça. O quartel ganhou vida com o som de pés a correr e ordens aos gritos. Ry levantou a voz por cima do estrépito. – Não vamos estorvá-los – abriu a porta, agarrou-a pelo braço e saiu.

– Uma fábrica de químicos – comentou alguém, enquanto vestia o equipamento de proteção.

Deu a impressão de que em poucos segundos os veículos saíam pelas portas, com as sirenes ligadas.

– É muito rápido – comentou Natalie, com os ouvidos ainda a zunir e o pulso acelerado. – Mexem-se com muita celeridade.

– Sim.

– É entusiasmante – levou uma mão ao coração. – Não sabia. Sentes a falta? – olhou para ele e sentiu que a mão afrouxava.

Ele ainda a agarrava e os seus olhos estavam cravados nela.

– De vez em quando.

– Bom, é... Devia ir-me embora.

– Sim. Devias – mas envolveu-a com os dois braços. Talvez fosse uma reação provocada pelas sirenes, talvez fosse o cheiro exótico e irresistível que ela emanava, mas fervia-lhe o sangue.

E queria saber, por uma vez, se o seu sabor era tão bom como o seu aspeto.

– É uma loucura – conseguiu balbuciar Natalie. Sabia o que ele pretendia. O que ela mesma queria que fizesse. – Deve ser errado.

– Por qual te decides? – sorriu antes de os seus lábios lhe cobrirem a boca.

Não o afastou. Durante um segundo, não respondeu. Nesse instante, achava que tinha ficado paralisada, surda, muda e cega. Depois, todos os seus sentidos voltaram como uma maré.

A boca de Ry era dura, tal como as mãos e o corpo. Sentia-se gloriosamente feminina encostada a ele. Uma necessidade de que não fora consciente floresceu no seu interior. Largou a mala para o rodear com os braços.

Um homem morreria de fome depois de a provar uma vez. Suplicaria por mais. Ela era suave, forte e pecaminosamente doce, com um sabor que tentava e atormentava.

O calor irradiou dos dois, enquanto o vento lhes açoitava as costas através das portas abertas. O som dos ruídos da rua, das buzinas e dos pneus envolvia-os, misturando-se com o gemido rouco e aturdido de Natalie.

Ry afastou-se um pouco para a observar, viu-se no verde brumoso dos seus olhos e voltou a reclamar a sua boca.

«Não, isto não vai acontecer só uma vez.»

Ela não conseguia respirar. Não queria. Os lábios dele formavam palavras sobre os seus, as quais não conseguia ouvir, nem entender. Pela primeira vez desde que tinha uso da razão, só era capaz de sentir. E as sensações invadiam-na a tal velocidade, vívidas e poderosas, que a deixavam desconcertada.

Ry voltou a afastar-se, aflito pelo que o tinha atravessado em tão pouco tempo. Estava sem fôlego, fraco e isso enfurecia-o tanto como o desconcertava. Ela permaneceu quieta, olhando-o com uma mistura de comoção e avidez nos olhos.

– Desculpa – murmurou ele, enfiando os polegares nos bolsos.

– Desculpa? – repetiu. Respirou fundo e questionou-se se alguma vez a cabeça deixaria de lhe andar à roda. – Estás arrependido?

– Sim – não sabia se devia recriminá-la a ela ou a si mesmo. Bolas, tinha os joelhos a tremer! – Foi desenquadrado.

– Desenquadrado...

Afastou o cabelo da cara, furiosa ao descobrir que tinha a pele quente. Tinha-lhe arrasado todas as defesas, todo o controlo e atrevia-se a desculpar-se? Levantou o queixo e endireitou os ombros.

– És bom com as palavras. Diga-me, inspetor, beija todos os seus suspeitos?

– Foi uma coisa mútua – semicerrou os olhos, – e não, foste a primeira.

– Que sortuda! – indignada, estava à beira das lágrimas. Pegou na mala. – Acho que isto põe fim à nossa reunião.

– Espera – praguejou quando ela continuou para a saída. – Disse que esperasses – seguiu-a e, com uma mão no braço, fê-la virar-se.

– Recuso-me a ceder ao cliché de te esbofetear – disse, com os dentes apertados, – mas está a custar-me.

– Já me desculpei.

– Poupa-me...

«Sê razoável», advertiu-se. «Isso ou beija-a outra vez.»

– Ouça, menina Fletcher, também não pode dizer-se que se opôs – chegou à calçada antes que ele a alcançasse. – Não te desejo – afirmou Ry.

Insultada, provocada além de todo o controlo, apontou-lhe um dedo ao peito.

– A sério? Então, importas-te de me explicar a que se deveu aquela manobra de me tocares?

– Mal te toquei e disparaste como um foguete. Não é culpa minha que estivesses tão madura.

– Madura? – os olhos estiveram prestes a saltar-lhe das órbitas. – Madura? Arrogante, insuportável e egoísta idiota!

– Foi uma má escolha de palavras – replicou Ry, acrescentando mais lenha à fogueira. – Eu deveria ter dito «reprimida».

– Vou bater-te...

– E – continuou, sem lhe prestar atenção, – deverias ter dito que não gosto de te desejar.

Durante um instante, Natalie concentrou-se apenas em respirar. Sob nenhum pretexto pensava rebaixar-se a fazer uma cena na rua.

– Esta, inspetor Piasecki, pode ser a primeira e a última vez que estamos de acordo em alguma coisa. Eu também não gosto.

– Não gostas de me desejar ou não gostas que te deseje?

– Ambas as coisas.

Ele assentiu e observaram-se como pugilistas no fim de um assalto.

– Esclarecê-lo-emos esta noite.

– Não.

– Natalie – prometeu a si mesmo que seria paciente, mesmo que isso o matasse, – quanto queres complicar a situação?

– Não quero complicá-la, Ry. Quero fazer com que seja impossível.

– Porquê?

Atravessou-o com um olhar desdenhoso.

– Parece-me que deve ser óbvio, inclusive para ti.

– Não sei o que tem essa tua atitude irada... mas provoca-me alguma coisa. Queres que seja uma coisa tradicional, que te convide para jantar e tudo isso?

Ela fechou os olhos e rezou para ter paciência.

– Parece que não consigo que entendas – voltou a abrir os olhos. – Não, não quero que me convides para jantar, nem nada disso. O que aconteceu ali dentro foi...

– Selvagem. Fantástico.

– Uma aberração! – exclamou.

– Não me custaria muito mostrar que estás enganada. Mas, se o reatássemos aqui fora, provavelmente prender-nos-iam antes de acabarmos – Ry estava a apreciar o desafio. E pretendia ganhar. – Mas compreendo. Assustei-te e agora tens medo de estar a sós comigo, receias perder o controlo.

– É pouco provável.

Ry encolheu os ombros e Natalie observou-o.

– Às oito horas. No Chez Robert, na Terceira. Vemo-nos lá.

– Está bem.

– Muito bem – virou-se. – Ah, Piasecki – disse, por cima do ombro, – não veem com bons olhos comer com os dedos.

– Recordá-lo-ei.

Natalie tinha a certeza de que tinha perdido a razão. Às sete e um quarto entrou no seu apartamento. Dados, quantias, projeções, gráficos, tudo redemoinhava na sua cabeça. E o telefone estava a tocar.

Para variar, pegou no telefone sem fios, a caminho do quarto.

– Sim? O que foi?

– Foi assim que a mamã te ensinou a atender o telefone?

– Boyd – parte da tensão do dia evaporou ao ouvir a voz do seu irmão. – Desculpa. Acabei de chegar da última de uma série de reuniões pesadas.

– Não procures compaixão da minha parte. Foste tu quem escolheu seguir a tradição familiar.

– Sim – tirou os sapatos. – Como vai a luta contra o crime e a corrupção de Denver, capitão Fletcher?

– Aguentamo-nos. Cilla e as crianças mandam-te beijos e abraços.

– Eu também. Não vão falar comigo?

– Estou no posto de polícia. Preocupa-me o crime em Urbana.

– Como descobriste tão depressa que o incêndio foi provocado? – mexeu no armário, com o telefone apoiado na curva do ombro. – Eu mesma acabei de saber.

– Temos os nossos meios. De facto, há pouco estive a falar com o responsável pela investigação.

– Piasecki? – atirou um vestido preto para cima da cama. – Falaste com ele?

– Há dez minutos. Parece que estás em boas mãos, Nat.

– Não se conseguir evitá-lo – murmurou.

– O quê?

– Aparentemente, sabe fazer o seu trabalho – replicou com calma. – Embora os seus métodos tenham uma certa falta de estilo.

– Os incêndios de origem criminosa são coisas feias. E perigosas. Preocupo-me contigo, mana.

– Esquece. Tu é que és o polícia, lembra-te disso – tirou o casaco, prometendo a si mesmo que o penduraria antes de sair. – Eu sou a presidente da torre de marfim.

– Nunca te vi a ficares lá. Quero que me mantenhas a par da investigação.

– Fá-lo-ei – com dificuldade, tirou a saia e, sentindo-se culpada, deixou-a no chão. – Diz à mamã e ao papá, se falares com eles antes de mim, que está tudo sob controlo. Não te aborrecerei com os detalhes financeiros...

– Agradeço-te.

Sorriu. Boyd carecia de paciência para contabilidade ou gráficos.

– Mas estou prestes a acrescentar mais uma pena vistosa ao chapéu da Indústrias Fletcher.

– Com roupa interior?

– Lingerie, querido – um pouco ofegante, apertou um sutiã preto sem alças. – A roupa interior pode ser comprada num supermercado.

– Sim. Bom, de um ponto de vista pessoal, Cilla e eu divertimo-nos muito com as amostras que nos mandaste. Em particular, gostei daquela coisa vermelha com os coraçõezinhos.

– Já imaginava – vestiu o vestido até às ancas. – Estando o dia de São Valentim tão perto, devias pensar em comprar o robe a condizer.

– Põe-no na minha conta. Quero que tenhas cuidado, Nat.

– É a minha intenção. Com alguma sorte, vejo-vos no próximo mês. Irei procurar locais em Denver.

– O teu quarto está sempre pronto. E nós também. Adoro-te.

– Eu também. Adeus.

Deixou o telefone na cama e pôde acabar de vestir o vestido. Ao virar-se para o espelho, teve de reconhecer que não era precisamente adequado para acalmar os ânimos pela forma como caía pelos seus ombros e descia pela curva dos seus seios.

«Reprimida?», agitou o cabelo. «Isto vai dar-lhe uma lição.»

O telefone voltou a tocar e soltou um palavrão. Ignorou o primeiro toque e pegou na escova. Mas, ao terceiro toque, rendeu-se e atendeu-o.

– Sim? – apenas uma respiração rápida e um risinho. – Sim? Há alguém aí?

– Meia-noite.

– O quê? – distraída, foi até à cómoda para escolher as joias adequadas. – Desculpe, não entendi.

– Meia-noite. A hora das bruxas. Espera e verás.

Quando a chamada caiu, deixou o telefone cair com um movimento da cabeça.

– Usa o atendedor de chamadas, Natalie! – ordenou a si mesma. – É para isso que serve.

Uma olhadela ao relógio fez com que voltasse a praguejar. Esqueceu a chamada, enquanto escovava o cabelo a toda a velocidade. Recusava-se a chegar atrasada.

CAPÍTULO 4

Natalie chegou ao Chez Robert às oito horas em ponto. O restaurante francês, com as suas paredes com motivos florais e cantos iluminados pela luz das velas, era um dos seus favoritos desde que se mudara para Urbana. Relaxava ao entrar. Acabava de deixar o casaco no bengaleiro quando recebeu o cumprimento do *maître*.

Beijou-lhe a mão e ofereceu-lhe um sorriso radiante.

– Ah, *mademoiselle* Fletcher, é um prazer, como sempre. Não sabia que esta noite viria jantar connosco.

– Combinei aqui com uma pessoa, André. O senhor Piasecki.

– Pi... – com o sobrolho franzido, olhou para o livro de reservas. – Ah, sim, mesa para dois, às oito. Pizekee.

– Deve estar a chegar – murmurou Natalie.

– O seu acompanhante ainda não chegou, *mademoiselle*. Permita-me que a acompanhe até à sua mesa – com alguns acertos rápidos e eficientes, André mudou a reserva de Ryan, para a adaptar aos gostos da sua cliente favorita, tirando-a do meio da sala para a levar para um canto tranquilo.

– Obrigada, André – sentou-se, com um suspiro. Por baixo da mesa, descalçou-se.

– É um prazer, como sempre. Apetece-lhe beber alguma coisa enquanto espera?

– Um copo de champanhe, obrigada. O do costume.

– Certamente. *Mademoiselle*, se me perdoar pela presunção, hoje a lagosta Robert está... – beijou as pontas dos dedos.

– Tê-lo-ei em conta.

Enquanto aguardava, tirou a sua agenda da mala e começou a tomar notas para as reuniões do dia seguinte. Quase tinha acabado o champanhe quando Ry se aproximou da mesa.

– Ainda bem que não sou um incêndio – disse-lhe, sem se incomodar em levantar o olhar.

– Nunca chego atrasado a um – sentou-se e dedicaram um instante a avaliarem-se.

«De modo que tem um fato», pensou Natalie. «E não lhe fica mal.» Casaco escuro, camisa branca engomada, gravata de um cinzento subtil. Embora não tivesse conseguido domesticar o cabelo, mostrava um aspeto muito mais clássico do que esperara.

– Uso-o para os funerais – comentou Ry, percebendo imediatamente o que estava a pensar.

– Bom – arqueou um sobrolho, – isso marca o tom da noite, não é?

– Tu é que escolheste o lugar – recordou-lhe. Olhou à sua volta. «Classe sem ostentação», pensou. «Um pouco pesado.» Justamente o que tinha esperado. – Como é a comida?

– Excelente.

– *Mademoiselle Fletcher* – Robert em pessoa, baixo, gordo e de *smoking*, aproximou-se da mesa para beijar a mão de Natalie. – *Bienvenue*... – começou.

Ry recostou-se na cadeira, tirou um cigarro do maço e observou-os a conversar em francês. Ela falava como uma nativa, o que não o surpreendeu.

– *Du champagne pour mademoiselle* – ordenou Robert ao empregado. – *Et pour vous, monsieur?*

– Cerveja. Americana, se tiver.

– *Bien sûr* – regressou à cozinha para falar com o chefe de cozinha.

– Bom, suponho que tenhas deixado claro com isto o que pretendias – comentou ele.

– Desculpa?

– Como ficaria deslocado num restaurante francês elegante, onde o proprietário te beija os nós dos dedos e pergunta pela tua família.

– Não sei do que... – franziu o sobrolho ao pegar no copo. – Como sabes que perguntou pela minha família?

– A minha avó é franco canadiana. Provavelmente, falo a língua tão bem como tu, embora com um sotaque menos elegante – expeliu o fumo do cigarro e sorriu. – Não te considerava uma snobe, Natalie.

– É claro que não sou! – ofendida, pousou o copo e ficou rígida. Mas, quando ele continuou a sorrir, sentiu-se um pouco culpada. – Talvez quisesse incomodar-te um pouco – suspirou e rendeu-se. – Muito. Irritaste-me.

– Fiz mais do que isso – inclinou a cabeça e observou-a.

Parecia algo pelo qual um homem poderia suplicar. Pele branca num vestido preto, algumas joias, cabelo dourado a emoldurar-lhe a cara. Olhos verdes, grandes e mal-humorados. «Sim», decidiu, um homem suplicaria.

– Passa-se alguma coisa? – inquiriu ela, nervosa perante o seu escrutínio.

– Não, nada. Vestiste esse vestido para me incomodares?

– Sim.

– Deu resultado – pegou no menu. – Como é a carne aqui?

«Relaxa», ordenou Natalie a si mesma. «É evidente que está a tentar enlouquecer-te.»

– Não há melhor na cidade. Embora, regra geral, eu prefira peixe – observou o menu, com uma careta.

A noite não estava a correr conforme o planeado. Não só a descobrira, como tinha invertido a situação para que parecesse uma tola. «Volta a tentar e tira o melhor de uma situação má.» Depois de pedir, respirou fundo e acrescentou:

– Suponho que, já que nos encontramos aqui, poderíamos estabelecer uma trégua.

– Estávamos a lutar?

– Tentemos ter um jantar agradável – voltou a pegar no copo de champanhe e bebeu. Afinal de contas, era perita em negociações e diplomacia. – Comecemos pelo óbvio. O teu nome é irlandês e o teu apelido é polaco.

– Mãe irlandesa, pai polaco.

– E uma avó franco canadiana.

– Da parte da minha mãe. A minha outra avó é escocesa.

– O que te transforma...

– Num rapaz autenticamente americano. Tens umas mãos elegantes – agarrou-lhe uma e surpreendeu-a, acariciando-lhe os dedos. – Encaixam com o teu nome. Alta sociedade e classe.

– Bom – depois de libertar a mão, pigarreou, prestando atenção excessiva a um pão. – Disseste que eras bombeiro de terceira geração.

– Ponho-te nervosa quando te toco?

– Sim. Tentemos que seja uma noite fluida.

– Porquê?

Como não tinha resposta para aquilo, suspirou, aliviada, quando lhes trouxeram os primeiros pratos.

– De certeza que sempre quiseste ser bombeiro.

«Muito bem», decidiu ele, por enquanto podiam ir ao ritmo que ela queria.

– Claro. Praticamente, cresci no quartel dezanove, onde o meu pai trabalhava.

– Imagino que tenhas tido pressão familiar.

– Não. E tu?

– Eu?

– A tradição Fletcher. Negócios importantes, torres de empresas – arqueou um sobrolho. – Pressão familiar?

– Muita – sorriu. – Desumana, inflexível, decidida. E toda da minha parte. Sempre se tinha assumido que o meu irmão Boyd assumiria o controlo. Tanto ele como eu tínhamos ideias diferentes a esse respeito. Ele decidiu-se por um distintivo e uma arma, e eu chateei os meus pais até que me aceitassem como sua herdeira.

– Colocaram objeções?

– Na verdade, não. Não demoraram muito a dar-se conta de que falava a sério. E de que era capaz. Eu adoro negócios, papelada, reuniões. E esta nova empresa é toda minha.

– O teu catálogo teve sucesso na esquadra.

– A sério? – perguntou, divertida.

– Muitos dos homens têm esposa e namorada. Só te ajudei a ter mais pedidos.

– És muito generoso – observou-o por cima do copo. – E tu? Vais fazer algum pedido?

– Não tenho esposa, nem namorada.

– Mas já tiveste esposa.

– Durante pouco tempo.

– Desculpa. Estou a meter-me na tua vida.

– Não faz mal – encolheu os ombros e acabou a cerveja. – É uma coisa do passado. Acabou há quase dez anos. Suponho que possa dizer que a cativou o uniforme, mas depois decidiu que não gostava das horas que passava dentro dele.

– Filhos?

– Não – lamentava-o e perguntava-se se o lamentaria para sempre. – Só estivemos juntos alguns anos. Depois, foi-se embora com um canalizador – estendeu a mão e passou a ponta de um dedo pelo seu pescoço, pela curva do seu ombro. – Começo a pensar que gosto tanto dos teus ombros como das tuas pernas – cravou o olhar nos seus olhos. – Talvez goste da embalagem completa.

– É um elogio fascinante – não cedeu ao impulso de se afastar, mas passou do champanhe para a água. De repente, tinha a boca seca. – Mas não achas que as circunstâncias atuais requerem um certo distanciamento?

– Não. Se achasse que tinhas tido alguma coisa a ver com o incêndio, talvez. Mas, da forma como é a situação, posso realizar o meu trabalho na perfeição e ainda perguntar-me como seria fazer amor contigo.

O pulso de Natalie disparou. Enquanto lhes serviam os pratos principais, tentou apaziguá-lo.

– Preferia que te concentrasses no primeiro ponto. De facto, se pudesses pôr-me ao corrente...

– Parece um desperdício falar disso aqui – encolheu os ombros. – O básico é que se tratou de um incêndio provocado. O motivo pode ter sido a vingança, o dinheiro, o vandalismo ou uma destruição caprichosa.

– Um pirómano – preferia-o, já que era menos pessoal. – O que deve fazer-se?

– Primeiro, não cair em preconceitos. Muitas vezes, as pessoas e os meios e comunicação começam a gritar «pirómano» quando há alguns incêndios. Embora pareçam relacionados, nem sempre é assim.

– Com frequência, sim.

– E, com frequência, é uma coisa simples. Alguém incendeia uma dúzia de carros porque o incomoda ter comprado uma banheira.

– De modo que não se deve tirar conclusões precipitadas.

– Exato.

– E se se tratar de alguém perturbado?

– Os psicólogos não param de procurar as causas.

– Trabalhas com eles?

– Costumam entrar em cena quando se apanha o perpetrador. Mas pode acontecer depois de vários incêndios, de meses de investigação. Talvez culpem a mãe porque os protegeu demasiado. Ou o pai, porque não lhes prestou atenção suficiente. Sabes como é.

– Não tens a Psicologia em muito alta estima.

– Não disse isso. O que se passa é que não gosto que o responsável pelo ato culpe outra pessoa.

– Agora, estás a falar como o meu irmão.

– Sem dúvida, é um bom polícia.

– Como investigador, não gostarias de conhecer a psicologia do pirómano?

– A sério que queres ir por aí?

– É interessante. Em especial, agora.

– Muito bem. Uma lição breve. Podes dividir os incendiários em quatro grupos. Os doentes mentais, os psicóticos, os neuróticos e os sociopatas. Sobrepõe-se quase sempre, mas isto enquadra-os bastante bem. O neurótico, ou psiconeurótico, é o pirómano.

– Não são todos?

– Não. O verdadeiro pirómano é muito mais estranho do que se pensa. Trata-se de uma compulsão incontrolável. Tem de fazer fogo. Quando a necessidade o domina, age, sem importar o lugar, nem o momento. Não lhe passa pela cabeça esconder os seus rastos ou fugir, razão pela qual é quase sempre capturado com facilidade.

– Pensava que «pirómano» era um termo mais geral – ia colocar o cabelo atrás da orelha, mas Ry adiantou-se.

– Eu gosto de te ver a cara quando falo contigo – manteve a mão sobre a dela ao descê-las até à mesa. – Eu gosto de te tocar quando falo contigo.

O silêncio flutuou no ar durante dez segundos.

– Não estás a falar – indicou ela.

– Às vezes, gosto de olhar. Anda cá.

Natalie reconheceu a luz nos olhos dele, reconheceu a sua própria reação. Afastou-se.

– Não. É um homem perigoso, inspetor.

– Obrigado. Porque não vens para casa comigo, Natalie?

– E também bastante direto – suspirou.

– Uma mulher como tu pode receber poesia e sedução quando quiser – ele não as tinha, nem acreditava nelas. – Talvez desejes provar algo mais básico.

– Não há dúvida de que isto o é – concordou. – Acho que nos faria bem um café.

– Não me respondeste – chamou o empregado.

– Não. E não – esperou até que levantassem a mesa e pediu o café. – Apesar de uma certa atração elementar, parece-me que seria pouco inteligente continuar em frente. Ambos estamos comprometidos com as nossas carreiras, somos diametralmente opostos em personalidade e estilo de vida. Mesmo que a nossa relação fosse breve e abrasiva, acho que é evidente que não temos nada em comum. Somos, como poderia dizer-se nos negócios, um risco mau.

Ele observou-a durante um minuto, sem dizer nada.

– Faz sentido.

Os músculos do estômago dela relaxaram. Inclusive, sorriu-lhe ao levantar a chávena de café.

– Bom, então, estamos de acordo...

– Não afirmei tal coisa – interrompeu-a. – Disse que fazia sentido – acendeu um cigarro, sem deixar de olhar para ela através da chama. – Estive a pensar em ti, Natalie. E tenho de te comunicar que não gosto muito de como fazes sentir-me. Distrais-me e irritas-me.

– Alegro-me por termos esclarecido as coisas – replicou, com frieza.

– Deus sabe que me revolves o estômago quando me falas dessa maneira. Da duquesa para o plebeu – abanou a cabeça e deu um bafo no cigarro. – Devo ter uma faceta perversa. De qualquer modo, não gosto – semicerrou os olhos. – Mas nunca desejei tanto ninguém na minha maldita vida. É um problema.

– Um problema teu – conseguiu balbuciar.

– Nosso. Tenho fama de ser tenaz.

Ela pousou a chávena com cuidado, antes que lhe caísse dos dedos frouxos.

– Pensava que um simples «não» bastasse, Ry.

– Eu também – encolheu os ombros. – Não fui capaz de te tirar da cabeça desde que te vi a enregelar no local do incêndio. Cometi um erro ao beijar-te esta tarde. Pensei que, assim que o fizesse, acabaria. Caso encerrado – mexeu-se com tanta celeridade que ela mal conseguiu pestanejar antes que lhe tomasse os lábios com dureza. Aturdida, apoiou uma mão no ombro de Ry, mas foi incapaz de o afastar ao ver-se dominada por uma excitação renovada. – Enganei-me – ele afastou-se. – O caso não está encerrado e o problema é nosso.

– Sim – expeliu o ar contido, trémula. A sensatez não conseguia superar a reação instantânea e primitiva que lhe provocava. Ele tocava-lhe e ela desejava-o. Tão simples e aterrador quanto isso. Mas a sensatez era a sua única defesa. – Não vai resultar. É ridículo pensar que sim. Não estou preparada para ter uma aventura só por uma luxúria animal básica.

– Vês? Temos uma coisa em comum – apesar de o beijo o ter excitado, sorriu-lhe. – A luxúria.

Rindo-se, Natalie afastou o cabelo da cara.

– Oh, preciso de me afastar de ti durante algum tempo para analisar as opções...

– Isto não é um negócio, menina Fletcher.

Olhou para ele e desejou dispor de distância para poder pensar com clareza.

– Nunca tomo uma decisão sem pensar nos resultados.

– Lucros e perdas?

– Pode dizer-se assim – reconheceu, com cautela. – Poderia qualificá-los de «risco e recompensa». As relações íntimas não são o meu ponto forte. Por escolha própria. Se tiver uma contigo, sem importar quão breve seja, também será por escolha própria.

– Parece-me justo. Queres que te faça um projeto?

– Não sejas mordaz, Ry – agora que descobrira que irritá-lo mitigava parte da sua tensão, sorriu. – Mas garanto-te que lhe daria toda a minha atenção – apoiou o queixo na mão. – És muito atraente, de um modo rude e indómito.

– Muito obrigado – deu um bafo no cigarro.

– Não, a sério – gostou de ver que conseguia envergonhá-lo. – A covinha no queixo, as maçãs do rosto marcadas, o rosto magro, os olhos escuros e sexys – sorriu. – E esse cabelo tão pouco dócil. O corpo duro, a atitude dura.

– O que pretendes, Natalie? – impaciente, apagou o cigarro.

– Estou a pagar-te na mesma moeda. Sim, és uma embalagem atraente. Não foi essa a palavra que usaste? És perigoso e dinâmico. Como Némesis.

– Deixa-me em paz – pediu, com uma careta.

– A sério – riu-se entredentes, com tom quente. – Há muitas semelhanças entre ti e o justiceiro misterioso de Urbana. Ambos dão a impressão de terem os vossos próprios objetivos. Ele luta contra o crime, aparecendo e desvanecendo-se como o fumo. Uma ligação interessante entre os dois. Inclusive, poderia perguntar-me se não és ele... Salvo que Némesis é uma figura romântica. E aí, inspetor, distanciam-se – puxou o cabelo para atrás e riu-se. – Acho que te deixei sem fala. Quem diria que seria tão fácil ganhar um ponto?

Mas o jogo ainda não tinha acabado. Agarrou-lhe o queixo e imobilizou-a.

– Acho que conseguiria aguentar que desejasses tratar-me como um objeto. Mas promete-me que me respeitarás na manhã seguinte.

– Não.

– É uma mulher dura, menina Fletcher. Muito bem, esquece o respeito. O que te parece o receio?

– Pensarei nisso. Desde que chegue a ser aplicável. O que te parece de pedirmos a conta? Já é tarde.

Quando a trouxeram com um leve ar de desculpa, como era frequente naquele tipo de estabelecimentos, Natalie quis apanhá-la de forma automática. Ele afastou-lhe a mão.

– Ry, não pretendia que tu pagasses – aturdida, viu-o a tirar um cartão de crédito da carteira. Sabia muito bem o que custava uma refeição no Chez Robert e tinha uma boa ideia do salário que recebia um funcionário público. – A sério. Foi ideia minha virmos aqui.

– Cala-te, Natalie – calculou a gorjeta e assinou o recibo.

– Agora, sinto-me culpada. Bolas, ambos sabemos que escolhi este restaurante para to esfregar na cara. Pelo menos, paguemos a meias.

– Não – guardou a carteira, levantou-se e ofereceu-lhe a mão. – Não te preocupes – comentou, com secura. – Ainda conseguirei pagar a renda deste mês. Provavelmente.

– És teimoso.

– Tens a ficha do bengaleiro?

«Ego masculino», pensou, enquanto lha entregava. Despediu-se de André e de Robert antes de ele a ajudar a vestir o casaco.

– Precisas que te leve? – perguntou Ry.

– Não, trouxe o meu carro.

– Ainda bem. Eu não trouxe o meu. Podes levar-me a casa.

Ao sair para a rua, olhou para ele com perspicácia.

– Se se tratar de uma manobra, aviso-te que não penso cair nela.

– Está bem. Apanharei um táxi – observou a rua. – Se conseguir apanhar um. Está uma noite fria – acrescentou. – Parece que vai nevar.

– Tenho o carro no estacionamento ao virar da esquina – suspirou. – Onde queres que te leve?

– À Vigésima segunda, entre a Sétima e a Oitava.

– Fantástico... – não podia ficar mais longe do seu caminho.
– Primeiro, tenho de ir à loja.

– Que loja? – rodeou-lhe a cintura com um braço, tanto por prazer como para a proteger do frio.

– A minha. Puseram-nos a carpete hoje e não consegui vê-la antes do jantar. Como fica no caminho, posso fazê-lo agora.

– Não sabia que as executivas viam carpetes a meio da noite.

– Esta, sim – sorriu, com doçura. – Mas, se for incómodo para ti, posso deixar-te na paragem de autocarro.

– Obrigado – esperou enquanto ela abria o carro. – Já têm alguma mercadoria?

– Aproximadamente vinte por cento do que queremos para a inauguração. Deixo-te dar uma olhadela.

– Esperava que o dissesses – entrou no carro.

Não o surpreendeu que conduzisse bem. Pelo que pudera observar, Natalie Fletcher fazia tudo com competência impecável. O facto de conseguir surpreendê-la, de que a palavra certa ou o olhar certo no momento certo pudessem fazê-la corar tornava-a humana. E muito atraente.

– Viveste sempre em Urbana? – perguntou ela, baixando o volume do rádio.

– Sim. Gosto.

– Eu também – agradava-lhe o movimento, o ruído e a multidão da cidade. – Há anos que temos lojas aqui, certamente, mas nunca tinha vivido em Urbana.

– Onde vivias?

– Principalmente, em Colorado Springs. Temos a nossa base lá, a casa e a empresa. Eu gosto do Este – as ruas eram escuras e o vento soprava entre os desfiladeiros formados pelos edifícios.
– Eu gosto das cidades do Este, o modo como as pessoas vivem umas em cima das outras e vão para todo o lado com pressa.

– Nenhum comentário sobre o excesso de população e os níveis de criminalidade?

– A Indústrias Fletcher surgiu do negócio imobiliário. Quanta mais gente houver, mais casas serão necessárias. E quanto à criminalidade... – encolheu os ombros – temos um departamento de polícia trabalhador. E Némesis.

– Vejo que te interessa.

– E a quem não interessa? Certamente, como irmã de um capitão de polícia, devo acrescentar que não aprovo que cidadãos particulares levem a cabo o trabalho policial.

– Porquê? Parece que o faz bem. Não me importaria de o ter do meu lado – franziu o sobrolho ao parar diante de um semáforo. As ruas estavam quase vazias. – Fazes muitos trajetos como este sozinha?

– Quando é necessário.

– Porque é que não tens um motorista?

– Porque eu gosto de conduzir – olhou para ele, quando a luz ficou verde. – Não vais dar-me um sermão típico sobre os perigos que uma mulher sozinha enfrenta na cidade...

– Nem tudo são museus e restaurantes franceses.

– Ry, já sou uma rapariga crescida. Estive sozinha em Paris, Banguecoque, Londres e Bona, entre outras cidades. Acho que consigo desenvencilhar-me em Urbana.

– Os polícias e o teu amigo Némesis não podem estar em toda a parte – assinalou.

– Qualquer mulher que tenha um irmão mais velho sabe como pôr um homem de joelhos – manifestou. – E tive aulas de defesa pessoal.

– Sem dúvida, isso fará com que todos os criminosos da cidade fiquem a tremer.

Sem prestar atenção ao sarcasmo, parou junto do passeio e desligou o motor.

– Já chegámos – o orgulho invadiu-a assim que parou à frente da loja. A sua loja. – O que te parece?

Era bonita e feminina, como a sua proprietária. Tudo em mármore e vidro, e na sua montra ampla estava pintado em letras douradas «Lady's Choice.» A porta era de vidro com rosas pintadas que brilhavam sob as luzes.

«Bonita», pensou. «Pouco prática. Cara.»

– Atraente.

– Sendo a nossa loja principal, queria que fosse impressionante, com classe e... – passou um dedo pelas rosas da porta – ... subtilmente erótica.

Destrancou a porta. «Pelo menos, é robusta», reparou Ry, com aprovação. «Sólida.» No interior, Natalie parou para introduzir o código no sistema de segurança. Acendeu as luzes e voltou a fechar a porta.

– Perfeita – assentiu, satisfeita, ao ver a carpete de cor malva. As paredes eram claras, pintadas há pouco tempo. Num canto, havia um sofá e uma mesa de apoio para convidar as clientes a relaxar e a decidir os conjuntos que levariam. Havia prateleiras que podia imaginar cheias de sedas e rendas em tons claros, cores atrevidas e vibrantes, e brancos cremosos. – A maior parte da mercadoria ainda não está acabada. A minha diretora e o seu pessoal encarregar-se-ão disso esta semana. E da decoração da montra. Temos um robe de brocado fantástico. Será o tema central.

Ry dirigiu-se para o manequim sem rosto e tocou numa camisa de dormir cor de jade. «A mesma cor dos olhos de Natalie», pensou.

– Quanto cobram por algo parecido?

– Hum... – examinou a peça. Seda, com pérolas no sutiã. – Provavelmente, cento e cinquenta.

– Cento e cinquenta? Dólares? – abanou a cabeça. – Basta um bom puxão para a transformar em farrapos.

– A nossa mercadoria é de máxima qualidade – replicou, crispada. – Certamente, aguentará perfeitamente um uso normal.

– Querida, uma coisa assim não foi desenhada para um uso normal – arqueou um sobrolho. – Parece ser do teu número.

– Continua a sonhar, Piasecki... – atirou o casaco para cima do sofá. – O objetivo da lingerie *boa* é o estilo, a textura. O brilho da seda, o volume da renda. A nossa é desenhada para conseguir que uma mulher se sinta atraente e satisfeita consigo mesma... Mimada.

– Pensava que a ideia era fazer com que um homem suplicasse.

– Não seria mau. Dá uma olhadela, se quiseres. Aproveitarei para ir lá cima. Não demorarei mais de cinco minutos.

– Eu acompanho-te. Tens um escritório lá em cima? – perguntou ao dirigir-se para uma escada branca de caracol.

– O da diretora. Lá, teremos mais material e os provadores. Deste modo, estabelecemos uma zona separada para as noivas. Roupa interior especial para vestidos de noiva, lingerie de lua de mel. Assim que estivermos a pleno vapor... – calou-se quando ele a agarrou pelo braço.

– Cala-te.

– O que...?

– Cala-te – repetiu. Ainda não o ouvia, mas conseguia cheirá-lo. Um cheiro leve no ar. – Tens extintores?

– Claro. No armazém aqui em cima – puxou a mão. – O que é isto? Vais tentar multar-me por não cumprir o código de segurança?

– Vai para a rua – deixando-a boquiaberta, correu para a parte de trás da loja. Teve de reconhecer que estava organizada. Localizou um extintor, com tudo como deve ser, diante do armazém cheio.

– O que vais fazer com isso? – exigiu ao vê-lo a regressar.

– Disse-te que saísses. Há um incêndio.

Ry ia ao meio das escadas quando conseguiu correr atrás dele.

– É impossível. Como sabes? Não há nada...

– Gasolina – disse. – Fumo.

Ia dizer-lhe que estava a imaginar coisas. Mas, naquele momento, pôde cheirá-lo.

– Ry...

Ele praguejou e afastou com o pé uma pilha de papéis e fósforos. Ainda não tinham ardido, mas viu para onde conduziam. A porta branca estava fechada e o fumo saía por baixo.

Tocou na porta e sentiu o calor que vinha do outro lado. Virou a cabeça e os seus olhos irradiaram frieza.

– Sai daqui – repetiu.

Um grito ficou preso na garganta de Natalie ao vê-lo a abrir a porta com um pontapé. Viu o fogo. Ry foi ao seu encontro.

CAPÍTULO 5

Era como um sonho. Um pesadelo. Ali de pé, paralisada, enquanto as chamas lambiam a ombreira da porta e Ry entrava para lutar com elas. No instante em que desapareceu no fumo e no fogo, o seu coração pareceu parar. Depois, o pânico que o parara fez com que disparasse. A cabeça palpitou-lhe ao lançar-se atrás dele.

Pôde vê-lo a apagar o fogo que deslizava pelo chão e dançava nos rodapés das paredes. O fumo redemoinhava à sua volta, irritava-lhe os olhos, queimava-lhe os pulmões. Como um guerreiro, Ry desafiou-o e enfrentou-o. Horrorizada, viu como o animal lhe respondia e lhe subia pelo braço.

Naquele instante, Natalie gritou e saltou para apagar o fogo que subia pelas costas de Ry. Ele virou-se, furioso, por a ver ali.

– Estás a arder – murmurou. – Pelo amor de Deus, Ry! Para!

– Vai-te embora!

Com um movimento em arco, atacou as chamas que tinham começado a subir pela secretária central. Soube que os papéis que havia à superfície alimentariam o fogo. Virou-se para se concentrar nos rodapés que começavam a arder.

– Toma – colocou o extintor nas mãos dela. O foco principal já estava apagado e faltava pouco para os mais pequenos. Pelo terror que viu nos olhos dela, compreendeu que não se dera conta de que a besta estava prestes a ser derrotada. – Usa-o! – ordenou. Com um passo chegou às cortinas e arrancou-as. Sabia que depois sentiria dor, mas, naquele momento, enfrentava o fogo cara a cara.

Assim que as cortinas enegrecidas se tornaram farrapos inofensivos, voltou a arrebatar o extintor das mãos intumescidas de Natalie e apagou o que restava.

– Não teve muito para se alimentar – mas o seu casaco ainda fumegava. Tirou-o e atirou-o ao chão. – Não teria chegado tão longe em tão pouco tempo se não houvesse tantas coisas inflamáveis aqui – pousou o extintor quase vazio. – Acabou – no entanto, fez uma última verificação e procurou com os pés alguma faísca traiçoeira entre as cortinas destruídas. – Acabou – repetiu, empurrando-a para a porta. – Vamos descer.

Tropeçou e esteve a ponto de cair de joelhos. Um ataque violento de tosse quase a paralisou. Sentiu vómitos e a cabeça a andar à roda. Enjoada, apoiou uma mão na parede e tentou respirar.

– Bolas, Natalie! – pegou-a ao colo e transportou-a através do fumo e pela escada elegante. – Disse-te que te fosses embora. Nunca ouves ninguém?

Tentou falar e só conseguiu tossir fracamente. Era como se flutuasse. Inclusive quando ele a depositou sobre as almofadas frescas do sofá, a cabeça não parou de andar à roda.

Ry recriminava-a, mas a sua voz parecia distante, inofensiva. Pensou que a única coisa que precisava era de respirar fundo uma vez para aliviar o ardor na garganta.

Ele viu como revirava os olhos. Abanou-a com força e obrigou-a a pôr a cabeça entre os joelhos.

– Não te atrevas a desmaiar! – exclamou, com a mão na sua nuca para lhe agarrar a cabeça. – Fica aqui, respira devagar. Estás a ouvir-me?

Ela assentiu. Ele largou-a e, quando o ar frio e limpo lhe atingiu as faces, tremeu. Depois de abrir a porta, Ry regressou e começou a esfregar-lhe as costas.

Tinha-lhe pregado um belo susto. De modo que fez o que lhe surgiu naturalmente para combater o medo: gritar com ela.

– Foi uma estupidez o que fizeste! Tens sorte por poderes sair daqui com o estômago revolto e um pouco de fumo nos pulmões. Disse-te que te fosses embora.

– Tu tinhas entrado – esboçou uma careta quando as palavras atormentaram a sua garganta irritada.

– Eu estou treinado. Tu não – obrigou-a a endireitar-se para a examinar. Tinha a cara de uma palidez mortal por baixo das manchas de fuligem, mas voltava a mostrar o olhar nítido. – Sentes náuseas? – perguntou, com tom cortante.

– Não – apoiou as palmas das mãos sobre os olhos. – Agora, não.

– Vómitos?

– Não.

Tinha a voz áspera e tensa. Ry imaginou que sentiria a garganta a arder.

– Há água por aqui? Vou buscar-te um pouco.

– Estou bem – desceu as mãos e recostou-se. Ao passar o enjoo, começava a ver-se dominada pelo medo. – Aconteceu tão depressa... Tens a certeza de que o apagaste?

– É o meu trabalho ter a certeza – com o sobrolho franzido, agarrou-lhe o queixo e observou-a. – Vou levar-te ao hospital.

– Não preciso de ir a um maldito hospital! – de mau humor, empurrou-o. Depois, ficou boquiaberta ao ver as mãos dele. – Ry, as tuas mãos! – agarrou-o pelos pulsos. – Queimaste-te!

Ele desceu o olhar e viu algumas bolhas avermelhadas.

– Não é nada grave.

– Vi o teu casaco a arder – a reação provocou-lhe calafrios.

– Era um casaco velho. Para! – ordenou, quando as lágrimas invadiram os olhos dela. – Não chores – se havia coisa que odiava mais do que o fogo eram as lágrimas de uma mulher. Praguejou e esmagou-lhe a boca com os lábios, esperando parar o choro daquela maneira.

Natalie rodeou-o com os braços, surpreendendo-o com a sua força e urgência. Mas a sua boca tremia debaixo da dele, o que fez com que Ry suavizasse o beijo.

– Estás melhor? – murmurou, enquanto lhe acariciava o cabelo.

– Estou bem – repetiu, obrigando-se a acreditar nisso. – Deve haver um estojo de primeiros socorros no armazém. Tens de pôr alguma coisa nas mãos.

– Não é nada... – começou, mas ela afastou-o e levantou-se.

– Tenho de fazer alguma coisa. Bolas, tenho de fazer alguma coisa!

Foi-se embora a correr. Desconcertado, Ry levantou-se e foi fechar a porta. Precisava de subir para ventilar o escritório, mas queria-a longe dali antes de empreender uma investigação preliminar. Afrouxou a gravata e abriu o colarinho da camisa.

– Há uma pomada aqui – já mais serena, Natalie regressou com o estojo de primeiros socorros.

– Ótimo – como sabia que a ajudaria cuidar dele, voltou a

sentar-se e deixou que fizesse de enfermeira. Teve de reconhecer que o bálsamo fresco e os dedos gentis não o magoavam.

– Tens sorte por não ser pior. Foi uma loucura entrar naquele escritório.

– De nada – arqueou um sobrolho.

Então, ela olhou para ele. Ry tinha o rosto enegrecido pelo fumo e os olhos vermelhos.

– Estou agradecida – murmurou. – Muito. Mas eram apenas coisas, Ry. Só coisas – desviou o olhar, guardando a pomada. – Suponho que te deva um fato novo.

– Odeio fatos – mexeu-se, incomodado, quando ouviu o soluço de Natalie. – Não voltes a chorar. Se realmente quiseres agradecer-me, não chores.

– Está bem – esfregou a cara com as mãos. – Estava tão assustada...

– Já acabou – deu-lhe uma palmadinha na mão com um movimento trôpego. – Ficarás bem durante alguns minutos? Quero ir abrir a janela. O fumo precisa de sair.

– Eu acompanho-te...

– Não. Fica aqui – levantou-se e apoiou uma mão firme no seu ombro. – Por favor, fica aqui.

Deu meia volta e deixou-a. Natalie tentou serenar-se. E pensar. Quando ele desceu, estava sentada com as mãos unidas no colo.

– Foi como no armazém, não foi? – olhou para ele. – O modo como foi ateado. Não podemos fingir que se trata de uma coincidência.

– Sim – confirmou. – Foi igual. E não, não podemos. Falaremos disso mais tarde. Vou levar-te a casa.

– Estou...

Engoliu as palavras quando ele a levantou com brusquidão.

– Se me disseres mais uma vez que estás bem, vou bater-te. Estás enjoada, assustada e inalaste fumo. Vamos fazer o seguinte. Vou levar-te a casa. Comunicaremos o acontecido pelo telefone que tens no teu carro caro. Vais meter-te na cama e amanhã iremos ao médico. Quando te der alta, continuaremos a partir daí.

– Para de gritar comigo.

– Não teria de o fazer se me ouvisses – apanhou o casaco dela. – Veste-o.

– É a minha propriedade. Tenho o direito de estar aqui.

– Bom, eu penso tirar-te daqui – obrigou-a a enfiar um braço na manga do casaco. – Se não gostares, chama os teus advogados e processa-me.

– Não há motivo para que adotes essa atitude.

Ele ia soltar um palavrão, mas conteve-se. Como medida de precaução, respirou fundo.

– Natalie, estou cansado – falou em voz baixa, quase razoável. – Tenho de fazer um trabalho aqui e não poderei fazê-lo se te interpuseres no meu caminho. Portanto, colabora. Por favor.

Soube que Ry tinha razão. Virou-se e pegou na mala.

– Fica com o meu carro. Mandarei ir buscá-lo amanhã.

– Agradeço-te.

Entregou-lhe as chaves do carro e da loja.

– Amanhã, passarei por aqui, Ry.

– Assumi que o fizesses – levantou uma mão para passar os nós dos dedos pelo queixo dela. – Eh... Tenta não te preocupar. Sou o melhor.

– Foi o que me disseram – quase conseguiu sorrir.

Eram quase oito horas da manhã quando o táxi a deixou diante da Lady's Choice. Com surpresa, reparou que o seu carro estava diante da entrada, com um cartão do departamento de bombeiros, visível através do para-brisas.

Em vez de se incomodar em tocar à campainha, utilizou as chaves que tinha ido buscar naquela manhã ao escritório e entrou.

Não sentiu cheiro a fumo, o que a aliviou. Durante a noite, dedicara bastante tempo a preocupar-se e a calcular as possíveis perdas se o material que já havia na loja tivesse sido afetado.

O rés-do-chão tão impecável e elegante como na noite anterior. Se Ry lhe desse carta-branca, entraria em contacto com a sua diretora e retomaria o negócio.

Tirou o casaco e as luvas, e começou a subir as escadas.

Para Ry, fora uma noite longa e produtiva. Depois de deixar Natalie, tinha passado pelo quartel dos bombeiros para mudar de roupa e ir buscar as suas ferramentas. Trabalhara sozinho durante toda a noite... como preferia. Estava a selar um frasco com provas quando ela entrou.

– Bom dia, Pernas – de cócoras no chão, não se incomodou em levantar o olhar.

Com um suspiro, ela observou a divisão. O tapete era uma mancha preta. Da parede tinham caído rebordos calcinados de madeira, que naquele momento estavam espalhados pelo chão. A secretária elegante estava enegrecida e as cortinas de renda irlandesa eram uma pilha de farrapos.

Apesar da janela aberta e do vento que fazia entrar alguma neve, o ar empestava a fumo.

– Porque parece sempre pior no dia seguinte?

– Não está assim tão mau. Precisa de ser pintado e de alguns retoques.

– Para ti, é fácil dizê-lo.

– Sim – concordou, etiquetando o frasco com as provas. – Suponho que sim – levantou o olhar. Naquele dia, Natalie apanhara o cabelo. Gostava, já que revelava a sua nuca e deixava o seu queixo a descoberto. O fato que usava era púrpura, de estilo militar. Dava a impressão de que estava pronta para a luta. – Como dormiste?

– De facto, espantosamente bem – salvo um pesadelo horrível que não queria contar-lhe. – E tu?

Como ainda não se deitara, encolheu os ombros.

– Já contactaste o teu agente de seguros?

– Fá-lo-ei assim que abrirem – a sua voz soou fria. – Pensa entrevistar-me com caráter oficial outra vez, inspetor?

– Não creio que seja necessário. E tu? – olhou-a, irritado. Começou a guardar as ferramentas na caixa. – Amanhã, terei o relatório pronto.

– Desculpa – desceu o olhar. – Não estou zangada contigo, Ry. Só estou zangada.

– É justo.

– Podes...? – calou-se e virou-se ao ouvir o som de passos. – Gage – obrigou-se a sorrir e estendeu as mãos quando ele entrou.

– Já soube – com um olhar rápido, avaliou os danos. – Pensei em vir até aqui para saber se havia alguma coisa que pudesse fazer.

– Obrigada – deu-lhe um beijo na face, antes de se virar para Ry. Continuava de cócoras e pareceu-lhe intrigado, como um animal prestes a saltar. – Gage Guthrie, o inspetor Ryan Piasecki.

– Ouvi dizer que realiza um bom trabalho.

Passado um instante, Ry endireitou-se e aceitou a mão que Gage lhe ofereceu.

– Ouvi o mesmo sobre si – avaliou o homem, enquanto se dirigia a Natalie. – São amigos?

– É verdade. E algo mais – fascinada, observou como os olhos de Ry brilhavam. – Se fores capaz de acompanhar, Gage é casado com a irmã da mulher do meu irmão.

– Família por afinidade – os ombros de Ry relaxaram.

– Pode dizer-se dessa maneira – Gage analisou a situação com rapidez e precisão, e decidiu levar a cabo uma breve inspeção ao inspetor. – Procura o mesmo culpado?

– Não estamos prontos para dar essa informação.

– Estás a usar o teu chapéu oficial – comentou Natalie, com secura. – Oficiosamente – continuou, sem prestar atenção à expressão de Ry, – parece o mesmo. Quando chegámos ontem à noite...

– Estavas aqui? – interrompeu Gage, agarrando Natalie pelo braço. – Tu?

– Havia algumas coisas que queria verificar. Felizmente – suspirou e olhou para o escritório. – Poderia ter sido bastante pior. Ainda bem que me acompanhava um bombeiro veterano.

– Não deves andar sozinha pela cidade, de noite – Gage relaxou levemente.

– Sim – Ry tirou um cigarro do maço. – Tente convencê-la.

– Tu não andas sozinho pela cidade, Gage? De noite? – ela simplesmente arqueou um sobrolho.

– É diferente – «se ela soubesse», pensou. – E não me dês um sermão sobre igualdade – continuou, antes que ela pudesse falar. – Sou a favor. Em casa, no trabalho. Mas, nas ruas, reduz-se a simples sensatez. Uma mulher é um alvo mais fácil.

– Hum... Hum... – Natalie sorriu. – E Deborah aceita esse raciocínio?

– Não – sorriu. – É tão teimosa como tu – frustrado por ter estado noutra parte da cidade quando Nat precisava dele, enfiou as mãos nos bolsos. – Se não puder fazer mais nada, permite-me que te ofereça as instalações ou o pessoal da Guthrie International.

– Aceitarei, se for necessário – olhou para ele, esperançada. – Achas que podias utilizar a tua influência para evitar que a tua mulher telefone a Cilla e ao meu irmão para lhes contar o que aconteceu?

– Nem sonhes... – deu-lhe uma palmadinha na face. – Talvez devesse dizer-te que, na semana passada, falou com Althea e pô-la ao corrente do que aconteceu no armazém.

Cedendo à fadiga, Natalie esfregou as têmporas. Althea Grayson, a ex-colega do seu irmão na Polícia, encontrava-se num estado avançado de gravidez.

– Estou rodeada de polícias – murmurou. – Não há motivo para preocupar Althea no seu estado. Colt e ela deviam concentrar-se apenas em si mesmos.

– É um problema quando há tantas pessoas que te adoram. Mantém-te afastada de edifícios vazios – acrescentou, dando-lhe um beijo. – Prazer em conhecê-lo, inspetor.

– Sim. Vemo-nos por aí.

– Avisa Deborah e Addy – disse Natalie ao acompanhar Gage até à porta. – E não te preocupes comigo.

– Farei a primeira coisa, mas não a segunda.

– Quem é Addy? – inquiriu Ry ao ouvir que a porta se fechava atrás de Gage.

– Hum? Oh, é a sua filha... – distraída, contornou um buraco preto na carpete para inspecionar os seus arquivos. Foi um pequeno consolo ver que estavam ilesos. – Preciso de esclarecer isto, Ry. Demasiada gente está a perder o sono.

– Tens demasiados laços estreitos – dirigiu-se para a janela aberta e apagou o cigarro. – Não posso fazer com que isto ande mais depressa para lhes agradar. Simplesmente, segue o conselho do teu amigo. Permanece afastada das ruas à noite e fora de edifícios vazios.

– Não quero conselhos. Quero respostas. Ontem à noite, alguém entrou aqui e tentou eliminar-me com um incêndio. Como e porquê?

– Muito bem, menina Fletcher, posso dar-lhe o «como» – apoiou a anca na secretária parcialmente queimada. – Na noite de vinte e seis de fevereiro, o inspetor Piasecki descobriu um incêndio, na companhia de Natalie Fletcher, a proprietária do edifício.

– Ry... – ele levantou uma mão para a calar.

– Depois de entrar no local, Piasecki e Fletcher subiram até ao primeiro andar quando o inspetor detetou o cheiro de um catalisador e de fumo. Nesse momento, Piasecki ordenou a Fletcher que abandonasse o local. Uma ordem, poderia acrescentar, que ela ignorou estupidamente. Ao encontrar um extintor no armazém, Piasecki dirigiu-se para o incêndio, que ardia num escritório do primeiro andar. Viu papéis, peças de roupa e fósforos. O fogo foi extinto sem grandes danos.

– Sou consciente dessa sequência de acontecimentos.

– Querias um relatório e foi o que recebeste. O exame do local levou o investigador a acreditar que o incêndio foi ateado aproximadamente a meio metro do outro lado da porta, com o uso de gasolina como catalisador. Nem o inspetor nem a polícia conseguiram detetar uma entrada forçada no edifício. Foi um incêndio provocado.

– Estás zangado comigo – respirou fundo.

– Sim. Estou zangado contigo. Pressionas-me, Natalie, e também a ti mesma. Queres isto resolvido porque te preocupas com os teus e porque te preocupa vender as cuecas a tempo. Mas ignoraste um detalhe muito importante.

– Não – voltou a ficar pálida e rígida. – Estou a tentar não me deixar assustar. Não é difícil fazer as contas e descobrir que alguém o fez de propósito. Dois dos meus edifícios em duas semanas. Não sou tola, Ry.

– És parva se não estiveres assustada. Tens um inimigo. Quem?

– Não sei! – exclamou. – Caso contrário, não achas que to teria revelado? Acabaste de me dizer que não forçaram a entrada. Isso significa que alguém que conheço, que trabalha para mim, pode ter entrado para preparar o incêndio.

– É uma tocha.

– Desculpa?

– Um profissional – explicou ele. – Não muito bom, mas um profissional. Alguém contratou uma tocha para preparar os incêndios. Pode ter sido essa pessoa que o deixou entrar ou que encontrou um modo de contornar os teus sistemas de segurança. Mas não conseguiu terminar o trabalho aqui, de maneira que é provável que volte a atacar.

– Isso consola-me – conteve um tremor. – Consola-me muito.

– Não quero que te console. Quero que estejas alerta. Quantas pessoas trabalham para ti?

– Na Lady's Choice? – afastou o cabelo da cara. – Acho que umas seiscentas em Urbana.

– Dispões de uma lista do pessoal?

– Posso pedi-la.

– Quero-a. Olha, vou introduzir os dados no computador, para ver quantos profissionais temos na zona que usem esta técnica. É um começo.

– Manténs-me a par? Estarei no meu escritório quase todo o dia. A minha secretária saberá como entrar em contacto comigo se sair.

– Porque não tiras o dia? – endireitou-se, aproximou-se dela e agarrou-lhe a cara. – Vai às compras, ao cinema.

– Estás a brincar?

– Escuta, Natalie – desceu as mãos e enfiou-as nos bolsos, – já há mais uma pessoa que se preocupa contigo, está bem?

– Acho que sim – murmurou. – Estarei localizável, Ry. Mas tenho muito trabalho – sorriu, numa tentativa de aliviar o ambiente. – Começando por chamar uma equipa de limpeza e decoradores.

– Só quando eu o autorizar.

– Como sabia que ias dizer isso? – resignada, olhou para os armários à esquerda. – Posso levar algumas pastas? Trouxe-as do escritório principal há alguns dias para poder trabalhar daqui – encolheu os ombros. – Pelo menos, era o que esperava. Mais atrasos – murmurou.

– Sim, podes levá-las. Cuidado com onde pões os pés.

Observou-a, enquanto abanava a cabeça. Não sabia como conseguia andar com tanta fluidez com aqueles saltos gigantes em que parecia viciada. Mas devia reconhecer que lhe faziam coisas fascinantes às pernas.

– Como estão as tuas mãos? – perguntou Natalie, enquanto abria algumas pastas.

– O quê?

– As mãos – virou a cabeça, viu para onde estava a olhar e riu-se. – Meu Deus, Piasecki, estás obcecado!

– Aposto que vão até aos teus ombros – levantou o olhar para os seus olhos. – As mãos não estão muito mal, obrigado. A que horas tens consulta no médico?

– Não preciso de ir ao médico – concentrou-se na pasta. – Não gosto.

– Medricas....

– É possível. Tenho a garganta um pouco irritada, é só isso. Consigo lidar com isso sem que um médico me examine. E se pensas dar-me um sermão, responder-te-ei com outro sobre inalação deliberada de fumo.

– Não disse nada – com uma careta, guardou o cigarro que acabava de tirar do maço. – Já acabaste? Quero levar estas provas para o laboratório.

– Sim. O facto de as pastas não terem ardido poupa-me imenso tempo e problemas. Preciso que Deirdre realize uma auditoria depois de termos esclarecido o primeiro incidente. Espero que a situação seja suficientemente sólida para poder abrir outra loja em Denver.

– Denver? – não conseguiu ignorar o aperto que sentiu no coração. – Pensas voltar para o Colorado?

– Hum... – satisfeita, guardou as pastas na mala. – Depende. Ainda não estou a pensar tão longe. Primeiro, temos de lançar as lojas que já temos. O que não vai acontecer da noite para o dia – pendurou a mala ao ombro. – Isto bastará.

– Quero ver-te – custou-lhe dizê-lo e inclusive mais reconhecê-lo perante si mesmo. – Preciso de te ver, Natalie. Longe de tudo isto.

Com os dedos nervosos, ela começou a brincar com a alça da mala.

– Neste momento, estamos angustiados, Ry. O mais inteligente seria que nos concentrássemos no que precisamos de fazer e manter um pouco de distância pessoal.

– Seria o mais inteligente.

– Muito bem – deu um passo para a porta, antes de lhe bloquear a passagem.

– Quero ver-te – repetiu. – E quero tocar-te. E quero levar-te para a cama.

O calor formou redemoinhos no seu interior, ameaçando incendiar-se. Não parecia importar que as palavras dele fossem ásperas, diretas e carentes de delicadeza. Poesia e pétalas de rosa tê-la-iam deixado menos vulnerável.

– Sei o que queres. Preciso de ter a certeza do que eu quero.

Sempre fui uma pessoa lógica. E tu és bom a afetar essa parte de mim.

– Esta noite.

– Tenho de trabalhar até tarde – sentiu que fraquejava, que o desejo aumentava. – Tenho um jantar de trabalho.

– Esperarei.

– Não sei quando acabarei. Provavelmente, não antes da meia-noite.

– À meia-noite, então – encostou-a à parede.

Natalie começou a perguntar-se porque resistia. Começou a fechar os olhos.

– À meia-noite – repetiu, à espera que a boca de Ry cobrisse a sua. Sobressaltada, abriu os olhos. – Oh, meu Deus! Meia-noite!

As suas faces tinham voltado a empalidecer. Ry levantou as mãos para a segurar.

– O que se passa?

– Meia-noite – repetiu, levando uma mão à testa. – Tinha-me esquecido. Nunca me passou pela cabeça relacioná-lo. Ontem à noite, chegámos aqui depois da meia-noite.

– E? – assentiu, sem deixar de olhar para ela.

– Quando estava a vestir-me para o jantar, recebi uma chamada. Aparentemente, é-me impossível esquecer o telefone e deixar que atenda o atendedor de chamadas. Disse «meia-noite».

– Quem? – com os olhos semicerrados, apoiou as duas mãos na parede.

– Não sei. Não reconheci a voz. Disse... Deixa-me pensar – afastou-se para começar a caminhar pelo corredor. – Meia-noite. Disse «meia-noite». A hora das bruxas. Cuidado ou espera... Algo parecido – gesticulou em direção à carpete calcinada. – Devia referir-se a isto.

– Porque raio não me contaste isso antes?

– Porque acabei de me lembrar – tão zangada como ele, virou-se. – Pensei que era uma chamada de algum engraçado, portanto, não lhe prestei atenção e esqueci-a. Depois, quando isto aconteceu, tinha mais coisas na cabeça. Como podia saber que se tratava de uma advertência ou de uma ameaça?

Ry tirou o bloco de notas do bolso para escrever as palavras dela.

– A que horas recebeste a chamada?

– Por volta das sete e meia. Estava à procura dos brincos e estava a despachar-me, porque me tinha atrasado e ia chegar tarde.

– Ouviste algum ruído de fundo durante a chamada?

Insegura, esforçou-se para recordar. Não tinha prestado atenção, estava apenas a pensar em Ry.

– Não reparei em nenhum. Tinha a voz aguda. Era um homem, tenho a certeza, mas tratava-se de uma voz efeminada. Riu-se entredentes – recordou.

– Parecia mecânica ou verdadeira? – perguntou, enquanto escrevia.

– Oh, referes-te a uma gravação! Não, não parecia uma gravação.

– O teu número está na lista telefónica?

– Não – então, compreendeu o significado da pergunta. – Não – repetiu, devagar.

– Quero uma lista de todas as pessoas que o têm. Todas.

Natalie endireitou-se e forçou-se a manter a calma.

– Posso proporcionar-te uma lista de todas as que sei que o têm. Não de quem possa tê-lo obtido por outros meios – pigarreou, com a garanta dorida. – Ry, regra geral, os profissionais telefonam às suas vítimas antes de um incêndio?

Ele guardou o bloco no bolso e olhou-a nos olhos.

– Até os profissionais podem ser loucos. Eu levo-te ao teu escritório.

– Não é necessário.

Recordou a si mesmo que trabalhara toda a noite e que podia ser paciente. Depois, mandou tudo para o inferno.

– Ouve-me e fá-lo com atenção – fechou os dedos sobre a lapela do casaco dela. – Eu levo-te ao teu escritório, entendeste?

– Não vejo porque...

– Entendido? – deu-lhe um puxão.

Ela conteve um palavrão. Sabia que seria uma estupidez discutir.

– Ótimo! Depois, vou precisar do meu carro, de modo que, depois de me deixares, terás de ir para onde quer que vais.

– Continua a ouvir – continuou Ry. – Até que eu volte, não irás a lado nenhum sozinha.

– Isso é ridículo! Tenho de dirigir uma empresa.

– A lado nenhum sozinha – repetiu. – Caso contrário, chamarei alguns dos meus amigos do departamento de polícia de Urbana e farei com que se transformem na tua sombra – quando abriu a boca para protestar, ele adiantou-se. – E acredita que posso manter a tua pequena loja fechada a toda a gente, menos à polícia e os bombeiros.

– Isso parece uma ameaça! – exclamou.

– És uma mulher muito perspicaz. Pede a um dos teus empregados que hoje seja teu motorista, Natalie, ou colocarei uma interdição do departamento de bombeiros na porta desta loja durante várias semanas.

Ao ver a determinação no rosto dele, compreendeu que podia fazê-lo. E que o faria. Por experiência própria, sabia que era mais inteligente e prático ceder num pequeno ponto de uma negociação para salvar o projeto inteiro.

– Está bem. Levarei um motorista para todas as reuniões que hoje tiver fora. Mas quero assinalar que este homem está a incendiar as minhas propriedades, Ry, não a ameaçar a minha pessoa.

– Telefonou-te. Foi o suficiente.

Odiava o facto de a ter assustado. Um controlo férreo fez com que se ocupasse dos detalhes do escritório com equanimidade e eficácia. Ao meio-dia, tinha uma equipa de limpeza pronta, à espera das suas ordens para se apresentar na loja assim que Ry lhe desse carta-branca. Também se encarregara de uma chamada frenética da sucursal de Atlanta e de uma chamada irada de Chicago, e conseguira minimizar o problema com a sua família no Colorado.

Impaciente, chamou a sua secretária.

– Maureen, precisava dos relatórios há trinta minutos.

– Sim, menina Fletcher. O sistema bloqueou na Contabilidade. Estão a tratar disso.

– Diz-lhes... – conteve as palavras mordazes e obrigou-se a acalmar-se. – Diz-lhes que se trata de uma prioridade. Obrigada, Maureen.

Recostou-se na poltrona e fechou os olhos. Se quisesse assistir a todas as reuniões que tinha para aquele dia, devia acalmar-se. Devagar, abriu as mãos e ordenou aos seus músculos que relaxassem.

Quase o tinha conseguido quando bateram à porta. Estava a endireitar-se na poltrona quando Melvin espreitou.

– É seguro entrar?

– Mais ou menos. Entra.

– Trago presentes – entrou com uma bandeja.

– Se for café, talvez sinta a força necessária para me levantar e encher-te a cara de beijos.

Ele corou e riu-se entredentes.

– Não só café, como também salada de frango. Até tu tens de comer, Natalie.

– A quem o dizes... – levou uma mão ao estômago ao levantar-se para se juntar a ele no sofá. – Está vazio. És muito doce, Melvin.

– E egoísta. Pedi à minha secretária que preparasse isto. Se tu descansares... – brincou com o laço vermelho – ... nós descansamos – ela sentiu o cheiro delicioso do café. – Dispões de tempo enquanto comes para me contares como as coisas estão más na nossa loja principal?

– Não tanto como poderiam estar – tirou os sapatos e dobrou as pernas. – Pelo que pude ver, foram principalmente danos estéticos no escritório da diretora. Não chegaram ao material.

– Graças a Deus! Não sei até que ponto o meu encanto teria resultado uma segunda vez para convencer as nossas sucursais a dispensarem parte do seu inventário.

– É desnecessário – disse, entre dentadas. – Desta vez, tivemos sorte, Melvin, mas...

– Mas?

– Há uma questão que me preocupa. Há alguém que não quer que a Lady's Choice seja lançada.

Com o sobrolho franzido, ele tirou o pãozinho do prato de Natalie e partiu-o ao meio.

– O nosso principal adversário é a Unforgettable Woman. Ou nós o seu.

– Já pensei nisso. Mas não encaixa. Essa empresa está no mercado há cinquenta anos. É respeitável. Sólida – suspirou, odiando o que tinha de dizer. – Mas o que me preocupa é a espionagem empresarial, Melvin, dentro da Lady's Choice.

– Um dos nossos? – perdera o apetite para o pãozinho.

– Não se trata de uma possibilidade de que goste... Nem que possa ignorar – pensativa, bebeu um gole de café. – Poderia convocar uma reunião com os chefes de departamento, obter opiniões sobre o nosso pessoal – e pensou que não era necessário fazê-lo. – Mas isso não resolveria a questão dos nossos próprios chefes de departamento.

– Muitos dos teus executivos estão há anos na Fletcher, Natalie.

– Tenho consciência disso – inquieta, levantou-se, bebendo enquanto caminhava. – Não me ocorre nenhum motivo pelo qual alguém da organização quisesse adiar a inauguração. Mas devo procurá-lo.

– Isso coloca todos na mira.

– Lamento, Melvin – virou-se, – mas é verdade.

– Não é preciso que te desculpes. São negócios – descartou-o com um gesto da mão, embora o seu sorriso fosse um pouco tenso ao levantar-se. – Qual é o passo seguinte?

– Combinei encontrar-me à uma hora na loja com o agente do seguro – olhou para o relógio e praguejou. – É melhor ir-me embora.

– Eu vou – antecipando-se a ela, levantou uma mão. – Estás a fazer mais do que consegues. Delega, Natalie, lembras-te? Reunir-me-ei com o teu agente e dar-te-ei um relatório completo quando voltar.

– Está bem. Poupar-me-ás a uma hora frenética – com o sobrolho franzido, calçou os sapatos. – Se o inspetor responsável pela investigação estiver lá, pede-lhe que entre em contacto comigo para me informar dos progressos.

– Está bem. Ao fim da tarde, tenho de levar um carregamento para a loja. Queres adiá-lo?

– Não – já tinha pensado nisso. – O negócio continuará como sempre. Destaquei um segurança para a loja. Não será fácil para ninguém voltar a entrar.

– Consegui-lo-emos na data prevista – garantiu Melvin.

– Não duvides.

CAPÍTULO 6

Ry preferia um raciocínio humano, bom e sólido, à análise de um computador, mas aprendera a utilizar todas as ferramentas disponíveis. O Sistema de Reconhecimento de Incêndios Provocados era um dos melhores. Nos últimos anos, tornara-se bastante destro com o teclado. Naquele momento, uma vez que a sua secretária já saíra e os homens dormiam no andar de baixo, trabalhava sozinho.

O SRIP, usado com inteligência, era um instrumento eficaz para identificar e classificar tendências. Quando se suspeitava que alguns incêndios estavam relacionados, era possível utilizá-lo para prever onde e quando era possível que tivessem lugar incêndios daquele tipo.

O computador corroborou o que ele já deduzira. A fábrica de Natalie era um alvo importante. Já tinha atribuído uma equipa de patrulha e vigilância à zona.

Mas preocupava-o muito mais a própria Natalie. A chamada que tinha recebido tornava o assunto pessoal. E dera-lhe uma pista muito específica.

Enquanto pegava na chávena de café com uma mão, entrou no Sistema Nacional de Dados de Incêndios. Introduziu os dados. O processo não só o ajudaria, como serviria para ajudar futuros investigadores.

Depois, dedicou-se aos suspeitos. Introduziu novamente os dados sobre os incêndios e o método. Acrescentou a chamada e a impressão de Natalie sobre a voz e as palavras escolhidas pelo perpetrador.

Recostou-se na cadeira e observou como o computador reforçava as suas conclusões.

Clarence Robert Jacoby, aliás Jacoby, aliás Clarence Roberts.

Última morada conhecida: número vinte e três da Rua Sul, em Urbana. Homem branco. Data de nascimento: vinte e cinco de junho de mil novecentos e cinquenta e dois.

Tinha meia dúzia de detenções por fogo posto, sempre em ambientes urbanos. Tinha sido condenado a cinco anos de prisão. Ainda tinha outra condenação pendente, de dois anos antes, já que fugira após sair sob fiança.

Jacoby era um profissional em tempo parcial que gostava de queimar coisas. Regra geral, preferia usar gasolina como catalisador e objetos inflamáveis que encontrava no local escolhido, juntamente com fósforos da sua própria coleção. Com frequência, telefonava às suas vítimas. A avaliação psiquiátrica classificava-o como um neurótico com tendências sociopatas.

– Gostas do fogo, não é, canalha? – murmurou, enquanto escrevia com força no teclado. – Nem sequer te importas quando te queimas. Não foi o que me disseste? É como um beijo.

Ry mandou imprimir os dados. Com cansaço, passou as mãos pelos olhos. Naquela noite, dormira duas horas no sofá do escritório exterior. A fadiga começava a dominá-lo.

Mas já tinha a sua presa. Tinha a certeza disso. E também uma pista.

Mais por hábito do que por vontade, acendeu um cigarro antes de marcar um número de telefone.

– Piasecki. Vou passar pela fábrica Fletcher a caminho de casa. Podem localizar-me... – calou-se, olhando para o relógio. Meia-noite em ponto. Talvez deva considerá-lo um sinal. – Podem localizar-me neste número até nova ordem – recitou de cor o número da casa de Natalie e desligou.

Desligou o computador, pegou nas folhas impressas e no casaco, e apagou as luzes.

Natalie vestiu um dos seus robes favoritos da coleção da Lady's Choice e hesitou entre meter-se na cama ou tomar um banho. Primeiro, decidiu acalmar os nervos com um copo de vinho. Naquela tarde, tinha tentado localizar Ry três vezes e recebera sempre a informação de que não estava disponível.

«Eu tenho de estar localizável», pensou, furiosa. «Mas ele pode andar à sua vontade.» Nem uma palavra dele em todo o dia. Na manhã seguinte, teria uma surpresa quando a visse a entrar no seu escritório para lhe exigir um relatório.

Como se não tivesse coisas suficientes com que se preocupar! Não deixaria que nada se interpusesse no seu caminho. Nem incêndios, nem um inspetor dos bombeiros. Se houvesse alguém do seu pessoal, em qualquer escalão, responsável pelos incêndios, descobriria quem era. E encarregar-se-ia da situação.

Num ano, levaria a Lady's Choice ao topo. Em cinco, duplicaria o número de lojas.

A Indústrias Fletcher teria um novo sucesso que ela veria a crescer. Poderia sentir-se orgulhosa e satisfeita.

Então, não sabia porque é que, de repente, se sentia sozinha.

«Por causa dele», decidiu, bebendo vinho, «por provocar inquietação na minha vida. Por fazer com que questione as prioridades numa altura em que preciso de estar concentrada».

A atração física, inclusive com aquele tipo de intensidade, não bastava, não deveria bastar, para a distrair dos seus objetivos. Já a sentira antes e, certamente, sabia como jogar com segurança. Afinal de contas, tinha trinta e dois anos e não podia considerar-se uma novata no campo das relações. Hábil e precavida, tinha saído sempre ilesa. Nenhum homem chegara perto o suficiente do seu coração para lhe deixar cicatrizes.

Mas porque é que, de repente, isso lhe parecia tão triste?

Irritada com o pensamento, afastou-o.

Estava a perder tempo a pensar em Ryan Piasecki. Deus sabia que nem sequer era o seu tipo. Era rude, grosseiro e inegavelmente abrasivo. Preferia um homem mais suave. E seguro.

E isso pareceu-lhe superficial.

Pousou o copo e puxou o cabelo para trás. O que precisava era de dormir, não de se analisar. O telefone tocou justamente quando ia apagar a luz.

– Oh, odeio-te... – murmurou, levantando o auscultador. – Sim?

– Menina Fletcher, fala Mark, da receção.

– Sim, Mark, do que se trata?

– Está aqui um tal inspetor Piasecki que veio vê-la.

– Oh, a sério? – olhou para o relógio, pensando na ideia de lhe proibir a entrada. – Mark, podes perguntar-lhe se se trata de um assunto oficial?

– Sim, menina. É por causa de um assunto oficial, inspetor?

Ouviu com clareza pelo auscultador a voz de Ry a perguntar a Mark se gostaria de ter, dentro de vinte minutos, uma equipa a procurar violações do código de segurança contra incêndios no edifício.

Quando Mark começou a gaguejar, Natalie sentiu pena dele.

– Manda-o subir, Mark.

– Sim, menina Fletcher. Obrigado.

Desligou, dirigiu-se para a porta e virou-se. Não ia ver o seu aspeto ao espelho.

Mas não foi capaz de se conter.

Quando Ry bateu à porta, tinha conseguido escovar o cabelo e colocar um pouco de perfume.

– Não achas que é injusto ameaçar as pessoas para levares a tua avante? – exigiu, quando abriu a porta.

– Não quando resulta – demorou o seu tempo a observá-la. O robe bege que chegava ao chão era simples. A seda cruzava-se sobre os seus seios, atava-se à volta da cintura e caía colado às suas ancas. – Não achas que é uma pena usar algo parecido quando estás sozinha?

– Não, não acho.

– Vamos falar no corredor?

– Suponho que não – fechou a porta atrás dele. – Não me incomodarei em assinalar que já é tarde.

Ry não disse nada e entrou na sala. Cores suaves, quebradas por aquelas pinturas abstratas de que, aparentemente, ela tanto gostava. Reparou que havia muitos enfeites, mas todos organizados. Havia flores frescas, uma lareira e uma janela ampla através da qual brilhavam as luzes da cidade.

– Bonito...

– Eu gosto.

– Gostas das alturas – aproximou-se da janela para confirmar que estava vinte andares acima de qualquer salvamento possível com escada. – Talvez mande inspecionar este edifício para ver se cumpre os regulamentos – olhou para ela. – Tens cerveja?

– Não – então, suspirou. As boas maneiras estavam sempre acima da irritação. – Eu estava a beber um copo de vinho. Queres um?

Encolheu os ombros. Não era muito apreciador de vinho, mas o seu corpo já não era capaz de receber mais café.

Natalie foi à cozinha para servir outro copo.

– Tens alguma coisa com que possa acompanhá-lo? – inquiriu ele da porta. – Como comida?

Ia informá-lo do erro de encarar o seu apartamento como um café aberto vinte e quatro horas por dia, mas então viu-lhe a expressão da cara sob a luz forte da cozinha. Estava exausto.

– Cozinho pouco, mas tenho queijo Brie, bolachas e fruta.

Quase divertido, ele passou as mãos pela cara.

– Brie – riu-se brevemente ao descer as mãos. – Perfeito! Fantástico!

– Vai sentar-te – passou-lhe o vinho. – Eu levo-to.

– Obrigado.

Alguns minutos mais tarde, encontrou-o no sofá, com as pernas estendidas e os olhos quase fechados.

– Porque não foste dormir para casa?

– Tinha algumas coisas para fazer – estendeu uma mão para a bandeja que ela deixara na mesa. Com a outra, procurou Natalie. Satisfeito por a ter ao seu lado, colocou queijo sobre uma bolacha. – Não é mau – comentou, com a boca cheia. – Não pude jantar.

– Suponho que pudesses pedir que te levassem alguma coisa.

– Pensei que quisesses que te pusesse a par sobre a investigação.

– É verdade, mas pensei que me telefonasses há horas – ele murmurou alguma coisa incompreensível enquanto mastigava. – O quê?

– Tribunal – repetiu, engolindo. – Tive de passar a tarde quase toda no tribunal.

– Compreendo.

– Mas recebi a tua mensagem – sorriu, mais animado depois de ter posto alguma coisa no estômago. – Sentiste a minha falta?

– O relatório – recordou-lhe, com tom seco. – É o mínimo que podes fazer depois de me esvaziares a despensa.

Levou algumas uvas à boca.

– Atribui vigilância à tua fábrica de Winesap.

– Achas que é um alvo? – apertou a mão à volta do pé do copo.

– Encaixa no padrão. Reparaste na presença de algum homem em alguma das tuas propriedades? Homem branco, aproximadamente um metro e setenta de altura, uns sessenta e cinco quilos. Cabelo loiro um pouco ralo. Quarenta e muitos anos, mas com uma cara redonda que lhe dá um aspeto juvenil – calou-se para empurrar uma bolacha com um gole de vinho. – Pálido, olhos pequenos, dentes proeminentes.

– Não, não me ocorre ninguém assim. Porquê?

– É uma tocha. Um tipo desagradável, com um certo toque de loucura – descobriu que o vinho também não era mau, por isso, bebeu mais um pouco. – Se fosse completamente louco, seria mais fácil. Gosta de incendiar coisas e não se importa que lhe paguem para isso.

– Achas que é ele – murmurou Natalie. – E conhece-lo pessoalmente, não é?

– Clarence e eu conhecemo-nos. A última vez que o vi foi há uns dez anos. Demorou-se demasiado num dos seus trabalhos. Estava em chamas quando cheguei. Ambos estávamos a deitar fumo quando consegui tirá-lo de lá.

– Porque achas que se trata dele? – tentou manter a calma.

– É o seu tipo de trabalho – acrescentou, depois de lhe oferecer um resumo do seu trabalho de investigação. – Além disso, há a chamada. Também gosta. E a voz que descreveste... É o estilo exato de Clarence.

– Poderias ter-me contado isso esta manhã.

– Poderia – encolheu os ombros. – Não vi o motivo.

– O motivo é que estamos a falar do meu edifício, da minha propriedade – disse, com os dentes apertados.

Observou-a. Pensou que não era má ideia utilizar a raiva para esconder o medo. Não podia culpá-la por isso.

– Diga-me uma coisa, menina Fletcher, na sua posição como presidente, redige relatório antes, durante ou depois de ter verificado os dados?

– Muito bem – suspirou. – Conta-me o resto.

– Anda de cidade em cidade – pousou o copo. – Aposto que voltou para Urbana. E encontrá-lo-ei. Há algum cinzeiro por aqui?

Em silêncio, Natalie levantou-se e aproximou-lhe um pequeno prato de cerâmica de outra mesa. Compreendeu que estava a ser injusta. Era evidente que Ry estava exausto por todas as horas extraordinárias que tinha dedicado... a ela.

– Passaste toda a noite concentrado no caso.

– É o trabalho – acendeu um fósforo.

– É? – perguntou em voz baixa.

– Sim – os seus olhos encontraram-se. – E também por ti.

– Estás a dificultar-me as coisas, Ry – não conseguiu evitar que o pulso lhe acelerasse.

– Essa é a ideia – com gesto indolente, passou um dedo pela lapela do seu robe, quase sem lhe roçar a pele. Chegou-lhe o seu cheiro subtil e tentador. – Queres que te pergunte como foi o teu dia?

– Não – com uma gargalhada cansada, abanou a cabeça. – Não.

– Suponho que não queiras falar do tempo, de política ou de desporto, pois não?

Calou-se. Não queria que a sua voz soasse ofegante.

– Não especialmente.

Ele resmungou e inclinou-se para apagar o cigarro.

– Devia ir-me embora para te deixar dormir um pouco.

Com as emoções confusas, ela também se levantou.

– Provavelmente, é o melhor. O mais sensato – não era o que queria, mas era o melhor. E começava a compreender que também não era o que precisava. Só o mais sensato.

– Mas não vou fazê-lo – paralisou-a com o olhar. – A menos que tu mo digas.

O coração disparou-lhe. Pôde sentir um tremor que subia das plantas dos pés.

– Dizer-te o quê?

Ry sorriu e aproximou-se, parando apenas quando os seus corpos se roçaram. Conseguia ler-lhe a resposta com facilidade nos olhos.

– Onde é o quarto, Natalie?

– Ali – um pouco aturdida, olhou por cima do ombro dele e assinalou-o com um gesto vago. – É por ali.

Com uma graciosidade rápida e surpreendente, Ry pegou-a ao colo.

– Acho que consigo chegar lá.

– É um erro – já lhe enchia a cara e o pescoço de beijos. – Sei que é um erro.

– Todos cometem um erro de vez em quando.

– Eu sou inteligente – sussurrou, desabotoando-lhe a camisa. – E sou equânime. Tenho de ser, porque... – soltou um gemido quando lhe tocou na pele com os dedos. – Meu Deus, adoro o teu corpo...

– Sim? – esteve prestes a tropeçar quando lhe tirou a camisa das calças de ganga. – Considera-o todo teu. Devia ter imaginado.

– Hum... – estava ocupada a morder-lhe o ombro. – O quê?

– Que terias uma cama de primeira – caiu com ela sobre uma colcha de cetim.

– Despacha-te – insistiu, enlouquecida. – Desejei-te desde a primeira vez que me tocaste.

– Deixa-me recuperar o tempo perdido – com igual frenesim, esmagou-lhe a boca com a sua.

Sem fôlego, Natalie abriu-lhe o botão das calças de ganga.

– Isto é uma loucura – tentou encontrá-lo, bebendo, sedenta, da sua boca, enquanto davam voltas na cama.

Ele não foi capaz de recuperar o fôlego, nem o controlo.

– Vai ser – murmurou.

Abriu-lhe o robe e por baixo encontrou a camisa de dormir de seda que fazia conjunto. Quando fechou a boca sobre um seio coberto, percorreu-o um gemido.

Seda, calor e pele. Preencheu-o, tentou-o, atormentou-o. Era uma verdadeira mulher. Beleza, graciosidade e paixão. Tentação, tortura e triunfo. Tudo isso, toda ela o obcecava.

Rodaram sobre a colcha de cetim, procurando mais.

Havia fogo, o seu resplendor brilhante e perigoso. Abrasou-o, queimou-o, marcou-o, enquanto as mãos e a boca de Natalie percorriam o seu corpo, acendendo centenas de chamas. Não se opôs. Por uma vez, queria ser consumido. Soltou um palavrão, rasgou-lhe a seda que a cobria e deleitou-se com o corpo dela.

As mãos dele eram ásperas e duras. E maravilhosas. Ela nunca se sentira tão viva ou desesperada. Desejava-o, sabia que o desejara desde o início.

Mas, naquele momento, tinha-o, podia sentir a pressão daquele corpo sólido e musculado contra o seu, podia provar a urgência violenta da necessidade de Ry cada vez que as suas bocas se encontravam. Em cada respiração entrecortada dele podia ouvir a reação que lhe provocava o seu contacto, o seu sabor.

Se era uma coisa elementar, que assim fosse. Sentia-se luxuriosa, promíscua e absolutamente livre. Cravou-lhe os dentes no ombro enquanto ele a conduzia de forma desumana ao auge. Natalie gritou o seu nome, enquanto se arqueava.

Ele penetrou-a com dureza, profundamente.

O prazer deixou-a cega e surda, alheia aos seus próprios soluços, enquanto se uniam num ritmo frenético. Colou o corpo ao de Ry, incansável, impulsionada por uma necessidade que parecia insaciável.

Então, corpo e necessidade rebentaram.

A luz estava acesa. Era engraçado que nem sequer tivesse reparado, quando, regra geral, costumava reparar em cada detalhe ínfimo. O resplendor da luz era suave. Ryan estava quieto, com a cabeça sobre um seio de Natalie, à espera que o seu corpo serenasse. Sob o seu ouvido, o coração dela continuava acelerado. Tinha a pele húmida, o corpo lasso. Os tremores agitavam-na de vez em quando.

Não sorriu com ar triunfal, como poderia ter feito, mas contemplou-a, maravilhado.

Quisera conquistá-la. Não podia, nem pretendia negá-lo. Desde a primeira vez que a vira, tinha desejado que o corpo de Natalie ficasse tenso e tremesse sob o seu.

Mas não contara com a necessidade que percorrera ambos, que fizera com que se procurassem como animais.

Sabia que fora rude. Não era precisamente um homem delicado, de modo que isso não o incomodou. Mas nunca tinha perdido o controlo de forma tão completa com nenhuma mulher. Nem tinha desejado uma com tanta intensidade segundos depois de a ter possuído.

– Com isto, deveria tê-lo conseguido – murmurou.

– Hum? – sentia-se relaxada.

– Devia ter-te expulsado do meu sistema. Ou, pelo menos, ter começado.

– Oh... – sentiu forças para abrir os olhos. A luz, apesar de ser ténue, obrigou-a a semicerrá-los. Devagar, a sua mente começou a clarificar. Com rapidez, a sua pele começou a aquecer. Recordou o modo como lhe tirara a roupa, como pensara apenas em tê-lo. Suspirou e respirou fundo. – Tens razão – decidiu. – Devias. O que se passa connosco?

Rindo-se, Ry levantou a cabeça e olhou para o rosto corado dela, para o seu cabelo despenteado.

– Não sei. Estás bem?

Natalie sorriu.

– Não sei. O que acabou de acontecer afasta-se um pouco da minha experiência.

– Ainda bem – desceu a cabeça e passou-lhe a língua por um seio. – Desejo-te outra vez, Natalie.

– Ainda bem – sentiu um estremecimento.

Quando o despertador tocou, Natalie gemeu, virou-se para o desligar e acertou em Ry. Ele resmungou, deu uma palmada ao despertador com uma mão e com a outra pô-la em cima dele.

– O que foi aquele barulho? – perguntou, enquanto passava uma mão pelas suas costas e pela sua anca.

– É para acordar.

Ry abriu um olho. «Sim», pensou, «devia ter imaginado.» Tinha tão bom aspeto de manhã como em qualquer altura do dia.

– Porquê?

– Funciona assim – ainda atordoada, afastou o cabelo da cara. – O despertador toca, levanto-me, tomo um duche, bebo várias chávenas de café e vou trabalhar.

– Tenho uma certa experiência no processo. Alguém te disse que hoje é sábado?

– Sei que dia é. Tenho trabalho para fazer.

– Não, achas que tens – apoiou-lhe a cabeça no ombro e olhou novamente para o relógio. Eram sete horas. Tinham dormido três horas, no máximo. – Volta a dormir.

– Não posso.

– Está bem, está bem... – suspirou, resignado. – Mas devias ter-me advertido que eras insaciável – começou a mordiscar-lhe o ombro.

– Não era a minha intenção – riu-se, tentando fugir. – Tenho de acabar de tratar da papelada e de fazer algumas chamadas – Ry subia a mão para lhe acariciar um seio. – Para.

– Hum... Acordaste-me. Tens de pagar por isso.

Natalie não conseguiu evitá-lo e começou a esticar-se sob as suas mãos.

– Somos sortudos por não nos terem matado ontem à noite. Tens a certeza de que queres arriscar-te?

– Os homens como eu enfrentam diariamente o perigo – cobriu-lhe a boca sorridente com a sua.

Tinha mais de três horas de atraso quando saiu do duche. Decidiu que teria de trabalhar até tarde. Depois de enrolar o cabelo numa toalha, começou a aplicar creme nas pernas. Uma boa executiva entendia o mérito do horário flexível.

Com um bocejo, limpou o vapor do espelho. Deveria estar exausta. Deveria parecer cansada depois da noite selvagem que Ry e ela tinham partilhado.

Mas não estava, nem parecia. Mostrava um aspeto... «Suave», pensou. «Satisfeito.»

Absolutamente nada do que tinha vivido até àquele momento se aproximava do que sentira, do que fizera e descobrira durante a noite com ele.

De modo que, se sorria como uma tola ao pentear o cabelo molhado, porque não? Se tinha vontade de cantar enquanto vestia o roupão de banho era compreensível.

E se tinha de reorganizar a agenda daquele dia porque tinha dedicado quase toda a noite e a manhã a estar na cama com um homem que lhe fazia ferver o sangue, ainda bem para ela.

Regressou ao quarto e sorriu ao ver os lençóis amarrotados. Com os lábios franzidos, apanhou os restos da sua roupa interior. Chegou à conclusão de que a mercadoria da Lady's Choice não suportava os testes a que Ry Piasecki a submetia.

Não era fabuloso?

Rindo-se, atirou os farrapos ao chão e o olfato conduziu-a até à cozinha.

– Cheira a café – disse e parou à porta.

Estava a partir ovos para uma tigela com as suas mãos grandes e duras. Tinha o cabelo húmido, pois já tinha tomado duche. Estava descalço, com as calças de ganga pelas ancas e a camisa arregaçada.

Incrivelmente, desejou voltar a tê-lo.

– Não tens praticamente nada para comer.

– Como muito fora – tentando controlar-se, dirigiu-se para a cafeteira. – O que estás a preparar?

– Omeleta francesa. Tinhas quatro ovos, um pouco de queijo Chedar e brócolos.

– Está quente – inclinou a cabeça enquanto provava o café. – De modo que cozinhas.

– Todo o bombeiro que se preze cozinha. No quartel, alternamo-nos – localizou uma batedeira e virou-se para olhar para ela. – Olá, Pernas! Estás fantástica.

– Obrigada – sorriu por cima do rebordo da chávena. Se continuasse a olhá-la daquela maneira, atirá-lo-ia ao chão. O mais inteligente era encarregar-se de assuntos práticos. – Supõe-se que devo ajudar-te?

– Podes tratar das torradas?

– E pouco mais – deixou a chávena sobre a bancada e abriu um armário. Trabalharam em silêncio durante alguns segundos. – Eu... – não sabia como expô-lo de forma delicada. – Suponho que, quando eras bombeiro, tenhas enfrentado muitas situações perigosas.

– Sim. E?

– As cicatrizes no teu ombro, nas costas – tinha-as descoberto durante as explorações noturnas ao seu corpo realmente bonito. – Foi a cumprir o teu dever?

– Sim – levantou o olhar. A verdade era que não pensava nelas. Mas, à luz do dia, ocorreu-lhe que talvez fossem desagradáveis para uma mulher como ela. – Incomodam-te?

– Não. Perguntava-me como te terias queimado.

Pousou a tigela e pôs uma frigideira ao lume. «Talvez a incomodem», pensou, «talvez não.» O melhor era resolver o assunto.

– Foi por causa do nosso amigo Clarence. Enquanto o tirava de um incêndio que tinha provocado, o teto cedeu – ainda conseguia recordar as chamas, o rugido, o pesadelo da dor. – Caiu em cima de nós. Ele gritava e ria-se. Levei-o para o exterior. Depois disso, não recordo grande coisa, até que acordei na ala de queimados.

– Lamento.

– Poderia ter sido muito pior. O uniforme protegeu-me bastante. Tive sorte – deitou os ovos batidos na frigideira. – O meu pai morreu assim. O fogo subiu pelas paredes. Quando ventilaram o teto, cedeu tudo – praguejou em silêncio. De onde tinha saído aquilo? Não fora a sua intenção mencioná-lo. A morte do seu pai não era uma conversa matinal típica. – Devias barrar manteiga nessa torrada antes que arrefeça.

Ela não disse nada, não foi capaz de pensar em nada. Dirigiu-se para ele, rodeou-lhe a cintura com os braços e apoiou a face no seu ombro.

– Não sabia que tinhas perdido o teu pai – havia tantas coisas que desconhecia.

– Foi há doze anos. Num liceu. Um rapaz que não estava contente com a nota do teste de Química incendiou o laboratório. O meu pai conhecia os riscos – murmurou, incómodo pela sensação que lhe despertava a compaixão muda de Natalie. – Todos conhecemos.

– Não queria abrir feridas antigas, Ry – não o largou.

– Não faz mal. Era um bombeiro extraordinário.

Natalie permaneceu alguns segundos onde estava, desconcertada pelo que sentia: a necessidade de o consolar, de partilhar, o impulso terrível de fazer parte do que ele era. Com cautela, afastou-se. Recordou a si mesma que não fazia sentido procurar mais do que havia entre os dois.

– E esse Clarence... Como o encontrarás?

– Com um pouco de sorte, conseguirei localizá-lo através de contactos – com um movimento rápido e competente, virou a omeleta. – Ou apanhá-lo-emos quando for estudar o seu próximo alvo.

– A minha fábrica.

– Provavelmente – mais relaxado pela breve distância que havia entre eles, observou-a por cima do ombro. – Alegra-te, Natalie. Tens os melhores homens da cidade a trabalhar para protegerem a tua roupa interior.

– Sabes muito bem que não é... – calou-se quando tocaram à campainha. – Esquece.

– Espera. O porteiro não te telefona quando aparece alguém para te ver?

– Não, se se tratar de um vizinho.

– Usa o óculo – ordenou, enquanto pegava nos pratos.

– Sim, papá – divertida com a atitude dele, foi até à porta. Uma olhadela pelo óculo obrigou-a a conter um grito e a tirar os ferrolhos. – Boyd, pelo amor de Deus! – rodeou-lhe o pescoço. – Cilla!

– O grupo todo – advertiu Cilla, rindo-se enquanto se abraçavam. – O polícia não me deixou telefonar-te para te alertar da invasão.

– É muito bom ver-vos – agachou-se para abraçar os seus sobrinhos. – Mas o que fazem aqui?

– Já conheces o capitão – respondeu Cilla. – Bryant, não toques em nada, sob pena de morte – lançou um olhar de advertência ao seu filho mais velho. Com oito anos, não se podia confiar nele. – Assim que Deborah nos telefonou a contar-nos sobre o segundo incêndio, agrupou todos e aqui estamos. Allison, não é um campo de basquetebol. Porque não largas isso?

– Não vou atirá-la contra nada – possessiva, Allison levou a bola ao peito.

– Não faz mal – garantiu Natalie a Cilla, passando uma mão distraída pelo cabelo dourado da sua sobrinha. – Boyd, não posso acreditar que tenhas arrastado todos por metade do país por causa disto.

– Os miúdos não têm aulas na segunda-feira – agachou-se para apanhar o casaco que o seu filho mais novo atirara ao chão. – Portanto, decidimos tirar um fim de semana prolongado, foi só isso.

– Ficaremos com Deborah e Gage – acrescentou Cilla. – Portanto, não entres em pânico.

– Não é que...

– E trouxemos mantimentos – Boyd mostrou o saco cheio de hambúrgueres e batatas fritas. – O que te parece de almoçarmos juntos?

– Bom, eu... – pigarreou e olhou na direção da cozinha. Não sabia como explicar a presença de Ry.

Keenan, com a curiosidade de uma criança ativa de cinco anos, já o descobrira. Da porta da cozinha, sorriu a Ry.

– Olá!

– Olá! – curioso para ver como Natalie geriria a situação, saiu.

– Queres ver o que consigo fazer? – perguntou-lhe Keenan, antes que alguém pudesse falar.

– Claro!

Sempre disposto a exibir uma nova habilidade, Keenan subiu pela perna de Ry até se encarrapitar atrás dele.

– Nada mau – acomodou o menino para que pudesse agarrar-se melhor.

– Esse é Keenan – explicou Cilla. – O nosso macaco mais novo.

– Desculpa. Hum... – Natalie passou uma mão pelo cabelo húmido. Não tinha de olhar para Boyd para saber que os seus olhos estariam a refletir aquele olhar especulador de irmão mais velho. – Boyd e Cilla Fletcher, Ry Piasecki – pigarreou. – E estes são Allison e Bryant – suspirou. – Já conheces Keenan.

– Piasecki – repetiu Boyd. – Do departamento de incêndios provocados? – justamente o homem que queria ver. Embora não tivesse esperado encontrá-lo descalço na cozinha da sua irmã.

– Exato – os irmãos tinham uma grande parecença. E uma perspicácia inata para os desconhecidos. – Tu és o polícia de Denver.

– É capitão da polícia – esclareceu Bryant. – Usa uma arma no trabalho. Posso beber alguma coisa, tia Nat?

– Claro. Eu... – mas Bryant já se lançara para a cozinha. – Bom, isto é... – «incómodo», pensou. – É melhor que vá buscar pratos antes que a comida arrefeça.

– Boa ideia! Ela só tinha ovos – Ry observou o saco que Boyd segurava, reconhecendo o seu conteúdo. – Talvez possamos fazer um acordo para algumas das vossas batatas fritas.

– És tu que estás a investigar os incêndios, não és? – perguntou Boyd.

– Eh, capitão! – Cilla olhou com olhos cintilantes para o seu marido. – Nada de interrogatórios com o estômago vazio. Podes fritá-lo quando acabarmos. Passámos horas dentro de um avião – explicou, quando Bryant regressou e tentou tirar a bola a Allison. – Estamos um pouco nervosos.

– Não há problema – um instante antes de Boyd, Ry apanhou a bola que tinha saltado das mãos da menina. – Gostas de fazer cestos? – perguntou a Allison.

– Hum... Hum... – ofereceu-lhe um sorriso conquistador. – Eu entrei na equipa. Bryant não.

– O basquetebol é estúpido – de mau humor, Bryant sentou-se numa cadeira. – Prefiro a Nintendo.

Ry acomodou Keenan nas costas, enquanto rodava a bola nas mãos.

– Por acaso, dentro de algumas horas vou jogar. Talvez queiram vir.

– A sério? – os olhos de Allison iluminaram-se ao olhar para Cilla. – Mamã?

– Parece divertido – intrigada, Cilla dirigiu-se para a cozinha. – Vou ajudar Natalie – «e, de passagem, sacar-lhe os detalhes», pensou.

CAPÍTULO 7

O último lugar onde Natalie esperava passar o sábado à tarde era num campo de basquetebol, a ver polícias e bombeiros a jogar. Passou o primeiro quarto de hora a pensar, com o cotovelo sobre o joelho e o queixo apoiado no punho.

Afinal de contas, Ry não lhe falara do jogo, nem a convidara de forma direta. Estava ali devido à sua sobrinha.

Disse a si mesma que não lhe importava. Ele não tinha nenhuma obrigação de a incluir no seu entretenimento pessoal.

«Que porco!»

Ao seu lado, Allison estava no paraíso, a puxar pelos de vermelho, com o entusiasmo de uma fã apaixonada.

– Não é uma maneira assim tão má de passar a tarde – comentou Cilla, por cima do apito do árbitro. – Refiro-me a ver um grupo de homens seminus a suar – o atrevimento brilhou nos seus olhos. – A propósito, o teu é muito atraente.

– Já te disse que não é o meu homem. Só...

– Sim, já mo disseste – com um risinho, Cilla passou um braço pelos ombros de Natalie. – Anima-te, Nat. Se tivesses ido com Boyd e as crianças, para deixar as coisas em casa de Deborah, o teu irmão estaria a interrogar-te neste momento.

– Tens razão – suspirou. – Não me disse que tinha este jogo – murmurou.

– Oh... – Cilla conteve um sorriso e passou a língua pelos dentes. – Sem dúvida, tinha outra coisa em mente. Eh! – levantou-se, juntamente com todos os espetadores, quando um elemento da equipa azul cravou o cotovelo nas costelas de Ry. – Falta! – gritou.

– Ele aguenta – murmurou Natalie, tentando manter a indiferença quando Ry se aproximou da linha de lançamento livre.

– Tem um estômago de ferro – lutou entre o orgulho e o ressentimento.

– Ry é fantástico – elogiou Allison. – Viram os movimentos que faz ao ataque? E o seu salto é tremendo. Já fez três bloqueios.

«Talvez seja bom», concedeu Natalie. Talvez quisesse que ganhasse. Mas isso não significava que se levantasse para o aplaudir.

No terceiro quarto de hora, levantou-se como todos os presentes quando Ry fez um cesto de três pontos, que deu uma vantagem de dois pontos aos Comedores de Fumo sobre os Sabujos.

– Viste aquilo? Limpo, não tocou no aro – deu uma cotovelada a Cilla.

– Faz cestos fantásticos – concordou Cilla. – E tem umas mãos rápidas.

– Sim – Natalie sentiu que uma gargalhada tola se estendia pela sua cara. – A quem o dizes.

Com o coração acelerado, sentou-se no banco. Inclinou-se para a frente, com o olhar cravado no campo. O som de pés a correr ecoava enquanto os homens andavam de um lado para o outro do campo. Os polícias atacaram e os Comedores de Fumo bloquearam-nos. Dois homens acabaram no chão, enquanto os outros se observavam com cara de poucos amigos e o árbitro apitava.

Um contra-ataque. Cotovelos levantados, uma confusão de corpos sob o cesto quando a bola sulcou o ar e ricocheteou. Foram todos atrás dela.

– Vou apagar o teu fogo, Piasecki – gozou um polícia.

Natalie viu que Ry afastava o cabelo suado dos olhos e sorria.

– Não com esse equipamento.

Natalie assobiou os polícias, enquanto comia os amendoins que Cilla lhe oferecia. Continuou a comer como uma alternativa sensata a roer as unhas. Quando se solicitou um desconto de tempo, olhou para o relógio. Restavam menos de seis minutos de jogo e os Sabujos ganhavam por cento e oito contra cento e cinco.

A maioria dos jogadores estava inclinada para a frente e com as mãos apoiadas nos joelhos, enquanto recuperava o fôlego para a batalha final. Ao regressar ao campo, Ry virou-se e cravou o olhar em Natalie. Sorriu-lhe.

– Ena... – murmurou Cilla. – Isso é sério. Poderoso.

– A quem o dizes – soltou o ar contido. Quando isso não a serenou, utilizou o excesso de energia para aplaudir a equipa.

Foi um combate renhido. Os espetadores permaneciam de pé, gritando.

A poucos segundos do apito final, com os Comedores de Fumo um ponto atrás, Natalie mordia os nós dos dedos. Então, viu Ry a mexer-se.

– Oh, sim... – murmurou ao princípio, quase como uma prece. Depois, começou a gritar ao ver que atravessava a linha defensiva da outra equipa, controlando a bola como se estivesse agarrada à mão por um fio invisível.

Bloquearam-no. Tinha uma possibilidade e estava rodeado. O coração de Natalie parou quando o viu a saltar e a atirar a bola, que entrou no cesto.

A multidão enlouqueceu. Natalie virou-se para abraçar Allison e Cilla. O relógio parou e os espetadores invadiram o campo.

Viu Ry antes de ser engolido por aquela maré de corpos. Deixou-se cair no banco, com uma mão sobre o coração.

– Estou exausta – riu-se e secou as palmas húmidas nas calças de ganga. – Tenho de me sentar.

– Que jogo! – Allison não parava de dar saltos. – Foi fantástico, não foi? Viste-o, mamã? Marcou trinta e três pontos!

– Certamente.

– Podemos ir dizer-lho? Podemos descer para lho dizer?

Cilla observou a multidão e olhou para os olhos brilhantes da sua filha.

– Claro. Vens, Natalie?

– Fico aqui. Se conseguirem chegar ao pé dele, digam-lhe que esperarei por ele.

– Está bem. Vais levá-lo esta noite ao jantar na casa de Deb?

– Vou convidá-lo – com cautela, tamborilou com os dedos sobre os joelhos.

– Leva-o! – ordenou Cilla e inclinou-se para beijar a face da cunhada. – Até logo.

A pouco e pouco, o pavilhão esvaziou, enquanto os jogadores iam tomar banho. Satisfeita, Natalie permaneceu sentada. Fora o seu primeiro dia de folga em seis meses e chegou à conclusão de que não fora uma maneira assim tão má de o passar.

E como, na verdade, Ry não a tinha convidado para assistir ao jogo, não tinha nenhuma obrigação. Nenhum dos dois tinha. De forma sensata, nenhum pretendia compromissos, restrições ou romance. Reduzia-se a uma urgência primária, muito intensa e com muitas hipóteses de desvanecer.

Era uma sorte que os dois o entendessem. Certamente, existia algum afeto entre eles. E respeito. Mas não se tratava de uma relação no verdadeiro sentido da palavra. Nenhum deles queria isso. Era apenas uma aventura.

Então, ele entrou no campo. Tinha o cabelo húmido depois do duche. Cravou os olhos nela.

«Meu Deus!» foi a única coisa que lhe ocorreu quando o coração lhe disparou.

– Bom jogo – conseguiu dizer, obrigando-se a levantar-se e a ir ter com ele.

– Teve os seus momentos – inclinou a cabeça. – Sabes, é a primeira vez que te vejo vestida com outra coisa que não seja um dos teus fatos elegantes.

Para disfarçar a onda súbita de nervos que a dominou, inclinou-se e apanhou uma bola.

– As calças de ganga e as camisolas não costumam ser roupas de trabalho.

– Ficam-te bem, Pernas.

– Obrigada – rodou a bola nas mãos, observando-a. – Allison divertiu-se imenso. Foste muito amável ao convidá-la.

– É uma menina encantadora. Todos eles. Sabes, tem a tua boca. E a linha do queixo. Vai ser uma quebra-corações.

– Neste momento, interessa-lhe mais marcar pontos no campo do que com os rapazes – mais relaxada, voltou a levantar o olhar e sorriu. – Tu mesmo marcaste uns quantos.

– Trinta e três – disse. – Mas quem os conta?

– Allison – e também ela. Sem largar a bola, entrou no campo. – Ouvi dizer que esta foi a vossa batalha anual com os Sabujos.

– Sim, jogamos todos os anos. O dinheiro angariado destina-se a obras de caridade. Mas, essencialmente, divertimo-nos.

– Não o mencionaste – com a cabeça baixa, atirou a bola ao chão. – Quer dizer, só quando Allison apareceu.

– Não – observava-a, intrigado. Se não se enganasse, havia um laivo de irritação na sua voz. – Suponho que não.

– Porquê? – virou a cabeça.

«Decididamente, está irritada», concluiu Ry e coçou a face.

– Não pensei que fosse o teu tipo de entretenimento.

– Oh, a sério? – levantou o queixo.

– Eh, não se trata de ópera, nem de balé... – encolheu os ombros e enfiou os polegares nos bolsos. – Nem de um restaurante francês elegante.

– Estás outra vez a chamar-me snobe?

«Vai com cuidado, Piasecki», pensou. Devia haver alguma armadilha.

– Não exatamente. Digamos que não conseguia ver alguém como tu entusiasmado com um jogo de basquetebol.

– Alguém como eu – repetiu. Ofendida, virou-se e atirou a bola ao cesto. Entrou e ricocheteou no parqué. Quando olhou outra vez para Ry, teve a satisfação de o ver boquiaberto. – Alguém como eu – insistiu e foi apanhar a bola. – E o que significa isso, Piasecki?

Ele tirou as mãos dos bolsos mesmo a tempo de apanhar a bola que ela lhe tinha atirado. Passou-lha novamente e arqueou um sobrolho quando Natalie a apanhou.

– Fá-lo outra vez – exigiu ele.

– Está bem – de propósito, colocou-se atrás da linha dos três pontos, preparou o lançamento e fê-lo. O som da bola a entrar no cesto provocou-lhe um sorriso.

– Ena! – daquela vez, foi ele quem a apanhou. Com rapidez, reavaliou a sua oponente. – Estou impressionado, Pernas. Muito impressionado. O que te parece de jogarmos um mano a mano?

– Ótimo! – aceitou.

– Sabes, não consigo...

Rápida como uma serpente, ela roubou-lhe a bola e executou um lançamento perfeito.

– Um ponto a meu favor – afirmou e entregou-lhe a bola.

– És boa.

– Oh, sou mais do que boa! – puxou o cabelo para trás e preparou-se para o bloquear. – Na universidade, fiz parte da equipa estatal, amigo. No último ano, fui a capitã. De onde achas que vem o gosto de Allison?

– Muito bem, tia Nat, vamos jogar.

Ele rodou com a bola e ela bloqueou-o com um movimento fluido. Sabia que devia conter-se. Afinal de contas, não ia atirar uma mulher ao chão, sem importar que estivesse em jogo o seu ego masculino.

Natalie não mostrou a mesma sensibilidade e bloqueou-o com força suficiente para o deixar sem fôlego.

Com o sobrolho franzido, Ry esfregou a zona do peito onde ela lhe acertara com o ombro.

– Isso foi falta!

Ela roubou-lhe a bola e fez um cesto impressionante.

– Não vejo nenhum árbitro.

Ela tinha vantagem e ambos sabiam-no. Além disso, devia reconhecer que Natalie era melhor do que metade dos polícias que enfrentara naquela tarde.

E o que era pior, ela também sabia.

Descobriu que era perigosa, já que tinha a favor a velocidade e afundanços excelentes, aliados a uma grande dose de coragem para compensar a diferença de altura.

Alternaram-se no marcador. Ela arregaçara as mangas da camisola. Saltou ao mesmo tempo que ele e bloqueou-lhe a bola com as pontas dos dedos. E como não mostrava reparo algum em utilizar os talentos de que dispunha, bateu-lhe com o corpo, para depois deslizar por ele.

O sangue de Ry ferveu, tal como fora a intenção de Natalie. Ofegando, agarrou a bola e olhou-a fixamente. Exibia um sorriso presunçoso, tinha o rosto vermelho e o cabelo revolto. Apercebeu-se de que poderia comê-la viva.

Avançou com rapidez, surpreendendo-a. Ela soltou um grito quando a agarrou pela cintura e a pôs sobre o ombro. Natalie ria-se quando ele encestou com a mão livre.

– Isso, sim, foi falta.

– Não vejo nenhum árbitro – desceu-a do ombro, até que ficaram cara a cara, com as pernas dela à volta da sua cintura. Estendeu uma mão e aproximou-lhe a boca da sua.

Natalie perdeu o pouco fôlego que lhe restava. Mergulhou no beijo e exigiu mais.

Com um apetite súbito e voraz, Ry afastou a boca e começou a devorar-lhe o pescoço. Suave, salgado, com a fragrância tentadora e persistente que ela usava. Sentiu que se derretia.

– Há uma arrecadação nas traseiras.

Ela já começara a tirar-lhe a camisa. Respirava de forma entrecortada.

– Então, porque continuamos aqui?

– Boa pergunta.

Levando-a agarrada à cintura, enquanto ela lhe fazia coisas incríveis na orelha com os dentes, atravessou as portas de correr e avançou por um corredor estreito. Desesperado por a possuir, abriu a arrecadação. Depois de trancar a porta, ficaram encerrados num quarto minúsculo cheio de equipamento desportivo e que cheirava a suor.

Sentou-se num banco de exercícios, com Natalie sobre o colo.

– Sinto-me como um adolescente – murmurou, abrindo o botão das calças de ganga dela. Tinha a pele quente, húmida e trémula.

– Eu também – sentia o coração acelerado. – Oh, meu Deus, desejo-te... Despacha-te.

Umas mãos frenéticas arrancaram-lhe a roupa. Não havia tempo para a delicadeza. Só para o ardor. As mãos de Ry procuraram o seu pescoço, os seus seios, as suas ancas, excitando-a, atormentando-a. Nada nem ninguém importava, salvo ele e aquele fogo selvagem e incendiário que provocavam quando estavam juntos.

Ela queria que fosse mais quente, mais alto, mais rápido.

Com um som felino que fez vibrar o sangue de Ry, Natalie sentou-se sobre ele. O coração dele pareceu parar quando arqueou as costas para trás, com os olhos fechados. Então, Natalie voltou a abrir os olhos e olhou para ele.

Começou a mexer-se depressa e com agilidade. Ry deixou que o fogo se apoderasse dos dois.

– Nunca tinha feito algo parecido – sem forças, Natalie voltou a vestir-se. – Nunca.

– Não era precisamente o modo como o tinha planeado – desconcertado, Ry alisou o cabelo.

– Somos piores do que os adolescentes – esticou a camisola, com um suspiro. – Foi fabuloso.

– Sim – sorriu e, imediatamente a seguir, ficou sério. – Tu és.

– É melhor pararmos de tentar a sorte e irmo-nos embora – também sorriu. – Além disso, tenho de ir a casa para mudar de roupa – encontrou um dos seus brincos no chão. – Esta noite, há um jantar na casa dos Guthrie.

– Eu levo-te a casa – ficou fascinado pelo simples ato feminino de colocar o brinco.

– Agradeço-te – incomodada, virou-se para abrir a porta. –

Estás convidado para o jantar. Sei que Boyd quer ter a oportunidade de falar contigo... sobre os incêndios.

– Como é a comida? – fechou a mão sobre a dela antes que pudesse abrir a porta.

– Fabulosa – replicou, com um sorriso.

Ry descobriu que ela não o enganara sobre a comida. Costeletas de borrego, espargos frescos e batatas-doces, tudo acompanhado com um vinho branco francês.

Sabia que Gage Guthrie tinha dinheiro. Mas nada o preparara para a mansão de estilo gótico, com as suas torres e terraços. Vista de fora, parecia um castelo.

Se não fossem as pessoas que a habitava, poderia irradiar uma atmosfera de museu.

Gostou imediatamente de Deborah. Ouvira dizer que era uma promotora pública dura e tenaz. Tinha um aspeto mais suave e vulnerável do que a irmã, embora a sua fama no tribunal fosse formidável.

Era óbvio que o seu marido a adorava, tal como acontecia com Boyd e Cilla. Ry calculou que deviam estar juntos há mais ou menos uma década, mas a faísca continuava viva. E os seus filhos eram fantásticos. Sempre tivera um fraco por crianças. Ficou comovido com o embevecimento pré-adolescente que Allison lhe dedicava e gratificou-a, analisando com ela os momentos importantes do jogo. E o jantar foi tão pacífico como poderia ser.

– Andas num carro dos bombeiros? – quis saber Keenan.

– Dantes, costumava fazê-lo – informou Ry.

– E porque deixaste de o fazer?

– Já te disse – interveio Bryant, exibindo uma expressão de desdém que só um irmão reconhece e compreende. – Agora, persegue os maus, como o papá, mas estes maus dedicam-se a provocar incêndios, não é?

– É.

– Eu preferia andar num carro dos bombeiros – com uma jogada ardilosa para evitar os espargos do seu prato, Keenan desceu da cadeira e foi sentar-se no colo de Ry.

– Keenan – disse Cilla, – Ry está a tentar comer.

– Não faz mal – acomodou o menino sobre um joelho. – Nunca andaste num?

– Não – sorriu, com expressão cativante. – Posso andar?

– Se os teus pais deixarem, amanhã podes ir ao quartel dar uma olhadela.

– Boa! – Bryant colou-se imediatamente ao convite. – Podemos ir, papá?

– Não vejo porque não.

– A tia Nat sabe onde é – acrescentou Ry, enquanto Keenan saltava de alegria no seu joelho. – Se forem por volta das dez horas, mostrar-vos-ei tudo.

– Parece-me fantástico – disse Cilla. – E se quiserem chegar a tempo, parece-me que está na hora de irem para a cama – o protesto poderia ter sido mais veemente se não fosse pelo dia cansativo que as crianças tinham tido. Cilla abanou a cabeça e olhou para Boyd. – Capitão?

– Está bem – levantou-se e colocou Bryant sobre o ombro, provocando-lhe uma gargalhada. – Vamos.

– Eu ajudo-te – Natalie levantou Keenan do colo de Ry. – Diz-lhe «boa noite», amigo.

– Boa noite, amigo – repetiu, esfregando o nariz contra o pescoço dela. – Cheiras tão bem como Thea, tia Nat.

– Obrigada, querido.

– Vais contar-me uma história?

– Chantagista... – riu-se, enquanto o levava.

– É uma bela família – comentou Ry.

– Nós gostamos – Deborah sorriu-lhe. – Ofereceste-lhes uma coisa pela qual vão ficar muito ansiosos à espera.

– Não é nada. O pessoal do quartel adora exibir-se diante das crianças. O jantar estava ótimo.

– Frank é um entre um milhão – concordou Deb. – É um antigo carteirista – fechou a mão sobre a de Gage. – Agora, emprega aqueles dedos ágeis para criar milagres gastronómicos. Porque não bebemos o café na sala? Eu vou ajudar Frank.

– Que bela casa... – disse Ry, quando Gage e ele abandonaram a sala de jantar e dirigiram-se para a sala. – Nunca te perdes?

– Tenho um bom sentido de orientação.

Na sala, o lume ardia na lareira, as luzes estavam baixas e eram acolhedoras.

– Foste polícia, não foste?

– Sim – esticou-se numa poltrona. – O meu colega e eu estávamos a tentar desmontar uma rede e correu mal. Muito mal

– ainda lhe doía, mas as feridas já tinham sarado. – Ele acabou morto e a mim faltou-me pouco. Quando recuperei os sentidos, não quis voltar a usar um distintivo.

– Difícil – Ry sabia que fora muito mais do que isso. Se não recordasse mal a história, Gage tinha estado meses em coma. – De modo que te dedicaste ao negócio da família.

– Pode dizer-se assim. Temos uma coisa em comum. Tu também estás no negócio da família.

– Poderia qualificar-se desse modo – olhou para ele nos olhos.

– Eu investiguei-te. Natalie é importante para Deborah e para mim. Posso adiantar-te que Boyd vai perguntar-te se é importante para ti – levantou o olhar quando Boyd entrou. – Foste rápido.

– Vi a minha oportunidade e não a desperdicei – sentou-se e cruzou as pernas à altura dos tornozelos. – Então, Piasecki, o que há entre ti e a minha irmã?

Ry chegou à conclusão de que já tinha sido bastante cortês e tirou um cigarro do maço. Acendeu-o e colocou o fósforo num cinzeiro de vidro.

– Eu diria que quem consegue chegar a capitão da polícia já deveria tê-lo deduzido.

Gage tossiu para conter o riso e Boyd semicerrou os olhos.

– Natalie não é uma pessoa descartável – disse, com cautela.

– Sei o que é – replicou Ry. – E também o que não é. Se quiser interrogar alguém a respeito do que há entre nós, capitão, é melhor que comece por ela.

– Parece-me justo – assentiu, depois de pensar. – Faz-me um resumo da investigação dos incêndios.

Decidiu que podia fazê-lo. Relatou os factos, os passos que tinha dado e as conclusões a que chegara, respondendo às perguntas diretas de Boyd com igual brevidade.

– Aposto em Clarence – concluiu. – Conheço o sistema que usa e como funciona a sua mente perturbada. E apanhá-lo-ei – disse, expelindo o fumo. – É uma promessa.

– Entretanto, Natalie precisa de ser protegida – Boyd apertou os lábios. – Eu encarregar-me-ei disso.

– Já o fiz – Ry apagou o cigarro.

– Falava de segurança pessoal. Alheia à Polícia.

– Eu também. Não deixarei que nada lhe aconteça – continuou, enquanto Boyd o observava. – É outra promessa.

– Achas realmente que te ouvirá? – perguntou Boyd.

– Sim. Não terá outra alternativa.

– Afinal, talvez goste de si, inspetor.

– Muito bem, vamos fazer um intervalo – ordenou Deborah ao entrar com uma bandeja, com uma cafeteira enorme de prata e chávenas de porcelana. – Sei que falavam de trabalho.

Gage levantou-se para lhe tirar a bandeja e dar-lhe um beijo.

– Estás zangada porque não ouviste.

– Exato!

– Jacoby – disse Boyd. – Clarence Robert. Diz-te alguma coisa?

Ela franziu o sobrolho enquanto servia o café.

– Jacoby. Também conhecido como Jack Jacoby? – deu uma chávena a Boyd e outra a Ry. – Há alguns anos, puseram-no sob fiança por uma acusação de fogo posto.

– Eu gosto da tua mulher – disse Ry a Gage. – Não há nada como uma mente perspicaz numa embalagem de primeira.

– Obrigado – Gage serviu-se de uma chávena. – Penso o mesmo com frequência.

– Jacoby – repetiu Deborah. – Achas que é ele?

– Sim.

– Arranjarei o seu cadastro – olhou para o seu marido. Os computadores da sala secreta de Gage podiam aceder a tudo o que houvesse sobre Jacoby. – Não tenho a certeza de quem conduziu o caso, mas descobri-lo-ei na segunda-feira e encarregar-me-ei de que recebas toda a informação de que dispusermos.

– Agradecia-te.

– Como conseguiu pagar a fiança? – quis saber Boyd.

– Só saberei quando vir o cadastro – indicou Deborah.

– Eu posso falar-te dele – Ry bebeu o café, atento ao possível regresso de Natalie. Não tinha a certeza se gostaria que se falasse da situação na sua ausência. – O seu interesse concentra-se em edifícios vazios, armazéns e apartamentos embargados. Às vezes, os proprietários contratam-no para receberem o seguro, outras vezes, fá-lo por prazer. Só o julgámos duas vezes e houve uma condenação. Em nenhuma das vezes houve perdas humanas. Clarence não queima pessoas, só coisas.

– E, agora, anda solto – comentou Boyd, aborrecido.

– Por enquanto – concordou Ry. – Estamos prontos para o

apanhar – pegou outra vez na chávena quando ouviu Natalie e Cilla a rirem-se no corredor.

– Tens o coração muito mole, Nat.

– É o meu dever e o meu privilégio mimá-los.

Entraram juntas. Cilla dirigiu-se imediatamente para Boyd e deixou-se cair no seu colo.

– Deram-lhe a volta.

– Não é verdade – Natalie serviu-se de café e riu-se. – Não exatamente – sorriu a Ry, antes de sentar ao seu lado. – Então – começou, – já acabaram de falar da minha vida pessoal e profissional?

– Uma mente perspicaz – comentou ele, – numa embalagem de primeira.

Mais tarde, enquanto se afastavam da mansão Guthrie, Natalie observou o perfil de Ry.

– Deveria desculpar-me por Boyd?

– Não me atacou – encolheu os ombros. – Não faz mal. Tenho duas irmãs e sei como é.

– Oh... – franziu o sobrolho e olhou pela janela. – Não sabia que tinhas irmãos.

– Sou polaco e irlandês, consideravas-me filho único? – sorriu-lhe. – Duas irmãs mais velhas, uma vive em Columbus e a outra, em Baltimore. E um irmão mais novo do que eu, que reside em Phoenix.

– São quatro – murmurou.

– Até chegar aos sobrinhos. Da última vez, eram oito, mas o meu irmão está à espera de outro.

– Tu foste o único que ficou em Urbana.

– Sim, todos quiseram ir-se embora. Eu não – virou para a rua onde ela vivia e diminuiu a velocidade. – Vou ficar aqui esta noite, Natalie?

Ela voltou a olhar para ele. Questionou-se como podia ser-lhe tão desconhecido e precisar tanto dele ao mesmo tempo.

– Quero que o faças – replicou. – Desejo-te.

CAPÍTULO 8

– Posso descer pelo poste, senhor Pisessy? Por favor, posso?

Ry sorriu pelo modo como Keenan massacrara o seu nome e virou o boné de basebol do menino, para que a pala ficasse para trás.

– Chama-me Ry. E é claro que podes fazê-lo. Espera – rindo-se, agarrou Keenan pela cintura, antes que o menino pudesse saltar para o poste. – Não és de rodeios, pois não?

– Não – Keenan virou a cabeça e sorriu.

– Vamos fazê-lo assim – com a criança firmemente presa contra a sua anca, Ry estendeu a mão para o poste. – Pronto?

– Vamos!

Com um movimento fluido, Ry saltou. Keenan não parou de se rir durante a descida.

– Outra vez! – gritou. – Outra vez!

– O teu irmão quer experimentar – Ry levantou o olhar e viu a cara ansiosa e ofegante pela abertura. – Vá, Bryant, desce.

– Está claro que tem jeito para ser pai – murmurou Cilla, enquanto observava o seu filho a descer.

– Cala-te, Cilla – Natalie enfiou as mãos nos bolsos do casaco. Ela também estava desejosa de experimentar.

– Foi só uma observação. É assim mesmo, Allison! – acrescentou, animando a menina quando chegou com ligeireza ao chão. – Está a fazer com que as crianças se divirtam imenso.

– Eu sei. É muito doce da sua parte – sorriu quando Ry cedeu à vontade de Keenan de repetir. – Não sabia que podia ser doce.

– Ah, tem qualidades escondidas! – Cilla olhou para onde Boyd conversava com dois bombeiros. – Com frequência, são as mais atraentes num homem. Em particular, quando está louco por ti.

– Não está – surpreendeu-se ao sentir que corava. – Só... estamos a desfrutar um do outro.

– Sim, claro – com o reflexo que dava a prática, Cilla agachou-se para agarrar o seu filho mais novo quando ele saltou na direção dela.

– Olha, mamã! É um capacete de bombeiro a sério – o capacete que Ry lhe tinha dado escorregou pela sua cara. – E Ry disse que agora podemos ir sentar-nos num carro – depois de se contorcer para descer dos braços da mãe, gritou aos seus irmãos: – Vamos!

Acompanhados por dois bombeiros, as crianças foram inspecionar um dos veículos. Boyd fez sinal a Cilla para que esperasse e desapareceu escada acima com Ry.

– Bom – encolheu os ombros, – esqueceram-se das mulheres. Vão falar de coisas oficiais.

– Eu gostaria que Boyd não se preocupasse tanto. Não há nada que ele possa fazer.

– Os irmãos mais velhos são programados para se preocuparem – passou um braço pelo ombro de Natalie. – Mas, se isso te ajudar, sente-se bastante menos preocupado desde que conheceu Ry.

– Suponho que já seja alguma coisa – relaxada outra vez, foi com a Cilla para a parte traseira do veículo. – Como está Althea? Da última vez que falei com ela, disse que estava tão grande como duas casas e chateada por desempenhar trabalho de escritório no posto de polícia.

– É a futura mamã mais sexy que já conheci. Desde que Boyd e Colt se uniram contra ela, está de licença de maternidade. Há algumas semanas fui vê-la e surpreendi-a a bordar.

– A bordar? – Natalie riu-se. – Althea?

– É engraçado o que o casamento e a família conseguem.

– Sim – o sorriso de Natalie esfumou-se. – Suponho que seja verdade.

No andar de cima, Boyd franzia o sobrolho enquanto lia o relatório de Ry.

– Porquê no escritório? – perguntou. – Porque não iniciou o incêndio no rés-do-chão? Dessa maneira, poderia ter causado mais danos em menos tempo.

– A montra poderia tê-lo denunciado. Imagino que o armazém fosse mais lógico se a sua intenção fosse queimar a loja toda. É um espaço fechado, cheio de material e de caixas – pousou a chávena de café. – Acho que estava a seguir instruções. Clarence é muito bom a fazê-lo.

– Instruções de quem?

– A questão é essa – empurrou a poltrona e apoiou os pés na secretária. – Tenho dois incêndios provocados que, sem dúvida, estão relacionados. O alvo de ambos foi uma única empresa e parece-me que foram iniciados pela mesma pessoa.

– De modo que está ao serviço de alguém – Boyd pousou o relatório. – Um rival?

– Estamos a investigá-lo.

– Mas é pouco provável que um rival conseguisse dar acesso a Clarence aos dois sítios. Não encontraram sinal algum de que tivesse forçado a entrada.

– É verdade – acendeu um cigarro. – O que nos leva à empresa de Natalie.

– Não posso dizer que conheça a sua gente – levantou-se para caminhar pelo escritório, – e menos ainda deste novo projeto. Eu não me ocupo dos negócios Fletcher, a menos que não tenha outra saída – naquele momento, lamentou-o, porque, se estivesse mais familiarizado com os procedimentos e o pessoal, poderia ser de mais ajuda à sua irmã. – Mas posso obter muita informação através dos meus pais, em particular sobre os altos executivos.

– Não seria mau. O facto de só terem existido danos superficiais no último incêndio leva-me a concluir que haverá outro. Se Clarence seguir o seu padrão, atacá-la-á nos próximos dez dias – afastou os papéis. – Estaremos à espera dele.

Boyd avaliou o homem. Duro, inteligente, mas, tal como sabia por experiência pessoal, o trabalho podia complicar-se quando o responsável pela investigação se relacionava pessoalmente com o alvo.

– E, enquanto esperas, manterás Natalie afastada.

– É a ideia.

– E, enquanto fazes isso, serás capaz de afastar a mulher com quem estás envolvido do caso que tentas resolver.

Ry arqueou um sobrolho. Isso representaria um desafio e a dificuldade que implicava não parava de rondar pela sua cabeça.

O problema era que não estava disposto a deixar a mulher, nem o caso.

– Sei o que é preciso fazer, capitão.

Boyd assentiu e apoiou as mãos na mesa.

– Vou confiar em ti em relação a ela, Piasecki, em todos os sentidos. Se for ferida, em qualquer sentido, virei atrás de ti.

– Parece-me justo.

Uma hora mais tarde, Natalie estava à frente do quartel, a despedir-se com a mão.

– Foi um grande sucesso, inspetor.

– Eh, um carro de bombeiros vermelho e reluzente, um poste... Como podia falhar?

– Obrigada – rindo, rodeou-lhe o pescoço e deu-lhe um beijo suave.

– Por...?

– Pores seres tão amável com a minha família.

– Não foi nenhum esforço. Eu gosto de crianças.

– Notou-se. E... – voltou-o a beijá-lo – ... isto é por tranquilizares Boyd.

– Eu não iria tão longe. Ainda tem a ideia de me dar um murro se errar com a sua irmã mais nova.

– Bom, então... – olhou para ele, – é melhor que tenhas cuidado, porque o meu irmão mais velho é duro.

– Não é preciso que mo digas – fê-la virar-se para as portas do quartel. – Sobe comigo. Preciso de ir buscar algumas coisas.

– Está bem – quando subiam os degraus, começou a tocar o alarme – Oh... – o som de pés a correr ecoou debaixo deles. – Lamento que as crianças tenham perdido isto – então, parou. – É terrível pensar que um incêndio possa ser uma diversão.

– É uma reação natural. Sinos, apitos, homens com uniformes vistosos. É um espetáculo.

Dirigiram-se para o escritório dele e Natalie esperou enquanto pegava em alguns papéis.

– Nunca salvam gatos das árvores?

– Sim. E uma vez tive de tirar uma iguana de uma sarjeta.

– Estás a brincar!

– Eh, nunca brincamos sobre os resgates! – levantou o olhar e sorriu, sem conseguir tirar-lhe os olhos de cima.

– O que foi? – mexeu-se com timidez sob o seu escrutínio. – Keenan deixou-me alguma coisa na cara?

– Não. Estás fantástica, Pernas. Queres ir a algum sítio?

– A algum sítio? – a ideia desconcertou-a. Para além do desafio do primeiro jantar, na verdade, não tinham ido juntos a lado nenhum.

– Ao cinema ou... – supôs que conseguiria aguentá-lo – a um museu ou algo parecido.

– Eu... Sim, seria agradável – pensou que não deveria ser assim tão incómodo planear uma simples saída com alguém com quem ia para a cama.

– O quê?

– O que quiseres.

– Está bem – guardou os papéis numa pasta velha. – Deve haver algum jornal lá em baixo. Vamos dar uma olhadela.

– Ótimo – ao começar a andar, Natalie olhou primeiro para a escada e depois, para o poste. Respirou fundo e rendeu-se. – Ry?

– Sim.

– Posso descer pelo poste?

– Queres descer pelo poste? – parou e observou-a.

– Tenho de o fazer – sorriu e encolheu os ombros. – Está a deixar-me louca.

– A sério? – com um sorriso, apoiou uma mão no seu ombro e fê-la virar-se. – Está bem, tia Nat. Eu descerei primeiro, caso fiques nervosa.

– Não creio – disse. – Fica sabendo que já fiz alpinismo dúzias de vezes.

– Agarra-te bem. Salta e, ao desceres, rodeia o poste com as pernas.

Mostrou-lho com um movimento rápido e fluido. Com o sobrolho franzido, ela inclinou-se para a frente e contemplou-o de cima.

– Tu não rodeaste o poste com as pernas.

– Não preciso – replicou. – Sou um profissional. Anda e não te preocupes... Eu apanho-te.

– Não preciso – ofendida, puxou o cabelo para trás. Agarrou-se com firmeza ao poste de latão e desceu com agilidade.

Demorou apenas alguns segundos. O seu coração mal tinha

disposto de tempo para estabilizar quando pousou os pés no chão. Rindo-se, levantou o olhar.

– Vês? Não precisava... – gritou quando ele lhe pegou ao colo. – O que foi?

– Tens uma habilidade inata – sorriu ao descer a boca para a beijar. «E uma surpresa constante para mim», pensou.

– Poderia repeti-lo – inclinou a cabeça ao rodear-lhe o pescoço com os braços.

– Se o fizeres com um cinto de ligas vermelho, uns sapatos de salto alto daqueles de que tanto gostas e me deixares tirar-te uma fotografia, os rapazes agradecer-te-ão.

– Acho que prefiro dar um donativo em dinheiro ao quartel.

– Não é a mesma coisa.

– Inspetor? – a secretária espreitou por uma porta. Sorriu devagar ao ver a mulher nos braços de Ry. – Suspeita de fogo posto no número doze de East Newberry. Querem que vá lá.

– Diz-lhes que vou já – deixou Natalie no chão. – Desculpa.

– Não faz mal. Sei como são estas coisas – repreendeu-se, pensando que a sua desilusão era desproporcionada. – De qualquer modo, tenho de tratar de alguns papéis. Vou de táxi.

– Eu levo-te a casa – disse Ry. – Fica no caminho – conduziu-a para o banco onde Natalie deixara o casaco. – Vais ficar no teu apartamento?

– Sim. Tenho de ler alguns relatórios.

– Eu telefono-te depois.

– Está bem – disse por cima do ombro, enquanto ele a ajudava a vestir o casaco.

Fê-la virar-se e deu-lhe um último beijo.

– Vou ter contigo quando acabar.

– Melhor ainda – tentou recuperar o fôlego.

A meio da semana, Natalie descobrira que, pela primeira vez desde que tinha memória, tinha a sua agenda em atraso. Há dias que não dedicava uma noite ao trabalho.

Era-lhe impossível, já que Ry e ela passavam todos os momentos livres juntos. Todas as noites, encontravam-se no seu apartamento e pediam o jantar, o qual na maioria das vezes tinham de reaquecer, depois de se terem deliciado um com o outro.

Deixava de pensar no trabalho assim que Ry entrava e até ir para o escritório na manhã seguinte.

Só pensava nele.

«Estou enfeitiçada», reconheceu ao olhar pela janela do seu escritório. «Fascinada com o homem e com o que acontece cada vez que estamos nos braços um do outro.»

Sabia que era uma loucura. Mas era tão maravilhosa que não parecia importar. E podia justificá-la, já que não tinha faltado a nenhuma reunião de trabalho.

Depois de receber carta-branca de Ry, autorizara a equipa de limpeza a voltar a decorar a loja principal. O inventário estava quase todo no seu lugar e a montra acabada.

Só faltavam alguns dias para que tivesse lugar a grande inauguração nacional e não tinha havido mais incidentes. Era assim que gostava de recordar os incêndios. Como incidentes.

Certamente, deveria estar a fazer planos para ir visitar todas as lojas nos dez dias seguintes. Mas a ideia de viajar era-lhe incómoda, deprimente, solitária.

Poderia delegá-lo em Melvin ou em Donald. Nem sequer seria estranho. Mas não era o seu estilo delegar o que ela mesma podia fazer.

Pensou que, se as coisas acalmassem, Ry poderia pedir alguns dias de férias para a acompanhar. Seria maravilhoso ter a companhia dele numa viagem rápida de negócios. Poderia adiá-la até à inauguração, em vez de ir antes, e então...

Virou as costas à janela e atendeu o intercomunicador.

– Sim, Maureen.

– A menina Marks quer vê-la, menina Fletcher.

– Obrigada. Diz-lhe que entre – com um esforço, afastou os pensamentos pessoais para um canto da sua mente e deu as boas-vindas à sua contabilista.

– Deirdre, senta-te.

– Peço desculpa por estar tão atrasada – afastou o cabelo da cara com um sopro, antes de deixar uma pilha de pastas sobre a mesa de Natalie. – Cada vez que nos viramos, o sistema bloqueia.

– Já chamaste o técnico informático? – franziu o sobrolho e pegou na primeira pasta.

– Praticamente, vive no meu colo – sentou-se e cruzou as

pernas. – Arranja-o, continuamos e volta a bloquear. Acredita em mim, fazer contas tornou-se um desafio.

– Ainda temos tempo antes de fecharmos o trimestre. Esta tarde, telefonarei à equipa informática. Se o seu equipamento é instável, têm de o substituir imediatamente.

– Boa sorte! – comentou Deirdre, com secura. – A boa notícia é que conseguia fazer um gráfico com as primeiras vendas do catálogo. Acho que os resultados te agradarão.

– Hum... – começou a folhear as pastas. – Felizmente, os incêndios não destruíram os registos.

– Da forma como está o sistema, suaria tinta sem as cópias que tínhamos.

– Bom, relaxa. Eu tenho cópias das cópias, assim como discos com cópias de segurança, tudo bem guardado. Esperava levar a cabo uma auditoria nos meados de março – viu a expressão de Deirdre antes que pudesse disfarçá-la. – Mas – acrescentou, recostando-se, – se continuarmos com estes problemas informáticos, teremos de a adiar até ao fecho do ano fiscal.

– Bom, voltemos ao que nos ocupa neste momento. O projeto continua dentro dos limites calculados. Um pouco justo de tempo, mas vamos conseguir. Com o pagamento do seguro, conseguiremos compensá-lo.

Natalie assentiu e obrigou-se a concentrar-se nos orçamentos e nas percentagens.

Algumas horas mais tarde, num hotel velho da cidade, Clarence Jacoby acendia fósforos na cama. Tinha as mãos gordinhas, suaves como as de uma menina. Cada vez que acendia um fósforo e observava a chama a arder, esperava até que o calor beijasse as pontas dos seus dedos antes de o apagar.

O cinzeiro estava a transbordar de fósforos queimados. Era capaz de se entreter daquela maneira durante horas.

Quase todas as noites, pensava em incendiar o hotel. Seria entusiasmante iniciar o incêndio no seu próprio quarto, observar como aumentava e se propagava. Mas não estaria sozinho e isso travava-o.

As pessoas importavam-lhe pouco, tal como as suas vidas. Simplesmente, preferia estar sozinho com os seus incêndios.

Aprendera a não ficar durante muito tempo depois de os iniciar. As cicatrizes que tinha no pescoço e no peito eram lembranças diárias da ferocidade que o dragão podia adquirir, inclusive com alguém que o amava.

De modo que se contentava com iniciar o incêndio e ter um período infelizmente curto com o seu calor antes de partir.

Seis meses antes, em Detroit, tinha incendiado um armazém abandonado que o proprietário já não precisava ou queria. Era o tipo de favores, rentáveis em todos os sentidos, de que Clarence gostava. Ficara a vê-lo a arder do exterior do edifício e sumido nas sombras. Mas tinham estado prestes a apanhá-lo. Os agentes da polícia e os inspetores dos bombeiros estudavam a multidão à procura de uma cara como a sua. Uma cara adoradora, feliz.

Com um risinho, acendeu outro fósforo. Mas conseguira escapulir-se. E tinha aprendido outra lição. Não era inteligente ficar a ver. Não precisava. Havia tantos incêndios, tantas conflagrações ferozes e bonitas que viviam na sua mente e no seu coração, que não precisava de ficar.

Só tinha de fechar os olhos para as ver. Para as sentir. Para as cheirar.

Estava a cantarolar quando o telefone tocou. O seu rosto redondo e infantil mostrou alvoroço ao ouvir o som. Só uma pessoa tinha o número daquele quarto. E essa pessoa só teria um motivo para lhe telefonar.

Soube que estava na hora de voltar a libertar o dragão.

Diante da sua mesa, Ry analisava os relatórios do laboratório. Eram quase sete horas e já estava escuro no exterior. Tinha uma chávena de café ao lado.

Precisava de parar. Reconhecia o processo lento de bloqueio da sua mente e do seu corpo. De um modo ou de outro, nas últimas semanas tinha adquirido um hábito do qual começava a depender.

Começava a habituar-se a acabar o dia em direção ao apartamento de Natalie. Inclusive já dispunha de uma chave, entregue e recebida sem muita cerimónia. Como se nenhum deles quisesse reconhecer o que representava.

Então, comiam, conversavam ou talvez vissem um filme antigo na televisão, algo que tinham descoberto por acaso que adoravam.

Pensou que a maior parte do que tinham descoberto um sobre o outro fora por acaso. Ou por observação.

Sabia que adorava tomar um banho de espuma à noite, com a água muito quente e um copo de vinho branco fresco na beira da banheira. Tirava os sapatos ao entrar em casa e guardava cada coisa no seu sítio.

Dormia com lençóis de seda e tirava as mantas. O despertador tocava às sete horas em ponto todas as manhãs e, se não fosse rápido a agarrá-la, segundos depois já se levantara da cama.

Tinha um fraco por gelado de morango e por música dos anos quarenta.

Era leal, inteligente e forte.

E estava apaixonado por ela.

Recostando-se na poltrona, fechou os olhos. Concluiu que era um problema. Um problema seu. Tinham feito um acordo tácito e ele sabia-o: nada de laços sérios.

Ele não os queria. Deus sabia que não podia permitir-se tê-los com Natalie.

Eram opostos em todos os sentidos. As necessidades físicas que os tinham unido, sem importar quão intensas fossem, não podiam ignorar tudo o resto. Não a longo prazo.

Faria o mais inteligente, o correto, e encarregar-se-ia da sua segurança até que passasse a ameaça dos incêndios. E aí acabaria tudo. Era assim que tinha de ser.

E para que ambos se poupassem a uma cena desagradável, começaria a afastar-se a pouco e pouco. A partir daquele momento.

Levantou-se e pegou no casaco. Naquela noite, não iria para a sua casa. Olhou com expressão culpada para o telefone, pensando em telefonar-lhe para lhe dar alguma desculpa.

Soltou um palavrão e apagou a luz. Recordou a si mesmo que não era seu marido.

Nunca seria.

Dominado por uma sensação insistente de inquietação, conduziu até à fábrica de Natalie. Desde que saíra do quartel, não parara de andar de um lado para o outro de carro.

Já passava das dez horas da noite. Não havia lua, nem soprava vento.

Curvado sobre o volante, tentou não pensar nela.

Mas a única coisa que fez foi pensar nela.

O mais provável era que Natalie estivesse a perguntar-se por onde andaria. Assumiria que tinha recebido uma chamada. Esperá-lo-ia. A culpa voltou a consumi-lo. Era o sentimento de que menos gostava. Não era correto ser desconsiderado, preocupá-la porque se assustara.

E talvez não a amasse. Talvez fosse apenas um capricho. Um homem podia ficar encantado com uma mulher sem querer cortar os pulsos quando ela se ia embora. «Não era?»

Aborrecido, estendeu a mão para o telefone do carro. O mínimo que podia fazer era telefonar-lhe a dizer-lhe que estava ocupado. Garantiu a si mesmo que aquilo não era justificar-se. Era apenas ser educado.

Desde quando é que as boas maneiras o preocupavam?

Com um palavrão, começou a marcar o número.

Mas a inquietação regressou com mais intensidade. Devagar, escrutinando a escuridão, desligou. Ouvira alguma coisa? Uma olhadela ao relógio indicou-lhe que a patrulha que lhe atribuíra faria a ronda dentro de dez minutos.

Decidiu que até então não faria nenhum mal fazer uma inspeção a pé.

Abriu a porta e saiu do veículo. Só ouvia o som do trânsito a dois quarteirões de distância. Com cautela, tirou a lanterna do carro, mas não a acendeu. Tinha os olhos bastante habituados à escuridão.

O instinto impulsionou-o a dirigir-se em silêncio para as traseiras.

Daria uma volta e verificaria cada porta e cada janela do rés-do-chão.

Voltou a ouvir barulho, algo parecido com o som de passos sobre o cascalho. Mudou a lanterna de mão, segurando-a como uma arma ao aproximar-se. Tenso, pronto, avançou entre as sombras. Soube que, se se tratasse do segurança, lhe pregaria o susto da sua vida. Caso contrário...

Um risinho. Leve e feliz. O chiar de uma porta de metal.

Acendeu a lanterna e iluminou Clarence Jacoby.

– Como estás, Clarence? – sorriu, enquanto o outro pestanejava devido à lanterna. – Estava à tua espera.

– Quem é? – a voz de Clarence aumentou de tom. – Quem é?

– Eh, sinto-me ofendido! – desceu o feixe luminoso da cara de Clarence e aproximou-se. – Não reconheces um velho amigo?

Com os olhos semicerrados, Jacoby descortinou o homem nas sombras. Imediatamente, a sua expressão desconcertada exibiu um sorriso amplo.

– Piasecki. Eh, Ry Piasecki! Como estás? Agora, és inspetor, não és? Foi o que ouvi dizer.

– Correto. Andei à tua procura, Clarence.

– Sim? – com timidez, desceu a cabeça. – Mas porquê?

– Apaguei o pequeno incêndio que provocaste há umas noites. Deves estar a perder o jeito, Clarence.

– Eh... – sem deixar de sorrir, levantou os braços. – Não sei nada sobre isso. Lembras-te de quando nos queimámos, Piasecki? Foi uma noite infernal, não foi? Aquele dragão era grande. Esteve prestes a devorar-nos.

– Lembro-me.

– E também te pregou um belo susto – Clarence humedeceu os lábios. – Ouvi as enfermeiras a falarem de pesadelos.

– Tive alguns.

– E já não combates o fogo, pois não? Já não queres matar o dragão, pois não?

– Prefiro esmagar animais pequenos como tu – desceu a lanterna para as latas de gasolina que havia junto dos pés do outro. – O que me dizes, Clarence? Vejo que continuas a usar gasolina.

– Não fiz nada – virou-se para entrar na escuridão.

Quando Ry estava a ir atrás dele, Clarence recuou bruscamente. Aturdido, Ry observou os braços cobertos de preto que pareciam sair da parede do edifício a fecharem-se à volta do pescoço de Clarence.

– Acho que o inspetor ainda não tinha acabado de falar contigo, Clarence – ao olhar para Ry, Némesis manteve um braço à volta do pescoço do homem. – Pois não, inspetor?

– Não – Ry soltou o ar contido. – Obrigado.

– Foi um prazer.

– É um fantasma. Um fantasma apanhou-me – Clarence revirou os olhos e desmaiou.

– Imagino que conseguisse apanhá-lo sozinho – Némesis entregou o corpo lasso a Ry e esperou até ele o colocar sobre um ombro.

– De qualquer modo, agradeço-lhe.

– Gosto do seu estilo, inspetor – apareceram um sorriso e uns dentes muito brancos.

– Igualmente. Pode explicar-me esse truque de sair da parede? – começou, mas, antes de acabar a frase, soube que falava com a parede. – Não é mau – murmurou, abanando a cabeça, enquanto levava Clarence para o carro. – Nada mau.

O telefone acordou Natalie, que tinha adormecido no sofá. Atordoada, atendeu-o, enquanto tentava ver as horas no relógio.

– Sim?

– Fala Ry.

– Oh... – esfregou os olhos. – Já passa da uma hora. Estava...

– Lamento acordar-te.

– Não, não é isso. O que se passa...

– Apanhámo-lo.

– Quem? – a irritação por ainda não lhe ter permitido acabar uma frase agudizou a sua voz.

– Clarence. Apanhei-o esta noite. Pensei que quisesses sabê-lo.

– Sim, certamente – a sua mente parecia um redemoinho. – É maravilhoso. Mas quando...?

– Estou ocupado, Natalie. Telefono-te quando puder.

– Está bem, mas... – afastou o auricular da orelha e olhou para ele, furiosa. – Parabéns, inspetor! – murmurou, desligando.

Com as mãos nas ancas, respirou fundo várias vezes para se acalmar.

Tinha estado muito preocupada. Embora tivesse de reconhecer que a culpa era sua. Ry não tinha nenhuma obrigação de vir vê-la depois do trabalho, nem de lhe telefonar. Embora o fizesse há dias e ela tivesse esperado durante horas junto do telefone.

«Esquece-o», ordenou a si mesma. «O que importa é que

Clarence Jacoby foi apanhado. Já não haverá mais incêndios... Nem mais incidentes.»

Ao ir para o quarto, dominada pelo mau humor, decidiu que na manhã seguinte contactaria Ry.

Enquanto tirava o robe, pensou que a única coisa que tinha de fazer era voltar a habituar-se a dormir sozinha.

Mas, ao apoiar a cabeça na almofada, soube que seria uma noite muito longa.

CAPÍTULO 9

Como tinha pouco sentido regressar a casa depois de acabar no posto da polícia, Ry deitou-se no sofá do seu escritório e conseguiu dormir três horas antes de as sirenes o acordarem.

Seguindo um velho hábito, apoiou os pés no chão antes de recordar que já não tinha de responder ao som do alarme. Anos de treino ter-lhe-iam permitido virar-se e voltar a adormecer, mas, com os olhos avermelhados, dirigiu-se para a cafeteira, encheu-a de água, pôs-lhe o filtro com o café e ligou-a. O seu único objetivo naquele momento era levar uma chávena enorme com café para os duches e permanecer lá durante uma hora.

Acendeu um cigarro e observou como a cafeteira ia enchendo gota a gota.

A pancada na porta fez com que franzisse o sobrolho. Virou-se e dirigiu o seu mau humor contra Natalie.

– A tua secretária não está.

– É demasiado cedo – balbuciou e passou uma mão pela cara. Porque raio tinha de parecer sempre tão perfeita? – Vai-te embora, Natalie. Ainda não acordei.

– Não vou – tentando não se sentir magoada, pousou a mala e apoiou as mãos nas ancas. Era evidente que ele tinha dormido pouco. Seria paciente. – Ry, tenho de saber o que aconteceu ontem à noite, para poder planear os passos a dar.

– Já te contei.

– Não foste muito generoso nos detalhes.

Com gesto impaciente, pegou numa chávena e deitou todo o café que já estava pronto, que só a encheu até meio.

– Apanhámos a tua tocha. Está sob custódia. Não incendiará nada durante algum tempo.

Natalie recordou que devia ser paciente e sentou-se.

– Clarence Jacoby?

– Sim – olhou para ela. Que escolha tinha? Estava ali, espantosa, bonita e perfeita. – Porque não vais trabalhar e deixas que eu me organize aqui? Redigirei um relatório.

– Passa-se alguma coisa? – inquiriu ela, nervosa de repente.

– Estou cansado – respondeu. – Não consigo beber uma chávena decente de café e preciso de um duche. E quero que deixes de andar atrás de mim.

Primeiro, Natalie sentiu surpresa e depois, dor.

– Desculpa – murmurou, com voz fria, enquanto se levantava. – Preocupava-me o que tivesse acontecido ontem à noite. E queria certificar-me de que estavas bem. Como vejo que estás... – pegou na mala – e como ainda não dispuseste de tempo para escrever o teu relatório, deixar-te-ei em paz.

Ele soltou um palavrão e passou a mão pelo cabelo.

– Natalie, senta-te. Por favor – acrescentou ao ver que permanecia, indignada, junto da porta. – Desculpa. Estou um pouco irritado esta manhã e cometeste o erro de ser a primeira pessoa a aparecer-me à frente.

– Estava preocupada – disse em voz baixa, mas não se mexeu.

– Estou bem – virou-se para encher a chávena. – Queres um pouco?

– Não. Devia ter esperado até que me telefonasses. Compreendo – sentiu-se como se, de repente, tivesse de andar em bicos de pés. Uma noite separados não deveria fazer com que se sentissem tão desconfortáveis.

– Nesse caso, ter-me-ia eu preocupado contigo – conseguiu sorrir. Apercebeu-se de que era um golpe muito baixo descarregar em cima dela pelo medo que lhe inspirava o rumo da sua relação. – Senta-te. Far-te-ei um resumo do acontecido.

– Está bem.

Enquanto ela se sentava, Ry contornou a secretária e ocupou a poltrona.

– Tive uma intuição ou como quiseres chamá-lo. Decidi passar pela tua fábrica, para dar uma olhadela e verificar pessoalmente a segurança. Mais alguém teve a mesma ideia.

– Clarence.

– Sim, estava lá e planeava uma festa. Desligara o alarme. Tinha as chaves das traseiras.

– Chaves – inclinou-se para a frente, com expressão intensa.

– Sim. Cópias novas. Agora, estão em poder da Polícia. Não teria deixado nenhum rasto. Também tinha alguns litros de gasolina e dúzias de caixas de fósforos. Portanto, tivemos uma pequena conversa e não deve ter gostado do rumo que estava a tomar, porque tentou fugir – fez uma pausa, abanando a cabeça. – Nunca vi nada parecido – murmurou. – Nem sequer tenho a certeza de o ter visto.

– O quê? – perguntou, impaciente. – Perseguiste-o?

– Não foi necessário. O teu amigo encarregou-se disso.

– O meu amigo? – desconcertada, voltou a recostar-se. – Que amigo?

– Némesis.

– Viste-o? – esbugalhou os olhos, espantada. – Estava lá?

– Sim e não. Ou não e sim. Não sei muito bem qual das duas opções. Saiu da parede. Saiu da maldita parede, como se fosse fumo. Não estava lá e, depois, estava. Para deixar de estar.

– Ry, acho que precisas de dormir mais – arqueou um sobrolho.

– Não há dúvida a esse respeito – esfregou a nuca. – Mas aconteceu assim. Saiu da parede. Primeiro, os braços. Eu estava a alguns metros, vi como os seus braços saíam e seguravam Clarence. Depois, apareceu todo. Clarence desmaiou – sorriu ao recordá-lo. – E Némesis entregou-mo e desapareceu.

– Némesis... desapareceu?

– Como por arte de magia. De volta à parede, desfez-se no ar – estalou os dedos. – Não sei. Provavelmente, permaneci ali durante cinco minutos, de boca aberta, antes de levar Clarence para o carro.

– Estás a dizer-me que desapareceu diante dos teus olhos?

– Exatamente.

– Ry – disse, com paciência, – isso não é possível.

– Eu estava lá – recordou-lhe. – Tu não. Quando Clarence recuperou os sentidos, começou a divagar sobre fantasmas. Estava tão assustado que tentou saltar do carro em andamento – bebeu café. – Tive de voltar a adormecê-lo.

– Tu... bateste-lhe?

Era outra lembrança que lhe produzia prazer. Um murro naquele queixo redondo.

– Estava melhor inconsciente. Além disso, agora já o temos sob custódia. Não quer falar, mas, dentro de algumas horas, vou interrogá-lo para ver se consigo que mude de atitude.

Natalie permaneceu em silêncio, tentando assimilá-lo. A questão de Némesis era fascinante e não era assim tão difícil de explicar. Reinava a escuridão. Ry era um observador treinado, mas inclusive ele podia cometer um erro na escuridão. As pessoas não desapareciam no ar.

Em vez de discutir sobre aquilo, concentrou-se em Clarence Jacoby.

– Então, não disse porque o contrataram, nem quem o fez?

– Neste momento, afirma que tinha ido dar um passeio.

– Com vários litros de gasolina?

– Oh, acusa-me de eu lha ter dado...

– Ninguém vai acreditar nisso! – ofendida, levantou-se.

– Não, Pernas, ninguém vai acreditar – divertiu-o e comoveu-o a defesa instantânea dela. – Apanhámo-lo com as mãos na massa e a polícia não demorará a relacioná-lo com os outros incêndios. Assim que Clarence compreender que o espera uma longa temporada na prisão, falará. Ninguém gosta de cair sozinho.

Natalie assentiu. Não acreditava que houvesse honra entre os ladrões.

– Quando indicar alguém, precisarei de o saber imediatamente. Entretanto, vejo-me limitada nas medidas que posso tomar.

Ry tamborilou com os dedos na mesa. Não gostava da possibilidade de alguém da empresa de Natalie, alguém próximo dela, ser o responsável pelos incêndios.

– Se Clarence indicar alguém do teu pessoal, a polícia tomará medidas. E serão muito mais duras do que uma simples demissão.

– Tenho consciência disso. Também tenho consciência de que, embora tenhas apanhado o homem que acendeu o fósforo e a minha propriedade esteja a salvo, a história ainda não acabou – no entanto, a tensão nos seus ombros começava a relaxar. – Agradeço por cuidar do que é meu, inspetor.

– É para isso que servem os teus impostos – observou-a por cima do rebordo da chávena. – Ontem à noite, senti a tua falta – disse, antes que conseguisse conter-se.

– Ainda bem – sorriu devagar. – Porque eu também a senti a tua falta. Podíamos compensá-lo esta noite. Celebrar o facto de os meus impostos terem um resultado positivo.

– Sim – estava a afundar-se e já não tinha forças para lutar. – Porque não?

– Vou deixar-te tomar duche – pegou na mala. – Falarás comigo depois de falares com Clarence?

– Claro. Entrarei em contacto contigo.

– Vou organizar a coisas de modo a ir cedo para casa – disse ao ir para a porta.

– É um bom plano – murmurou, quando ela fechou a porta. «É a terceira vez», pensou. Já se tinha afogado dias antes e nem sequer se dera conta.

Natalie chegou depressa ao escritório e convocou uma reunião. Às dez horas, estava sentada na sala de reuniões, com os chefes dos departamentos.

– Agrada-me anunciar que a inauguração nacional da Lady's Choice continua marcada, conforme o programado, para o próximo sábado – tal como esperara, soaram aplausos corteses e murmúrios de felicitação. – Eu gostaria de aproveitar esta oportunidade – continuou, – para vos agradecer pelo vosso trabalho árduo e pela vossa dedicação. Lançar uma empresa desta envergadura requer trabalho de equipa, longas horas e inovação constante. Agradeço-vos a todos por terem contribuído com o melhor de vocês. Agradeço especialmente pela ajuda que me deram nas últimas semanas, quando a empresa enfrentou inesperadas dificuldades.

Esperou até cessarem os murmúrios sobre os incêndios.

– Tenho consciência de que esticámos o nosso orçamento, mas também de que não teríamos conseguido inaugurar na data prevista se não fosse pelo esforço extra que todos vocês e a vossa gente fizeram. Portanto, a Lady's Choice terá o prazer de oferecer um bónus a todos os empregados no primeiro dia do próximo mês.

O anúncio foi recebido com entusiasmo. Só Deirdre fez uma careta. Natalie ofereceu-lhe um sorriso mais de prazer do que de desculpa.

– Ainda há muito trabalho pela frente – prosseguiu. – Estou convencida de que Deirdre vos dirá que o anúncio do bónus lhe provocou uma enorme dor de cabeça – aguardou que as gargalhadas remetessem. – Tenho fé nela e na Lady's Choice. Além disso... – fez uma pausa, sem perder o sorriso, observando cada um dos rostos, – desejo tranquilizar-vos. Ontem à noite, foi apanhado o responsável pelos incêndios. Neste momento, encontra-se sob custódia policial.

Houve aplausos e perguntas. Natalie sentou-se, com as mãos unidas sobre a mesa, atenta a qualquer sinal que lhe indicasse se alguma das pessoas ali sentadas começava a suar.

– Não disponho de todos os detalhes – levantou a mão, pedindo silêncio. – Apenas que o inspetor Piasecki surpreendeu o homem na nossa fábrica. Estou à espera de um relatório completo nas próximas quarenta e oito horas. Entretanto, podemos agradecer pela diligência dos departamentos dos bombeiros e da polícia, e continuar com o nosso trabalho.

– Houve um incêndio na fábrica? – quis saber Donald. – Houve danos?

– Não. Sei que o suspeito foi apanhado antes de entrar no edifício.

– Têm a certeza de que se trata da mesma pessoa que provocou os incêndios no armazém e na loja? – com o sobrolho franzido, Melvin puxou o laço.

– Sendo irmã de um capitão da Polícia – Natalie sorriu, – tenho a certeza de que as autoridades não farão semelhante declaração enquanto não dispuserem de provas concretas. Mas assim parece.

– Quem é? – inquiriu Donald. – Porque é que o fez?

– Mais uma vez, devo dizer que não sei todos os detalhes. É um criminoso conhecido. Acho que é um profissional. Tenho a certeza de que os seus motivos não demorarão a ser descobertos.

Ry não tinha assim tanta certeza. Ao meio dia, já estava há uma hora com Jacoby, sem obter nenhum progresso. A sala de interrogatórios era tipicamente apagada. Paredes beges, linóleo igual, o espelho que todos sabiam que servia para observação exterior. Estava sentado numa cadeira dura e estava apoiado na mesa, enquanto fumava com ar lânguido e Clarence sorria e mexia os dedos.

– Sabes que vão prender-te, Clarence – continuou Ry. –

Quando saíres, serás velho e já não conseguirás acender um fósforo com os teus próprios dedos.

O outro sorriu e encolheu os ombros.

– Não magoei ninguém. Nunca magoo ninguém – levantou os olhos, com expressão amistosa. – Sabes, há quem goste de queimar pessoas. Sabes disso, não sabes, Ry?

– Sim, Clarence, eu sei.

– Eu não, Ry. Nunca queimei ninguém – os seus olhos iluminaram-se, com expressão feliz. – Só a ti. Mas foi um acidente. Ficaste com cicatrizes?

– Sim.

– Eu também – soltou um risinho, satisfeito por partilharem uma coisa. – Queres vê-las?

– Talvez depois. Lembro-me de quando nos queimámos, Clarence.

– Claro! Claro que te lembras. Foi como o beijo de um dragão, não foi?

«Como estar nas entranhas do inferno», pensou Ry.

– Daquela vez, o proprietário pagou-te para acordares o dragão, lembras-te?

– Lembro-me. Não vivia ninguém lá. Era só um edifício velho. Eu gosto de edifícios velhos e vazios. O fogo sobe pelas paredes e esconde-se no teto. Fala connosco. Ouviste-o a falar, não foi?

– Sim, ouvi-o. Quem te pagou desta vez, Clarence?

O outro homem uniu as pontas dos dedos.

– Nunca disse que alguém me pagou. Tu mesmo podes ter levado a gasolina, Ry. Estás furioso comigo por te ter queimado – de repente, exibiu um sorriso matreiro. – Tiveste pesadelos na ala dos queimados. Pesadelos sobre o dragão. E, agora, já deixaste de o matar.

A palpitação que sentia atrás dos olhos impulsionou Ry a tirar outro cigarro. Clarence estava fascinado com os pesadelos. Durante o interrogatório, tinha tentado várias vezes surripiar-lhe detalhes. Mesmo que quisesse, Ry não conseguiria proporcionar-lhe muitos. Era tudo uma imagem imprecisa de fogo e fumo, coberta pela bruma do tempo decorrido.

– Tive pesadelos durante uma temporada. Já os superei. Também superei o meu aborrecimento contigo, Clarence. Agora, ambos fazemos o nosso trabalho, não é? – viu o brilho nos olhos de Clarence quando acendeu um fósforo. Num impulso, colocou a chama entre os dois. – É poderosa, não é? – murmurou. – É uma simples chama. Mas tu e eu sabemos o que pode fazer... à madeira, ao papel. À carne. É poderosa. E quando é alimentada, torna-se mais forte – aproximou o fósforo da ponta do cigarro. Sem deixar de observar Clarence, humedeceu o indicador e apagou-a. – Se tocar em água, se ficar sem oxigénio, puf! – atirou o fósforo para o cinzeiro cheio. – Ambos gostamos de a controlar, não é?

– Sim – Clarence passou a língua pelos lábios, com a esperança de que Ry acendesse outro fósforo.

– Pagam para provocar incêndios. A mim, para os apagar. Quem te pagou, Clarence?

– Vão prender-me de qualquer modo.

– Sim. Então, o que tens a perder?

– Nada – olhou para ele, outra vez com expressão matreira. – Não disse que tinha provocado os incêndios. Mas, supondo, só supondo, que o fiz, não poderia revelar quem mo pediu.

– Porquê?

– Porque, supondo que o fiz, nunca vi quem me contratou.

– Falaste com ele?

Clarence recomeçou a brincar com os dedos, com a cara tão alegre que Ry teve de se conter para não lhe apertar o pescoço gordo.

– Talvez tenha falado com alguém. Talvez não. Mas, se o tiver feito, a voz ao telefone estava distorcida, como uma máquina.

– Homem ou mulher?

– Como uma máquina – repetiu, indicando o gravador de Ry. – Talvez tenha sido qualquer um deles. Talvez me tenha enviado dinheiro para um apartado, antes e depois.

– Como te localizaram?

– Talvez não tenha perguntado – encolheu os ombros. – Encontram-me quando querem – o sorriso iluminou-lhe a cara. – Há sempre quem me queira.

– Porquê aquele armazém?

– Eu não disse nada sobre um armazém.

– Porquê aquele armazém? – repetiu Ry. – Talvez.

Satisfeito por Ry entrar no jogo, Clarence inclinou-se para a frente na cadeira.

– Talvez pelo seguro. Talvez porque alguém não gostava do seu proprietário. Talvez por diversão. Há muitas causas para um incêndio.

– E a loja – pressionou. – A loja era da mesma proprietária.

– Havia coisas bonitas na loja. Coisas bonitas de raparigas – esquecendo a cautela, sorriu, recordando-o. – Além disso, cheirava bem. Mais ainda depois de espalhar a gasolina.

– Quem te disse para espalhares a gasolina, Clarence?

– Não disse que o fiz.

– Acabaste de o dizer.

– Não – exibiu uma careta infantil. – Disse «talvez».

A cassete mostraria o contrário, mas Ry persistiu.

– Gostaste das coisas de raparigas que havia na loja.

– Que loja? – brilharam-lhe os olhos.

Contendo um palavrão, Ry recostou-se na cadeira.

– Talvez devesse chamar um amigo meu para falar contigo.

– Que amigo?

– O de ontem à noite. Lembras-te do que aconteceu ontem à noite?

– Era um fantasma – ficou pálido. – Não estava realmente lá.

– Claro que estava! Tu viste-o. Sentiste-o.

– Um fantasma – começou a roer as unhas. – Eu não gostei dele.

– Então, é melhor que fales comigo ou terei de o chamar.

Assustado, Clarence olhou à sua volta.

– Não está aqui.

– Talvez sim – Ry começava a divertir-se. – Talvez não. Quem te pagou, Clarence?

– Não sei – os lábios tremeram-lhe. – Era só uma voz. Só isso. Aceita o dinheiro e queima. Eu gosto de dinheiro, gosto de queimar. Comecei pela secretária bonita da loja de coisas de raparigas, tal como me disse a voz. Teria ardido melhor no armazém, mas a voz disse «a secretária» – incomodado, olhou à sua volta outra vez. – Está aqui?

– E os envelopes? Onde estão os envelopes nos quais recebeste o dinheiro?

– Queimei-os – voltou a sorrir. – Eu gosto de queimar coisas.

Natalie estava prestes a incendiar a cozinha.

Não era incompetente, mas raramente tinha oportunidade de utilizar as habilidades culinárias que possuía... Apesar de serem escassas.

Com vários palavrões, tirou o frango alourado da caçarola e pô-lo de parte, seguindo as diretrizes meticulosas de Frank. Quando o molho estava em lume brando, sentiu-se melhor. Decidiu que cozinhar não era assim tão complicado, desde que mantivesse a concentração e fosse passo a passo. «Lê a receita como se fosse um contrato», aconselhou-se, introduzindo com cuidado o frango no molho. «Não ignores nenhuma cláusula e lê as letras pequenas.» Cantarolando, tapou a caçarola e observou o caos da cozinha.

«E deixa tudo limpo, já que jamais deves dar a impressão de que um contrato te fez suar.»

Demorou mais tempo a arrumar a cozinha do que a preparar o jantar. Depois de uma olhadela rápida ao relógio, foi acender as velas para criar a atmosfera.

Com um suspiro, deixou-se cair no braço do sofá e observou a sala. Luzes ténues, música suave, o cheiro das flores e da comida, o resplendor dourado da lareira. Satisfeita, passou uma mão pela saia comprida de seda. Decidiu que estava tudo perfeito.

Mas onde estava Ry?

Ry mexia-se, inquieto, no corredor, diante da porta do apartamento de Natalie.

«Estás a dar-lhe demasiada importância, Piasecki», advertiu-se. «Serão apenas duas pessoas a desfrutarem da sua companhia mútua. Sem compromissos, sem promessas.» Com Clarence preso, já podiam começar a afastar-se. De forma natural, sem tensões.

Então, o que raio fazia diante da porta, nervoso como um adolescente no seu primeiro encontro? Porque segurava um ramo de narcisos na mão?

Decidiu que não devia tê-los trazido. Mas, uma vez dominado pelo impulso, deveria ter escolhido rosas ou orquídeas. Alguma coisa com classe. Pensou em deixá-los diante da porta de um vizinho. A ideia fez com que se sentisse mais tolo. Murmurando, tirou a chave do bolso e introduziu-a na fechadura.

Experimentou uma sensação ridícula ao entrar num apartamento que não era dele. Ela levantou-se do sofá e sorriu-lhe.

– Olá.

– Olá.

Ry tinha as flores atrás das costas, sem se dar conta de que era um gesto defensivo. Natalie estava fantástica com aquele vestido de alças finas, cor de pêssego. Quando se mexeu, teve de engolir em seco. A saia abria-se desde o tornozelo até aos três botões dourados na coxa esquerda.

– Tiveste um dia longo – comentou ela, dando-lhe um beijo leve nos lábios.

– Sim, suponho – sentia a língua presa. – E tu?

– Não foi assim tão mau. A notícia animou todos. Pus vinho no frigorífico – inclinou a cabeça e sorriu-lhe. – A menos que prefiras beber uma cerveja.

– Como queiras – murmurou, quando ela se dirigiu para a mesa, junto da janela, que tinha posto para os dois. – Está um ambiente agradável. Tu estás fantástica.

– Bom, pensei que, se íamos celebrar... – serviu dois copos. – Tinha planeado isto para depois da grande inauguração no sábado, mas parece-me que agora é apropriado – com os copos sobre a mesa, estendeu uma mão. – Tenho muito a agradecer-te.

– Não. Fiz aquilo para o qual me pagam... – calou-se ao ver que ela desviara o olhar, suavizando a expressão. Com desconforto, descobriu que o tinha cravado nas flores com as quais gesticulara para descartar o seu agradecimento.

– Trouxeste-me flores.

– Havia um tipo na esquina a vendê-las e...

– Narcisos – suspirou. – Adoro.

– Sim? – com gesto trôpego, ofereceu-lhos. – Bom, aqui os tens.

Natalie afundou a cara entre as flores e, por algum motivo que não foi capaz de decifrar, quis chorar.

– São tão bonitos... – levantou a cara, com olhos brilhantes. – Tão perfeitos... Obrigada.

– Não foi... – mas o beijo dela cortou-lhe as palavras.

Como se tivessem carregado num interruptor no seu interior, experimentou um desejo instantâneo. Bastava um simples contacto para a desejar. Ela moldou o corpo contra o seu e rodeou-o com os braços. Ry conteve a necessidade desesperada de a deitar no chão e libertar a paixão.

– Estás tenso – murmurou Natalie, passando uma mão pelos seus ombros. – Aconteceu alguma coisa com Clarence durante o interrogatório que não me tenhas contado?

– Não – Clarence Jacoby e a sua cara redonda eram a última coisa que tinha na cabeça. – Só estou cansado – «e necessitado de controlo». – Cheira bem – comentou ao afastar-se. – Para além de ti.

– É a receita de Frank.

– Frank? – deu outro passo atrás e pegou no copo de vinho. – O cozinheiro de Guthrie preparou-nos o jantar?

– Não, a receita é dele – colocou o cabelo atrás da orelha. – Fi-la eu.

– Sim, claro! – soprou. – Onde compraste a comida? Num restaurante italiano?

– Fi-la eu, Piasecki – repetiu, entre ofendida e divertida, antes de beber vinho. – Sei acender um fogão.

– Sabes pegar no telefone e fazer um pedido – mais relaxado, deu-lhe a mão e levou-a até à cozinha. Foi diretamente até à caçarola e levantou a tampa. Certamente, parecia caseira. Com o sobrolho franzido, cheirou o molho espesso que fervia, tapando o frango dourado. – Tu fizeste isto? Sozinha?

Exasperada, Natalie soltou-se da mão dele e bebeu outro gole de vinho.

– Não sei porque te surpreende. É só uma questão de seguir as diretrizes.

– Tu preparaste-o – repetiu, abanando a cabeça. – Mas porquê?

– Bom, porque... Não sei – voltou a tapar a panela. – Tive vontade.

– Não te imagino na cozinha.

– Não deu assim tanto trabalho – riu-se. – E também não foi uma visão bonita. Portanto, sem importar o sabor que tenha, exigem-se louvores. Tenho de pôr as flores em água.

Ele esperou enquanto ela tirava uma jarra de um armário e arranjava os narcisos na bancada da cozinha.

Pensou que naquela noite parecia mais delicada. Feminina e acolhedora. Manejava cada caule como se lhe tivesse trazido rubis. Incapaz de resistir, acariciou-lhe o cabelo com suavidade. Ela levantou o olhar, surpreendida, insegura perante a demonstração evidente de ternura.

– Passa-se alguma coisa?

– Não – recriminando-se, desceu a mão. – Eu gostava de te tocar.

– Eu sei – os olhos brilharam-lhe. Virou-se nos seus braços. – O frango precisa de cozer em lume brando – mordiscou-lhe o lábio. – Uma hora, mais ou menos. Porque não nos...?

– Sentamos – concluiu ele, para evitar rebentar. Não ia deitá-la e possuí-la no chão da cozinha.

– Está bem – admirada com o seu retraimento, assentiu e voltou a pegar no copo de vinho. – Vamos para perto da lareira.

Na sala, aninhou-se ao seu lado e apoiou a cabeça no seu ombro. Era evidente que tinha alguma coisa na cabeça. Podia esperar até que quisesse partilhá-la. Era agradável estarem ali sentados, a observarem o lume e a ouvirem Cole Porter.

Era como se estivessem daquela maneira todas as noites, confortáveis um com o outro, sabendo que havia tempo. Depois de um dia longo e ocupado, o que podia ser melhor do que estar ao lado de quem se amava?

Os seus pensamentos obrigaram-na a endireitar-se. Amor. Amava-o.

– O que se passa?

– Nada – engoliu em seco e tentou manter a voz serena. – Só uma coisa de que me... esqueci. Posso fazê-la depois.

– Nada de falar de trabalho, está bem?

– Sim – bebeu um gole de vinho. – Ótimo.

Não era capaz de dormir bem quando não o tinha ao seu lado. Sentira o impulso irresistível de lhe preparar o jantar. O coração disparava-lhe cada vez que ele lhe sorria. Inclusive, tinha pensado em programar uma viagem de negócios com ele.

O que ia fazer?

Fechou os olhos e ordenou ao seu corpo que relaxasse. Os sentimentos que pudesse sentir eram um problema dela. Era uma mulher adulta que tinha iniciado uma relação com as regras muito claras para ambas as partes. Não podia mudar as condições a meio do caminho.

Precisava de pensar. «Noutra altura», acrescentou, concentrando-se em respirar fundo. Depois, devia elaborar um plano. Afinal de contas, era uma planeadora excelente.

– É melhor ir ver a comida.

– Ainda não passou uma hora – gostava de como estava aninhada contra ele e não queria que se mexesse. Decidiu que era uma tolice preocupar-se com o rumo que estavam a seguir. Naquele momento, estavam no lugar certo.

– Ia... preparar uma salada – disse, insegura.

– Depois.

Apoiou os dedos sob o seu queixo e levantou-lhe a cara. «É estranho», pensou, «é como se se tivesse entranhado em mim». Devagar, desceu a cabeça e roçou-lhe os lábios.

Ela tremeu.

Intrigado, introduziu o lábio inferior dela na boca, acariciando-lho com a língua, enquanto observava como as emoções invadiam os olhos de Natalie.

– Porque temos sempre pressa? – murmurou Ry.

– Não sei – devia afastar-se antes de cometer um erro imprudente. – Precisamos de mais vinho.

– Acho que não – lentamente, afastou-lhe o cabelo da cara para poder emoldurar-lha entre as mãos. Paralisou-a com o olhar. – Sabes o que acho, Natalie?

– Não – humedeceu os lábios, tentando controlar-se.

– Acho que saltámos um passo.

– Não sei ao que te referes.

Beijou-lhe a testa, afastou-se e viu como os olhos dela ficavam brilhantes.

– À sedução – sussurrou.

CAPÍTULO 10

Sedução? Ela não precisava de ser seduzida. Desejava-o, desejava-o sempre. Antes de se dar conta de que o amava, tinha comparado o que lhe provocava com uma espécie de reação química. Mas, naquele momento, será que ele não via...?

Deixou de pensar quando os seus lábios lhe percorreram a têmpora.

– Ry – apoiou uma mão no peito dele. Mas os dedos fortes acariciavam-lhe o pescoço e os lábios aproximavam-se cada vez mais dos seus. Só conseguiu repetir: – Ry.

– Somos bons a avançar, não somos, Natalie?

– Acho... – mas não era capaz de pensar. Não depois de a boca dele se ter unido à sua. Nunca a beijara daquela maneira, tão devagar, tão profundamente, com uma espécie de posse.

O seu corpo ficou frouxo. O coração de Ry pulsava com força e não muito firme, e o gemido rouco que ela emitiu acelerou-o. No entanto, não cessou na exploração lenta e profunda da sua boca, como se aquilo pudesse satisfazê-lo durante horas.

Ela inclinou a cabeça para trás. Com a mão entre o seu cabelo, ele alterou um pouco o ângulo do beijo, para brincar com os seus lábios, com a sua língua. Natalie não conseguiu evitar suspirar e tremer quando lhe roçou um seio com os dedos.

Soube que chegariam à velocidade e ao poder que pretendia. O controlo voltaria com a absoluta falta de controlo, enquanto se precipitassem a possuírem-se. Mas os dedos dele não deixaram de lhe acariciar o pescoço, até que pousaram com ternura na sua face.

Num ato defensivo, agarrou-o com força.

– Desta vez, não – Ry afastou-se o suficiente para observar o seu rosto. A confusão, a necessidade e a excitação formavam uma combinação bonita. Sem importar o quanto lhe fervesse o sangue, pretendia confundi-la mais, pretendia encarregar-se de cada uma das suas necessidades e excitá-la até que o seu corpo ficasse lasso.

– Desejo-te – puxou-lhe a camisa com frenesim – Agora, Ry. Desejo-te agora.

Ele deitou-a no chão, diante da lareira. A luz das chamas brilhou sobre a sua pele, dançou no seu cabelo. Era dourada. Como um tesouro exótico ao qual um homem pudesse dedicar a vida inteira a procurar. E, naquela noite, era só dele.

Estendeu-lhe os braços e entrelaçou os dedos com os dela.

– Terás de esperar – disse-lhe. – Até que tenha acabado de te seduzir.

– Não preciso de ser seduzida – arqueou-se para ele, oferecendo-lhe a boca e o corpo.

– Vamos ver.

Beijou-a com suavidade, entrando-lhe na boca quando ela entreabriu os lábios. Natalie agarrou-o com firmeza. Perguntou-se quantas vezes a tinha amado. Conheciam-se há pouco tempo, mas não era capaz de contar as vezes que deixara que o seu corpo assumisse o controlo, que enlouquecesse com ela.

Daquela vez, pensava fazer amor com ela com a mente.

– Eu adoro os teus ombros – murmurou, abandonando momentaneamente a boca dela para os explorar. – Suaves, fortes, delicados.

Com os dentes, agarrou a alça fina do vestido e desceu-a. O seu sabor e o seu cheiro eram quentes. Passou a língua pelo ombro, pela linha elegante do pescoço, dirigindo-se para a outra alça.

– E este ponto daqui – passou os lábios por cima da seda que se curvava por cima do seu peito. Humedeceu-lhe a pele com a língua, até que o corpo dela se mexeu sob o dele. – Devias relaxar e desfrutar, Natalie. Vou demorar algum tempo.

– Não consigo – o contacto gentil dos seus lábios e o peso sólido do seu corpo atormentavam-na. – Beija-me outra vez.

– Será um prazer.

Daquela vez, experimentou um calor brilhante e quente, antes que ele voltasse a apagar o fogo. Gemeu e agarrou-se a Ry, desejando a libertação, a tortura. Ele fez a escolha por ela, beijando-a com uma intensidade concentrada, até que não teve outro remédio senão respirar de forma entrecortada.

Fumo. Praticamente, conseguia cheirá-lo. Elevava-se em colunas de fumo, necessitada, apenas capaz de flutuar e suspirar. Mordiscou-lhe o queixo com delicadeza e os beijos lentos e ligeiros desceram pelo seu pescoço, pelos seus ombros.

Centímetro a centímetro, Ry provou-a, sem deixar de descer a seda. Sentiu que o cabelo dele lhe roçava o seio, para depois a boca passar pela sua curva, brincando com a pele sensível da zona inferior. A língua passou pelo mamilo, aumentando-lhe o desejo. Depois, colocou o mamilo entre os dentes, fazendo com que ela gemesse o nome dele e o corpo começasse a palpitar-lhe a um ritmo primitivo.

Queria oferecer-lhe todo o prazer que conseguisse. Natalie tinha os olhos fechados e os lábios entreabertos. Precisava de os provar outra vez. Ao fazê-lo, deixou-se afundar na sua textura.

O tempo passou.

Havia poder na ternura. Ry nunca a sentira, nem em si mesmo, nem em ninguém. Mas, para ela, tinha uma fonte inesgotável de ternura, de beijos suaves e sensuais, de suspiros intermináveis.

Largou-lhe as mãos para tirar a camisa, para sentir a excitação das suas peles unidas. Com um murmúrio de aprovação, deslizou a mão pela racha da saia dela, acariciando e afastando a renda que usava por baixo.

Desabotoou um botão, depois, o outro e, a seguir, o terceiro. Beijando-lhe a anca exposta, conteve o impulso súbito e intenso de a possuir.

«Mais», prometeu a si mesmo. Havia mais.

Para seu próprio prazer, afastou a seda. E encontrou mais.

Por baixo, usava mais seda e renda, da mesma cor que o vestido. Sem alças, segurava-lhe os seios e realçava as suas pernas. Suspirou, inclinou-se para trás e brincou com o cinto de ligas.

– Natalie...

Fraca... Ela sentia-se tão gloriosamente fraca que mal conseguia abrir os olhos. Quando o conseguiu, só o viu a ele. Estendeu o braço, pesado. Ry agarrou-lhe a mão e beijou-lha.

– Queria dizer-te que gosto de te ver com a lingerie que vendes – ela sorriu. Com um gesto rápido, desprendeu-lhe uma das ligas. Natalie só conseguiu emitir um gemido leve. – E como és bonita

– a segunda liga. – Usas os teus próprios produtos – sem lhe tirar o olhar de cima, desceu-lhe as meias até às barrigas da perna.

Conseguia senti-lo. Meu Deus... Conseguia sentir cada contacto dos seus dedos e da sua boca. Dar-lhe-ia o que quisesse, desde que não deixasse de lhe tocar.

Da lareira provinha um calor suave e constante. Não era nada comparado com a chama lenta que ardia no seu interior. Ainda conseguia ouvir a música. O cheiro das flores e da cera das velas, o sabor de Ry e o vinho que ainda perdurava na sua língua... Tudo se fundiu, inebriando-a de forma espantosa.

Então, ele introduziu um dedo por debaixo da renda, deslizando-o com lentidão até ao centro do calor.

Natalie explodiu. O corpo tremeu-lhe. Os seus lábios pronunciaram o nome dele enquanto o prazer a invadia. Rodeou-o com as pernas, enquanto o poder do orgasmo aumentava, para se dissolver, deixando-a cheia de ecos e vazia.

Quis dizer-lhe que estava vazia, que tinha de estar vazia. Mas ele desapertava-lhe a seda e, com os dedos hábeis, deixava-a nua, engolindo as palavras que os lábios dela poderiam pronunciar, com a sua boca de uma paciência implacável.

– Quero preencher-te, Natalie – as suas mãos já não estavam tão firmes, mas deitou-a com suavidade sobre o tapete para poder tirar a roupa. – Quero preencher-te, dar-te tudo o que tenho.

Enquanto o sangue lhe palpitava nos ouvidos, iniciou a viagem lenta ascendente pelas suas pernas, avivando outra vez o fogo, esperando, observando com atenção, antes que voltasse a explodir.

Sentiu que o corpo dela ficava tenso, viu o poder do que ia acontecer a aparecer no seu rosto. Quando Natalie gritou, penetrou-a.

Foi quase doloroso controlar-se. E muito doce. Ao vê-la a abrir os olhos pesados, toldados pelo prazer, conteve-se para não se precipitar para a conclusão.

Dominada por um redemoinho de sensações, Natalie procurou as mãos dele. Quando os seus dedos se uniram, o seu coração esteve prestes a rebentar. Observou-o, enquanto cada movimento os agitava e os aproximava cada vez mais do abismo.

Então, caiu pelo precipício, livre. Ry beijou-a e os seus lábios formaram o seu nome, enquanto saltava com ela.

Na manhã seguinte, enquanto subia no elevador até ao seu

escritório, Natalie teve de fechar por duas vezes a boca com força para não começar a cantar. Tinha vontade de cantar, de dançar. Estava apaixonada.

«E o que tem de mal?», questionou-se, quando os ocupantes saíram no trigésimo andar. Todos tinham o direito de se apaixonar, de se sentir como se os pés não tocassem no chão, de sentir que o ar nunca tivera uma fragrância tão doce, que o sol nunca tinha brilhado tanto.

Era maravilhoso estar apaixonada. Tanto que se questionou porque nunca tentara.

«Porque nunca tinha aparecido Ry», respondeu a si mesma, com um sorriso.

Fora muito parva ao sentir pânico quando compreendera o que sentia por ele. Era covarde e ridículo ter medo de amar.

Se fazia com que uma mulher fosse vulnerável e cómica, se a aturdia e a desconcertava, o que tinha de mal? O amor devia embriagar e fortalecer, mas nunca o tinha compreendido.

Cantarolando, saiu do elevador e praticamente flutuou até ao seu escritório.

– Bom dia, menina Fletcher – Maureen olhou disfarçadamente para o relógio. Não lhe correspondia dizer à sua chefe que estava atrasada. Nem sequer três minutos tinham precedente com Natalie Fletcher.

– Bom dia, Maureen – cumprimentou, atirando-lhe dois narcisos.

– Oh, obrigada! São lindos.

– Toda a gente deveria ter narcisos esta manhã. Absolutamente toda – puxou o cabelo para trás para limpar os pingos da chuva. – Está um dia ótimo, não está?

Chovia e fazia frio, mas Maureen sorriu.

– Uma manhã primaveril clássica. Tem duas teleconferências às dez horas com Atlanta e Chicago.

– Eu sei.

– E a menina Marks esperava que pudesse recebê-la esta manhã.

– Ótimo!

– Oh, e deve estar na loja às onze e um quarto, assim que acabar a sua reunião das dez e meia com o senhor Hawthorne.

– Não há problema.

– Almoçará com...

– Lá estarei – disse ao entrar no seu escritório.

Pela primeira vez nos últimos tempos, passou à frente da cafeteira. Não precisava de cafeína para que o seu sangue despertasse. Já bulia. Pendurou o casaco, pousou a mala e dirigiu-se para o cofre escondido atrás de um quadro abstrato.

Tirou algumas disquetes e foi para a mesa, para redigir um breve memorando para Deirdre.

Uma hora mais tarde, estava imersa no trabalho, a redigir cartas apressadas, enquanto participava na teleconferência com as outras lojas.

– Enviarei a autorização por fax dentro de meia hora – prometeu a Atlanta. – Donald, vê se podes tirar algum tempo para ires comigo à loja... às onze e um quarto. Podemos ter a reunião durante o caminho.

– Tenho uma reunião às onze e meia com o departamento de Marketing – informou-a. – Deixa-me ver se posso adiá-la para depois do almoço.

– Agradecia-te. Gostaria de dispor das provas de todos os anúncios e artigos de imprensa de Chicago. Podes enviar-mas por fax, mas gostaria que fiscalizasses os originais. Esta tarde, entrarei em contacto com Los Angeles e Dallas, e teremos um relatório completo de todas as lojas ao fim da manhã – recostou-se na poltrona e suspirou. – Senhores, sincronizem os vossos relógios e alertem as tropas. Às dez horas da manhã do sábado. De costa a costa.

Depois de concluir a teleconferência, carregou no botão do intercomunicador.

– Maureen, diz a Deirdre que tenho vinte minutos livres. E telefona a Melvin.

– Está fora, menina Fletcher.

– Está bem – irritada por aquele deslize, olhou para o relógio. – Verei se consigo reunir-me com ele esta tarde na fábrica. Deixa-lhe uma mensagem a dizer-lhe que estarei lá às três horas.

– Sim, menina.

– Depois de telefonares a Deirdre, passa-me o chefe de distribuição do novo armazém.

– É para já.

Quando Deirdre bateu à porta e entrou, Natalie estava a escrever ao computador.

– Sim, compreendo – com o auricular no ouvido, indicou a Deirdre que se sentasse. – Continua com esse transporte. Quero-o em Atlanta antes das nove horas da manhã de amanhã – assentiu e escreveu. – Avisa-me assim que o tiveres localizado. Obrigada – desligou e afastou uma madeixa da cara. – Há sempre alguma coisa antes da hora marcada.

– Uma má notícia? – Deirdre franziu o sobrolho.

– Não, só um leve atraso num carregamento. Mesmo que não chegue, Atlanta tem mercadoria suficiente para a inauguração. Mas não quero que esgote. Café?

– Não, já tenho um buraco no estômago, obrigada. Abriste-mo tu – olhou com firmeza para a sua chefe. – Os bónus.

– Os bónus – concordou Natalie. – Tenho as percentagens com que quero que trabalhes. Os quocientes de salários e essas coisas – esboçou um leve sorriso. – Supus que te poria a calcular o melhor dia para me matares se me encarregasse dos preliminares.

– Enganas-te.

– Deirdre, sabes porque te aprecio tanto? – riu-se.

– Não.

– A tua mente é como uma calculadora. Os bónus são merecidos e também os considero um bom investimento. Um incentivo para manter o ritmo nas semanas vindouras. Regra geral, depois da venda inicial num negócio novo produz-se uma queda, tanto em rendimentos como em trabalho. Creio que isto evitará que a descida seja a pique.

– Isso é tudo muito bonito na teoria – começou Deirdre.

– Façamos com que seja uma realidade. E como se trata de um procedimento padrão, quero que o delegues no teu assistente. Dessa maneira, poderás concentrar-te em levar a cabo a auditoria – sem deixar de sorrir, entregou-lhe as disquetes e o memorando. – Grande parte do que é necessário analisar será paralela à declaração de rendimentos. Demora o tempo que considerares necessário e usa toda a gente que precisares do departamento de Contabilidade.

Com uma careta, Deirdre aceitou as disquetes.

– Sabes porque te aprecio tanto, Natalie?

– Não.

– Porque não há maneira de te demover e porque dás ordens impossíveis com um tom razoável.

– É um dom – disse ela. – Talvez precises desta pasta.

– Muito obrigada – levantou-se e agarrou-a.

– De nada – levantou o olhar com um sorriso quando Donald espreitou pela porta.

– Estou livre até ao meio-dia e meia – indicou ele.

– Ótimo! Iremos agora. Demora o teu tempo – disse a Deirdre ao dirigir-se para o armário para tirar o casaco. – Desde que tenhas as primeiras quantias relativas aos lucros e perdas deste trimestre, e os totais de cada departamento, até ao fim da próxima semana.

Deirdre revirou os olhos e olhou para Donald.

– Razoavelmente impossível – colocou as disquetes em cima da pasta. – Tu és o próximo – advertiu-o.

– Não deixes que isso te assuste, Donald – saiu do escritório.

– Que energia... – murmurou Donald a Deirdre.

– Até voa – a contabilista observou a pasta. – Esperemos conseguir acompanhar o seu ritmo.

– Está perfeito, não está? – satisfeita depois da visita à loja, Natalie esticou as pernas na parte de trás do carro, enquanto o seu motorista se movimentava pelo trânsito do meio-dia. – Jamais suspeitaria que tinha havido um incêndio.

– Um trabalho magnífico – concordou Donald. – E a montra está espetacular. As vendedoras vão ter um dia frenético no sábado.

– Conto com isso – apoiou a mão no braço dele. – Em grande parte, deve-se a ti, Donald. Nunca o teríamos conseguido sem a tua entrega e menos ainda depois do incidente do armazém.

– Controlo de danos – encolheu os ombros. – Daqui a seis meses, mal recordaremos que precisámos de controlo de danos. E os lucros farão sorrir inclusive Deirdre.

– Isso seria uma proeza.

– Fico na próxima esquina – disse ao motorista. – O restaurante fica apenas a alguns metros.

– Agradeço-te por teres tirado tempo para me acompanhares.

– Não há problema. Ver a loja principal restaurada alegrou-me o dia. Não foi agradável ver como tinha ficado o escritório. Aquela secretária antiga magnífica arruinada. A propósito, a nova é espantosa.

– Pedi que ma enviassem do Colorado – comentou, distraída. – Estava guardada.

– Pois, é perfeita – deu-lhe uma palmadinha na mão quando o carro parou junto do passeio.

Ela despediu-se com um gesto da mão e recostou-se, insatisfeita, quando o carro voltou a entrar no trânsito. Então, calculou a distância até ao restaurante onde tinha o almoço de negócios e decidiu que dispunha de tempo para uma chamada rápida.

– Piasecki – respondeu Ry ao terceiro toque.

– Olá – o prazer de ouvir a sua voz afastou tudo o resto. – A tua secretária saiu?

– Foi almoçar.

– E tu estás a almoçar no teu escritório.

Ele desceu o olhar para a sandes na qual ainda não tinha tocado.

– Sim. Mais ou menos – ao mexer-se, a cadeira chiou. – Onde estás?

– Na Doze com a Hyatt, em direção a este, para o Menagerie.

– Ah... – «O Menagerie. Classe e distinção. Nada de sandes de atum em pão de centeio.» Imaginou-a a pedir uma água mineral de marca e uma salada com cada folha de um nome diferente. – Ouve, Pernas, quanto a esta noite...

– Estava a pensar nisso. Talvez pudéssemos combinar no Goose Neck – mexeu os ombros. – Tenho a impressão de que vou querer relaxar.

Ry esfregou o queixo.

– Eu, hum... Vai ter à minha casa. Parece-te bem?

– À tua casa? – era uma novidade. Já deixara de se perguntar porque nunca a levara lá.

– Sim. Entre as sete e as sete e meia.

– Está bem. Queres que compre alguma coisa para o jantar?

– Não, eu encarrego-me disso. Vemo-nos lá – desligou e recostou-se. Teria de se encarregar de muitas coisas.

Passou por um restaurante chinês. Eram quase sete horas quando subiu com os recipientes brancos os dois lances de escadas que o separavam do seu apartamento. Olhou à sua volta.

Não era uma pocilga. Salvo, claro está, se o comparasse com o edifício elegante onde Natalie vivia. Ao subir os degraus, ouviu os sons abafados de uma televisão e de gritos infantis. Os degraus estavam gastos no meio devido à passagem de muitos pés.

Ao chegar ao segundo andar, ouviu que uma porta se fechava com estrépito atrás de si.

– Está bem, está bem... Eu mesmo vou comprar a cerveja.

Com os lábios franzidos, abriu a porta do seu apartamento. «Sim», pensou. Era um tugúrio de primeira. No corredor reinava o cheiro a alho. Supôs que uma cortesia da sua vizinha. A mulher estava sempre a cozinhar massa.

Entrou, acendeu a luz e observou a sala. Estava limpa. Talvez com um pouco de pó. Raramente permanecia tempo suficiente em casa para a desarrumar. Há três semanas que não passava uma noite ali. O sofá-cama precisava ser estofado. Não era algo em que tivesse reparado antes, nem que o tivesse incomodado. Mas, naquele momento, o tecido descolorido irritou-o.

Avançou meia dúzia de passos e entrou no espaço que servia de cozinha. Tirou uma cerveja do frigorífico e abriu-a. Enquanto bebia um gole, decidiu que as paredes também precisavam de ser pintadas. E no chão não ficaria mal um tapete.

«Mas serviu-me bastante bem até agora, não foi?», questionou-se. Não precisava de apartamentos elegantes. Aquele apartamento perto do seu trabalho era mais do que o suficiente. Vivia ali há quase uma década, satisfeito. Bastava para qualquer um.

Mas não bastava, não podia bastar para Natalie.

Sabia que aquele não era o seu lugar. E tinha-lhe pedido que viesse até ali para o mostrar aos dois.

A noite anterior fora uma revelação para ele. Ela era capaz de o fazer sentir-se daquela maneira, de conseguir que esquecesse que havia mais alguma coisa ou mais alguém no mundo.

Não era justo para nenhum deles continuarem daquela maneira. Quanto mais se prolongasse, mais precisaria dela. E quanto mais precisasse dela, mais lhe custaria deixar que partisse.

O divórcio não o tinha magoado. «Só algumas pontadas», pensou naquele momento. «Muitos remorsos. Mas não uma dor verdadeira. Não a dor profunda que começo a sentir perante a ideia de viver sem Natalie.»

Poderia retê-la. Existia uma grande possibilidade de conseguir retê-la. O lado físico entre eles era de uma intensidade espantosa. Mesmo que acalmasse, seria mais forte do que qualquer coisa que tivesse vivido até então.

E era consciente do efeito que surtia nela.

Poderia retê-la apenas com o sexo. Talvez fosse o suficiente para ela. Mas ao acordar naquela manhã, descobrira que não era o suficiente para ele.

Não, não bastava, não quando começava a imaginar cercas brancas, crianças no pátio, o tipo de coisas que acompanhavam o casamento, a permanência, a vida.

Recordou a si mesmo que não era o acordo que tinham estabelecido. E não tinha o direito de mudar as regras, de esperar que ela quisesse assentar com ele. Já tinha visto que não tinha jeito para o casamento e até se casara com uma pessoa do seu bairro, com o mesmo estilo de vida. Era impossível que encaixasse com Natalie e o facto de o desejar aterrava-o.

Pior do que isso, muito pior, era a ideia de que o rejeitasse se lhe pedisse que tentassem.

Queria tudo ou nada. Então, fazia sentido que a afastasse da sua vida antes de aprofundarem mais a relação? E fá-lo-ia ali, onde as diferenças que havia entre ambos seriam como uma bofetada para ela.

Ao ouvir a baterem à porta, foi abri-la, com a cerveja na mão.

Era tal como tinha pensado. Natalie de pé no corredor, esbelta, dourada, uma criatura exótica completamente deslocada. Ela sorriu e inclinou-se para o beijar.

– Olá!

– Olá. Entra. Tiveste algum problema para chegar até aqui?

– Não – afastou o cabelo da cara e olhou à sua volta. – Apanhei um táxi.

– Bem pensado. Se tivesses deixado o teu carro caro na rua, quando te fosses embora não restaria nada dele. Uma cerveja?

– Não – curiosa, aproximou-se da janela.

– Há pouco para ver – disse, sabendo que se via a fachada de outro edifício.

– Pouco – concordou. – Continua a chover – acrescentou, enquanto tirava o casaco. Sorriu ao ver outro dos seus troféus de basquetebol. – O Jogador Mais Valioso – murmurou, lendo a inscrição da placa. – Impressionante. Eu diria que consigo superar-te nove em cada dez vezes.

– Não estava fresco – virou-se para a cozinha. – Não tenho vinho.

– Não faz mal. Hum... Comida chinesa – abriu um dos recipientes que ele deixara na bancada e cheirou. – Estou cheia de fome. Ao almoço, só comi uma salada. Não parei de andar de um lado para o outro da cidade, a tratar dos detalhes para sábado. Onde estão os pratos? – relaxada, abriu um armário. – Na próxima semana, tenho de ir ver todas as lojas. Estava a pensar... – calou-se ao virar-se e ver que a observava. – O que foi?

– Nada – murmurou, tirando-lhe os pratos da mão. Enquanto servia o jantar, pensou que não tinha imaginado que ela começasse a conversar. Deveria ter compreendido que não encaixava no seu mundo. Deveria ter-lhe facilitado as coisas. – Bolas, não vês onde estás? – perguntou ao aproximar-se e fazer com que recuasse um passo.

– Hum... – pestanejou – na cozinha?

– Olha à tua volta – irritado, agarrou-a pelo braço e arrastou-a para a outra divisão. – Olha à tua volta. É só isto. É assim que vivo. É assim que sou.

– Está bem – afastou-lhe a mão, porque a pressão dos dedos a magoara. Para o satisfazer, olhou à volta. Era um quarto espartano, masculino na sua simplicidade. Pequeno, mas não muito cheio. Uma mesa exibia fotografias de uma família que esperava poder observar melhor. – Não lhe faria mal um pouco de cor – decidiu passado algum tempo.

– Não estou a pedir-te conselhos de decoração – disse Ry.

– Então, o que estás a pedir?

Praguejando, regressou à cozinha em busca da cerveja. Se continuasse a olhar para ele com aquela expressão confusa e magoada nos olhos, estava perdido. Teria de ser cruel. Sentou-se no braço do sofá e bebeu um gole.

– Sejamos realistas, Natalie. A nossa relação começou porque nos desejávamos loucamente.

Ela sentiu que empalidecia. Mas não desviou o olhar e disse, com voz firme:

– Sim, é verdade.

– Aconteceu tudo muito depressa. O sexo, a investigação. As coisas misturaram-se.

– Sim?

– És uma mulher bonita – tinha a boca seca e a cerveja não o ajudava. – Desejava-te. Tinhas um problema. Era a minha função resolver-to.

– E fizeste-o – replicou ela, com cautela.

– Na sua maior parte. A polícia investigará quem quer que esteja a pagar a Clarence. Até então, deves ter cuidado. Mas a situação já está praticamente controlada. Nesse sentido.

– E no campo pessoal?

– Acho que já está na hora de pararmos – franziu o sobrolho e observou a garrafa, – para vermos as coisas com mais clareza.

As pernas de Natalie tremeram.

– Estás a acabar comigo, Ry?

– Estou a dizer que temos de analisar como são as coisas fora da cama. Como és tu – levantou os olhos, – como eu não sou. Sobra-nos fogo, Natalie. O problema disso é que podemos deixar-nos cegar pelo fumo. Está na hora de limpar o ar, é só isso.

– Compreendo – não ia suplicar-lhe. Também não ia chorar diante dele. Não quando a olhava com tanta frieza e a sua voz indiferente lhe rasgava o coração. Questionou-se se na noite anterior decidira ser tão gentil, tão carinhoso e doce porque já tinha decidido acabar a relação. – Bom, suponho que já o limpámos – apesar da sua determinação, sentiu lágrimas nos olhos.

Ry levantou-se de um salto.

– Não.

– Não vou chorar. Acredita em mim – mas caiu-lhe uma lágrima ao virar-se para a porta. – Agradeço-te por não teres feito isto num lugar público – apoiou a mão na maçaneta. Tinha os dedos dormentes. Nem sequer os sentia.

– Natalie...

– Estou bem – para lho demonstrar, virou-se para ele. – Não sou uma menina e esta não é a primeira relação que tenho que não resulta. No entanto, é a primeira vez que sinto uma coisa e tens o direito de o saber, idiota – secou outra lágrima. – Nunca me tinha apaixonado, mas apaixonei-me por ti. Odeio-te por isso.

Abriu a porta e foi-se embora sem o casaco.

CAPÍTULO 11

Durante dez minutos, Ry andou de um lado para o outro da sala, tentando convencer-se de que fizera o correto para os dois. Sem dúvida, ela sentir-se-ia um pouco magoada. Teria o orgulho maltratado, já que não se mostrara muito diplomático.

Durante os dez minutos seguintes, tentou convencer-se de que Natalie não falara a sério, de que só quisera vingar-se.

Não estava apaixonada por ele. Não podia estar. Porque, se estivesse, então, era o maior idiota do mundo.

«Oh, meu Deus!» Era o maior idiota do mundo.

Apanhou o casaco dela, esqueceu-se do seu e desceu a correr para a rua.

Tinha deixado o carro no quartel. Rezou para encontrar um táxi, foi até à esquina e, depois, até à seguinte.

A sua impaciência custou-lhe mais tempo do que se tivesse ficado à espera de um. Quando conseguiu chamar um táxi, já tinha percorrido doze quarteirões e estava encharcado.

O veículo abriu caminho entre a chuva e o trânsito, travando e avançando, até que entregou algumas notas ao condutor e saiu.

Teria chegado mais depressa a pé.

Já passara quase uma hora quando parou à frente da porta de Natalie. Não se incomodou em bater. Usou a chave que não lhe tinha pedido que lhe devolvesse.

Daquela vez, não houve boas-vindas, nenhuma sensação acolhedora de chegar a casa. Assim que entrou, soube que não estava lá. Recusando-se a aceitá-lo, chamou-a e começou a procurá-la pelo apartamento.

«Esperarei», disse a si mesmo. «Regressará mais cedo ou mais tarde e encontrar-me-á aqui. De algum modo, resolverei as coisas.» Decidiu que, se fosse preciso, suplicaria.

O mais provável era que tivesse ido para o seu escritório. Talvez pudesse ir ter com ela lá. Poderia telefonar-lhe, mandar-lhe um telegrama. Poderia fazer alguma coisa.

Meu Deus, Natalie estava apaixonada por ele e ele afastara-a.

No quarto, sentou-se na beira da cama e levantou o auscultador do telefone. Foi então que viu o papel sobre a mesa-de-cabeceira: «Atlanta... National Airlines... 8:25».

«National Airlines», pensou. «O aeroporto.»

Demorou três minutos a sair do apartamento e a exigir ao porteiro que lhe chamasse um táxi.

Perdeu o avião dela por menos de cinco minutos.

– Não, inspetor Piasecki, não sei quando a menina Fletcher pensa voltar – Maureen sorriu com cautela. O homem parecia desorientado, como se tivesse passado uma noite agitada. As coisas já estavam bastante agitadas com a viagem súbita da chefe, sem necessidade de ter de enfrentar um louco às nove horas da manhã.

– Onde está? – exigiu Ry. Na noite anterior, estivera prestes a apanhar o voo seguinte para Atlanta, mas, de repente, tinha-lhe ocorrido que não tinha ideia de onde a encontrar.

– Lamento, inspetor. Não estou autorizada a dar-lhe essa informação. Com muito gosto, transmitirei à menina Fletcher a mensagem que quiser dar-lhe quando ela telefonar.

– Quero saber onde está – insistiu, com os dentes apertados.

Maureen pensou seriamente em chamar os seguranças.

– É política da empresa...

Com uma única palavra ele definiu a política da empresa e mostrou o seu distintivo.

– Vê isto? Estou a cargo da investigação dos incêndios provocados. Tenho informações que a menina Fletcher tem de receber imediatamente. Agora, se não me indicar onde posso localizá-la, terei de falar com os meus superiores – deixou que assimilasse as suas palavras e manteve viva a esperança.

Indecisa, Maureen mordeu o lábio. Era verdade que a menina Fletcher lhe dera ordens específicas de que não divulgasse o seu itinerário. Também era verdade que, durante a chamada pressurosa que lhe tinha feito no dia anterior, não mencionara de forma específica o inspetor Piasecki. E se tinha a ver com os incêndios...

– Está hospedada no Ritz-Carlton de Atlanta.

Antes que acabasse a frase, Ry já tinha abandonado a receção.

Chegou à conclusão de que, se um homem ia suplicar, o melhor era fazê-lo em privado.

Quinze minutos mais tarde, irrompia no seu escritório, sobressaltando a sua secretária.

– Ritz-Carlton, Atlanta. Passa-me a chamada.

– Sim, senhor.

Não parou de andar de um lado para o outro do seu escritório até a secretária lhe fazer sinal com a mão.

– Natalie Fletcher – resmungou ao auscultador. – Quero falar com ela.

– Sim, senhor. Um segundo, por favor.

Passou um instante interminável, até que ouviu o som da ligação. Suspirou aliviado ao ouvir a voz dela do outro lado.

– Natalie... O que raio fazes em Atlanta? Preciso... – soltou um palavrão quando a linha caiu. – Bolas, passa-me outra vez a Atlanta.

Com os olhos muito abertos, a sua secretária voltou a marcar o número.

«Calma, Ry», ordenou a si mesmo. Sabia como manter a tranquilidade perante um incêndio, a morte e a desgraça. Sem dúvida, poderia permanecer sereno naquele momento. Mas, quando o telefone continuou a tocar e a imaginou diante da janela do quarto, sem o atender, esteve prestes a atirá-lo contra a parede.

– Telefona para o aeroporto – resmungou à sua secretária, a qual olhou para ele com os olhos quase esbugalhados. – Marca-me um bilhete para o próximo voo para Atlanta.

Ao chegar ao seu destino, descobriu que Natalie já partira.

Não conseguia acreditar. Mais de dez horas depois da sua partida precipitada, Ry estava de volta a Urbana. Sozinho. Nem sequer conseguira vê-la. Tinha passado horas em aviões, mais tempo a persegui-la por Atlanta, desde o hotel até à loja da Lady's Choice, de volta ao hotel e dali para o aeroporto. Em todas as vezes, o desencontro fora por minutos.

«É como se soubesse que andava atrás dela», pensou, enquanto subia as escadas que conduziam ao seu apartamento. Deixou-se cair no sofá e passou as mãos pela cara.

Não lhe restava outra escolha senão esperar.

– É tão bom ver-te! – Althea Grayson Nightshade sorriu ao passar a palma de uma mão pela sua barriga enorme.

– Igualmente – Natalie riu-se. – Como te sentes?

– Oh, como uma mistura entre o boneco da Michelin e Moby Dick.

– Nunca nenhum deles esteve tão bem – o que era verdade. A gravidez tinha potenciado a beleza considerável de Althea. Os seus olhos eram dourados, a sua pele estava luminosa, o cabelo era uma cascata de fogo sobre os ombros.

– Estou gorda, mas saudável – fez uma careta. – Colt foi um demónio ao insistir que comesse bem, dormisse bem, me exercitasse e descansasse. Inclusive, elaborou um programa diário. Ficou frenético quando descobriu que íamos ser pais.

– O quarto do bebé está lindo – Natalie inspecionou a divisão verde e branca, passando os dedos pelo berço antigo, pelas cortinas alegres.

– Sentir-me-ei contente quando o ocupar. Será a qualquer momento – suspirou. – Sinto-me muito bem, a sério, mas juro-te que foi a gravidez mais longa da História. Quero ver o meu bebé, bolas! – riu-se. – Quem diria... Nunca pensei que quisesse filhos, muito menos que estaria ansiosa por mudar a primeira fralda.

Intrigada, Natalie olhou por cima do ombro. Althea estava sentada numa cadeira de baloiço, com uma manta nas mãos.

– Não? Nunca quiseste ser mãe?

– Não com o trabalho e o meu passado – encolheu os ombros. – Supunha que não tinha costela de mãe. Então, apareceu Nightshade e, depois, isto – deu uma palmadinha na barriga. – Talvez conceber não seja a minha área natural, mas adorei todos os minutos. Agora, já estou ansiosa por cuidar dele. Imaginas-me sentada aqui, a embalar um bebé? – riu-se.

– Sim – aproximou-se, agachou-se e agarrou as mãos de Althea. – Invejo-te, Thea, muito. Tens alguém que te ama e vocês conceberam um bebé. Não há nada mais importante – com as defesas debilitadas, os seus olhos encheram-se de lágrimas.

– Querida, o que se passa?

– O que poderia passar-se? – desgostada consigo mesma, endireitou-se.

– Um homem.

– Um idiota – conteve o choro e enfiou as mãos nos bolsos.

– E esse idiota pode ser um inspetor dos bombeiros? – Althea sorriu um pouco quando Natalie a observou com o sobrolho franzido. – As notícias voam, inclusive até Denver. A verdade é que a tua família, Colt e eu andámos a controlar-nos para não te perguntarmos o que fazias aqui.

– Eu expliquei-vos. Estou à procura de um local para abrir outra loja.

– Em vez de estares em Urbana para a inauguração.

Lamentava-o e era outra coisa para qual devia culpar Ry.

– Assisti à inauguração de Dallas. Cada uma das lojas tem a mesma importância para mim.

– Sim e aposto que foi um sucesso.

– As vendas da primeira semana parecem promissoras.

– Então, porque não voltaste para casa para o apreciares? – Althea inclinou a cabeça. – Por causa do idiota?

– Tenho direito a ter algum tempo livre antes de... Bom, sim – reconheceu. – O idiota deixou-me.

– Oh! Cilla disse que estava louco por ti.

– Éramos bons na cama – disse, sem rodeios, e apertou os lábios. – Cometi o erro de me apaixonar por ele. Pela primeira vez na vida e partiu-me o coração.

– Lamento – preocupada, Althea levantou-se.

– Superá-lo-ei – apertou as mãos que a sua amiga lhe ofereceu. – Nunca tinha sentido isto por ninguém. Não sabia que conseguia. Consegui passar pela vida sem que ninguém me magoasse. E, de repente, zás! Foi como se me cortasse o coração aos bocadinhos – murmurou. – Ainda não fui capaz de voltar a pô-los no sítio.

– Bom, isso quer dizer que ele não valia a pena – afirmou Althea, com lealdade.

– Oxalá fosse verdade... Seria mais fácil. No entanto, é um homem maravilhoso, doce, dedicado – mexeu os ombros. – Não queria magoar-me. Já me telefonou várias vezes desde que me ausentei.

– Deve querer desculpar-se, resolver as coisas.

– Achas que devia dar-lhe uma oportunidade? – levantou o queixo. – Não aceitei nenhuma das suas chamadas. Não vou aceitar nada dele. Pode enviar-me flores para o país inteiro, não servirá de nada.

– Enviou-te flores – um sorriso começou a aparecer nos lábios de Althea.

– Narcisos. Cada vez que me viro, recebo um ramo de narcisos estúpidos. Achará que vou cair outra vez nessa armadilha?

– Talvez devesses voltar e deixar que te suplique. E, depois, dar-lhe um pontapé nos dentes – fez uma careta ao sentir uma contração. Olhou para o relógio e viu que era a terceira na última meia hora.

– Estou a pensar nisso. Mas enquanto não estiver preparada, não vou... – calou-se. – O que se passa? Sentes-te bem?

– Sim – soltou o ar devagar. Aquela contração estava a durar mais tempo. – Sabes, acho que vou entrar em trabalho de parto.

– O quê? – ficou pálida. – Agora? Senta-te. Senta-te, pelo amor de Deus! Vou telefonar a Colt.

– Talvez o faça – com cuidado, acomodou-se na cadeira de baloiço. – E acho que é melhor que lhe telefones.

Deirdre alegrou-se por ter tomado a decisão de trazer trabalho para casa. A maldita constipação que tinha apanhado não a largava. Ocupada, pelo menos esqueceria a dor de cabeça e a garganta irritada.

Cheirou a tigela de canja de galinha que tinha aquecido no micro-ondas e, em vez dela, decidiu-se pelo chá. Não havia nada como um gole de uísque para realçar uma chávena de chá.

Se tivesse sorte, muita sorte, deixaria a gripe para trás e disporia das quantias preliminares antes que Natalie regressasse de Denver.

Bebeu outro gole de chá e continuou a escrever ao computador. Parou, franziu o sobrolho e compôs os óculos.

«Não pode estar bem», pensou e carregou em algumas teclas. Não podia estar bem. Sentiu a boca seca e um fio de suor desceu pelas suas costas.

Recostou-se na cadeira e respirou fundo várias vezes. «É apenas um erro», garantiu a si mesma. Encontraria a discrepância e resolvê-la-ia.

Mas não demorou muito tempo a compreender que não se tratava de um erro. Nem de um acidente.

Tratava-se de um quarto de milhão de dólares. E desaparecera.

Levantou o auricular e marcou um número a toda a velocidade.

– Maureen. Fala Deirdre Marks.
– Menina Marks, a sua voz está apanhada.
– Eu sei. Ouve, preciso de falar imediatamente com Natalie.
– E quem não precisa?
– É urgente, Maureen. Está com o seu irmão, não está? Dá-me o número.
– Não posso, menina Marks.
– Estou a dizer que é urgente.
– Entendo, mas não está lá. O seu avião descolou de Denver há uma hora. Está a voltar para casa.

Um filho. Althea e Colt tinham um filho, minúsculo e bonito. Althea tivera doze horas de trabalho de parto para o trazer ao mundo e o bebé chegara bem.

Recordou-o enquanto o avião viajava para Este. Fora maravilhoso terem-lhe permitido ficar na sala de partos, para dar ânimo a Colt, para os ver a trabalhar em conjunto com o fim de darem as boas-vindas àquela nova vida.

Só chorara quando acabara, quando deixara Colt e Althea embevecidos com o filho. Boyd tinha saído do hospital com ela. Devia ter percebido o estado de espírito com que se encontrava, porque não a interrogara.

Naquele momento, regressava a casa porque tinha trabalho para fazer. E porque era uma covardia saltar de cidade em cidade pelo simples facto de se sentir magoada.

Tinha sido uma boa viagem. Bem-sucedida a nível profissional. Tranquilizadora a nível pessoal. Tinha de pensar na possibilidade de voltar a instalar-se no Colorado. Encontrara um local excelente. E uma nova loja em Denver beneficiaria do seu toque pessoal.

Se a mudança ainda oferecesse o benefício da fuga, o que mais podia importar?

Certamente, teria de esperar até que descobrissem quem pagara a Clarence Jacoby. Se realmente tivesse sido um dos seus empregados de Urbana, teria de o desmascarar. Uma vez encerrado esse assunto, Donald poderia encarregar-se do escritório.

Seria simples. Donald possuía o talento. De um ponto de vista empresarial, a mudança só implicaria que mudasse o seu escritório e a sua secretária.

«Secretária», pensou, com o sobrolho franzido. Havia qualquer coisa estranha em relação à secretária. Compreendeu imediatamente que não com a sua. Mas com a que ficara destruída na loja principal.

Ele sabia. O coração começou a pulsar-lhe depressa. Como soubera Donald que a secretária do escritório da diretora era uma antiguidade? Como soubera que ficara destruída?

Com cautela, começou a rever os detalhes, recordando os seus passos desde o segundo incêndio até ao dia em que Donald e ela tinham visitado a loja. Ele não tinha subido até ao escritório desde que o tinham decorado. Pelo menos, não que ela soubesse. Então, como podia saber que tinham tido de trocar a secretária?

Porque estivera lá. «Foi só isso», tentou convencer-se. Fora lá e esquecera-se de o mencionar. Fazia sentido, mais do que achar que tinha participado nos incêndios.

No entanto, passara pelo armazém na manhã seguinte ao incêndio. «Cedo», recordou. Ela dissera-lhe? Não tinha a certeza. Talvez tivesse sabido pelas notícias. Teriam dado detalhes tão cedo? Também não tinha a certeza disso e preocupava-a.

Questionou-se porque faria algo tão drástico para prejudicar um negócio do qual formava uma parte importante. Que possível motivo poderia ter para querer ver o equipamento e a mercadoria destruídos?

«Equipamento e mercadoria... e os registos», pensou, com um sobressalto. Havia registos no armazém e também na loja... Na zona onde deflagrara o incêndio.

Decidida a manter a calma, pensou nas disquetes que entregara a Deirdre, nas cópias que ainda tinha a salvo no seu escritório. Verificá-las-ia ao aterrar, para ficar descansada.

Como é claro, sabia que se enganava ao suspeitar de Donald. Tinha de estar enganada.

«Está atrasado. Uma coisa terrível para uma mulher com a obsessão de ser pontual», pensou Ry, enquanto caminhava diante da porta de desembarque do aeroporto. Tinha de chegar com atraso justamente quando ele estava a ficar louco.

Pouco importava que o avião chegasse com atraso e de ela estar a bordo. Encarava-o como uma afronta pessoal.

Se Maureen não tivesse tido piedade dele, não teria sabido que regressava naquela noite. Crispava-o um pouco saber que a secretária de Natalie tinha sentido piedade dele, que devia ter visto a expressão de um cão espancado na sua cara.

Até os seus homens do quartel já tinham começado a falar nas suas costas. Qualquer pessoa conseguia ver que os últimos dez dias tinham sido uma tortura.

Bolas, cometera um erro! Um pequeno erro e ela encarregara-se de o fazer pagar por isso. Com juros.

Teriam de o esquecer.

Apertou os narcisos com força, continuou a andar e a sentir-se como um parvo. Quando anunciaram o voo de Natalie, o coração disparou-lhe.

Viu-a e as mãos começaram a suar-lhe.

Ela viu-o, virou bruscamente para a esquerda e prosseguiu a sua marcha.

– Natalie – alcançou-a com dois passos largos. – Bem-vinda a casa.

– Vai para o inferno.

– Estou lá há dez dias. E não gosto. São para ti.

Ela desceu o olhar para os narcisos e olhou para ele com expressão desdenhosa.

– Não queres que te diga o que podes fazer com essas flores estúpidas, pois não?

– Podias ter falado comigo quando te telefonei.

– Não tinha vontade de falar contigo – de propósito, entrou na casa de banho das senhoras.

Ry apertou os dentes e esperou.

Natalie disse a si mesma que não se sentira contente ao vê-lo. Em silêncio, acelerou o passo para a zona de recolha de bagagem.

– Como correu a viagem? – só conseguiu que lhe dedicasse uma expressão furiosa. – Ouve, estou a tentar desculpar-me.

– É disso que se trata? – abanou a cabeça e desceu pela escada rolante. – Poupa-me.

– Chateei-te. Desculpa. Ando há dias a tentar dizer-to, mas não aceitas as minhas chamadas.

– Isso deveria indicar alguma coisa, Piasecki, inclusive a alguém com a tua inteligência limitada.

– Vim buscar-te – explicou, contendo uma mordaz réplica, – para que possamos falar.

– Pedi um carro.

– Cancelámo-lo. Quer dizer... – teve de escolher as palavras com cuidado ao receber um olhar gélido. – Eu cancelei-o ao saber que vinha buscar-te – não fazia sentido prejudicar Maureen. – Eu levo-te.

– Vou de táxi.

– Não sejas tão teimosa. Se me obrigares, armar-me-ei em duro – murmurou ao chegar junto da passadeira com as malas. – Posso pôr-te ao ombro em dois segundos. E fazer com que te sintas muito envergonhada em público. Independentemente do que disseres, vou levar-te a casa.

Ela pensou. Sabia que podia envergonhá-la. Não fazia sentido dar-lhe essa satisfação. Também não pensava transmitir-lhe as suas suspeitas, não até dispor de alguma coisa sólida e ver-se obrigada a lidar com ele num plano estritamente profissional.

– Não vou para casa. Tenho de ir para o escritório.

– O escritório está fechado. São quase nove horas da noite.

– Vou para o escritório – repetiu, afastando-se dele.

– Ótimo, falaremos lá.

– Esta – assinalou uma mala cinzenta. – Aquela e – um porta-fatos a condizer – aquela – outra mala.

– Não tiveste tempo para guardar tanta coisa antes de eu ter chegado ao teu apartamento naquela noite.

– Fui comprando coisas pelo caminho.

– Suficientes para uma passagem de modelos – murmurou Ry.

– Desculpa? – o tom que empregou fez com que a temperatura no terminal descesse dez graus.

– Nada. A inauguração foi uma verdadeira sensação – continuou ele, enquanto saíam do edifício.

– Cumpriu as expetativas criadas.

– Saíram artigos no *Newsday*e na *Business Week*– encolheu os ombros quando ela olhou para ele. – Ouvi dizer.

– E no Women's WearDaily – acrescentou ela. – Mas quem está a contar?

– Eu. É fantástico, Natalie, a sério. Alegro-me por ti. E estou orgulhoso – deixou a bagagem junto do carro. – Meu Deus, senti a tua falta...

Ela recuou, evitando-o quando estendeu os braços. Prometera a si mesma que não deixaria que voltasse a magoá-la. Não o permitiria.

– Muito bem – devagar, aturdido pela dor que lhe tinha causado aquela recusa instantânea, levantou as mãos. – Mereci-o. Dar-te-ei oportunidade de me atacares todas as vezes que quiseres.

– Não me interessa discutir contigo – disse. – Fiz uma longa viagem e sinto-me exausta.

– Deixa-me levar-te a casa, Natalie.

– Vou para o escritório – esperou que ele abrisse o carro. Uma vez lá dentro, recostou a cabeça e fechou os olhos. Suspirou quando Ry depositou as flores amarelas no seu colo.

– Não conseguiram mais nada de Clarence – disse, com a esperança de penetrar o muro que ela erguera entre os dois.

– Eu sei – ainda não conseguia pensar nas suas suspeitas. – Mantive-me em contacto.

– Mexes-te depressa.

– Tive de abranger muito território.

– Sim – tirou dinheiro do bolso para pagar o estacionamento. – Dei-me conta, depois de te perseguir por Atlanta.

– Desculpa? – abriu os olhos.

– Não conseguia apanhar um maldito táxi – murmurou. – Devo ter subido quando estavas a descer do teu apartamento.

– Sim.

– Já imaginava. Foi uma maratona até à tua casa e, ao subir, descobri que já te tinhas ido embora. Vi o papel e cheguei ao aeroporto mesmo a tempo de ver o teu avião a levantar voo.

– Supõe-se que a culpa foi minha, Piasecki? – perguntou.

– Não, não foi, bolas! Foi minha. Mas se tivesses conseguido ficar quieta em Atlanta durante cinco minutos, teríamos resolvido isto.

– Resolvemo-lo.

– Nem sonhes! – virou a cabeça e olhou-a com expressão séria. – Odeio quando me desligam o telefone na cara.

– Foi um prazer para mim – respondeu, satisfeita.

– Poderia ter-te estrangulado por isso quando cheguei. Se tivesse conseguido encontrar-te. «Não, a menina Fletcher está na butique.» Fui para lá e «Lamento, a menina Fletcher regressou ao hotel». Voltei para o hotel e já tinhas deixado o quarto. Cheguei ao aeroporto e já estavas no ar. Dediquei horas a tentar apanhar-te.

Ela encolheu os ombros. Não queria, mas não conseguiu evitar um pequeno prazer ao notar a frustração da sua voz.

– Não esperes por um pedido de desculpas – no entanto, agarrou as flores para evitar que caíssem quando ele travou.

– Eu estou a tentar dar-te um.

– Não é preciso. Tive tempo para pensar e cheguei à conclusão de que tinhas razão. Não gostei do estilo que empregaste, mas a questão é que era verdade. Desfrutámos de alguma química. Foi só isso.

– Tivemos muito mais. Temos muito mais. Natalie...

– Eu saio aqui – esquecendo a bagagem, saiu do carro. Quando Ry estacionou num sítio proibido, ela esperou que o segurança lhe abrisse a porta.

– Bolas, Natalie, podes parar?

– Tenho trabalho para fazer. Boa noite, Ben.

– Menina Fletcher, vem trabalhar tarde?

– Sim – passou à frente do segurança, com Ry atrás dela. – Não é preciso que subas comigo, Ry.

– Disseste que me amavas.

– Superei-o – sem prestar atenção ao olhar curioso do segurança, chamou o elevador.

Ele sentiu uma onda de pânico que o paralisou. Mal conseguiu entrar no elevador antes que se fechassem as portas.

– Não é verdade.

– Sei o que é verdade e o que não é – carregou no botão do seu andar. – Para ti, é tudo uma questão de orgulho. Fizeste uma cena porque não voltei quando me telefonaste – puxou o cabelo para trás. Os olhos brilhavam-lhe, mas não com lágrimas, senão com fúria. – Porque não preciso de ti.

– Não teve nada a ver com o orgulho. Estava... – não conseguiu reconhecer que se assustara. – Estava enganado – disse. Aquilo já era bastante difícil, mas, pelo menos, não humilhante. – Tu... na minha casa. Pedi-te que fosses lá porque era óbvio.

– O que era óbvio?

– Que não podia ser real. Eu não percebia como podia ser real. Quem tu és, como és. E como eu sou.

– Não sei se estou a conseguir perceber, inspetor – semicerrou os olhos. – Deixaste-me porque não encaixava no teu apartamento?

Não tinha de parecer tão estúpido. Levantou a voz para se defender.

– Em tudo. Comigo. Eu não posso dar-te... coisas. Da primeira vez que recordei que deveria oferecer-te flores de vez em quando, olhaste-me como se te tivesse esmurrado o queixo. Nunca te levo a lado nenhum. Não penso nisso. Tens amigos que vivem em mansões. Olha, bolas, tens diamantes nas orelhas! – levantou as mãos, como se isso explicasse tudo. – Diamantes, pelo amor de Deus!

As faces de Natalie estavam acaloradas quando avançou para ele.

– Foi por causa do dinheiro? Foi por isso? Partiste-me o coração pelo dinheiro?

– Não, pelas... coisas – como poderia explicar o que já não fazia sentido? – Natalie, deixa-me tocar-te.

– Vai para o inferno! – afastou-o, saindo do elevador assim que as portas se abriram. – Afastaste-me porque pensaste que queria que me comprasses diamantes, uma mansão ou flores? – furiosa, atirou os narcisos ao chão. – Eu posso comprar os meus próprios diamantes ou o que quiser. Queria-te a ti.

– Não te vás embora. Não! – com um palavrão, foi atrás dela. Tocou um telefone no corredor. – Natalie – agarrou-a pelos ombros e obrigou-a a virar-se. – Não pensei exatamente isso.

– E tiveste o descaramento de me chamar snobe – bateu-lhe com a mala no estômago.

Perdida a paciência, imobilizou-a contra a parede.

– Enganei-me. Foi uma estupidez. Fui um estúpido. O que mais queres que diga? Não pensava. Deixei-me levar pelos sentimentos.

– Magoaste-me.

– Eu sei – apoiou a testa contra a dela. Podia cheirá-la, senti-la e a ideia de a perder enfraqueceu-lhe os joelhos. – Desculpa. Não sabia que podia magoar-te. Pensei que se tratava só de mim. Pensei que me deixarias.

– De modo que me deixaste primeiro.

– Algo do género – afastou-se um pouco.

– Covarde! – soltou-se. – Vai-te embora, Ry. Deixa-me em paz. Tenho de pensar.

– Continuas apaixonada por mim. Não irei a lado nenhum enquanto não mo disseres.

– Então, terás de esperar, porque não estou preparada para te dizer nada – os telefones tocavam. Esfregou a têmpora e questionou-se quem podia ser àquela hora. – Estou arrasada, não te dás conta? Compreendi que te amava e tive de acabar a nossa relação quase ao mesmo tempo. Não vou servir-te os meus sentimentos numa bandeja.

– Então, oferecer-te-ei eu os meus – murmurou. – Amo-te, Natalie.

– Bolas! – sentiu um nó na garganta. – Isso não é justo.

– Não me importa se é – aproximou-se e estendeu a mão para lhe tocar no cabelo. Ficou quieto ao ver o brilho ao fundo do corredor. Dançava através do vidro num padrão que reconhecia demasiado bem. – Desce pelas escadas, já! Chama os bombeiros.

– O quê? Do que estás a falar?

– Vai-te embora – repetiu, lançando-se corredor abaixo. Já conseguia cheirar o fumo. Recriminou-se por ter estado tão concentrado nas suas próprias necessidades. Viu o fumo que saiu por debaixo da porta, sendo sugado outra vez.

– Oh, meu Deus! Ry!

Ela estava atrás dele. Ele dispôs de tempo para ver como as chamas se contorciam atrás do vidro, para fazer uma avaliação. Depois, virou-se, saltou e atirou Natalie ao chão quando o vidro rebentou. Alguns fragmentos letais caíram sobre os dois.

CAPÍTULO 12

Natalie sentiu uma dor aguda e penetrante quando a cabeça lhe bateu contra o chão, e pontadas de calor do vidro e das chamas. Durante um instante aterrador, pensou que Ry estava inconsciente ou morto. O seu corpo estava completamente estendido sobre ela, um escudo que a protegia do pior da explosão. Antes inclusive de conseguir respirar para gritar o seu nome, ele levantou-se e endireitou-a.

– Estás queimada?

Natalie abanou a cabeça, apenas consciente do fumo que começava a arder-lhe nos olhos, na garganta. Mal conseguia distinguir a cara de Ry, mas viu o sangue.

– A tua cara, o teu braço... Estás a sangrar.

Mas ele não a ouvia. Apertava-lhe a mão com força e afastava-a das chamas. Enquanto corriam pelo corredor, outra janela rebentou. E o fogo saiu com um rugido.

Rodeou-os, dourado e ambicioso, incrivelmente quente. Ela gritou uma vez ao ver que avançava pelo chão em direção a eles.

O pânico dominou-a. Estavam encurralados, com línguas de fogo que serpenteavam de cada lado. Aterrada, lutou contra Ry quando a empurrou ao chão.

– Permanece agachada – sem importar quão sombrios fossem os seus pensamentos, manteve a voz serena. Com uma mão, agarrou-a pelo cabelo para a obrigar a olhar para ele. Precisava que não perdesse o controlo.

– Não consigo respirar – o fumo sufocava-a, fazendo-a tossir.

– Aqui em baixo, há mais ar. Não temos muito tempo – era consciente da rapidez com que o fogo os alcançaria, bloqueando a sua saída para as escadas. Não tinha nada com o qual combatê-lo.

Se o fogo não os matasse, matá-los-ia o fumo, muito antes que pudessem salvá-los. – Tira o casaco.

– O quê?

Os movimentos dela já eram lentos. Conteve o medo e tirou-lhe o casaco.

– Vamos atravessar o fogo.

– Não podemos – nem sequer foi capaz de gritar quando se produziu a explosão seguinte de vidro. Só conseguiu dobrar-se, sacudida pela tosse. Queria deitar-se e respirar o ar que ainda flutuava sobre o chão. – Queimar-nos-emos. Não quero morrer assim.

– Não vais morrer – passou-lhe o casaco pela cabeça e obrigou-a a levantar-se. Quando ela cambaleou, acomodou-a junto do ombro. Viu que as chamas os rodeavam. Em poucos segundos, alcançá-los-iam e sufocariam.

Calculou a distância e correu para o fogo.

Durante um instante, encontraram-se no inferno. Fogo, calor, o rugido da sua raiva, o contacto rápido e faminto das suas línguas.

As chamas envolveram-nos. Sentiu que os pelos das mãos ardiam, soube pelo calor intenso nas costas e nos braços que o casaco estava em chamas. Sabia exatamente o que o fogo fazia à pele. Não permitiria que chegasse até Natalie.

Então, atravessaram-no e entraram na muralha de fumo. Cegos, com os pulmões prestes a parar, procurou com as mãos a porta de emergência.

Instintivamente, pousou a mão em busca de algum sinal de calor, agradeceu a Deus por não haver nenhum e abriu. O fumo subia pela escada, o que significava que por baixo também havia fogo, mas não tinham escolha. Tirou o casaco queimado a Natalie e apoiou-a contra a parede, enquanto tirava o seu próprio casaco. O couro ardia devagar.

Aturdida pelo fumo e à beira do choque, ela deslizou para o chão.

– Não vais render-te! – exclamou, enquanto voltava a carregá-la ao ombro. – Aguenta, bolas! Aguenta!

Desceu os degraus. Natalie era um peso morto. Os olhos de Ry choravam pelo fumo e as lágrimas uniam-se ao suor que descia pela sua cara. Teve um ataque de tosse e sentiu que as costelas iam partir-se. A única coisa que sabia era que tinha de a levar para um sítio seguro.

Contava os degraus, mantendo a mente concentrada nisso. O fumo começou a atenuar e albergou esperanças.

Ouviu os gritos, as sirenes. No seu campo cinzento de visão viu que dois bombeiros corriam para ele.

– Meu Deus, inspetor!

– Ela precisa de oxigénio – sem a largar, descartou a ajuda que lhe ofereciam e levou-a para o exterior.

As luzes giravam. Todos os sons, cheiros e imagens do cenário de um incêndio. Como um homem ébrio, dirigiu-se para o carro de bombeiros mais próximo.

– Oxigénio! – ordenou. – Já! – enquanto a deitava, teve outro ataque de tosse.

A cara de Natalie estava tão negra como a fuligem e tinha os olhos fechados. Não conseguia ver se respirava, não conseguia ouvi-la. Alguém gritava, mas não tinha ideia de que era ele. Umas mãos afastaram as suas, fracas e trémulas, e puseram uma máscara de oxigénio sobre o rosto de Natalie.

– Precisas de cuidados médicos, inspetor.

– Mantenham-se afastados de mim – inclinou-se para lhe sentir o pulso. O sangue desceu pelo seu braço até cair sobre o pescoço dela. – Natalie... Por favor...

– Está bem? – com lágrimas nos olhos, Deirdre ajoelhou-se junto dele. – Vai ficar bem?

– Respira – foi a única coisa que Ry conseguiu dizer. – Respira – repetiu, acariciando-lhe o cabelo.

Por um ato de misericórdia, a hora seguinte foi um pouco imprecisa. Recordava entrar na ambulância com ela. Alguém lhe pusera oxigénio e ligara-lhe o braço. Assim que chegaram às Urgências, levaram-na. Ry teve vários ataques de tosse. Então, o mundo começou a andar à roda.

Encontrou-se deitado numa marquesa. Quando tentou endireitar-se, impediram-no.

– Fique quieto – uma mulher baixa de cabelo grisalho olhava-o com o sobrolho franzido. – Eu gosto que os pontos que dou fiquem perfeitos. Perdeu uma grande quantidade de sangue, inspetor Piasecki.

– Natalie...

– A menina Fletcher está a ser tratada. Agora, deixe-me fazer o meu trabalho, está bem? – parou e observou-o. – Se continuas a empurrar-me, vou sedá-lo. Era mais fácil quando estava sem sentidos.

– Durante quanto tempo? – conseguiu perguntar.

– Não o suficiente – atou o ponto de sutura e cortou a linha. – Tirámos-lhe o fragmento de vidro do ombro. Não ficou muito mau, mas o braço, sim. Quinze pontos – sorriu. – Um dos meus melhores trabalhos.

– Quero ver Natalie – a voz soou áspera, mas era impossível não notar a ameaça. – Já.

– Bom, não pode. Vai ficar onde o pus até que tenha acabado. Depois, se se portar bem, pedirei a alguém que vá ver como está a menina Fletcher.

Ry agarrou a bata da médica com uma mão.

– Já!

Ela apenas suspirou. Tinha consciência de que, nas condições em que estava, conseguiria deitá-lo com um leve empurrão. Mas a agitação não o ajudaria.

– Não se mexa! – ordenou. Dirigiu-se para a cortina, afastou-a e chamou uma enfermeira. Depois de breves instruções, virou-se para Ry. – Já lhe trazem notícias. Sou a doutora Milano e esta noite vou salvar-lhe a vida.

– Ela estava a respirar – afirmou, como que desafiando Milano a contradizê-lo.

– Sim – recuou para lhe agarrar a mão. – Inalou muito fumo, inspetor. Vou tratá-lo e você vai colaborar. Depois de o limparmos, encarregar-me-ei de que veja a menina Fletcher.

A enfermeira regressou e Milano afastou-se para falar em murmúrios com ela.

– Inalação de fumo – anunciou. – E encontra-se em estado de choque. Algumas queimaduras e lacerações leves. Suponho que a mantenhamos no nosso hospital magnífico durante um ou dois dias – suavizou a expressão ao ver que Ry fechava os olhos, aliviado. – Vá, grandalhão, continuemos com o trabalho!

Podia sentir-se fraco, mas não deixaria que o metessem num quarto. Por cima dos protestos de Milano, saiu para a zona de espera. Ao vê-lo, Deirdre levantou-se de um salto.

– Natalie?

– Estão com ela. Disseram-me que ia ficar bem.

– Graças a Deus... – com um soluço abafado, Deirdre cobriu o rosto com as mãos.

– Agora, menina Marks, porque não me conta o que raio fazia esta noite no escritório?

Deirdre respirou fundo e sentou-se.

– Adoraria. Telefonei ao irmão de Natalie – acrescentou. – Suponho que já esteja a caminho. Disse-lhe que fora ferida, mas tentei minimizá-lo.

Ry assentiu. Embora odiasse a fraqueza, viu-se obrigado a sentar-se. A náusea voltava a ameaçá-lo.

– Fez bem.

– Também lhe resumi o que descobri hoje – voltou a respirar fundo. – Por causa de uma constipação, nos últimos dois dias não fui ao escritório. Mas levei o trabalho para casa, incluindo algumas pastas e disquetes que Natalie me dera antes de ir de viagem. Encontrei algumas discrepâncias bastante significativas. Das que podem qualificar-se de «desvio».

«Dinheiro», pensou Ry. Reduzia-se quase sempre ao dinheiro.

– Quem?

– Não posso dizê-lo com certeza...

– Quem? – interrompeu, com um tom de voz que a fez tremer.

– Estou a tentar explicar-lhe que não sei com certeza. Só posso reduzir as hipóteses, tendo em conta como e para onde foi desviado o dinheiro. E não vou dar-lhe um nome para que possa ir dar cabo de alguém – e tinha a certeza de que era o que ele tinha em mente.

Apesar de parecer um sobrevivente de uma viagem ao inferno, nos seus olhos havia morte.

– Posso estar enganada. Preciso de falar com Natalie – comentou, quase para si mesma. – Assim que tive a certeza do que tinha descoberto, tentei entrar em contacto com ela no Colorado, mas já tinha partido. Sabia que passaria pelo escritório antes de ir para casa. Ela é assim. De modo que decidi encontrar-me lá com ela. Diga-lhe o que descobri – abriu a mala que tinha aos pés. – Mostre-lhe isto. Quando estacionei o carro no exterior do escritório, levantei o olhar e vi... – fechou os olhos e soube que ia revivê-lo. – Vi luzes fortes em algumas das janelas. Ao princípio, não soube o que eram, depois, compreendi. Chamei os bombeiros do telefone do carro. Corri para o interior para avisar o segurança. E ouvimos uma explosão – começou a chorar em silêncio. – Sabia que ela estava lá em cima. Mas não sabia o que fazer.

– Soube e fê-lo – incomodado, deu-lhe uma palmadinha no ombro.

– Inspetor? – Milano apareceu com o seu olho franzido habitual. – Consegui-lhe um passe para que vá ver a sua amiga, embora saiba que nem se incomodará em agradecer-me.

– Está bem? – levantou-se imediatamente.

– Estabilizou e está sedada. Mas pode vê-la, já que, aparentemente, é o objetivo da sua vida.

– Vai esperar? – perguntou, olhando para Deirdre.

– Sim. Se depois me disser como está.

– Volto já – seguiu a médica.

O quarto de Natalie era privado e estava tenuemente iluminado. Estava muito quieta, muito pálida. Mas, ao agarrar-lhe a mão, sentiu-a quente.

– Pensa passar a noite aqui? – inquiriu Milano da porta.

– Vai opor-se? – perguntou Ry, sem virar a cabeça.

– Quem, eu? Estou aqui para servir. É possível que não acorde, mas isso não o impedirá. Nem tentar dormir naquela cadeira horrivelmente incómoda.

– Sou bombeiro, doutora. Consigo dormir em qualquer lado.

– Bom, sinta-se como em casa. Vou dizer à sua amiga na sala de espera que está tudo bem.

– Sim – não desviou o olhar da cara de Natalie. – Ótimo.

– De nada – comentou Milano e fechou a porta atrás de si.

Mal dormiu. De vez em quando, entrava uma enfermeira e pedia-lhe que saísse. Foi numa dessas interrupções breves que viu Boyd a avançar pelo corredor.

– Piasecki.

– Capitão. Está a dormir – assinalou a porta. – Aqui.

Sem dizer nada, Boyd passou ao seu lado e entrou.

Ry dirigiu-se para a sala de espera, serviu-se de um café mau e colocou-se diante da janela. Não conseguia pensar. Parecia melhor assim, deixar simplesmente que a noite passasse. Se se concentrasse, voltaria a ver o terror na cara dela, o fogo à sua volta. E recordaria como se sentira ao carregá-la pelas escadas, sem saber se estava viva ou morta.

O calor na mão obrigou-o a descer o olhar. Viu que tinha amachucado o copo de papel e entornado o café sobre as suas mãos ligadas.

– Queres outro? – perguntou Boyd atrás de si.

– Não – atirou o copo para o balde do lixo e limpou as mãos nas calças de ganga. – Queres ir lá para fora para me bateres?

Com uma gargalhada breve, Boyd serviu-se de café.

– Já te viste ao espelho?

– Porquê?

– Pareces saído do inferno – bebeu com cautela. Era inclusive pior do que o café do posto da polícia. – Não ficaria bem se batesse em alguém no teu estado.

– Cicatrizo depressa – quando Boyd guardou silêncio, Ry enfiou as mãos nos bolsos. – Disse-te que não ia deixar que ninguém lhe fizesse mal. Estive prestes a matá-la.

– Sim?

– Perdi o rumo. Sabia que Clarence não estava sozinho. Sabia que havia alguém por trás. Mas fiquei tão absorto nela... Nunca pensei que contratassem outro pirómano ou que tentassem alguma coisa pessoalmente. Os telefones, bolas! Ouvi os telefones a tocar.

– E o que significa isso? – perguntou Boyd, intrigado.

– É um método retardador – respondeu, virando-se. – É clássico. Fósforos encharcados em gasolina. Pegam no telefone e telefonam para aquele número. O telefone toca e a campainha acende a faísca do fósforo.

– Inteligente. Mas nem sempre se pode pensar em tudo.

– É o meu trabalho pensar em tudo.

– E ter uma bola de cristal.

– Supunha-se que devia cuidar dela – a voz soou rouca pelo fumo inalado e pela emoção que não podia permitir-se libertar.

– Sim – reconheceu Boyd, bebendo outro gole. – Fiz muitas chamadas durante a viagem. Uma das vantagens da Indústrias Fletcher é ter um avião privado à disposição. Falei com o chefe dos bombeiros, com a médica que tratou Natalie e com Deirdre Marks. Tiraste-a de lá, carregando-o por cada maldito degrau do edifício. Quantos pontos te deram no braço?

– Isso não tem nada a ver.

– Claro que sim! O chefe dos bombeiros deu-me uma ideia do que tiveram de passar até ao quadragésimo segundo andar e o estado em que estavas quando a tiraste de lá. A sua médica disse-me que, se tivesse ficado lá mais dez minutos, seria pouco provável que agora estivesse viva. Então, quero bater-te? Não. Devo-te a vida da minha irmã.

Ry recordou o aspeto de Natalie quando a depositara no chão, junto do carro dos bombeiros. E o aspeto que tinha naquele momento, pálida e imóvel, numa cama de hospital.

– Não me deves nada.

– Natalie é tão importante para mim como para ti – Boyd pousou o café. – O que fizeste para a irritares?

– Estamos a tentar resolvê-lo – replicou, com uma careta.

– Então, boa sorte – estendeu a mão.

– Obrigado – apertou-lha.

– Suponho que fiques por aqui. Tenho de ir fazer o meu trabalho.

Ry apertou a mão com mais força e semicerrou os olhos.

– Deirdre contou-te quem foi o responsável.

– Correto. Também falei com o capitão da polícia de Urbana. Já se encarregaram disso – viu a expressão nos olhos de Ry e entendeu-a. – Esta parte corresponde à minha equipa, Ry. Tu e a tua certifiquem-se de que o condenam por fogo posto.

– A quem? – perguntou, com os dentes apertados.

– Donald Hawthorne. Há dois dias, reduzi as hipóteses a quatro suspeitos possíveis – esboçou um leve sorriso. – Verifiquei os historiais, os registos bancários e telefónicos. Às vezes, é bom ser polícia.

– E não me passaste a informação.

– Ia fazê-lo quando a reduzisse mais. Já o fiz e estou a dar-ta – Boyd sabia o que era amar e a necessidade de proteger, de viver com o terror de ver a mulher que amava a lutar pela vida. – Escuta – disse, – se o matares, sem importar o quanto possa apetecer-nos fazê-lo, terei de te prender. Terei de meter o meu cunhado na prisão.

– Não sou teu cunhado – enfiou as mãos nos bolsos.

– Ainda não. Vai ter com ela, dorme um pouco.

– É melhor que ponhas Hawthorne num sítio onde não consiga localizá-lo.

– Fá-lo-ei – concordou, enquanto se afastava.

Ao amanhecer, Natalie mexeu-se. Ry observava a sua cara à luz que penetrava pela persiana quando as suas pestanas se mexeram.

Inclinou-se para lhe falar com rapidez e suavidade, para que os seus primeiros pensamentos não fossem de medo.

– Natalie, está tudo bem. Conseguimos sair. Só inalaste um pouco de fumo. Agora, vai correr tudo bem. Estiveste a dormir. Não quero que fales. A garganta vai doer-te durante algum tempo.

– Tu estás a falar – sussurrou, com os olhos fechados.

– Sim – e era como se tivesse engolido uma espada em chamas. – Por isso, não to recomendo.

– Não morremos – fez uma careta e engoliu em seco.

– Parece que não – com suavidade, levantou-lhe a cabeça e aproximou-lhe o copo de água para que pudesse beber pela palhinha. – Bebe com calma.

Um receio vibrou dentro dela, mas tinha de saber.

– Sofremos queimaduras graves?

– Não nos queimámos.

Suspirou, aliviada.

– Não sinto nada, exceto... – levantou a mão para tocar no hematoma da testa.

– Lamento – beijou-lho e sentiu que começava a tremer. Afastou-se. – Fizeste isso quando te atirei ao chão.

Naquele momento, abriu os olhos. Sentia-os pesados. Sentia todo o corpo pesado.

– No hospital? – inquiriu e conteve a respiração ao vê-lo.

Mostrava arranhões na cara, uma ligadura na têmpora e uma maior que começava por baixo do ombro e chegava-lhe quase ao cotovelo. As suas mãos, as suas mãos bonitas, estavam envoltas em gaze.

– Oh, meu Deus... Ry, estás ferido.

– São só cortes – sorriu-lhe. – Chamusquei um pouco o cabelo.

– Precisas de ser visto por um médico.

– Já fui. E não creio que goste de mim. Agora, cala-te e descansa.

– O que aconteceu?

– Vais ter de mudar de escritório – ao ver que ia voltar a falar, levantou a mão. – Contar-te-ei o que sei se te mantiveres em silêncio. Caso contrário, deixar-te-ei na expetativa. Combinado? – satisfeito, sentou-se na beira da cama. – Deirdre tentou telefonar-te para o Colorado – começou.

Quando acabou, a cabeça de Natalie latejava. Uma fúria impotente evaporou o sedativo, até a deixar bem acordada e dorida. Antecipando-se a ela, Ry tapou-lhe a boca com a mão.

– Não há nada que possas fazer até recuperares. E então também não poderás fazer muito. Depende dos departamentos... dos bombeiros e da polícia. E já estão a tratar disso. Agora, vou chamar a enfermeira.

– Não... – o protesto transformou-se num ataque de tosse. Ao recuperar o controlo, uma enfermeira indicava a Ry que saísse.

Não voltou a vê-lo durante mais de vinte e quatro horas.

– Não te faria mal mais um dia, Nat – Boyd cruzou as pernas à altura dos tornozelos, enquanto via Natalie a arrumar as suas coisas na mala que lhe trouxera.

– Odeio hospitais.

– Deixaste-o claro. Preciso que me dês a tua palavra de que vais tirar uma semana em casa ou chamo as tropas. E não me refiro só a Cilla, mas à mamã e ao papá.

– Não é preciso que venham.

– Isso depende de ti.

– Três dias – negociou, com uma careta.

– Uma semana inteira. Menos e quebras o acordo. Consigo ser um negociador tão duro como tu – sorriu. – Temo-lo no sangue.

– Está bem, uma semana. Que diferença vai fazer? – pegou no copo de água e bebeu. Parecia que, ultimamente, nunca bebia água suficiente. – Está tudo destruído. Metade do meu edifício está em ruínas e o responsável foi um dos meus executivos de mais confiança. Nem sequer tenho um escritório para onde ir.

– Tratas disso depois, na próxima semana. Hawthorne tem muito pelo qual responder. O facto de não saber que Ry e tu estavam no edifício não vai salvá-lo.

– Tudo por cobiça – demasiado zangada para guardar as coisas, começou a andar pelo quarto. Ainda sentia o corpo fraco, mas o excesso de energia que bulia no seu interior impedia-a de ficar quieta. – Tirou um pouco daqui, um pouco dali, para o perder nos mercados especuladores. Depois, teve de tirar cada vez mais, até que se sentiu desesperado ao ponto de se arriscar a incendiar edifícios inteiros para destruir os registos e adiar a auditoria – deu meia volta. – Deve ter-se sentido muito frustrado quando lhe disse que tinha cópias de tudo o que se perdera no incêndio do armazém.

– E não sabia onde as tinha guardado. O fogo destrói tudo – assinalou Boyd. – Portanto, encarregou-se de um dos edifícios e rezou. Se não acertasse em cheio, estava convencido de que a confusão posterior manteria todos tão ocupados que só conseguirias fazer a auditoria quando tivesses conseguido repor os fundos desviados.

– Era o que pensava.

– Não te conhece como eu. Fazes sempre as coisas a tempo. O escritório foi a sua última jogada e a mais desesperada, já que ele mesmo teve de se encarregar do incêndio. Quando fomos buscá-lo e descobriu que Ry e tu estavam lá dentro e que enfrentava uma acusação de tentativa de assassinato, contou-nos tudo.

– Confiei nele – murmurou Natalie. – Não suporto saber que pude enganar-me tanto com alguém que achava conhecer – levantou o olhar quando a porta se abriu.

– É bom ver-te, Ry – cumprimentou Boyd, levantando-se. Sabia que o melhor era partir com discrição.

Ry cumprimentou-a com a cabeça e, depois, concentrou-se em Natalie.

– Porque não estás na cama?

– Deram-me alta.

– Não estás pronta para deixar o hospital.

– Com licença – Boyd dirigiu-se para a porta. – Sinto uma necessidade imperiosa de beber uma chávena de café mau.

Nem Ry nem a sua irmã se incomodaram em despedir-se dele.

– Agora, tem um diploma em Medicina, inspetor?

– Sei em que condições estavas quando entraste aqui.

– Pois, se te tivesses incomodado em saber, terias descoberto que recuperei.

– Tinha muitas pontas soltas para atar – informou. – E tu precisavas de descansar.

– Teria preferido ter-te a ti.

– Agora, tens-me – estendeu o ramo de flores.

Ela suspirou. Deveria deixar que se redimisse com tanta facilidade? Porque não o faria pagar mais um pouco por a ter abandonado por uma causa tão ridícula?

– Podes dar esses narcisos a alguém que precise deles.

– Vou falar com o médico – disse, atirando-os sobre a cama.

– Não falarás com o meu médico. Não preciso da tua permissão para deixar o hospital. Tu não solicitaste a minha. E também não precisava de descansar. Precisava de te ver. Estava preocupada.

– Sim? – animado, levantou uma mão para lhe acariciar a cara.

– Queria-te aqui, Ry. Vieram ver-me dúzias de pessoas, mas é evidente que tu não consideraste necessário...

– Tinha trabalho para fazer – interrompeu-a. – Queria recolher provas contra aquele filho da mãe o mais depressa possível. É a única coisa que posso fazer. Se conseguisse pôr-lhe as mãos em cima, matá-lo-ia.

Ela ia responder, mas calou-se ao ver o seu olhar gelado.

– Para – crispada, virou as costas à sua expressão assassina e começou a guardar um robe. – Não quero ouvir-te a falar dessa maneira.

– Não sabia se estavas viva – obrigou-a a virar-se e cravou-lhe os dedos nos ombros. – Não sabia. Não te mexias. Não sabia se respiravas – de repente, encostou-a a ele e afundou a cara no seu cabelo. – Meu Deus, Natalie, nunca me tinha sentido tão assustado...

– Está tudo bem – rodeou-o com os braços para o tranquilizar. – Não penses nisso.

– Não mo permiti até teres acordado ontem. Desde então, não consegui pensar noutra coisa – tentou serenar-se e afastou-se. – Desculpa.

– Lamentas ter-me salvado a vida? Teres arriscado a tua para evitares que fosse ferida? Protegeste-me da explosão. Tiraste-me do meio do fogo – abanou a cabeça com rapidez, antes que ele pudesse falar. – Não me digas que estavas a fazer o teu trabalho. Não me importa se queres ser um herói ou não. És o meu.

– Amo-te, Natalie.

O coração dela disparou. Com cuidado, virou-se para apanhar os narcisos. Era uma tolice sentir raiva. Estavam vivos.

– Estavas a dizer isso antes de nos terem interrompido.

– Devia ter-te dito outra coisa. Porque te expulsei da minha vida.

– Já expuseste as causas – virou a cara e passou um dedo por uma flor amarela.

– Expus as desculpas. Não as causas. Podes olhar para mim enquanto suplico?

– Não é necessário, Ry – tentou sorrir.

– Sim, é. Ainda não decidiste se vais dar-me uma segunda oportunidade – afastou-lhe o cabelo da cara. – Sei que, com o tempo, conseguiria convencer-te, porque estás louca por mim. Mas mereces saber o que tinha na cabeça.

– Não creio que a arrogância seja muito apropriada – disse, ficando rígida, – portanto...

– Estava com medo – murmurou e observou como a crispação abandonava a expressão dela. – De ti, de mim. De nós – perante o silêncio de Natalie, soltou o ar contido. – Não pensei que conseguisse dizê-lo. Reconheço-o. Não até me ter dado conta do que era estar realmente assustado. Até à medula. Faz com que recear estar apaixonado pareça uma estupidez.

– Então, ambos fomos estúpidos, porque eu também me sentia assustada – sorriu um pouco. – Certamente, tu foste mais estúpido.

– Nunca na minha vida senti o que sinto por ti – murmurou.

– Eu sei – a voz tremeu-lhe. – Eu sei. Passa-se o mesmo comigo.

– E é cada vez maior e mais aterrador. Vai dar-me outra oportunidade?

– Provavelmente, devo-ta, já que me salvaste a vida, suplicaste e te desculpaste – olhou para ele e o sorriso aumentou. – Suponho que possa dar outra oportunidade a ambos.

– Queres casar-te comigo?

– Desculpa? – as flores caíram-lhe ao chão.

– Já que te sentes generosa, não me pareceu má ideia tentar a sorte – inclinou-se e apanhou os narcisos. – Mas posso esperar.

Ela pigarreou e aceitou as flores.

– Importas-te de repetir a pergunta?

Ry olhou-a nos olhos e demorou um pouco a conseguir falar. Compreendia que era um risco, um dos maiores que já enfrentara. E tinha de deixar o seu destino nas mãos dela.

– Queres casar-te comigo?

– Poderia fazê-lo – os dois relaxaram. – Sim, poderia fazê-lo – rindo-se, atirou-se nos seus braços.

– És minha – aturdido, ele voltou a encostar a cara ao seu cabelo. – A partir de agora, és minha, Pernas – e beijou-a.

– Quero filhos – disse-lhe, assim que a sua boca ficou livre.

– A sério? – com um sorriso, afastou-lhe o cabelo para poder ver-lhe a expressão da cara. O que leu nela deslumbrou-o. – Eu também.

– Isso facilita as coisas.

Pegou-a ao colo.

– O que te parece de sairmos daqui e pormos mãos à obra?

Natalie conseguiu apanhar a mala antes que se dirigisse para a porta.

– Serão nove meses a partir de hoje – deu-lhe um beijo na face, enquanto abandonavam o quarto. – E sou sempre pontual.

Neste caso, conseguiu adiantar-se oito dias.